国学经典文库

唐宋八大家散文鉴赏

韩　愈　等◎著

线装书局

目　　录

曾巩文集

王安石文集

国学经典文库

唐宋八大家散文鉴赏

目录

3

唐宋八大家散文鉴赏

曾巩卷

韩 愈 等 ◎ 著

線裝書局

曾巩简介

曾巩（1019～1083），字子固，北宋建昌南丰（今江西南丰县）人，据此，后人遂以"南丰先生"名之。宋仁宗嘉祐二年（公元1057年）登进士第。授官太平州（今安徽省当涂县）司法参军；嘉祐五年，又召编校史馆书籍，历馆阁校勘、集贤校理、英宗实录检讨官；宋神宗熙于二年（公元1069年）出通判越州（今浙江省绍兴），后历知齐（今山东省济南）、襄（今湖北襄阳）、洪（今江西南昌）、福（今福建福州）、明（今浙江宁波）亳（今安徽亳县）诸州，在地方为官凡十二年；元丰三年（公元1080年）归京师，留判三班院，迁史馆修撰，元丰五年拜中书舍人，旋丁母忧去职。次年，病逝于江宁，享年六十五岁，追谥文定，后世遂尊名为"曾文定公"。

据《曾巩行状》载：曾巩少有文名，"未冠，名闻四方"。后及长，"妇人孺子皆能道公姓字"，他的文章很受当世推重，史载："其所为文，落纸辄为人传去，不旬月而周天下，学士大夫手抄口诵，唯恐得之晚也"，其文名之盛，可见一斑。

曾巩在文学上，主张先道德而后辞章，继承了我国古代散文"重道"的传统。他的文章，大多"本原六经"，积极宣扬儒家的民本思想，重视民生疾苦，研讨治国之道，关心吏治，砥砺臣节，以修身为中心，以济世为目的。文章多寓褒贬，为文"皆因事而发"，积极干预时政、社会生活，有很强的社会针对性。

曾巩在重道的同时，也重视文采。他曾提出"蓄道德而能文章"的观点。"能文章"指"文章兼胜"，即文采至美之意，他认为这是文章得以流传的重要条件。

曾巩的文学成就主要在散文方面，并以此被列入唐宋八大家的行列。

"纡徐"是曾巩散文的一大特点。曾巩为文，鲜有"开门见山"者，多由远及近，由此及彼，由虚及实，层层铺衬，曲径通幽。《寄欧阳舍人书》本是一封感谢信，但起首不言谢字，却先从墓铭与史之异同写起，然后言唯"蓄道德而能文章者"能胜任撰

国学经典文库 唐宋八大家散文鉴赏 曾巩卷

铭之职，而后又言及"蓄道德而能文章"者世代罕有，至此，才推出欧阳修，盛誉欧阳修道德、文章之美，以此深致谢忱。一篇之内，文意纡徐委备，沈德潜论曾文说："逐层牵引，如春蚕抽丝"，这个比喻很说明曾文风格。

长于议论，说理透辟，也是曾巩散文之特点。他经常采用正面与反面结合的论证方法，采用对比手法。如《议经费札子》，以汉文帝、唐太宗与汉武帝、唐明皇做对比，透辟地从正反两个方面阐明"用之有节"与"用之无节"的利害。

长于议论的另一表现形式是"论大于记"。议论部分往往在记叙文体中，也有喧宾夺主之势。《醒心亭记》《墨池记》《菜园院佛殿记》《思政堂记》，其文章中心及重心，都在议论部分。这同曾巩创作"本原六经"的思想是一致的。

讲究文章的法度与布局，也是曾文的特点。他的文章，无论是议论抑或是记叙，都讲究结构严谨，条理分明。在唐宋八大家中，他是最重章法的一家。如《越州赵公救灾记》，把错杂的救灾工作，分为救灾、救疫、赵公之行三方面写，条分缕析，层次分明，给人留下清晰的印象。

曾巩的散文是以"古雅""平正"见称的，道学气浓了一点。

曾巩诗今存四百余首，其间不乏愤世嫉俗之作。其诗名远不如文名，作为"简介"，这里就不赘言了。

历史上，曾巩的散文曾备受推崇，为人师法。南宋的朱熹，明代唐宋派的王慎中，清代桐城派的方苞，都曾师法曾巩，且誉扬甚隆。在文学史上，曾巩曾对领文坛风骚的几代代表人物产生过重大影响，他的作用，是不容忽视的。

墨池记①

【题解】

庆历四年(公元1044年),宋仁宗"诏诸路、州、军、监,各令立学。"(《宋史·职官志七》)。自此,州学始兴。

庆历八年(公元1048年),曾巩应抚州州学教授王盛之请而著此文。其时,作者已三十岁。

文中,作者以墨池传说为发端,以"墨池之上,今为州学舍"九字作为全文转合契机,借事立题,若即若离,阐扬引发,劝勉学者:唯有勤学,方可增益才能,"深造道德"。"学""能""德"三字是全文主旨所在。

此文以叙、议为主,委婉有致。

作者在叙述中,虚实相映,摇曳多变。例如,篇首云:"有地隐然而高","有池洼然而方以长",这二"有"、二"然",句式整齐而有错综,叙述口吻生动而富情趣,是实写。但"曰王羲之之墨池"的传说,又是虚写。此文开篇伊始,作者不先引出荀伯子《临川记》,却先实写墨池,如此,则不仅行文委婉曲折,而且,虚虚实实,迷离引人。

作者采用疑问语气展开议论,既循循善诱,又画龙点睛。这集中体现在全文的六个"邪"字上。这六个"邪"字,层层推进,从而,使读者随作者一起由疑而信,由信而赞,由赞才能而勉学者"深造道德"、追慕"仁人庄士",从而,酣畅地阐发了作者对后学者"学""能""德"的三个不同发展层次的热望。作者巧妙地借事立题,既阐发己见,又不流于令人生厌的说教,颇值得体味、借鉴。

《墨池记》一文,借墨池为题,充分表达了作者对州学的厚望及对学者的劝勉。

【原文】

临川之城东②,有地隐然而高③,以临于溪,曰新城。新城之上,有池洼然而方以长④，曰王羲之之墨池者⑤，荀伯子《临川记》云也⑥。羲之尝慕张芝，临池学书，池水尽黑⑦，此为其故迹，岂信然邪？方羲之之不可强以仕，而尝极东方，出沧海，以娱其意于山水之间⑧，岂其徜徉肆恣⑨，而又尝自休于此邪？羲之之书，晚乃善⑩，则其所能，盖亦以精力自致者，非天成也。然后世未有能及者，岂其学不如彼邪？则学固岂可以少哉！况欲深造道德者邪⑪？

墨池之上，今为州学舍⑫。教授王君盛恐其不章也⑬，书"晋王右军墨池"之六字于楹间以揭之⑭，又告于巩曰："愿有记。"推王君之心⑮，岂爱人之善，虽一能不以废⑯，而因以及乎其迹邪？其亦欲推其事以勉学者邪？夫人之有一能，而使后人尚之如此⑰，况仁人庄士之遗风余思⑱，被于来世者如何哉⑲。庆历八年九月十二日，曾巩记。

【注释】

①记：文体名称。《文章辨体序说·记》："《金石例》云：'记者，纪事之文也。'西山曰：'记以善叙事为主。《禹贡》《顾命》，乃记之祖。后人作记，未免杂以议论。'后山亦曰：'退之作记，记其事耳；今之记，乃论也。'"

②临川：地名，宋江南西路临川县，抚州治所，今江西省临川区。

③隐然而高：缓缓升高。隐：缓。

④洼然而方以长：低下而成长方形。以：而。

⑤王羲之：东晋书法家、文学家。字逸少，琅邪临沂（今山东省临沂市）人，居会稽山阴（今浙江省绍兴市）。曾为临川内史、右军将军，会稽内史，世称王右军、王临川。其书备精诸体，"尤善隶书，为古今之冠，论者称其笔势，以为飘若浮云，矫若惊龙"（《晋书·王羲之传》），人称"书圣"。

⑥荀伯子《临川记》：荀伯子，南朝宋颖川颖阴（今河南省许昌市）人。"少好学，博览经传"，"入为尚书左丞，出补临川内史"（《宋书·荀伯子传》）。在郡时，著《临川记》六卷，今佚。《太平御览》卷一七〇引《晋书》曰："王羲之尝为临川内史，置宅于郡城东偏，旁临回溪，特（原作时，误）据层阜。"又引荀伯子《临川记》曰："王右军故宅，其地爽垲，山川若画，每至重阳日，二千石已下多游萃于斯，旧井及墨池并在。"上述引文，又载于宋乐史《太平寰宇记》卷一一〇中。

⑦羲之尝慕张芝三句：张芝，东汉书法家，字伯英，敦煌酒泉（今甘肃省酒泉市）

人,名臣张奂长子。"(芝)尤好草书,学崔(瑗)、杜(度)之法,家之衣帛,必书而后练。临池学书,水为之黑。下笔则为楷则,号匆匆不暇草书,为世所宝,寸纸不遗,韦仲将谓之'草圣'也"(《后汉书·张奂传》注引王愔《文字志》)。羲之深慕张芝草书,思与相并,曾与人书云:"张芝临池学书,池水尽黑,使人耽之若是,未必后之也"(《晋书·王羲之传》)。

⑧方羲之之不可强以仕四句:王羲之素轻骠骑将军王述。及述蒙显授,羲之耻为之下。述后检察会稽郡,辩其刑政,主者疲于简对。羲之深耻之,遂称病去郡,于父母墓前自誓。羲之与东土人士尽山水之游,弋钓为娱,穷诸名山,泛沧海,叹曰:"我卒当以乐死。"(见《晋书·王羲之传》)。

⑨徜徉肆恣:谓纵情游览。　《广雅·释训》:"徜徉,戏荡也。"　肆恣:放纵。

⑩《晋书·王羲之传》:"羲之书初不胜庾翼、郗愔,及其暮年方妙。"《全上古三代秦汉三国六朝文·全宋文》载虞龢《上明帝论书表》云:"羲之所书紫纸,多是少年临川时迹,既不足观,亦无取焉。"

⑪深造道德:谓在道德修养方面有崇高造诣。　深造:深有造诣。　造:至,诣。

⑫州学舍:此指抚州州学学舍。

⑬教授:官名。宋仁宗庆历四年(公元1044年),"始置教授,以经术行义训导诸生,掌其课试之事,而纠正不如规者"(《宋史·职官志七》)。　章:通"彰",显

著。

　　⑭楹：厅堂前部的柱子。　　　　揭：标示，揭示。《说文解字·手部》："揭，高举也。"

　　⑮推：推想。

　　⑯虽一能不以废：即使仅有一种本事，也不使之埋没。　　废：沉没，埋没。

　　⑰尚：尊崇。

　　⑱仁人庄士之遗风余思：仁德有道、行为端庄之士留存于后世的典范德行。
遗、余：留存。　　　风：风范，风概。　　　思：情思。

　　⑲被：加，影响。

【集评】

　　明茅坤《唐宋八大家文钞》卷一〇四：看他小小题，而结构却远而正。

　　清沈德潜《唐宋八大家文读本》卷二十八：用意或在题中，或出题外，令人徘徊赏之。

　　清张伯行重订《唐宋八大家文钞》卷十五：小中见大，得此意者，随处皆可以悟学。

　　清何焯《义门读书记》卷四十二：能与学两层。到底因其地为州学舍，而求文记之者即教授，故推而论之，非若今人腔子之文也。

　　又，此篇如放笔数千言，即无味矣。词高旨远，后人无此雄厚。

【鉴赏】

　　墨池，在今江西省临川县，相传东晋大书法家王羲之练字洗涤笔砚于此，据说池水尽黑，墨池因以得名。

　　《墨池记》，题目一作《晋右将军墨池》，以王羲之晋人且官至右军将军，故以"晋右将军"称指其人，所以不称名讳，示敬之意。

　　文辞简洁洗练，是本文记叙的一大特点。墨池形胜之记，寥寥二十数字而已。"临川之城东""新城之上"，示方位；"隐然而高"，示地形；"临于溪"，示环境；"方以长"，摹墨池之形：叙述周详，清楚，墨池形貌历历眼前，而用字甚少，惜墨如金，真是大家风度。

　　《墨池记》中，掌故和历史资料的引用，为阅读增添了知识性、趣味性，也为主题的引出做了铺垫。

《墨池记》倘仅记墨池之形胜，那么，充其量，也不过就是个所谓"方以长"，即"长方形"的池子。墨池之美，本不在于它的外形、景致，而在于它的历史内涵。它不是以风景形胜悦人，而是以历史遗迹的文化背景取长，即所谓人文之美。所以，继墨池形胜之叙而后，作者先引用了"荀伯子《临川记》"，以佐证墨池与王羲之的关系。因为，倘没有这层文化背景，墨池就有"贬值"之虞。按，荀伯子《临川记》云："王羲之尝为临川内史，置宅于郡城东高坡，名曰新城。旁临回溪，特据层阜，其地爽垲，山川如画。今旧井及墨池犹在。"曾巩所以只引书名及作者，不引上述这段话，是因为其写作目的并非为了历史考据。因此，为了文章不"旁逸斜出"，只是简略一提书名，一笔带过；对于一般读者，也本不为考据而来，只要知道墨池传说有所本凭，也就行了。文章还引用了王羲之"慕张芝，临池学书，池水尽黑"的历史掌故，表现了王羲之的刻苦学书精神。按，张芝，字伯英，东汉末年书法家，擅长草书，被人誉为"草圣"。《三国志·魏书·刘劭传》注引《文章叙录》说：张芝家里的所有衣帛，一定先在上面练完字，然后才拿去染，他刻苦勤奋，"临池学书，池水尽黑"，遂成大家。他的字很漂亮，被世人珍藏。王羲之十分钦佩这种刻苦勤奋的精神，他说："临池学书，池水尽黑，使人耽若是，未必后之也。"（《晋书·王羲之传》）这些历史沿革掌故，赋予了墨池以新的生命，使枯燥的记文，饶有知识性与趣味性，并且，对后文议论的生发，起了重要的铺垫作用。

《墨池记》中，精辟的议论深化了主题，给人以深深的启迪。

宋代，很多"记"，其重点并不在记叙上，而在议论上。如与曾巩同时代的范仲淹，他的脍炙人口的《岳阳楼记》，其重点就是在"先天下之忧而忧"的议论部分上。曾巩是主张写"道德文章"的，那么议论部分必然成为重点。曾巩擅长就事引申议论。

就王羲之学书，曾巩的议论有三点：一是，王羲之非凡的书法才能，是"以精力自致"的，即是靠自己用精神、下气力取得的；二是，后人未能赶上王羲之，原因恐怕是在下功夫不如王羲之上，言外之意是说：只要肯下功夫，人人可擅羲之之长，由此又引申到，倘想成就学问，下功夫是决不能少的；三是，由学书的道理，进而引申到人的品德修养方面，指出欲达到高尚的道德境界，更要肯下大功夫，鼓励世人"以精力自致"道德之境。

就州学王教授求"记"一事，曾巩又发表两点议论：一是借推测"王君之心"，写出了墨池景胜的文化价值，即"欲推其事以勉其学者"，指出了墨池遗迹对后学之者的勉励和鼓舞；二是勉励士人做行仁修德的庄重之士。作者认为王羲之仅有一书法之长，其遗踪尚被人尊奉若此，由此引申，那么，仁德之士传于后世的风范德行，不是更要被尊崇之至吗？

曾巩这种"重德"意识，源于儒家的"三不朽"思想：《左传·襄公二十四年》载："大（太）上有立德，其次有立功，其次有立言，虽久不废，此之谓不朽。"后世儒者遂以"立德、立功、立言"为"三不朽"。而"立德"，在儒家看来，据有"太上"的地位，即高于一切的地位。所以，曾巩的道德文章，议论到最后，自然要归结到"深造道德""仁人庄士"之境中去。

以小见大，见微而知著，是曾巩议论的一个重要特色。题目是《墨池记》，但是从墨池形胜掌故说开去，层层生发。仅从一个"羲之之书晚乃善"的事实，就生发出学书、学问、养德三层富于哲理的思辩，可谓生发广，开拓深。

沈德潜评论此文说："用意或在题中，或出题外，令人徘徊赏之。"（《唐宋八大家文读本》卷二十八）在"记"的构思上，宋代"用意或出题外"者，并非曾巩一人。前面所提范仲淹《岳阳楼记》中"先天下之忧而忧"之论，已冲出《岳阳楼记》题外；曾巩关于"深造道德""仁人庄士"之思，亦冲出《墨池记》题目之限。但散文固倡"形散而神不散"，曾巩文思驰骋，生发广远，而主旨鲜明，所以"令人徘徊赏之"。这篇文章名之为"记"，议论风过于浓重，道学味无疑是酽重了点，这也不必"为尊者讳"。那个时代的大多数士子，对文学的认识，还停在"文以载道"的阶段上，曾巩未能例外，染上道学气，这其实也是一种时代色彩。

分宁县云峰院记①

【题解】

本文借助一僧一寺之事,力倡仁义,改易民风。行文委婉别致而有时代特色。

作者一生崇奉儒学,倡导孔孟之道以厚人伦、美教化、移风俗,但令人不解的是,作者竟应僧道常之请,不仅为之作"记",而且,对僧尼的教化作用,称颂不已。因此,清人何焯曾指责作者"不明先王之道以道之"(《义门读书记·元丰类稿》)。其实,这正是时代风气使之如此。

自作者诞世以来,宋真宗一如太祖、太宗,踵武李唐,对儒、道、释,兼收并蓄,力倡三教合一。宋真宗既撰写《崇儒术论》,同时又撰写了《崇释论》,宣扬三教"迹异而道同","释、道二门,有助世教"。与此同时,释教信徒激增,仅天禧三年(公元1019年)一年内,度僧尼二十四万五千余人(见《中国哲学》第五辑第462页)。后来,仁宗虽稍抑佛法,但三教鼎立、合一之势已成。《分宁县云峰院记》正是"释、道二门,有助世教"之说的反映。

本文旨在倡儒学之仁、义,在"三教合一"中,借他山之石,以攻玉而已。

在艺术方面,本文主要采用了总分、对比和烘云托月的手法。

先说总分手法。所谓"总分法",即先总领、后分述的手法。本文开篇云,"分宁人勤生而啬施,薄义而喜争",作者用两个"而"字,总括了分宁县习俗的特色。随后,在下文则一一分述其特色。文中,先以"无废壤""无懈人"和"无有纤巨,治咸尽其身力",即"三无",以赞其"勤";转而以"千亩""一钱"做对比,刺其"啬施";又以"稀米"之夸张、"弈棋"之比喻,刺其"薄义";进而又以"讲法律""相告讦""给吏""变伪"诸事,刺其"喜争"。作者采用总分法,叙事既生动,又明晰,决无芜杂之病。

再说对比和烘云托月手法。本文共分上下两段,上段叙分宁之俗,下段述僧道常之德,上下照应,对比同异,从而,突出了作者的褒贬爱憎。文中,作者将道常作为化俗楷范来叙写,但记道常却着墨不多,作者先放笔详写分宁风俗之陋,再细写道常治院之功,仅以"至有余辄斥散之,不为黍累计惜,乐淡泊无累"数语,便勾勒出其为人及仁德。作者先详后略,先抑后扬的写法,形成了很好的烘托效果,从而,为道常"申其可言者宠嘉之,使刻示邑人,其有激也"。简言之,即借助烘托,褒一激百,移风易俗。

总而言之,全文构思精巧,行文细腻委婉,耐人回味。

【原文】

分宁人勤生而啬施,薄义而喜争,其土俗然也②。自府来抵其县五百里,在山谷穷处③。其人修农桑之务④,率数口之家,留一人守舍行馌⑤,其外尽在田。田高下硗腴⑥,随所宜杂殖五谷,无废壤;女妇蚕杼⑦,无懈人。茶、盐、蜜、纸、竹、箭、材、苇之货,无有纤巨,治咸尽其身力⑧。其勤如此。富者兼田千亩,廪实藏钱,至累岁不发⑨,然视捐一钱,可以易死⑩,宁死无所捐。其于施何如也?其间利害不能以稊米⑪,父子、兄弟、夫妇,相去若弈棋然⑫。于其亲固然,于义厚薄可知也。长少族坐里间⑬,相讲语以法律。意向小戾,则相告讦,结党诈张,事关节以动视听⑭。甚者画刻金木为章印,摹文书以给吏⑮,立县庭下,变伪一日千出,虽笞扑徙死交迹,不以属心⑯。其喜争讼,岂比他州县哉?民虽勤而习如是,渐涵入骨髓,故贤令长佐吏比肩,常病其未易治教使移也⑰。

云峰院在县极西界,无籍图⑱,不知自何时立。景德三年,邑僧道常治其院而侈之⑲。门闳靓深,殿寝言言⑳。栖客之庐,斋庖库庾㉑,序列两傍。浮图所用铙鼓、鱼螺、钟磬之编㉒,百器备完。吾闻道常气质伟然,虽索其学,其归未能当于义㉓,然治生事不废,其勤亦称其土俗。至有余辄斥散之,不为黍累计惜,乐淡泊无累㉔,则又若能胜其啬施喜争之心,可言也。或曰,使其人不汩溺其所学㉕,其归一当于义,则杰然视邑人者㉖,必道常乎?未敢必也。庆历三年九月,与其徒谋曰:"吾排蓬藋治是院㉗,不自意成就如此。今老矣,恐泯泯无声堨来人㉘,相与图文字,买石刻之,使永永与是院俱传,可不可也?"咸曰:"然。"推其徒子思来请记,遂来,予不让,为申其可言者宠嘉之,使刻示邑人,其有激也。二十八日,南丰曾巩记。

【注释】

①分宁:宋县名,江南西路隆兴府所辖县,今属江西省修水县。云峰院:寺名。

②分宁人三句:谓分宁人勤于生产而吝于捐施,少仁义而喜欢争讼,当地习俗使之如此。 啬:吝啬。 施:以财物送人。 薄:少。

③自府来二句:谓从隆兴府的治所南昌县(今江西省南昌市)出发到分宁,其间有五百里路程,分宁县坐落在山谷尽头。 穷:尽。

④修:治,从事。 务:事,工作。

⑤舍:屋舍。 馌:给在田间耕作者送饭。

⑥高下:高低。 硗:土地坚硬瘠薄。 腴:肥肉,此指土地肥沃。

⑦蚕杼:养蚕、纺织。 杼:本指织布用的梭子,此指纺织。

⑧无有二句:谓无论事情大小,做时都尽心尽力。 纤:细小。 治:从事。咸:全,都。

⑨富者三句:谓富有者有良田千亩,粮仓装得满满的,库房中存钱多得数不清,年年有余,以至于连续几年都不开仓、开库用钱粮。 兼:加倍。此指价值是一般田地两倍或数倍的良田。 廪:粮仓。 实:充满。 藏:库房。 累岁:连年。 发:打开。

⑩易死:用死来顶替。

⑪稡米:米粒。 稡:一种形似稗子的草,实如小米。

⑫若弈棋然:如同各自分离的棋子一般。 弈:棋。

⑬里闾:乡里。古时二十五家为一里。里,又称为“闾”。

⑭意向四句:谓意见稍有冲突,就彼此告发攻讦,各自结成团伙,虚张声势,打通关节,借官府以耸人视听。 戾:违反。讦:攻击他人短处或揭发他人阴私。

⑮绐:欺骗。

⑯属心:归心,心悦诚服地归附。此指服罪。

⑰故贤令长二句:意谓所以虽然贤能的县令及其助手很多,但都常常为分宁县不易以政治教化使之习俗改变而忧虑。 令长:古时,万户以上的大县县官称之为“令”,万户以下的小县县官称之为“长”。 佐吏:辅助的官吏。 比肩:肩挨着肩,此处形容贤人众多。

⑱籍图:图志,附有地图的地志书。

⑲侈:扩大。

⑳门闳二句:谓门户华美,殿堂幽深,大殿及寝室巍峨高耸。闳:门。　靓:艳丽。　言言:高大貌。

㉑斋:斋房。　庖:厨房。　庾:露天的谷仓。

㉒编:编列,配套。

㉓当:合,符合。

㉔至有余三句:谓等到财物有余时,道常就其多余部分分散给他人,不为点滴之物的得失费心思或吝惜,为自己不被物欲牵累,恬淡清静而自欣自乐。　黍累:古时,指极轻的重量单位。

㉕汩溺:沉迷。　汩:沉沦。

㉖杰然视邑人者:同乡人相比,特别突出者。　杰然:特出貌。　视:比较。

㉗蓬藋:野草。　蓬:草名。　藋:草名。

㉘泯泯:沉没貌。　泯:灭。　畀:赠送,留给。

【集评】

明茅坤《唐宋八大家文钞》卷一○五:于云峰院无涉,而意甚奇。

清沈德潜《唐宋八大家文读本》卷二十八:若云浮屠可以式邦人,有助风教,不徒道常有所不能,亦殊失吾儒立言之体矣。文只云胜于薄俗,借道常以激众人,何等斟量尽善。

清张伯行重订《唐宋八大家文钞》卷十五:文能不窘于题,末出脱僧道常处,仍不放松一笔。

清何焯《义门读书记》卷四十二:一篇俱在分宁县土俗之不善立论,然但讦其非,而不明先王之道以道之,则尚未合于君子忠厚之至也。

又,此篇本柳子激赞梁丘据之意。

【鉴赏】

庆历三年(公元1043年)春,曾巩居临川,九月,应人之请,作《分宁县云峰院

记》，时廿四岁。透过《分宁县云峰院记》，可以窥见曾巩"温敦典重，雍容平易"的散文风格于年轻时已露端倪。

题为《分宁县云峰院记》，从内容上说，本文当为阐扬佛理之作，但文中对云峰院建筑之壮观，百器之"备完"，却未表赞叹，对僧人道常不同于分宁人"啬施""喜争"，"不为黍累计惜，乐淡泊无累"有所首肯，却又批评"其归未能当于义"，隐约透露辟佛之意。北宋时期，既崇儒又崇佛，宋初佛僧只有六万余人，到真宗朝增至四十万，还有尼姑六万。这些僧人不事耕种，却丰衣足食，各地大修佛寺，加重人民负担。曾巩对此深为不满，他后来写信给王安石，指出佛理会"乱俗"，迷惑世人，任职馆阁时所作《梁书目录序》为一篇著名的辟佛论文，不少佛院记，如《鹅湖院佛殿记》《兜率院记》等，皆表达反佛思想，这是因为曾巩继承韩愈传统，以捍卫儒学的纯正性和排佛为己任。《分宁县云峰院记》的现实针对性，综上所述微露排佛之意外，还表现在对分宁人的吝啬自私、薄义好争予以否定，希望能够"治教使移"。北宋时的分宁县（即今江西修水县）"在山谷穷处"，属赣北山区，闭塞而落后。曾巩不像某些作家那样，把远离都市喧嚣的深山幽林，描绘成世外桃源，而是真实地勾画出它的本来面目，写出其中的人事纠纷，矛盾、争斗。这种现实主义的创作态度是曾巩一贯坚持的。

题为《分宁县云峰院记》，本文当为状物写景之作，但文章对分宁县的自然景观未置一词，对云峰院的四周环境，四时景物未加刻画，而着意描写分宁县的人情世态，云峰院住持道常的为人、性格、言谈。这使读者感到惊异。但联系作者的崇儒排佛思想，也就感到它十分自然。作者的佛院记，绝少赞其景物之美，也正因为这"赞"的感情与排佛不谐调。

曾巩散文，长于叙事，叙则有条不紊，如《分宁县云峰院记》第一段记分宁人"勤生""啬施""喜争"，条理性便极强。先总提一句："分宁人勤生而啬施，薄义而喜争，其土俗然也"，括尽分宁人特点，以为本段之纲领。又交代其地理位置离州府甚远（五百里），处于"山谷穷处"。之后，分叙分宁人特点：一、"勤"。从四方面说明：从事农桑劳动，除留一人理家务外，一家数口，尽在田里；田则因地制宜，杂种五谷，无空废；妇女养蚕织帛，无闲人；治办大小财货，皆尽其力。然后小结一句："其勤如此。"二、"啬"。从两个角度勾勒：富者一钱如命，宁死不捐一钱；细如小米那样的蝇头小利，即使亲属之间，也要计较，亲人之间距离如下棋。然后小结一句：

"于义厚薄可知"。富者尚且如此悭吝，亲人之间尚且如此计较，其"于义厚薄可知也"，留下艺术空白，让读者自以想象填补之。三、"喜争"。稍有冲突，就要互相攻击，结伙闹事，扩大事态，造成舆论；甚至伪造印章，摹仿公文以欺诈差吏，立于县衙之前，"变伪一日千出"，"喜争"中包含狡诈；官府予以处罚，虽笞扑、流放、杀头，也不动心，"喜争"中包含不畏死。然后小结一句："其喜争讼，岂比他州县哉?"在叙明这三个特点后，总结一句，挽起上文，指出分宁人其性涵入骨髓，难于改变，令官吏忧虑。一段之中，有总有分，有开有阖，条分缕析，秩序井然。

　　《分宁县云峰院记》由两大段构成，第一段叙分宁人风土人情，叙分宁人"勤生""啬施""喜争"特征，与云峰院无半点干系。第二段述云峰院规模、设置，述道常和尚思想、品性以及请文刻石的打算，与第一段各成独立片断。一、二段虽相对独立，但"云峰院在县极西界"，把两段从地理上联系起来。而道常和尚与分宁人形成一定的比较、对照关系。僧人道常具有分宁人的优点——勤，这是同，然而，同中有异：他避免了分宁人的缺点——吝啬、好争，相反，颇为慷慨，"至有余辄斥散之，不为黍累计惜"，喜欢相安无事，"乐淡泊无累"，似乎已超越"啬施喜争之心"。对照，对道常有一定的肯定。但道常在根本上与分宁人无异：他不学经书，"其归未能当于义"，缺少"义"。这一劣根性使作者对他不敢寄予希望，作者假设有人提出，让道常不再沉溺于原来之所学，让他归于"义"，那么，在同邑人之中，突出、杰出者，一定是道常吗? 作者认为"未敢必也。"对道常"其归不能当于义"持批评态度，这与第一段写分宁人"薄义"有着内在的联系。全文两大段，从结构的浅层次上来分析，似断若断，从结构的深层次上审视，则似断实连，意脉贯通。这意脉，便是贯穿

于全文的对"义"的颂扬,对"薄义""不义"的批判,作者善于处理篇章的纵与收,散与凝,自由与约束的关系,使文章恢宏、奔放,有"三军之朝气",渺漫横澜。

辞采铺张、工于刻画,亦是曾文的早期特色。在概貌的叙述上,写分宁人之"勤",铺采摘文,从男人、女人、田地三个视角落笔,写"其人修农桑之务,率数口之家,留一人守舍行馈,其外尽在田"。而田地无论高低肥瘠,种满各种作物,"无废壤","女妇蚕柘,无懈人"。这些描述,也有较浓厚的夸饰意味。试想,全县之中,都如此勤于耕织,无废壤,无懈人,谈何容易!在寺院的勾画上,先交代寺院的地点,无图查考,不知建于何时,接着写宋真宗景德三年(公元1006年),邑僧道常主持寺院后,寺院变得排场起来。铺叙其建筑、设置:大门小门静深,殿堂堂堂正正,客舍、厨房、仓库,次第摆开,列于正殿两侧,佛教仪式所用一切器具齐全。在人物形象的刻画上,侧面描写与正面描写相结合,侧面点出道常"气质伟然","勤亦称其土俗",性格不吝啬、不好争斗。正面描写道常与同寺众僧的一场对话:宋仁宗庆历三年(公元1043年)九月,道常与众僧商议说:我排除杂乱,治理云峰院,想不到成就如此规模,现在老了,担心湮没无闻事迹不为人所知,想请人做个"记",买石刻下,使它永远同寺院一起留传,可不可以呀? 众僧回答:可以。其语气、声口,毕有老僧。这一切都使文章较为生动。

　　曾巩从儒家观点出发,批评分宁人"薄义",道常和尚"其归未能当于义",企图以"义"来统一人们的思想、行为。他的态度比较客观,对分宁人的"勤",道常的"不为黍累计惜,乐淡泊无累"的胸襟,都予以适当肯定。对分宁人的"薄义",对道常之所学未能归于义,对他想留名的欲望,都采取了疏导、教化的做法,当和尚子思被派来请他作"记"时,他并不推辞,而是写出了值得说的事加以褒扬,以激励其正气。充沛于文中的是非褒贬之心,奔放豪爽之气,令人可感。随着年岁的增高,生活道路由坎坷走向平稳,对社会不平司空见惯,思想上崇尚中庸之道加深,性格进一步内向化,曾巩心理素质中"若三军之朝气"便逐渐淡化,而北宋诗文革新运动的开展,倡明道、致用,尚朴质自然的文坛风气形成,使曾巩散文发扬了早期的某些长处、特点,褪尽了阳刚、奔放的色调,显示出了"纡徐而不烦,简奥而不晦""柔婉""平易极矣"的大家风范。

秃秃记

【题解】

本篇记五岁男童秃秃惨遭其生父杀害之事。

文中，作者牵一发而动全身，借秃秃之事，对社会黑暗有所揭露和抨击。一者是停妻骗娶，杀儿灭口，或巧言相诱，或大打出手，出伪券，弄权势，虽执法犯法，但屡得升迁的封建官吏孙齐；一者是含冤难伸，欲告无门，难求公正，处于社会底层的妇女周氏。周氏初告县，"齐赀谢得释"；再"辨于州，不直"；三"诉于江西转运使，不听"。以至于"行道上乞食"。作者以孙、周二人为代表，从而，勾勒出官官相护、毫无公理的社会缩影。

文中，作者对秃秃及其生母周氏的不幸寄予深切同情；对孙齐则义愤填膺，"如齐何议焉？"谴责其不如禽兽；对正直、仁爱、体恤弱者的司法张彦博予以嘉许。文中，作者详写秃秃遇害的情形，详写张彦博安葬秃秃的细节，从而，在对比中加深了美刺效果。

全文以小见大，叙议饱含激情，震撼人心。

此外，作者取法于《史记》的纪、传形式，以记人为线索，以记人带动记事，人来事起，人去事已，以孙齐"给娶周氏"始，以孙齐"徙濠州"结。因而，使原本繁杂的人、事叙述得从容而有条不紊。叙事中，先后列举上自官吏萧贯，下至仆役邓旺，僧人昇伦等十一人姓名，更使得叙事真实可信。

此外，作者以篇末补叙为重笔，既与上文所记孙齐等人相对照，使之泾渭相映，美刺分明，又揭示出作记原因，引人共鸣。

最后，应该指出的是，作者在篇末的议论中，竟有"禽兽夷狄"之语，这种对兄弟民族的侮辱，是不可容忍的，是应予批判的。

【原文】

秃秃，高密孙齐儿也①。齐明法，得嘉州司法②。先娶杜氏，留高密。更绐娶周氏③，与抵蜀。罢归，周氏恚齐绐④，告县。齐赇谢得释⑤。授歙州休宁县尉⑥，与杜氏俱迎之官，再期⑦，得告归⑧。周氏复恚，求绝，齐急曰："为若出杜氏。"祝发以誓⑨。周氏可之。

齐独之休宁，得娼陈氏，又纳之。代受抚州司法⑩，归间周氏⑪，不复见，使人窃取其所产子，合杜氏、陈氏，载之抚州。明道二年正月⑫，至是月，周氏亦与其弟来，欲入据其署⑬，吏遮以告齐。齐在宝应佛寺受租米，趋归，捽挽置庑下⑭，出伪券曰："若佣也，何敢尔⑮！"辨于州，不直⑯。周氏诉于江西转运使，不听。久之，以布衣书里姓联诉事⑰，行道上乞食。

萧贯守饶州，驰告贯。饶州，江东也，不当受诉。贯受不拒，转运使始遣吏祝应言为覆。周氏引产子为据，齐惧子见事得⑱，即送匿旁方政舍⑲。又惧，则收以归，扼其咽，不死。陈氏从旁引儿足，倒持之，抑其首瓮水中乃死，秃秃也⑳。召役者邓旺，穿寝后垣下为坎㉑，深四尺，瘗其中㉒，生五岁云㉓。狱上，更赦㉔，犹停齐官，徙濠州，八月也。

庆历三年十月二十二日，司法张彦博改作寝庐，治地得坎中死儿，验问知状者，小吏熊简对如此。又召邓旺诘之，合狱辞，留州者皆是，唯杀秃秃状盖不见。与予言而悲之，遂以棺服敛之，设酒脯奠焉。以钱与浮图人昇伦㉕，买砖为圹㉖，城南五里张氏林下瘗之，治地后十日也㉗。

呜呼！人固择于禽兽夷狄也㉘。禽兽夷狄于其配合孕养㉙，知不相祸也，相祸则其类绝也久矣。如齐何议焉？买石刻其事，纳之圹中，以慰秃秃，且有警也。事始末，唯杜氏一无忌言㉚。二十九日，南丰曾巩作。

【注释】

①高密：地名，宋京东路密州高密市，今山东省高密市。

②齐明法二句：孙齐通晓法律，被任命为嘉州司法官。　嘉州：地名，宋成都府路嘉州犍为郡，今四川省乐山市。　司法：官名，宋有司法参军，掌议法断刑，另有司理参军，掌讼狱勘鞫之事。此则指司法参军而言。见《宋史》卷一六七，《职

官志七》所载。

③更：又。　　给：欺骗。

④恚：愤怒。

⑤齐赍谢得释：孙齐以财物贿赂官吏，表示谢罪，才得以释放。　　赍：同"资"，财物。

⑥歙州：地名，宋江南东路府歙州，今安徽省歙县。　　休宁：地名，今安徽省休宁县。　　县尉：官名，掌阅习弓手，戢奸禁暴。见《宋史·职官志七》。

⑦再期：二年。　　期：一周年。

⑧告归：官吏请假回家探望。　　告：古时官吏休假曰告。

⑨祝发以誓：割断头发，立下誓言。　　祝：断绝。

⑩代受：即"受代"，古时称官吏任满去职为代受，谓受新官的替代。　　抚州：地名，宋属江南西路，州治所在临川县，今江西省临川区。

⑪间：疑为"问"字之误。　　问：慰问，探问。

⑫明道二年：公元1033年。　　明道：宋仁宗年号。

⑬入据：占据。　　署：官署，办公处。

⑭捽：揪。　　挽：拉。　　庑：古代堂下周围的屋子。

⑮若佣也二句：谓你只是一个佣工而已，怎么竟敢如此放肆！尔：如此。

⑯不直：不赞同。此指不以周氏所言为是。　　直：正确，认为正确。

⑰以布衣书里姓联诉事：谓在布衣服上写下自己的乡里籍贯、姓名以及诉讼之事。

⑱子见事得：谓儿子秃秃一旦出庭作证，事情的真相就查明了。见：通"现"。

⑲匿：隐藏。　　方政：人名。

⑳秃秃句：此句上似有脱漏。当为："抑其首瓮水中乃死者，秃秃也。"

㉑穿寝后垣下为坎：在寝室后面墙下挖土成坑。　　穿：穿土，挖土。　　垣：墙。　　坎：圹穴。

㉒瘗：埋，掩埋。

㉓云：语末助词，无义。

㉔狱上二句：案件上报以后，又遇上大赦。　　狱：诉讼案件。更：经历，遇上。

㉕浮图人：佛教名词，此指佛教徒。

㉖圹：墓穴。

㉗治地句：即自"十月二十二日改作寝庐治地"后十日。

㉘择：区别。　　夷狄：古时泛指四方的少数民族。

㉙配合孕养：指雌、雄或男、女结合孕育生养的后代。

㉚唯杜氏一无忌言：谓只有杜氏，毫无顾忌隐瞒之语。　　一：全。

【集评】

清何焯《义门读书记》卷四十二：仿解光劾赵氏书，当云书秃秃事乃合。

【鉴赏】

　　秃秃是高密人孙齐的儿子，只有五岁就被生父害死，被埋在官坻寝室后墙下。后任官吏张彦博改建房子时，掘地发现了死儿，经调查，就是秃秃。张彦博与曾巩说了这件事，他们都很悲痛，于是置备了棺材衣服收敛秃秃，设酒肉祭奠他，请和尚念经超度他，买砖修墓，正式安葬了秃秃。曾巩写了这篇《秃秃记》，以抨击这种丑行，警戒恶人，告慰秃秃。

　　本文命题很有特色。命题准确地突出了中心事件，抓住了要害部分。按，本文所叙行状，本应叫《孙齐记》或《孙齐事略》，全文记叙是以孙齐为主人公的。一个五岁的小孩子，也没有什么事迹可传述。文中只是写了几句：孙齐把秃秃藏起来，又怕被人发觉，遂"扼其喉"，秃秃未死，就又被倒提着两足，头被按在水缸里淹死。秃秃的事状事实上只是被害经过。但这一事件所蕴含的社会伦理意义，则是重大的。倘叫《孙齐记》，就把事件的重点转移了；叫《秃秃记》则抓住了事情的要害。可见文章的命题，对指导读者阅读，也是有着重要作用的。

　　作者善于通过人物的行为、语言来揭示人物的精神世界。先看孙齐的婚姻行为，他是先娶杜氏，留在家乡，而后又假称未婚，骗娶了周氏，去蜀上任。真相大白后，纠纷一场。前车之覆未远，又故恶重演，独自去休宁上任，又纳娼妓陈氏。这些都说明孙齐是个奸诈好色、无义无信之徒。再看孙齐的言论，被骗的周氏不甘心继续保持这种尴尬的婚姻局面，决心与孙齐断绝关系。孙齐急了，说："我为你赶走原配杜氏"，也不顾及"身体发肤，受之父母，不可毁伤"的圣人之训，剪断头发发誓。这番"情义"也真打动了周氏。而后，这些话就都不算数了。他回家休假，连见见周

国学经典文库

唐宋八大家散文鉴赏

曾巩卷

氏都不提了, 还派人偷走了周氏所生的儿子。周氏远去任所找他, 他竟是亲手"捽挽置庑下"。捽挽, 连拉带拽, 可见其凶暴。孙齐还拿出一个假的契约, 说: "你不过是个婢佣, 怎么敢这样闹!"古语说: "听其言而观其行。"作者让人物语言在人物行为的陪衬下, 深刻地揭示了人物的精神面貌, 使我们看到了孙齐阴险奸诈的性格。

"虎毒不食子", 言畜类之残暴者也具备亲子间的基本道德。但孙齐则不然, 为了怕官府戳穿他诬妻为佣的丑行, 竟不惜残忍地杀害了亲生儿子, 毁灭证据, 保全自己。作者对于杀儿过程中, 孙齐及其帮凶陈氏的动作写得十分仔细: "扼其咽""引儿足""倒持之""抑其首", 这些行为描写, 暴露他们的阴毒残忍。

作者让事实来说话, 他对人物的臧否, 主要是通过人物自身的行为刻画出来的。

作者实录了封建官场的黑暗内幕, 语虽平钝, 但深蕴着批判的锋芒。

在周氏几次告状中, 孙齐先是能够"赀谢得释", 后来"辨于州, 不直。周氏诉于江西转运使, 不听。"封建社会里, 官吏贪赃枉法, 官官相护, 老百姓到哪里去伸冤!

具有讽刺意味的是, 作者特别指出主人公孙齐"明法", 而其授职亦屡为各州

"司法"。按,明法,即明习法令之意,是汉、唐、宋各朝察举人才及科举取士的名称;司法,主管刑法的官吏。"明法""司法"而"犯法",可见官吏的佞巧无信。

　　结尾的议论也深化了主题。作者以对比议论手法一扬一抑,欲擒故纵。先言人区别于禽兽,是为一扬,一纵,既而,又言禽兽不伤亲子,"如齐何议焉?"言外之意,孙齐禽兽不如,是为一抑一擒,鞭辟入里。

　　曾巩在很多文章中,都把"禽兽"与"夷狄"并列在

一起,本文如"人固择于禽兽夷狄也。"夷狄,边境上的少数民族。这反映了曾巩的汉民族的优越意识和歧视兄弟民族的封建正统心理,这当然是不对的。

醒心亭记

【题解】

本文著于庆历七年（公元 1047 年）八月十五日，时曾巩二十九岁，尚未入仕。

庆历五年，欧阳修因上书辩杜衍、范仲淹、韩琦、富弼等所谓"朋党"之事，于八月甲戌，降知滁州，十月至郡（《欧阳修全集·年谱》）。时欧阳修三十九岁。庆历六年，欧阳修自号"醉翁"，著《丰乐亭记》《醉翁亭记》。二文可谓"醉翁之意不在酒"，多弦外之音，忧谗畏讥，而以丘壑山水自遣而已。

曾巩本文及《奉和滁州九咏九首》《与王介甫第一书》，同欧阳修滁州之贬相关。

"（欧阳）先生贬守滁。滁，小州。先生为之，殆无事。环州多佳山水，最有名琅玡山。近得之曰'幽谷'，先生散游其间，又赋诗以乐之"（《曾巩集·奉和滁州九咏九首·序》），可作为本文及其他同期散文的理解之助。

文中，叙亭名之由来，赞颂欧阳修在贬退之际，能乐以天下，并保持恬静、旷达的襟怀。本文与《丰乐亭记》《醉翁亭记》诸作有异曲同工之妙。

文中，以白描之笔写景、叙事，而意在言外，借以表现欧阳修在逆境中的闲适自得，自娱自乐。结尾部分，虽是愤激、慰藉之语，但极为含蓄，深远，大有左思《咏史》"悠悠百世后，英名擅八区"（《文选·咏史》）之意。

【原文】

滁州之西南①，泉水之涯，欧阳公作州之二年，构亭曰"丰乐"，自为记以见其名之意②。既又直丰乐之东几百步③，得山之高，构亭曰"醒心"，使巩记之。

凡公与州之宾客者游焉，则必即丰乐以饮④。或醉且劳矣，则必即醒心而望。以见夫群山之相环，云烟之相滋⑤，旷野之无穷，草树众而泉石嘉⑥，使目新乎其所睹，耳新乎其所闻，则其心洒然而醒⑦，更欲久而忘归也。故即其所以然而为名⑧，取韩子退之《北湖》之诗云⑨。噫！其可谓善取乐于山泉之间，而名之以见其实，又善者矣⑩。

虽然，公之乐，吾能言之。吾君优游而无为于上⑪，吾民给足而无憾于下⑫，天下学者皆为材且良，夷狄、鸟兽、草木之生者皆得其宜⑬，公乐也。一山之隅，一泉之旁，岂公乐哉？乃公所以寄意于此也⑭。若公之贤，韩子殁数百年⑮，而始有之⑯。今同游之宾客，尚未知公之难遇也。后百千年，有慕公之为人，而览公之迹，思欲见之，有不可及之叹，然后知公之难遇也。则凡同游于此者，其可不喜且幸欤？而巩也，又得以文词托名于公文之次，其又不喜且幸欤！庆历七年八月十五日记。

【注释】

①滁州：宋州名，属淮南东路，今安徽省滁州市。

②见：通"现"。

③直：当，面对。　　几：接近。

④即：往，到。

⑤滋：生。

⑥嘉：美。

⑦洒然：本为以水喷散貌，此指突然摆脱郁闷貌。

⑧所以然：可以造成这种醒心的效果。　　所以：《经传释词》卷九："所以，可以也。"　　所以然：一本作"事之所以然"，当从。

⑨韩子退之：即韩愈，字退之。　　《北湖》之诗：《韩昌黎诗系年集释》卷八载《北湖》诗云："闻说游湖棹，寻常到此回。应留醒心处，准拟醉时来。"

⑩而名二句：清何焯《义门读书记》卷四十二云："宋本无此十字。有此便与后'岂公乐哉？乃公所以寄意于此'二句违反。"

⑪优游：悠闲自得。《诗·小雅·白驹》："慎尔优游，勉尔遁思。"无为：清静而无所事事。

⑫给足：富裕，丰足。　　给：衣食丰足。

⑬夷狄：古人对少数民族侮辱性的称呼。

⑭寄意：寄托自己的心意。

⑮韩子句：《旧唐书·韩愈传》："长庆四年（公元 824 年）十二月卒，时年五十七。"韩愈之死距庆历七年（公元 1047 年），已二百二十三年。

⑯始：才。

【集评】

明茅坤《唐宋八大家文钞》卷一〇五：未尽子固之长，然亦有典型处。

清张伯行重订《唐宋八大家文钞》卷十五：《丰乐亭记》，欧公之自道其乐也。《醒心亭记》，子固能道欧公之乐也，然皆所谓'后天下之乐而乐'者，结处尤一往情深。

清何焯《义门读书记》卷四十二：其言之非谀且妄，故后半但沈清新，后之人则不可以率尔书虎也。

【鉴赏】

欧阳修由于屡屡支持范仲淹等人推行的庆历新政，数度著文上书，为新政呐喊，深为保守派所嫉怨，遂招致多方攻讦。一时京师关于欧阳修的流言四起，传说欧阳修与其甥女关系暧昧。谏官钱明逸据此，正式上本弹劾欧阳修。欧阳修蒙流言之祸，涉嫌于此，百口莫辩。虽查无实据，不了了之，但也是"闹了个一身骚"。终于因此，被贬出京，做了滁州知州。当时，曾巩在开封太学读书，在新旧党争之中，曾巩不避嫌疑，两个人经常有书信诗文往还。《醒心亭记》，即其中之一。

第一段，小序。交代写《醒心亭记》的有关背景及写"记"之缘由。

文章在介绍"醒心亭"之前，先介绍了"丰乐"亭。"滁州之西南"，示方位；"泉水之涯"，写环境；"欧阳公作州之二年"，记构亭时间；文笔交代简洁。写"醒心亭"为什么要先写"丰乐亭"呢？作者所以写丰乐亭，用意在于以丰乐亭作背景，一方面引出醒心亭的位置，丰乐亭往东几百步的高山上；一方面交代了"醒心亭"的环境。写"丰乐亭"就是在描绘"醒心亭"的画面背景。

作者行文纡徐曲折，不开门见山，直至段尾方始点题。这并未使人感到烦琐，而是使画面更加丰满。如果即题写题，即景写景，那么非把醒心亭"孤悬"在那儿不可，画面必因单调而失去趣味。

第二段，写醒心亭之胜。

作者以"饮"和"望"两字,概括区分了"丰乐""醒心"二亭不同的用途:前者用于饮酒,后者用于览胜。一个"望"字,总领景致之叙:群山相环,云烟弥漫,旷野无垠,草木茂密,泉水清洌,山岩俊秀。作者所以写"望"中之景,是为了引出"望"中的感受:耳目一新,心中畅然清爽——从而点明醒心亭所以名"醒心"的原因,并进一步指明"醒心"一词的出处及掌故。按,韩退之诗《北湖》关于"醒心"句的一首是:"闻说游湖棹,寻常到此回,应留醒心处,准拟醉时来。"这一引证,也曲折地反映着欧阳修这位北宋诗文革新运动的领袖,对于韩愈这位唐代古文运动领袖的推崇。按,韩愈擅古文,并非以诗称擅者,《北湖》又非韩愈著名之章,而欧阳公熟知,可见韩愈诗文之被推重。

本段结句"取乐于山泉",总结了建亭的心旨,为下文议论的生发作了铺垫,既有"总上"之功,又是"启下"之设。

第三、四自然段,是议论的生发。

第三段之议论,文眼在"乐"字上。承上段结句"取乐于山泉"说开去,引出"公之乐,吾能言之",以此句总领全段,言欧阳修之"乐"的内涵;国君悠闲自得,无为而治;百姓丰足,居无愁憾;世之学子,多为贤能之才;四夷安居乐业;草木鸟兽,万物生长,各得其宜。这正是欧阳修之乐的真谛。指出欧阳修之乐,本不

在山水之间,欧阳修的山水之乐,只不过是盛世之乐的一种移情而已,即所谓"寄意于此"罢了。

这一段有两处瑕瑜应该指出:

其一是，曾巩把"夷狄鸟兽草木"，列在一起。反映出了他的"大汉族"的封建正统意识，对汉族以外的少数民族的歧视；

其二是，曾巩把当时的宋王朝的统治讴歌为"吾君优游而无为于上，吾民给足而无憾于下"是失实的。虽然，这是当时文章通行的一种时代局限，但毕竟是白璧之瑕。欧阳修的山水之乐，也绝不是太平盛世的一种移情，只不过是在被贬蒙诬中，表现了一种旷达的情志而已。滁州是个小州，无从施展抱负，只好纵山水之情罢了。

第四段，文眼在"难得"二字，"几百年才能有这样的"，写欧阳修之贤难得。现在的人，还没有理解这一点，但百年、千年之后，人们一定会确认这个问题。含蓄着的意思是：历史自有公论。按，欧阳修以流言攻讦被贬到滁州，身被非誉之名，且有涉罪之嫌，正所谓"周公恐惧流言日"者，曾巩的"公之贤难遇"说，既是对流言的反击，也是对欧阳修的声援。真理是时间的孩子，而不是权威的孩子。当世人不能理解欧阳修，后世人自当有公论。这是曾巩的一段曲笔。

曾巩擅长生发议论：由醒心亭这样一个山水之题，层层生发，以山水之"秀"，引出山水之"乐"，以山水之"乐"引出山水之乐之"心"，复以山水之乐之"心"，论及"公之贤"，并以此含蓄反击流言，慰勉欧阳修。茅坤论曾巩文曾说："经理发髻无一不入机杼及其髻总"（《唐宋八大家文钞·曾文定公文钞》卷八）此言甚当。《醒心亭记》其要旨在"公之贤难遇"上，即茅坤所谓"机杼""髻总"，它穿织并总合了全章，结构严谨佳妙。

菜园院佛殿记①

【题解】

本篇著于庆历八年(公元1048年)。在此之前,由于宋朝帝王的提倡,儒、道、释三教合一的格局业已形成,而佛教似乎最盛,正如本文所言,"佛之法固方重于天下"。与此相反,"自扬雄以后,士罕知经,至施于政事,亦皆卑近苟简,故道术浸微,先王之迹不复见于世。"(《曾巩集·附录·行状》)

作者取三教"迹异而道同"(宋真宗《崇释论》二,《全宋文》第七册第125页)之处,借僧可栖勤苦不舍、孜孜以求之精诚,指责儒学者及今日之弊,"反不及佛之学者远矣。则彼之所以盛,不由此之所自守者衰欤?"作者恨铁不成钢之情溢于言表,深为佛教兴盛及儒学不彰而忧虑。

本文虽是为佛殿作记,但实际是借他山之石以攻玉,借佛之盛以激励儒学的发达。

本文巧用离合兴寄,婉曲引人。作者在叙述中,取其于我有用者,处处伏笔,以议论点睛,从而,使伏笔一一变活,这样,本文既不离题,又借题发挥,得兴寄之趣。

【原文】

庆历八年四月,抚州菜园僧可栖,得州之人高庆、王明、饶杰相与率民钱为殿于其院②,成,以佛之像置其中,而来乞予文以为记。

初,菜园有籍于尚书③,有地于城南五里,而草木生之,牛羊践之,求屋室居人焉,无有也。可栖至,则喜曰:"是天下之废地也,人不争,吾得之以老,斯足矣。"遂以医取资于人,而即其处立寝庐、讲堂、重门、斋庖之房、栖客之舍,而合其徒入而居之。独殿之役最大,自度其力不能为,乃使庆、明、杰持簿乞民间,有得辄记之,微细无不受,浸渐积累,期月而用以足④,役以既⑤。自可栖之来居至于此,盖十年矣。

吾观佛之徒，凡有所兴作，其人皆用力也勤，刻意也专⑥，不肯苟成，不求速效，故善以小致大，以难致易，而其所为，无一不如其志者，岂独其说足以动人哉？其中亦有智然也。若可栖之披攘经营⑦，捃摭纤悉⑧，忘十年之久，以及其志之成，其所以自致者，岂不近是哉？噫！佛之法固方重于天下，而其学者又善殖之如此。至于世儒⑨，习圣人之道，既自以为至矣，及其任天下之事，则未尝有勤行之意，坚持之操，少长相与语曰："苟一时之利耳⑩，安能必世百年⑪，为教化之渐⑫，而待迟久之功哉！"相薰以此⑬，故历千余载，虽有贤者作⑭，未可以得志于其间也。由是观之，反不及佛之学者远矣。则彼之所以盛，不由此之所自守者衰欤⑮？与之记，不独以著其能，亦以愧吾道之不行也已。曾巩记。

【注释】

①菜园院：佛寺名。　　菜园：当为地名，不详。

②相与：一起。　　率：收敛。　　为：建造。

③籍：簿书，档案。　　尚书：即尚书省，官署名，参见《宋史·职官志一》。

④期月：满一月，整整一个月。　　期：一周期。

⑤既：尽，完成。

⑥刻意也专：用心深入而专一。　　刻意：用心深。　　也：语气词，无义。

⑦披攘：倒伏，此喻艰难奔波。　　经营：此指筹划营谋。

⑧捃摭：摘取，搜集，此指敛钱。　　纤：细，即上文所谓"微细无不受"者。
悉：尽，尽心尽力。

⑨世儒：俗儒。

⑩苟：只，仅仅。

⑪世：一生。

⑫为教化之渐：利用教化的影响。　　渐：习染。

⑬薰：同"熏"，熏染。

⑭作：兴起。

⑮自守：自我约束，坚守节操。

【集评】

明茅坤《唐宋八大家文钞》卷一〇五：此篇无它结构，只是不为佛殿所困窘，便是高处。

清张伯行重订《唐宋八大家文钞》卷十五："用力勤,刻意专,不苟成,不速效,故能以小致大,以难致易",凡事皆然也。而学圣人之道者,反不及佛之学者,何钦?彼之盛由此之衰,真是无穷感慨,有志斯道者,当知愧厉矣!

【鉴赏】

宋代盛行写"记",每每于楼、殿、亭、台建设成功之后,就请人写一篇记。著名的《岳阳楼记》即是岳阳楼改建之后,应"谪守巴陵郡"的滕子京之请写的。曾巩文名远播,所以多遇请托写记。《菜园院佛殿记》即是庆历八年(公元 1048 年)四月,应和尚可栖之请,为菜园院佛殿建成,并以佛像置其中时,写的一篇记。

本文可分为记叙部分和议论部分。

记叙部分,即一、二自然段,写作序的缘由及菜园院佛殿的兴作。

曾巩借助朴素的事实,生动地刻画了佛教徒的恒心与毅力。文中先写"草木生之,牛羊践之",以叙菜园之荒芜,突出了创业的艰难;再写"求屋室居人焉,无有也",没有房屋,没有人家,更突出它的生存环境的恶劣。而在可栖和尚的经营下,"即其处立寝庐、讲堂、重门、斋庖之房、楼客之舍",作者有意缛文铺排,"寝

庐、讲堂、重门、斋庖之房,楼客之舍",其实就是房子、门,一贯文笔简洁的曾巩,却不厌其详,一一分述这些"房子"的不同用途,并以"庐""堂""房""舍"不同之名称之,就是为了给读者留下深刻的印象,以彰显可栖和尚创业的成绩,并以此讴颂可

栖和尚的恒毅精神。作者特别强调"即其处"一词，"即其处立寝庐……"这是为了照应"草木生之，牛羊践之"，且无"屋室居人"的昔日荒湮，使人读后，不能不深受感动。

作者在记叙中，采用了类似互文的手法。所谓互文，指古代诗文相邻文句中，所用的词语文句互相补充，结合起来，表示一个完整的意思。如范仲淹《岳阳楼记》，"不以物喜，不以己悲"，"物"与"己"，即是相互补充的，当为"不以物己喜，不以己物悲"互文，可以避免文句的重复，使语言简洁精炼。

记叙营建集资，可栖和尚是"以医取资于人"，庆、明、杰三人是出去化缘，"微细无不受，浸渐积累，期月而用足。"其实，可栖和尚何尝不是"浸渐积累""微细无不受"的，这里就有个以后文补充前文的作用，使文字简洁，避免重复。

点睛之笔是最后一句："盖十年矣。"这一数字，向人们显示了在"细微"的"浸渐积累"中，可栖和尚整整奋斗了那样漫长的岁月，他以滴水穿石的毅力、恒心，在荒湮的"废地"上，盖起了这样严整的庐、堂、门、房、舍、殿的建筑群落，真是让人生发敬意。

作者对于可栖和尚的刻画，笔墨不多，但能传其神韵。土地那么荒湮，创业将是那么艰难，但可栖和尚一见这块废地，却十分高兴，只一个"喜"字，就刻画了教徒不畏艰辛虔心事佛的敬业精神。

作者记菜园院佛殿的兴作，却只字不写施工过程，只是围绕可栖等人集资，写了几十字，不枝不蔓，突出了佛教徒的毅力与恒心。

议论部分，即第三自然段，叙述由菜园院佛殿之建所生发的感想。

本段议论有两个特点：一是以"佛之徒"与"世儒"相对比；二是深蕴褒贬色彩。对于"佛之徒"，曾巩用了骈对的文句，作了热情的赞颂："其人皆用力也勤，刻意也专，不肯苟成，不求速效，故善以小致大，以难致易，而其所为，无一不如其志者"，语势奔放，感慨良深；写及"世儒"，既骄傲自满，"自以为至矣"，又"未尝有勤行之意，坚持之操"，没有勤奋和毅力。语不偏激，但深寓美刺。两相对比，曾巩痛苦地说："由是观之，反不及佛之学者远矣。"曾巩作为儒家学者，有一定的反佛倾向，但是，他仍能客观地看到"佛之徒"的长处，客观地反思儒之徒的短处，这种现实的态度，是很可贵的。曾巩本来认为儒家是礼仪教化之门，儒之徒本应在道德品质上超越其他人。现在，竟然不如"佛之徒"，所以曾巩才说："由是观之，反不及佛之学者远矣。""反不及",是按常理不该如此,也是痛心之说,褒贬色彩很强烈。

结尾两句归结写作目的,阐明作者褒贬所在:一是"著其能",即彰显他们的长处;二是"愧吾道之不行",为儒道不大行于世而惭愧,表现了作者强烈的思想倾向性。

《宋史·曾巩传》说曾巩的文章大多"本原六经",此言甚是。本来是一篇《菜园院佛殿记》,曾巩并未弘扬佛法,却臧否起"世儒",而臧否世儒,还是为了六经中所踵的"儒道"。

思政堂记

国学经典文库

唐宋八大家散文鉴赏

曾巩卷

【题解】

本篇著于嘉祐三年(公元 1058 年),时作者四十岁,为太平州司法参军。

本篇先记思政堂之由来及其环境的幽雅,进而议"思"与"政"之关系,最后赞思政之人。

本篇虚实相映,轻灵委婉。文中,由名及堂,然后,挥发议论,转而盛赞勤政之士,由虚入实,由实入虚,如此,则文不离题,又不粘滞于题,曲尽其致。

本篇以白描手法写景,简洁而富于意境。

【原文】

尚书祠部员外郎、集贤校理太原王君为池州之明年①,治其后堂北向②,而命之曰"思政之堂③。"谓其出政于南向之堂,而思之于此也。其冬,予客过池,而属予记之④。

初,君之治此堂,得公之余钱⑤,以易其旧腐坏断⑥,既完以固⑦,不窘寒暑⑧。辟而即之⑨,则旧圃之胜⑩,凉台清池,游息之亭,微步之径,皆在其前;平畦浅槛⑪,佳花美木、竹林香草之植,皆在其左右。君于是退处其中,并心一意⑫,用其日夜之思者,不敢忘其政,则君之治民之意勤矣乎!

夫接于人无穷而使人善惑者,事也;推移无常而不可以拘者,时也;其应无方⑬而不可以易者,理也。知时之变而因之,见必然之理而循之,则事者虽无穷而易应也,虽善惑而易治也。故所与由之,必人之所安也⑭;所与违之,必人之所厌也。如此者,未有不始于思,然后得于己。得于己,故谓之德。正己而治人,故谓之政。政者,岂止于治文书、督赋敛、断狱讼而已乎?然及其已得矣,则无思也;已化矣,则亦岂止于政哉⑮!古君子之治,未尝有易此者也。

今君之学，于书无所不读，而尤深于《春秋》，其挺然独见，破去前惑，人有所不及也。来为是邦⑯，施用素学⑰，以修其政⑱，既得以休其暇日，乃自以为不足⑲，而思之于此。虽今之吏不得以尽行其志，然迹君之勤如此⑳，则池之人，其不有蒙其泽者乎？故予为之书。嘉祐三年冬至日南丰曾巩记。

【注释】

①尚书祠部员外郎：官名，属尚书省户部，掌天下祀典、道释祠庙、医药之政，见《宋史·职官志三》。　集贤校理：官名，集贤院校理，掌图书修撰及顾问应对，属秘书省，见《宋史·职官志四》。　太原：宋府名，属河东路，今山西省太原市。　王君：不详其名字，待考。　为：治理。　池州：宋地名，属江南东路，今安徽省贵池区。　明年：第二年。

②治：修整。　后堂北向：即"北向"之"后堂"。

③命：通"名"，称之为。

④属：通"嘱"，嘱托。

⑤公：官府。

⑥易：改变。

⑦完：完好。

⑧不窘寒暑：不为寒暑所困迫。

⑨辟而即之：开门进入北堂。　辟：开门。

⑩胜：美，美景。

⑪平畦浅槛：平整的花畦，低矮的栏杆。

⑫并心一意：集中思想，专心致志。

⑬其应无方：它对事物的应和，没有固定的法度，即事同而理不同。

⑭故所与二句：因此，执政者所思若与事理符合，那么，这必然是人们安然乐从的。

⑮然及其四句：然而，等到王君已完全领悟了治理之道，那也就不必再去思考了。人心和社会风俗已经转变了，那么，这难道仅仅是政治的功力吗？　得：领悟。　化：感化，人心和风俗的改变。

⑯来为是邦：来到池州，治理这个地方。

⑰素学：平日所获得的学识。

⑱修：治。

⑲乃：却。

⑳迹：追踪，考核。

【集评】

清沈德潜《唐宋八大家文读本》卷二十八：三思后行，越畔之思也，不出位之思，循理之思也。遇事之来，因时之变，以求当于必然之理，其于为政也，盖庶几矣。清峭遒折，转近半山。近日望溪方氏宗法此种，已足夸越一时矣。

清张伯行重订《唐宋八大家文钞》卷十五：王君能修其政，而又为思政堂，以勤求民隐，则凡所欲与聚，所恶勿施者，当必有以得之也。朱子曰：'去古既远，而为吏者赋敛诛求之外，饱食而嬉。'得此可以风矣。

【鉴赏】

宋仁宗嘉祐二年（公元1057年）冬，太原王君任池州长官。第二年，修治其府治后南堂，命名作"思政"堂。认为政断出于府治北堂，而所思却是决于南堂，故得"思政"之名。这一年冬天，曾巩赴太平州司法参军任，路过池州，王君请曾巩写一篇记，这就是《思政堂记》。按，池州，故治即今安徽省贵池区。

曾巩认为：为政，当"始于思"，即提倡慎重的研究与思考，然后"得于己"。言外之意，即不盲从于人，自己要把握正确的决断，而且还要"正己而治人"，也就是要自己做榜样，先管好自己，再要求别人。宋代流行"审己"之说，如程颐就有"行事在审己，不必恤浮议"之论（宋·杨时《河南程氏粹言·论时篇》）。审己，即"自己确定"之意。儒家主张"己所不欲，勿施于人""身体力行"，这些思想融合在曾巩的"正己而治人"之中，有一定的进步性。

全文共有四个段落：

第一段，写思政堂之由来及作序之缘起。

第二段，写思政堂之建、思政堂之景观、思政堂之所思。

先言"治此堂"，即修建经过。"得公之余钱"，示王君之廉洁；"既完以固，不窘寒暑"，言规格标准之低，只是坚固，冬天不进风，夏天不漏雨罢了。次言景观，作者选取了"闢而即之"、即开门入堂后的观察角度,如临其境地写三面景观。先写正面,台、池、亭、径入眼,次写左右侧面,"平畦浅槛,佳花美木,竹林香草"映衬,言而有序。景观的雅致与朴实,也正折射了王君的情趣,使读者对王君的贤德,有一种从景物中获得的朦胧的通感。最后言思政堂之所思:"用其日夜之思者,不敢忘其政",称道王君的勤奋,点出"思政"题旨。

这一段,记叙的三个层次十分清楚,每个层次各有所侧重,内容衔接也十分巧妙,以建成后登堂入室为线索,写所见、所思,流畅而自然。

第三段,是就"思政"二字生发的议论。

先言"行"之难:难就难在"无穷""无常""无方"上。"无穷",言事物的复杂性;"无常",言事物的变化;"无方",言无一成不变万灵之方法。次言"思"之易:易就易在"因之""循之",即顺着变化规律,按着"理"办事。倘如此,那么"事者虽无穷

而易应,虽善惑而易治",事情就变得容易办了。这一"难"一"易"之间的变化,关键就在于"思"字,作者以此突出了"思"的重要性。所以曾巩说:为政,"未有不始于思",也就是儒家"行成于思"之义,扣住了"思政"堂的"思"字。对"政"字,曾巩生发的释诂是"正己而治人"就"谓之政",要求自己先为州郡表率,然后教治于人。这就对自己提出了很高的要求。所以,曾巩说:"政者,岂止于治文书、督赋敛、断狱讼而已乎?"以反诘语气,委婉地否定了仅限于"治人"的吏政,表明了光是"治人"

不行,还要"正己"的思想。所谓"正己",就是要身体力行,亲身实践。"君子之治,未尝有易此者。""易此",以"君子之治"为容易之事,极写"思政"境界之难,以勉励王君,赞颂王君之志。

第四段,介绍王君。

先介绍其学问之渊博、精深,次介绍其为政之谨慎,特别点到暇日"自以为不足,而思之于此",不但写出王君的谦虚谨慎,而且扣住《思政堂记》之题,奖誉王君之贤。本段不蔓不枝,简单扼要,抓住人物的主要特点,进行"大写意"的描绘,笔墨不多,王君之印象却淋漓而具风采。

本文题为《思政堂记》,扣住"思政"二字,反复致意,吟咏再三。一段言"思政"之得名;二段言思政之勤;三段微言大义"思政"二字;四段言"思政"之谨慎。题旨鲜明,意蕴深厚,朴实感人。经曾巩这么一写,仅仅是得名于"思之于此"的缘故的"思政"堂,立刻有了新的含蕴,不能不让人刮目相看了。曾巩素擅"生发",可见一斑。

本文语言自由舒畅,富于抒情色彩。如写思政堂景观:"则归圃之胜,凉台清池,游息之亭,微步之径,皆在其前;平畦浅槛,佳花美木,竹林香草之植,皆在其左右。"其意境如散文之诗,一句一画,满目琳琅。且语言似骈非骈,似散非散,工整中毫无拘泥,散句间稍绳格律,自有一种美雅之致。

襄州宜城县长渠记①

【题解】

本篇著于熙宁八年(公元 1075 年)八月,时作者五十七岁,知襄州。

本篇详述宜城县长渠之历史由来及兴废,详述县令孙永治渠溉田,兴废为利之事。文中,由事而挥发议论,对因循泥古,用人而疑等时弊,有所讽喻。

本篇以记叙为主,因事说理,由实而虚,寓说理于叙事之中,有哲理性。

此外,本文还具有很高的史料价值,颇值得重视。

【原文】

荆及康狼,楚之西山也②。水出二山之间,东南而流,春秋之世曰"鄢水③",左丘明传④,桓公十有三年⑤,楚屈瑕伐罗⑥,及鄢,乱次以济是也⑦。其后曰"夷水",《水经》所谓汉水又南,过宜城县东,夷水注之是也。又其后曰"蛮水",郦道元所谓夷水避桓温父名,改曰"蛮水"是也⑧。秦昭王三十八年⑨,使白起将,攻楚,去鄢百里,立堨⑩,壅是水为渠以灌鄢⑪。鄢,楚都也,遂拔之。秦既得鄢,以为县。汉惠帝三年⑫,改曰"宜城"。宋孝武帝永初元年⑬,筑宜城之大堤为城,今县治是也。而更谓鄢曰故城。鄢入秦,而白起所为渠因不废。引鄢水以灌田,田皆为沃壤,今长渠是也。

长渠至宋至和二年⑭,久隳不治⑮,而田数苦旱,川饮者无所取⑯。令孙永曼叔率民田渠下者⑰,理渠之坏塞,而去其浅隘,遂完故堨,使水还渠中。自二月丙午始作,至三月癸未而毕,田之受渠水者,皆复其旧。曼叔又与民为约束⑱,时其蓄泄,而止其侵争,民皆以为宜也。

盖鄢水之出西山,初弃于无用,及白起资以祸楚⑲,而后世顾赖其利⑳。郦道元以谓溉田三千余顷,至今千有余年,而曼叔又举众力而复之,使并渠之民㉑,足食而甘饮,其余粟散于四方。盖水出于西山诸谷者其源广,而流于东南者其势下,至今千有余年,而山川高下之形势无改,故曼叔得因其故迹^㉒,兴于既废^㉓。使水之源流^㉔,与地之高下,一有易于古,则曼叔虽力,亦莫能复也。

夫水莫大于四渎^㉕,而河盖数徙,失禹之故道,至于济水,又王莽时而绝,况于众流之细,其通塞岂得如常?而后世欲行水溉田者,往往务蹑古人之遗迹^㉖,不考夫山川形势古今之同异,故用力多而收功少,是亦其不思也欤?

初,曼叔之复此渠,白其事于知襄州事张瓌唐公^㉗。公听之不疑,沮止者不用^㉘,故曼叔能以有成。则渠之复,自夫二人者也。方二人者之有为,盖将任其职,非有求于世也。及其后言渠竭者蜂出,然其心盖或有求,故多诡而少实,独长渠之利较然^㉙,而二人者之志愈明也。

熙宁六年^㉚,余为襄州^㉛,过京师,曼叔时为开封,访余于东门,为余道长渠之事,而诿余以考其约束之废举^㉜。予至而问焉,民皆以谓贤君之约束,相与守之,传数十年如其初也。予为之定著令^㉝,上司农^㉞。八年^㉟,曼叔去开封,为汝阴^㊱,始以书告之。而是秋大旱,独长渠之田无害也。夫宜知其山川与民之利害者,皆为州者之任,故予不得不书以告后之人,而又使之知夫作之所以始也^㊲。曼叔今为尚书兵部郎中^㊳,龙图阁直学士^㊴。八月丁丑曾巩记。

【注释】

①襄州:地名,宋属京西南路,今湖北省襄阳市。　　宜城:县名,宋属襄州,今湖北省宜城市。

②荆及二句:谓荆山和康狼山,是楚国西部的两座大山。　　荆:山名,在今湖北省南漳县西。参阅《书·禹贡》"荆及衡阳,惟荆州"孔安国传。　　康狼:山名,不详,待考,疑为武当山。

③春秋之世:即春秋时期。自周平王元年(公元前770年)至周敬王四十四年(公元前476年)为春秋时期。　　鄢水:古水名,晋杜预注:"在襄阳宜城市,入汉"(《左传·桓公十三年》)。　　鄢:此指襄阳宜城市。

④左丘明传:即《春秋左氏传》。

⑤鲁桓公十有三年:即公元前699年。

⑥罗:古国名。杜预注:"罗,熊姓国,在宜城市西山中,后徙南郡枝江市"(《左传·桓公十三年》)。

⑦乱次以济:谓打乱队列次序,无组织地渡水。

⑧其后七句：见《水经注》卷三十四。

⑨秦昭王三十八年：即公元前269年。

⑩堨：堵水的土坝。

⑪壅：阻塞。

⑫汉惠帝三年：即公元前192年。

⑬宋孝武帝永初元年：即公元420年。

⑭至和二年：即公元1055年。

⑮隳：毁坏。

⑯川饮句：谓靠河流供给饮用水的居民，因河流干涸，无处取水。

⑰令：此指宜城县令。　　孙永曼叔：孙永，人名，字曼叔。其生平不详，待考。率民田渠下者：率领那些耕种着可以得到长渠之水灌溉田地的百姓。

⑱约束：规约。

⑲资：凭借，借助。

⑳顾：却，反而，见《词诠》卷三。

㉑并：通"傍"，沿着，紧挨着。

㉒因：凭借。　　故迹：此指长渠原有的坝基。

㉓兴于句：谓使已废弃者得以兴建利用。

㉔使：假使，假如。

㉕四渎：《尔雅·释水》："江、淮、河、济为四渎，四渎者，发原注海者也。"渎：大川。

㉖务：一定，必定。　　蹑：踏，追踪。

㉗白：禀告，报告。　　张瓌唐：知州事姓名，其生平不详，待考。　　公：对老年男子的尊称。

㉘沮止者不用：谓不采纳阻止修复长渠者的意见。　　沮：阻止。

㉙较然：明显貌。

㉚熙宁六年：即公元1073年。

㉛为：治理。此指知襄州。

㉜而诿句：谓孙永请我考察一下他在任时所订立的长渠规约，现在已废弛，还是仍然施行。　　诿：烦劳。

㉝定著令：确定并写于法令中。

㉞上司农:上报朝廷司农寺。请参阅《宋史·职官志五》。

㉟八年:熙宁八年(公元1075年)。

㊱汝阴:地名,宋汝阴郡,属京西北路,今安徽省阜阳市。

㊲作:劳动,此指长渠工程。　　所以:表示原因,参阅《助字辨略》卷三。

㊳尚书兵部郎中:官名,参掌兵部长贰之事,见《宋史·职官志三》。

㊴龙图阁直学士:官名,备顾问,见《宋史·职官志二》。

【集评】

明茅坤《唐宋八大家文钞》卷一○三:千年鄢水本末如掌,而通篇措注,一一有法。

又,篇末引王遵岩评:《二堂(记)》及此记皆绝佳。

【鉴赏】

襄州,春秋时楚地,宋时称襄州,即今湖北襄阳。宜城市,春秋楚鄢地,故城在今湖北宜城市南。

宋仁宗至和二年(公元1055年),宜城县令孙曼叔在襄州长官张瓖唐的支持下,疏浚整复了自秦昭王时代遗留下来的长渠,为当地农业灌溉,做出了贡献。过了十八年,即熙宁六年(公元1073年)曾巩自齐州任上徙知襄州军州事,来京师(开封)。孙曼叔正任开封府长官,专门探访了曾巩,谈了长渠的事。熙宁八年秋,大旱,长渠发挥了灌溉效益,方圆之内,只有长渠所庇的田地未蒙旱祸。曾巩感前任政绩之卓异,就写了《襄州宜县长渠记》,"书以告后之人",以彰显他的功业。

全文分三个部分。

第一部分,写宜城县长渠的历史沿革。

俗话说:"水有源,树有根",宜县长渠之叙,先自溯源起笔:鄢水出荆、康狼二山之间。《左传·鲁桓公十三年》载,楚国大将屈瑕讨伐罗国(故址在宜城市西),乱了行列渡江,说的就是鄢水。鄢水后来改叫"夷水",《水经》里所说的,汉水向南流经宜城县东时,有"夷水"注入汉水,即谓此。"夷水"后又改称"蛮水",按,"夷"和"蛮",都是东南少数民族的称谓,郦道元解释说,把"夷水"改称"蛮水",是为了避讳桓温父亲的名字。按,桓温,晋明帝的女婿,官至大司马,专朝政,势焰熏天,后谋废晋自建王朝,事未及成而死。其父桓彝,"彝"与"夷",音同,有触讳之嫌,遂改

"夷水"为"蛮水"。

在介绍长渠水源——鄢水以后，作者笔锋一转，以"秦昭王三十八年"句另辟新径，引出长渠之设：秦将白起攻楚，修土堰以引鄢水淹楚都鄢，后来这条本来用于战争的长渠，被老百姓用来灌溉，于是"田皆为沃壤"。

曾巩作为一个学问渊深的学者，他的"记"一个最大的特点，就是文化意识浓厚。作者对于鄢水和长渠的历史考证，使人们增广见闻，富于知识性，趣味性，因而读来饶有兴味。如鄢水、夷水、蛮水几易其名，每个名字都征引历史记载、掌故，以使读者熟悉它，也显示了作者知识的广博。

第二部分，即第二、三、四自然段，写长渠的修复及修复后的思考。

作者以修渠前后做对比，突出了宜县长渠的存在价值和意义。

修渠前是"久隳不治""田数苦旱""川饮者无所取"，即长时间毁坏没有整治，屡为旱灾所苦，凭渠汲饮的人，没有水可取；而修渠后，则是"足食而甘饮，其余粟散于四方"，长渠两岸成了天下谷仓。这种对比，不但突出了长渠修治的重大意义，也突出了前任官员的政绩。

就长渠的修复，曾巩做了哲理性的思考。长渠的修复，有个"山川高下之形势"的因素：西山水源广，地势高，东南地势低，自古及今，这个山川高下的形势没有变，所以长渠可以修复。但是，倘水源与地势，一旦不同于古代，那么，就是孙曼叔再有本事，也不能修复古长渠。言外之意，兴修水利，还要根据客观条件。

作者特别以"四渎"之一的黄河为例，写山川形势的变迁。"河盖数徙"，指明历史上黄河水屡次改道，它离开了大禹疏浚的河道，强夺济水下游河道入海，极写黄河水势之凶猛；"王莽时而绝"，（绝，断流）水比一般小河还少，极写黄河之枯。在这种巨大的自然变化中，曾巩指出：那些一味走古人老路，不考虑山川古今变化的治水者，必然"用力多而收功少"。

这一段话，具有寓言样的深蕴。它的抽象的哲理意义，绝不仅仅是指治河而言的。它给了人们以更广泛范围的启迪。

第三部分，即五、六两段。介绍治渠者及其人品。

先概述宜城县令孙曼叔与襄州知州张瓌唐在修渠中的作用："渠之复，自二人也，"肯定了他们的功绩；"任其职，非有求于世"，则赞扬了他们忠于职守、不求名利的高尚品德；特别是二十年后，在曾巩任上，"秋大旱，独长渠之田无害"，更是以事实彰显了他们的功绩，让人钦佩。

作者行文，主从有差，重点突出。在介绍治渠者中，重点写宜城县令孙曼叔，襄州知州张瓌唐，只是写了两句，"公听之不疑，沮止者不用"，并肯定了他的作用："故曼叔能以有成"。恰到好处，不谀不损。从"沮止者不用"中，我们可以知道，是有一些反对者阻挠的。但反对者怎样"沮止"，张瓌唐怎样"不用"，曾巩一字未著，留给人们去思考。这样写，既肯定了张瓌唐的重要作用，又让写张瓌唐的文字十分简洁，在文字数量上，与孙曼叔相殊很多，以突出孙曼叔的关键作用。这是很巧妙的。

道山亭记

国学经典文库

唐宋八大家散文鉴赏

曾巩卷

46

【题解】

《福州府志》云："道山亭,程太师师孟作。前际海门,回览城市,宜比道家蓬莱三山。元丰二年(公元1079年)曾巩记,林希书"(见"王谱"引)。时曾巩六十一岁,知明州。

作者详述闽路险远,仕者惮往之事,赞颂程师孟一反习俗,因地自乐,志壮可嘉。本文可与《送李材叔知柳州序》《送江任序》参照阅读。

文中,由物及人,抑扬反衬,以险远反衬程公在逆境中以苦为乐,恬静旷达的襟怀。文中,颇多白描、妙喻,优美而富于意象。所记民风民俗,亲切喜人。

【原文】

闽故隶周者也①,至秦开其地,列于中国,始并为闽中郡②。自粤之太末③,与吴之豫章④,为其通路。其路在闽者,陆出则阸于两山之间⑤,山相属无间断⑥,累数驿乃一得平地⑦,小为县,大为州,然其四顾亦山也。其途或逆坂如缘纲⑧,或垂崖如一发,或侧径钩出于不测之溪上,皆石芒峭发⑨,择然后可投步。负戴者虽其土人⑩,犹侧足然后能进。非其土人,罕不踬也⑪。其溪行,则水皆自高泻下,石错出其间,如林立,如士骑满野,千里下上,不见首尾⑫。水行其隙间,或衡缩蟉糅⑬,或逆走旁射⑭,其状若蚓结,若虫镂⑮,其旋若轮,其激若矢。舟溯沿者⑯,投便利⑰,失毫分,辄破溺。虽其土长川居之人,非生而习水事者,不敢以舟楫自任也⑱。其水陆之险如此。汉尝处其众江淮之间而虚其地⑲,盖以其陋多阻⑳,岂虚也哉?

福州治侯官㉑,于闽为土中,所谓闽中也。其地于闽为最平以广,四出之山皆远㉒,而长江在其南㉓,大海在其东,其城之内外皆涂㉔,旁有沟,沟通潮汐,舟载者昼夜属于门庭。麓多柔木㉕,而匠多良能,人以屋室钜丽相矜㉖,虽下贫必丰其居㉗,而佛、老子之徒，其宫又特盛。城之中三山，西曰闽山，东曰九仙山，北曰粤王山，三山者鼎趾立。其附山，盖佛、老子之宫以数十百，其瑰诡殊绝之状㉘，盖已尽人力。

光禄卿、直昭文馆程公为是州㉙，得闽山嵌𡸣之际㉚，为亭于其处，其山川之胜㉛，城邑之大，宫室之荣㉜，不下簟席而尽于四瞩㉝。程公以谓在江海之上㉞，为登览之观，可比于道家所谓蓬莱、方丈、瀛洲之山㉟，故名之曰道山之亭。闽以险且远，故仕者常惮往，程公能因其地之善，以寓其耳目之乐，非独忘其远且险，又将抗其思于埃壒之外㊱，其志壮哉！

程公于是州以治行闻，既新其城，又新其学，而其余功又及于此。盖其岁满就更广州，拜谏议大夫㊲，又拜给事中、集贤殿修撰㊳，今为越州㊴，字公辟，名师孟㊵。

【注释】

①隶：隶属。

②至秦三句：《史记·东越列传》："闽越王无诸及越东海王摇者，其先皆越王勾践之后也，姓驺氏。秦已并天下，皆废为君长，以其地为闽中郡。"　中国：上古时代，我国华夏族建国于黄河流域一带，以为居天下之中，故称中国，而把周围地区称为四方。《礼记·中庸》："是以声名洋溢乎中国"。

③粤：通"越"。　太末：地名。会稽郡有太末县，今浙江省遂昌县。

④豫章：地名，《后汉书·郡国志四》有豫章郡，郡治南昌，今江西省南昌市。

⑤阸：阻塞，阻隔。

⑥属：连接。

⑦累：累积，此指连续。　驿：驿站。古代供传送公文的人或往来官员暂住，换马的处所。《新唐书·百官志一》："凡三十里有驿，驿有长，举天下四方之所达，为驿千六百三十九。"

⑧其途句：那路途有时迎着山坡蜿蜒而上，人走上去，好似踏在一根粗绳上。坂：山坡。　缘：沿、顺。　纽：粗索。

⑨石芒峭发：石头上的尖刺，根根直立。

⑩负戴者：用肩背着，用头顶着东西行走的人。　土人：当地人。

⑪罕：少，很少。　踬：被绊倒，跌倒。

⑫石错出五句:皆描述乱石景象。

⑬衡缩蟉糅:水流窄缩,盘曲缠绕。　　衡:通"横"。　　缩:短。　　蟉:屈曲。　　糅:杂,乱。

⑭逆走旁射:溪水倒流,四处喷射。

⑮镂:雕刻,此处指虫蛀。

⑯溯:逆流而上。　　沿:顺流而下。

⑰投便利:寻找方便安全之处行走。　　投:投足,行路。

⑱舟楫:船和桨,此指行船。　　自任:认为自己可以胜任某项工作。

⑲汉尝句:《史记·东越列传》:"东瓯请举国徙中国,乃悉举众来,处江淮之间。"　　虚:空。

⑳陿:同"狭"。

㉑福州句:福州的州治所在侯官。　　侯官:地名,宋属福建路,今属福建省闽侯县。

㉒四出:东西南北四方与外界来往之处。

㉓长江:此指闽江。

㉔涂:淤泥。

㉕麓:山脚。　　桀木:大树。　　桀:高大。

㉖钜:同"巨",大。　　矜:夸耀。

㉗丰:大。

㉘瓌诡殊绝:瑰丽、怪异、奇绝。　　瓌:同"瑰"。　　诡:怪异。

㉙光禄卿:官名,掌祭祀、朝会、宴飨酒醴膳羞之事,见《宋史·职官志四》。

直昭文馆:官名,掌详正图籍,参阅《新唐书·百官志二》。

㉚嶔崟:山高峻貌。　　际:中,里边。

㉛胜:美景。

㉜荣:华美,壮丽。

㉝簟席:供坐卧用的竹席。　　尽于四瞩:即尽收眼底之意。　　四瞩:四下观望。

㉞江海之上:此为双关语,既指眼前闽江、大海,又暗指"身在江海之上,心居乎魏阙之下"(《庄子·让王》)。

㉟蓬莱、方丈、瀛州之山：《史记·秦始皇本纪》："齐人徐市等上书，言海中有三神山，名曰蓬莱、方丈、瀛洲，仙人居之。"

㊱又将句：又将使其思想高尚于世俗之外。　　抗：通"亢"，高，高尚。　　埃壒：尘土，此指尘世。《文选·西都赋》："轶埃壒之混浊，鲜颢气之清英。"

㊲谏议大夫：官名，掌规谏讽喻，见《宋史·职官志一》。

㊳给事中：官名，属门下省，掌读中外出纳及判后省之事，见《宋史·职官志一》。　　集贤殿修撰：官名，备顾问，与论议，典校雠，见《宋史·职官志二》。

㊴为：治理。　　越州：州名，宋属两浙路，今浙江省绍兴市。

㊵字公辟二句：程师孟，字公辟，吴人，进士甲科，累知南康军，知洪州，加直昭文馆。知福州，筑子城，建学舍，治行最东南。徙广州，知越州、青州，遂致仕，以光禄大夫卒，年七十八。洪、福、广、越为立生祠。详见《宋史·程师孟传》。

【集评】

明茅坤《唐宋八大家文钞》卷一〇五：曾子固本色。

清沈德潜《唐宋八大家文读本》卷二十八：建一亭无甚关系，故只就山川险远上著笔，此做枯寂题法，于无色处求出色也。前水、陆二段，何减韩、柳。

清何焯《义门读书记》卷四十二：陆文裕以为亲至闽中，乃知为工。

【鉴赏】

道山亭于宋神宗熙宁元年（公元1068年）由福州郡守程师孟所建，位于福州城内乌石山天章台左、邻霄台东。宋神宗元丰二年（公元1079年），曾巩离福州后在明州（今宁波）任上，应程师孟之请写了这篇《道山亭记》。当时，福州佛教盛行，至乌石山者，非拜佛即访道，很少有人读到曾巩的这篇碑文，南宋的刘克庄在《道山亭》诗里感慨万千地说："城中楚楚银袍子，来读曾碑有几人？"曾巩的《道山亭记》遇到的竟是这样意想不到的历史选择。然而，艺术精品的光芒不会泯灭，元代的刘埙高度评价它的美学价值，说它"摹写闽地山川险恶之状，笔力精妙，宛如图画。似西汉文章，欧、苏不能及也"。清代的陆文裕也说："亲自闽中，方知其工"。曾巩散文中写风景的极少，这篇《道山亭记》是难得的写景篇什，不仅在曾巩文集，而且在唐宋游记散文中，亦无愧为杰作。

《道山亭记》的审美特征表现在：

一、穷形尽相，牢笼百态。柳宗元在《愚溪诗序》里说自己的山水散文"漱涤万物，牢笼百态。"将此语移用于《道山亭记》亦十分确切。它描绘闽地山水的险怪，刻意摹写，历历在目。请看曾巩怎样写山路的陡峭：那路夹在两山之间，何其狭隘。四周的山连接山，毫无间断，经过好几个驿站，才看到一块平地，平地小些的，辟为县城，大些的，建成州府，但无论县或州，举目四顾，到处仍是山。这里，把写路和写山结合了起来，以山路之狭长衬托群山之连绵，宛若一幅崇山峻岭全景图。当我们正为这重峦叠嶂而惊叹时，作者又展现山路奇险怪绝的图卷。这里，山退居背景，路成了一个又一个特写镜头。这许多特写镜头剪接而成一轴活动的图画：那陡峭的山坡路就像缠绕着的绳索，那悬挂在垂崖上的小路，细如一丝头发，那象勾爪般侧出于不测之溪上的路，更为险要。作者刻画出了这些路的千奇百怪，引人遐想，又突出其特征——"皆石芒峭发"。写行人艰难地行进，更加衬托路之奇险，路面布满石尖，要选择好了地方，才能举足投步。负载者虽为当地土人，但还要侧着脚才能勉强往前走，如果不是本地人，很少有不被绊倒的。这里，画面的主体变为人，路成了背景。但写人之难行，目的还在于写路之崎岖险恶。以上为山之险。水之险若何？那更是充满动态感的惊险场面。作者先从溪流中交错的石块落笔，溪水的流向特征是从高处直泻而下，石块错杂于溪流之间，石块之多如林木而立，如士骑满野，千里上下，不见首尾。作者在这里摄下的俨然是一张溪石远景照片。然后，变换视角，拍下一组水行石隙的图片：有的溪水像是缩在石间，在石头上盘曲萦绕，有的被石块阻遏，往后流去，从旁边射下，那水流的形状就像蚯蚓，像虫子，绕着打转的像车轮，急流而下的象飞矢。真是写尽了水的形态。然而作者意犹未尽，又勾画了一个更为惊险的场景——舟行水中，不管是顺流而下还是逆流而上，只能在狭窄的水道上行驶，差之毫厘，顷刻间便要触礁，船破沉没，简直惊心动魄！"虽其土长川居之人，非生而习水者，不敢以舟楫自任也。"这一句补充，更强调了水之险，工笔精雕，真切生动，令人不能不叹服作者状物写景的特异才华。

穷形尽相，牢笼百态，须抓住景物的特征。《道山亭记》正是紧紧扣住闽山闽水奇险的特征细加摹写的。这点已如上述。再看作者如何抓住福州城的特点展开描写的。他抓住了福州城地理位置的特点——位于闽中；抓住了福州城地势的特点——平而广；抓住了福州城地域风貌的特点——枕江面海；抓住了福州城城市风貌的特点——城内城外路多,路旁有沟同海水潮汐相通,舟船交通便利;抓住了福州城建筑的特点——居室巨丽,寺院特盛;抓住了福州城总体形象的特点——三山鼎立,山上寺庙众多而奇美。写福州城与写闽山水在抓住景物特征上是共同的,在表现上却各异。如果说写闽山水是用工笔画的话,那么写福州城则用素描画;如果说对闽之山水,多用描写的话;那么勾勒福州城,则多用叙述。前者浓墨重彩,后者淡笔轻勾,浓淡映衬,和谐美好。

由于抓住了景物的特征,再加上作者对景物有较深厚的感情,所以他笔下的景物,就不仅仅具有"形""相""态",而是获得了生命,获得了动态美。作者写闽之山水,突出其险,却不强调其恶,突出其怪,却不强调其凶,景物给人的总体感觉是奇、险、美。山是静穆的,但作者以路衬山,把山写活了;水是流动的,作者肆意点染,水仿佛注入了生命力。可以说,作者不仅能传山水、市廛之"形",而且能传其"神"。

二、比喻夸张,各呈其美。描写的生动性,还有赖于比喻、夸张等修辞手段的大量运用。如写山路之险,用"缘姮""一发"分别喻其不同情态,"缘姮"突出陡坡路的狭长、盘曲,而垂崖上的小径则细小、危险,故用"一发"比喻。又如,用"树立"、"士骑满野"写溪石之多,几乎塞满了水面。这些比喻不仅熨帖,状难言之景于目

前,而且清新、别致,产生奇妙的联想、想象。描写水从石缝间以各种形态流出,用了"其状若虹结,若出镂,其旋若轮,其激若矢"的比喻,让人在脑海中复现所见过的类似情景,构成一幅幅美丽、奇妙的图画。夸张在文中强调了闽地水陆之险。写山路不多,夸饰为"皆石芒峭发,择然后可投步。"实际上,闽路之险,未至如此。又如写舟行水中,极为危险,说"失毫分,辄破溺。"水面确实狭窄,但船与石之间的距离,绝不会用"毫分"来计量。这些夸张以真实为基础,显得合情合理,使人不觉其在夸张。此外,还运用了反问(如"岂虚也哉?")、感叹(如"其志壮哉!")、排比(如"其山川之胜,城邑之大,宫室之荣")等,使文章的叙述、描写更加动人。一般地说,平易自然的风格,于表现手法方面的特点是多用叙述、白描,而本文却调动了多种修辞手法,刻意摹绘,第一段给人以相当浓丽的感觉。为了洗去铅华,作者采用了始而浓,渐而弱化,末而淡的色调变化,构成"闽之山水(浓)——福州(渐淡)——程公(淡)"的格局,使失去平衡的平易风格恢复了一定的平衡。

三、严谨有序,平直自然。描写的穷形尽相、牢笼百态为曾文所罕见,恰恰相反,《道山亭记》的结构体现了曾文严谨朴实的风格。它不像欧阳修《醉翁亭记》那样千回百折,层层递进,腾挪跌宕,愈转愈深,而是平平直直,自自然然,远远道来,娓娓而谈。文章共四段,首段写闽之历史由来,水陆山水之奇险。二段写福州市衢屋舍之繁盛。从远处谈起,不疾不徐,似未切入题意。三段才不慌不忙,接起文脉,写程师孟知福州,利用闽山耸立的优势,特辟一亭,可于亭中登览山水之盛、城邑之大,宫室之荣,而程公之所以命之为"道山亭",其含义是"可比于道家所谓蓬莱、方丈、瀛洲之山"。闽地远险,仕者常怕赴任此地,而程公"能因其地之善,以寓其耳目之乐,"忘闽之远险,将思致寄寓于尘埃之外,志向远大!这一段,勾勒了道山亭四周景色之状美,交代了命名的缘由,赞扬了程公的知山乐水,建亭雅趣,半为写景,半为写人。第四段,称颂程师孟治闽的政绩——新其城、新其学,点破其余功在于建道山亭,介绍程公的官职、名字。整段全是写人。全文由景及人,既不寓情于景,也不发掘深意,而是自然地写出景和人来。从谋篇布局看,谨严、平易。林纾说曾文"平易极矣","平易不由艰辛而出,则求平必弱,求易必率,弱与率类于平易,而实非平易。"构思的朴实与描写的华美巧妙地融为一体。淡与浓、拙与巧、平与奇、朴与华,在文中和谐统一,达到了文章的极致。

越州赵公救灾记①

国学经典文库

唐宋八大家散文鉴赏

曾巩卷

【题解】

本篇著于元丰二年(公元 1079 年),时作者六十一岁。

本篇记叙赵公(赵抃)于越州救灾救疫之事,盛赞其勤政爱民、体恤入微、先事为计、举措有序之才德。

本篇在艺术方面其特色有二:其一,全文以记叙为主,记叙时,不避繁细横铺。例如,记救灾时,采取铺排手法,连用七个"几"字,纵笔横铺,可谓极繁、极细,但这并非冗笔。本文的妙处恰恰在于繁细横铺,借此,才使赵公之才德得以淋漓尽致的展示。其二,记叙时,数字的运用极为突出而别致。这些数字,既多,又精确,从而,真实可信、恰到好处地记载了赵公的业绩和才德。总之,全文有如史传散文,将生活的真实与艺术的真实融为一体,委婉、朴实、动人。

【原文】

熙宁八年夏②,吴越大旱。九月,资政殿大学士、右谏议大夫知越州赵公③,前民之未饥,为书问属县:灾所被者几乡④,民能自食者有几,当廪于官者几人⑤,沟防构筑可僦民使治之者几所⑥,库钱仓粟可发者几何,富人可募出粟者几家,僧、道士食之羡粟书于籍者其几具存⑦,使各书以对,而谨其备⑧。

州县吏录民之孤老疾弱、不能自食者二万一千九百余人以告。故事⑨,岁廪穷人,当给粟三千石而止。公敛富人所输及僧、道士食之羡者,得粟四万八千余石,佐其费。使自十月朔,人受粟日一升,幼小半之。忧其众相蹂也⑩,使受粟者男女异日;而人受二日之食,忧其且流亡也。于城市、郊野为给粟之所,凡五十有七,使各以便受之,而告以去其家者勿给。计官为不足用也,取吏之不在职而寓于境者⑪,给其食而任以事。不能自食者,有是具也⑫;能自食者,为之告富人,无得闭粜⑬。又

54

为之出官粟,得五万二千余石,平其价予民。为粜粟之所,凡十有八,使籴者自便⑭,如受粟。又僦民完城四千一百丈⑮,为工三万八千,计其佣与钱⑯,又与粟再倍之⑰。民取息钱者,告富人纵予之,而待熟,官为责其偿⑱。弃男女者,使人得收养之。

明年春,大疫,为病坊,处疾病之无归者。募僧二人,属以视医药饮食⑲,令无失所恃⑳。凡死者,使在处随收瘗之㉑。

法,廪穷人,尽三月当止,是岁,尽五月而止。事有非便文者㉒,公一以自任,不以累其属。有上请者,或便宜,多辄行㉓。公于此时,蚤夜惫心力不少懈㉔,事细钜必躬亲㉕。给病者药食,多出私钱。民不幸罹旱疫,得免于转死㉖;虽死,得无失敛埋,皆公力也。

是时,旱疫被吴越,民饥馑疾疠㉗,死者殆半,灾未有钜于此也。天子东向忧劳㉘,州县推布上恩,人人尽其力。公所拊循㉙,民尤以为得其依归㉚。所以经营、绥辑、先后、终始之际㉛,委曲纤悉㉜,无不备者。其施虽在越,其仁足以示天下;其事虽行于一时,其法足以传后。盖灾沴之行㉝,治世不能使之无,而能为之备。民病而后图之,与夫先事而为计者,则有间矣㉞;不习而有为,与夫素得之者,则有间矣。予故采于越,得公所推行,乐为之识其详,岂独以慰越人之思,将使吏之有志于民者,不幸而遇岁之灾,推公之所已试,其科条可不待顷而具㉟,则公之泽岂小且近乎!

公元丰二年以大学士加太子少保致仕,家于衢。其直道正行在于朝廷、岂弟之实在于身者㊱,此不著。著其荒政可师者,以为《越州赵公救灾记》云。

【注释】

①越州:宋州名,属两浙路,今浙江省绍兴市。　　赵公:赵抃,字阅道,衢州西安(今浙江省衢州市)人。生于宋真宗大中祥符元年(公元1008年),卒于神宗元丰七年(公元1084年)。为人刚直不阿,人称"铁面御史"。为右司谏,拜资政殿学士,因反对王安石变法罢职。"知越州,吴越大饥、疫,死者过半,抃尽捄荒之术,疗病埋死,而生者以全,下令修城,使得食其力"(《宋史·赵抃传》)。

②熙宁八年:公元1075年。熙宁,宋神宗年号。

③资政殿句:北宋前期官制,将官(官阶)、职(职称)和差遣(实际职务)分离。三省六部等官职只是标志官员等级的一种称号,"知"字才表明官员的实际职务。

资政殿大学士:官名,宋时,宰相罢职,多授此官,宋真宗时,罢职宰相王钦若始授此官。宋真宗建龙图阁，以阁之东序为资政殿。 右谏议大夫：掌规谏讽喻，属中书省，见《宋史·职官志一》。

④被：加，覆盖。

⑤廪：米仓，此指由官府供给粮米。

⑥防：大堤。 僦：雇。

⑦僧、道士句：谓僧、道士所吃用、登记于簿籍而今尚存的余粮数目是多少？

羡：剩余。 具存：保存。

⑧谨其备：谓谨慎地做好救灾准备。

⑨故事：过去的事例，旧例。

⑩蹂：践踏。

⑪寓：寄居。

⑫有是具也：谓因为实行这些措施，口粮够用了。 具：足。

⑬闭粜：关闭店门，不卖粮食。

⑭籴：买进粮米。

⑮完城：修缮城墙。

⑯备：雇工。

⑰再：二。

⑱官为责其偿：谓官府替债主索债。 责：索求。

⑲属：通"嘱"，嘱托。

⑳恃：似误，原文当作"时"。

㉑瘗：埋葬。

㉒事有非便文者：谓有些不能以文书解决的事情。

㉓有上请者二句：谓如果有上书请示的，对救灾有利，则大多采用实行。 便宜：有益。

㉔蚤：通"早"，早晨。 惫：疲乏。

㉕细钜：大小。 钜：同"巨"。

㉖转死："转死沟壑"的略语，谓死后尸体弃置转徙，犹言死无葬身之地。

㉗饥馑：饥荒。 疾疠：瘟疫。

㉘天子东向忧劳：谓天子关心东方吴越之地，为之忧虑。

㉙拊循:抚慰,安抚。

㉚依归:依赖。

㉛经营:筹划。　　绥辑:安定,安抚。　　　先后:指实行救灾举措的先后次序。

㉜委曲纤悉:细微详尽。　　委曲:琐细。

㉝灾沴:灾害。　　沴:因气不和而生的灾害。

㉞民病三句:百姓遭受了痛苦之后,才为之谋划,同事前就安排好对策,这二者是有差别的。　　　间:距离,差别。

㉟科条:法令条规,此指纲目。　　　顷:顷刻,短时间。

㊱岂弟:同"恺悌",和易近人。

【集评】

明茅坤《唐宋八大家文钞》卷一〇四:赵公之救灾,丝理发栉,无一遗漏,而曾公记其事,亦丝理发栉,而无一不入于机杼及其髻总。救灾者熟读此文,则于地方之流亡,如掌股间矣。

清沈德潜《唐宋八大家文读本》卷二十八:救荒之法,井井有条,不但可行于一方一时,实天下万世之利也。清献实政,得此文传出。后之为政者,可仿而行之。经济赖文章以传,不得视为两事。

清张伯行重订《唐宋八大家文钞》卷十五:救灾能使民遍受其恩,如赵公之躬亲不懈,经画周详,盖鲜也。其要皆出于豫,所称"先事而为计",与夫"素得之者",可以为法矣。

清何焯《义门读书记》卷四十二:东坡《滕达道墓志》,有待流民之方,当参考而备识之,以为《南北荒政大略》。

滕公守郓,富公守青,皆可法。青、越之政,略相近。

清吴汝纶·吴闿生《古文辞类纂点勘》引方苞曰:叙琐事而不俚,非熟于六经及管、商诸子者不能。

又引刘大櫆曰:详悉如画,有用之文。起处用《管子·问》篇,文法极古。

【鉴赏】

越州,州治在今浙江省绍兴市。赵公即赵抃,宋衢州西安人,字阅道。居官正直无私,弹劾不避权贵。以其曾任殿中侍御史,故京师有"铁面御史"之誉。后任右谏议大夫、资政殿大学士(正三品),晚年执越州政务,在越州治绩卓著。特别是在熙宁八年、九年吴越饥疫兼作之际,赵抃在救灾中表现出了卓越的见识和吏治才能,在朝野中颇负盛名。《宋史·赵抃传》载:"吴越大饥疫,死者过多。抃尽救荒之术,疗病埋死,而生者以全。下令修城,使得食其力。"苏轼在《赵清献公神道碑》中也有记述。曾巩曾出任越州通判,也出色地从事过救灾工作。他详录赵抃救灾业绩,以期总结救灾经验,并盛赞赵抃的吏才与吏德,以为后人之鉴。

全文分三部分:

第一部分(第一自然段):写赵抃备荒之明。

题目既是"救灾记",中心事件自然是"救灾"。但作者记叙的起点,却是从救灾之前开始的。介绍了"防患于未然"的调查准备工作。文眼即是"谨其备":在饥荒未来之前,认真地做好准备。这样写,虽不是"开门见山",但却突出了赵抃的远见卓识,也使救灾的记叙,更加完整。《左传》素以善志战争见长,其特点之一,即是从战争的准备阶段写起,这样,才能更现其渊源。《赵州赵公救灾记》,亦有类于此。

作者特别介绍了赵抃的调查提纲,其目的有二:一是以为后来官吏救灾的借鉴,二是借以表现赵抃政简功著的吏治才能。赵抃的调查十分简洁:"灾害所被者

几乡",询范围;"自食者""当廪于官者"之问,询灾害程度;"沟防""库钱""富人""僧道士"之问,询官、私救灾的应对能力。临事从容,严谨精细,表现了赵抃的大将风度。

第二部分(第二、三、四自然段):写救灾。

关于救灾工作的记叙,作者层次条理十分清楚。救灾工作,头绪本来纷繁,作者把救灾分为三个方面来介绍:第二自然段,写"救饥";第三自然段,写"救疫";第四自然段,写赵抃。其实,这三者在现实生活中本来是交织在一起的,是"你中有我,我中有你"的。但作者为了记叙的清楚,经过理性的梳理,归纳为三层意思,使我们看到的文章,不再是原来那种"纵横交错"的材料,这样,便于读者领会掌握。

数字的运用,给人留下十分具体的印象。文中记叙了:被救济的人数,二万一千九百余人;施用于救济的粮食,四万八千石;每人的日救济额,一升;救济粮发放点,五十七个;平价粜粮,五万二千石;平价粜粮点,十八个,等等。透过这些数字,读者自能精确地了解救灾工作,这些数字,也反映着赵抃出色的救灾成绩,歌颂了赵抃的吏才与品德。

有详有略地处理材料,也是"救灾记"记叙中的一大特点。第二自然段,"救饥",写了赵公多方面的考虑:忧虑领救济粮时,秩序不好,挤伤、践踏,于是让男女分开在不同的日子领粮;忧虑百姓流亡,于是广设救济网点;算计到官吏不够用了,于是聘用离职官吏;对不用官府救济、能自食其力者,则责令富人,不许囤积粮食不卖;对需举债度日者,则责令富人放债,待有收成时,官府为其讨债……写出了救灾筹划的严谨周密。第三自然段,"救疫",只概括介绍了:设医院,募二僧医,掩葬死者。字数仅为"救饥"部分的五分之一,十分简练。

这样写是因为:从材料的特点看,详写救灾各方面的考虑和安排,更能突出赵公忧民爱民的品德,更能突出赵公的精细严谨的组织才能;"救疫",医生司其职,非政治家所长,故略写赵公安排即收住。有详有略的记叙,即使文章简练,又使重点突出,兼备双美。

对比的写法,尤其突出了赵抃对于救灾的具突破性的贡献和高尚的人品。作者以一个"故事"(旧例)、一个"法",同赵抃的工作对比:旧例,地方上救济粮仅发放三千石,而赵抃除三千石外,还筹措了四万八千余石,总计应是五万一千石,这个数,是旧例数额的十七倍;法令规定,救济粮发到三月就停止,赵抃根据灾情,不惜

国学经典文库

唐宋八大家散文鉴赏

曾巩卷

触忤法令,发放到五月底才结止。而且,由自己承担责任,决不株累下属。有比较,才有鉴别,正是这种对比,才使人更深刻地认识了赵抃的高尚人品和工作的卓异不凡。

时间上的呼应,突出了赵抃救灾工作的效率。"九月","问属县"灾情;"十月一日",灾民每天就开始领一升粮食。其间,征集、调运、筹划、计算,仅用了这么短时间,即令是今天,也不能不算高效率。这些也突出着赵抃的吏治才能。

第三部分(第五自然段):救灾小结及议论。指出赵公救灾工作表现出的精神,可以作为天下的榜样,他的经验,也是后人借鉴的宝贵财富。

这个小结,曾巩言有所讳,亦有所不讳。所不讳者,灾难之巨——吴越诸州县死了近一半人;所忌讳者,对于当时吏治,不便指责,只说,天子忧劳,官吏尽力。但却特别指出了越州治下的百姓,"尤以为得其依归",即以在赵抃治下为幸。曾巩,事实上,是以"死伤殆半"之实,曲折地指责了其他州县的救灾工作。"纡徐曲折"是曾巩文风的特点,这里也得到了体现。顺便提一句,曾巩在任越州通判后,曾徙官洪州,正赶上当时瘟疫流行,曾巩亦做了出色的救灾工作,后来官方统计:曾巩治下的洪州,死人最少。曾巩也有赵抃之德。

第四部分(第六自然段):尾声。题外的交代。写赵公年老退休后,住在衢州。另外,由于作者写的是"救灾记",故赵抃的正直、恺悌事状未录于文章之内。其实,这也是略写的一种巧妙手法,概括地点到了他"正直""恺悌"的品格和修养,含蓄地给读者以思考的余地,留下无尽的余味。

洪渥传

国学经典文库

唐宋八大家散文鉴赏

曾巩卷

【题解】

本文著于何时，待考。

本文实则为史传散文，与史书之《卓行传》毫无二致。文中，叙洪渥生前、身后事，赞其为人笃厚、友于兄弟及侠义之美。曾巩的身世与洪渥相近，故此文颇有寄托，颇有夫子自道意味。

全文以平淡语，记平淡人，述平淡事，但自有撼人心魄之力。作者行文简质可信，笔下含情，寓深沉于平淡中，颇类似于《史记·李将军列传》《魏公子列传》。

【原文】

洪渥，抚州临川人①。为人和平②。与人游，初不甚欢，久而有味。家贫，以进士从乡举③，有能赋名④。初，进于有司⑤，辄连黜⑥。久之，乃得官。官不自驰骋⑦，又久不进，卒监黄州麻城之茶场以死⑧。死不能归葬，亦不能还其孥⑨。渥里中人闻渥死，无贤愚皆恨失之。

予少与渥相识，而不深知其为人。渥死，乃闻有兄年七十余，渥得官时，兄已老，不可与俱行。渥至官，量口用俸⑩，掇其余以归⑪，买田百亩居其兄，复去而之官，则心安焉。渥既死，兄无子，数使人至麻城抚其孥，欲返之而居以其田，其孥盖弱⑫，力不能自致⑬，其兄益已老矣，无可奈何，则念辄悲之。其经营之犹不已，忘其老也。渥兄弟如此无愧矣。渥平居若不可任以事⑭，及至赴人之急，早夜不少懈，其与人真有恩者也。

予观古今豪杰士传，论人行义，不列于史者，往往务摭奇以动俗⑮，亦或事高而不可为继，或伸一人之善而诬天下以不及⑯，虽归之辅教警世⑰，然考之中庸⑱，或过矣。如渥之所存，盖人之所易到，故载之云。

61

①抚州临川:宋地名,属江南西路,今属江西省临川区。

②和平:和蔼,平易。

③进士:《礼记·王制》:"大乐正论造士之秀者,以告于王而升诸司马,曰进士。"指有才学,可以进授爵禄之人。至隋大业中乃以进士为取士科目,唐宋因之。《宋史·选举志一》:"宋初,承唐制,贡举虽广,而莫重于进士制科。"中第者,亦称进士。　　从:由。　　乡举:由乡里推荐。《宋史·选举志一》:"凡诸州长吏举送,必先稽其版籍,察其行为,乡里所推,每十人相保,内有缺行,则连坐,不得举。"

④有能赋名:有擅长辞赋写作的美名。

⑤进于有司:推荐给有关的官署。

⑥辄连黜:总是接连遭排斥。　　辄:每每,总是。　　黜:贬斥。

⑦驰骋:纵马疾驰。此指自主行事。

⑧黄州麻城:宋地名,属淮南西路,今属湖北省麻城市。

⑨孥:儿女。

⑩量口用俸:根据家中人口衣食所需,节约使用俸禄。

⑪掇:取,拿取。

⑫盖:语助词,无义,见《助字辨略》四。

⑬自致:亲自管理、经营。　　致:通"制"。

⑭平居:即平素,平时。《战国策·齐策五》:"此夫差平居而谋王,强大而喜先天下之祸也。"

⑮务:一定,必定。　　撷:摘取,选取。

⑯诬:抹杀。

⑰辅教警世:有助于教化,警戒世人。

⑱中庸:此指中正之道,不偏为中,不变为庸。儒家以中庸为最高道德标准。《论语·雍也》:"中庸之为德也,其至矣乎!"

【集评】

明茅坤《唐宋八大家文钞》卷一〇五:有深思,有法度。

清张伯行重订《唐宋八大家文钞》卷十七：渥为小官,得禄以奉兄,友爱如是,故生而人悦,死而人悲。世未有薄天性之爱,而能与人有恩者也。南丰特为传以风世,文愈简质,而其愈可思焉。

清何焯《义门读书记》卷四十四：公笃于友爱,而久宦不大显,传渥,盖亦有感云。

【鉴赏】

曾巩流传下来的人物传记只有两篇,《洪渥传》是其中之一。在这篇文章中,作者用质朴自然的语言,简明扼要地记述了洪渥贫穷坎坷的一生,塑造出一个封建时代正直善良的知识分子形象。作者在文章的语言与结构方面都力求平淡无奇,但给读者的印象仍然是深刻的,作者笔下的人物形象也显得充实而具体,具有很强的感染力,代表了曾巩记叙文的典型风格。

首段介绍洪渥生平。作为纪传体作品,作者并没有在开头详细记述洪渥的家世,具体描绘其外貌特征,而只抓住共三点:性格、遭遇、贫穷。写其性格,只用十五个字:"为人和平。与人游,初不甚欢,久而有味。"但洪渥那生性心底厚道、温和纯朴而不善交际的性格已经跃然纸上,给人留下不可磨灭的印象。写其一生遭遇,从应举开始,"辄连黜";"久之乃得官";"久不进";最后卒于微职,设语紧凑,层层递进,将洪渥蹭蹬坎坷的一生一气写尽,令读者充满了同情之心。写其贫穷只用"死不能归葬,亦不能还其孥"一语概括,其一生穷困潦倒之状已足以令人为之泪下。这三点构成了洪渥的整个形象,但又不是相互孤立的,其遭遇的坎坷与终生的贫穷,与其性格密切相关。这一点,是读者经过回味之后才能领略出来的。

作为人物传记,只简单概括其一生经历显然是不够的,这样,人物的形象太空泛,必须再"实之以事"。中间一段,作者通过所听到的洪渥与其兄之间的关系,进一步刻画了其性格善良的一面。为使其兄衣食有靠,渥至官,"量口用俸,掇其余以归,买田百亩居其兄,复去而之官,则心安焉"。其兄为抚养其弱子,虽然"盖已老矣",而"经营之犹不已,忘其老也"。洪渥兄弟之间这种情同手足相依为命的关系看起来平常,似乎人人皆能做到,实际上难能可贵,能够到此地步的又确实不多。洪渥对于自己的兄长如此,对于其他人如何呢?"及至赴人之急,早夜不少懈,其与人有恩者也",这样,从对自己的兄长和对他人的态度中,更为深刻地展示了洪渥的内心世界，表现了其穷不堕其志，贵不移其情，助人为乐，与人为善的可贵品质。

结尾一段申述为洪渥作传原因，而出之以议论之笔，颇能切中古今传记作者之弊，足见作者于此识见高人一筹。专为豪杰之士立传，并且"务撷奇以动俗，亦或事高而不可为继，或申一人之善而诬天下以不及"，确是古今传记作者的通病，连司马迁亦不能免。《史记》虽于帝王将相之外，亦为下层人士作传，但也多是些行侠仗义的豪杰之士，或是高自标榜的遁世之徒，他们的身上，总带有传奇的色彩，涂有一层神圣的光圈。

他们的为人行事，使一般人无法企及。作者笔下的洪渥，却是一位地道的普通人，其为人行事，毫无出奇殊众之处，因此，人人皆可仿效，从而达到"辅教警世"的目的。

作为曾巩传记文的代表作，这篇文章有以下三个特点：

一、语言简易。此文设言用语极其简括省净。首段记述洪渥生平，只用不到一百字，即将洪渥一生的为人，遭遇及结局概括殆尽；次段写洪渥买田助其兄；其兄忘老抚其孥，各用几十字，但娓娓叙来，言实事信，情至意尽，感人肺腑。诚如杜讷所评："语语切实和平，绝无泛滥驰骋之习，固是南丰本色"。（《古文渊鉴》）此文在语言风格上充分体现了"南丰本色"，句句平易质实，不虚不矫，更不矜奇炫奥，显得格外平淡自然,但却引人入胜,真有"平平说出,而转觉矜奇者之为庸;明明说出,而转觉恃奥者之为浅"之妙(刘熙载《艺概》卷一)。

二、剪裁得当。从传记体裁来看,这篇文章不到四百字,写得够短了,但人物性格突出,形象完整,主要得力于剪裁得当。首段写洪渥生平,该有多少事需要交代,然而作者只抓住他的为人、遭遇、贫穷三点,其余一概舍弃,因为这三点才是作者所要记述的洪渥其人;次段纪其实事,包括洪渥如何对其兄、对他人两方面,则详记对其兄,而对他人只用数语概括。对其兄可记之事自然也很多,而只择其买田助兄一事,已充分表现出洪渥为人之正,用心之善,亦可看出作者剪裁之工。

三、以传引论。一般传记文章,重在记人叙事,事尽则止,忌发议论。这篇文章却能打破陈规,于最后一段纯以议论出之,表面上似乎与所记之人关系不大,实际上是以传引论,因事说理,提出自己关于写作传记作品的原则,这就是记人叙事也要合乎"中庸之道"。所以,"南丰之文每一发议论必根抵于大中至正之道"(《古文渊鉴》批语),亦即中庸之道。这篇《洪渥传》也正是他提出的创作原则的典型。

读贾谊传^①

【题解】

本文著于何时,待考。似为少作。

本文旨在借题发挥,以抒其悲凉怨抑之情。文中,先赞述三代两汉之书辞奇气壮的特色,随之,以此映衬而论贾谊之作,悲其悯时忧国,怀才而不遇。本文前半多用排比,激荡而有文采,后半纡徐深沉而惆怅自慰,全文颇有飞瀑静潭之致。

读此文,见作者自言受益于三代两汉之书,则略可窥见曾巩与西汉文学之渊源关系,也略可窥见明代"前、后七子"所倡"诗必盛唐,文必秦汉"之端倪。

【原文】

余读三代两汉之书^②,至于奇辞奥旨,光辉渊澄^③,洞达心腑^④,如登高山以望长江之活流^⑤,而恍然骇其气之壮也。故诡辞诱之而不能动^⑥,淫辞迫之而不能顾^⑦,考是与非,若别白黑而不能惑,浩浩洋洋,波彻际涯,虽千万年之远,而若会于吾心^⑧,盖自喜其资之者深而得之者多也^⑨。既而遇事辄发,足以自壮其气,觉其辞源源来而不杂,剔吾粗以迎其真,植吾本以质其华^⑩。其高,足以凌青云,抗太虚^⑪,而不入于诡诞^⑫;其下,足以尽山川草木之理、形状变化之情,而不入于卑污。及其事多,而忧深虑远之激扦有触于吾心^⑬,而干于吾气^⑭;故其言多,而出于无聊^⑮。读之,有忧愁不忍之态,然其气要以为无伤也^⑯。于是又自喜其无入而不宜矣。

使予位之朝廷,视天子所以措置指画、号令天下之意^⑰,作之训辞,镂之金石,以传太平无穷之业,盖未必不有可观者,遇其所感,寓其所志,则自以为皆无伤也。

余悲贾生之不遇。观其为文,经画天下之便宜^⑱,足以见其康天下之心^⑲;观其过湘为赋以吊屈原^⑳,足以见其悯时忧国,而有触于其气。后之人责其一不遇而为是忧怨之言,乃不知古诗之作,皆古穷人之辞^㉑,要之,不悖于道义者^㉒,皆可取也。

贾生少年多才，见文帝极陈天下之事，毅然无所阿避㉓。而绛、灌之武夫相遭于朝㉔，譬之投规于矩㉕，虽强之不合，故斥去，不得与闻朝廷之事，以奋其中之所欲言㉖。彼其不发于一时，犹可托文以摅其蕴㉗，则夫贾生之志，其亦可罪耶？

故予之穷饿，足以知人之穷者，亦必若此。又尝学文章，而知穷人之辞，自古皆然，是以于贾生少进焉㉘。呜呼！使贾生卒其所施，为其功业，宜有可述者，又岂空言以道之哉？予之所以自悲者，亦若此。然世之知者，其谁欤？虽不吾知，谁患耶！

【注释】

①《贾谊传》：《汉书·贾谊传》云："贾谊，洛阳（今河南省洛阳市）人。年十八，以能诵诗、书属文，称于郡中。河南守吴公闻其秀材，召置门下，甚幸爱。文帝初立，征吴公以为廷尉。文帝召谊以为博士。是时，谊年二十余，最为少。超迁，岁中至太中大夫。天子议以谊任公卿之位，绛、灌、东阳侯、冯敬之属尽害之。于是，天子后亦疏之，不用其议，以谊为长沙王太傅。谊既以适去，意不自得，及度湘水，为赋以吊屈原。后四岁余，乃拜谊为梁怀王太傅。怀王，上少子，爱，而好书，故令谊傅之。谊数上疏陈政事。梁王胜坠马死，谊自伤为傅无状，常哭泣，后岁余，亦死。贾生之死，年三十三矣。"

②三代：指夏、商、周三个朝代。

③渊澄：如深渊之澄澈明净。

④洞达：通达，周流无阻。

⑤活流：奔腾的水流。　　活：流动。

⑥诡辞：诡辩不实之言。《谷梁传·文公六年》："故士造辞而言，诡辞而出。"

⑦淫辞：浮夸失实的言辞。《孟子·公孙丑上》："诐辞知其所蔽，淫辞知其所陷"。又，《吕氏春秋》有《淫辞》篇。

⑧会：符合，投合。

⑨资：通"咨"，询问，探讨。　·

⑩本：情志，思想。　　华：通"花"，此指辞采。

⑪抗太虚：直插云天。　　抗：进入，升入。　　太虚：天空。

⑫诡诞：怪异。

⑬激扞：激烈，激动。　　扞：通"悍"，勇猛。

⑭干：犯，触动。

⑮无聊：无所依赖，此指不模仿前人。

⑯要：总体，总之。《助字辨略》卷四："要，总举之辞。"　　以为：使之成为。无伤：没有妨害。

⑰措置：安放，处理。　　指画：指点、规划。

⑱经画：筹划。　　便宜：应办的事，特指对国家有利的事情。　　便：有利，适宜。

⑲康：安乐，安定。《尔雅·释诂上》："康，乐也。"

⑳观其句：见《史记·屈原贾生列传》。

㉑穷人：困苦而不得志的人。　　穷：困陋、不得志。《后汉书·马援传》："丈夫为志，穷当益坚，老当益壮。"

㉒悖：违背，违反。

㉓阿避：阿谀奉迎和回避权势。

㉔绛、灌：《汉书·贾谊传》："于是天子议以谊任公卿之位。绛、灌、东阳侯、冯敬之属尽害之"。颜师古注曰："绛，绛侯周勃也。灌，灌婴也。"

㉕规：古时画圆的器具。　　矩：古时划方的器具。

㉖中：内心。

㉗摅：抒发，表达。《广雅·释诂四》："摅，舒也。"

㉘进：长进，进步。

【集评】

清何焯《义门读书记》卷四十四：有在集外者六篇，则《书魏郑公传》《邪正辨》《说用》《读贾谊传》《上田正言书》《上欧、蔡书》也。《书魏郑公传》既为公杰出之文，其五篇则皆公之少作，亦唯《上欧、蔡书》差善，而词虽激昂，气实轻浅。

【鉴赏】

贾谊是一位博学多才，胸怀大志的政治家和文学家，但一生遭受排斥，怀才不遇，最后抑郁而死。司马迁在《史记》中把贾谊同屈原并列一传，对其不幸遭遇深表同情。此后，历代不少文人，多为贾谊鸣不平。曾巩的《读贾谊传》借"悲贾生之不遇"而自卑,寻知音于千载之上,抒发自己远离朝廷,不遇于时的抑郁之情。气势雄浑,是一篇充满感慨、穷于事理的读后感,在艺术上具有以下三个方面的特色:

一 曾巩为文,讲究"道、法、事、理",一向以古雅、平正为其风格特征,但这篇读后感却以气势雄浑,波澜起伏,激昂顿挫见长。其形容三代两汉之书,"如登高山以望长江之活流,而恍然骇其气之壮也","其高足以凌青云,抗太虚,而不入于诡诞;其下足以尽山川草木之理,形状变化之情,而不入于卑污",层

层递进,一气贯注,诚如储欣所评:"层累言之,如挹长江之水而注诸海"(《八家文类选》)。其间又杂以个人的感受会心,使浩浑气势之中,不时跌宕顿挫,显得迂徐委曲,绝无平板呆滞之弊。写贾生之不遇,先言其文,次言其赋,再述其生平遭遇,中间杂以后人之责,作者之辩,其中情感激荡,波澜时起,字里行间充满了对于贾生不幸遭遇的同情。

二 作者对于贾谊,所以读其传而悲其人,正因为作者与贾谊有着相同的抱负,相同的遭遇,借悲贾谊而自卑,抒发自己的身世之感。文中以贾谊和作者为两条主线,迭相交错,议论纵横,并且不管是论人还是论文,都与身世遭遇紧密地结合在一起,使得自卑悲人,都能言之切实而不浮泛,所以能感人至深。曾巩无论个性、才能、志向抱负,还是身世遭遇,都与贾谊有极相似之处。据其《行状》载:"公自在闾巷,已属意天下事,如在朝廷。而天下亦谓公有王佐之材,起且大任","自为小

官，至在朝廷，挺立无所附，远迹权贵，由是爱公者少"。《宋史·本传》也说他："巩负才名，久外徙，世颇谓偃蹇不偶"，"为文章，上下驰骋，愈出而愈工，本原《六经》，斟酌于司马迁、韩愈，一时工作文词者，鲜能过也"。这与文中所描述贾谊的情形大体相同。这正是曾巩对贾谊的遭遇抱有强烈的同感，寄以深切同情的真正原因。文中对贾谊的少年多才，悯时忧国，被谗遭斥，托文明志，事事与史传相合，用实笔详写，于作者自己，则用虚笔略写，虚实相间，详略得当，不仅避免了杂沓重复，同时也显得文笔生动灵活，蕴藉含蓄。

三　全文将描写、抒情、叙述等各种手法熔于一炉，交替使用，而又浑然一体，不露痕迹。首段描写三代两汉之书气势浩壮，句式长短相间，骈散结合，又杂以排比，显得文采斑斓，变化多端；叙述贾谊生平，采用夹叙夹议的写法，叙述力求简括，议论正大精辟，纵横自如，不板不死；结尾抒发感慨，连用两组感叹句、反问句，将自卑悲人的强烈感情宣泄无余。

赠黎、安二生序①

【题解】

本篇著于熙宁元年(1068 年)春,与《赠职方员外郎苏君(苏序)墓志铭》同年作。时作者在京师,任史官,一度充检讨官。其同年友、同僚苏轼此时已归蜀葬父,并致书请曾巩为其祖父苏序作墓志铭。时作者五十岁,长苏轼十七岁。

熙宁二年(公元 1069 年),曾巩自求离京补外,本文大有益于了解作者其时之思想及处境。

本篇柔婉纡徐,含而不露,引而不发,是古今传颂的名篇,也是作者文学风格的代表作。文中,作者欲规劝二生,但却正言若反。先是自述迂阔之患,反复慨叹"世之迂阔,孰有甚于余乎",随之,以余与二生相比,言二生之迂、轻、小、微不足道,最后,作正反对比,请二生自择。其实,作者所期望的结论,早已不言自明。文中,谈迂阔时,貌似自叹、自嘲,实则自白、自豪。作者引而不发,远胜于正面直言规劝。

【原文】

赵郡苏轼②,余之同年友也③,自蜀以书至京师遗余④,称蜀之士曰黎生⑤、安生者。既而黎生携其文数十万言,安生携其文亦数千言,辱以顾余⑥。读其文,诚闳壮隽伟⑦,善反复驰骋,穷尽事理,而其才力之放纵⑧,若不可极者也⑨。二生固可谓魁奇特起之士⑩,而苏君固可谓善知人者也。

顷之,黎生补江陵府司法参军⑪,将行,请余言以为赠。余曰:"余之知生,既得之于心矣,乃将以言相求于外邪?"黎生曰:"生与安生之学于斯文⑫,里之人皆笑以为迂阔⑬,今求子之言,盖将解惑于里人。"余闻之,自顾而笑。夫世之迂阔,孰有甚于余乎?知信乎古而不知合乎世,知志乎道而不知同乎俗,此余所以困于今而不自知也。世之迂阔,孰有甚于余乎?今生之迂,特以文不近俗⑭,迂之小者耳,患为笑于里之人。若余之迁大矣，使生持吾言而归，且重得罪，庸讵止于笑乎⑮？然则若余之于生，将何言哉？谓余之迁为善，则其患若此；谓为不善，则有以合乎世，必违乎古，有以同乎俗，必离乎道矣⑯。生其无急于解里人之惑，则于是焉⑰，必能择而取之。遂书以赠二生，并示苏君，以为何如也。

【注释】

①序：文体名称。明徐师曾《文体明辨序说·序》云："按《尔雅》云：'序，绪也。'字亦作'叙'，言其善叙事理、次第有序，若丝之绪也。""其为体有二：一曰议论，二曰叙事。"序，用于宴集或赠送，"近世应用，惟赠送为盛"（《文章辨体序说·序》）。

②赵郡苏轼：籍贯为赵郡的苏轼。"其先盖赵郡栾城人也"（《曾巩集·赠职方员外郎苏君墓志铭》）。

③同年友：科举制度，同榜中进士者，互称"同年"，或"同年友"。曾巩与苏轼，皆嘉祐二年（公元1057年）中进士第。

④遗：赠。此指致函。

⑤称：推荐，推举。

⑥辱：谦辞，犹言承蒙。　顾：看望，拜访。

⑦闳壮隽伟：宏伟雄壮，俊逸挺拔。　闳：宏大。　隽：通"俊"。

⑧放纵：奔放。

⑨极：穷尽。

⑩魁奇特起：优异杰出。　魁奇：卓异。　特：突出貌。

⑪补：委任官职。　江陵府：宋官署名。江陵，地名，宋属荆湖北路，今湖北省江陵县。　司法参军：官名，掌议法断刑，见《宋史·职官志七》。

⑫斯文：此指古文。　斯：语首助词，无义。

⑬里：古时，二十五家为一里。　迂阔：不切实情，一心求大求高。

⑭特：只是，不过。　文不近俗：所作文章未达到世俗的要求。

⑮庸讵：岂，难道。见《助字辨略》卷一。

⑯谓余七句：《后汉书·范滂传》："（滂母）顾谓其子曰：'吾欲使汝为恶，则恶不可为；使汝为善，则我不为恶。'"本文暗用此语。

⑰是：此，指"谓余之迂为善"与"谓为不善"的利害比较。

【集评】

明茅坤《唐宋八大家文钞》卷一〇二：子固作文之旨，与其所自任处，并已概见，可谓文之中尺度者也。

又，篇末引唐荆川评曰："议论谨密。"

清张伯行重订《唐宋八大家文钞》卷十四：圣贤之道，平易近情，而世多目之为迂阔，古今同慨也。子固借题自寓，且愿与有志者择而取之，真维持世教之文。

清何焯《义门读书记》卷四十一：地步高，然不曾道着实地处，故不精彩。荆川云："议论谨密。"欲为古之文者，当志乎古之道，道不至，则文盖未也。曾公本欲规而进之，正言若反，使自求诸言外。此文最善学韩。结处暗用范滂语。翻案文势，抑扬反复，可谓圆健。

清吴楚材、吴调侯《古文观止》卷十一：文之近俗者，必非文也，故里人皆笑，则其文必佳。子固借"迂阔"二字，曲曲引二生入道，读之，觉文章声气，去圣贤名教不远。

【鉴赏】

这是一篇赠序。黎、安二生是苏轼写信推荐给曾巩的朋友。他们从四川拿着自己的文章来京师就正于曾巩，也是"以文会友"之意。不久，黎生补任江陵府司法参军。行前，应二生之请，曾巩写了这篇著名的《赠黎、安二生序》。

赠言中，曾巩自谓"迂阔"，且以"迂"为善。按"迂阔"，"守道"之反说，表现了曾巩对"道"的不渝的忠诚。

全文分两段：

第一段，介绍黎、安二生。

先写苏轼的推荐。未见其人，先闻其名。"赵郡苏轼"，苏轼祖籍赵州栾城，即今河北省栾城县。故曾巩以"赵郡"称苏。文学史上，"三苏"均写为四川眉山人，则非"祖"之"籍"，以此别之。所谓"同年友"，是指同科考中进士的人。曾巩与苏轼，俱于嘉祐二年（公元1057年）考中进士，所以说苏轼是"余之同年友"。按，苏轼当时文名盛誉天下，故写黎、安二生先写苏轼，再写苏轼来信称赞黎、安二生，以文坛大师烘托黎、安二生,谓其不可轻视。

次写会其人,读其文。会其人,一句带过,剪裁得体,只说是"辱以顾我";"读其文"则铺陈藻饰,"闳壮隽伟""反复驰骋""穷尽事理",极赞其文章境界宏伟雄壮,俊秀超拔,文思、奔放,义理深邃,突出黎安二生的文才。

段尾赞苏轼"善知人",意在弦外。实际上,是在夸赞黎安二生,藏锋不露,自有含蓄之功。

第二段,记写临别赠序之始末。全段文眼在"迂阔"二字上。

一是黎生自称"迂阔":"我与安生学习古文,乡里之人都笑我们'迂阔',现在很想借助你的文章,为乡里人释疑解惑。"

二是曾巩也自称"迂阔"。曾巩两次重复"世之迂阔,孰有甚于乎?"感喟殊深。提起"迂阔",曾巩文如泉涌:我只知相信古道,却不知附和颓倾之世风,只知矢志于道,却不知附会浊俗,所以,我才困窘于今日。你们的迂,只不过是文章不肯流于时俗,只算是个小迂罢了。引起的忧患,也不过就是被乡里讥笑。像我这种迂,可就大了,你们拿了我的文章回去,只会加重你们的罪过,哪里只是讥笑的问题呢?

这里,曾巩巧妙地借客伸主。借黎安二生的话做个引子,引出久郁于心中的见解,展开文章。就这两种"迂"的本质而言,黎安二生之迂,只是属于"文"之迂,是文风问题;而曾巩之迂,则是"道"的问题。曾巩的文章观是,先道德而后辞章,所以"道"就更重要,算是大迂,文次之,算是小迂。

后面,作者提出了一个两难的问题:如果说我的迂是一种"善",那么,我不容于世俗困于今日,你已经看见了;如果说我的迂是"不善",那么同附于倾颓风俗,必违古道。其用意在于勉励黎安二生,重道直行,以迂为善,不必顾及世俗的讥嘲。

这一段两难的问题,极像东汉循吏范滂死于党锢之祸时,对儿子讲的一段话:"吾欲使汝为恶,恶不可为;使汝为善,则我不为恶。"其主旨仍是让儿子从善,但也指出从善却罹杀身之祸,其用意只是抒胸中之愤懑罢了,并非真的让儿子去选择。曾巩之间,也有类于此。

本文正话反说,行古道者,名为"迂阔",也是作者讥世之词。在曾肇写的《曾巩行状》中,有一段话:"其为人悍大直方,取舍必度于礼义,不为矫伪姑息以阿世媚俗。弗在于义,虽势官大人不为之屈;非其好,虽举世从之,不辄与之比。以其故,世俗多忌妒之,然不为之变也。""不为之变",正是他的"迂阔"所在,也是他躬行直道的可贵精神。这些文字可以帮助我们理解曾巩内心中久蓄的感喟。特别是,他的"自顾而笑"的自我画像,也传写了他在"世俗多忌嫉"中,我行我素、无所畏惧的神采。作者在前面极力铺陈藻饰黎安二生文才,正是为了说明后面的"不迁","不迁"而以"迂"名之,显示了世俗的谬误。作者正话反说,文曲意直,显示着内在的锋芒。

本篇意境深蓄,属于韩昌黎所说的那种"物不得其平则鸣"的文章,很多愤世之气,尽在深蕴之中,曾巩在《秋怀》中写道:"我本孜孜学《诗》《书》,《诗》《书》与今岂同术。"这也正是他同时代的矛盾所在。你越读,越是能感到那种难平的积憾。

送江任序

国学经典文库

唐宋八大家散文鉴赏

曾巩卷

【题解】

本文似著于任洪州时,即熙宁九年(公元 1076 年)至熙宁十年(公元 1077 年)之际,时作者五十八九岁,权知洪州军州事,充江南西路兵马都钤辖。著文时,曾巩已历越、齐、襄、洪四州,既备受迁徙之苦,又不得还乡任职之乐。

文中,就江任为邻县县令一事,规讽朝廷,提出任官应各用于其土、不宜孤客远寓之见,深寓其仕宦迁徙之甘苦辛酸。可与作者的《送李材叔知柳州序》《道山亭记》《福州上执政书》诸篇相参阅。

全文多为骈偶句,长短错综,舒缓多变。句中多用铺排,如"风霜、冰雪、瘴雾之毒""蛟龙、虺蜴、虎豹之群"等,颇多白描而富于意象。行文典雅,纡徐。

【原文】

均之为吏^①,或中州之人^②,用于荒边侧境^③、山区海聚之间^④,蛮夷异域之处^⑤;或燕荆越蜀^⑥、海外万里之人,用于中州,以至四遐之乡^⑦,相易而往^⑧。其山行、水涉、沙莽之驰^⑨,往往则风霜、冰雪、瘴雾之毒之所侵加^⑩,蛟龙、虺蜴、虎豹之群之所抵触^⑪,冲波、急湫、陇崖、落石之所覆压^⑫。其进也,莫不籯粮举药^⑬,选舟易马,力兵曹伍而后动^⑭;戒朝奔夜^⑮,变更寒暑而后至。至则宫庐、器械、被服、饮食之具、土风气候之宜,与夫人民、谣俗、语言、习尚之务^⑯,其变难遵^⑰,而其情难得也^⑱,则多愁居惕处^⑲,叹息而思归。及其久也,所习已安,所蔽已解,则岁月有期^⑳,可引而去矣^㉑。故不得专一精思修治具^㉒,以宣布天子及下之仁^㉓,而为后世可守之法也。或九州之人,各用于其土,不在西封^㉔,在东境。士不必勤,舟车、舆马不必力^㉕,而已传其邑都^㉖,坐其堂奥^㉗。道途所次^㉘,升降之倦,凌冒之虞^㉙,无有接于其形,动于其虑。至则耳目、口鼻、百体之所养^㉚,如不出乎其家;父兄、六亲、故旧之人,朝夕

相见，如不出乎其里^㉛。山川之形、土田、市井、风谣、习俗、辞说之变^㉜，利害、得失、善恶之条贯^㉝，非其童子之所闻，则其少长之所游览^㉞；非其自得，则其乡之先生、老者之所告也。所居已安，所有事之宜，皆已习熟，如此故能专虑致劳职事^㉟，以宣上恩，而修百姓之急。其施为先后，不待旁谘久察，而与夺损益之几^㊱，已断于胸中矣^㊲。岂累夫孤客远寓之忧，而以苟且决事哉^㊳！

临川江君任为洪之丰城^㊴，此两县者^㊵，牛羊之牧相交，树木、果蔬、五谷之垄相入也。所谓九州之人各用于其土者，孰近于此？既已得其所处之乐，而厌闻饫听其人民之事^㊶，而江君又有聪明敏给之材^㊷、廉洁之行以行其政，吾知其不去图书、讲论之适^㊸，宾客之好，而所为有余矣^㊹。盖县之治，则民自得于大山深谷之中^㊺，而州以无为于上^㊻。吾将见江西之幕府^㊼，无南向而虑者矣^㊽。于其行，遂书以送之。南丰曾巩序。

【注释】

①均之为官：同样是任职做官。

②中州：中国，此指内地。

③荒边侧境：荒凉偏僻的边境之地。

④聚：村落。

⑤蛮夷异域：少数民族聚居、风俗不同于中原的地方。　蛮：对南方少数民族的辱称。　夷：对东方少数民族的辱称。

⑥燕荆越蜀：春秋战国之际，四国名，今指其国所在地。　燕：今河北省、辽宁省一带。　荆：今湖北省一带。　越：今浙江省一带。　蜀：今四川省一带。

⑦四遐：四方荒远之地。　遐：远。

⑧相易而往：相互交换，赴任做官。

⑨沙莽：即沙漠。莽，通"幕"，一声之转。沙幕，即沙漠。

⑩瘴雾：即瘴气，旧指我国南部和西南部地区，山林间湿热蒸发，致人疾病之气。

⑪虺：毒蛇。　蜴：即蜥蜴，俗称"四脚蛇"。

⑫冲波：猛烈的波浪。　急洑：湍急回旋的水流。　隤崖：将要崩落的山

崖。　　陨:坠落。

⑬篑粮举药:用竹笼装着粮,用竹箱装着药。　　篑:竹笼。　　举:通"筥",箱。

⑭力兵句:谓出差役的士兵分组列队保护官员,然后,才能启程上路。　　力:徭役,差役。　　曹:组,编组。　　伍:古时军队编制单位名,五人为一伍。

⑮戒朝奔夜:从拂晓至夜晚,忙于奔波。　　戒朝:天将明。

⑯习尚:习俗、爱好。　　务:事,事情。

⑰遵:顺,适应。

⑱情:民情。

⑲愁居惕处:愁苦而谨慎地度日。

⑳岁月有期:指任职有规定的期限。《宋史·选举志四》:"每任以周三年为限,闰月不预。"

㉑引:退,离任。

㉒故不得句:所以不能专心致志、精心考虑治理地方的政事。　　修治:治理。具:器具,此指政令。《史记·酷吏列传》:"法令者,治之具,而非制治清浊之源也。"

㉓宣布:宣扬,分布。

㉔封:疆界。

㉕舆:车。

㉖传:驿站或驿站的车马。此指乘驿站车马而行。　　邑都:城市,此指治所。大曰"都",小曰"邑"。

㉗堂奥:堂的深处。入门先升堂,升堂而后入室,室的西南角为"奥"。

㉘次:停留。

㉙凌冒之虞:指冒严寒、雨雪之忧。　　凌冒:冒着,顶着。　　虞:忧虑。

㉚百体:谓身体的各部。《礼记·乐记》:"使耳目鼻口心知百体,皆由顺正,以行其义。"

㉛里:即闾,古时二十五家为一"里"。

㉜市井:古代指做买卖的地方。《管子·小匡》:"处商必就市井。"　　风谣:民歌、民谣。　　辞说:言语,文辞。

㉝条贯:条理,系统。《史记·屈原贾生列传》:"明道德之广崇,治乱之条贯,靡不毕见。"

㉞非其二句:谓所有这些,不是任职者在孩童时代所听到的,便是他在青少年时代游览过的地方。

㉟专虑致劳:即专心致力。 致:尽。 职事:职责。

㊱与夺损益:指赏罚。 与:给予。 夺:剥夺。 损:减少。 益:增加。 几:事物的迹兆。

㊲断:决断,决定。

㊳岂累二句:谓这些各用于其土的官员,难道还会像那些孤身为客,远寄他乡为官的人那样,因忧虑所牵累,于是,就随便决定事情吗? 寓:寄住。 苟且:只图眼前,得过且过。

㊴临川:地名,宋属江南西路抚州,今江西省临川区。 丰城:地名,宋属江南西路洪洲,今江西省丰城市。

㊵两县:指临川与丰城。

㊶厌闻饫听:形容听得多,听得熟。 厌、饫:饮食饱足。

㊷敏给:敏捷。 给:敏捷。

㊸适:乐,乐趣。

㊹所为句:谓江任于处理县政事外,尚有余闲。即应付裕如之意。

㊺自得:自得其乐。

㊻无为:此指清静无为,不干扰县政和百姓。

㊼幕府:本指将帅在野外的营帐。军旅无固定住所,以账幕为府署,故称幕府,后也称衙署为幕府。

㊽无南句:因洪州州治所,即江西幕府在南昌,而丰城在南昌之南,所以说,不必再为南面的丰城而忧虑了。意谓江任十分称职,胜任。

【集评】

明茅坤《唐宋八大家文钞》卷一〇二:古来未有此调,出子固所自为机轴。

又,篇末引明唐顺之《荆川先生》评曰:此文作两段,一段言用于异乡之难为治,一段言用于其土之易为治。

清沈德潜《唐宋八大家文读本》卷二十八引储同人评云："吏治莫盛于汉,而汉法尤合于人情。以郡人典郡守者,不可胜数也。唐、宋亦然。至明始窃窃以私疑之,越省命官,猜防愈深,吏治愈不古若矣,奚益耶?"

虽两段分说,然一宾一主,正意只在后段。盖江君势既处于易,则宣上德意以利泽下民,其责有不得辞者也。勉励之旨,自在言外。茅鹿门谓古来未有此调,子固自出机轴,良然。

清何焯《义门读书记》卷四十一:注:选不当出五百里外。此文能言其情。

【鉴赏】

江任,建昌军(今江西南城县)人,宋真宗景德年间登第,有诗名,以秘阁校理知泰州卒。这篇散文,慰勉江任前往丰城(今江西丰城)赴任,要以"聪明敏给之才,廉洁之行,以行其政","专虑致勤,营职事,以宣上恩,而修百姓之急。"寄托了曾巩对地方官吏的殷切希望。

文章写法别致,大半篇幅并不叙及江任赴任之事,而侃侃谈及任职远方与任职本地的利害得失,似与题旨毫不相干。然而读至末尾,方知前面所述,皆为江任赴任铺垫。因江任属任职本地区,正是作者所大力肯定的"九州之人,各用于其土"的典型。作者预料,江任此去,必有政绩,"吾将见江西之幕府,无南向而虑者矣。"全文依此内容,分为两大部分。第一部分,从"均之为吏"到"而以苟且决事哉!"论述远赴外地担任官职,疲于奔命,既不安心职守,又不了解情况,无法"专一精思",治理地方,害处很多;阐明"九州之人,各用于其土",官员既免劳碌奔波之苦,又熟知下情,可长治久虑,有所建树,好处不少。第二部分,从"临川江君任"到"南丰曾巩序",指出江任正所谓"九州之人,各用于其土者",期望他赴任后为国家、人民出力,做出政绩。文虽由两部分组成,但前后内在联系紧密,浑然一体,很能体现曾巩散文结构严谨的特点。

文章对比鲜明尖锐,具有一定的思想性。除寄寓作者对"循吏"的期望外,还提出了使用官员应考虑地域性的问题,表明作者对国家、政事的关切,融合着作者多次调远任职、饱尝风霜的切身体验。作者的政治思想原本儒家"六经"之说,但在此前提下,又主张实行一定的变革。我们难于在曾巩的文集中,发现离经叛道之论,但其阐析某些具体问题,却具真知灼见。《送江任序》"九州之人,各用于其土"的主张便有一定的现实意义,是有见地的施政措施与建议。因而,文章具有一定的思想性。这并非凭空而来,而是建立在鲜明、尖锐的对比基础之上。到远地任职的坏处与任职本地、近地的好处,比较、对照,贯串全文,具体表现在:一、赴任路途之艰难与无奔波之苦的对比。文章细致、生动地描绘了外赴远方的官员跋山涉水的情景:经行之地,有高山、深水、沙漠;所受艰辛,有"风霜冰雪瘴雾之毒之所侵加,蛟龙虺蝎虎豹之群之所抵触,冲波急狱、陨崖落石之所覆压";行进之时,要背粮裹药,选舟换马,还要带刀兵队伍;所历之时,并非朝发而夕至,而是日夜兼程,寒暑变易,才能到达任所。而让官员在本地区工作,人不必奔忙,舟车舆马不必费力,不必忧虑道途的疲惫与风险。二、到任时,不解下情、不安己任与熟知情况、安心职守的对比。外赴他州远地的官员到了任所,要添置各种器具,适应当地水土、气候,了解民风民俗、方言土语,难于顺应这种变化,难于有美好的心情,往往愁闷,叹息,思归。而"九州之人,各用于其土",则身体如在家中,朝夕可与亲人相见,宛若尚未离乡。山川市井、风土人情、利害得失、种种情况,不是当孩子时就听说过,就是年纪稍大时见到过,即使自己没有亲见耳闻,也有先生、老人告诉他,对所管辖、治理之地的情形,可谓极其熟悉、了解。三、无所作为与大有作为的对比。远赴外地的官员,当他们在任所居住长久了,情况也了解了,生活也习惯了,但是,担任官职的期限也差不多到了,于是,他们便可以离开这个地方了。因此,他们不能专心致志,修明政治,传布皇帝的仁义,而替后代制定可行之法规。而在本地区任职的官员,由于有上述种种有利、方便之处,所以能一心一意搞好工作,广布皇恩,解决百姓所急切要解决的问题。何事先办,何事后办,轻重缓急,作何决策,有利有弊,早已了然于胸,予以决断,这绝非为孤客远寓苟且决断各项公务者所能比拟。文章通过这三个方面,一正一反,针锋相对的对比,不仅鲜明,而且尖锐地摆出了远赴外地任职的种种弊端,有力地论证了"九州之人,各用于其土"的主张的正确,从而论证了全文的中心思想。

《送江任序》语言隽美,文情并茂。首先,词语丰富,表现力强。如描绘路途艰难,谓"其山行水涉沙莽之驰,往往则风霜冰雪瘴雾之毒之所侵加,蛟龙虺蜴虎豹之群之所抵触,冲波急狄、陨崖落石之所覆压。"辞藻之华丽,较之汉赋,亦未逊色。又如,"其居久也,所习已安,所蔽已解,则岁月有期,可引而去矣。"其中"居""习""蔽""岁月"等名词和"久""安""解""有""去"等动词、形容词表现了从到任所至离任所整个过程的变化,何等概括,何等有力! 其次,语言富于感情色彩。如写远适他乡的官员思家情切,曰:"则多愁居惕处,叹息而思归"。这里的"愁居""惕处","叹息""思归"都浸透了悲苦的感情液汁。再次,句式多变,善用排比等,造成强烈的修辞效果。句子短则数字,长则数十字,长短相间,而以长句居多。全篇以陈述句铺排而成,但偶用激问,更见功力,如论述任职本地远胜他乡之后,慨叹道:"岂累夫孤客远寓之忧,而以苟且决事哉!"便觉遒劲。文章第一部分,排比句琳琅满目,几乎俯首可拾,如"至则宫庐、器械、被服、饮食之具,土风、气候之宜,与夫人民谣俗、语言、习尚之务……""山川之形,土田市井,风谣习俗,辞说之变,利害得失,善恶之条贯,非其童子之所闻,则其少长之所游览;非其自得,则其乡之先生老者之所告也。"排句与散行句式的交错,使得行文摇曳多姿。这一切,造成了这篇散文的灿然文采。而这文采是为表达作者的感情服务的。作者的态度、感情,不同于往常的含蓄蕴藉,而呈现显豁、强烈的特征。作者并不隐瞒自己的观点、政见,其抑扬褒贬,通过对比,已十分明晰。而感情也不似涓涓细流,绵绵不绝,而像万丈瀑布,倾泻而下。开头叙中州之人,用于远地,或远地之人,用于中州,还语气平缓,但叙其路途奔走之艰辛,则已加重同情之情感色彩,再至"叹息而思归",同情之心更切。而对于任职于本地区,则时露赞赏之意,"如不出乎其家","如不出乎其里",何等怡然自乐! 对"九州之人,各得用其土"的肯定、褒扬,对官员远适他乡这一措施的否定、批评，两种不同的态度与感情，贯串文章的始终。此外，对江任的信任、期望之情，亦跃动于文中。这一切，使得这篇散文情深意切。

《宋史》本传说曾巩"为文章，上下驰骋，愈出而愈工，本原《六经》，斟酌于司马迁、韩愈，一时工作文词者，鲜能过也。"别的不说，仅就文章的气势而言，确与司马迁、韩愈相近。文章理直气壮、语调铿锵，节奏疾徐变幻，气势颇盛。当然，气盛更得力于排句的大量运用，这一点，也正是韩愈之所长。

送李材叔知柳州序①

【题解】

本文著于何时,待考。就其文中所言,似著于知福州之后,殆元丰三年(公元1080年)至五年(公元1082年),即其死前几年所作,时作者应在京师。

文中,就李材叔兄弟知柳州、象州一事,做此赠言。作者一反传统及世俗之见,既批驳偏远之说,又现身说法,盛赞其物产之美,民风之嘉,热心勖勉才颖之士,造福南越。文中所言事理,对于当年民族融合,对于今日国家建设,具有一定积极意义。

本文叙、驳合一,句句含情,犹如促膝而谈,口吻亲切、平易,尤其是言及南越,如数家珍,其赞美、思念、留恋、自豪之情,溢于言表,溢于全篇。

【原文】

谈者谓南越偏且远②,其风气与中州异③。故官者皆不欲久居,往往车船未行,辄已屈指计归日。又咸小其官④,以为不足事⑤。其逆自为虑如此⑥,故其至皆倾摇解弛⑦,无忧且勤之心⑧。其习俗从古而尔⑨,不然,何自越与中国通已千余年,而名能抚循其民者⑩,不过数人邪?故越与闽、蜀,始俱为夷⑪,闽、蜀皆已变,而越独尚陋,岂其俗不可更与⑫?盖吏者莫致其治教之意也⑬。噫!亦其民之不幸也已。

彼不知县京师而之越⑭,水陆之道皆安行,非若闽溪、峡江、蜀栈之不测⑮。则均之吏于远⑯,此非独优欤?其风气吾所谙之⑰,与中州亦不甚异。起居不违其节⑱,未尝有疾。苟违节,虽中州宁能不生疾邪?其物产之美,果有荔子、龙眼、蕉、柑、橄榄,花有素馨、山丹、含笑之属⑲,食有海之百物,累岁之酒、醋⑳,皆绝于天下㉑。人少斗讼㉒,喜嬉乐。吏者唯其无久居之心,故谓之不可。如其有久居之心,奚不可邪㉓?

古之人为一乡一县，其德义、惠爱尚足以薰蒸渐泽㉔，今大者专一州，岂当小其官而不事邪？令其得吾说而思之，人咸有久居之心，又不小官，为越人涤其陋俗而驱于治㉕，居闽、蜀上㉖，无不幸之叹，其事出千余年之表㉗，则其美之巨细可知也。然非其材之颖然迈于众人者不能也㉘。官于南者多矣，予知其材之颖然迈于众人，能行吾说者，李材叔而已。

材叔又与其兄公翊仕同年㉙，同用荐者为县㉚，入秘书省㉛，为著作佐郎㉜。今材叔为柳州，公翊为象州㉝，皆同时，材又相若也㉞。则二州交相致其政㉟，其施之速、势之便㊱，可胜道也夫㊲！其越之人幸也夫！其可贺也夫！

【注释】

①李材叔：人名，其生平事迹，待考。　　柳州：地名，宋属广南西路，今广西壮族自治区柳州市。

②南越：也作"南粤"，"粤"同"越"。《史记》有《南越列传》。南越，今广东、广西一带。其沿革，可参阅《通典》一八四，《州郡》十四之《古南越》。

③风气：风俗。　　中州：泛指黄河中下游地区，即中原地区。

④咸：全。　　小：轻视。

⑤不足：不值得。　　事：官职，职务，此指担任官职。

⑥逆：事前估计，事先预料。　　为虑：考虑，打算。

⑦倾摇解弛：思想不稳定，工作松懈。　　解：通"懈"。

⑧忧：忧虑，为治理好辖区而忧虑。　　勤：勤政，为政事而勤劳。

⑨习俗：指官员不愿任职于南越之风气。　　尔：如此。

⑩而名句：然而，因有才能善于安抚百姓而著名的官员。　　名：闻名。
抚循：安抚。

⑪夷：古人对少数民族的侮辱性称呼，此指不开化地区。

⑫更：改变。　　与：通"欤"，语气助词，相当于"吗"。

⑬盖吏句：大概是因为担任官吏的人没有尽到他治理、教化的心意吧。
盖：发语词，表示原因推测。　　致：尽。

⑭繇：同"由"，从。　　之：到。

⑮闽溪：即闽江，又名建江。上有三源，北源为"建溪"，西源曰"西溪"，西南曰

"沙溪"。三源既合后,东南流为闽江,全长约一千三百里。　　　峡江:即长江,西起重庆市奉节县白帝城附近的夔门,东至湖北省宜昌市南津关,其中,有瞿塘峡、巫峡和西陵峡三峡,全长四百零八里,故称峡江。　　　蜀栈:由陕西省汉中市褒城县通往四川省的古栈道。所谓栈道,即在险绝之处,傍山架木如桥所形成的道路。《战国策·秦策三》:"栈道千里,通于蜀、汉。"　　　不测:不可事先揣知,此指意外的灾祸。

⑯则均句:那么,同样是到边远之处去做官。　　　均:同,同样。

⑰谙:熟悉。

⑱起居句:日常生活中,若不违背饮食节度。　　　起居:日常生活。　　　节:节度,规律。

⑲属:类。

⑳累岁:连续多年,此指酿制、存放时间已久。

㉑绝:独一无二。

㉒斗讼:殴斗、争讼。　　　讼:打官司。

㉓奚:何。

㉔德义:道德、仁义。　　　惠爱:恩德、友爱。　　　薰蒸渐泽:濡染,潜移默化。泽:润泽。

㉕涤:涤荡。　　　驱于治:迫使其服从治理。

㉖居闽、蜀上:移风易俗,在教化方面,超出闽、蜀之上。此与前文"始俱为夷"数语相照应。

㉗其事句:其功业远远超出千余年古人的成就之外,意谓功绩空前。　　　表:外。

㉘颖然:才能秀出貌。　　　迈:超出。

㉙公翊:李公翊,李材叔之兄。　　　仕同年:同年中进士第,入仕。

㉚用:以,因为。

㉛秘书省:官署名,掌古今经籍图书、国史实录、天文历数之事,见《宋史·职官志四》。

㉜著作佐郎:官名,掌修纂日历,见《宋史·职官志四》。

㉝象州:宋州名,属广南西路,今广西壮族自治区象州县。

㉞相若：相似，相近。

㉟交相致其政：互相通报其施政情况。　致：传达。

㊱施：施行，施政。　势：地势。柳州与象州相距较近，得地势之便利。

㊲可胜道也夫：（那些有利条件），能说得完吗？　胜：尽。　也夫：语气助词，用以加重感叹的语气。

【集评】

明茅坤《唐宋八大家文钞》卷一〇二：立意似浅，然亦本人情而为之者。录之，以为厌游南粤者之劝。

清沈德潜《唐宋八大家文读本》卷二十八：递说三层，既俗情以破其见。既已宽之，实以勉之也。气清调逸，此南丰一体。近时学曾文者多尚之。

清张伯行重订《唐宋八大家文钞》卷十四：君子居其位则思尽其职，不以远近、大小、难易分也。材叔之往柳州，或亦有不屑于其意者，故子固以是告之欤？

【鉴赏】

柳州，治所在今广西壮族自治区柳州市，唐柳宗元曾被贬官于此，世称"柳柳州"。柳州自古是边鄙荒绝之地，历史上，常把被贬黜的官吏派到那里去。李材叔与其兄李公翊同年登第，后又同入秘书省任著作佐郎，又同时外放广西。李材叔知柳州，李公翊知象州。曾巩遂写了这篇赠序，以为赴任的慰勉之词。

这篇赠序，反映了曾巩对于"为官之道"的一些基本看法。曾巩主张，为官不管大小，应有"德义惠爱"之仁，并以此"薰蒸渐泽"百姓，亦即教化膏泽其治下的人民。他们对工作，应"忧且勤"，不能"倾摇解弛"，松松垮垮，表现了儒家的"民为重"的民本思想。

全文共四段。

第一段，谈柳州人民的不幸。臧否历代柳州任职官吏。

"南越"，即南粤，指今广东广西一带。在宋代，这里还是边远不开化、经济不发达的地方，所以曾巩开始就说，"南越偏且远，其风气与中州异"。中州，古豫州地处九州中间，故豫州亦称中州，即今河南省地域。北宋都城设在汴京，即今河南开封。中州地拱京畿，当然是繁华所在。南越与中州从文化到经济都必然存在着巨大的差异,所以很多官吏都不安心在那里任职。曾巩只用几笔,就勾画了这些患得患失、只为自己打算的官吏的嘴脸:车船还没有上路赴任,就已经在计算任满回京的日子了,"屈指计归日"的动作,入微地刻画了他们迫切望归的心情;二是都嫌官小,不值得干一番;三是到了任上松松垮垮,没有忧民生疾苦之心,没有勤奋的工作精神。从官吏渎政的角度,写出了柳州人民的不幸。

作者用比较法,从宏观范畴,从历史的纵横对比中,深刻地指出渎政官吏给柳州发展带来的巨大危害。越、闽、蜀,一开始都是不开化的边远地区,但经历上千年后,闽、蜀都摆脱了落后、贫穷,只有越,仍处在落后、不开化状态。作者论理的高明之处,正在于从宏观着眼,横向比较。因为一任官吏,二、三年任期,仅是懈怠其职,其危害并不见得显著,只有从上千年历史的纵向对照中,才能明显地昭示其危害,让人信服地看到官吏渎政,给柳州人民带来的巨大不幸。

本段详写渎职之吏,略写抚慰其民的官吏,在题材上所以这样处理,是为了突出柳州人民的不幸,以此劝诫李材叔。

第二段,历数柳州之美,以宽慰李材叔之心。

本段重点写柳州物产之美,"绝于天下",真实地突出了柳州的自然特点。以劝勉李材叔要有"久居之心",并为下文作者提出的,要让柳州文化经济发展"居闽、蜀上",作了物质上的铺垫。

第三段,以古之官吏的敬业精神,勉励李材叔在柳州要大有作为。

本段正面疏导,设例相谕,以古之官吏风范示人。古之官吏,即使卑至掌一乡一县,必尽心尽职,以德义仁爱滋润教化人民,驳"嫌官小"的柳州知州们。曾巩以"令其得吾说而思之",貌似告诫他官,事实是在委婉讽谏李材叔,要有"久居之心""不小其官",为扫荡南越的落后面貌,为南越走向文明开化,跃居闽蜀之上尽心尽力,且认为李材叔有过人之才,一定能做到这些。全段谆谆娓娓,因势利导,措辞温婉含蓄,让人读来十分亲切。尽管要求很高,但不嫌苛刻。曾巩不失为诲人不倦、含蓄善诱之者。

第四段,简叙李材叔兄弟事略,以二李上任为越州之幸。

作为赠序,结尾段落常要简介接受赠序者的情况。这固然是个套路,而非如此,读者则不能略知受赠者面目。作者祝愿他们兄弟"交相致其政",迅速取得政绩,是为"越之人幸矣"。至此,与开头第一段言"其民之不宰"相呼应,表现了作者寄予李材叔兄弟的厚望。

曾巩一篇之内,此呼彼应,经纬成章,无杼外之游丝。文章起首,言南越之"偏远""风气",言为官"不欲久居""小其官""倾摇解弛",后面皆一一照应,无一落空。二段,就"偏远"言路远而道安,"风气"与中州"亦不甚异",物产丰美可"久居"。三段,以古之吏风,言"岂当小其官而不事邪?"反诘"小其官""倾摇弛谢"之为。首段言越民之不幸,末段言越民之幸。文章编织缜密无隙,章法严谨。这是曾巩文章的一大优点。

送王希（字潜之）序

【题解】

本文著于庆历六年（公元 1046 年）八月，时作者二十八岁，居临川。

文中，作者忆其三至江西，与王希共娱游览之乐，山水之趣，其境雅，其情浓，其志谐。

记游时，先泛写，后以大梵寺秋屏阁为透视点，按空间顺序而一一描述，层次分明而不杂。作者写山水宜人，实则大有爱屋及乌之感，含蓄委婉地写出同王希深沉的君子之交。

全文形散而神不散。

【原文】

巩庆历三年遇潜之于江西①。始其色接吾目②，已其言接吾耳③，久其行接吾心，不见其非④。吾爱也，从之游，四年间，巩于江西，三至焉。与之上滕王阁⑤，泛东湖⑥，酌马跑泉⑦。最数游而久乃去者，大梵寺秋屏阁⑧。阁之下百步为龙沙⑨，沙之涯为章水⑩，水之西涯横出为西山⑪，皆江西之胜处也⑫。江西之州中，凡游观之可望者，多西山之见。见西山最正且尽者，唯此阁而已⑬。使览登之美穷于此，乐乎，莫与为乐也。况龙沙、章水，水涯之陆陵⑭，人家、园林之属于山者莫不见⑮，可见者不特西山而已⑯，其为乐可胜道邪⑰？故吾与潜之游其间，虽数且久不厌也。其计于心曰⑱：奚独吾游之不厌也⑲，将奉吾亲⑳，托吾家于是州，而游于是，以欢吾亲之心而自慰焉。未能自致也㉑，独其情旦而作，夜而息，无顷焉忘也㉒。病不游者期月矣㉓，而潜之又遽去㉔，其能不怃然邪㉕？

潜之之将去，以书来曰：子能不言于吾行邪？使吾道潜之之美也，岂潜之相望意也？使以言相镌切邪㉖，视吾言不足进也㉗。视可进者，莫若道素与游之乐而惜其去^㉘，亦情之所不克已也^㉙，故云尔。嗟乎！潜之之去而之京师，人知其将光显也^㉚。光显者之心，于山水或薄，其异日肯尚从吾游于此乎^㉛？其岂使吾独也乎？六年八月日序。

【注释】

①巩：曾巩，作者自称。　　庆历三年：公元 1043 年。庆历，宋仁宗年号。潜之：王希之字。王希为曾巩之友，其生平，待考。　　江西：今江西省南昌市。南昌，为宋洪州都督府所在地，又领江南西路兵马钤辖，故称南昌为江西。

②始其句：初识时，我见到他的容貌、神态。

③已：已而，不久，随后。

④非：错误，过失。

⑤滕王阁：楼阁名。旧址在江西省区西章江门上，西临大江。唐显庆四年（公元 659 年），滕王李元婴为洪州都督时所建。咸亨二年（公元 671 年），重阳节，洪州牧阎伯屿宴僚属于阁上，王勃省父适过南昌，与宴，作《滕王阁序》。

⑥泛：泛舟，乘船游玩。　　东湖：湖名，在江西省南昌市。《新唐书·地理志五》："（洪州南昌）县南有东湖，元和三年（公元 808 年），刺史韦丹开南塘斗门以节江水，开陂塘以溉田。"

⑦酌：饮酌，饮酒。　　马跑泉：泉名。

⑧大梵寺：寺名。　　大梵：即大梵天，佛家语。色界初禅天之一。梵为清净之义，色界诸天皆得称梵天，而初禅天为色界四禅天之最初，故特以"梵天"名。初禅天，共分大梵、梵辅、梵众三天。大梵为君，梵辅其臣，梵众其民。　　秋屏阁：阁名。在新建县城北十五里（《清嘉庆重修一统志·江西南昌府》）。

⑨龙沙：沙洲名，在江西省新建区北。《水经注·赣水》："赣水又北迳龙沙西，沙甚洁白，高峻而陁有龙形，连亘五里中，旧俗九月九日升高处也。"

⑩章水：江西省赣江的西源。源出崇义县聂都山。东北流经大庾、南康，入赣县，与贡水合流为赣江。古称豫章水，亦名南江。《山海经·海内东经》："赣水出聂都东山，东北注江。"

⑪西山：一名南昌山，又名厌原山，在江西省新建区西，连属三百里。《太平御览》卷四十八引《豫章图经》曰："南昌山者，昔吴王（刘）濞铸钱之山。时有夜光，遥

⑫胜处:风景美好之处。

⑬见西山二句:谓要观望西山,那最好,而且能看到西山全景的位置,只有这大梵寺秋屏阁。

⑭陆陵:高平之地和山丘。

⑮属:连接。

⑯特:只,仅仅。

⑰其为乐句:那观赏景致所给人的乐趣能说得尽吗? 胜:尽。

⑱计:考虑,盘算。

⑲奚:何,为什么。

⑳奉:奉陪。 亲:双亲,父母。

㉑自致:使自己达到目的。 致:达到。

㉒顷:顷刻,片刻,短时间。

㉓病不句:此时,曾巩正害肺病,历秋冬而愈。 期月:整整一个月。

㉔遽:突然。

㉕其:通"岂",怎么。见《助字辨略》卷一。 怃然:伤心、失意貌。

㉖镌切:凿刻,切磋,此指激励、劝勉。

㉗视:考察。 足:值,值得。 进:进呈,赠送。

㉘素:平素,平日。

㉙亦情句:谓情不自禁。 克:能,能够。 已:停止。

㉚光显:荣耀,显赫,指做官。

㉛其:语气助词,表示揣测。 异曰:他日,将来。

【集评】

清何焯《义门读书记》卷四十一:碎。

【鉴赏】

庆历六年(公元1046年)八月,曾巩的友人王希,字潜之,离江西赴京。按当时文人的习惯,友谊笃厚者,大多以文章相赠,即所谓"赠序"。曾巩与王希于庆历三年初识,至此谊近四年,互相倾慕。曾巩遂写本文,以叙其友谊之深厚。文中情感朴实真挚,文字的内蕴之中,沁出依依难别的情感。

第一段,回顾相识、从游之始末,是曾、王的友谊志。

首先交代初识的时间、地点。接着,以器官的转移,始"接吾目",继"接吾耳",最后"接吾心",表现友谊深化的过程和程度。"接吾目",言倾慕之神貌;"接吾耳",言谈吐投机;"接吾心",言心心相印,或叫作"心连着心"。对王希的品格,曾巩一言以蔽之曰:"不见其非"。这话有夸饰之嫌,但也足见作者个中相慕之深。

作者以一句"吾爱也,从之游",总提下面游览情况。

作者着笔写友谊时,用了曲笔。他并不写交谊如何如何深,而只是写作者游览之迹与山林之美。但通过这些踪迹,我们可以看到曾巩与王希过从的亲密。"上滕王阁,泛东湖,酌马跑泉",其余如大梵寺秋屏阁,龙沙,章水,西山。透过这些地名,给了我们很多想象的余地,含蓄地写出了他们志趣相得、亲密相从的情景。

文中极写山水之乐,不但折射着友谊的欢娱,也衬托了分离的痛苦。

作者设问道:"使览登之美穷于此,乐乎?"接着自答说:"莫与为乐也。"没有什么能比得上这种快乐。貌似言登临游览之悦,其实际是在写"从之游"的欢娱。作者说:"吾与潜之游其间,虽数且久不厌也。"屡次重复地且长时间地游览这些胜地,而无厌倦之感,就是因为山水之乐中移情着友谊之乐。所以尽管胜地依旧,而只是潜之将去,作者才感到忧然的痛楚。此时,"使览登之美穷于此,乐乎?"怕是更其黯然的吧。一乐一悲之间，正见其友谊的深笃。

第二段，写作序的构思选材过程及友人离去的惆怅。

作者借作序的选材过程，含蓄地侧写王希的高尚品德："使吾道潜之之美，岂潜之之相望意也？"写王希谦逊的美德；"使以言相镌切邪？视吾言不足进也。"镌切，以德相磨砺，言王希人品高尚，无从进言，于是选择了"道素与游之乐而惜其去"，这句话，道出了写第一段文字的缘由，也是第一段的内容的概括、小结。

结尾，写潜之去京师将要"光显"，此亦祝愿之词。作者含蓄地告诫王希，在"光显"之后，不要忘了友情。当然曾巩不能说得像陈涉那样："苟富贵，无相忘"；曾巩具有他自己的个性，他说："光显者之心，于山水或薄，其异日尚肯从吾游于此乎？"官做大了，对山水之情就淡薄了。这有着一种暗示的象征意味，山水之游，在本文的语言环境中，成了友谊的一种代称。"尚肯从吾游乎？"游，古有交接之意，身兼二意，韵味深长。

全文借与游之乐，写友谊的深笃；借写序的构思，写友人的高尚品格；借山水之心的淡薄，写"光显"之后，友情的变化。皆不直书其事，委婉曲折叙出，意境含蓄深远。

送蔡元振序

国学经典文库

唐宋八大家散文鉴赏

曾巩卷

【题解】

本文著于何时,待考。

文中,作者对将为州从事的蔡元振作赠言,先在太守与从事的矛盾中阐明州从事当仁不让、义不容辞的职责,随之,由一州至他州,由州而至于朝,层层递进,深剖天下吏治之弊,并对将为官吏者给予勖勉。与本文相应,《曾巩集·答蔡正言》所云,与本文酷似,可参看。

本文以小见大,虚实相映。虽然此序实为赠蔡元振一人而作,但其所议、所刺、所求,实则关乎天下政治,关乎天下吏治之弊。

全文采取对比手法,以古与今、举政与无为、同与不同、激与脱等等,一一对比,直至篇末。

文中,颇多设问与反诘,从而,使作者将其感慨、愤激与期望深寓于疑问中,因而,行文委婉而极有分寸,如言及朝政时,则引而不发,全文绝无剑拔弩张、直露之语。

全文严谨、凝练,风格别致,系曾巩所著名篇之一。其所言事理,至今仍有借鉴意义。

【原文】

古之州从事,皆自辟士,士亦择所从,故宾主相得也①。如不得其志,去之可也。今之州从事,皆命于朝,非惟守不得择士②,士亦不得择所从,宾主岂尽相得哉?如不得其志,未可以辄去也。故守之治,从事无为可也③;守之不治,从事举其政④,亦势然也。议者不原其势⑤,以为州之政当一出于守,从事举其政,则为立异⑥,为侵官⑦。嘻!从事可否其州事⑧,职也,不惟其同守之同,则舍己之是而求与之同⑨,可乎？不可也。州为不治矣⑩，守不自任其责，己亦莫之任也⑪，可乎？不可也。则举其政，其孰为立异邪？其孰为侵官邪？议者未之思也。虽然，迹其所以然⑫，岂士之所喜然哉⑬？故曰亦势然也。

今四方之从事，惟其守之同者多矣。幸而材⑭，从事视其政之缺，不过室于叹、途于议而已⑮，脱然莫以为己事⑯。反是焉则激，激亦奚以为也⑰？求能自任其责者少矣。为从事乃尔⑱，为公卿大夫士于朝，不尔者其几邪⑲？

临川蔡君从事于汀⑳，始试其为政也。汀诚为治州也㉑，蔡君可拱而坐也㉒；诚未治也，人皆观君也，无激也，无同也，惟其义而已矣㉓。蔡君之任也，其异日官于朝㉔，一于是而已矣㉕，亦蔡君之任也，可不懋欤㉖？其行也，来求吾文，故序以送之。

【注释】

①古之四句：《通典》卷三十二《职官十四·总论州佐》："州之佐吏，汉有别驾、治中、主簿、功曹、书佐、簿曹、兵曹，部郡国从事史、典郡书佐等官，皆州自辟除，通为百石。"　　州从事：官名，亦称为从事史，州长官刺史之佐吏。　　辟：征召。相得：彼此投合。

②守：州太守。本文之"守"，皆指州太守。

③故守之治二句：所以，如州太守尽职治理州政，那么，州从事清静无为，协助太守做事是可以的。

④举其政：主持州政。

⑤原：推求其根本。

⑥立异：彼此对峙，另立新帜。

⑦侵官：越犯他人的职守。《左传·成公十六年》："国有大任，焉得专之。且侵官，冒也；失官，慢也。"

⑧可否：赞成、反对。

⑨是：正确的见解。

⑩州为句：现在，州没有治理好。　　为：语助词，无义。

⑪己亦莫之任也：即"己亦莫任之也"，自己也不承担其职责。　　莫：不。

⑫迹其句：推究其这样做的原因。　　迹：推求，推究。　　所以：原因。

⑬岂士句：难道做州从事的士喜欢这样做吗？指"舍己之是而求与之同"而言。

⑭幸而材:幸好遇上有才干的从事。

⑮室于叹、途于议:即"于室叹、于途议"。作者一反语法常规,意在强调"室"和"叹""途"和"议"。

⑯脱然句:超脱地不把州政看作自己职内之事。

⑰反是二句:与此相反,另一种态度则是偏激,偏激又有什么用呢? 奚以:何以,怎样。 为:语气助词,相当于"呢""吗"等。

⑱乃尔:竟然如此。

⑲不尔句:不这样做的又能有几人呢? 其:语气词,表示揣测。 邪:通"耶",语气助词,相当于"吧""呢"等。

⑳临川:地名,宋属江南西路抚州,今江西省临川区。 汀:汀州,地名,宋属福建路,今福建省长汀县。

㉑诚:如果,果真。 治州:太平而繁荣的州。

㉒拱而坐:拱手而坐,无为而治。

㉓惟其义而已矣:只是按着自己应该做的去做就可以了。 惟:通"唯",只。义:适宜。《释名·释言语》:"义,宜也。裁制事物使合宜也。"

㉔异日:他日,将来。

㉕一于是而已矣:一切都遵照"无激、无同"这一原则去做就可以了。 于:归于。

㉖懋:勤勉。

【集评】

明茅坤《唐宋八大家文钞》卷一〇二:才焰少宕,特其所见,亦有可取。

又,篇末引唐顺之(荆川)评曰:"此文入题以后,照应独为谨密,异于南丰诸文。"

清张伯行重订《唐宋八大家文钞》卷十四:无激、无同、惟其义,固凡为政者所当知,亦君子立朝之轨则欤?范文正为广德军司理,日抱具狱与太守争是非,守数以盛怒临之,公不为屈,归必记其往复辩论之语于屏上,比去,字无所容。介甫行新政,方盛气以待言者,程明道以数语折之。然则,从事如文正,立朝如明道,无激、无同之意矣。

清何焯《义门读书记》卷四十一：此文反近李习之，淡古。

【鉴赏】

临川人蔡元振任"从事"之职于汀，上任前，蔡元振请曾巩留言赠别，曾巩遂写了这篇《送蔡元振序》。

按，"从事"：汉制，州刺史之佐吏，如别驾、治中、主薄、功曹均称为"州从事"，皆由州长官行任免之权。可是到了宋代，州从事之职，均由朝廷任命。曾巩的文章就"从事"的职责，做了精辟的论述。曾巩主张"州从事"不应唯唯诺诺，只是附同州守的意见，而应负起责任来，另外，文中也就宋废州从事之任命旧制，做了中肯的批评。

第一段，评论古今之州从事任命制度的不同与其影响。

作者采用对比手法，让读者在比较中认识两种任命制度的优劣，因此，先列举古今之不同。

古代"州从事"的任命，是"自辟士"，即由州太守自己从贤士中征召；现在的"州从事"，"皆命于朝"，即都由朝廷任命指派。前者，太守与州从事之间，可以"双向选择"，"如不得志，去之可也"；后者，"守不得择士，士亦不得择所从"，没有"双向选择"的权利，如果"不得其志，未可以辄去也"。前者，"宾主相得"，互相配合、协助,双方的优势就更能发挥,"相得"而"益彰",就是这个意思;后者,则"宾主岂尽相得哉?"

作者以"宾主相得"与否,深刻地显示了两种任命制度的优劣。

作者并不是一味对比下去,一旦借助对比,阐明实质,作者就把作为陪衬的一方去掉。作者终止了"古之从事"制度的论述,只专题谈"今之从事"制度的弊端。这种弊端是围绕着两个"势然也"来展开的。

第一个"势然也"是说,由于州从事系朝廷任命的,所以,倘州政大治,从事就无事可做;倘州政不治,作为朝廷派来的佐吏,就应提出自己的政见,这是形势要他这样做的。

第二个"势然也"是说,舆论会认为,州政应统一由州太守这个地方最高长官来决定。从事倘另提出自己的政见就是"立异",另搞一套;就是"侵官",越犯上级职守。所以,从事大多"舍己之是而与之同",放弃正确意见来附和太守。太守不能胜任的事,自己也不去承担,为什么这样呢?曾巩说:"势然也。"

这两个"势然也"是相矛盾着的。前者所说的是,理论上应该是这样的;后者说的是,实际趋势是这样的。这就把制定政策的意图,与实际效应的冲突深刻地揭示出来。本来立从事是为了"举其政",而事实上,从事们根本不能"举其政",这就不能不使人想到,由朝廷任命从事的弊端。因为,倘从事与州太守"宾主相得",同心勠力,根本不会有或不畏有"侵官""立异"之议。

在议论这些弊端的影响时,作者不是仅列举现象而已,他还加上自己的判断和主张,几处写了"可乎?不可也"。如,"舍己之是而求与之同,可乎?不可也。";"守不自任其责,己亦莫之任也,可乎?不可也。"这些地方,鲜明地表现了他的观点、立场、主张。一问一答,发人深省。

第二段,批评"今之从事""公卿、士大夫"不能自任其责的现象。

从事不能自任其责,表现有二:一是"惟其守之同者",即一味附和州太守的意见,言外之意是,没有自己的意见;二是,看出州政的不足,也只不过在屋里叹息一番,在路上议论一番罢了,决不伸张正确意见。作者由此举一反三,做从事的是这样,公卿、大夫在朝廷,不这样的又能有多少人呢?把批判的锋芒,指向了整个官场。

第三段,写对蔡元振上任的勉励。

勉励蔡元振作官，以"义"为原则，政绩必盛大美好。

作者文笔犀利，善于揭示议论对象灵魂深处的龌龊。如写州从事的阴暗心理，"不但要处处附和太守意见，而且要放弃正确的意见来逢迎"，画出州从事奴颜婢膝之"骨"——真是画到骨子里去了。再如，"州太守管不了，我也管不着"，活画出他们尸位素餐、不任其责的心态。这些都不是简单的皮相之画，而是精彩的内心透视。生动的形象中，蕴涵着深刻的批判力量。

列女传目录序

【题解】

本文著于曾巩在京师编校馆阁书籍之时。

作者先历叙《列女传》篇目的存亡分合,进而,评论全书得失:作者称颂刘向纂集此书的劝诫之旨,同时,议论挥发,引而申之,归之于身行躬化,借以讽切时君。作者于篇末指明本书时代局限及失误,规劝览者采其有补,择其是非。

作者熟于经典,议论时,多引《诗》《书》之说,精当而典雅。

【原文】

刘向所叙《列女传》,凡八篇,事具《汉书》向列传①。而《隋书》及《崇文总目》皆称向《列女传》十五篇,曹大家注②。以《颂义》考之③,盖大家所注,离其七篇为十四④,与《颂义》凡十五篇,而益以陈婴母及东汉以来凡十六事⑤,非向书本然也。盖向旧书之亡久矣。嘉祐中⑥,集贤校理苏颂始以《颂义》为篇次⑦,复定其书为八篇,与十五篇者并藏于馆阁⑧。而《隋书》以《颂义》为刘歆作⑨,与向列传不合。今验《颂义》之文,盖向之自叙。又《艺文志》有向《列女传颂图》⑩,明非歆作也。自唐之乱,古书之在者少矣,而《唐志》录《列女传》凡十六家⑪,至大家注十五篇者,亦无录⑫,然其书今在。则古书之或有录而亡,或无录而在者,亦众矣,非可惜哉!今校雠其八篇及其十五篇者已定⑬,可缮写⑭。

初,汉承秦之敝⑮,风俗已大坏矣,而成帝后宫⑯,赵、卫之属尤自放⑰。向以谓王政必自内始,故列古女善恶所以致兴亡者以戒天子⑱,此向述作之大意也。其言大任之娠文王也,目不视恶色,耳不听淫声,口不出敖言⑲。又以谓古之人胎教者皆如此⑳。夫能正其视听言动者,此大人之事㉑,而有道者之所畏也㉒。顾令天下之女子能之,何其盛也㉓!以臣所闻,盖为之师傅、保姆之助㉔,诗、书、图、史之戒㉕,珩璜琚瑀之节㉖，威仪、动作之度㉗，其教之者虽有此具㉘，然古之君子，未尝不以身化也㉙。故《家人》之义，归于反身㉚；《二南》之业，本于文王㉛，夫岂自外至哉？世皆知文王之所以兴，能得内助，而不知所以然者，盖本于文王之躬化㉜，故内则后妃有《关雎》之行㉝，外则群臣有《二南》之美㉞，与之相成。其推而及远，则商辛之昏俗㉟，江、汉之小国㊱，《兔罝》之野人㊲，莫不好善而不自知，此所谓身修故国家天下治者也㊳。后世自学问之士，多徇于外物而不安其守㊴，其家室既不见可法㊵，故竞于邪侈㊶。岂独无相成之道哉㊷？士之苟于自恕㊸，顾利冒耻而不知反己者㊹，往往以家自累故也。故曰"身不行道，不行于妻子㊺"，信哉！如此人者，非素处显也㊻，然去《二南》之风，亦已远矣，况于南乡天下之主哉㊼？向之所述，劝戒之意，可谓笃矣。

然向号博极群书，而此传称《诗·茉苢》《柏舟》《大车》之类，与今序《诗》者之说尤乖异㊽，盖不可考。至于《式微》之一篇，又以谓二人之作㊾。岂其所取者博，故不能无失欤？其言象计谋杀舜及舜所以自脱者，颇合于《孟子》㊿。然此传或有之，而《孟子》所不道者，盖亦不足道也[51]。凡后世诸儒之言经传者，固多如此，览者采其有补[52]，而择其是非可也。故为之叙论[53]，以发其端云[54]。

【注释】

①刘向三句：具：陈述，记载。　《汉书·楚元王传》(附《刘向传》)云："向字子政，本名更生。向睹俗弥奢淫，而赵、卫之属起微贱，踰礼制，以为王教由内及外，自近者始，故采取《诗》《书》所载，贤妃贞妇，兴国显家，可法则，及孽嬖乱亡者，序次为《列女传》，凡八篇，以诫天子。"

②而隋二句：《崇文总目》：宋晁公武《郡斋读书志》卷九曰："《崇文总目》一卷，皇朝(宋)《崇文院书目》也。"又曰："《崇文总目》六十四卷，皇朝王尧臣等撰。景祐中，诏张观、李若谷、宋庠取昭文、史馆、集贤、秘阁书，刊正讹谬条次之，凡四十六类，计三万六百六十九卷。康定二年(公元1041年)书成。"　曹大家：《后汉书·列女传》曰："扶风曹世叔妻者，同郡班彪之女也，名昭，字惠班，一名姬。博学高才，和帝数召入宫，令皇后诸贵人师事焉，叫曰'大家'。"　家：通"姑"。　《隋书·经籍志》卷二载录"《列女传》十五卷，刘向撰，曹大家注。"

③《颂义》：刘向所辑《列女传》中篇名，即《颂义》大序，已佚，本列于目录前。

小序七篇,散见于目录中间,颂见各人传后。

④离:分,此指一分为二。

⑤益:增加。　陈婴母:《史记·项羽本纪》:"陈婴者,故东阳令史,居县中,素信谨,称为长者。东阳少年杀其令,相聚数千人,欲置长,无适用,乃请陈婴。婴谢不能,遂强立婴为长,县中从者得二万人。少年欲立婴便为王,异军苍头特起。陈婴母谓婴曰:'自我为汝家妇,未尝闻汝先古之有贵者。今暴得大名,不祥。不如有所属,事成犹得封侯,事败易以亡,非世所指名也。'婴乃不敢为王。"

⑥嘉祐:宋仁宗年号,公元1056年至1063年。

⑦集贤校理:官名,掌校雠典籍,判正讹谬,见《宋史·职官志四》。　苏颂:字子容,泉州南安(今福建省泉州市南安县)人,父绅,葬润州丹阳(今江苏省丹阳市),因徙居之。第进士,历宿州观察推官,知江宁县。皇祐五年,召试馆阁校勘,同知太常礼院。至和中,迁集贤校理,编订书籍。详见《宋史》卷三四〇《苏颂传》。

⑧馆阁:宋时,有昭文馆、史馆、集贤院,称为三馆,分掌图书、经籍、修史等事。又有秘阁、龙图阁、天章阁,主要是藏经籍、图书及历代御制典籍。三馆与诸阁,统称"馆阁"。

⑨而隋句:刘歆:刘向之子。字子骏,成帝召见,待诏宦者署,为黄门郎。河平中,受诏与父向领校秘书。向死后,歆复为中垒校尉。哀帝初即位,大司马王莽举歆宗室有材行,为侍中太中大夫,迁骑都尉、奉车光禄大夫,贵幸。复领《五经》,卒父前业。歆乃集六艺群书,种别为《七略》。语在《艺文志》。详见《汉书》卷三十六。　《隋书·经籍志》卷二载:《列女传颂》一卷,刘歆撰。

⑩又艺句:《汉书·艺文志》诸子略,班固于"刘向所序六十七篇"下注云:"《新序》《说苑》《世说》《列女传颂图》也。"

⑪而唐句:见《旧唐书·经籍志》《新唐书·艺文志》之乙部史录。

⑫至大二句:《新唐书·艺文志》乙部载:刘向《列女传》十五卷,曹大家注。

⑬校雠:王利器先生《风俗通义校注·佚文》:"案:刘向《别录》:'雠校,一人读书,校其上下,得谬误为校;一人持本,一人读书,若怨家相对为雠。'"

⑭缮写:抄写。

⑮敝:破,衰败。

⑯后宫:宫中妃嫔所居,犹言后庭、内宫。此指妃嫔、姬妾。

⑰赵、卫:指赵飞燕、李平。《汉书·外戚传》:"孝成赵皇后,本长安宫人,属阳阿主家,学歌舞,号曰'飞燕'。成帝尝微行,出过阳阿主,作乐。上见飞燕而说之,召入宫,大幸。有女弟复召入。俱为婕伃,贵倾后宫。许后之废也,上欲立赵婕伃。后月余,乃立婕伃为皇后。"又曰:"自鸿嘉后,上稍隆于内宠。(班)婕伃进侍者李平,平得幸,立为婕伃。上曰:'始卫皇后亦从微起。'乃赐平姓曰'卫',所谓卫婕伃也。其后,赵飞燕姊弟亦从自微贱兴,踰越礼制,浸盛于前。"   属:辈,类。自放:放纵。   《汉书·刘向传》:"向睹俗弥奢淫,而赵、卫之属起微贱,踰礼制。"

⑱向以二句:见《汉书·刘向传》。

⑲其言四句:《列女传·母仪传》曰:"太任者,文王之母,挚任氏中女也。王季娶为妃。及其有娠,目不视恶色,耳不听淫声,口不出敖言,能以胎教。"   娠:本谓胎儿在母体中微动。泛指怀胎。《左传·哀公元年》"后缗方娠。"   《尔雅·释诂》:"敖,戏也。"

⑳又以句:《列女传·母仪传》:"古者妇人妊子,寝不侧,坐不边,立不跸,不食邪味,割不正不食,席不正不坐,目不视于邪色,耳不听于淫声。夜则令瞽诵诗道正事。如此,则生子形容端正,才德必过人矣。"

㉑大人:官员。《易·乾》:"见龙在田,利见大人。"

㉒有道者：有道德、有才艺的人。《论语·学而》："敏于事而慎于言，就有道而正焉。"　畏：恭敬，谨慎。

㉓顾令二句：只要使天下的女子都能做到这些，那将是多么盛大的事啊！顾：只要，参阅《助字辨略》卷四。

㉔师傅：女子之师。《诗·葛覃》毛传曰："师，女师也。古者女师教以妇德、妇言、妇容、妇功，祖庙未毁，教于公宫三月；祖庙既毁，教于宗室。"《公羊传·襄公三十年》："伯姬曰：'吾闻之也，妇人夜出，不见傅母不下堂。"　保姆：女子之师。《礼记·内则》："择于诸母，必求其宽裕慈惠，温良恭敬，慎而寡言者，使为子师。其次为慈母，其次为保母。"郑玄注曰："子师教示以善道者，保母安其居处者。"

㉕诗书句：《汉书·谷永传》："永对曰：《书》曰：乃用妇人之言，自绝于天，《诗》曰：'赫赫宗周，褒姒灭之'，皆《诗》《书》之戒也。"《汉书·外戚传》："班倢伃曰：观古图画贤圣之君，皆有名臣在侧，三代末主，乃有嬖女。"《后汉书·后妃纪序》曰："女史彤管，记功书过。"以上，皆图史之戒。

㉖珩璜句：《诗·郑风·女曰鸡鸣》毛传曰："杂佩者，珩璜琚瑀冲牙之类。"《释文》曰："珩，音衡，佩上玉也。璜，音黄，半璧曰璜。琚，音居，佩玉名。瑀，音禹，石次玉也。"

㉗威仪：礼仪细节。《礼记·中庸》："礼仪三百，威仪三千。"　动作：言谈举止。

㉘具：器具，此指方法，手段。《史记·酷吏列传》："法令者，治之具。"

㉙身化：通过自身的示范行动，实行教化。《礼记·大学》："身修而后家齐，家齐而后国治，国治而后天下平。"

㉚《家人》二句：《易·家人·象传》曰："威如之吉，反身之谓也。"

㉛《二南》二句：《诗·序》："《关雎》《麟趾》之化，王者之风，故系之周公，南，言化自北而南也。《鹊巢》《驺虞》之德，诸侯之风也，故系之召公。《周南》《召南》，正始之道，王化之基。"

㉜世皆四句：本：根源，来源。　躬化：身化。　《列女传·母仪传》："太姒者，武王之母，禹后有莘姒氏之女。仁而明道，文王嘉之，亲迎于渭。太姒号曰'文母'。文王治外，文母治内。"

㉝故内句：《诗·序》曰："《关雎》，后妃之德也。是以《关雎》乐得淑女以配君

子,爱在进贤,不淫其色,哀窈窕,思贤才,而无伤善之心焉,是《关雎》之义也。"

㉞外则句:《诗·召南·行露》序曰:"《行露》,召伯听讼也,衰乱之俗微,贞信之教兴,强暴之男,不能侵陵贞女也。"又,《召南·野有死麕》序曰:"《野有死麕》,恶无礼也。天下大乱,强暴相陵,遂成淫风,被文王之化,虽当乱世,犹恶无礼也。"

㉟商辛:即商朝纣王,名辛。《史记·殷本纪》:"帝辛,天下谓之纣。"　　案:细绎文意,疑原文有误,"商辛",当作"商莘"。　　商莘:指周王季、文王分别娶妻于商、莘之事。《诗·大雅·大明》:"挚仲氏任,自彼殷商,来嫁于周,曰嫔于京,乃及王季,维德之行。""有命自天,命此文王,于周于京。缵女维莘,长子维行,笃生武王。保右命尔,燮伐大商。"《列女传·母仪传》:"太任者,文王之母,挚任氏中女也,王季娶为妃。太任之行,端壹诚庄,惟德之行。及其有娠,目不视恶色,耳不听淫声,口不出敖言。文王生而明圣,太任教之,以一而识百。君子谓太任为能胎教。"又,"太姒者,文王之妃,武王之母,禹后、有莘姒氏之女也。在郃之阳,在渭之涘,仁而明道。文王嘉之,亲迎于渭,造舟为梁。及入,太姒思媚太姜、太任,旦夕勤劳,以进妇道。太姒号曰'文母'。文王治外,文母治内。《诗》曰:'大邦有子,倪天之妹。文定厥祥,亲迎于渭。造舟为梁,不显其光?'此之谓也。"　　昏俗:婚俗,嫁娶的风俗。"商辛之昏俗",见《诗·大雅·大明》。　　昏:通"婚"。

㊱江汉句:江汉:二水名,长江、汉水。《诗·周南·汉广》序曰:"《汉广》,德广所及也,文王之道,被于南国,美化行乎江、汉之域。"

㊲《兔罝》句:《兔罝》:《诗·周南》中之篇名。　　兔罝:捕兔之网。　　《诗·周南·兔罝》序曰:"《兔罝》,后妃之化也。《关雎》之化行,则莫不好德,贤人众多也。"郑玄笺云:"罝兔之人,鄙贱之事,犹能恭敬,则是贤者众多也。"

㊳此所句:见《礼记·大学》。

㊴徇:通"殉",以身从物。　　外物:身外之物。　　守:操守,节操。

㊵家室:一作"室家"。

㊶邪侈:邪恶。《孟子·梁惠王上》:"苟无恒心,放辟邪侈,无不为已。"

㊷岂独句:难道就没有相反相成、加以补救的办法了吗?　　独:岂。见《词诠》卷二。

㊸苟:苟且,得过且过。　　自恕:自我宽恕,原谅自己。

㊹顾利句:只求名利,不讲羞耻,又不知反躬自责的原因。　　顾:思。

冒：犯。

㊺身不二句：语见《孟子·尽心下》，赵岐注："身不自履行道德，而欲使人行道德，虽妻子，不肯行之。言无所则效也。"

㊻素：平素，平时。　　显：显要，此指做官。

㊼南乡天下之主：面南而坐的国君。　　乡：通"向"。　　《易·说卦》传曰："离也者，明也，万物皆相见，南方之卦也。圣人南面而听天下，向明而治。"

㊽而此二句：乖异：彼此背离，不一致。　　《诗·芣苢》：《诗·周南·芣苢》序曰："《芣苢》，后妃之美也。"《列女传·贞顺传》曰："蔡人之妻者，宋人之女也。既嫁于蔡，而夫有恶疾，其母将改嫁之，女曰：'夫之不幸，乃妾之不幸也，奈何去之？'乃作《芣苢》之诗。"　　《柏舟》：《诗·邶风·柏舟》序曰："《柏舟》，言仁而不遇也。卫顷公之时，仁人不遇，小人在侧。"《列女传·贞顺传》曰："卫宣夫人者，齐侯之女也，嫁于卫。至城门，君死，保母曰：'可以还矣。'女不听，遂入，持三年之丧。毕，弟立，请曰：'卫，小国也，不容二庖，请愿同庖。'终不听。卫君使人想于齐兄弟。齐兄弟皆欲与君，使人告女，女终不听，乃作（《柏舟》）诗：'我心匪石，不可转也；我心匪席，不可卷也。'"　　《大车》：《诗·王风·大车》序曰："《大车》，刺周大夫也。礼义陵迟，男女淫奔，故陈古以刺今，大夫不能听男女之讼焉。"《列女传·贞顺传》曰："息夫人者，息君之夫人也。楚伐息，破之，虏其君使守门，将妻其夫人，而纳之于宫。楚王出游，夫人遂出见息君，谓之曰：'人生要一死而已，何至自苦？妾无须臾而忘君也，终不以身更贰醮。生离于地上，岂如死归于地下哉？乃作（《大车》）诗曰：'谷则异室，死则同穴。谓予不信，有如皦日。'遂自杀。"

㊾至于二句：《式微》：《诗·邶风》中之篇名。其诗云："式微式微，胡不归？微君之故，胡为乎中露？式微式微，胡不归？微君之躬，胡为乎泥中？"　　《列女传·贞顺传》："黎庄夫人者，卫侯之女，黎庄公之夫人也。既往而不同欲，所务者异，未尝得见，甚不得意。其傅母谓夫人曰：'夫妇之道，有义则合，无义则去。今不得意，胡不去乎？'乃作诗曰：'式微式微，胡不归？'夫人曰：'妇人之道，壹而已矣，彼虽不吾以，吾何可以离于妇道乎？'乃作诗曰：'微君之故，胡为乎中路？'"

高步瀛先生于《唐宋文举要》甲编卷七云："子固（曾巩）乃执《毛诗》以绳之，殆昧于三家之别矣。"

㊿其言二句：象：舜同父异母弟。《列女传·母仪传》曰："有虞二妃者，帝尧之

二女也,长娥皇,次女英。瞽瞍与象谋杀舜,使涂廪,舜归告二女曰:'父母使我涂廪,我其往!'二女曰:'往哉!'舜既治廪,乃捐阶,瞽瞍焚廪,舜往飞出。象复与父母谋使舜浚井,舜乃告二女,二女曰:'俞往哉!'舜往浚井,格其出入,从掩,舜潜出。时既不能杀舜,瞽瞍又速舜饮酒,舜告二女,二女乃与舜药浴汪,遂往。舜终日饮酒不醉。" 颇合于《孟子》:《孟子·万章上》载舜治廪浚井事,与《列女传》相合。

(51)《孟子》二句:《孟子》中不载饮酒浴汪之事。

(52)补:补益。

(53)叙:通"序"。

(54)以发句:今本《列女传》附录有曾巩此序,其篇末有"编校馆阁书籍臣曾巩序"十字。

【集评】

宋朱熹《朱子语类》卷四十七《论文上》:南丰《列女传序》说《二南》处好。

明茅坤《唐宋八大家文钞》卷一〇〇:子固诸序,并各自为一段大议论,非诸家所及,而此篇尤深入,近程、朱之旨矣。

又,篇末引王遵岩:宋人叙古人集及古人所著书,往往有此家数,然多以考订次第为一篇之文而已,不能如先生更有一段大议论,以成其篇也。如后叙《鲍容(溶)、李白集》亦不免用其体,盖小集自不足以发大议论,又适当然耳。

清沈德潜《唐宋八大家文读本》卷二十七引朱熹评曰:"《关雎》虽若专美太姒,而实深见文王之德。序者徒见其词而不察其意,遂壹以后妃为主,而不复知有文王,固已失之矣。至于北行国中,三分天下,亦皆以为后妃之所致,则是礼乐征伐,皆出妇人之手,而文王徒拥虚器,以为寄生之君也,其失甚矣。惟南丰曾氏之言,窃谓庶几得之。"原本《家人》卦,《大学》圣经,齐家本于修身意;较之汉儒学术又醇乎醇矣。而文之渊茂,不减中垒。

清张伯行重订《唐宋八大家文钞》卷十四:古人立言,所以能见其大者,盖由学有原本,故非掇华摛藻之家所能及也。鹿门谓此篇近程、朱之旨,信然。

清何焯《义门读书记》卷四十一:三代以后,少此议论。词醇气洁,无一冗长之字。此宋文之不愧匡、刘者也。

清吴汝纶·吴闿生《古文辞类纂点勘》卷三引刘大櫆(海峰):子政胎教之言,

已足千古,子固更进一层,归之身化,深入理奥,而文亦粲然成章。

【鉴赏】

清代的桐城派首领方苞盛赞曾巩散文,谓"南丰之文,长于道古,故序古书尤佳","目录序尤胜"。曾巩之所以"目录序尤胜",是因为他长期担任校勘、校理、修撰等职,曾先后整理、校勘《战国策》《说苑》《新序》《列女传》《陈书》《李太白集》等,广泛披阅古籍,细心校勘,自有会心之处,形成许多独到见解,发而为文,便显得精辟。从某种意义上说,曾巩不仅是颇有政声的官员、文学家,而且是整理古籍的学者。《列女传目录序》便兼有此数者之所长。

《列女传》的编著者刘向(公元前77年~公元前6年),是西汉末年的经学家、文学家、目录学家。他本名更生,字子政,沛(今江苏沛县)人,自二十岁擢为谏议大夫后,历任官职,因弹劾外戚宦官专权误国,二度入狱,免官数年。成帝即位,乃复任用,更名向,官至中垒校尉。著有《新序》《说苑》《列女传》《列仙传》《洪范五行传》等,负责整理宫廷藏书,撰成《别录》,为我国目录学之祖。要为这样一位学问渊博,对目录学深有研究的学者之著作《列女传》目录作序,辨别其真伪,勘校其正误,确系难事。《列女传目录序》体现了曾巩一丝不苟、严肃认真的治学态度与实事求是、精思慎言的科学精神,具有学者之风范。"序"的首尾两段,充分说明了这点。

首段陈述对刘向《列女传》目录进行辨别、校正的过程及结果。刘向所著《列女传》,一名《古列女传》,今本七卷,分"母仪""贤明""仁智""贞顺""节义""辩通""孽嬖"七类,列记古代妇女事迹一〇五则。曾巩比较了《汉书》《隋书》《崇文总目》关于《列女传》篇目的记载,指出:《汉书·刘向列传》说《列女传》有八卷,《隋书》《崇文总目》却说是十五卷,由曹大家注释。《汉书》《隋书》为历史著作,《崇文总目》是宋代王尧臣奉敕编撰的一部大书目,原书六十六卷,现存十二卷,是目录学著作。曹大家即班昭,曾嫁曹世叔,世叔死,被汉和帝召入宫廷,令皇后、贵人师事之,号曹大家,其兄班固著《汉书》未成而死,皇帝命她续撰之。曾巩发现他们说法不一,究竟哪种正确?他用《颂义》进行考证,认为班昭所注,有七卷不同于《汉书》所载,共十四卷,《颂义》载十五卷。而其中陈婴母及东汉以来凡十六事,均为后人所增,不是刘向《列女传》本来就有的,这大概是因为刘向《列女传》遗失很久的缘故。从这个问题的考订可以看出,曾巩善于发现古籍记载之异同,从中推导出正确的结论。宋仁宗嘉祐年间,担任集贤校理职务的苏颂依照《颂义》的目次,又把《列女传》定为八卷,与十五卷本一起藏于馆阁。在此,《颂义》是订正、考据的重要依据,有必要对它进行辨别。因此文章在辨明《列女传》卷数的基础上,进一步考证《颂义》的作者是谁。《隋书》认为《颂义》的作者是刘歆(公元前53~公元前23),歆字子骏,后改名秀,字颖叔,沛人,是刘向的儿子,西汉著名的经学家、目录学家。他继父业,领《王经》,集六艺群书,撰为《七略》,乃我国历史上第一部图书分类目录。《隋书》的记载与《汉书》刘向列传不符合,以《颂义》的原文加以验证,便会知道这大概是刘向的自叙。又根据《艺文志》有刘向的《列女传颂图》,说明不是刘歆所著。曾巩慨叹:"自唐之乱,古书之在者少矣。"由于古籍的佚亡,对其考订就显得十分重要。《唐志》录《列女传》共十六家,到班昭所注的十五卷,也没有目录,但这本书当时还保存着。根据这些材料,曾巩得出了一个带一般

意义的结论:古籍中,有的有目录,书都佚亡了,有的没有目录,而书还保存着,这种情况是相当普遍的。这是很可惜的呵!现在曾巩校雠《列女传》八卷,另十五卷已定稿,可缮写。这便是对《列女传》进行辨识、考证的结果。从首段可以看出,曾巩每做出一个判断,都经过多方考证,深思熟虑,表现出严谨的治学态度和善于从事整理、校勘工作的才能。

末段言叙《列女传》之缘由,以这些事实为依据,曾巩得出一个结论:凡是后世诸儒谈论经传的,本多有的提及,有的不提及,读者取其有益,判明是非就可以了。

可见，曾巩在首、尾二段，提出了自己的学术见解。若仅从这两段看，这实在是篇学术性颇强的考据文字。但第二段，却畅抒政见，表现出一个关心国家、人民的正直官吏强烈的参与意识，对治国之道表示关注，提出"王政必自内始"以及胎教、身教等一系列看法。从这个角度看，这又是一篇颇有见地的政论文字。妙在融二者于一炉，让二者相辅相成。不仅论述刘向著《列女传》的目的，而且阐发自己就女子与政治的关系反复揣摩之所得。

序文指出刘向作《列女传》的背景是汉承秦敝，风俗大坏，汉成帝后宫赵飞燕、赵合德姐妹，尤其放荡。刘向的创作意图在于警戒皇帝。据《汉书·刘向传》记载，刘向认为"王教由内及外，自近者始"，所以他"采取《诗》《书》所载贤妃贞妇，兴国显家可法则，及孽嬖乱亡者"，写成《列女传》，按曾巩的说法是"列古今善恶所以致兴亡者，以戒天子。"从总的说，刘向著《列女传》的主旨是宣扬封建礼教，某些看法显然错误，但"王政必自内始"却有一定的合理性。刘向赞扬周文王之母身怀周文王时，"目不视恶色，耳不听淫声，口不出敖言"，古来胎教者如此，并认为，如果天下的女子都能"正其视听言动"，那是多么兴盛之事！这是以封建妇德来规范、束缚女子，十分荒谬。曾巩认为师傅、保姆之助，《诗》《书》图史之戒，珍宝玉佩之节，威仪动作之度，教育者虽有这些器具，但古之君子总是先从自身做起，总是重身教。这一看法，有可取之处。作者举《诗经》的例子来说明。《家人》的含义是反乎其身。周文王把今陕县分给周公姬旦、召公姬奭为"采邑"，周公居东部洛邑，统治东方诸侯，召公居西部镐京，统治西方诸侯。《周南》是周公统治下的地区的民歌，《召南》是召公统治下的地区的民歌，《周南》《召南》合称"二南"。所以作者说"《二南》之业，本于文王。"这"业"并非由外部加入，而是由内部一分为二，和睦分治。世皆知周文王兴盛，是因为有贤内助，而不知道内助之贤，是周文王亲自在家行"道"的结果。作者由此推导出理想的君、妃、臣的关系图：内（君与后妃）——后妃有《关雎》中"淑女""好逑"的行为，合乎封建夫妇之义；外（君与群臣）——群臣有《二南》之美，像周公、召公那样，共同治理国家，合乎封建君臣之义。内外相辅而相成。这种理想的关系推而广之，使得江汉小国，捕兔野人都好善而不自知，这样就能实现所谓修身平家然后治国平天下的抱负。这说的是先王与古之君子。而后世之士却相反，他们多屈从外物，不安其守，其家庭竞相邪僻奢侈，使后世之士失去与家庭相辅相成之道。今世之士苟且放宽对自己的要求，争名逐利不顾羞耻，往往都由于家庭的拖累。所以说："身不行道,不行于妻子!"这里以后世之士与古之君子相比较,从正反两方面说明君王与后妃,丈夫与妻子实行仁道,相辅相成之理,说明"身不行道,不行于妻子"之理,虽"要其归必止于仁义"(曾肇《曾巩行状》),但其中包含重视自身的示范作用,重视家庭(后妃)对政治的影响作用,还是有一定的借鉴意义的。

《列女传目录序》平淡自然。文章考证与说理相结合,考证翔实,平平道来,说理不见艰深,也无惊人之论,而紧紧扣住妇德,举例、论事、析理,把问题讲深透。虽平淡,读来却不觉枯燥,因平淡自然具有本色美,尤其对于考据性说理性的文字来说,古拙朴质,更有一番魅力。

本文结构完整严谨而又迂徐委曲。首段就刘向《列女传》目录,辨正伪,叙始末。二段端出刘向著《列女传》之动机、目的,并由此引发,阐述帝妃、夫妇相成之理,强调行"道"于家,并归之于刘向《列女传》"劝戒之意,可谓深矣。"末段提出某些质疑,指出对古之经传,览者"采其有补","择其是非"可也。三段浑然一体,十分紧密。

本文节奏,舒缓不迫。虽偶尔穿插个别反问感叹句,但全文主要由陈述句组成,陈述的语气又极平静,不像《送江任序》大量使用排比,造成宏伟气势。它给人不紧不慢,娓娓而谈的感觉。这种从容和缓的节奏,很适于考证与说理。此外,语言浅显简洁,亦为本文一大特色。

礼阁新仪目录序

国学经典文库

唐宋八大家散文鉴赏

曾巩卷

【题解】

本文著于作者在京师编校史馆书籍时。

文中,作者纵论礼之社会功用及其改易因革、适时而变的必然性,同时,论述了整理此书的意义。

本文以议代评,采用归纳法评述,紧凑而层次分明,典雅、委婉。作者行文时,由浅入深,由切身事物引出抽象道理,颇有先秦诸子循循善诱之遗风。

【原文】

《礼阁新仪》三十篇,韦公肃撰,记开元以后至元和之变礼①。史馆、秘阁及臣书皆三十篇②,集贤院书二十篇③。以参相校雠④,史馆秘阁及臣书多复重,其篇少者八,集贤院书独具⑤。然臣书有目录一篇,以考其次序,盖此书本三十篇,则集贤院书虽具,然其篇次亦乱。既正其脱谬,因定著从目录⑥,而《礼阁新仪》三十篇复完。

夫礼者,其本在于养人之性,而其用在于言动视听之间⑦。使人之言动视听一于礼,则安有放其邪心而穷于外物哉⑧?不放其邪心,不穷于外物,则祸乱可息,而财用可充⑨。其立意微,其为法远矣。故设其器,制其物,为其数,立其文,以待其有事者,皆人之起居、出入、吉凶、哀乐之具⑩,所谓其用在乎言动视听之间者也。

然而古今之变不同,而俗之便习亦异。则法制数度⑪,其久而不能无弊者⑫,势固然也。故为礼者,其始莫不宜于当世,而其后多失而难遵⑬,亦其理然也。失则必改制以求其当⑭,故羲农以来⑮,至于三代⑯,礼未尝同也。后世去三代,盖千有余岁,其所遭之变,所习之便不同,固已远矣。而议者不原圣人制作之方⑰,乃谓设其器,制其物,为其数,立其文,以待其有事,而为其起居、出入、吉凶、哀乐之具者,当一二以追先王之迹，然后礼可得而兴也。至其说之不可求，其制之不可考，或不宜于人，不合于用，则宁至于漠然而不敢为[18]，使人之言动视听之间，荡然莫之为节[19]，至患夫为罪者之不止，则繁于为法以御之[20]。故法至于不胜其繁[21]，而犯者亦至于不胜其众[22]。岂不惑哉！

盖上世圣人，有为耒耜者[23]，或不为宫室；为舟车者，或不为棺椁[24]。岂其智不足为哉？以谓人之所未病者[25]，不必改也。至于后圣有为宫室者，不以土处为不可变也[26]；为棺椁者，不以葛沟为不可易也[27]。岂好为相反哉？以谓人之所既病者不可因也。又至于后圣，则有设两观而更采椽之质[28]，攻文梓而易瓦棺之素[29]，岂不能从俭哉？以谓人情之所好者能为之节，而不能变也。由是观之，古今之变不同，而俗之便习亦异，则亦屡变其法以宜之，何必一二以追先王之迹哉[30]？其要在于养民之性[31]，防民之欲者，本末先后能合乎先王之意而已，此制作之方也。故瓦樽之尚而薄酒之用，大羹之先而庶羞之饱，一以为贵本，一以为亲用[32]。则知有圣人作而为后世之礼者，必贵俎豆，而今之器用不废也[33]；先弁冕，而今之衣服不禁也[34]，其推之皆然。然后其所改易更革，不至乎拂天下之势[35]，骇天下之情，而固已合乎先王之意矣。是以羲农以来，至于三代，礼未尝同，而制作之如此者，亦未尝异也。后世不推其如此，而或至于不敢为，或为之者特出于其势之不得已，故苟简而不能备[36]，希阔而不常行[37]，又不过用之于上，而未有加之于民者也。故其礼本在于养人之性，而其用在于言动视听之间者，历千余岁，民未尝得接于耳目，况于服习而安之者乎[38]？至其陷于罪戾，则繁于为法以御之，其亦不仁也哉。

此书所纪，虽其事已浅，然凡世之记礼者，亦皆有所本，而一时之得失具焉。昔孔子于告朔，爱其礼之存[39]，况于一代之典籍哉？故其书不得不贵。因为之定著[40]，以俟夫论礼者考而择焉。

【注释】

①礼阁三句：宋陈振孙《直斋书录解题》卷六载："《礼阁新仪》三十卷，唐太常修撰京兆韦公肃撰。录开元以后礼文损益，至元和十年。其一卷为目录。按：《馆阁书目》云：卷数虽存，而书不全，又复差互重出。今本不尔，但目录稍误。" 韦公肃：人名，元和初，为太常博士兼修撰，仕唐宪宗朝，以官卒。详见《新唐书》卷二〇〇。 开元：唐玄宗李隆基年号，公元713年至741年，凡29年。 元和：

唐宪宗李纯年号,公元806年至820年,凡15年。

②史馆:主持官修史书之事的官署。　　秘阁:古代皇宫中藏书之所。

③集贤院:宋官署名称,与史馆、昭文馆,并称三馆,寓崇文院,掌理秘书图籍等事。

④参:参照。　　校雠:王利器先生《风俗通义校注·佚文》:"刘向《别录》:'雠校,一人读书,校其上下,得谬误为校;一人持本,一人读书,若怨家相对为雠。'"

⑤具:完备。《管子·明法》:"百官虽具,非以任国也。"

⑥著从:作品排列次序。

⑦夫礼三句:《荀子·礼论》:"礼者,养也。"又,"贵本之谓文,亲用之谓理。"又,《修身》:"凡治气养心之术,莫径由礼","食饮、衣服、居处、动静,由礼则和节","容貌、态度、进退、趋行,由礼则雅。"

⑧使人二句:一:统一。　　安:岂。　　放:放纵。　　穷:尽,不断地追求。外物:身外之物。　　《荀子·修身》:"志意修则骄富贵,道义重则轻王公,内省而外物轻矣。传曰:君子役物,小人役于物,此之谓矣。"又,《礼论》:"礼起于何也?曰:人生而有欲,欲而不得,则不能无求;求而无度量分界,则不能不争;争则乱,乱则穷。先王恶其乱也,故制礼义以分之,以养人之欲,给人之求,使欲必不穷乎物,物必不屈于欲,两者相持而长,是礼之所起也。"

⑨不放四句:《孝经》卷六曰:"安上治民,莫善于礼。"

⑩具:器具,法度。

⑪法制数度:法令制度。　　数:法,法制。

⑫弊:破旧,陈旧。

⑬失:落后,不适应。

⑭当:符合。

⑮羲农:指上古伏牺氏、神农氏。　　羲:通"牺"。

⑯三代:夏、商、周三朝。《汉书·律历志上》:"三代既没,五伯之末,史官丧纪"。

⑰原:推求本源,推究。《易·系辞下》:"《易》之为书也,原始要终,以为质也。"　　制作:制订。　　方:定规,原则。《孟子·离娄下》:"汤执中,立贤无

115

⑱宁：必定。见《助字辨略》卷二。　漠然：寂静无声貌。《汉书·冯奉世传》："玄成等漠然莫有对者。"

⑲荡然：放纵貌。　节：控制。

⑳至患二句：繁：繁杂。　御：制止。　此二句意谓不讲究礼法的人多，于是，担心犯罪者增多，因而，制订繁琐的法令，以便制止犯罪。

㉑不胜其繁：繁杂得难以说尽。　胜：尽。

㉒众：多。

㉓耒耜：上古时代的翻土农具。《易·系辞下》："斫木为耜，揉木为耒。"

㉔棺椁：棺木。　椁：棺外的套棺。　《墨子·七患》："死又厚为棺椁，多为衣裘。"

㉕病：为难。《广雅·释诂三下》："病，难也。"

㉖土处：居住于土洞中。　处：居住。《易·系辞下》："上古穴居而野处，后世圣人易之以宫室。"

㉗葛沟：即填沟壑，指人死后埋于地下。《战国策·赵策四》："愿及未填沟壑而托之。"　葛：通"盖"，掩覆，填埋。

㉘观：即阙，宫门前两边的望楼。《礼记·礼运》："出游于观之上。"《尔雅·释宫》："观，谓之阙。"　更：换。　采椽：用不加修饰的栎木做椽，形容俭朴。采：通"棌"，木名，栎木。　椽：檐上承屋瓦的木条。　《韩非子·五蠹》："尧之王天下也，茅茨不剪，采椽不斫。"　质：质朴。

㉙攻：治，加工。《诗·小雅·鹤鸣》："它山之石，可以攻玉。"　文梓：纹理美观的楸木。　文：通"纹"，纹理，花纹。　梓：树名，楸树，木材轻软耐朽。此处指用文梓做棺木。　瓦棺：烧土为棺。《礼记·檀弓上》："有虞氏瓦棺，夏后氏塈周，殷人棺椁。"素：素朴。

㉚由是五句：《汉书·礼乐志》："王者必因前王之礼，顺时施宜，有所损益，即民之心，稍稍制作，至太平而大备。"

㉛要：关键。《韩非子·扬权》："圣人执要，四方来效。"

㉜故瓦四句：瓦樽：用陶土烧制而成的酒杯。　尚：崇尚。　薄酒：味道淡薄的酒。　大羹：肉汁，而不加盐、梅等调味。　大：通"太""泰"。　庶：众

多。　　　羞:菜肴。　　　羞:通"馐"。　　　贵本:崇尚事物朴素无华的原始或始祖。

亲用:受用,享用。　　　此四句意谓祭祀祖先时,崇尚古朴,于是用祖先最早使用的瓦樽,用淡薄如水的酒(因为酒是后世才有的,所以,祭祀时用玄酒,即净水),先用不含碱、酸之味的肉汁,即用古礼祭祀,然后,再将各种美味菜肴罗列上来,以供人们饱餐。这样做,一是借以怀念祖先,二是借以享用果腹。　　　此四句见《荀子·礼论》和《史记·礼书》,后者与本文更切合。

㉝则知三句:圣人:指周公、孔子诸人。　　　作:兴起。　　　俎豆:祭祀所用礼器。　　　俎:古代祭祀、设宴时陈置牲口的礼器,木制,漆饰。　　　豆:高脚盘,用以盛干肉等食物。　　　《论语·卫灵公》:"孔子对曰:'俎豆之事,则尝闻之矣。'"器用:指祭祀用的器具,此指祭祀礼仪。

㉞先弁二句:弁冕:古代礼帽的名称。此指冠礼。《礼记·曲礼上》:"二十曰弱冠。"男子二十岁,举行冠礼,表明已是成人。《礼记·冠义》云:"可以为人,而后可以治人也,故圣王重礼,故曰:冠者,礼之始也。"将冠者,须加冠三次,初加缁布冠,次加皮弁,次加爵弁。加冠之前,将冠者著童子装,衣彩衣,垂发。初加缁布冠时,衣玄端玄裳,束发,加冠,三次加冠后,缁布冠可弃去不用。次加皮弁时,将冠者,服素积,缁带。次加爵弁,将冠者服纁裳,纯衣,缁带。详见《仪礼·士冠礼》《礼记·冠义》。此二句意谓古人行冠礼时,衣服要换三次,而今,却不照此办理了。

㉟拂:违逆,逆转。

㊱苟简:草率而简略,此指仅求应付。《汉书·董仲舒传》:"其心欲尽灭先王之道,而颛为自恣苟简之治。"

㊲希阔:好高骛远。　　　希:通"睎",仰慕。　　　阔:迂阔,高远不切实际。

㊳服习:习惯。张辽叔《自然好学论》:"天道之常,人所服习"(《嵇康集校注》卷七附录)

㊴昔孔二句:《论语·八佾》:"子贡欲去告朔之饩羊。子曰:'赐也,尔爱其羊,我爱其礼。'"郑玄注曰:"牲生曰饩。礼,人君每月告朔(初一)于庙,有祭,谓之朝享。鲁自文公始,不视朔。子贡见其礼废,故欲去其羊。"包咸注曰:"羊存,犹以识其礼;羊亡,礼遂废。"　　　饩羊:祭祀所用之羊。

㊵定著:校定,抄录。

明茅坤《唐宋八大家文钞》卷一○一：按：曾子固所论经术及典礼之大处，往往非韩、柳、欧所及见者。

又，篇末引王遵岩：此类文皆一一有法，无一字苟，观文者不可忽此。

又，篇末引唐顺之(荆川)：此文一意翻作两段说。

清沈德潜《唐宋八大家文读本》卷二十七：即所损益可知也。意见历朝之礼，贵因时制宜，不必过执先王，至于拘迂而难行，如三代以后议复行井田、封建也。通篇大旨，以礼、以养人为本作主，而纡徐往复，抑扬唱叹，荆川所谓一意翻作数层者耶。南宋文往往本此。能补出三纲五常，万古不变一层，更见立言无罅漏处。

清张伯行重订《唐宋八大家文钞》卷十四：孔子曰："殷因于夏礼，所损益可知也；周因于殷礼，所损益可知也。"南丰谓能合先王之意，即因之说；谓不必追先王之迹，即所损益之说。而"养民之性""防民之欲"二语，尤为一篇大关键。盖圣人有以见天下之动，而观其会通，以行其典礼，于此可得其大凡矣。

清何焯《义门读书记》卷四十一：韦书所记者变礼，故序发明制礼者当随时变易

以宜民，不容泥古而反致不可行，但求可以养人之性而使视听言动之一于礼而已。古今之变不同数句，乃一篇大旨。　　去其十之四，则健而厚矣。子固之文多冗，由道不足而强欲张之也。　　厚斋谓：此文指新法，非是。盖徒见有"拂天下之势、骇天下之情"二语故耳。

【鉴赏】

宋仁宗嘉祐五年（公元 1060 年），欧阳修上书朝廷，举荐曾巩等任馆职，仁宗准奏，曾巩入京任馆阁校勘，后又任集贤校理等。所校之书，是给皇帝看的，故文中称"臣"。《礼阁新仪》著者韦公肃，唐朝京兆人，唐宪宗元和（806～820）初为太常博士，奉敕草具仪典，卒于官。曾巩于宋英宗诏平四年（公元 1067 年）至宋神宗熙宁二年（公元 1069 年）期间校勘了《礼阁新仪》，并写了这篇序。

姚鼐在《古文辞类纂·序》里说："目录之序，子固独优。""独优"在哪里？主要是有史识，有独特而深刻的政见与学术见解，有恰当完美的表达方式。曾巩主张仁义之道须"因"，而"法"可"革""礼"可"革"，"变法不变道"。《礼阁新仪目录序》阐发了这一思想："古今之变不同，而俗之便习亦异，则亦屡变其法以宜之，何必一二以追先王之迹哉？其要在于养民之性，防民之欲者，本末先后能合乎先王之意而已，此制作之方也！"围绕这一中心论点，文章运用多种方法进行论证。

方法之一，界说与定义。要讨论"礼"这个问题，首先必须对"礼"的内涵与外延做出必要的阐述。作者开宗明义，对"礼"下定义道："夫礼者，其本在于养人之性，而其用在于言动视听之间。"指出了"礼"的本质与作用。本质是"养人之性"，这也是"礼"的最终目的。作用在于规范言动视听。言动视听属人的外在方面，具体内容是什么呢？文章对此做出界说："设其器，制其物，为其数，立其文，以待其有事者，皆人之起居、出入、吉凶、哀乐之具，所谓其用在乎言动视听之间者也"。有了这界说与定义，才不致产生歧义，论题才会集中，易于保持论证的前后统一。

方法之二，判断与推理。议论文离不开判断，这里只谈谈从推理所得出的结论——形成新的判断。判断必须正确、准确。全文的中心论点由一个以反问句式出现的判断与一个肯定判断构成："则亦屡变其法以宜之，何必一二以追先王之迹哉？"指出要屡变其法，以适应客观外界与人情风俗的变化。"其要在于养民之性，防民之欲者，本末先后能合乎先王之意而已，此制作之方也。"屡变其法不是随意乱变，它有个依据，那就是"先王之意"，它服从于"养民之性，防民之欲"的根本目的，能符合儒家经典的意思就行，不必拘泥于具体枝节的一致。两个判断都很有力，它们互为补充，阐发了一个完整的命题，表明中心论点具有一定的正确性。具有相对正确性的结论来自正确、有力、充分的推理。（这里的"正确"仅就文章本身而言。曾巩的思想体系为儒家，若从现在的观点看，在根本上是不正确的。）《礼阁新仪目录序》推理的运用十分出色。例如论证实行"礼仪"的好处是"祸乱可息""财用可充"。分三步进行推理。第一步，指出"礼"的含义是养人之性，用于人的言动视听之间。第二步，由此引申，使人的言动视听统一于礼，会出现一个好结果——人不会放纵其邪心（内在），不会拼命追求外物（外在）。第三步，"不放其邪心，不穷于外物，则祸乱可息，而财用不完。"完成了推理，得出结论。又如，论礼应随时代变化而改动。先指出客观形势发生了变化，"古今之变不同，而俗之便习亦异"，从这个大前提推导出"法制数度，其久而不能无弊者，势固然也"，法使用太久了，不能没有弊病，这是情势的发展使它这样的。礼开始时适用于世，但以后逐渐不适应，难于遵守，这也是理所当然的。于是得出结论——"失则必改制以求其当"。这个推理过程可简括为："势"变（大前提）——"法"不适应"势""礼"不适应"势"（小前提）——故须改动"礼"以适应"势"（结论）。可见推理是充分的，也是符合形式逻辑的规律的。

方法之三，例证与比喻。举例说明，让事实说话是一种最有说服力的论证方法。文章在论证"势"变，"法"应变，"礼"也应变时，先讲道理，然后摆出历史事实来证明。自羲农以来，至于三代，礼未尝同。后世离三代，大概有一千余年，其间所遇到的变化，风俗习惯，本来就跟三代很不相同，所以"礼"应当随之变化。由于当时的人们崇尚三代，故以三代之事为例有力。在说明后世之礼只需合乎先王之意时，又以"上世圣人""后圣"为例。上世圣人，有做犁铧的，却不建宫室，有制舟车的，却不制棺椁（椁是棺材外面的套棺），难道是智慧不足，无法做这些吗？不是的，这是因为人们不认为这样做有什么弊病，所以不必改变。到了后圣，有修建宫殿的，并不认为"土处"不能变动，制棺材的，并不认为"葛沟"是不能变动的。难道是喜欢做相反的事吗？是因为人们认为它们有弊病，所以不可因袭、继承。再到后圣，就有盖宫殿时在大门外两旁建起叫"观"的建筑物用以取代栎木做的橡子的质朴，制作有花纹的灵柩以取代瓦棺的朴素。这难道是不能节俭吗？是因为人情爱好如此。古代圣人这些事例有力地说明情况变了,法与礼都应当随之变动,不必拘古,但要合乎先王之意。比喻论证是辅助性的论证方法,适当使用,会使深奥的道理通俗化,抽象的道理形象化。本文在说明礼之"改易更革"要合乎先王之道时,用了两个比喻。一是瓦樽这样贵重的器皿却用来装薄酒,二是盛宴之前先吃饱一般的酒食。一个是贵本,一个是亲用。先王之礼就像瓦樽、大羹一样,是尊贵的,后代之礼就像用瓦樽装薄酒,盛宴前吃普通饮食一样,对先王之礼有所继承,又有所变动。

　　方法之四,立论与反驳。立论与反驳相结合,从正、反两方面阐明,会使道理更明晰。本文以立论为主,从各个角度讲诘礼应当有因有革,随情况而变,讲诘礼应当怎样变。为使这个道理阐述得更透辟,还配合应用了反驳。文章引用了某些议者的错误观点。这些议者不追溯圣人制作礼仪的原则、方法,而认为设下礼仪器具,制作礼仪所用之物,规定有关条文,制定起居、出入、吉凶、哀乐等各种礼仪,应当一一循礼遵行,追随先王之迹,然后,礼就可以兴盛了。在摆出这一谬谈后,文章针锋相对地驳斥道:假使先王的说法不可求,所制作的规定不可考,有的不适合于人,有的不适合使用,宁可不制定新的,使人的言动视听荡然没有什么可以制约,却又忧虑犯罪者会接连不断,于是就制定许多法律来防止、控制,使法律条文不胜其烦,而犯罪者也不胜其众,这不是很糊涂的吗？不根据新的情况制定新的礼,造成了多么严重的危害！反驳,帮助人们澄清了模糊认识。

围绕着礼可因可革这一中心论点,文章从各个角度反复加以论证。一个角度是从"势"与"礼"的关系上来阐述。"势"包括"古今之变""俗之便习",古今时代不同,百姓习俗不同,所以礼也应有所不同。另一角度是从"法"与"礼"的关系上,说明"礼"的作用"法"代替不了,改变法律来适应情况的变化是必要的,改变礼仪也是必要的。当人们失去了"礼"的凭依,不知何谓合礼,何谓不合礼,就会陷入盲目性,"荡然莫之为节",就可能犯罪,而为了防止犯罪的增多,制定出各种名目繁多的法律条文,结果,法律条文增多了,犯罪的人并没有减少。再一个角度是从先王之"礼"与今世之"礼"的关系上立论。先王之礼符合当时的情势,今世之礼要遵从先王之意,但不可"一二以追先王之迹"。第四个角度是从"因"与"革"的关系上指出,要有所"因",也要有所"革"。圣人作的礼,推重俎豆这样的器皿,但现今的器具不能废弃,先有冠冕,而现在并不禁止衣服。"改易更革"的前提是不至于"拂天下之势","骇天下之情",合乎先王之意。在这前提下,应当随时势的变化而对礼进行变动。反复论证,是指中心论点不仅出现一次,文章第三段提出后,第四段再次加以深化。对同样的一个错误意见,批驳也不止一次,第三段已批判拘泥于先王具体的礼仪而不随需要做出改变的错误看法,第四段再次对此进行批驳：三代之礼未尝同,而制定的原则,未尝不同,后世不是这样,不敢定出新的礼仪,或迫于情势不得已制定了,但简略而不完备,稀少而不常使用,又不过使用于上层,没有用到老百姓身上,所以经历一千余年,百姓之耳目未接触过礼,由于没有礼的约束,而陷于犯罪,以增多法律条文来对付,这也是不仁的啊！这个意思,第三段已论及,不过第三段是从不变礼、增加法律条文造成的恶果上说的,而第四段是对增多法律条文做出伦理判断,指出用礼规范是仁,用法来惩罚是不仁。总之,无论破与立,一篇之中而三致意焉,从而把道理阐发得十分透彻。

本文的篇章结构是个完整严密的系统。第一段叙述校正《礼阁新仪》的经过。先交代该书的篇数为三十,著者为韦公肃,内容是记唐玄宗开元(713年～741年)以后到唐宪宗元和(806年～820年)时的礼仪变化情况。然后就其目次三十篇的校雠过程做说明,指出现已完成该书的校勘。这是做一本书的校补工作应有的话,是个引子。下面转入序的正文。中间三段论何谓礼,礼应有因有革,因何革何,怎样革,这是本文的主体部分。第五段对《礼阁新仪》进行评价,说明写作这篇目录序的动机。作者指出,《礼阁新仪》所记之事虽浅,但世之记礼者,有了个依据,一时之得失也具全了,古代的孔子爱惜礼的存在,而《礼阁新仪》作为一代的典籍,是很宝贵的,因而替它作了校补,以等待论证者"考而择焉"。论礼的因与革作为全文的重心,又自成一个完整严密的逻辑结构系统。既论礼,必先对礼之内涵、外延做出划定,然后才阐述礼当随时代、风俗的变化而变化,批判因循者不敢变礼造成恶果,然后再从正面论礼当变、怎样变,从反面指出不变礼,只以法"御之"是不仁。这个论证的逻辑结构可简括为:礼是什么——为什么要变礼——怎样变礼,立论一层深一层,引证一段紧一段,纡徐而不烦,完整而严密。

战国策目录序

【题解】

本文著于曾巩在京师编校史馆书籍之际。

文中，作者先论刘向书序之得失，进而，引发己见，驳正其说。作者称颂孔、孟能明先王之道，而先王之道，乃理之不可移易者，可因时适变，而不能以纵横之说取代。纵横之说，乃亡身亡国之道。

本文驳中有立，议中有评，正反对比。行文时，大多采用骈偶句式与反复的修辞手法。

今本《战国策》附录有刘向《战国策书录》，若将其与曾巩序比较可知，虽刘、曾皆持儒家学说，但曾巩窒隙蹈瑕，务求学说之精醇；虽曾巩崇尚刘向，但仍坚持批判继承，毫不回护。

【原文】

刘向所定《战国策》三十三篇①，《崇文总目》称第十一篇者阙②，臣访之士大夫家，始尽得其书，正其误谬而疑其不可考者，然后《战国策》三十三篇复完。叙曰：

向叙此书，言"周之先③，明教化④，修法度⑤，所以大治⑥。及其后，谋诈用而仁义之路塞，所以大乱"。其说既美矣，卒以谓"此书战国之谋士度时君之所能行⑦，不得不然"，则可谓惑于流俗⑧，而不笃于自信者也⑨。

夫孔、孟之时，去周之初已数百岁，其旧法已亡，旧俗已熄久矣。二子乃独明先王之道⑩，以谓不可改者，岂将强天下之主以后世之所不可为哉？亦将因其所遇之时、所遭之变而为当世之法，使不失乎先王之意而已。二帝三王之治⑪，其变固殊，其法固异，而其为国家天下之意，本末先后，未尝不同也。二子之道，如是而已。盖法者所以适变也，不必尽同；道者所以立本也，不可不一，此理之不易者也。故二子者守此,岂好为异论哉？能勿苟而已矣,可谓不惑乎流俗而笃于自信者也。

战国之游士则不然,不知道之可信,而乐于说之易合,其设心注意[12],偷为一切之计而已[13]。故论诈之便而讳其败,言战之善而蔽其患,其相率而为之者[14],莫不有利焉,而不胜其害也[15];有得焉,而不胜其失也。卒至苏秦、商鞅、孙膑、吴起、李斯之徒以亡其身[16],而诸侯及秦用之者亦灭其国,其为世之大祸明矣,而俗犹莫之寤也[17]。惟先王之道,因时适变[18],为法不同,而考之无疵[19],用之无弊[20],故古之圣贤,未有以此而易彼也[21]。

或曰:邪说之害正也,宜放而绝之[22],则此书之不泯其可乎[23]？对曰:君子之禁邪说也,固将明其说于天下,使当世之人皆知其说之不可从,然后以禁,则齐[24];使后世之人皆知其说之不可为,然后以戒,则明,岂必灭其籍哉？放而绝之,莫善于是。是以孟子之书,有为神农之言者[25],有为墨子之言者[26],皆著而非之[27]。至于此书之作,则上继春秋[28],下至楚、汉之起[29],二百四五十年之间[30],载其行事,固不可得而废也。

此书有高诱注者二十一篇,或曰三十二篇,《崇文总目》存者八篇,今存者十篇云[31]。

【注释】

①刘向:西汉人。本名更生,字子政,楚元王之后。著名经学家、目录学家和文学家。历仕宣帝、元帝、成帝三朝,为散骑宗正给事中,召拜为中郎,使领护三辅都水,为中垒校尉。成帝诏向领校中《五经》秘书,河平三年(公元前 26 年),主持校阅群书,撰写成群书序录《别录》。另外,向搜辑整理有《列女传》《战国策》《楚辞》《新序》《说苑》等典籍。其生平事迹,详见《汉书》卷三十六。

②《崇文总目》:目录书名。宋王尧臣、欧阳修等仿唐《群书四部录》,自景祐元年(公元 1034 年)至庆历元年(公元 1041 年)修成。收朝廷所藏书籍 30669 卷,分四部四十五类,共六十六卷。每类有序(参阅《欧阳修全集·崇文总目叙释》),每书有提要。宋初,以昭文、史馆、集贤三馆为藏书之所,后又建崇文院,称为三馆新修书院,《崇文总目》由此得名,请参阅《宋史·艺文志》。《崇文总目》元初已无完整本子,清代有辑本十二卷,见《四库全书总目》卷八十五。　　第:一本无"第"字。　　阙:通"缺"。

唐宋八大家散文鉴赏

曾巩卷

③先:此指周建国之初。

④明教化:修明政教风化。

⑤修法度:整治法令制度。

⑥治:太平。

⑦卒:终了,此指篇末。　卒:一作"率"。　度:估计。　时君:国君。

⑧流俗:流行的习俗。《孟子·尽心下》:"同乎流俗,合乎汙世。"

⑨笃:深厚,此指坚定。　自信:此指自己所信仰的事物。

⑩二子:指孔子、孟子。

⑪二帝:指尧、舜。　三王:指夏禹、商汤、周文王、周武王。《孟子·告子下》:"五霸者,三王之罪人也。"

⑫设心注意:运用心力计谋。　设:用。

⑬偷:苟且,得过且过。　一切:权宜,临时应付。

⑭相率:相继。

⑮胜:克制,消除。

⑯苏秦:东周洛阳(今河南省洛阳市)人,东事师于齐,而习之于鬼谷先生。西游秦,说秦惠王,不成。后游说六国,以合纵抗秦。详见《史记·苏秦列传》。商鞅:名鞅,姓公孙氏,其祖本姬姓也。鞅少好刑名之学,佐秦孝公变法,相秦十年,号为"商君"。秦孝公卒,秦惠王车裂商君。详见《史记·商君列传》。　孙膑:孙武之后世子孙,生于齐。尝与庞涓俱学兵法,涓疾之,以法断其两足而黥之。膑用于齐,事齐威王,大破魏军,杀庞涓。世传其兵法,今山东省银雀山出土有《孙膑兵法》。详见《史记·孙子吴起列传》。　吴起:卫国人,好用兵,尝学于曾子。事魏文侯,为将,击秦,拔五城。魏武侯时,去,之楚,变法,遇害。详见《史记·孙子吴起列传》。　李斯:楚上蔡(今河南省上蔡县西南)人。从荀况学帝王之术,西游秦,秦王拜斯为客卿。用其计谋,官至廷尉。二十余年,竟并天下,尊主为皇帝,以斯为丞相。秦始皇崩,与赵高共立胡亥。为赵高所害,腰斩于咸阳市。详见《史记·李斯列传》。

⑰寤:睡醒,醒悟。

⑱因时适变:顺应时势,适应变化。　因:随顺。

⑲疵:小毛病。

㉑弊：害处。

㉑以此而易彼：指用百家之说取代先王之道。

㉒放：舍弃，废置。《小尔雅·广言》："放，弃也。"

㉓泯：灭。磨灭。　　泯：一作"泯泯"，或重"不泯"二字。

㉔齐：一致，统一。《孙子·九地》："兵合而不齐。"

㉕有为句：见《孟子·滕文公上》"有为神农之言者许行"章。《汉书·艺文志》农家有《神农》二十篇，班固自注云："六国时，诸子疾时怠于农业，道耕农事，托之神农。"

㉖有为句：见《孟子·滕文公上》"墨者夷之因徐辟而求见孟子"章及《滕文公下》。

㉗非：批评，指责。

㉘春秋：时代名。孔子《春秋》记事，自鲁隐公元年至哀公十四年（前722年至前481年），共二百四十二年，称为春秋时代。今以周平王东迁至韩、魏、赵三家分晋（前770年至前476年），共二百九十五年，为春秋时代。

㉙楚汉：指秦末项羽、刘邦争战时期，即公元前209年至公元前202年。《汉书·艺文志》六艺略载陆贾《楚汉春秋》九篇。　　楚：一作"秦"。

㉚二百句：刘向《战国策书录》云："其事继春秋以后，讫楚、汉之起，二百四十五年间之事皆定"。疑本文此句有误。

㉛今存句：今本《战国策》附录本文，其篇末有"编校史馆书籍臣曾巩序"十字。

【集评】

宋吕祖谦（东莱）《古文关键》卷下：此篇节奏从容和缓，且有条理，又藏锋不露，初读若大羹玄酒，须当仔细味之，若他炼字好，过换处，不觉其间又有深意存。

宋王霆震于《古文集成前集》卷三引楼昉（迂斋）：议论正关键，密质而不俚，太史公之流亚也，咀嚼愈有味。

明茅坤《唐宋八大家文钞》卷一〇〇：大旨与《新序》相近，有根本，有法度。

又，篇末引王遵岩：此序与《新序》序相类，而此篇为英爽轶宕。

清沈德潜《唐宋八大家文读本》卷二十七：尊孔、孟以折群言，所谓言不离乎道德者耶。后段谓存书，正使人知其邪僻而不为所乱，如大禹铸鼎象物，使民知神奸，然后不逢不若也。论策士之害，不烦言而已透。

清张伯行重订《唐宋八大家文钞》卷十四：先王之道，万世无弊，不以时君能行不能行而有改也。孔、孟明先王之道，为当世之法，趋时立本，理自不易。篇中所谓"法不必尽同，道不可不一"，真能得孔、孟之旨，折倒刘向之说者。至指斥纵横祸害，尤能使游士无处躲避，盖战国之文，雄伟巧变，惟其中于功利诈谋之习，是以与道背驰而不自觉，陷溺人心，莫有甚焉。识得此篇议论，方许读《战国策》。

清吴汝纶、吴闿生《古文辞类纂点勘》卷三引王道思评曰："何等谨严而雍容，敦博之气宛然。"

近人王文濡《重校古文辞类纂·序跋类四》引方苞（望溪）：南丰之文，长于道古，故序古书尤佳。而此篇及《列女传》《新序》目录序尤胜，淳古明洁，所以能与欧、王并驱，而争先于苏氏也。

【鉴赏】

《战国策》，记载战国时代策士言论、活动的一部书，经西汉经学家刘向整理校勘，编为三十三篇，分十二国编记，即西周、东周、秦、齐、楚、赵、魏、韩、燕、宋、卫、中山，反映了一些纵横家的思想。《战国策》书名原不统一，或称：国策、国事、短长、事语、长书、修书等，刘向以为该书所记内容系"战国时游士辅所用之国，为之策谋，宜为《战国策》"。（刘向《战国策书录》）后世遂用《战国策》之名。

曾巩于嘉祐五年（公元1060年）经欧阳修举荐充馆职，编校史馆书籍。按，《战国策》传至宋代，已有缺佚，曾巩予以修补校订，并写了《战国策目录序》，今本《战国策》即是曾巩的修补本。

作为儒家学者，曾巩力倡"仁政""礼治"，反对了；论诈之行。基于这一思想，尽管是"目录"序，曾巩对于篇目的诠说却很简单，他把重点放在对战国策士论诈之行的批判上。曾巩认为战国乱世，就是因为"谋诈用，而仁义之路塞"造成的。曾巩校勘《战国策》，其目的就是要拿它做一份反面教材："使当世之人皆知其说不可从"；"使后世之人，皆知其说不可为"，让世人对论诈之术引为警戒。当然，曾巩之说不无偏颇，如商鞅强秦之功，孙膑、吴起用兵之长，李斯之挠逐客之谏，他对于历史人物，有点孔子"一言以蔽之"的味道，对于一个复杂的历史人物，用"一言以蔽之"的方法，就未免失之简单化。

全文分五个自然段：

第一段，简言全部校勘经过。用"正其谬误"，"疑（存）其不可考者"，概述了自己校勘所持的原则。语言十分简洁。《崇文总目》，书目总集。北宋景祐年间，由翰林院士王尧臣等人编撰而成。书目凡六十六卷，记录皇家藏书院崇文院藏书。

第二段，言刘向持论之误。

按，《战国策》本有刘向写的《战国策书录》以为序言，其所论大旨即如曾巩所叙：即明教化、修法度，则天下大治；不行仁义，则天下大乱。这个观点，曾巩是同意的，他夸赞刘向这样持论是"美矣"。意见相左之处在于：刘向认为，战国策士们是考虑在当时的形势下，国君所能够做的，也就是所能选择的，不能不是用谋诈，这样，刘向的"不得不然"说，事实上，就为谋诈之用做了一种开脱。按，战国时期，秦变法致强后，打破六国均势，蚕食诸侯。纵横势力的消长，关系着诸侯国间的胜负。所谓"横成则秦帝，纵成则楚王"，胜负的关键，常常决定于政治的巧妙运用。于是礼法信义，不得不变为权谋谲诈。这就是刘向所说的"不得不然"。

曾巩以孔孟二人为例，否定了刘向的"不得不然"说。孔孟也生于策士活动的时代，也是"旧法已亡，旧俗已息"，为什么人家就能"明先王之道"呢？既然刘向说，战国策士们在当时情势下只能这样做，即"不得不然"，那孔孟不是成了"强天下之主以后世之所不可为"，即强迫天下的君主，做办不到、行不通的事。这一段论证，以孔孟之行，驳"不得不然"论，十分雄辩。因为，孔孟是为封建社会恭奉的楷模。曾巩主张，时代变了，法也要变，但"道"，不能变。这个意思就是文中所说的"因其所遇之时、所遭之变，而为当世之法，使不失先王之意而已"。文中以二帝三王为例，以证明，时势不同，法度也各不相同，但"道"却"未尝同"。也就是说，不管形势怎么变化，道不能乖悖，绝不能用谋诈之术。按，二帝，尧舜；三王，夏禹、商汤、周文王。他们都是圣贤"级别"的，以他们为例，论证格外具雄辩性。

第三段，言谋诈之害。

这一段，作者列举大量谋诈"亡其身""灭其国"的历史事实，使人信服地看到谋诈的危害。按，苏秦亡于刺客；商鞅死于车裂；孙膑黥面膑膝；吴起卒于乱箭；李斯腰斩于市。齐楚燕韩赵魏秦，用策士谋诈之术，都不能立国持久。所以，曾巩感慨地说：它给世人带来的祸害太大了。本段内容十分丰富，但文字却很少。作者是

以"用典"的形式,列举史实的。所引史实,都是为人所熟知的。因此,能以短小的篇幅,驾驭庞大的内容。

第四段,驳毁书论者。

曾巩对于禁书、毁书,持一种进步的开明态度。他主张首先应从思想上明辨是非,即"明其说于天下",这样就使《战国策》成了反面教材,让当代和后代的人,都知道谋诈之行"不可从""不可为",认为没有什么办法比这更好了。即所谓"莫善于是"。另外,曾巩还指出《战国策》是一部史籍著述,有丰富的史料,怎么能废掉呢?

本段把谬论放在段首,意在先设立驳论之靶,然后逐层批驳。以"或曰"发难,以"对曰"平难,形式朴实新颖,论理清晰。

第五段,写《战国策》高诱注本的情况。

按,高诱,东汉学者,著有《淮南子注》《吕氏春秋注》《战国策注》等。《战国策注》今残。

作为儒家学者,曾巩有很好的"论风"。他与刘向意见相左,但能充分肯定刘向的长处,讴颂"其说既美矣"。驳论时,遣词相当委婉,他并不指斥刘向的错处,而是说,"惑于流俗","不笃于自信"。特别是"不笃于自信",等于肯定了刘向,倘"自信",就会持论正确,错仿佛在"流俗"身上,充分表现了对前代学者的尊重。通篇没有自以为是的傲气,也没有放言高论的慷慨,只是娓娓而谈,事理俱在,说服力很强。

本文采用正面与反面论证相结合的方法。正面,以孔孟、二帝三王为例,以证明,时势变化,易法可以,但先王之道不能改易,意在言谋诈不可用;反面,以苏秦、商鞅、战国诸侯"亡其身""灭其国"之史实,亦言谋诈不可行。一正一反,给读者留下深刻印象。

南齐书目录序①

国学经典文库

唐宋八大家散文鉴赏

曾巩卷

【题解】

本文著于曾巩在京师编校史馆书籍之时。

文中,作者先议后评,详论良史应有之资才,即"明""道""智""文"四方面。随而,以此评论《南齐书》及作者萧子显。

章学诚于《章氏遗书·删订曾南丰南齐书目录序》中,对本文有所评论,颇为中肯。

《文心雕龙·体性》论及作家"才""气""学""习"诸素养;唐刘知己有"史有三长:才、学、识,世罕兼之,故史才少"(《新唐书·刘知己传》)之论,而曾巩有"明""道""智""文"之说。

本文由虚而实,由大及小,议中含评,采用演绎法议论,层次分明而严谨。

作者对《史记》及司马迁的评论应予批判,所谓"蔽害天下之圣法,是非颠倒而采摭谬乱",实沿"谤书"之说(见《后汉书·蔡邕传》)而来,适见其历史与阶级局限。此外,对萧子显虽有中肯之论,但似贬抑太过,"子显虽文伤蹇踬,而义甚优长,斯一二家,皆序例之美者"(《史通·序例》),刘知己所言较公允。

【原文】

《南齐书》八纪,十一志,四十列传,合五十九篇②,梁萧子显撰③。始,江淹已为《十志》④,沈约又为《齐纪》⑤,而子显自表武帝⑥,别为此书⑦。臣等因校正其讹谬⑧,而叙其篇目曰:

将以是非、得失、兴坏、理乱之故而为法戒⑨,则必得其所托,而后能传于久,此史之所以作也。然而所托不得其人,则或失其意,或乱其实,或析理之不通,或设辞之不善,故虽有殊功韪德、非常之迹⑩,将暗而不章⑪,郁而不发⑫,而梼杌嵬琐、奸回凶慝之形⑬,可幸而掩也⑭。

尝试论之,古之所谓良史者⑮,其明必足以周万事之理⑯,其道必足以适天下之用,其智必足以通难知之意,其文必足以发难显之情,然后其任可得而称也。何以知其然也?昔者唐虞有神明之性⑰,有微妙之德⑱,使由之者不能知⑲,知之者不能名⑳,以为治天下之本。号令之所布,法度之所设㉑,其言至约㉒,其体至备,以为治天下之具㉓,而为二典者推而明之㉔。所记者岂独其迹也?并与其深微之意而传之,小大精粗,无不尽也;本末先后,无不白也。使诵其说者如出乎其时,求其旨者如即乎其人。是可不谓明足以周万事之理,道足以适天下之用,知足以通难知之意,文足以发难显之情者乎?则方是之时,岂特任政者皆天下之士哉㉕?盖执简操笔而随者㉖,亦皆圣人之徒也。

两汉以来,为史者去之远矣。司马迁从五帝三王既没数千载之后㉗,秦火之余㉘,因散绝残脱之经㉙,以及传记百家之说㉚,区区掇拾㉛,以集著其善恶之迹、兴废之端,又创己意,以为本纪、世家、八书、列传之文,斯亦可谓奇矣。然而蔽害天下之圣法,是非颠倒而采摭谬乱者㉜,亦岂少哉?是岂可不谓明不足以周万事之理,道不足以适天下之用,智不足以通难知之意,文不足以发难显之情者乎!

夫自三代以后㉝,为史者如迁之文,亦不可不谓隽伟拔出之才、非常之士也㉞。然顾以谓明不足以周万事之理,道不足以适天下之用,智不足以通难知之意,文不足以发难显之情者,何哉?盖圣贤之高致㉟,迁固有不能纯达其情㊱,而见之于后者矣,故不得而与之也㊲。迁之得失如此,况其他邪?至于宋、齐、梁、陈、后魏、后周之书,盖无以议为也㊳。

子显之于斯文㊴,喜自驰骋㊵,其更改破析、刻雕藻缋之变尤多㊶,而其文益下,岂夫材固不可以强而有邪?数世之史既然,故其事迹暧昧㊷,虽有随世以就功名之君㊸,相与合谋之臣,未有赫然得倾动天下之耳目㊹,播天下之口者也。而一时偷夺倾危、悖礼反义之人㊺,亦幸而不暴著于世㊻,岂非所托不得其人故也?可不惜哉?

盖史者所以明夫治天下之道也,故为之者亦必天下之材,然后其任可得而称也。岂可忽哉!岂可忽哉!

【注释】

①《南齐书》:史书名,本与唐李百药所著史书,均称《齐书》,为便于区别,遂名

此书为《南齐书》,而李百药所著为《北齐书》。《隋书·经籍志》卷二载:《齐书》六十卷,梁吏部尚书萧子显撰。　　南齐:南北朝时,南朝齐。公元479年,由萧道成建国,502年,被梁武帝萧衍所灭,为时仅二十三年。

②合五十九篇:今本即五十九篇,疑萧子显所著序录佚失,因《史通·序例》曾言及原序。

③萧子显:字景阳,南兰陵郡兰陵(今江苏省武进县西北)人,生于齐武帝永明七年(489年),卒于梁大同三年(537年)。齐高帝萧道成之孙,豫章献王萧嶷之子。七岁时,被封为宁都县侯,十二岁,为给事中。入梁,任司徒主簿,太尉录事,侍中,吏部尚书。所著《后汉书》一百卷,《齐书》六十卷,《普通北伐记》五卷,《贵俭传》三十卷,文集二十卷,今仅存《齐书》。详见《梁书·萧子显传》。

④江淹:人名,字文通,济阳考城(今河南省兰考县)人,生于南朝宋元嘉二十一年(444年),卒于梁天监四年(505年)。少孤贫好学,起家南徐州从事,转奉朝请。建元初,又为骠骑豫章王记室,带东武令,参掌诏册,并典国史。寻迁中书侍郎。永明初,迁骁骑将军,掌国史。少帝初,兼御史中丞。梁天监元年,为散骑常侍、左卫将军,封临沮县开国伯,食邑四百户。卒时官至金紫光禄大夫,封醴陵伯。凡所著述百余篇,自撰为前后集,并《齐史》十志,并行于世。详见《梁书》卷十四。

⑤沈约:人名,字休文,吴兴武康(今浙江省湖州市)人。生于南朝宋元嘉十八年(441年),卒于梁天监十二年(513年)。起家奉朝请,入为尚书度支郎。迁太子家令,后以本官兼著作郎。拥立萧衍建梁,为散骑常侍,吏部尚书,兼右仆射。封建昌侯,邑千户。为侍中,迁尚书令,领太子少傅。著有《晋书》一百一十卷,《宋书》百卷,《齐纪》二十卷等。详见《梁书》卷十三。

⑥子显句:表:上奏章。　　武帝:梁武帝萧衍。　　《梁书·萧子显传》:"(子显)又启撰《齐史》。"

⑦别:另外。

⑧臣等句:今本《南齐书》末附本文,篇尾云:"臣恂、臣宝臣、臣穆、臣藻、臣洙、臣觉、臣彦若、臣巩谨叙目录昧死上。"

⑨兴坏:兴盛和衰败。　　理乱:治乱,太平与动乱。　　故:事,史实。
法戒:法规、戒令。

⑩殊功韪德:奇异的功绩,美好的道德。　　韪:善,美。　　非常之迹:非同

134

寻常的事迹。

⑪章：通"彰"，彰显。

⑫郁：郁积。

⑬梼杌：恶人。《左传·文公十八年》："颛顼氏有不才子，不可教训，不知话言，告之则顽，舍之则嚚，傲很明德，以乱天常，天下之民谓之'梼杌'。"　嵬琐：奸险诡诈。《荀子·非十二子》："假今之世，饰邪说，文奸言，以枭乱天下，矞宇嵬琐，使天下混然不知是非治乱之所存者，有人矣。"　奸回：奸邪之人。《书·泰誓下》："崇信奸回，放黜师保。"　凶慝：邪恶。《晋书·景帝纪》："正元元年三月，因下诏曰：'奸臣李丰等靖潜庸回，阴构凶慝。'"　形：形迹，表现。

⑭掩：藏。

⑮良史：优秀的史官，记事信而有征者。《左传·宣公二年》："董狐，古之良史也，书法不隐。"

⑯明：明通。《荀子·哀公》："仁义在身而色不伐，思虑明通而辞不争。"周：周遍，遍及。《易·系辞上》："知周乎万物，而道济天下。"

⑰唐虞：指唐尧、虞舜。尧为陶唐氏，舜为有虞氏，故称唐虞。《论语·泰伯》："唐虞之际，于斯为盛。"

⑱微妙：精微深奥。《老子》第十五章："古之善为士者，微妙玄通，深不可识。"

⑲由：遵从，遵照。《论语·泰伯》："民可使由之，不可使知之。"郑玄注："由，从也。"

⑳名：称说，说明。《论语·泰伯》："荡荡乎民无能名焉。"

㉑法度：法令、制度。

㉒约：简约。

㉓具：器具，此指手段。《史记·酷吏列传》："法令者，治之具，而非制治清浊之源也。"

㉔二典：指《尚书·虞书》中之《尧典》《舜典》。　推：扩充论述。

㉕特：只，仅仅。　任政者：执政者。

㉖执简句：简：用以书写文章的竹片。　执简操笔：此指史官。　《礼记·曲礼上》："史载笔"，孔颖达疏曰："史，谓国史，书录王事者。王若举动，史必书之；王若行往，则史载书具而从之也。不言简牍而云'笔'者，笔是书之主，则余载可

知。"又,《文心雕龙·史传》:"史者,使也,执笔左右,使之记也。"又,请参阅《史通·史官建置》。

㉗司马迁:字子长,西汉著名史学家,左冯翊夏阳(今陕西省韩城市)人。武帝时,任郎中,受腐刑,为中书令。著有《史记》一百三十篇。详见《汉书·司马迁传》。　　从:随。　　五帝:指黄帝、颛顼、帝喾、唐尧、虞舜五帝。一说指少昊、颛顼、高辛、唐尧、虞舜五帝。详见《史记·五帝本纪》。　　三王:指夏禹、商汤、周文王和周武王。《孟子·告子下》:"五霸者,三王之罪人也。"　　没:通"殁",死。

㉘秦火:指秦焚书坑儒。

㉙因:凭借,借助。　　散绝残脱:指书籍的散失、残缺。

㉚传记:书传。

㉛区区:洋洋自得貌。《商君书·修权》:"今乱世之君臣,区区然皆擅一国之利"。　　掇拾:搜集,整理。　　掇:拾取,选取。

㉜然而二句:蔽害:残害,损害。　　蔽:通"敝",破。《老子》第十五章:"故能蔽,不新成。"

㉝三代:指夏、商、周三代。《荀子·王制》:"道不过三代,法不贰后王。"

㉞隽伟拔出:俊逸奇伟,才智出众。

㉟高致:高卓的情趣。《三国志·魏志·钟会传》注引晋何劭《王弼传》云:"(会)每服(王)弼之高致。"

㊱固:确实,的确。见《助字辨略》卷四。　　纯:全,完全。见《助字辨略》卷一。

㊲与:赞许。《论语·述而》:"子曰:'与其进也,不与其退也。'"

㊳盖无句:意谓没有什么可以评议的。《左传·襄公二十九年》:"自《郐》以下无讥焉。"

㊴斯文:文章,文学。

㊵喜自驰骋:喜欢凭着个人见解去写作史书。

㊶破析:割裂。　　析:分。　　刻雕:刻画。　　藻缋:文采。《抱朴子·广譬》:"泥龙虽藻绘炳蔚,而不堪庆云之招"。　　缋:通"绘"。

㊷暧昧:模糊不清。

㊸就:成就,建立。

㊹赫然：显赫盛大。《三国志·蜀志·诸葛亮传》："神武赫然，威镇八荒。"

㊺偷夺倾危：窃夺大权，使国家处于危亡之中。　　悖礼反义：违反礼义。

悖：违反。

㊻暴著：揭露。　　著：显明，突出。

【集评】

明茅坤《唐宋八大家文钞》卷一〇〇：论史家得失处如掌。

清张伯行重订《唐宋八大家文钞》卷十四：史者，是非得失之林。古之良史，取其可法可戒而已。故明道、看（疑误，"看"字当作"著"）史，不蹉一字，而朱子亦曰："草率不得"，诚重之也。后世辞掩其实，虽以司马迁隽伟拔出之才，犹难言之，况其下者？南丰推本唐虞二典，抉摘史家谬乱，而结之以"明夫治天下之道"，直为执简操笔者痛下针砭。

清何焯《义门读书记》卷四十一：以经正史之失，独举史迁言之，斥子显处只数句，此《春秋》治桓、文之法。

清章学诚《章氏遗书·删订曾南丰南齐书目录序》：古人序论史事，无若曾氏此篇之得要领者，盖其窥于本源者深，故所发明，直见古人之大体也。先儒谓其可括十七史之统序，不止为《南齐》一书而作，其说洵然。

【鉴赏】

《南齐书》，南朝梁肖子显撰，全书六十卷，现存五十九卷，以檀超、江淹等所编《国史》为本。本名《齐书》。后人为了和唐李百药编撰的《北齐书》相区别，才加了"南"字。肖子显作为同代人，记叙当地的事，书中保存了不少原始资料。

曾巩于嘉祐年间，曾被召编校史馆书籍。曾校勘过不少史籍，并写了一些叙录。《南齐书目录序》即属此类。

《南齐书目录序》，阐述了史书的社会功能，明确提出"良史"所应具备的素质，并以此为标准，臧否汉司马迁以下的历代史家及《南齐书》著者肖子显的得失、功过。有些观点，还是很有见地的。

全文共八个自然段：

第一段，介绍《南齐书》及写序的缘起

开篇先介绍《南齐书》篇目，扣住"目录序"之题。继则介绍成书经过。"自表武帝"，表，上表请求。文中特别提到《十志》《齐纪》，因为它们成书在《南齐书》之前，对《南齐书》有借鉴之仁，故不没其功。

第二段，阐述史志的社会功能以及撰史者素质的重要性。

史志的社会功能，曾巩一句话就概括出来：把是非、利弊、兴衰、治乱的旧事写出来，作为后世效法或警戒的借鉴，这就是曾

巩说的"为法戒"。曾巩所以在这里强调史传的社会功能，正是为了引出下一步，说明作者选择的重要性："必得其所托，而后能传于久"。为了强调史传作者素质的重要，曾巩采用了反证法，特别从"托不得其人"方面去论证。从史识上看，"托不得其人"，则"失其意，乱其实"，"析理之不通"；从文采上看，则"设辞"不善。其结果是大功大德之人，不得彰扬；奸恶之徒，也未能昭恶于世。未能发挥"为法戒"的社会效应。从反面证明了撰史者的素质十分重要，"托之不得其人"是不行的。

按，梼杌，古传说中的四个凶人之一，一说梼杌即鲧。鬼琐：奸险诡诈。奸回、凶慝；都是邪恶之意。

第三段，谈"良史"所应具备的素养。

承上段"托不得其人"，本段言"托得其人"，这就是"良史"。这样作者就从正反两个方面论述了史传作者素质的重要性。

作者从三个方面谈"良史"；一是"史识"，亦即文中所说的"明""智"，其见识智虑足以全面掌握万事的道理，足以通晓难知之事；二是"史德"，即文中所说的"道"；三是"史才"，即文中所说的"文"，有了这三条，"然后其任可得而称也，"也

就是才能胜任撰史工作。

作者以"二典"作为论据，证明良史的重要作用。也就是一旦"托得其人"，史传所产生的"为法戒"的作用。与前面"托不得其人"形成鲜明对比。

"二典"，即《尧典》《舜典》，《尚书》篇名，记载尧舜禅让的事迹，大概由周代史官根据传闻编写，又经春秋战国时儒家补订。作者认为这二典即是"良史"所为，不但能传达尧舜的"深微之意"，而且就像亲临其境，面对着尧舜的教诲一样。说明"托得其人"，史传就能很好地发挥教化作用。

第四、五、六段，以"良史"的标准，绳司马迁以降至肖子显的历代史官，评价其功过。

作者先总提一句："两汉以来，为史者去之远矣。"说明后世之"为史者"与前代之"良史"有很大差距，表明了作者总的褒贬意向，作为四、五、六段的总纲。然后评说司马迁之功过：先言其功，"五帝三王既没数千载之后"，极写史迹荒湮久远；"秦火之余"，写始皇焚书，资料残佚。以此突出司马迁著述的艰难环境，从而衬托成《史记》之文的伟大功绩。"可谓奇矣"，"奇"，犹言奇迹、殊功之意。次言其过，指出，《史记》有不少地方"蔽害天下之圣法，是非颠倒而采摭谬乱"。按，曾巩是以儒家的观念来看《史记》的。儒家对《史记》是持一些批判态度的，这种批判态度，以班固所持之论最有代表性："其是非颇谬于圣人：论大道，则先黄、老而后六经；序游侠，则退处士而进奸雄；论货殖，则崇势力而羞贫贱。此其所弊也。"(《汉书·司马迁传》)这就是曾巩所说的"蔽害圣法""是非颠倒"，但曾巩也能在思想分歧中，客观地评价司马迁，"不可不谓隽伟拔出之才"，还能持论公允。

另一个重点评价的历史人物，是《南齐书》作者肖子显。曾巩认为他"喜自驰骋"，言外之意是不遵史实，自由发挥，而且"其文益下"，没有文采，所以成就功业的君臣不得显彰，奸诈不义之徒，恶行却被掩盖，对肖氏做了全面否定。

作者在详写司马迁、肖子显的同时，略写宋、齐、梁、陈、后魏、后周，说他们"无以议为也"，不值一提，一笔带过。繁简得宜。

作者所以议论司马迁，是为了强调"良史"才具之难得，所以议论肖子显，是强调史著"托不得其人"的弊害，以反衬良史的重要作用。

第七段，写良史的社会功能及选拔标准。社会功能是明道；选拔标准是"天下之材"，也就是天下的杰出人才。

本文层层衬托，起伏跌宕，几擒几纵，烘出主旨。

如，先颂司马迁之功，"斯亦可谓奇矣！"，是一褒；继后，指责司马迁"颠倒是非"，又是一贬；然后，又说司马迁"亦不可不谓隽伟拔出之才"，又是一褒；后来，又说司马迁"明""道""智""文"之不足，又是一贬。数擒数纵、数褒数贬，然后说，司马迁得失尚且如此，"况其他邪？"宋、齐、梁、陈之属，就更说不得了。从而烘衬出"两汉以来，为史者去之远矣"的论点。

另外，全文运用反复，吟诵再三，强调了良史的标准。"其明必足以周万事之理，其道必足以适天下之用，其智必足以通难知之意，其文必足以发难显之情。"这段文字，在文中从正反两方面再三致意，一唱三叹，反复吟咏，从而给人留下了深刻的印象，突出了中心思想。

先大夫集后序

国学经典文库

唐宋八大家散文鉴赏

曾巩卷

【题解】

本文著于至和元年(公元1054年)十二月,时作者三十六岁,尚未入仕。

文题中"先大夫",是指其已故的祖父。其祖父曾致尧,字正臣,抚州南丰(今江西省南丰县)人。宋太平兴国八年(公元983年),进士及第。为符离主簿,监越州酒税。历官两浙转运使、谏议大夫、知寿州、判三司盐铁勾院、京西转运使、吏部员外郎、监江宁府酒税、户部郎中。大中祥符五年(公元1012年),卒,年六十六。卒赠右谏议大夫。详见《宋史》卷四四一《曾致尧传》及《欧阳修全集·居士集卷二十一》所载《曾公神道碑铭》。

文中,作者就其祖父所著奏议,盛赞其祖父有识而勇言得失,太宗时,不言财利;真宗时,不言符瑞,盛赞其祖父忠君爱民,议政敢语斥大臣,虽不容于朝,屡进屡出而不怨不悔,作者借此盛赞主圣臣直之美。

文中,作者既以时间顺序为纲,又在叙其祖父身世时,于不同时期而各有侧重;在述其祖父著作时,则以奏议为主,因而,详略、主次分明。

作者将其祖父奏议视为大臣忠直而君主虚心从谏的时代写照,以小见大,行文从容委婉。

【原文】

公所为书,号《仙凫羽翼》者三十卷①,《西陲要纪》者十卷②,《清边前要》五十卷③,《广中台志》八十卷④,《为臣要纪》三卷⑤,《四声韵》五卷⑥,总一百七十八卷,皆刊行于世。今类次诗、赋、书、奏一百二十三篇,又自为十卷,藏于家。

方五代之际⑦,儒学既摈焉⑧,后生小子⑨,治术业于闾巷⑩,文多浅近。是时公虽少,所学已皆知治乱、得失、兴坏之理,其为文闳深隽美⑪,而长于讽谕⑫,今类次乐府已下是也。

宋既平天下，公始出仕。当此之时，太祖、太宗已纲纪大法矣[13]，公于是勇言当世之得失。其在朝廷，疾当事者不忠[14]，故凡言天下之要，必本天子忧怜百姓、劳心万事之意，而推大臣、从官、执事之人[15]，观望怀奸，不称天子属任之心[16]，故治久未治[17]，至其难言，则人有所不敢言者。虽屡不合而出，其所言益切，不以利害、祸福动其意也。

始公尤见奇于太宗[18]，自光禄寺丞、越州监酒税召见[19]，以为直史馆[20]，遂为两浙转运使[21]。未久而真宗即位，益以材见知。初试以知制诰[22]，及西兵起，又以为自陕以西经略判官[23]。而公常激切论大臣[24]，当时皆不悦，故不果用[25]。然真宗终感其言，故为泉州[26]，未尽一岁，拜苏州[27]，五日，又为扬州[28]。将复召之也，而公于是时又上书，语斥大臣尤切，故卒以龃龉终[29]。

公之言，其大者，以自唐之衰，民穷久矣，海内既集[30]，天子方修法度，而用事者尚多烦碎[31]，治财利之臣又益急，公独以谓宜遵简易、罢管榷[32]，以与民休息，塞天下望[33]。祥符初[34]，四方争言符应[35]，天子因之[36]，遂用事泰山[37]，祠汾阴[38]，而道家之说亦滋甚[39]，自京师至四方，皆大治宫观[40]。公益诤[41]，以谓天命不可专任[42]，宜绌奸臣[43]，修人事，反复至数百千言。呜呼！公之尽忠，天子之受尽言[44]，何必古人。此非传之所谓主圣臣直者乎[45]？何其盛也！何其盛也！

公在两浙，奏罢苛税二百三十余条。在京西[46]，又与三司争论[47]，免民租，释逋负之在民者[48]，盖公之所试如此。所试者大，其庶几矣[49]。

公所尝言甚众，其在上前及书亡者，盖不得而集。其或从或否，而后常可思者，与历官、行事，庐陵欧阳公已铭公之碑特详焉，此故不论，论其不尽载者。

公卒以龃龉终，其功行或不得在史氏记，藉令记之[50]，当时好公者少，史其果可信欤？后有君子欲推而考之，读公之碑与其书，及余小子之序其意者[51]，具见其表里，其于虚实之论可核矣。

公卒乃赠谏议大夫[52]。姓曾氏，讳某，南丰人。序其书者，公之孙巩也。至和元年十二月二日谨序。

【注释】

①《仙凫羽翼》：《崇文总目》将此书收录于类书类，《宋史・艺文志》收入子部

类事类,《玉海·艺文》引《中兴书目》曰:"淳化中,光禄丞曾致尧采经、史、子、集中可为诗赋论题者集之,据本经注解其下,取兴国八年御制赐进士诗名篇。"

②《西陲要纪》:书名,不详,待考。似为防御西夏事而著。

③《清边前要》:《崇文总目》将此书载录于兵书类,《宋史·艺文志》收入史部故事类。

④《广中台志》:《宋史·艺文志》收入史部传记类,《玉海·艺文》载李筌《中台志》十卷,引《中兴书目》曰:"景德中,曾致尧以签叙事简略,褒贬未当,乃为《广中台志》八十卷,自黄帝得六相而下,至于唐末,类事为二十四类。"

⑤《为臣要纪》:《玉海·艺文》收录,不称"三卷",而称十五篇。

⑥《四声韵》:书名,不详,待考。

⑦方:当,正当。　　五代:指唐以后、宋以前,在历史上先后出现的五个朝代:后梁、后唐、后晋、后汉和后周。《宋史·太祖纪》:"五代诸侯跋扈。'"

⑧儒学既摈焉:儒学被废置以后。　　摈:舍弃,废弃。

⑨后生小子:少年,小伙子。

⑩治术业于闾巷:在塾学中研讨学术。　　治:研究。　　术业:学术,学问。闾巷:《礼记·学记》孔颖达疏曰:"《周礼》:百里之内,二十五家为闾,同共一巷,巷首有门,门边有塾。谓民在家之时,朝夕出入,恒受教于塾,故云'家有塾'。"

⑪闳深隽美:渊博、华美。　　闳:宏大。　　隽:通"俊。"

⑫讽谕:采用委婉规劝的方式说明道理。

⑬太祖:宋太祖赵匡胤,详见《宋史·太祖纪》。　　太宗:宋太宗赵光义,详见《宋史·太宗纪》。　　纲纪:纲,提网的大绳。纪,丝缕的头绪。此指治理,制订。

⑭疾:痛恨。　　当事者:当权者。　　当:主持,执掌。

⑮推:追究。　　大臣:此指执掌朝政的官吏。　　从官:皇帝身边用以备顾问的文学近臣。　　执事:各部门的专职人员,即百官。《书·盘庚下》:"邦伯,师长,百执事之人,尚皆隐哉。"

⑯称:符合。

⑰治:太平。　　洽:普遍,周遍。

⑱见奇于太宗:被宋太宗所重视。　　见:被。

⑲光禄寺丞:官名,《宋史·职官志四》:"光禄寺卿、少卿、丞、主簿各一人。卿

掌祭祀、朝会、宴飨、酒醴、膳羞之事，修其储备而谨其出纳之政，少卿为之贰，丞参领之。"　　越州：州名，宋属两浙路，今浙江省绍兴市。　　监酒税：官名。《宋史·职官志七》："监当官，掌茶、盐、酒税、场务、征输及冶铸之事，诸州、军，随事置官。"

⑳以为：以之为，让他担任。　　直史馆：官名，掌古今经籍、图书、国史、实录、天文、历数之事，见《宋史·职官志四》。又，《职官志二》："国初，以史馆、昭文馆、集贤院为三馆，皆寓崇文院。"

㉑两浙转运使：官名，掌经度一路财赋，见《宋史·职官志七》。两浙：宋行政区划，今浙江省。

㉒知制诰：官名，掌制、诰、诏、令撰述之事，见《宋史·职官志二》。

㉓及西兵二句：欧阳修《曾公神道碑铭》曰："是时李继捧以银、夏五州归朝廷，其弟继迁亡入碛中为寇，太宗遽遣继捧往招之，至则诱其兄以阴合，卒复图而囚之，自陕以西，既苦兵矣。真宗初即位，益欲来以恩德，许还其地，使听约束。公独以谓继迁反覆不可予。继迁已得五州，后二年，果叛，围灵武，议者又欲予之。公益争以为不可，言虽不从，真宗知其材，将召以知制诰，而大臣有不可者，乃已。出为京西转运使。继迁兵既久不解，丞相张齐贤经略环庆以西，署公判官有以从，公度言终不合，乃辞行"（《欧阳修全集·居士集·神道碑铭》）。

㉔常：一作"尝"，曾经。　　激切：激烈。　　大臣：指丞相向敏中。《宋史·向敏中传》："向敏中，字常之，开封（今河南省开封市）人。咸平初，拜兵部侍郎参知政事，四年以本官同平章事。"

㉕果：凡事与预期相合的称"果"，否则，称"不果"。

㉖泉州：地名，宋属福建路，今福建省泉州市。

㉗拜：任命。　　苏州：地名，宋属两浙路，今江苏省苏州市。

㉘扬州：地名，宋属淮南东路，今江苏省扬州市。

㉙龃龉：上下齿不相配合，比喻意见不合，不融洽。《太玄·亲》："其志龃龉。"

㉚集：安定。

㉛用事者：执政，当权。《战国策·赵策四》："赵太后新用事。"

㉜以谓：认为。　　管榷：指盐、铁和酒，由国家实行专卖。《史记·平准书》："大农管盐铁。"《汉书·武帝纪》："天汉三年，初榷酒酤。"韦昭注曰："以木渡水曰

'権'。谓禁民酤酿,独官开置,如道路设木为権,独取利也。"　　権:专卖,专利。

③塞:满足。

③祥符:即大中祥符,宋真宗年号,公元 1008 年至 1016 年。

③符应:符瑞。所谓泰山出醴泉,锡山苍龙现。

③因:凭借。

③用事:行事,多指行祭祀之事。《周礼·春官·大祝》:"过大山川,则用事焉。"注:"用事,亦用祭事告行也。"

③祠汾阴:在汾阴祭祀土神。　　祠:祭祀。　　汾阴:地名,今山西省万荣县。《清嘉庆一统志·蒲州府一》:"后土祠,在荣河县北。"荣河县,即今万荣县。

③滋:增益,更加。

④大治宫观:大力修筑宫殿。　　观:道教的庙宇。

④净:直言规劝。

④以谓句:认为不可仅仅听信天命符瑞。　　专:单一。　　任:用,信用。

④绌:通"黜",贬退。

④尽言:直言。《国语·周语下》:"唯善人能受尽言,齐其有乎?"

④此非句:《汉书·薛广德传》:"先驱(驱)光禄大夫张猛进曰:'臣闻主圣臣直,乘船危,就桥安,圣主不乘危,御史大夫言可听。'"

④京西:即京西路,宋行政区划,见《宋史·地理志一》。曾致尧曾任京西转运使,见欧阳修所著《曾公神道碑铭》。

④三司:官署名称。《宋史·职官志二》曰:"三司之职,国初沿五代之制,置使以总国计,应四方贡赋之入,朝廷不预,一归三司。通管盐铁、度支、户部,号曰'计省',位亚执政。"

④释逋负句:免除百姓拖欠的赋税。　　逋负:拖欠赋税。《史记·郑当时传》:"庄任人宾客为大农僦人,多逋负。"

④庶几:有希望,差不多。

⑤藉令:假使,即使。请参阅《助字辨略》卷四。

⑤余小子:作者作为晚辈自称。

⑤谏议大夫:据欧阳修《曾公神道碑铭》知,当为右谏议大夫。官名,掌规谏讽谕,见《宋史·职官志一》。

【集评】

明茅坤《唐宋八大家文钞》卷一〇一：子固阐扬先世所不得志处有大体，而文章措注处极浑雄，韩、欧与苏，亦当俯首者。

又，篇末引王遵岩：先生之文，如此篇之委曲感慨，而气不迫晦者，亦不多有。

清沈德潜《唐宋八大家文读本》卷二十七：惟勇言得失，故遭逢明盛；极知遇之隆，而卒以龃龉终，见直道之难行于时也。阐扬先人，使读者忠孝之心，油然兴起。

清何焯《义门读书记》卷四十一引唐顺之曰：言先大夫之忠谠而归之天子，此所以为儒者老成之论也，非浅学所及。

近人王文濡《重校古文辞类纂》卷九引刘大櫆：称述先人之忠谏，而反复致慨于当时朝臣之龃龉及天子优容之盛德，浑然磅礴。

【鉴赏】

曾巩的祖父名致尧，字正臣，宋太宗太平兴国八年（公元 983 年）进士，累官至礼部、户部郎中。《宋史》本传说他"性刚率，好言事，前后屡上章奏，辞多激讦。"正因其为人刚率，直言敢谏，故官职屡升屡降。其孙曾巩撰此文时，致尧已作古，故称"先大夫"。致尧著述颇丰，曾巩写了这篇后序。

序的内容主要是介绍、评价某部著作的思想及写作特点，属议论文体。这篇后序，除开头辑录已去世的祖父曾致尧的著作名称外，并未过多地对其文集做出社会学、伦理学或美学的评判，也并不偏重议论，而着意于叙述祖父的事迹与品格，内容上与一般序跋略有不同，写法上也另辟蹊径，以叙为主，叙议结合。这就构成了本文最突出的特色——言而有序，严于选材，叙中夹议，叙多于议。

全文可分五段。第一段自"公所为书"至"藏于家"，分门别类地记述祖父"刊行于世"与"藏于家"的著作的名字及卷数。从中可看出曾致尧著述之高产，一百八十卷加十卷，数量不可谓不多；又可看出其著述涉及面之广泛，有地理学的、政治学的、语言学的、文学的，虽未点明其博学多识，然而已寓此意于字里行间。

第二段自"方五代之际"至"故卒以龃龉终"，陈述并赞颂先祖父所具有的谏诤的品质与气节。可分两层。第一层自"方五代之际"至"不以利害福祸动其意也"，回忆祖父出仕后"勇言当世之得失"，"不以利害祸福"所动的直言敢谏的精神。先以唐五代之际,儒学受排斥,后生小子,不读"六经",而治术业于闾巷,文多浅近的事实,反衬祖父年虽少,而潜心学问,深得治乱得失兴坏之理,为文深沉隽美,尤长于讽喻的胆识才学。这些都在记述祖父的事迹,与文集似不相干。但作者于此补充一句:"今类次乐府已下是也。"就是说,其"理""文""长于讽谕",已体现于乐府诗中。这句话把对祖父的事迹的记述与作者"后序"的写作联系起来了。这是写祖父未出仕前。接着写出仕后。祖父出仕的历史背景是宋朝已统一中国,平定天下,宋太祖、宋太宗已"纲纪大法"。在这种背景下,祖父敢于直言当世的过失,在朝廷之上,指责大臣、从官、执事之人"不忠""观望""怀奸",不称职,认为这是造成久治未洽的重要原因。祖父敢言的程度超过别人,别人所不敢说的,他越要说。他的出发点是忠于皇帝,爱护人民,所言"必本天子忧怜百姓、劳心万事之意"。他在进谏时表现出了不为利害祸福所动摇的坚定态度与无私无畏的品质。文章平平道来,不动感情,但赞颂之情早已蕴蓄其中。

第二层自"公尤见奇于太宗"至"故卒以龃龉终",着重记述宋真宗时,祖父刚直不阿,敢言劝谏,谴责大臣,以致死于困顿的高风亮节,先交代太宗在位以至真宗即位时祖父所担任的官衔,以此说明如何"见奇","益以材见知"。次述真宗时祖父

"激切论大臣",皇帝虽"感其言",却仍遭贬谪的情况。一方面,肯定祖父"激切论大臣"的勇气与果敢,另一方面,含蓄批评朝廷及群臣不听忠言。"故卒以龃龉终",一语颇为沉痛,"龃龉"原意为上下牙齿不相密合,对不上,用以比喻意见不合。祖父忠心耿耿,最终同朝廷意见不合而去世,作者对此虽未加评论,但隐藏着

一定的埋怨情绪,不过措辞委婉,含而不露,所以得到茅坤的称道,说"子固阐扬先世所不得志处有大体"。

第三段,自"公之言"至"其庶几矣",从"言"与"行"两个方面集中阐述祖父的谏诤精神与利民政绩。分二层。第一层,称颂祖父之"言"。祖父谏言较多,文章从中择其重要者概述之:一、祖父认为,当时的形势是唐朝衰亡之后,民穷已久,皇帝刚修法度,"用事者尚多琐碎,治财利之臣又益急"。这种分析符合实际,切中时弊。从对形势的正确估价出发,祖父提出了自己的政见:宜遵简易,取消官府专卖征税,使人民得到休养生息。二、举真宗祥符初年祖父反对道家之说泛滥,力主罢黜奸臣,修明人事之谏言为例,说明祖父谏言于国于民有益,进谏无所畏惧,据理力争。在列举以上事实后,作者忍不住插入抒情性议论,以赞叹祖父谏诤精神之可贵。"鸣呼!"昂扬直起,感慨系之。文章用反问句加深这种感慨:"公之尽忠,天子之受尽言,何必古人?此非传之所谓主圣臣直者乎!"歌颂祖父的尽忠,皇帝的纳谏,指出这种情形不仅古代有,而且现在也有,这就是所谓皇帝圣明,人臣耿直者。"何其盛也!何其盛也!"感叹语气,出以反复排比句式,掀动感情的巨大波澜,盛赞祖父的谏诤精神,高度评价皇帝纳谏的重要意义。

第二层,称颂祖父之"行"。在两浙,奏罢苛税二百三十余条;在京西,蠲免民租,释放拖欠租税的百姓。这里所述祖父为政情形,又都与谏诤密切相关,因要采取此类措施,都要上奏皇帝,或"与三司争论"。作者认为,祖父的这种举动是重大的举动。这一段,叙祖父之"言"详细,述其"行"简略,详略得当。

第四段,自"公所尝言甚众"至"可核矣",说明祖父"言""文"散失的原因,希望读者阅读时见其表里,审其虚实。这段内容包括:一、指出祖父所言散失之因是"所尝言甚众",数量多,难免遗漏,书亡,不得而集,等等。二、交代凡欧阳修在曾致尧墓志铭中已详述的言行,本篇不论,仅"论其不尽载者"。(曾巩的祖父不仅欧阳修写有墓志铭,而且王安石也应曾巩之请,作《户部郎中赠谏议大夫曹公墓志铭》,说"安石视公犹大父也。"尊敬地把曾致尧当作自己的祖父来对待。)三、指出祖父最终同朝廷意见不合而去世,其功行史书可能不记载,即使记载,当时喜欢祖父的人少,可能有意贬抑,提出"史其果可信欤"的疑问。这个疑问在封建时代是颇为大胆的。一般地说,曾巩散文的内容平实,无惊世骇俗之语,但"史其果可信欤!"对封建史家的客观性、封建史书的真实性表示怀疑,却是惊人之笔,透辟而有力!四、指出读者通过阅读祖父的碑、书，及本篇后序，联系史书来考核，对祖父自会有公正的评价与结论。这段是说明作序的几种考虑。

第五段自"公卒"至结束，交代祖父谢世后追封的官衔，祖父的姓名、籍贯，以及为文集作后序的作者的姓名。

从言而有序看，全文以介绍祖父著作始，以介绍祖父的姓名、籍贯及作序者终，中间段落，突出祖父的谏诤行为与精神，插入一段，简略交代作序的动机，叙述有条不紊，层次分明，体现了曾巩一贯的严谨文风。

从严于选材看，作者祖父曾致尧的生平、思想、业绩、著述，极其丰富多样，这一切并非一篇文章所能包容，故需巧为剪裁。作者抓住祖父一生中最突出的事迹与精神——谏诤——来写，摒弃其他枝干，足见文章取材之严、精、突出、典型，叙述视角之独特、新颖。就谏诤而言，材料亦繁杂，作者从中择取最具代表性的事例入文，如祖父激切论大臣，抗疏自陈一事，最足以说明其谏诤之大胆与直率。宋真宗年间，李继迁侵扰、围困清远、灵武等重地，皇帝命令张齐贤丞相担任邠宁、泾原、仪渭等州经略使，张齐贤选曾致尧为判官。致尧上奏说：王超已部署数十万兵，现在丞相徒率一、二朝士前往，无益。张齐贤以致尧之言为然。皇帝命令陕西经略使追兵同时前往，致尧上疏曰："将士在空虚无人之处，事薄而后追兵，如后何？"于是辞行，从而激怒了皇帝。正值召赐金紫，致尧说：丞相敏中并非因为功德升官晋爵，臣曾议论他不可重用，现在臣接受命令，事情却未见成效，不敢领取章绂之赐。坚决辞绝赏赐。由于这件事，致尧被贬为黄州团练副史。不久，王超果然兵败，清远、灵武相继沦亡。此事表明曾致尧判断之准确，进谏之有理，态度之坚定、勇敢，故被作者作为典型事例使用。又如宋真宗祥符初年，四方争搞迷信，皇帝遂"用事泰山，祠汾阴"，"道家之说亦滋甚"，到处大兴寺庙道观。面对皇帝的昏昧和社会的陋俗，致尧加倍用力谏诤，反复至数百千言，甚至说："陛下始即位，以爵禄待君子。近年以来，以爵禄畜盗贼。"君臣愈加不悦。这一事例很能说明致尧谏诤不随时俗，敢与潮流相抵牾，作者也选之为例。故本文取例可谓精当。

从叙议结合看，全文多为陈述致尧之旧事，言简而意明，既具体又概括，透过叙述，活托出先祖父致尧作为谏臣的可敬形象。叙述之余，穿插数言，议论"主圣臣直"，"史其果可信欤"，说理极为简洁精辟，表现出叙中夹议，叙多于议的叙事特色。

曾巩散文，讲究敛气蓄势，藏锋不露。本文可视为这方面的典范之作。文章以平静的语调叙说先祖父的事迹与遭遇，对于因谏被贬，明明有所不满，却未置片言以谴责皇帝，反而说宋真宗为先祖父之言所感动，先祖父被贬至泉州未及一年，即调任苏州，五天后，又调往扬州，"将复召之也"，但先祖父于是时又上书，"语斥大臣尤切"，又被谪为汇宁盐酒。作者仅于此处，才对上露一微词："故卒以龃龉终"，含蓄蕴藉，欲吐又止，此所谓"藏锋不露"，"敛气蓄势"。全文以平缓的节奏，叙先祖父之业绩与谏诤之品格，感情潜流不绝如缕，而渗透于字里行间，直至基本写完先祖父谏诤之事后，感情才喷发而出："呜呼！公之尽忠，天子之受尽言，何必古人？此非传之所谓主圣臣直者乎！何其盛也！何其盛也！"形成全文感情的高潮。实际上，致尧"卒以龃龉终"，主何"圣"之有？而臣倒确实"直"，本文记述的事例说明了这点，又据王安石为曾致尧所作墓志铭，曾致尧病逝前留下遗言："毋陷于俗，媚夷鬼以污我。"王安石赞他是"以道事君"的"大臣"，亦可印证这点。曾巩提出"主圣臣直"其实是在抒写自己的政治理想！

与其说曾巩的这篇文章是文集的序言，毋宁说它是一篇谏诤之臣的传略。序与传略写法的结合，使它独具异彩。

王深父文集序

国学经典文库

唐宋八大家散文鉴赏

曾巩卷

【题解】

王深父,名回,《宋史》有传。

《宋史·王回传》云:"回在颍川,与处士常秩友善。熙宁中,秩上其文集。"而本文又云:"深父,福州侯官县人,今家于颍"。如此,则本序当著于熙宁中,或熙宁初。

文中,称述王深父奋然独起,身体力行,振斯文于将坠,"明圣人之道于千载之后",首开风气之功,并深深惋惜其不幸早死。对王深父,作者不仅视其为友,而且,视为同志者。"是道也,过千岁以来,至于吾徒,其智始能及之,欲相与守之。然今天下同志者,不过三数人尔,则于深父之殁,尤为可痛"(《曾巩集·与王介甫第三书》)。作者《与王深父书》《答王深父论扬雄书》(均见《曾巩集》卷十六)等,可见其情谊之笃。

《宋史·王回传》载王回辞官后所著《告友》文,可窥见其思想。

本篇融情于叙、议,行文主次分明而言短情深。作者将文集视为王深父复兴古道的结晶和功绩所在,因而,将其作为本文主体置于篇首,而对其身世则视为末事,寥寥数语而已。

本篇几乎全文是对王安石所著《王深父墓志铭》有慨而发,对安石"大抵哀斯人之不寿,不得成其材"(《曾巩集·与王介甫第三书》)之意,多所匡补。请参阅《与王介甫第三书》。

【原文】

深父,吾友也,姓王氏,讳回。当先王之迹熄①,六艺残缺②,道术衰微③,天下学者无所折衷④,深父于是时奋然独起,因先王之遗文以求其意⑤,得之于心,行之于己,其动止语默必考于法度,而穷达得丧不易其志也⑥。文集二十卷,其辞反复辨达⑦,有所开阐⑧,其卒盖将归于简也⑨。其破去百家传注⑩,推散缺不全之经⑪,以明圣人之道于千载之后,所以振斯文于将坠⑫,回学者于既溺,可谓道德之要言,非世之别集而已也。后之潜心于圣人者,将必由是而有得,则其于世教,岂小补之而已哉?

呜呼!深父其志方强,其德方进,而不幸死矣,故其泽不加于天下⑬,而其言止于此⑭。然观其所可考者,岂非孟子所谓名世者欤⑮?其文有片言半简⑯,非大义所存,皆附而不去者,所以明深父之于其细行⑰,皆可传于世也。

深父,福州侯官县人⑱,今家于颍⑲。尝举进士,中其科⑳,为亳州卫真县主簿㉑。未一岁弃去,遂不复仕。卒于治平二年之七月二十八日㉒,年四十有三。天子尝以某军节度推官知陈州南顿县事㉓,就其家命之,而深父既卒矣。

【注释】

① 先王之迹熄:《孟子·离娄下》:"王者之迹熄而《诗》亡。"赵岐注曰:"王者,谓圣王也。太平道衰,王迹止熄,颂声不作,故《诗》亡。"

先王:此指禹、汤、文、武诸圣王。　　迹:业绩。

②六艺:即六经,《诗》《书》《礼》《乐》《易》《春秋》。

③道术:道德、学术。《汉书·艺文志·诸子略序》:"方今去圣久远,道术缺

废"。　　衰微:衰落,衰败。

④折衷:也写作"折中"。调和二者,取其中正,无所偏颇。《史记·孔子世家》:"自天子王侯,中国言六艺者折中于夫子。"

⑤因:凭借,借助。

⑥穷:不得志,困窘。　　达:得志,腾达。《孟子·尽心上》:"穷则独善其身,达则兼济天下。"　　丧:失。　　易:改变。

⑦反复辨达:反复区别、说明。

⑧开阐:开掘,阐发。

⑨卒:最终。

⑩传注:注释。　　传:注释的一种形式,用以阐释儒家经义。

⑪推:推寻,研求。

⑫所以:用以,参阅《经传释词》卷九。　　振:兴起,复兴。斯文:指儒家的礼乐制度。《论语·子罕》:"天之将丧斯文也,后死者不得与于斯文也!"

⑬泽:德泽。

⑭止:限,局限。　　此:指文集。

⑮岂非句:《孟子·公孙丑下》:"五百年必有王者兴,其间必有名世者。"赵岐注:"名世,次圣之才。"焦循《正义》曰:"(名世),谓前圣既没,后圣未起之间,有能通经辨物,以表章圣道,使世不惑者也。"

⑯片言半简:指零散不成文的字句。　　简:古代用以书写文字的竹片、木片。

⑰细行:生活小节。　　细:小。

⑱福州:地名,宋属福建路,今福建省福州市。　　侯官县:县名,宋属福州所辖,今福建省闽侯县。

⑲颍:此指颍州,宋属京西北路顺昌府,今安徽省阜阳市。

⑳中其科:《宋史·选举志一》:"宋之科目,有进士,有诸科,有武举","初,礼部贡举设进士、九经、五经、开元礼、三史、三礼、三传、学究、明经、明法等科。"

㉑亳州卫真县:地名,宋属淮南东路,今属安徽亳州市。　　主簿:官名,掌佐理县政,见《宋史·职官志七》。

㉒治平二年:公元1065年。治平,宋英宗年号。

㉓某军节度推官:《宋史·王回传》作"忠武军节度推官"。　　军:管理军务

的官署,置于军事要冲。忠武军,设于许州,即今之许昌。 节度:官名,掌军务。 推官:节度之属官,掌司法或支使,见《宋史·职官志七》。 陈州:地名,后改淮宁府,宋属京西北路,今河南省淮阳县。 南顿:地名,宋属陈州。今属河南省项城县。 知县事:官名,即县令,县最高行政长官,掌一县之政务,见《宋史·职官志七》。

【集评】

明茅坤《唐宋八大家文钞》卷一〇一:深父之文,不可得而见。予按王荆公所为墓志铭与其相答书,大略贤者也。

清张伯行重订《唐宋八大家文钞》卷十四:深甫之为人不可考,而子固称其立言制行,如是之衷于道,可不谓贤乎?噫,笃学之士,未得大用于世,名湮没而不彰者,岂少哉?

【鉴赏】

王深父,名回,深父是他的字。王深父兄弟与曾巩交谊很深。深父的弟弟王子直故世后,其文集即是王深父请曾巩写的序言;其后,深父故世,曾巩又为其文集著序,即本文;再其后,其弟王容季故世;曾巩又撰《王容季墓志铭》,并为其文集著序:可见其情笃谊深。曾巩以为王氏兄弟三人,俱有超世之才,而不幸早逝,不能尽其才,以効力于当世,非常惋惜。三兄弟中,曾巩尤其推重王深父,说他"以道义文学退而家居,学者所崇",(《曾巩集·王容季墓志铭》)可见王深父在当时颇负盛名。按,王安石《游褒禅山记》,结尾志同游四人,有"长乐王回深父",即其人。

按曾巩的说法,王深父是个"道义文学"之士,也就是儒学之士。《王深父文集序》正是赞颂他这种宗经重道的精神。

第一段,介绍文集作者、著述态度及文集价值。

先推荐作者。曾巩名满天下,世人敬重。故言:"深父,是我的朋友",有推重奖掖之意。有吁舆论接受之请。次介绍著述态度。曾巩先不直写著述态度,而先着力写其著述背景:先王之道正在衰落,天下学者失去了以道取正事物的标准。此举"一石二鸟":一是写出了作者在艰难的学术境遇中奋进求索的精神;二是突出了作者著述的社会价值。在写求索精神时,又先言作者立德之贤。曾巩盛誉王深父,对

于先王之道,孜孜求索,一旦
有所彻悟,即能付诸行动,一
言一行都用先王法度核查自
己,无论身处困厄、通达,还是
在利害得失之前,都不改易自
己志向。封建伦理原则以为:
当先立德而后立言,应先道德
而后辞章。故曾巩在谈著述
态度时,一定要先言作者立德
之贤,而后才能谈及作者立言
之严。他盛赞王深父:反复地
分析推论,直至有所开拓、发
现,才审慎地写到纸上。由
"立言"的严谨态度,进而肯定
了文集学术价值。指出它在
揭示经传的正确意思,剔除错

误诠释,推论散失经文经旨上,其贡献是当世别人著作所不能相媲的,固而有重要
参考价值。言外之意是,吁请世之学者予以注意。本段逻辑性十分严谨,顺"理"成
章,有很强的说服力。按,"别集",与"总集"相对,主要汇录一个人的全部诗、文,
但有的也包括论说、奏议、书信、语录等著作。曾巩说《王深父文集》"非世之别集
而已也",言外之意即是说,王深父的文集与一般"别集"是很不同的,突出了王深
父的成就与价值。

　　第二段,写对作者的悼念及文集编订的原则。

　　前半段,写悼念。作者以"呜呼"总领全段悲叹的感情,接着,述说他所以悲叹
的原因:王深父的志向正坚定不渝,德行正日见隆厚,却不幸故去了。一个转折句
式,突出了作者的惋惜。接着是推论:王深父倘活在世上,难道不就会成为孟子所
说的那种闻名于世的圣贤者吗? 按,"孟子所谓名世者"句,语出《孟子·公孙丑
下》:"五百年必有王者兴,其间必有名世者"。"名世",即闻名于当世。曾巩以推
断的假设,更进一步突出了惋惜之情。前半段,一句"呜呼",两层惋惜,真是一唱二

叹,给人深沉的感慨。

后半段,叙编订原则。编订原则是全部收编,哪怕只有几句话、半页纸,也都编入文集。其用意是,让人们看到王深父即令是在生活小节上,也足可以为后世楷模、风范。呼应段首"鸣呼"一词,使人越发惋惜。

第三段,简述作者生平。述及最后一句,结尾陡起波澜:朝廷委任之命至家,其人已逝,给人留下了深深的惋惜,惋叹他有德有识有才,却未能施展。结尾让这一遗憾,荡摇在人们心间。

曾巩文笔简洁,但却有着深深的意蕴。全文未著亲密之词,而曾巩的爱心洋溢于字里行间,表现着曾巩对王深父的拳拳的思念、推重和惋惜。读后,回味无穷,催人泪下。当你重新回味开头:"深父,吾友也",你就会明白,句中含蕴着曾巩多么深沉的思念和感慨,曾巩的一声"鸣呼"之中,应和着文章中那么多的惋叹。曾巩的文风,确实不如李白那样奔放,但这位道学夫子却自有其深藏的意蕴。这不是在初读时所能得到的,而是回味过来的。曾巩的文章,有点像名酒,他的句子有"后劲",意蕴后至,回味绵长。

王子直文集序①

【题解】

《曾巩集·王容季墓志铭》云："初,子直之遗文,深甫属予序之。数年,又叙深甫之文。复数年耳,而容季葬有日,其仲兄固子坚又属予铭其墓,而且将叙其文。"由"又叙深甫之文"得知,此序之作早于《王深父文集序》,如此,则此序似著于熙宁之初。

本文盛赞王向(子直)其材魁奇拔出,其文伟丽可喜,而其理又合于儒家经义,深憾其不幸早逝。

文中,作者由古及今,纵论儒学之盛衰得失,借以渲染文集产生的社会背景,借以衬托王子直之难能可贵。作者如此蓄势,则举重若轻,易于说明文集可贵之处。此外,行文时,议中含评,正反抑扬,言短情深,精致而耐人回味。

【原文】

至治之极②,教化既成③,道德同而风俗一④,言理者虽异人殊世,未尝不同其指⑤。何则?理当故无二也。是以《诗》《书》之文,自唐、虞以来⑥,至秦、鲁之际⑦,其相去千余岁,其作者非一人,至于其间尝更衰乱⑧,然学者尚蒙余泽⑨,虽其文数万,而其所发明⑩,更相表里⑪,如一人之说,不知时世之远,作者之众也。呜呼!上下之间⑫,渐磨陶冶⑬,至于如此,岂非盛哉!

自三代教养之法废⑭,先王之泽熄⑮,学者人人异见⑯,而诸子各自为家,岂其固相反哉⑰?不当于理⑱,故不能一也。

由汉以来,益远于治⑲。故学者虽有魁奇拔出之材⑳,而其文能驰骋上下㉑,伟丽可喜者甚众㉒,然是非取舍,不当于圣人之意者亦已多矣。故其说未尝一,而圣人之道未尝明也。士之生于是时,其言能当于理者,亦可谓难矣。由是观之,则文章之得失，岂不系于治乱哉㉓？

长乐王向字子直㉔，自少已著文数万言，与其兄弟俱名闻天下，可谓魁奇拔出之材，而其文能驰骋上下，伟丽可喜者也。读其书，知其与汉以来名能文者，俱列于作者之林，未知其孰先孰后。考其意，不当于理者亦少矣。然子直晚自以为不足㉕，而悔其少作。更欲穷探力取㉖，极圣人之指要㉗，盛行则欲发而见之事业㉘，穷居则欲推而托之于文章㉙，将与《诗》《书》之作者并，而又未知孰先孰后也。然不幸蚤世㉚，故虽有难得之才，独立之志，而不得及其成就㉛，此吾徒与子直之兄回字深父所以深恨于斯人也㉜。

子直官世行治㉝，深父已为之铭。而书其数万言者，属予为叙。予观子直之所自见者㉞，已足暴于世矣，故特为之序其志云。

【注释】

①王子直：王向，字子直，王回之弟。长于叙事，戏作《公默先生传》，详见《宋史·儒林传二》。

②至治：最完美的政治。《庄子·胠箧》："乐其俗，安其居，邻国相望，鸡狗之音相闻，民至老死而不相往来，若此之时，则至治已。"　　极：顶点，最高境界。

③教化既成：社会政教风化已经形成。　　教化：政教风化。《荀子·臣道》："政令教化，刑下如影。"

④一：同，统一。

⑤指：意旨，思想。《颜氏家训·勉学》："夫明六经之指，涉百家之书。"

⑥唐、虞：指尧、舜。《论语·泰伯》："唐、虞之际，于斯为盛。"尧为陶唐氏，故称唐尧。舜为有虞氏，故称虞舜。唐虞，多指太平盛世。《书·虞书》中，有《尧典》和《舜典》。唐、虞，另请参阅《史记·五帝本纪》。

⑦秦、鲁：秦国、鲁国，用以借指春秋时期。何焯《义门读书记》卷四十一曰："至秦、鲁之际谓鲁颂、秦誓也。"　　秦：一作"邹"。

⑧更：经历。

⑨蒙：承受。　　余泽：前人遗留的恩泽。

⑩发明：阐明，推陈出新。《史记·孟子荀卿列传》："（慎到等）皆学黄、老道德之术，因发明序其指意。"

⑪更:交互。

⑫上下:指唐、虞至秦、鲁之间。

⑬渐磨陶冶:即潜移默化之意。　　渐:滋润,润泽。　　磨:研磨。　　陶冶:本指烧制陶器与冶炼金属,此指造成、化育。

⑭三代:指夏、商、周三代。　　教养之法:指教学与养老等制度,详见《礼记·王制》。

⑮先王之泽熄:圣王的德泽已经消歇。　　先王:指已不在世的禹、汤、文、武等圣王。　　熄:止。《孟子·离娄下》:“王者之迹熄而《诗》亡。”

⑯见:见解。

⑰固:务必,一定,见《助字辨略》卷四。

⑱当:符合,事、理相合。

⑲益:更加,越来越。　　治:政治,此指先王之治。

⑳魁奇拔出:优秀而出类拔萃。

㉑驰骋上下:此指纵论古今。

㉒伟丽可喜:宏伟、华美,令人喜闻乐见。

㉓系于治乱:同治乱相关联。　　系:依附,联结。　　治:社会太平。乱:社会混乱,不安定。

㉔长乐:地名,宋属福建路福州,今福建省福州市。

㉕晚:晚年。

㉖穷探力取:深入探讨,努力研究。　　穷:尽。

㉗极圣人句:深入发掘、领悟圣人的思想。　　指要:要旨,要义。《北齐书·邢邵传》:“博览文籍,无不通晓,晚年尤以五经章句为意,穷其指要。”

㉘盛行句:显耀发达、得行其志时,则力图将圣人思想体现于事业之中。盛:兴旺。

㉙穷居句:穷困不得志,作为平民闲居时,则试图阐发圣人思想,使之表现于文章之中。

㉚蚤世:过早地去世。　　蚤:通“早”。

㉛成就:完成,成功。　　就:成功。

㉜所以:原因。　　恨:遗憾。　　斯人:此指王向子直。　　斯:此。

㉝官世行治：指历官、世次、行事、治绩。

㉞自见：自我展示。　　　见：通"现"。

【集评】

明茅坤《唐宋八大家文钞》卷一〇一：意见好。

清张伯行重订《唐宋八大家文钞》卷十四：道，一也，而其说不能一者，圣人之道未尝明也。是非取舍不衷于圣人，虽有魁奇拔出之才，伟丽可喜之文，亦何所用乎？序子直文集，而称其多当于理，卒乃叹其蚤世而学道不就，盖深惜之也。

【鉴赏】

王子直，名向，字子直；其兄王回，字深父；其弟王同，字容季。三兄弟俱有文名，被曾巩誉为"皆可谓拔出之材"。(《曾巩集·王容季文集序》)王氏三兄弟与曾巩交谊甚厚。子直早逝，其兄王深父请曾巩为其文集作序，遂成此篇。按，王氏三兄弟均早逝，其文集辑成后，都是曾巩写的序。以此足见曾巩对王氏兄弟的推重。

全文可分为三部分：

第一部分(一、二、三自然段)，谈人们的道德认识与社会治与乱的关系。作者是从"治"与"乱"两个方面来进行阐述的。

第一自然段，先谈治世与道德认识的关系。曾巩首先指出，大治之世，教化淳厚，道德观念就相同，风俗就统一。处在大治之世，不同的人，不同的时代，对道德是非的认识却都是相同的。这是因为道德是非的判断标准，本来只有一个。以此指出道德相同、风俗统一的本质原因。接着列举历史事实进行证明，作者以为《诗》《书》二经成书时间，从唐尧虞舜时代，至西周秦鲁之际，其间相越上千年的历史，作者并不是一个人，为文浩瀚数万言，可是阐明的道理却像出自一人之口。以此让明，大治之世，教化磨砺陶冶，对道德相同、风俗同一起了重要作用，也同化着文章的观点。

第二、三自然段，写乱世与道德认识的关系。作者认为，乱世，先王之道废弛，于是道理遂不能统一。作者分别以战国时代百家争鸣与汉代文坛人才盛出而持论不能统一的事实，指出，原因在于不合于真理。因为曾巩认为真理只有一个，如果找到了真理，大家就会统一起来。曾巩所说的"理"，是从儒家立场出发的，即所谓

的"圣人之道""圣人之意"。乱世,教化废弛,圣人之道未能分明,所以文士很难取正是非,合于圣人之意,以此指出乱世文章持论纷争的原因。

作为一篇文集序言,曾巩大论特论社会的治乱对文章认识的影响,广征博引,自唐虞以至汉代,洋洋洒洒,岂非与《王子直文集序》之题相越万里?否。曾巩意在说明:尽管先秦有诸子善辩之才,汉代"文能驰骋上下,伟丽可喜者甚众",

但是鲜有合于圣人是非之意的作者。一个人,生在这样的时代,他的文章合乎真理是非常困难的。这样写,是为王子直的文章做一种铺垫和烘托。所谓"临难见忠贞",曾巩正是把王子直的文章推向这样一种学术背景前,以不合于圣意的学者很多来衬托王子直"不当于理者亦少",以此突出王子直的道学成就,也以教化能使天下大治、道德风俗统一,来突出王子直文集的重要价值。因此,这样写,表面上看,是写远了,其实,很像是战役上的迂回包抄,它为中心战役做好了充分准备。一旦发起进攻,就能一举克城,势如破竹。

第二部分(第四自然段),介绍王子直。

曾巩是从"文"与"道"两个方面来介绍王子直的才能的。作者采用对比的方法,使他的对王子直的评价,给人留下鲜明具体的印象。文采上,作者借重的对比参照物是汉以来有名的文章大师,这使我们想到司马迁、班固、司马相如……;"道"上,作者借重《诗》《书》的作者,按,《诗》《书》篇目作者多不可考,编订者世传是孔子。曾巩以为王子直与上列诸家相比,未可分高下,这就使人不能不刮目相看。并

161

为王子直的早逝深感惋惜。

第三部分(第五自然段),写王子直身后之事。所谓身后之事,即指一"铭"一"序"。铭,由其兄王深父亲自撰写,序,受深父之请,由曾巩撰文,曾巩还特别强调王子直的文章,应彰显于世。选材十分简洁扼要。

全文论述层次十分清晰,显示了曾巩著文严谨的构思和材料安排。全文第一部分,先写"治世",后写"乱世";第二部分先写"文采",后写"道";第三部分,写一"铭"一"序"。叙述井然有序,读来印象清晰。曾巩在唐宋八大家中,是最注重文章章法的一个,这篇文章可见其章法之一斑。

国学经典文库

唐宋八大家散文鉴赏

曾巩卷

范贯之奏议集序

【题解】

本文著于熙宁三年(公元 1070 年),即作者五十二岁后。文中,言及资政殿学士赵抃为范贯之作墓志铭一事,《苏东坡全集·前集·赵清献公神道碑》:"(赵抃)熙宁三年四月复五上章,除资政殿学士,知杭州。"则赵抃为范贯之作墓志铭当在熙宁三年,即赵抃为资政殿学士时,而此序之作又必在其后。

本文虽名曰书序,而实为宋仁宗时期的史论。作者盛赞范贯之切谏敢言之行,盛赞仁宗虚心采纳之德,盛赞仁宗时期君臣相成,承平持久之美。对于时政,作者于褒中寓针砭,含而不露。文中,由个别朝臣而言及朝政,由小及大,渲染烘托,加之,行文厚重质朴,从容委婉,大有史家风概。

【原文】

尚书户部郎中、直龙图阁范公贯之之奏议①,凡若干篇,其子世京集为十卷,而属予序之②。

盖自至和已后十余年间,公常以言事任职③。自天子、大臣至于群下,自掖庭至于四方幽隐④,一有得失善恶,关于政理,公无不极意反复,为上力言⑤。或矫拂情欲⑥,或切劘计虑⑦,或辨别忠佞而处其进退。章有一再或至于十余上,事有阴争独陈,或悉引谏官、御史合议肆言⑧。仁宗常虚心采纳,为之变命令,更废举⑨,近或立从,远或越月逾时,或至于其后,卒皆听用⑩。盖当是时,仁宗在位岁久,熟于人事之情伪与群臣之能否⑪,方以仁厚清静休养元元⑫,至于是非与夺⑬,则一归之公议,而不自用也⑭。其所引拔以言为职者,如公皆一时之选⑮。而公与同时之士,亦皆乐得其言,不曲从苟止⑯。故天下之情因得毕闻于上,而事之害理者常不果行⑰。至于奇衺恣睢⑱,有为之者,亦辄败悔。故当此之时,常委事七八大臣⑲,而朝政无大阙失^⑳，群臣奉法遵职，海内乂安^㉑。

夫因人而不自用者，天也。仁宗之所以其仁如天，至于享国四十余年，能承太平之业者，繇是而已^㉒。后世得公之遗文，而论其本，见其上下之际相成如此^㉓，必将低回感慕^㉔，有不可及之叹，然后知其时之难得。则公言之不没，岂独见其志，所以明先帝之盛德于无穷也。

公为人温良慈恕^㉕，其从政宽易爱人^㉖。及在朝廷，危言正色^㉗，人有所不能及也。凡同时与公有言责者，后多至大官，而公独早卒。

公讳师道，其世次、州里、历官、行事，有今资政殿学士赵公抃为公之墓铭云^㉘。

【注释】

①尚书户部郎中：官名，掌天下人户、土地、钱谷之政令，见《宋史·职官志三》。　直龙图阁：官名，备顾问，见《宋史·职官志二》。　范公贯之：范师道，字贯之，苏州长洲(今属江苏省苏州市)人。进士及第，为抚州判官，后知广德县。吴育举为御史，出知常州。召为盐铁判官，道改两浙转运使，迁起居舍人，同知谏院，管勾国子监。出知福州。顷之，以工部郎中入为三司盐铁副使，感风眩，迁户部，直龙图阁，知明州，卒。详见《宋史·范师道传》。　奏议：古代两种文体的名称。详见《文章辨体序说》和《文体明辨序说》。

②属：通"嘱"。

③盖自二句：宋仁宗在位四十一年，自至和初年(公元1054年)至嘉祐八年(公元1063年)，仁宗崩，共十年，范贯之曾为谏官，见《宋史》本传。

④掖庭：宫中旁舍，妃嫔居住的地方。　幽隐：隐秘之事。

⑤为上力言：对皇帝极力劝谏。　为：于，对于，向，见《词诠》卷八。

⑥矫拂：纠正。

⑦切劘：切磋，琢磨。此指探讨对策。　劘：磨砺。

⑧事有二句：《宋史·范师道传》："师道励风操，前后在言责，有闻即言，或独争，或列奏。"　阴争独陈：私下或单独劝谏。　肆言：陈述。　肆：铺陈。

⑨更废举：更改已经发布的废止或施行的政令。

⑩卒皆听用：最终，都听从并采纳。《宋史·范师道传》："仁宗晚年尤恭俭，而四方无事，师道言虽过，每优容之。"

⑪情伪:真假。《左传·僖公二十八年》:"民之情伪,尽知之矣。" 情:通"诚"。 否:低劣。

⑫元元:民众,百姓。《战国策·秦策一》:"子元元。"

⑬是非与夺:赞成、反对,奖励、惩罚。

⑭自用:自以为是,只依赖自己的聪明和才智行事。

⑮一时之选:当时最好的人选。

⑯曲从苟止:不分是非,违心地附合,无原则地停止规劝。

⑰果行:实施。 果:成为事实。

⑱奇衺恣睢:谄媚欺诈,胡作非为。《周礼·天官·宫正》:"去其淫怠与其奇衺之民。"《史记·伯夷列传》:"暴戾恣睢。" 衺:同"邪"。 睢:怒貌。

⑲委事:委托国事。 委:托付。

⑳阙失:疏漏、过失。 阙:通"缺"。

㉑乂安:太平。 乂:安定。

㉒繇:通"由",由于。

㉓上下之际:君臣之间。

㉔低回:徘徊。《楚辞·抽思》:"低佪夷犹,宿北姑兮。"低佪,同"低回"。

㉕温良慈恕:温和善良,友爱宽厚。

㉖宽易:宽容。

㉗危言正色:神色严肃,言语刚直。 危言:直言。《论语·宪问》:"邦有道,危言危行。"

㉘资政殿学士:官名,备顾问,见《宋史·职官志二》。 赵抃:字阅道,衢州西安(今浙江省衢江区)人。进士及第,为武安军节度推官。荐为殿中侍御史,知睦州、益州,召为右司谏,擢参知政事,拜资政殿学士,知杭州,知越州,元丰七年薨,年七十七。详见《宋史·赵抃传》。

【集评】

宋朱熹《朱子语类》卷四十七《论文上》:南丰《范贯之奏议序》,气脉浑厚,说得仁宗好。东坡《赵清献神道碑》说仁宗处,其文气象不好。"第一流人"等句,南丰不说,子由《挽南丰诗》甚服之。

又,两次举《南丰集》中《范贯之奏议序》末,文之备尽曲折处。

明茅坤《唐宋八大家文钞》卷一〇一:须览公所序奏议之忠直,而能本朝廷所以容忠直处,才是法家。

又,篇末引王遵岩:沉着顿挫,光彩自露。且序人奏议,发明直气切谏,而能形容圣朝之气象,治世之精华,真大家数手段。如苏公序田锡奏议,亦有

此意,然其文词过于俊爽而气轻味促。

清沈德潜《唐宋八大家文读本》卷二十七引储同人:"宋至熙宁而公议废斥,无一足存。扬厉仁宗,义独鱼藻。"

范公之忠直,仁宗朝之太平无事,能受直言,一齐传出。有生枯双管俱下之妙。行文典重、纡余,则又公所独擅也。

清何焯《义门读书记》卷四十一:按:范之言得行,故归美于主,虽立言得体,然必也实录也。若作尊尧集序,亦岂可以此为大家数乎?凡论古文,不当徒求之貌。明人不知也。

清吴汝纶·吴闿生《古文辞类纂点勘》引刘大櫆:"子固集序,当以此篇为第一,其妙则王遵岩所论尽之。"

近人高步瀛《唐宋文举要》甲编卷七引吴闿生:极言仁宗之德化,以其适与当时相反,故津津言之,以为借鉴。

又引吴闿生:感慨时政之非,追慕先代之盛,而叹其迥不相及。虽前文已详言之,犹自以为未足,再振笔加倍摹写,以尽其感叹低徊之意。句句转换,盘旋曲至,悱恻缠绵,使人反覆咏叹,自不能已。而于讥切当时之旨,始终含蓄茹咽,未尝稍

露。文情高邈轩翥，夐不可及。

【鉴赏】

明代的唐宋派古文家极为推重曾巩，王慎中之文"尤得力于曾巩"，王慎之说："予惟曾氏之文至矣。"认为曾巩散文达到文章之极致。曾巩散文的成就虽不如韩柳欧苏，但也有自己独特的风格，它不同于苏轼的汪洋恣肆、雄健奔放，也区别于王安石的拗折峭刻、斩截有力，而接近于欧阳修，所以姚鼐说他"偏于柔之美者也"。不过也有人指出他不如欧阳修那样富于情韵，而是"平平说去，亹亹不断，最淡而古"。平直、冲淡，别有一番风味。《范贯之奏议集序》体现了这一风格特征。

范贯之，即范师道，是范仲淹从兄之子，贯之，是他的字，苏州长洲人，进士及第，为抚州判官，后知广德县，历官起居舍人，同知谏院，迁兵部员外郎，兼侍御史，官至户部、直龙图阁，知明州卒。《宋史》本传曰："师道厉风操，前后在言责，有闻即言，或独争，或列奏"，有奏议、文集。《范贯之奏议集序》是曾巩应范师道之子范世京之约而撰写的。文章思致清远明晰，布局完整谨严，题为"奏议集序"，全文便依范贯之的奏议取舍材料，突出其作为谏臣的品质与气节，论证明君纳谏，直臣进谏，相辅相成之重要，显得集中而有条理性。首段说明写作缘由，此乃序文的例行写法。二段叙述范贯之担任谏官时直言敢谏的种种表现，阐述宋仁宗时天下太平的根本原因在于仁宗善于纳谏，范贯之等敢于进谏，从而说明谏诤的重要与必要。末段总结范贯之为人温良慈恕、从政宽易爱人，进谏则危言正色，人所不及，交代其早逝，有赵抃作墓志铭。全文构思严密。曾巩散文便以严密为其所长。他不追求构思的精巧，行文如流水，顺乎自然，然而必定沿着既定的渠道流动，故平直谨严，自然冲淡。

平直、冲淡易陷入呆板。但"曾公能避短而不犯"（姚鼐语），避短扬长，无板滞少文之病，而有委曲扬抑之致。例如本文第二段，围绕谏诤而展开，一以贯之，而委婉曲折。先言范贯之如何克尽"言事"之职，多方进谏。他自宋仁宗至和以后十余年间，担任谏官，其进谏包括的范围极其广大，如果仅以"所言极广"一语概括，便会显出质木少文之弊，而作者采用了排比、夸饰的方式表述，效果则大为不同："自天子大臣至于群下，自掖庭至于四方幽隐，一有得失善恶，关于政理，公无不极意反复为上力言"。"自……至于……"的排比，表明范贯之进谏范围之广，"幽隐"与"一有"两个词语的配搭，强调了范贯之进谏之深入、及时"关于政理"见出范贯之谏言的性质，"无不极意反复为上力言"，双重否定句式更突出了肯定的意思。此数句极言范贯之谏诤的积极性、主动性。"或矫拂情欲，或切劘计虑，或辨别忠佞而处其进退"，这三个"或"字排比句，进一步把进谏内容具体化。"章有一再或至于十余上，事有阴争独陈，或悉引谏官御史合议肆言"，铺叙进谏次数

之频繁，进谏方式之多样。文章条分缕析，秩序井然，而纵横变化，文采灿然。第二层论述仁宗"虚心采纳"谏言，范贯之与同时之士"乐得其言"，君臣相得，遂使海内平定，时世太平。这是从纳谏、进谏的相互关系上，从谏诤所产生的效果上，阐明谏诤的重大意义。先从仁宗方面下笔，称赞仁宗虚心采纳谏言，"为之变命令，更废止"，采纳谏言，付诸政理，行动迅速，"近或立从，远或越月逾时"，最终都"听用"。文章分析仁宗之所以善纳谏言的原因，在于他在位时间长久，熟悉"人事之情伪与群臣之能否"；了解情况，了解群臣。另外，他还有一定的"民主"作风，是非予夺、判断、决策，归之众议，而不擅权自用。他"仁厚清静"，使百姓得到休养生息。从"君"这一角度说明了"谏"的重要。再从谏官方面下笔，所选拔的谏官，都是一代人才，他们乐于进谏，不曲从苟止，具有谏官应具的品格。这样，从纳谏与进谏两个方面说清了要重视谏诤的道理。然后从一"纳"一"进"之中，引出其所造成的结

果:天下实情,皇帝都能知道,害理之事,最终无法实行,横行恣睢者亦遭失败。当此之时,只需委托七、八个大臣管理国家,而"朝政无大阙失",群臣奉法遵职,海内平安无事。文章对宋仁宗善于纳谏虽渲染过分,对谏诤的作用虽夸大其词,但它揭示出了宋仁宗在位四十余年,能承太平之业的奥秘乃在于充分发挥了谏诤的功效,这却是历史经验的总结。这一层之中,先分后总,深得纵横开阖之妙。第三层,推想后人阅读范贯之奏议集,得知上下之际相成如此,必将低回感慕,有不可及之叹。读者可得到启示:一、"其时之难得",历史上,要形成善于纳谏、敢于进谏的政治局面,不易。二、"公言之不没"。范贯之的奏议不仅保存他的谏言,使读者了解其志向,而且宣扬了先帝仁宗的盛德以至无穷之时日。这是从后世的角度补叙谏诤之重要。总之,一段之中,纡徐百折,转入幽深,体现了曾巩散文平直而不枯瘦,冲淡而不乏文采的独特风貌。

平直、冲淡风格的形成,还由于曾巩散文内容平实,以说理为主。《范贯之奏议集序》有叙有议,议多于叙。首、尾二段为叙,二段一层叙,二、三层叙中夹议,叙为议服务。叙范贯之敢言直谏,宋仁宗虚心采纳,是为了议进谏纳谏,"上下相成"、国泰民安之理。曾巩所议之理,原本儒家"六经"之说,此篇谏诤之理,贯穿了儒家传统的明君贤臣及谏诤相得的思想,未见有甚突破、超越之处。但曾巩所言之理,又不拘泥古代经书,而是借古老经典以言当世之事,有一定现实针对性。进谏、纳谏的论说,皆由当时现实所引发。真宗时代,皇帝纳谏不可与仁宗相比,群臣忌恨谏官,谏官敢言者,往往失意潦倒。曾巩祖父曾致尧"卒以龃龉终"便是一例。曾巩论议谏诤,是针对宋代现实弊病而发,有一定指向性,并非泛泛空谈。在说理的过程中,作者不故作惊世骇俗之语,以耸人听闻,也不作空泛无根之言,而露轻浮浅薄之态,而是扎扎实实论事析理,言之成理,顺理成章。文章把太平盛世之因,归之于谏诤,并非主观臆断,而有大量的历史现象、事实为据。谏诤能使皇帝明了下情,群臣奉法遵职,害理之事无法实施,胡作非为者难于肆虐,这个道理并不深奥,而十分浅显。作者在文中,也用浅显的语句说清这浅显的道理。理虽浅显,却说得十分透彻,令人不得不信服。这便是曾巩说理性散文的妙处。

既然是替他人文集作序文,自然要阐发该文集的主要内容及重要特点。但阐发的过程,实际上也表达了作者的观点,流露了作者的情感。《范贯之奏议集序》与《先大夫集后序》都以谏诤为主要表现对象。前者偏重于议,后者偏重于叙,都肯定了谏诤的意义、作用,赞颂了谏诤应具的品质、气节。前者感情平缓从容,仅于"则公言之不没,岂独见其志,所以明先帝之盛德于无穷也!"一句,偶露慷慨激昂之气,却又戛然而止,转入平静。后者感情流露较明显,敛气蓄势至关键处,激情奔泻,为《元丰类稿》所罕见。盖写别人,能冷静,写自己祖父,其情难于控制;范贯之长处顺境,曾致尧常遇逆境,两人遭际不同,故作者对其同情、感慨也就不一样。比较这两篇散文,我们会觉得曾巩散文于统一风格中见多样,写法富于变化的特点。我们还会觉得,曾巩对君臣融洽的清明政治的向往。这个政治态度平和的文人,实际上也跃动着一颗热烈、赤诚之心!

馆阁送钱纯老知婺州诗序①

国学经典文库

唐宋八大家散文鉴赏

曾巩卷

【题解】

本文著于熙宁三年(公元 1070 年)十月,时作者五十二岁,通判越州。

文中,叙其饮钱城东,赋诗惜别,互致绸缪之情,其儒雅风流之趣,僚友欢洽之乐,钱纯老敦厚重交之美,洋溢于篇章。可与东晋王羲之金谷之集《兰亭》之序及江淹《别赋》诸篇媲美。至于钱纯老之生平,可详见《曾巩集》中之《朝中祭钱纯老文》(见卷三十八)、《故翰林侍读学士钱公墓志铭》(见卷四十二)。

本文行文雅重,叙中含情。

【原文】

熙宁三年三月,尚书司封员外郎、秘阁校理钱君纯老出为婺州②,三馆秘阁同舍之士相与饮饯于城东佛舍之观音院③,会者凡二十人。纯老亦重僚友之好,而欲慰处者之思也④,乃为诗二十言以示坐者。于是在席人各取其一言为韵,赋诗以送之。纯老至州,将刻之石,而以书来曰:"为我序之。"

盖朝廷常引天下文学之士⑤,聚之馆阁,所以长养其材而待上之用⑥。有出使于外者,则其僚必相告语,择都城之中广宇丰堂⑦、游观之胜⑧,约日皆会,饮酒赋诗,以叙去处之情,而致绸缪之意⑨。历世浸久,以为故常⑩。其从容道义之乐⑪,盖他司所无。而其赋诗之所称引况谕⑫,莫不道去者之美,祝其归仕于王朝,而欲其无久于外。所以见士君子之风流习尚⑬,笃于相先⑭,非世俗之所能及。又将待上之考信于此⑮,而以其汇进⑯,非空文而已也⑰。

纯老以明经进士制策入等⑱、历教国子生,入馆阁为编校书籍校理检讨。其文章学问有过人者,宜在天子左右,与访问,任献纳⑲。而顾请一州⑳,欲自试于川穷山阻、僻绝之地㉑,其志节之高,又非凡材所及。此赋诗者所以推其贤,惜其去,殷勤

171

反复而不能已^㉒。余故为之序其大旨,以发明士大夫之公论,而与同舍视之,使知纯老之非久于外也。十月

日序。

【注释】

①馆阁:宋时,有昭文馆、史馆、集贤院,称为三馆,分掌图书、经籍、修史等事。又有秘阁、龙图阁、天章阁,主要是藏经籍、图书及历代御制典籍。统称"馆阁"。此指馆阁僚友。　　钱纯老:钱藻,字纯老。五代十国时,吴越王钱镠五世孙。历宣州旌德县尉、大理寺丞、殿中丞、工部郎中,充国子监直讲、编校集贤院书籍,迁秘阁校理。迁枢密直学士、翰林侍读学士。尝通判秀州,知婺州,人判尚书考功,改开封府判官。出知邓州,兼判集贤院,又兼判礼部,权知开封府。死后,封仁和县开国伯,赐服金紫,年六十有一,元丰五年(公元1082年)卒。纯老平居乐易,无崖岸,谨畏清约,与人交淡然,久而后知其笃也。详见《宋史》卷三一七《钱藻传》。　　婺州:地名,宋属两浙路,今浙江省金华市。

②尚书司封员外郎:官名,掌官封、叙赠、承袭之事,见《宋史·职官志三》。秘阁校理:官名,掌三馆真本书籍及御制典籍,见《宋史·职官志二》。

③饮饯:举行宴会,以酒食送行。

④处者:居住者,此指在官任职者,为钱纯老送别之人。

⑤引:招引。

⑥所以:用以。　　长养:培养,增长。

⑦广宇丰堂:宽敞广大的殿堂。　　丰:大。

⑧游观之胜:游览胜地。　　胜:风景美好之地。

⑨致:表达。　　绸缪:缠绵,谓情意深厚。《文选·卢谌赠刘琨一首并书》:"绸缪之旨,有同骨肉。"

⑩历世二句:经历的年代逐渐长久,也就把这事当成常例了。浸:渐。　　故常:常例,习惯。

⑪从容道义:游乐于道义之中。　　从容:安逸舒缓貌。

⑫称引况谕:引证、比喻。　　况、谕:比喻。

⑬所以:由此。　　士君子:指有志操和学问的人。《荀子·修身》:"士君子

不为贫穷怠乎道。"　　风流:风雅,风度。　　习尚:习惯,爱好。

⑭笃于相先:忠实于儒家"相先"之礼。《礼记·儒行》:"儒有闻善以相告也,见善以相示也,爵位相先也,患难相死也。久,相待也;远,相致也。"　　笃:忠实。

相先:互相礼让。

⑮上:天子。　　考信:考察,信任。

⑯汇进:同是遵循儒行的人被进用。　　汇:类。

⑰空文:空泛无用之文。《汉书·司马迁传》:"思垂空文以自见。"

⑱明经进士:宋以诗赋、明经取士。"初,礼部贡举设进士、九经、五经、《开元礼》、三史、三礼、三传、学究、明经、明法等科,皆秋取解,冬集礼部,春考试,合格及第者,列名放榜于尚书省"(《宋史·选举志一》)。"公应说书进士、贤良方正,能直言极谏,皆中其科"(《曾巩集·故翰林侍读学士钱公墓志铭》)。说书,属明经科。

制策入等:策,竹简,用以书写。皇帝有事,则书策询问大臣,曰"制策"。后科举考试时,让应试者回答制策,因称"策试"。宋策士分五等,一等、二等曰"及第";三等曰"出身";四等、五等曰"同出身",详见《宋史·选举志一》。

⑲与访问二句:谓参与顾问和担任献纳之职。　　访问:咨询。献纳:指建言以供天子采纳。

⑳顾请一州:却请求治理一州,即为知州事之职。

㉑川穷山阻:水小山险的荒僻之地。　　穷:小。　　阻:险。　　僻绝:偏僻而与外隔绝之地。

㉒殷勤句:反复不停地表达其热情诚恳之意。　　殷勤:诚恳。　　已:止。

【集评】

明茅坤《唐宋八大家文钞》卷一〇二:文之典刑,雍容雅、颂。

又,篇末引王遵岩评曰:"治朝盛世,文儒遭逢,出入得意之气象,蔼然篇中。观者不但可以想见其人,而又可以知其时也。"

清张伯行重订《唐宋八大家文钞》卷十四:与其改节苟容,毋宁请一州以去。此古人之重名义而轻仕进也。

清吴汝纶·吴闿生《古文辞类纂点勘》引刘大櫆:子固赠送之序,当以此为第一。夐陈畅足而蔼然温厚。

　　钱纯老出任婺州长官,馆阁同仁作诗赠别。这些诗,就是题目说的"馆阁送钱纯老知婺州诗"。钱纯老到婺州后,准备把这些诗刻在碑石上,以志纪念,写信请曾巩写序,遂成本篇,即《馆阁送钱纯老知婺州诗序》。

　　馆阁,宋代有昭文馆、史馆、集贤院,此即文中所提到的"三馆","三馆"分掌图书、经籍、修史等事,"三馆"概称为"馆";阁,有秘阁、龙图阁、天章阁,主要是藏经籍、图书及历代御制典籍,统称馆阁。馆阁文臣,应诏撰写文章,故文中说"长养其材而待上之用",即此。明、清两代翰林院亦称馆阁。

　　婺州,本秦会稽郡,隋时始称婺州。古天文说为婺女星的分野,故也以"婺女""婺女星"代指婺州。旧治即今浙江金东区。

全文分三段。

第一自然段,叙作诗始末及写序原委。

本段涉及二事:作诗,写序。

本段重在记叙"送钱纯老知婺州诗"的产生始末,意在应题解题。由于这次活动是要刻碑立志的,所以记叙中要素详备:时间,熙宁三年(公元1070年)三月;地点,城东佛舍之观音院;参加人物,钱纯老暨三馆秘阁同僚二十人;事件的起因,为钱纯老出任婺州知州而聚会钱行;事件的经过,钱纯老欲慰藉留者之思,先作一首五言诗,共四句二十个字,送给在座的人。与会的二十人,每人分一字作为诗韵,赋诗答赠;事件的结局,钱纯老至婺州,准备把这些诗刻在石碑上,永志纪念。曾巩的记叙简洁清晰,为我们再现了宋代文士酬诗赠别的风俗,有淳厚的文化色彩。

本段略写作序原委,只是八个字:"以书来曰:'为我序之。'"钱纯老给曾巩的信,不可能只有"为我序之"四字。曾巩把信浓缩成四个字,就是为了略写作序原委,以突出中心事件。

第二段,写馆阁相送之风俗。

介绍馆阁相送风俗,曾巩从三个角度下笔:一是,人才之美,盛赞馆阁之士都是天下文学精英,都是"待上之用"的,为皇上写文章、备顾问的;二是,风俗之美,有出使于外者,馆阁同僚必互相通知,择广厦大殿、游览胜处钱行,赋诗赠别,致同仁殷勤之意,曾巩认为这是"道义之乐";三是,诗义之美,先言诗艺之美,所谓"称引况谕",即前人所说的"兴寄",即所谓比兴的表现方法,因物寄志、喻志,次言诗旨之美,彰显离去者的优点,祝福他早日归来。这些诗,每每汇编起来,皇上考核文士时,这些诗也是重要材料,并不是"一纸空文"而已。皇上的"考核",看来也促进了馆阁的这种风俗的发展。作者是带着赞美感情来叙事的,曾巩也是从馆阁里出来的,他的讴歌不露痕迹地渗透在章句之中,使读者受到感染。

第三段,介绍钱纯老生平事略及写序主旨。

介绍钱纯老,剪裁十分得体。简写中进士后,历任之职事,寥寥数字,跳跃性很大。重点写钱纯老本应侍应天子左右,供咨询,备顾问,他却放着京师繁华不过,非要到"川穷山阻僻绝之地"一试身手,一展抱负,表现了高尚的志向和品格。本段所以把重点放在钱纯老辞别帝京之高义上,还为了应题"钱纯老知婺州",只有这样,文章才能主线鲜明。

曾巩于记叙之中，常有点评式的精彩语言，以为点睛之笔。如写送别，一句"纯老亦重僚友之好，而欲慰处者之思"，含蓄地写出了去、留双方的深情厚谊，成了第一段文字的灵魂。写馆阁风俗，一句"道义之乐"，点评式地道出了风俗之美。第三段，"推其贤，惜其去"，点评式地道出了二十首赠别诗的主题。这些点睛之笔，其特点是短而精辟，能准确地揭示本质，对于突出中心思想起了重要作用。

齐州杂诗序

【题解】

本文著于熙宁六年(公元1073年),时曾巩五十五岁,知齐州。此序与其《齐州二堂记》同为二月己丑日所作。

文中,作者以其清新简约的描述,记其游园泛舟,娱情写物诸雅事,短章俊语,典雅而富于情致。作者于行文时,故意先叙齐地习俗,随后,述其除奸抚良、振坏去疾之治,再继之以文士儒雅之风及杂诗由来的叙述,旨在颂扬以礼治邦,以礼乐移风易俗之美。作者自得之情洋溢于字里行间。

文中,所用"亦"字共五处,颇见情趣。

【原文】

齐故为文学之国,然亦以朋比夸诈见于习俗①。今其地富饶,而介于河、岱之间②,故又多狱讼③,而豪猾群党亦往往喜相攻剽贼杀④,于时号难治⑤。

余之疲驽来为是州⑥,除其奸强⑦,而振其弛坏,去其疾苦,而抚其善良。未期囹圄多空⑧,而枹鼓几熄⑨,岁又连熟⑩,州以无事。故得与其士大夫及四方之宾客,以其暇日,时游后园。或长轩崇榭⑪,登览之观,属思千里⑫;或芙蕖、芰荷⑬,湖波渺然,纵舟上下。虽病不饮酒⑭,而间为小诗⑮,以娱情写物⑯,亦拙者之适也⑰。通儒大人⑱,或与余有旧,欲取而视之,亦不能隐。而青、郓二学士又从而和之⑲,士之喜文辞者,亦继为此作。总之凡若干篇。岂得以余文之陋,而使夫宗工秀人、雄放瑰绝可喜之辞⑳,不大传于此邦也。故刻之石而并序之,使览者得详焉。熙宁六年二月己丑序。

【注释】

①齐故二句:齐:齐州,宋属京东路,后升为济南府,今山东省济南市。齐州在

177

春秋、战国时,都属齐国(见《通典·州郡十》)。故:原本。　　朋比:彼此依附,结成团伙。　　夸诈:吹嘘、欺诈。《汉书·地理志下》:"初,太公治齐,修道术,尊贤智,赏有功,故至今其土多好经术,矜功名,舒缓阔达而足智。其失夸奢朋党,言与行缪,虚诈不情,急之则离散,缓之则放纵。"

②介:处于二者之间。　　河:大河,黄河。　　岱:岱宗,岱岳,泰山的别称。《书·禹贡》:"海、岱惟青州。"

③狱讼:诉讼案件,打官司。《周礼·秋官·大司寇》:"凡诸侯之狱讼,以邦典定之"。

④豪猾:强横狡猾而不守法纪的人。《三国志·魏志·赵俨传》:"县多豪猾,无所畏忌。"　　剽:抢劫。　　贼:杀害。　　《史记·货殖列传》:"齐带山海,膏壤千里,宜桑麻,人民多文绿布帛鱼盐。临菑亦海岱之间一都会也。其俗宽缓阔达,而足智,好议论,地重,难动摇,怯于众斗,勇于持刺,故多劫人者,大国之风也。"

⑤于时号难治:当时,号称难以治理之州。

⑥疲驽:疲劣之马。常用以比喻人之愚钝无能。《史记·万石张叔列传》:"庆幸得待罪丞相,罢驽无以辅治"。 　　罢:通"疲"。

⑦奸强:奸诈强横之人。

⑧未期图圄多空:未曾想到我所管辖的齐州竟社会太平,治安良好,犯罪的人很少,监狱也空闲起来了。 　　图圄:牢狱。《韩非子·三守》:"至于守司图圄,禁制刑罚,人臣擅之,此谓刑劫。"

⑨枹鼓几熄:社会秩序安定,连报警的鼓声也很少听到,几乎消失了。 　　枹鼓:鼓槌和鼓,击鼓警众,以备非常。《汉书·张敞传》:"由是枹鼓稀鸣,市无偷盗。" 　　熄:止,通"息"。

⑩熟:农业丰收。

⑪长轩崾榭:高大的亭台楼榭。 　　长:高大。 　　崾:山高貌。 　　轩:亭。榭:在台上建的高屋,台榭。

⑫属思千里:思绪飞驰于千里之外。 　　属:连接。

⑬芙蕖:荷花的别名。 　　芰荷:菱角的绿叶。两角者为菱,四角者为芰。《楚辞·离骚》:"制芰荷以为衣兮,集芙蓉以为裳。"

⑭病不饮酒:曾巩曾患肺病,故不饮酒。

⑮间:通"间",偶尔,偶或。

⑯娱情写物:描写风物,愉悦情志。

⑰拙者:自谦之词,指不善从政。 　　适:快乐,乐趣。《广韵·昔韵》:"适,乐也。"

⑱通儒:指博通古今、学识渊博的儒者。《后汉书·杜林传》:"林从(张)竦受学,博洽多闻,时称通儒。" 　　大人:对长辈的尊称。

⑲青、郓二学士:分别来自青州和郓州的两位书生。 　　青:青州,宋属京东路,今山东省青州市。 　　郓:郓州,宋初与青州同属京东路,今属山东省东平县。

⑳宗工秀人:学问或技艺优秀,被众人所推崇者。 　　雄放瑰绝:雄奇奔放,华美奇绝。

【集评】

明茅坤《唐宋八大家文钞》卷一○一:虽小言。自中律。

清张伯行重订《唐宋八大家文钞》卷十四：叙次历落，而南丰之政事文学，风流儒雅，悠然可想。

【鉴赏】

齐州，春秋齐地，今山东泰山以北黄河流域及胶东半岛地区，这就是曾巩文中所说的"介于河岱之间"，"河"，黄河，"岱"，泰山。汉为齐郡，北魏始改为齐州。治所为济南府，即今之济南市区。杂诗，古有二说：一指，兴致不相同，不拘风格体例，遇物即兴而言之诗；二指，按《昭明文选》分类，凡内容不属"献诗""公谦""游览""行旅""赠答""哀伤""乐府"诸目之内者，均列"杂诗"目中。据《齐州杂诗序》内容看，曾巩所谓之"齐州杂诗"，应属前者。

"齐州杂诗"，并非一本书，而是连同序言刻在碑石之上的诗文。在这个意义上讲，它是一本真正的"石头记"，诗作者是曾巩及其相过从的齐州文士。

本文共有两个自然段落，这两个自然段，是以曾巩知齐州的前后时间为界来划分的。曾巩"知齐州"之前，为第一段；"知齐州"之后为第二段。

但在内容层次结构的分析上，我们最好打破自然段落格局的界限，把全文分为二层意思：

第一层，从"齐故为文学之国"至"州以无事"，写《齐州杂诗》产生的背景；

第二层，从"故得与其士大夫及四方宾客"至"使览者得详焉"，写《齐州杂诗》的产生。

第一层，《齐州杂诗》产生的背景，是从昔、今两层来说的。文中起首先言齐地古有优秀的文学传统，"齐故为文学之国"，所以把这句放在文章之首，意在强调《齐州杂诗》产生的文化背景。接着介绍了治任之前齐州的风土人情，归总说"于时号难治"，指出这里动乱、不安定的情势。也等于委婉地暗示，《齐州杂诗》所以不兴于前的原因。继后，介绍了治任之后，监狱大多空了，警盗相援的鼓声几乎听不见了，庄稼又连年丰收，所以州衙里没有什么事了。这样，就指出了《齐州杂诗》能产生于今日的条件。从史料上看，曾巩在齐州任上，确实为齐州地方的安定，做出了很大贡献。齐地多豪强，他们残害良民，奸污妇女，以前州县吏，不敢过问。曾巩敢碰硬，上任就把这号人法办了。有的流氓团伙，为恶横行乡里，号称"霸王社"，想干什么就干什么，曾巩一下子就刺配充军三十一人。遵照王安石颁发于熙宁三年的保甲法，曾巩把老百姓按保、伍组织起来，有盗贼就击鼓互相援助。因此，坏人一作案，就立刻落入法网。齐州治安大大好转，甚至出现夜不闭户、路不拾遗的局面，这就是序文中说的"图圄（监狱）多空，而枹鼓几熄"。于是，齐州悠久的文学传统，在政通人和的情势下，得以复萌。因此"州以无事"与文首"齐故为文学之国"，有着一种呼应关系，如果本文是一篇"小说"，那么，"齐故为文学之国"就成了"伏笔"，它为后文《齐州杂诗》的产生做了铺垫。

第二层，《齐州杂诗》的产生。承上面"州以无事"，政务闲暇，政通人和，自然引出多游乐之事，遂介绍了《齐州杂诗》产生的发端。作者以园林轩榭登临之乐、荷湖纵舟之乐作为代表性事例，使读者透过二个事例，对他的暇日游乐，有一窥豹之观，文笔简约而意蕴充实。游乐之行于文士，必致文学之思，这就是作者说的思越千里、"间为小诗",遂写出了《齐州杂诗》的产生。

作者写诗目的何在？在于"娱情写物"。"娱情",指出了《齐州杂诗》的自娱性质，"写物"，交代着诗歌的内容，与前文照应，"物"正应是"芙蕖芰荷""长轩蛲榭"之属。齐州杂诗的发展，肇自曾巩诗的传播。曾巩文中只说，有些友人想看看自己的诗作，自己也不能不给，于是传播开来。按，史料记载："其所为文，落纸辄为人传去，不旬月而周天下。"(《曾巩集·传记资料·行状》)可见曾巩诗文传播之迅速广远。这种传播在地方上引起了广泛的反响，先是青郓二学士的附和，继后，齐州喜好文学之士纷纷响应，参与了这种诗歌创作活动，为了扩大影响推动传播，曾巩让人把这些诗刻在石碑上，这就是《齐州杂诗》。作者把《齐州杂诗》的产生、发展、形成写得脉络清晰。

《齐州杂诗序》，事实上记载了政通人和下的齐州，由曾巩首倡、组织并推动的一场地方诗歌创作活动，可以算作是地方的文学活动志。作者记叙文笔朴实谦虚。对自己卓越的政绩，不用什么夸饰之词，对自己诗文传播的盛况及影响，也不行大书特书之笔。绝无居功居官之傲;对自己的政治才能，用了"疲驽"相喻，对自己的文才，用了"拙者"名之，对自己诗章用了"余文之陋"来形容。在其文章之中，人们自有一种朴实谦虚的美感，读来分外亲切。

寄欧阳舍人书

国学经典文库

唐宋八大家散文鉴赏

曾巩卷

【题解】

《欧阳修全集·居士集·尚书户部郎中赠右谏议大夫曾公神道碑铭》云："庆历六年（公元1046年）夏，其孙巩称其父命以来请"。而本文云："去秋人还，蒙赐书及所撰先大父墓碑铭。"如此，则本文著于庆历七年（公元1047年），时作者二十九岁，未入仕。

南宋人胡柯《庐陵欧阳文忠公年谱》载，庆历六年，欧公年四十，自号醉翁，知滁州。庆历七年十二月，回京，行右正言、知制诰、骑都尉，进封开国伯。

本文为答谢欧公为其祖父曾致尧作墓志铭而著。曾致尧，字正臣，五代时，洁身不仕。宋太宗时，官至吏部郎中，有文集百余卷。《宋史》卷四四一有传。曾巩为其祖父著有《先大夫集后序》一文。

文中，作者以议代谢，先抑后扬，用演绎法。作者先叙作铭之难，传后之难，托之得人之难（"三难"），其次言欧公之难得，数美兼备，"三难"不难。层层蓄势，逻辑力强。

【原文】

巩顿首再拜舍人先生①：去秋人还，蒙赐书及所撰先大父墓碑铭②。反覆观诵，感与惭并。

夫铭志之著于世，义近于史，而亦有与史异者。盖史之于善恶无所不书，而铭者，盖古之人有功德、材行、志义之美者③，惧后世之不知，则必铭而见之。或纳于庙④，或存于墓⑤，一也。苟其人之恶，则于铭乎何有？此其所以与史异也。其辞之作，所以使死者无有所憾，生者得致其严⑥。而善人喜于见传⑦，则勇于自立⑧；恶人无有所纪，则以愧而惧。至于通材达识⑨，义烈节士⑩，嘉言善状⑪，皆见于篇，则足为后法⑫。警劝之道，非近乎史，其将安近？

及世之衰，为人之子孙者，一欲褒扬其亲而不本乎理。故虽恶人，皆务勒铭以夸后世⑬。立言者既莫之拒而不为，又以其子孙之所请也，书其恶焉，则人情之所不得，于是乎铭始不实。后之作铭者，常观其人。苟托之非人，则书之非公与是⑭，则不足以行世而传后。故千百年来，公卿大夫至于里巷之士，莫不有铭，而传者盖少。其故非他，托之非人，书之非公与是故也。

然则孰为其人而能尽公与是欤？非畜道德而能文章者无以为也。盖有道德者之于恶人，则不受而铭之，于众人则能辨焉⑮。而人之行，有情善而迹非⑯，有意奸而外淑⑰，有善恶相悬而不可以实指⑱，有实大于名，有名侈于实⑲。犹之用人⑳，非畜道德者恶能辨之不惑㉑，议之不徇㉒？不惑不徇，则公且是矣。而其辞之不工㉓，则世犹不传。于是又在其文章兼胜焉。故曰：非畜道德而能文章者无以为也。岂非然哉？

然畜道德而能文章者，虽或并世而有㉔，亦或数十年或一二百年而有之。其传之难如此，其遇之难又如此。若先生之道德文章，固所谓数百年而有者也。先祖之言行卓卓㉕，幸遇而得铭其公与是，其传世行后无疑也。而世之学者，每观传记所书古人之事，至其所可感，则往往嘬然不知涕之流落也㉖，况其子孙也哉？况巩也哉？其追睎祖德而思所以传之之繇㉗，则知先生推一赐于巩而及其三世㉘。其感与报，宜若何而图之㉙？

抑又思若巩之浅薄滞拙㉚，而先生进之㉛；先祖之屯蹶否塞以死㉜，而先生显之。则世之魁闳豪杰、不世出之士㉝，其谁不愿进于门？潜遁幽抑之士㉞，其谁不有望于世？善，谁不为？而恶，谁不愧以惧？为人之父祖者，孰不欲教其子孙？为人之子孙者，孰不欲宠荣其父祖㉟？此数美者，一归于先生。既拜赐之辱，且敢进其所以然。所谕世族之次㊱，敢不承教而加详焉。幸甚，不宣。巩再拜。

【注释】

①舍人：官名。《宋史·职官志一》："中书省舍人，掌行命令，为制词。"《庐陵欧阳文忠公年谱》载，庆历八年（公元1048年）正月，欧公转起居舍人，依旧知制诰，徙知扬州。曾巩著此文时，欧公尚未任舍人，此因其尝知制诰，而通称为"舍人"。

②先大父：已故祖父，此指曾致尧。　碑铭：《文体明辨序说·碑文》云："宫庙皆有碑，以为识影系牲之用，后人因于其上纪功德，则碑之所从来远矣；而依仿刻

铭,则自周秦始耳。故碑实铭器,铭实碑文,其序则传,其文则铭,此碑之体也。"又,《礼记·祭统》:"铭者,自名也。自名以称扬其先祖之美,而明著之后世者也。为先祖者,莫不有美焉,莫不有恶焉,铭之义,称美而不称恶,此孝子孝孙之心也,唯贤者能之。"

③功德:功业与德行。《礼记·王制》:"有功德于民者,加地进律。"　材行:才能与德行。　志义:德行与节操。　志:德行。　《吕氏春秋·遇合》:"凡举人之本,太上以志,其次以事,其次以功。"

④或纳于庙:见《礼记·祭统》《祭义》。

⑤或存于墓:见《礼记·丧服大记》及郑玄注。

⑥严:敬。《礼记·学记》郑玄注曰:"严,尊敬也。"　《孝经》曰:"祭则致其严。"

⑦见传:传于后世。　见:用于动词前,表示被动,无义。

⑧自立:谓以自力有所建树。《礼记·儒行》:"儒有席上之珍以待聘,夙夜强学以待问,怀忠信以待举,力行以待取,其自立有如此者。"

⑨通材:指博学多识、才能出众之人。《后汉书·韦彪传》:"又谏议之职,应用公直之士,通才謇正,有补于朝者。"　达识:通达的见解。

⑩义烈:见义勇为的壮烈行为。　节士:有节操之人。

⑪嘉言善状:美好的话语和行为。　嘉:美。

⑫法:取法,效法。

⑬勒:刻。

⑭公:公正。　是:正直。《说文解字·是部》:"是,直也。"

⑮辨:区别。

⑯有情句:意谓有人本性善良,但行为却不被人们赞成。　非:错误。

⑰淑:善良,美好。

⑱有善句:意谓有人善行、恶行纠结交错,难以实指为善行或恶行。　悬:关联,纠结。《管子·明法解》:"吏者,民之所悬命也。"

⑲侈:大。

⑳犹:均,同样。《论语·尧曰》:"犹之与人也,出纳之吝,谓之有司。"　用:治,此指分析、研究。

㉑恶:岂,怎么。

㉒徇：徇私。

㉓工：精美。

㉔并世：同代，同一时代。　　　并：《广雅·释诂四》："并，同也。"

㉕卓卓：突出貌。

㉖衋然：伤感貌。　　衋：《说文·血部》："衋，伤痛也。"

㉗追睎：缅怀。　　睎：远望。《说文·目部》："睎，望也。"繇：通"由"，原由。

㉘一赐：指欧阳修作墓志铭。　　三世：祖父、父亲及曾巩三代。

㉙其感二句：意谓应当如何来考虑对欧公的感激和报答呢？　　若何：如何。

㉚抑：况且。见《助字辨略》卷五。　　滞：迟钝。

㉛进：推荐。

㉜屯蹶否塞：艰难困苦，挫折不顺。　　屯：《易》中六十四卦之一。《易·屯·象》："屯，刚柔始交而难生。"　　蹶：跌倒。　　否：《易》六十四卦之一。《易·否·象》："天地不交而万物不通也。"

㉝魁闳：高大突出。　　不世：罕有，非常。《后汉书·隗嚣传》："足下将建伊、吕之业，弘不世之功。"

㉞潜遁幽抑：避世隐居。　　幽：隐蔽。　　抑：隐没。

㉟宠荣：恩宠荣耀。　　宠：尊崇。

㊱所谕句：谕：告知。　　世族之次：宗族世代更替的次序。此指欧阳修《与曾巩论氏族书》，见《欧阳修全集·居士集卷四十七》。

【集评】

明茅坤《唐宋八大家文钞》卷九十九：此书纡徐百折，而感慨呜咽之气，博大幽深之识，溢于言外，较之苏长公所谢张公为其父墓铭书特胜。

清沈德潜《唐宋八大家文读本》卷二十七：铭近于史，而今人之作，每不逮古人。须俟诸蓄道德而能文章者逐层牵引，如春蚕吐丝，春山出云，不使人览而易尽。

清张伯行重订《唐宋八大家文钞》卷十三：说得志铭如许关系，如许慎重，则所以感激拜赐之意，不烦言而自见，此谓立言有体。其通篇命脉在'蓄道德而能文章'一句。至说有道德者，铭始可据，而能文章只带说，其轻重尤为得宜。行文之妙，无法不备，又都片片从赤心流出，此南丰之文，所以能使人往复嗟诵而不能已者也。

清何焯《义门读书记》卷四十二：曩不甚爱此文，今复读之，如四瑚八琏，虽欲不宝贵，不可得也。

又，引李云："此文盖即摹欧而为之者。""按：文法多本诸韩，而先生云'摹欧'，此论神理。"

清方苞《古文辞类纂》卷三十一：必发人所未见之义，然后其文传，而传之显晦，又视其落笔时精神、机趣，如此文，盖兼得之。

又，刘大櫆曰："文亦雍容温雅，而前半历叙作铭源流，不免钝拙骎蹇。"

【鉴赏】

《寄欧阳舍人书》，本是一封感谢信。欧阳舍人，即欧阳修。舍人，官职之称。《宋史·职官志》："中书省舍人，掌行命令为制诰"，"中书舍人为正四品"，这里，"舍人"其实是泛称。按，当时（宋仁宗庆历六年），欧阳修正因为支持范仲淹的庆历新政，为保守派所谗毁，贬任滁州知州，也就是说，已不是什么实衔的"舍人"了。滁

州之任，正是欧阳修一生最倒运的时候。宋代朋党的倾轧，常常借关系的亲疏以划分敌友的归属。正直的曾巩，不避嫌疑和株连，仍派人去请求欧阳修为自己的祖父曾致尧撰写墓志铭，并仍袭"舍人"旧称，以显示自己的敬意和支持。信中所说的"去秋人还"，所谓"去秋"，即宋仁宗庆历六年，"人还"，即指派去请墓志铭的人归来。曾巩为此，写了这封信，以致鸣谢之忱。时值庆历七年。

全文结构严谨，文思如水，畅流潺潺，起承转合自然地化入行文之间。

第一段，文章内容结构上的"起"，叙写信之由。"去秋人还"，"人还"犹如说"墓志铭收到了"，交代之意；"蒙赐书"及撰"铭"，点明写信之由；"反复观诵"，侧面写出欧文之精彩，及作者爱不释手的情景；"感与惭并"，写作者对欧阳修的感激与敬佩。惭，引申为自愧弗如之意，显示着敬佩之情。起首寥寥二十余字，共四层意思，简洁精当，意蕴深长。

第二段,文章内容之"承"。本段承上文"撰铭之谢"展开,叙及撰写墓志铭的意义。

作者在段首即概括了本段论点:"铭志之著于世,义近于史。"以史作譬,把铭志的意义浅显地表达出来。

然后,比较铭、史之异同。先言其异:史,实录善恶之行;铭,只书美善之德,有褒扬美善之义,故人恶则无铭志之撰,此其异。次言铭、史之同:社会作用相同,即警恶劝善的作用相同。"劝","勉励"之意。铭志,对好人是一种鼓励,美德得到彰显,流芳后世,死而无憾,活着的人,可以凭借铭志申达敬意,因此,铭志之撰,使好人,"勇于自立";铭志,对坏人是一种警诫,一想起死后无善可述,就又愧又怕。

本段以史为譬,借助铭、史对比展开文章,深刻地阐述了铭志的"警劝之道"。

三、四自然段,文章内容结构之"转"。前一部分写的是"古墓铭之美义";这一部分,写"今墓铭之恶弊"及纠除弊害的条件。由美而及于恶,由古而及于今,内容是为一"转",这一"转",其实正是内容的又一纵深发展。

第三段,谈今铭"二弊"。首先指出:今铭之恶弊是"不实"。文章从两个方面剖析了铭不得实的原因:一方面是请铭的人,一心要美誉显扬他们的亲长,于是就不根据事理本来面目撰铭,所以恶人也可以凭虚美夸耀于后世;另一方面是"立言者",即撰铭之人,受人请托,倘写恶德,则有悖于人情,所以不得不为溢美之谥。其次,指出今铭之恶弊是"传者盖少",能传世的铭志很少。上至公卿,下至里巷之士,大家"莫不有铭",为什么鲜有流传者于世呢?作者一语破的:"托之非人,书之非公与是",撰写墓志铭的人,倘非正直有德之人,撰文亦不公正与正确,一派奉承阿谀之词,怎么能行世而传后呵?

尽管今铭之恶弊,产生有"请托者"和"立言者"两方面的原因,但作者从文学家的角度剖析问题,还是重在立言者的责任方面。因此,在文字上,本段就立言者的论述,贯穿全段;而请托者只是数语带过:这种有详有略的文字处理,也使"立言者"的论题更加突出。

第四段,承上段"立言者"的论述,本段特别强调:立言者的素质是纠除今弊的根本条件。作者提出:"立言者"必须是"畜道德而能文章者"。即是说,立言者一方面要有很高尚的道德修养;一方面,又要很有文采,擅写文章。第三段曾谈及今铭二弊:一是"不实";一是"不传"。第四段针对"不实"之弊,提出"畜道德";针对"不传"之弊,提出"能文章":环环相扣,论述层次严谨、周密。

作者在本段先总提出"畜道德而能文章"的论点，然后再按顺序分说"畜道德"与"能文章"。

"畜道德"，言道德修养对于文章识见的影响：一是，德者必不肯受托于恶人行溢美、虚美之撰；二是道德的修养能帮助人区分现象与本质的复杂表现：社会上，有内心善良而行为却有不端之嫌者；有内心奸诈，外表却具善良之象者；有其行善恶悬而难决者；有实大于名者；有名大于实者。事物如此纷纭复杂，唯有德之士才能具有德之识，独具慧眼，看透本质，不为表象迷惑，做出正确判断。唯有德之士，才能公正不阿，不徇私情。他们笔下的铭文，才具备"公与是"的标准。

论及"能文章"，曾巩认为，辞采不美，文章不会流传于世，只有"文章兼胜"才行。胜，佳妙之谓，"兼胜"直译为"加倍的佳妙"，即指超人的辞采，这是文章流传的条件。

最后，又总说："非畜道德而能文章者，无以为也。"作了小结。

这一小段叙述层次是：先总说——次分说——再总说。条理清楚，结构严谨。

第五、六两段，文章内容结构之"合"。从"立言者"之论，归结至于欧阳舍人之身，盛誉欧阳修"畜道德而能文章"之贤，深谢欧阳修赐铭之德。曾巩撰此文时，这两段未始不是文章的"重头"部分，作为感谢信，作者的感激与颂扬，正是文章的重点，所以文字笔墨也用了许多。但在今天从鉴赏角度看，倒是前几段更重要。曾巩意在写一封感谢信；而我们却意在看曾巩的"墓志铭论"或"立言论"。因此，我们用不着把这两段作为重点。但有两个背景，我们须介绍一下，一是曾巩盛誉欧阳修"蓄道德"的问题：欧阳修由于一贯坚决支持庆历新政，且文章锋芒毕露，如《朋党论》《论杜衍范仲淹等罢政事状》，遂深为保守派嫉恨，制造事端。京城流言四起，谏官钱明逸据此弹劾欧阳修，指责他与甥女关系暧昧。《宋史·欧阳修传》载："邪党益忌修，因其孤甥张氏狱傅致以罪，左迁知制诰、知滁州。"欧阳修身被污名，百口莫辩。曾巩在《上欧、蔡书》中，仗义执言："乘女子之隙，造非常之谤，而欲加之天下之大贤。不顾四方人议论，不畏天地鬼神之临己，公然欺诬，骇天下之耳目。"曾巩为此可以说是激愤到极点了，至于"废食与寝"。在这种背景下，曾巩特别推重欧阳修的道德之贤，认为欧阳修是"数百年而有"的德才兼具之士，这应视为是深有意味的，也是对流言的一种反击。

另外，曾巩盛誉欧阳修之"道德文章"，是"数百年而有者"，说的也是实话。苏轼在《六一居士集序》中说："欧阳子，今之韩愈也。"韩、欧分别为唐宋两代文学运动的领袖,推动了两代古文运动的发展,并给后世留下了深远的影响。说欧阳修是中国文坛上"数百年而有者",确实是句实在话,决不能视为一种吹捧。

纵观以上各段,可以小结一下:在唐宋八大家中,曾巩最重视作文章法,故本文结构十分严谨,内容环环相扣,起承转合,衔接十分自然。

"纡徐""简奥"是曾巩文章的两大风格,也是本文的两大特点。《宋史·曾巩传》:"曾巩立言于欧阳修、王安石间,纡徐而不烦,简奥而不晦,卓然自成一家。"即是说,"纡徐""简奥",是他成为"一家"的个性特点。

本文作为一封感谢信,起首并不言谢字,而是迂回曲折,慢慢道来。先论及古代撰写墓志铭的社会意义,在于褒扬美善;进而论及今之墓铭的流弊,即"不实""不传";在论及流弊时,特别突出了立言人的作用,提出只有立言人"畜道德而能文章",才能恪守"公"与"是"的原则,才能"文章兼胜",从而传世;既而,又言"畜道德而能文章"者,世代罕有,文章至此才推出欧阳修来,盛誉欧阳修是"畜道德而能文章"者,是"所谓数百年而有者",并深致谢意,这才说到了感谢信的正题。文章由远及近,从古及今;由虚及实,从泛论而及于欧阳修之身。曲径通幽,层层递进,正是这种"纡徐"之笔,把作者的感谢与敬佩,表达得酣畅淋漓。沈德潜评论本文说:"逐层牵引,如春蚕吐丝,春山出云,不使人览而易尽。"(《唐宋八大家文读本》卷二十七),这个评论形象而中肯。

"纡徐"并不仅仅表现在外在的内容安排上,如由远及近等,也表现在内在思想的含蓄上。如对欧阳修道德之贤的盛誉,也曲折地表示着他对流言的批驳;像对贬官做了滁州知州的欧阳修,仍以"舍人"相称谓,也是曲折地表示着一种支持。"不使人览而易尽",也应当包括这种情形。

关于"简奥",即言简意深,乍看文句平淡,回味语意深长,前面曾以第一自然段为例提过,这里从略。

《寄欧阳舍人书》可视为曾巩的最佳之篇。持此说者,有《古文观止》的选编者吴楚材、吴调侯,过珙也说:"在南丰集中,应推为千古绝调"。(《古文评注》卷卜二)笔者也认为这个说法是有道理的,本文可以看作是曾巩风格的代表之作。

按,欧阳修所撰铭文,题为《户部郎中赠右谏议大夫曾公致尧神道碑铭》,收于欧阳氏之文集中。

唐宋八大家散文鉴赏

王安石卷

韩 愈 等◎著

线装书局

王安石简介

王安石（公元 1021～1086年），是我国北宋时期进步的政治家、思想家和文学家。字介甫，晚号半山。抚州临川（今江西省抚州西）人。宋仁宗庆历二年（1042），二十二岁考中进士，签书淮南判官；庆历七年（公元1047年）任鄞县知县，政绩卓然，受到人民拥戴。后历任群牧判官、常州知州、提点江东刑狱、三司度支判官、知制诰等。宋仁宗即位，召为翰林学士兼侍讲。神宗熙宁二年（公元 1069 年）决心革新变法，擢王安石为参知政事，又年拜相。王安石强调"权时之变"，反对因循保守，被列宁称之为"中国十一世纪时的改革家"。（见《列宁全集》第 10 卷 152 页）他在神宗皇帝的支持下，先后颁布、推行农田水利法、青苗法、均输法、保甲法、免役法、市易法等等新法，使国力有所增强，但因触犯大地主、大官僚的利益，遭到保守派的竭力反对，变法未见大的成效。王安石熙宁七年（公元 1074 年）被罢相，次年复位，熙宁九年（公元 1076 年）又不得不辞去相位，退居江宁（今江苏省南京市）。封荆国公，世称"王荆公"；谥号文，故又称王文公。著作有《临川集》《临川集拾遗》《周官新义》等。建国后整理出版的《临川先生文集》和《王文公文集》，所收诗、文较为完备。

王安石作为一位卓越的文学家，在诗文创作实践及其理论观点上同样富有改革精神。他是欧阳修倡导的北宋诗文革新运动的积极支持者和参加者，他锋利批判西昆派人物"杨（亿）、刘（筠）以其文辞染当世，学者迷其端原"，"粉墨青朱，颠错

丛庞,无文章黼黻之序,其属情藉事,不可考据也。"(《张刑部诗序》)主张"文章合用世"(《送董传》诗),"务为有补于世而已矣",至于文章的形式,"所谓辞者,犹器之有刻镂绘画也","要之以适用为本,以刻镂绘画为之容而已。"文章的形式也很重要,但必须为内容服务,否则就是本末倒置,那形式就无所容载,而变得毫无意义了,所以他主张:"然容亦未可已也,勿先之,其可也。"(以上均见《上人书》)王安石的诗文大多用来揭露时弊,反映社会矛盾,抒写自己的政治主张和用世的抱负。诗歌创作有一千五百多首,不仅数量极丰,质量也不同凡响;词的创作虽然较少,但艺术上却很有特色,如《桂枝香·金陵怀古》等已成千古不朽之名篇。散文雄健峭拔,简洁明快,包括书、表、启、传、记、序、杂著、碑铭、祭文、墓志等,大体可分论说和记叙两个大类别。作者的长处在说理,即便在他的记叙文中,也含较多的议论成分,可见他本于"用世",要求文章直接为社会、政治宣传服务的急迫心情。

　　散文家王安石,作为"唐宋八大家"之一,论说文章写得尤为出色,历来都被作为楷模和典范来学习效法。文章说理透彻,笔力雄健,拗折峭拔,言简意赅,逻辑严密,概括力极强,表现了作者过人的胆识。他学习古今知识,能够融会贯通,博观约取,有的放矢,为我所用;他在写作上从来都是一针见血,而不拖泥带水,无怪乎吴德旋在《初月楼古文绪论》中说:"博洽而不为积书所累者,莫如王介甫"。他的《本朝百年无事劄记》,是写给仁宗皇帝看的奏议,同他后来写的《上仁宗皇帝言事书》一脉相承,成为王安石变法的先声和理论依据;文章用明褒暗贬,欲抑先扬的手法,表面肯定太祖以来的政绩,内里揭露赵宋王朝的种种弊端,指明整个国家危机四伏,社会矛盾十分尖锐,政治改革势在必行,并以"大有为之时,正在今日"来劝勉皇帝陛下下决心革除"因循末俗之弊"。文曲意直,辞锋锐利,分寸感强,而又极富鼓动性。《上仁宗皇帝言事书》更是洋洋"万言",恢宏恣肆,系统而集中地论述了人才问题,包括教育、培养、选拔、任用中的不同做法和出路等等,成为王安石的施政纲领。文章体大思精,梁启超称誉它为"秦汉以后第一大文",只有贾谊的《陈政事疏》才能同它攀比(《王荆公》第廿一章)。王安石的许多书序和史论,识见超群,蹊径独辟。司马光写了三千多字的长信,指责王安石变法;王安石立即写了《答司马谏议书》,针锋相对地驳斥司马光的指责,短短数百字,"究亦理足气盛,故劲焊廉厉,无枝叶如此。"(转引《古文辞类纂》)《读孟尝君传》,"寥寥数言而文势如悬崖断堑"(引同上)。还有一些针砭现实的杂著,也都笔锋凌厉,字字着力,或正反对

照，或引比连类，每于短小精悍、抑扬吞吐之中翻出层层波澜，胜意迭出，寄慨良深。

记叙文取材典型，往往着墨不多，而给人的印象却很深刻。作者的用意常在借题发挥义理，借事表明己志，而不在写景状物，拟态描形，因此形象时或被议论所淹没，不免影响到文章的生动性。抒情文也不乏佳作，有的写得真挚动人，有的写得语重心长，或刚或柔，或歌或哭，各有分寸。但集中也有不得已而为之的应酬文字，读来不免感到枯涩。

子贡①

【题解】

这是一篇议论《史记·仲尼弟子列传》记子贡事不实的杂论文。为了说明所传子贡事之妄，王安石首先说明了儒者应守之道，那就是：用则忧君之忧，患民之患，不用则修身而已。以此作为根本点，考察《史记》所记子贡事，证明其不合于儒者之道，以此说明传子贡事者之妄。在此之后，说明所以如此的原因是"毁损其真"，从而结束全文。

文章层次分明，论点鲜明，富有逻辑性，一环紧扣一环，从多个侧面说明《史记》所记子贡行事有背儒家之说，逐次深入，论辩有力。

王安石是独具只眼的学者，他不轻信古史记传所说，而能以自己的眼光重新审视，从而提出与所传完全不同的看法，他真的实现了不尽信书的原则。

【原文】

予读史所载子贡事，疑传之者妄。不然，子贡安得为儒哉？

夫所谓儒者，用于君则忧君之忧②，食于民则患民之患③，在下而不用则修身而已。当尧之时，天下之民患于洚水④，尧以为忧，故禹于九年之间三过其门而不一省其子也⑤。回之生，天下之民患有甚于洚水，天下之君忧有甚于尧，然回以禹之贤，而独乐陋巷之间，曾不以天下忧患介其意也⑥。夫二人者，岂不同道哉⑦？所遇之时则异矣。盖生于禹之时而由回之行，则是杨朱也⑧；生于回之时而由禹之行，则是墨翟也⑨。故曰，贤者用于君则以君之忧为忧，食于民则以民之患为患，在下而不用于君则修其身而已，何忧患之与哉？夫所谓忧君之忧、患民之患者，亦以义而后可以为之谋也；苟不义而以能释君之忧、除民之患⑩，贤者亦耻为之矣。

《史记》曰⑪：齐伐鲁，孔子闻之，曰："鲁，坟墓之国，国危如此，二三子何为莫出？"子贡因行，说齐伐吴，说吴以救鲁，复说越，复说晋，五国由是交兵，或强、或破、或乱、或霸，卒以存鲁。观其言，迹其事，乃与夫仪、秦、轸、代无以异也⑫。嗟乎！孔子曰："己所不欲，吾施于人。"己以坟墓之国而欲全之，则齐、吴之人岂无是心哉？奈何使之乱欤？吾所以知传者之妄，一也。于史考之，当是时，孔子、子贡穷为匹夫，非有卿相之位，万钟之禄也，何以忧患为哉？然则异于颜回之道矣。吾所以知其传者之妄，二也。坟墓之国，虽君子之所重，然岂有忧患为谋之义哉？借使有忧患为谋之义，则可以变诈之说亡人之国而求自存哉？吾所以知其传者之妄，三也。子贡之行虽不能尽当于义，然孔子之贤弟子也。孔子之贤弟子之所为固不宜至于此，矧曰孔子使之也。

太史公曰："学者多称七十子之徒，誉者或过其实，毁者或损其真。"子贡虽好辩，讵至于此邪？亦所谓毁损其真者哉！

【注释】

①子贡：(前520~?) 姓端木，名赐。春秋时卫人，孔子弟子。能言善辩，善于经商。据说他家累千金，所至与王侯贵族分庭抗礼。又传他曾劝阻齐国田常伐鲁，在吴、越、晋诸国之间游说，使互为牵制。《史记·仲尼弟子列传》中有关于他的记述。

②忧君之忧：忧虑君主所忧虑的事情。

③患民之患：忧患民所忧患的事情。

④浲水：洪水也。《尚书·大禹谟》："浲水儆予。"《孟子·滕文公下》："《书》曰：'浲水警余'，浲水者，洪水也。"

⑤禹于九年之间三过其门而不一省其子也：《尚书·皋陶谟》："予娶于涂山，辛壬癸甲，启呱呱而泣，予弗子，惟荒度土功。"此为禹不省其子最早的材料。后《孟子》言大禹八年于外，三过家门而不入；《尸子》言大禹十年于外，三过家门而不入。总之，赞扬禹大公无私，为天下而不恤小家。

⑥回之生以下六句：是讲颜回。颜回(前521~前490) 春秋鲁人，字子渊，又称为颜渊，孔子弟子。好学，安贫乐道，孔子称赞他"不迁怒，不贰过"，他陋巷居住，一箪食，一壶饮，人不堪其忧，他不改其乐，在孔子门中以德行称，《史记·仲尼弟子列传》对他有记述。此处王安石认为颜回有大禹之贤，但行事却与大禹不同，不以天下忧患介其意。

⑦夫二人者二句:谓大禹、颜回二人虽表现不同,却是同道。就是所谓用则忧天下,不用则修其身。所以不同,因所遇之时有异。

⑧杨朱:先秦战国时魏人,字子居。又称为杨子、阳子或阳生。诸子之一。在墨翟和孟轲之间。其学说重在爱己,不以物累,与墨子所倡兼爱相反,拔一毛利天下而不为,为孟子斥为异端。但他的学说在当时影响很大,孟子说当时天下不归杨则归于墨,可见信徒之众。

⑨墨翟:(前 4787~前 3927)春秋战国之际的思想家,诸子之一。鲁人,做过宋国大夫,死于楚国。一说他是宋国人。他的学说主张非攻、兼爱、尚同、尚贤,又信天明鬼。后世对他的思想评价不一。他摩顶放踵奔走于天下,向王公大人传布他的学说,在当时有很大影响。他组织的学派较为严密,首领称为钜子。

⑩释:解除。

⑪《史记》日至"存鲁":此乃撮述《史记·仲尼弟子列传》关于子贡的记述。

⑫仪、秦、轸、代:仪,张仪;秦,苏秦;轸,陈轸;代,苏代。此四人为战国时的纵横之士,游说于秦齐楚燕赵韩魏诸国,或倡合纵,或言连衡,纵横捭阖,在当时的政治斗争中十分活跃。《史记》有张仪苏秦的列传;《战国策》亦记了苏代陈轸的一些言行。张仪,(前?~前 309 年)战国时魏人,事鬼谷子,相秦惠王,倡连衡之说以说

国学经典文库

唐宋八大家散文鉴赏

王安石卷

六国,破纵约。惠王卒,武王立,六国复合纵以抗秦,仪去秦之魏,为相一年而卒。苏秦(前? ~前317年),战国时东周洛阳人,初说秦惠王,不见用,后游六国,合纵抗秦,佩六国相印,为纵约长,纵约为张仪所破,遂至齐为客卿,与齐大夫争宠,被刺死。苏代,苏秦之弟,苏秦死,代见燕王,与燕相子之为婚,设谋使燕王哙让国子之。昭王立,苏代与其弟苏厉不敢人,皆归于齐。后过魏,为魏执,于是之宋。燕伐宋,代致燕王书,复召代至燕,与谋伐齐。代与其弟皆以寿死。陈轸,亦战国时辩士,曾事秦、楚。张仪至楚,约楚绝齐,秦献商於之地,群臣贺,轸独吊。楚怀王受欺,发兵攻秦,轸劝止,楚王不听,卒败。陈轸曾事秦惠王,与张仪争宠,张仪相,轸奔楚。

【集评】

明茅坤《唐宋八大家文钞》卷八十九:辩博。

【鉴赏】

这是一篇读书札记,具体当为读《史记·仲尼弟子列传》的感想,其目的在于辩驳"传之者妄",即指出所传子贡言行的一些荒诞不经的说法,以正视听。

文章开头明确指出"史所载子贡事,疑传之者妄",因为不像儒者所为,"不然子贡安得为儒哉?"作者认为,儒者,"用于君则忧君之忧,食于民则患民之患,在下而不用则修身而已。"如何为官?当如大禹,当时"民之患""君之忧"为"浲水"(洪水),因此"用于君""食于民"的大禹为治洪水"九年之间三过其门而不省其子",从而被儒家奉为楷模;如何为民?当如颜回,"独乐陋巷之间","不以天下忧患介其意"。二人贤德同道,因处境不同而表现各异。如果反过来,颜回要是生于禹那个时代处于禹那个地位而独乐陋巷那就成了杨朱了,而禹要是生于回那个时代处于回那个地位而九年三过其门不省子那就成了墨翟了。儒家认为杨、墨的处世态度是不可取的。总之,要各守其本分,各遵其为官为民之道,"忧君之忧""患民之患"而"为之谋"都应合于"义",若以不义"释君之忧、除民之患",那么"贤者亦耻为之"。

而《史记》中对子贡的描述,恰恰尽是不义之谋。为了鲁国自身的安全,子贡到处游说,甚至进行挑动,致使"五国由是交兵"。《史记·仲尼弟子列传》中说"子贡一出,存鲁、乱齐、破吴、强晋而霸越"。如此子贡的言行,与战国纵横家的游说之士张仪、苏秦、陈轸、苏代还有什么不同？因此作者认为《史记》这样的描述，其"妄（荒谬）"有三：一是不符合孔子的教导。孔子讲"己所不欲，勿施于人"（《论语·颜渊》），即自己不喜欢的事情，不要强加于别人。你想保全自己的"祖国"，不愿"国危"，齐、吴之国的人也有同样的想法，为什么去乱别人的"祖国"呢?！二是不符合事实。孔子、子贡当时"穷为匹夫"，既没有高官也没有厚禄，一无权，二无钱，凭什么去忧患"国危"?！这与颜回独修其身的处世之道和"不在其位，不谋其政"（《论语·泰伯》）的儒家主张相差太远了。三是不符合情理。作者认为看重自己的"祖国"是对的，但不能为了谋取解除自己的忧患而不择手段，怎么"要以变诈之说亡他人之国而求自存"呢？另外，作者还认为，退一步讲，子贡的所作所为虽不能都尽合于义，但他毕竟是孔子的"贤弟子"，因此不可能竟至做出这样的事情，何况又是孔子指派他去做的，这就更显见其"传之者妄"。

文章的最后作者引用司马迁在《仲尼弟子列传》中的话，说明人们对孔子弟子的评价常有不妥，"誉者或过其实，毁者或损其真"，表扬、批评都会有失实失真的情况，子贡虽然"利口巧辞"（《史记·仲尼弟子列传》）"好辩"，但也不至于到"以变诈之说亡人之国而求自存"的地步，这正是"毁损其真"之一例。

这篇文章以儒者的标准，论辩《史记》中所载子贡事是属"传之者妄"，其"标准"姑置不论，仅就其辩驳艺术来看则确有不少可取之处。作者先正面论述什么是儒者，为儒者正名，并以同是孔子贤弟子的颜回加以印证，继之总论《史记》所记子贡之所为不像儒者而倒像战国策士说客，然后分三个方面分论《史记》所记子贡所为皆与儒者相悖，如此反正论辩，有总有分，令人信服，"疑传之者妄"终被证实"传之者妄"，最后以司马迁的话分析"传之者妄"的原因在于"毁或损其真"而作结，整个论辩，据实剖析，有的放矢，行文跌宕，很有气势，虽是一篇读书短札，却是一篇颇能吸引读者的政论文字。

伯夷①

【题解】

这篇文章，是针对《史记》和韩愈《伯夷颂》对伯夷事迹的记述及太史公和韩愈对伯夷采薇首阳，终至饿死所做的评论而写的。王安石认为，太史公和韩愈记伯夷在武王伐纣时叩马而谏，武王胜利以后又不食周粟，终至饿死，并且说伯夷的行为遏止了后世的乱臣贼子，是明臣君大义的做法，这都是不正确的。

为了说明这个中心议题，王安石在写作上下了一番苦心。

首先，他将孔、孟对伯夷行事的记述和议论同太史公、韩愈的记述议论都列举出来，而明确指出，太史公、韩愈的说法是"大不然也"。

为什么太史公、韩愈的说法"大不然"呢？王安石从两方面进行了阐述。

第一，说明当商纣以不仁残天下的时候，天下人都"病纣"，伯夷是其中最以纣为病的，所以他避居北海。在这时，他与太公望的想法是一样的。这就是说，从伯夷避纣的事实，王安石得出了伯夷有讨平商纣的想法的结论。应该说，这个结论有一定的道理。那么，为什么武王伐纣时，太公辅助武王，而伯夷却不然呢？王安石认为，因为伯夷是天下大老，从海滨到西周数千里，他也许是没去成而死在北海，也许是死在来的路上；假使他到了西周，那可能他未赶上武王伐纣的事。总之，王安石在这部分里主要否定了"叩马而谏"的说法，因为伯夷有同太公望一样的想法，他不会阻止武王伐纣。

当然，王安石对以上的揣测还不满足，所以他又从第二个方面在理性上加以说明。他认为，治天下只有仁与不仁两种情况，纣不仁，武王仁，伯夷不事不仁，待仁而后出，却又说他不事武王之仁，那么，伯夷把自己放在了什么地位？他已经"求仁而得仁"了，却以为武王倡大义为非，这哪里是伯夷呢？这就从思想倾向上说明了伯夷不可能反对武王伐纣。

既然否定了伯夷反对武王伐纣的可能性,那么所谓不食周粟之说法,所谓使乱臣贼子惧的议论就失去了基础,太史公、韩愈关于伯夷事迹的记述和议论,不就成了不切实的了吗?

应该说,王安石的这个驳论写得很有道理,他以孔孟论伯夷为据,突出伯夷不事不仁,求仁得仁的思想和行为,并以之与太公望相对比,把这种对比放在纣与武王行仁与不行仁这种冲突的背景上,从而否定了太史公与韩愈的说法,这是很有力的。伯夷既反不仁之纣,又反武王对纣的讨伐,这确是一个矛盾。我认为,后世所以特别强调伯夷在君臣关系上的所谓"大义",是时代的统治意识使然,后世的专制制度和关于君臣关系的思想,使得人们只强调伯夷的反对以臣伐君,因而造出了叩马而谏、不食周粟的情节。王安石的反驳充分显示了他思想之锐利和深刻,充分表现了反传统反潮流的精神。就是他论辩的方法,能从对方的论述中找出冲突这种方法,也值得后人好好体会借鉴。

【原文】

事有出于千世之前,圣贤辩之甚详而明,然后世不深考之,因以偏见独识,遂以为说,既失其本,而学士大夫共守之不为变者,盖有之矣,伯夷是已。

夫伯夷,古之论有孔子、孟子焉。以孔、孟之可信而又辩之反复不一,是愈益可信也。孔子曰:"不念旧恶,求仁而得仁,饿于首阳之下,逸民也。"孟子曰:"伯夷非其君不事,不立恶人之朝,避纣居北海之滨,目不视恶色,不事不肖,百世之师也。"故孔孟皆以伯夷遭纣之恶,不念以怨,不忍事之,以求其仁,饿而避,不自降辱②,以待天下之清,而号为圣人耳。然则司马迁以为武王伐纣,伯夷叩马而谏,天下宗周而耻之,义不食周粟,而为《采薇之歌》③;韩子因之,亦为之颂,以为微二子④,乱臣贼子接迹于后世⑤,是大不然也。

夫商衰而纣以不仁残天下,天下孰不病纣?而尤者,伯夷也。尝与太公闻西伯善养老⑥,则往归焉。当是之时,欲夷纣者⑦,二人之心岂有异邪?及武王一奋⑧,太公相之⑨,遂出元元于涂炭之中⑩。伯夷乃不与⑪,何哉?盖二老,所谓天下之大老,行年八十余,而春秋固已高矣⑫。自海滨而趋文王之都⑬,计亦数千里之远,文王之兴以至武王之世,岁亦不下十数,岂伯夷欲归西伯而志不遂⑭,乃死于北海邪?抑来而死于道路邪⑮?抑其至文王之都而不足以及武王之世而死邪?如是而言伯夷,其亦理有不存者也。

且武王倡大义于天下，太公相而成之，而独以为非，岂伯夷乎⑯？天下之道二，仁与不仁也。纣之为君，不仁也；武王之为君，仁也。伯夷固不事不仁之纣，以待仁而后出，武王之仁焉，又不事之，则伯夷何处乎？余故曰，圣贤辩之甚明，而后世偏见独识者之失其本也。呜呼，使伯夷之不死，以及武王之时，其烈岂减太公哉⑰！

【注释】

①伯夷：此伯夷与叔齐二人，是商时孤竹君的两个儿子，相传孤竹君遗命要立叔齐为继承人，孤竹君死后，叔齐不肯即位，要让给伯夷，伯夷不受，叔齐也不愿登位，于是二人逃离孤竹国，闻周文王善养老，就都到了周。文王死，周武王即位，讨伐商纣，二人曾叩马谏，以为以臣伐君不可。武王不听，打败商纣，他们二人于是耻食周粟，逃到首阳山上，采薇而食，后来饿死在首阳山。旧时一般看法，把他们当作有高尚节操的人物，《孟子·万章下》《史记》都记录了他们的事迹，韩愈曾作《伯夷颂》以颂扬他们。王安石此篇文章，就是针对这种颂扬而作的。

②不自降辱：不自己降志辱身。

③采薇之歌：《史记·伯夷列传》记伯夷、叔齐采薇而食，及饿且死作歌，此歌即采薇之歌也，辞云："登彼西山，采其薇矣。以暴易暴兮，不知其非矣。神农虞夏，忽焉没兮，我安适归矣？于嗟徂兮，命之衰矣！"

④微：非也，无也。《论语·宪问》："微管仲，吾其被发左衽矣。"

⑤接迹：谓人或事相随而至。犹接武、接踵。

⑥西伯：周文王。太公，太公望，吕尚也。

⑦夷：削平。夷纣谓讨平商纣，即消灭商纣。

⑧武王一奋：谓周武王奋然讨纣。

⑨太公相之：太公望辅助周武王。相，辅助、帮助。

⑩元元：谓一般百姓。《战国策·秦策一》："制海内，子元元。"

⑪与：参与、参加。《庄子·逍遥游》："瞽者无以与乎文章之观，聋者无以与乎钟鼓之声。"

⑫春秋：指年纪。《战国策·秦策五》："王之春秋高，一旦山陵崩，太子用事，臣危于累卵，而不寿于期生。"《史记·李斯列传》："且陛下富于春秋，未必尽通诸

事。"

⑬趋：归附。《史记·商君列传》："明日，秦人皆趋令。"

⑭不遂：不成，未能实现。遂，成功。《礼记·月令》仲秋之月"上无乏用，百事乃遂。"

⑮抑：连词，表示选择，相当于"或"。《论语·学而》："夫子至于是邦也，必闻其政，求之与，抑与之与？"

⑯岂伯夷乎：哪里会是伯夷呢？

⑰烈：功烈，功业。《诗经·周颂·武》："皇皇武王，无竞惟烈。"贾谊《过秦论》："及至始皇，奋六世之余烈，执敲扑以鞭笞天下。"

【集评】

明茅坤《唐宋八大家文钞》卷八十九：行文好。所论伯夷处，犹未是千年只眼。

【鉴赏】

《伯夷》是一篇颇具论辩色彩的文章,文章围绕对伯夷的评价问题展开论述。伯夷是商代末年孤竹国君的长子,父死,与其弟就继位事互相推让,并一起投奔周国,后饿死首阳之山,被儒家盛誉为"圣人"。孔、孟等对此人都有论及,这就是文章一开头所说的"事有千世之前,圣贤辩之甚详而明"的具体所指。作者在这里提出论辩的是在这个问题上后世因"不深考之"而产生的"偏见独识",代代相因"失其本"而许多人"共守不为变"的成说。那么,究竟如何评价伯夷呢?这正是这篇文章要论述的中心。

作者认为孔子、孟子的所论是"可信"的,但对司马迁和韩愈之所论却大有异议。

孔、孟对伯夷的评论见诸《论语》和《孟子》,《论语》在《公冶长》《述而》《微子》和《季氏》等篇章中四次论及到伯夷,说"伯夷叔齐不念旧恶"(《论语·公冶长》,下引只具篇名),是"古之贤人"(《述而》),"求仁得仁,又何怨"(同上)。说他是"逸民(被遗落的人才)"(《微子》),"不降其志,不辱其身"(同上)。又说"伯夷叔齐饿于首阳之下,民到于今称之。"(《季氏》)《孟子》中的《公孙丑》《滕文公》<用法不当>以及《万章》《尽心》《离娄》《告子》诸篇也多次论及到伯夷,认为他"非其君不事"(《公孙丑》上),"不立于恶人之朝"(同上),"辟纣(商之末代君)居北海之滨,以待天下之清"(《万章》下)。而且"目不视恶色"(同上),"不以贤事不肖"(《告子》下),是"万世之师"的"圣人"(《尽心》下)。

但司马迁在《史记·伯夷列传》中却说,武王"东伐纣","伯夷、叔齐叩马而谏","武王已平殷乱,天下宗周,而伯夷、叔齐耻之,义不食周粟,隐于首阳山,采薇而食之","遂饿死于首阳山。"到唐代的韩愈,因袭这种说法,并作《伯夷颂》。王安石对于此种说法"大不为然",并从以下两个方面进行了阐述:

一是这种说法与伯夷对殷商的态度不符。"商衰以不仁残天下",天下都痛恨暴君纣王,而最厉害的应是伯夷。当年伯夷与太公(姜尚)曾一起投奔周文王,当时铲灭纣王的心没有什么两样,而当太公辅佐武王为使民众免于苦难之时,伯夷却不赞同,这不合情理。另外,从年龄推算,恐伯夷未能赶上武王伐纣的时代也未可知,因此说伯夷"叩马而谏",也不会有这样的事情。

二是这种说法与伯夷对周朝的态度也不符。作者认为"武王倡大义于天下，太公相而成之"，而独伯夷反对，不可思议。周武王为仁君，伯夷本"待仁而后出"，及至仁君出反而"不事之"，也不合情理。

　　因此，王安石认为伯夷之事"圣贤辩之甚详而明"，而后世以"偏见独识"歪曲了本来面目，所谓"失其本"，所以才生出"叩马而谏"反对伐纣，"不食周粟"及耻于事周等荒唐之说。作者自信地认为，假若伯夷能活到武王之时，恐怕其助周的功业不比太公逊色。

　　本篇人物评论，旨在追"失其本"，纠正"偏见独识"，并运用推理反驳敌论，以求在人物的评说中正本而清原。文中反诘反问的运用，直戳敌论之要害，巧揭敌论之破绽，层层逼近，雄辩有力。譬如，"当是之时，欲夷纣者二人之心岂有异邪？"且"尝与太公闻西伯（文王）善养老，则往归"，"及武王奋，太公相之，遂出元元（老百姓）于涂炭（苦难）之中，伯夷乃（竟）不与（赞成），何哉？"这显而易见"如是而言伯夷，其亦理有不存者也。"另如，"武王之为君，仁也。伯夷固不事不仁之纣，以待仁而后出。武王之仁焉，又不事之，则伯夷何处乎？""待仁"而不事仁君，何以能讲得过去。因此作者断言"使伯夷不死，以及武王之时，其烈（功绩）岂减太公哉！"

鲧说

【题解】

此文相当短小,但所言滋大。自古以来,君臣遇合,贤圣被举,都是非常难的。这种情况的出现,需要诸多条件的互相作用,往往是缺一不可的。人们往往津津乐道伊尹就汤、傅说遇武丁,太公得文王,宁戚受知于齐桓,好像一下子就君臣相得,其他人也心悦诚服。这实在是概括之后的简化,是人们心中期望的一种表现。这篇短文就由鲧的被任治水一事,总结了君臣遇合,群臣相得非常困难的经验,明确指出,后世有怀才不遇者,不必有深憾,因为情况复杂,那种一言寤主的向往是不切实际的。这个看法是相当深刻的。事实是,越到后世,上下遇合越难,而且越是所谓的承平之世,越难,被埋没的英才越多。为什么呢? 道理不难理解和认识。越到后世,生产水平相对提高,人们为生存的拼搏越少,没有什么直接危及生存的大事,那么,一般的事务,谁做还不行呢? 好坏关系不大,得失关系也不大,不过是庶民的生存是好些或稍差些而已,这怎么能引起人们对能者贤者的渴求呢? 至于承平之世,法制令具,重要的是稳定天下,不是要夺天下或失天下,臣下的进退以程式为准,更谈不上遇合了。只有在竞争激烈之时,这个问题才会得到较好的解决。此文虽小,但意义重大,理由就在于它深刻地说明了上下遇合需要诸多条件,并从而给我们以深刻地启发。

文章语言简练精粹,说理透彻,启发性特别强烈。它体现了王安石议论文章的特点。

【原文】

尧咨孰能治水,四岳皆对曰:"鲧①。"然则在廷之臣可治水者,惟鲧耳。水之患不可留而俟人②,鲧虽方命圮族③,而其才则群臣皆莫及,然则舍鲧而孰使哉? 当此之时,禹盖尚少,而舜犹伏于下而未见乎上也④。夫舜、禹之圣也,而尧之圣也,群臣之仁贤也,其求治水之急也,而相遇之难如此。后之不遇者,亦可以无憾矣。

【注释】

①尧咨孰能治水,四岳皆对曰:"鲧。"《尚书·尧典》:"帝曰:'咨,四岳。汤汤洪水方割,怀山襄陵,浩浩滔天,下民其咨,有能俾乂?'四岳佥曰:'於。鲧哉。'"文中概括《尚书·尧典》之语。汤:汤汤,水盛大之貌。四岳,官名。或以为尧时四方诸侯之长,或以为一人。文中指四方诸侯之长。佥,全,皆。割,害也。怀,包其四面;襄,驾出其上。怀山襄陵,谓洪水包围了山,淹没了陵。

②俟:等待。《诗经·邶风·静女》:"静女其姝,俟我于城隅。"

③方命圮族:方命,逆命也。《孟子·梁惠王下》:"方命虐民,饮食若流。"圮:毁坏,毁害。圮族,伤害族类。

④舜犹伏于下而未见乎上也:谓其时舜还处在下位,未被上位的人发见。伏,隐伏。见,现也。

【鉴赏】

鲧本是神话传说中的一位天神,据《山海经·海内经》说,他是黄帝的孙子,为救众生治洪水而偷取了天帝的生长不息的神土"息壤",后被天帝派去的火神祝融杀死,治理洪水的伟业也因之前功尽弃,他自己也成了一位普罗米修斯式的可歌可泣的悲剧人物。之后,鲧的儿子禹接续父业,经过数年的艰苦奋斗,终于使洪水平,九州定。这就是流传至今的鲧禹治水的故事。大禹治水,功盖千秋,但鲧却历来毁誉不一,大概也是因为人们往往以成败论英雄吧。《鲧说》中引用的是信史化了的神话,其根据是《尚书·尧典》。《尧典》中的鲧是一位有争议的人物。在洪水肆虐的紧迫形势下,尧召集"四岳"即四方诸侯征询领导治理洪水的人才,大家一致推荐鲧来担当此重任,尧却不大放心,说他常常不听指挥甚至危害同族的人,所谓"方命圮(毁)族"。但四方诸侯的首领都替鲧辩解,说不是这么一回事,应该让他试试,不行再撤换也可以。尧这才勉强同意,并训示鲧要恭忠其职。

王安石在这篇文章中对鲧的评价持有折衷偏褒的态度,一方面说鲧"方命圮族(违背法纪,危害同族)",同时又肯定"其才则群臣皆莫及",并得出结论"舍鲧而孰使",唯有鲧在"水之患不可留而俟(待)人"的危急时刻当此治水重任,显然作者是赞同"四岳"的意见的。而且一种意见的正确与否,尤其是涉及一个人的评价和使用,要看当时的情势,那时禹未出世,舜未出山,因此应治水之急启用鲧是正确的,这样做体现了"尧之圣"和"群臣之贤",也说明了"相遇之难",即一个人的被理解被重用,遇知音、酬壮志是有种种条件的,这也是作者从鲧的"相遇"所引发出来的人生哲理。

文章的最后,作者发出了"后之不遇者亦可以无憾矣"的深沉感慨。在这篇短文里,作者引用历史事件推及一般人生哲理,并以古喻今呼唤在上之圣明,众人之仁贤,希冀人才得用的机遇,可谓用心良苦。结束语一句,告诸无用武之地、失用武之时的欲有为且有才之士,不必遗憾和怨愤,又可谓志深而笔长,情切而意浓,反映了大变革中有为之士的复杂心态,读来令人感慨系之。

太古

【题解】

这是一篇批评复古而且复到上古的观点的短文。文章虽然短小,但所提的问题却具有普遍性。

古往今来,历朝历代,中国文化人中都有不少的人在不满现状的同时,企慕向往上古时代,他们把上古时代描绘得非常富有诗意。这个情况,我们在古典诗文中可以读到很多。似乎上古时代是人类最美好的时代,后来人类的发展不但是不必要的,而且简直就是罪过,人类以自己的智慧和双手所建立的文明,根本要不得。这种观点有两面性,它当然是针对现实的,正因为对现实存在的污浊不满甚至愤怒,才使他们要从现实逃逸出去,或者像有的人说的那样——突围。但他们突围或逃逸的方向却不对,他们要逃到上古,就这个解决方法说,实在不值得人们对之加以赞扬。

让我们回到王安石的文章。文章首先指明太古之人与禽兽为伍,"圣人"恶之,有了"制作",也就是说创造了文明。这个地方,王安石讲得很简单。往下文章一转,指出后世追求声色享乐,追求宫室壮丽,衣服奢侈,结果仍然又回到了禽兽那个时代。在此之后,文章又一转折,说明圣人不制作,文明不出现,人就不能与禽兽分别,现在文明已经出现,反而要返回到太古去,这是不可以的,也是不可能的。非要如此,是脱离禽兽又返回到禽兽,对于治化是无补的,没有意义的。因此,文章最后得出结论,归之太古是"非愚即诬"。这个结论应该说是正确的。

文章在涉及人类文明时,认为是"圣人制作",这在今天看来当然是不正确的观点,但在那个时代,这样的认识不必加以论证,我们对此不必有所责怪;至于对于后世的奢侈,文章亦未能究其根源,仅曰"复与禽兽朋",也未免简单;整个文章虽观点鲜明,却未能有所展开,似乎不深不透。但这是与王安石当时的时代所提供的前提认识相关的,不必对作者有微词。文章的观点明确,富于层次,短篇之中颇有转折,这些是应好好体会的。这篇文章作时不明,恐怕是早期作品。

【原文】

太古之人不与禽兽朋者几何①?圣人恶之也,制作焉以别之②。下而戾于后世③,侈裳衣,壮宫室,隆耳目之观,以嚣天下④,君臣、父子、兄弟、夫妇皆不得其所当然⑤,仁义不足以泽其性⑥,礼乐不足以锢其情⑦,刑政不足以网其恶⑧,荡然复与禽兽朋矣⑨。圣人不作,昧者不识所以化之之术⑩,顾引而归之太古⑪,太古之道果可以行之万世,圣人恶用制作于其间⑫?必制作于其间,为太古之不可行也。顾欲引而归之,是去禽兽而之禽兽也⑬,奚补于化哉⑭?吾以为识治乱者当言所以化之之术,曰归之太古,非愚则诬⑮。

【注释】

①朋:同类、党与。《尚书·洛诰》:"孺子其朋。"屈原《离骚》:"世并举而好朋兮,夫何茕独而不予听。"

②制作:谓制裳衣,作宫室,成器物,立制度。古人认为人类的一切文明成果都是圣人"制作"的,如《易·系辞下》说包牺氏"作结绳而为网罟,以佃以渔";神农氏"斫木为耜,揉木为耒,耒耨之利以教天下";黄帝尧舜氏"垂衣裳而天下治。刳木为舟,剡木为楫,服牛乘马,引重致远,重门击柝,以待暴客"云云,又说:"上古穴居而野处,后世圣人易之以宫室,……上古结绳而治,后世圣人易之以书契",王安石文中用的就是这样的观点。

③戾:违背。《荀子·荣辱》:"果敢而振,猛贪而戾。"注:"戾,乖背也。"《淮南子·览冥训》:"举事戾苍天,发号逆四时。"高诱注:"戾,反也。"

④嚣:本意为喧哗、吵闹。此文中指以华丽的裳衣,壮丽的宫室,来扰乱天下。

⑤所当然:所应当的样子。

⑥泽:润泽。文中谓滋润养育。

⑦锢:禁锢。文中谓限制、禁抑。

⑧网:用如动词,网罗、包含。文中有制止之意。

⑨荡然:流荡无归的状态。

⑩昧者:愚暗不明的人。

⑪顾:反。

⑫恶用:干什么还用。

⑬去禽兽而之禽兽:去,离开,脱离;之,去,到。句谓离开了禽兽又回到禽兽那里。

⑭奚:何。

⑮非愚则诬:愚,愚蠢,愚昧;诬,欺骗、欺罔。非愚则诬,是说主张人类要回到上古的复古主义者,不是愚昧无知就是有意欺骗世人。

【鉴赏】

这篇不足三百字的小文章,谈的却是一个关于历史进化的大题目。

人类文明的发展呈现一种悖论的形式,社会的进步

往往伴随着新的罪恶和污秽的滋生泛滥,这是使古今中外的哲人们感到困惑和痛苦的一个老问题。中国古代的哲学家老子和庄子,怀着悲天悯人的心情,对人类的文明采取一种彻底否定的态度,主张弃圣绝智,返璞归真,他们美化上古之世:“当是时也,民结绳而用,甘其食,美其服,乐其俗,安其民,邻国相望,鸡狗之音相闻,民至老死而不相往来。若此之时,则至治矣。”(《庄子·胠箧》)。

针对老、庄的这种观点,文章指出:处于原始状态的上古社会,人类过着和禽兽差不多的生活,并不美好。正是由于“圣人”们的创造和变革,才使人类和禽兽有了区别,过上了文明的生活。当然,随之而来也出现许多新的问题,如私欲膨胀,机巧日生,奢侈淫滥,道德沦丧,然而,解决这些问题只能靠变革、靠教化、靠文明的进一

步发展;而绝不能再使人类回到上古的原始状态中去。

文章似乎是就社会进化问题泛泛而论,是在批评道家的观点,实则是借题发挥,抨击了那些反对变法的政敌。

随着新法的实行,在取得显著成效的同时,也产生了一些弊病和混乱。王安石的政敌们以此为口实,攻击新法"生事扰民",主张尽废新政,"谨守祖宗之成法"。(司马光《五规》)王安石在文章中阐述历史进化的观念,赞扬"圣人制作"的精神,显然是在为变法革新张本,并且毫不留情指斥那些主张倒退的人不是愚昧无知,便是谎言欺世。

这篇文章虽短,但是很有气势。关键就在于作者能够从大处落笔,高屋建瓴;锋芒犀利,击中要害。

材论①

【题解】

这是一篇论说天下人才问题的文章。人才问题,是任何一个时代都面临的都需要加以重视并妥善予以解决的问题。王安石作为一个政治家,一个革新家,对这个问题尤其重视。他的上仁宗皇帝言事书,中心说的就是人才问题,这篇文章,讲的还是这个问题,可见他对这个问题的重视程度。

文章首先就说,天下之患,不患无人才,也不患人才无所为,患在上之人不愿其众,不愿其有为。为什么呢?因为他们有三蔽,被三种错误的观念蒙住了心和眼。三蔽之中,以为天下无人才的看法为心尚善,只是见识不高;其余两者就是其心当诛,不是认识不认识的问题。这一部分,将问题提了出来,并对错误进行了有力的批评。

在进行了驳论之后,王安石正面讲如何才能识别人才。人才在外在形体上无异于常人,但能遇事则事治,划策利害得,治国国安利,要在实践活动中精察审用,不如此,什么样高明的人才也将被埋没在群愚的汪洋大海中。这个说明很有道理。要给机会,没有机会何来人才?精察、审用,这要求很高,如果在上位的就是一个庸人,他如何能精察审用,他更如何敢精察审用?不幸的是,自古及今,这种情况几千万次的重复,被发现的人才真是少得可怜!

发现了人才又怎么样?王安石讲,要用得合适,就是把他摆在该用的地方,创造必要的条件,使之发挥作用。这是同样有道理的。发现了人才而弃置不用,就与扼杀无异。同样的,这种事我们也屡见不鲜。人总有最能发挥所长的地方,用之得宜,就事半功倍,用之不宜,则徒费心力。万金油式的人,怎么能知道什么地方是人才最好的处所呢?他只能按照他的思想观念,觉得有个地方就可以了,只要能应付就行。更何况,功夫在事外,邪风一盛,情况就更糟了。

最后，王安石说明了人才的出现是时势使然的道理，要看在上位者有什么样的想法。无世无人才，就看你自己是个什么水平的人。确实如此。在上者不求人才，人才何来？你求斗筲之徒，贤者哪里能至？举一正人，正人群至；用一邪人，邪人齐来；你喜欢那些阿谀之徒凡庸之辈，却想什么人才，那才是令人觉得可笑的事呢！

这篇文章，层次极为分明，说理相当透彻，言辞既简练又富于论辩的力量，无论对错误思想的批评，还是对正面意见的阐发，都是一环紧扣一环。而所有的议论，都围绕中心，所以中心意思突出，多侧面的议论把论题讲得完整而深刻。

【原文】

天下之患，不患材之不众，患上之人不欲其众；不患士之不欲为②，患上之人不使其为也。夫材之用，国之栋梁也，得之则安以荣，失之则亡以辱③。然上之人不欲其众、不使其为者，何也？是有三蔽焉④。其敢蔽者，以为吾之位可以去辱绝危⑤，终身无天下之患，材之得失无补于治乱之数，故偃然肆吾之志⑥，而卒入于败乱危辱，此一蔽也。又或以谓吾之爵禄富贵足以诱天下之士⑦，荣辱忧戚在我⑧，是吾可以坐骄天下之士，而其将无不趋我者，则亦卒入于败乱危辱而已，此亦一蔽也。又或不求所以养育取用之道，而谒谒然以为天下实无材⑨，则亦卒入于败乱危辱而已，此亦一蔽也。此三蔽者，其为患则同，然而用心善而犹可以论其失者，独以天下为无材者耳。盖其心非不欲用天下之材，特未知其故也。

且人之有材能者，其形何以异于人哉？惟其遇事而事治，画策而利害得，治国而国安利，此其所以异于人者也。故上之人苟不能精察之，审用之，则虽抱皋、夔、稷、契之智⑩，且不能自异于众，况其下者乎？世之蔽者方曰："人之有异能于其身，犹锥之在囊，其末立见，故未有有其实而不可见者也。"此徒有见于锥之在囊，而固未睹夫马之在厩也⑪。驽骥杂处⑫，其所以饮水食刍⑬，嘶鸣蹄啮，求其所以异者盖寡。及其引重车，取夷路，不屡策，不烦御⑭，一顿其辔而千里已至矣。当是之时，使驽马并驱方驾，则虽倾轮绝勒，败筋伤骨，不舍昼夜而追之，辽乎其不可以及也，夫然后骐骥騕褭与驽骀别矣。古之人君，知其如此，故不以为天下无材，尽其道以求而试之耳。试之之道，在当其所能而已。

夫南越之修簳⑮，镞以百炼之精金，羽以秋鹗之劲翮⑯，加强弩之上而扩之千步之外⑰，虽有犀兕之捍⑱，无不立穿而死者，此天下之利器，而决胜觌武之所宝也⑲。

然而不知其所宜用，而以敲扑⑳，则无以异于朽槁之挺也㉑。是知虽得天下之瑰材桀智㉒，而用之不得其方㉓，亦若此矣。古之人君，知其如此，于是铢量其能而审处之㉔，使大者、小者、长者、短者、强者、弱者，无不适其任者焉㉕。其如是，则士之愚蒙鄙陋者㉖，皆能奋其所知以效小事，况其贤能智力卓荦者乎㉗？呜呼！后之在位者，盖未尝求其说而试之以实也，而坐曰天下果无材，亦未之思而已矣。

盖闻古之人于材有以教育成就之，而子独言其求而用之者何也？曰："因天下法度未立之后，必先索天下之材而用之；如能用天下之材，则所以能复先王之法度；能复先王之法度，则天下之小事无不如先王时矣，况教育成就人材之大者乎？此吾所以独言求而用之之道者。"

噫！今天下盖尝患无材可用者。吾闻之，六国合从而辩说之材出，刘、项并世而筹画战斗之徒起，唐太宗欲治而谟谋谏诤之佐来㉘。此数辈者，方此数君未出之时，盖未尝有也。人君苟欲之，斯至矣。今亦患上之不求之、不用之耳。天下之广，人物之众，而曰果无材者，吾不信也。

【注释】

①材论：即论材。材与才同。此篇专门讨论人才问题。

②为：有作为。

③安以荣亡以辱："以"相当于"而"，为连词。《楚辞·离骚》："夫惟党人之偷乐兮，路幽昧以险隘。"

④蔽：蒙蔽。《论语·阳货》："女闻六言六蔽矣乎？"孔疏："蔽谓蔽塞而不自见其过也。"

⑤去辱绝危：去，离开。绝，断绝。去辱绝危，谓可以离开侮辱断绝危险。

⑥偃然：安然。《荀子·儒效》："偃然如固有之。"注："偃然犹安然。"肆志：肆，纵恣，放肆。《左传·昭公十二年》："昔穆王欲肆其心，周行天下。"

⑦诱：诱使、引诱。《诗经·召南·野有死麕》："有女怀春，吉士诱之。"《左传·僖公十年》："币重而言甘，诱我也。"

⑧荣辱忧戚在我：谓士的荣辱忧戚在我把握之中。此我指在上位者。

⑨谡谡然：恐惧貌。《荀子·议兵》："秦四世有胜，谡谡然常恐天下之一合而轧己也。"又王安石已有《上仁宗皇帝言事书》："四方有志之士，谡谡然常恐天下之久

不安。"

⑩皋夔稷契：皋谓皋陶，相传为舜的法官弼士，是东夷族一支的首领，为春秋时英、六族人的祖先，偃姓。又作咎繇。夔，相传为舜的乐官，《尚书》记他对舜说"予击石拊石，百兽率舞"。稷，后稷，相传为舜的农官，为周人的祖先。《诗经》《尚书》中都载有他的事迹，说他的母亲生下他，他被弃，牛羊乌鹊都保护他，他善植五谷，大禹平定山川，他随之教民种植嘉谷，死后被尊为五谷神。契，相传为商人的祖先，亦是舜的臣子，任司徒，助禹平治水土，有功，被封于商。

⑪厩：马的休息和饲养处。

⑫驽骥：驽谓劣等马，骥谓良马。《荀子·劝学》："骐骥一跃，不能十步，驽马十驾，功在不舍。"

⑬刍：喂饲牲畜的草束。《诗经·小雅·白驹》："生刍一束，其人如玉。"

⑭夷路：平坦的路，《老子》："大道甚夷，而民好径。"径谓小路。策，鞭策，用马鞭打马。《论语·雍也》："孟之反不伐。奔而殿，将入门，策其马曰：'非敢后也，马不进也。'"御，驾御。

⑮南越：也作南粤，今广东、广西一带地方。《史记》有《南越列传》；《汉书》有《两粤传》，其中记南粤事。修簳，修，长也；簳，箭杆，箭杆多以竹为之。修簳，长的箭杆。

⑯鹗：雕属的一种猛禽。《汉书·邹阳传》："臣闻鸷鸟累百，不如一鹗。"翮：鸟的羽茎。

⑰弲：拉满弓曰弲。韩愈《送穷文》："驾尘弲风，与电争先。"

⑱犀兕之捍：犀，犀牛；兕，兽名，古籍中经常将犀兕对举，作为猛兽之称，兕到底是什么，说法有异，《尔雅·释兽》以为兕似牛，还有人说兕即雌犀。捍通悍，强悍、勇猛。

⑲觌武：尚武。《国语·周语中》："武不可觌，文不可匿，觌武无烈，匿文不昭。"

⑳敲扑：杖长者曰扑，短者曰敲。贾谊《过秦论》："执敲扑以鞭笞天下。"注引臣瓒说："短曰敲，长曰扑。"句谓以利箭为敲扑。

㉑朽槁：腐朽的箭杆。槁，箭杆。挺，挺拔，耸直。《荀子·劝学》："木直中绳，鞣以为轮，其曲中规，虽有槁暴不复挺者，鞣使之然也。"

217

㉒瑰:奇伟。瑰材,奇伟之材。桀同杰,杰出,特异。桀智,杰出的智慧。

㉓方:法也,道也。《论语·雍也》:"可谓仁之方也已。"

㉔铢量:铢,一两之二十四分之一,极小的衡量单位。铢量谓一点一点地从细微的地方衡量。审处,审谓慎重,审处谓慎重地安置。

㉕适:恰好适合。《诗经·郑风·野有蔓草》:"解逅相遇,适我愿兮。"

㉖愚蒙鄙陋:愚蒙,愚昧不学。《汉书·杨恽传》:"足下哀其愚蒙,赐书教督以所不及。"鄙陋,浅薄庸俗。《汉书·杨恽传》:"言鄙陋之愚心,若逆指而文过。"

㉗卓荦:卓异出众。班固《典引》:"卓荦乎方州,洋溢乎要荒。"左思《咏史》:"弱冠弄柔翰,卓荦观群书。"

㉘六国合从而辩说之材出三句:此乃言材适时用,时势需什么人才,什么样的人才就会出现。六国合从,战国时苏秦倡合纵之说,联合山东六国以抗强秦。合从即合纵。刘项并世,陈胜起义以后,刘邦、项羽并起而争天下。唐太宗,李世民也,他一心图治。谟,谋画。《尚书·伊训》:"圣谟洋洋,嘉言孔彰。"诤,直言规劝。谟谋谏诤,谓谋画和能直言规劝。

【集评】

明茅坤《唐宋八大家文钞》卷九十:语曰:天下信未尝无士,即此意。

【鉴赏】

王安石面对北宋日益严重的社会政治问题,"慨然有矫世变俗之志"(宋史本传,见《宋史》卷三百二十七)。未及不惑之年的王安石刚被召至京城,便以万言书上仁宗皇帝。在这篇著名的《上仁宗皇帝言事书》中,基于对当时严峻复杂形势的分析,他一针见血地指出,"方今之急,在于人才而已。诚能使天下之才众多,然后在位之才可以择其人而取足焉。在位者得其才矣,然后稍视时势之可否,而因人情之患苦,变更天下之弊法,以趋先王之意,甚易也。"在世事纷繁之中,王安石抓住了解决社会问题的一个关键——人才,并从"教之""养之""取之""任之"诸方面详细阐述了他的人才观,充分表现了这位矢志改革的政治家的远见卓识。然而也正是在人才观方面,当时却存在着令人忧虑不安的突出问题。人才观方面的诸多世俗偏见若不能纠正,大批人才便无由以出,"改易更革天下之事"也就难成,"变风俗,立法度"改造社会便更是一句空话。因此,在人才观方面的是非问题不可不辩论清楚,而《材论》便是一篇专讲人才问题的专论。

这是一篇驳论型的论说文,即驳斥对方的错误论点,并在驳斥敌论中树立起自己正确的观点。文章一开始便以"不患"与"患"两个否定、肯定的句式,说明了当时的"天下之患",开门见山地提出了天下所忧虑的事情,即不忧虑人才不够多,而忧虑的是在上的人不希望他们多;不忧虑人才不为国家做事,而忧虑的是在上的人不让他们做事,从而明确提出人才问题事关重大,"材之用,国之栋梁",并正反说明了人才的极端重要,"得之则安以荣;失之则亡以辱",足见,人才问题实与国家生死存亡攸关,绝非小事可等闲视之。但恰恰在这个关于国家"安、荣""亡、辱"如此重大的人才问题上,当时的"上之人(包括皇帝在内的当权者)",却"不欲其众","不使其为",不去发现培养人才,不使他们发挥应有的作用,这正是"天下之患"。接着作者用一个"者……也"设问句,指出"是有三蔽",具体摆出了当时在人才问题上的三种社会偏见,这三种偏见也正是作者在《材论》中要分别驳斥的三种错误观点。

最突出的一种偏见,认为我自己处于最高的地位,可以排除掉耻辱,断绝掉危害,一辈子也不会碰上什么祸害,人才的任用与否,与国家的治乱命运无关,因而任意放纵自己,最终使国家陷于败乱危亡和受屈辱的境地。

另一种偏见,有的人认为自己的官位和金钱足以引诱天下的才士,荣耀屈辱忧愁悲伤等等都掌握在自己手里,自己可以傲视天下的才士,而他必然会自动归向自己,这样最终也要陷入败乱危亡和受屈辱的境地。

还有一种偏见,有的人不探求培养选拔人才的方法,而是忧心忡忡地认为天下实在没有人才,同样最终也陷入败乱危亡和受屈辱的境地。

这样,作者在列述人才问题上的三种偏见的同时,简括而有力地分析了其必然导引的"卒入于败乱危辱"的令人震惊的恶果,与上面指出的"失之则亡以辱"相呼应,再一次强调了人才关乎国家生死存亡的极端重要性。对上述三种偏见的驳斥,作者并没有也无必要去平均用力地全面出击,因为前两种自视位高、财足,盲目自安自喜,认为人才无用的观点,其谬误显而易见,是非不言自明,"然而用心非不善犹可论其失者,独以天下为无材者耳"。与前两种相比较,他们的本意还不是不想用天下的人才,而是糊涂无知,一叶障目不见泰山,看不到人才而哀叹天下无人才可用。所以，这种"以为天下诚无材"的错误观点实有详加讨论辨析的必要，这就是作者特意"论其失"，以触"未知其故"的原因，是作者所驳敌论的一个重点。就驳论文章的类别来看，又是属于反驳论点之一种，即用新的论据新的论证反证其论点的错误，从而树立起新的正确的论点，得出新的结论。

在这里，作者基于其"用心非不善""盖其心非不欲用天下之材"的思想基础，所以在反驳中"言咨悦怿"（《文心雕龙·论说》）"烦情入机，动言中务"（同上），并从以下三个方面循循善诱层层递进地驳斥了天下无人才的偏见，阐述了"索天下之材而用之"的观点。

一是以马为喻，强调要在实践中考察人才。在马厩中，劣马好马混杂在一起，其饮水吃草、嘶鸣啼咬并没有多少不同，而等让他们拉车跑路时，好马劣马就看出大不一样了，好马"引重车，取夷路，不屡策，不烦御，一顿其辔而千里已至"，而劣马"虽倾轮绝勒，败筋伤骨，不舍昼夜而追之，辽乎其不可及"。说到人也是如此，平常情况下难见高下，"惟其遇事而治，画策而利害得，治国而国安利"，人才与一般人的区别便可看得清清楚楚了。至此，作者适时地引出了一个结论：如果不能精细地考察，慎重地任用，即使本有上古贤人皋陶、乐夔、后稷、殷契那样的才智，也"不能自异于众"，何况是在他们之下的人呢？那种认为人才如锥子在口袋，其尖端会自然显露的看法是片面的。要之，要为人才脱颖而出创造条件。这一点，古代的贤君懂得这个道理，所以不认为天下没有人才，而是想尽一切办法去寻找、考察人才，并尽才而用，当今"上之人"若能如此，便不会"谔谔然（忧心恐惧的样子）以为天下实无材"了。

二是以箭为喻，阐明量才为用的道理。作者说，南越的长箭，精金为镞，劲翮为羽，千步之外，可射杀犀牛，可谓"天下之利器，决胜觌武之所宝"，但如果用之不当，比如用它来敲打东西，那就和枯朽的棍子无多大区别。至此，作者又适时地引出了一个结论：即使得到了天下奇才，如果使用不得法，也同样等于得不到人才，而古代的贤君懂得这个道理，量才而用，人尽其才，所以人才济济，各显其能。后世在位者，不懂量才为用，人才被埋没，反"坐曰天下果无材"，作者语重心长地说，不是没有人才，而是没有动脑筋好好地思索，没有弄懂使用人才的道理。

三是以史为鉴，进一步说明人才应运而出的道理。作者以"六国合纵而辩说之材出""刘、项并世而筹画战斗之徒起""唐太宗欲治而谟谋谏诤之佐来"为例，说明人才的出现在于时势的需要与"上之人"的发现与重用。就某种意义上来说，君主如果想得到他们，他们就来了。因此，以天下之大，人才之众，而硬说果真没有人才，是无论如何也不能令人信服的。至此，"以为天下实无材"的论点，已被反证为是错误的，同时作者重视人才以及如何发现、选拔、使用人才，使人才得以脱颖而出、使人才得以尽才为用等观点也一并得到了阐述。

《材论》一文，篇幅不长，但却能针对时弊，据理以陈，阐明了有关人才的重大社会问题，表达了"索天下之才而用之"的政治改革家的宏图大略，可以说是一篇为改革图新服务的"招贤书"。这篇文章也正体现了作者所倡导的"文者，务为有补于世用"。（王安石《上人书》）的创作主张。这篇短文，针对性强，有的放矢，批驳有力量，再加上巧用比喻，类比史实，使之具有浓厚的政治色彩且有较强的说服力和一定的感染力，结语"天下之广，人物之众，而曰果无材可用者，吾不信也"，又是何等的自信，何等的平易深邃而流畅自然！

知人

【题解】

这是一篇短文,但却论述了很值得重视的问题。

从古至今,知人为难,所以《尚书》中说"知人则哲"。因为人是最聪明的,是天地之间的灵物,正因为这样,所以人为了自己的目的,往往会做出假象,使别人从外在的行为上看不清他的本心,这就是所谓的蒙蔽。但是,蒙蔽虽有效,却不能永远,最后总得露出本心。古往今来,此种情况可说数不胜数。王安石正是从对人的这种情况的总结中,得出了宝贵的经验,他看出了贪得的人反而会在一个时期很廉,嗜于声色的人反而会在一个时期里很洁身自爱,奸佞的人反而会在一个时期里表现很刚直。这种表现当然是不持久的,显然是有目的的。对此王安石看得也很清楚,他深刻地指出,这是"规有济焉尔",是有计划有目的地为了更好地获得欲望的满足。这种观察应说是很有价值的。

本文短小,例证确当,要言不烦,意义深刻,对我们今天的读者也有非常重要的参考价值,值得深入地仔细地联系实际加以体会。

【原文】

贪人廉,淫人洁,佞人直,非终然也①,规有济焉尔②。王莽拜侯,让印不受,假僭皇命,得玺而喜③,以廉济贪者也。晋王广求为冢嗣,管弦遏密,尘埃被之,陪宸未几,而声色丧邦④,以洁济淫者也。郑注开陈治道,激昂颜辞,君民翕然,倚以致平,卒用奸败⑤,以直济佞者也。於戏!"知人则哲,惟帝其难之"⑥,古今一也。

【注释】

①非终然也:不是到底是这样的。终,最后,到底。

②规:规划、计划。《国语·周语上》:"近臣尽规。"注:"尽规,尽其规计以告王

也。"扬雄《法言·渊骞》："或问萧（何）、曹（参），曰：'萧也规，曹也随。'"济：成就。《尚书·君陈》："必有忍，其乃有济。"焉：代词。文中指代计划、目的。规有济焉尔，是说贪人廉等等，都是有计划要成就达到一个目的的。

③王莽拜侯，让印不受，假僭皇命，得玺而喜：王莽是西汉元帝王皇后之侄，父早卒，曲事诸父王凤、王商等，王凤死，托于太后，拜为黄门郎，迁射声校尉，旋封为新都侯；年三十八，成帝绥和元年，为大司马，哀帝死，以大司马辅政，风群臣求安汉公号，王太后下诏，莽先后上书让。事具《汉书·王莽传》。平帝死，王莽立孺子。居摄如周公故事，莽求传国玺，使王舜喻指元后，元后不得已，投玺于地，舜以之授莽，莽大悦，为太后置酒未央宫。事具《汉书·元后传》。

④晋王杨广事：杨广为隋文帝杨坚次子，为争立太子，陷害兄杨勇，而自己矫饰伪行，不近女色，不听音乐，杨坚被蒙蔽，立其为太子。杨坚死，即位。广选美女，声色娱乐，淫佚过度，晚年游扬州，被宇文化及杀死。事具《隋书》。遏密：止静也。《尚书·舜典》："放勋乃徂，百姓如丧考妣，三载，四海遏密八音。"陪扆：扆，户牖间画有斧头的屏风。扆坐，君主的座位，犹言御座。陪扆犹言负扆也。负扆，背靠屏风南向坐也，即是言即位为皇帝。《礼记·明堂》："天子负斧依南乡而立。"依同扆，乡同向。

⑤郑注事：郑注是宦官王守澄的私人，曾诬告宰相宋申锡，后与李训成为唐文宗去宦官的秘密谋划人，被唐文宗任为凤翔节度使。但李训行事不密，被宦官仇士良发觉，李训被杀，郑注亦在军中被杀。其事见《旧唐书·本传》。

⑥知人则哲，惟帝其难之：《尚书·皋陶谟》："禹曰：'吁，咸若时，惟帝其难之，知人则哲，能官人。'"文中语出此。此言真正认识人是聪明智慧的表现，只是做皇帝对此是很难做到的。

【鉴赏】

这篇短文短至只有一百一十三个字，但却有理有据有力地回答了"知人"这样一个重要的问题，可谓言简意赅，短小精悍。此处的"知人"即识人，而且是专讲如何识别善于伪装的坏人。作者分三个层次进行了论述：

第一层，揭露坏人的三种伪装情况，即贪婪的人伪装成清廉，荒淫的人伪装成纯洁，奸诈的人伪装成正直。在这里，作者运用反义词，使"贪"与"廉""淫"与

"洁""佞"与"直",形成强烈对比,从而说明了"知人"的必要性和困难。同时指出坏人的伪装不可能是长时期的,而是靠一时的伪装达到一定的目的,进而说明了"知人"的紧迫性和重要性。

第二层,引据三个历史人物加以具体说明:王莽,汉成帝时拜为新都侯,他一再辞让,后来却以种种阴谋手段,弑君篡权,自立为皇帝,这是以"廉"达到"贪"的目的的典型一例。杨广,起初装作不爱声色,骗取了帝与后的钟爱,而后竟弑父杀兄,成为最为荒淫无度的皇帝,终至"声色丧邦",这是以"洁"达到"淫"的目的的典型一例。郑注,唐文宗李昂时的重臣,旧说此人阴险奸诈,曾激昂慷慨,大谈治国之道,博得君民赞同,而用他治天下,最终招致失败,这是以"直"达到"佞"的目的的典型一例。应当指出的是,作者在这里以郑注为例说明"以直济佞",把郑注当作奸佞,是受旧说的影响。

第三层,引用《尚书》的名句,感慨"知人"之难。《尚书·皋陶》中说,"能正确地识别一个人就是贤智的人,像舜帝这样圣君也是很不容易做到的。"这个问题从古到今都是一样的。

　　此文虽短,然而有分析有例证有说明,环环相扣,层次分明,结构严谨,发人深省。既是对当时社会问题一针见血地剖析,也是作者对所经所历的深沉感慨。今天读来,仍可引起共振共鸣,颇富现实的借鉴意义。

国学经典文库

唐宋八大家散文鉴赏

王安石卷

兴贤①

【题解】

此文中心论题,就是要启用贤能之人。

文章短小精悍,简洁明白,但寓意甚深。

王安石非常重视人才问题,非常重视是不是能把贤能之士真正地使用起来,所以他反复就这个问题做文章,本篇就是这些文章中的一篇。

开篇第一句话,就点明了文章的主旨,可谓开宗明义。"国以任贤使能而兴,弃贤专己而衰",这确是千古不易之论。在此之后,就以历史上王朝的兴衰,主要是王朝之兴的例子来说明这个论点。

在例证之后,直接点明"今犹古也",天下同古之天下一样,士民同古之士民一样,因此不能说天下无贤能。君上求之,贤能则出。具体的办法,王安石提出了五条,认为如果能真正地实行这些,就可以使天下的局面跨两汉、轶三代,践五帝三皇之涂。

文章结构简单,但很完整;文字不多,内容却较充实。如果同仁宗、英宗特别是神宗时的现实联系起来,可知这议论不是空泛的。

【原文】

国以任贤使能而兴,弃贤专己而衰。此二者必然之势,古今之通义②,流俗所共知耳③。何治安之世有之而能兴,昏乱之世虽有之亦不兴,盖用之与不用之谓矣。有贤而用,国之福也,有之而不用,犹无有也。商之兴也,有仲虺、伊尹④,其衰也亦有三仁⑤。周之兴也,同心者十人⑥,其衰也亦有祭公谋父⑦、内史过⑧。两汉之兴也,有萧、曹、寇、邓之徒⑨,其衰也亦有王嘉、傅喜、陈蕃、李固之众⑩。魏晋而下,至于李唐,不可遍举,然其间兴衰之世,亦皆同也。由此观之,有贤而用之者,国之福

也;有之而不用,犹无有也,可不慎欤?

今犹古也,今之天下亦古之天下,今之士民亦古之士民。古虽扰攘之际⑪,犹有贤能若是之众,况今太宁,岂曰无之,在君上用之而已。博询众庶⑫,则才能者进矣;不有忌讳,则说直之路开矣⑬;不迩小人,则谗谀者自远矣⑭;不拘文牵俗,则守职者辨治矣⑮;不责人以细过,则能吏之志得以尽其效矣。苟行此道,则何虑不跨两汉,轶三代,然后践五帝、三皇之涂哉⑯!

【注释】

①兴贤:兴,起也。兴贤,谓起用贤人能人。

②通义:普遍适用的道理。《孟子·滕文公上》:"治于人者食人,治人者食于人,天下之通义也。"

③流俗:世俗的人,指一般的社会普通人。司马迁《报任安书》:"文史星历,近乎卜祝之间,固主上所戏弄,倡优蓄之,流俗之所轻也。"

④仲虺、伊尹:仲虺,汤的左相,助汤败桀灭夏,作《仲虺之诰》,《尚书》有此诰。伊尹,史言名挚,是汤妻陪嫁的奴隶,以割烹要汤,汤任以国政,后佐汤伐夏,作《咸有一德》。汤崩,后佐太甲,作《伊训》。太甲不明,不遵汤法,伊尹将他放逐到桐宫。三年,太甲悔过反善,伊尹将之迎回而授之以政,作《太甲训》。伊尹在太甲之子沃丁时,卒,咎单作《沃丁》以训伊尹之事。后世将仲虺、伊尹作为贤臣的典范。

⑤三仁:指殷末之微子、箕子、比干。《论语·微子》:"微子去之,箕子为之奴,比干谏而死。孔子曰:'殷有三仁焉。'"

⑥同心者十人:《尚书·泰誓》:"受有亿兆夷人,离心离德;予有乱臣十人,同心同德。虽有周亲,不如仁人。"乱臣,治臣也。此十人,据说是周公旦、召公奭、太公望、毕公、荣公、太颠、闳夭、散宜生、南公适、文母。

⑦祭公谋父:周穆王时卿士。穆王将征犬戎,祭公谋父谏,认为先王"耀德不观兵",作《祈招》之诗,穆王不从,往征,得四白狼四白鹿以归,自此荒服者不至。

⑧内史过:周惠王时人。'他多次劝谏周惠王崇德,认为国之将兴,神降之,国之将亡,神亦降之。前者降以赐福,后者降以观慝。事见《国语·周语中》。

⑨萧曹寇邓:萧,萧何也,沛丰人,先为秦沛县主吏掾,数护刘邦,后随刘邦起兵,西入咸阳,独先入丞相府收天下册籍图书,为汉王丞相,进韩信,在关中主持国

事,供应军需。汉灭楚,封功臣,萧何功第一,封酇侯,赐剑履上殿。韩信反,与吕后计,诛之。临卒,荐曹参继己之位为汉相,谥为文终侯。曹参,沛人,秦时为沛狱掾,从刘邦起兵,攻城野战,其功甚巨。刘邦定天下大封功臣,以功为平阳侯,为齐悼惠王相国,孝惠元年,为齐丞相。在齐礼敬盖公,盖公善治黄老言,以黄老术治齐,贵

清静,齐大称贤相。萧何卒,曹参为汉相国,一遵萧何约束,无所变更,卒后,谥懿侯。百姓歌曰:"萧何为法,顜若画一;曹参代之,守而勿失。载其清静,民以宁一。"寇,东汉初寇恂也。寇恂字子翼,上谷昌平人,世为大姓。初为郡功曹。后归刘秀,为偏将军,数与邓禹谋议,为河内太守,给转军粮,建武二年,以事免,数月,复为颍川太守,后又为汝南太守,修乡校,教生徒,从征隗嚣,还,颍川百姓借留一年,后平

高峻之乱。建武十二年卒，谥曰威侯。邓，邓禹，字仲华，南阳新野人。少与刘秀相识。闻刘秀起河北，杖策北渡，说以取天下，刘秀大悦。后领兵西入关中。刘秀即位，拜为大司徒，封为酂侯，后更封梁侯。十二年，天下定，封禹为高密侯，以特进奉朝请。中元元年，复行司徒事，显宗时，拜为太傅。永平元年卒，谥曰元侯。

⑩王嘉、傅喜、陈蕃、李固：王嘉字公仲，汉平陵人，以明经射策甲科为郎，免，后举敦朴能直言，迁太中大夫，出为九江、河南太守，征入为大鸿胪，徙京兆尹，迁御史大夫，建平三年，为丞相，封新甫侯。为人刚直严毅，哀帝时谏封董贤、息夫躬、孙宠，后又因阻益封董贤，被下诏狱，愤懑，不食呕血而死。元始四年，追谥忠侯。傅喜字稚游，汉河内温人。哀帝祖母傅太后从父弟。少好学问，有志行，哀帝即位，为卫尉卿，迁右将军。王莽辞大司马，傅喜有望，但以数谏傅太后，不用，赐喜黄金百斤，上将军印绶，以光禄大夫养病。后以何武、唐林奏，拜喜为大司马，封高武侯。以忤傅太后；被免，以侯就第。平帝时，王莽召喜还长安，喜孤立忧惧，复就国，以寿终，莽谥曰贞侯。陈蕃，字仲举，东汉汝南平舆人。少有清世志，初仕郡为功曹，举孝廉，除郎中，后为周景别驾从事，不合，去。李固时为太尉，表荐，征拜议郎，迁乐安太守。大将军梁冀，有书请托，蕃笞使者死，左转修武令，迁尚书，出为豫章太守，征为尚书令，迁大鸿胪，以救李云，免归田里。又征拜议郎，数日迁光禄勋，免归，又征为尚书仆射，转太中大夫，桓帝延熹八年，为太尉。时中常侍侯览等宦官专权，横行不法，蕃因救李膺等为宦官所嫉。桓帝崩，窦太后临朝，以为太傅录尚书事，封高阳侯，切让不受。与后父窦武谋诛中官，事泄，曹节等矫诏诛武等，蕃七十余岁，领诸生八十余人，拔刃突入承明门，被执，即日害之。李固，字子坚，东汉汉中南郑人。少好学，千里寻师，结交英贤。阳嘉二年以灾变特诏对策，拜议郎，出为广汉雒令，至白水关，解印绶还汉中。永和中，为荆州刺史，梁冀徙其为泰山太守，言事，为大司农。冲帝即位，以固为太尉，与大将军梁冀参录尚书事。以立帝事，固争，与梁冀大恶。冀白梁太后（冀妹）免固，立桓帝。年余，刘文、刘鲔谋立清河王，梁冀诬固同谋，太后赦之，冀乃据前奏诛之，年五十四。冀露其尸街衢，令敢临者加罪，固弟子汝南郭亮，守丧不去，南阳董班亦殉尸不肯去，太后听襚敛归葬。当时有谚曰："直如弦，死道边；曲如钩，反封侯。"

⑪扰攘：混乱、纷乱。《汉书·律历志上》："战国扰攘，秦兼天下。"《论衡·答佞》："（张）仪、（苏）秦排难之人也；处扰攘之世，行揣摩之术。"

⑫询：询问、咨询。众庶，一般的人。

⑬说直：谠言直论。谠言直论，是正直的不加避讳的言论。

⑭迩：近。谀谄，谀言阿谀。

⑮拘文牵俗：拘于文法牵于俗议。辨治，明察治理。

⑯跨两汉轶三代践五帝三皇之涂：跨，跨越；轶，超越；践，踏。句谓跨超两汉超越三代，直接踏上五帝三皇的道路。两汉，西汉、东汉；三代，夏、商、周；五帝，说法不一，《史记》以黄帝、颛顼、帝喾、尧、舜为五帝。此说先见于《世本》之《五帝谱》，《大戴礼》之《五帝德》。三皇，《世本》以伏羲、神农、黄帝为三皇，《帝王世纪》从之。《白虎通义》以伏羲、神农、祝融为三皇。《风俗通义》以伏羲、女娲、神农为三皇，唐司马贞补《史记·三皇纪》从之。又秦始皇以天皇、地皇、泰皇为三皇，见《史记·秦始皇本纪》；《春秋纬》以天皇、地皇、人皇为三皇。三皇五帝年代久远，事实茫昧，但后世却以之为太平盛世之称。涂，同途，道也，路也。

【鉴赏】

兴者，举也。兴贤，即推荐、选用德才兼备的人。本篇以"兴贤"取题，表达了作者一以贯之的用人思想，是作者进步的人才观的一个重要组成部分。

这篇短论，分两段从两个方面紧扣题目，就选贤任能做了简明而令人信服的论述，分别集中而又有联系地回答了"为什么"和"怎么样"两个方面的问题。

第一段讲为什么"兴贤"，也就是讲"兴贤"的重要。文章一开头便就兴贤与否与国家兴衰存亡的关系来说明"国以任贤使能兴，弃贤专己而衰"，而且这是"古今之通义"，"流俗所共知"。作者认为"治世""乱世"的"兴"与"不兴"，在于对"贤"的"用"还是"不用"。就此可以推断："有贤而用，国之福也"，"有之而不用，犹无有也"。从道理上讲是这样，从历史事实来看也是如此。作者提到商朝，说"商之兴也有仲虺、伊尹（皆贤相）"，"其衰也亦有三仁（指微子、箕子、比干三位仁德的贤人）。"又提到周朝，"周之兴也同心者十人（指周公旦、召公奭、太公望、毕公、荣公、太颠、闳夭、散宜生、南公适、文母等十位大臣）"，"其衰也亦有祭公谋父（周公的卿士）、内史过（周朝大夫）"这样的贤人。再如"两汉之兴"，有萧何、曹参、寇恂、邓禹这些贤相名臣；"其衰也"也有像王嘉、傅喜、陈蕃、李固这么多的贤臣。再看魏、晋以下，一直到李氏的唐王朝，历代贤臣之多"不可遍举"。总之，不管是时世兴盛还是衰亡,总都有贤人在。那么,为什么有兴有衰呢?原因就在于用不用贤才。作者再一次强调"有之不用,犹无有",再一次肯定"有贤而用之者,国之福也"。由此可以证明"兴贤"与否关系到国家的兴衰存亡。至此,"兴贤"的重要性也就不言而喻了。唯其重要,所以以反向"可不慎欤?"强调之,正面的意思自然是如此重要的"兴贤"问题是必须慎重对待,决不可等闲视之的。为什么"兴贤"的问题解决了,与此相联系的便是怎么样"兴贤"的问题。

第二段讲怎么样"兴贤",也就是讲"兴贤"的做法。古今情同一理,同一个中国,一样的士民,即使在纷乱的古代尚有众多的贤人,何况今日正值太平盛世,难道说

就没有贤才?作者从反问中告诉人们的答案是很明确的,当今贤才很多,关键在于君上是否重有他们,也就是能不能"兴贤"。紧接着作者一口气连用五个"则"字连接的条件句,从不同方面列举了"兴贤"的种种措施和办法;其一,广泛听取百姓的意见,使贤才得到荐用;其二,广开言路,让人们敢于讲话,使贤才得以被发现并能发挥应有的作用;其三,疏远小人,让进谗和谄媚的人不能得逞,使贤才得到提拔和重用;其四,不拘泥于文辞等表面的东西,使贤才在位谋政,明辨是非,大胆负责毫无顾虑的办事;其五,不在小处苛求于人,使文武百官不至于谨小慎微而能按他们的心意办事,发挥他们各自的才能和智慧,高效率地做好各项工作。最后,作者为

强调这些做法的正确,又用了一个"则"字句,说明如能照这样去办,那么就可以使国家兴盛强大到超越两汉和夏、商、周三代,达到三皇五帝那样的境地。作者以如此美好的前景,再一次呼应本文开头所表明的观点"国以任贤使能而兴,弃贤专己而衰","有贤而用,国之福也;"从而进一步阐明了本文的"兴贤"主旨。

这篇短文,虽只有两段,文不足四百字,但能紧扣论点,进行严密地论证,先讲"兴贤"的重要以解决思想认识问题,然后讲"兴贤"的做法以提出具体实施措施,从而完整地回答了包括"重才""用才"两个重点方面的"兴贤"问题,有很严密的逻辑性和较强的说服力。在论证过程中,作者列举历史事实,以古证今,发人深省。在语言表达上,或用对举,如"国以任贤使能而兴,(国以)弃贤专己而衰","古今之通义","流俗所共知";或用排比,如第一段的"兴也……其衰也"句,第二段中使用"则"字连接的近乎四六句的句式,虽是并列分举,但却造成了一种递次加强的语势,从而增强了文章的表现力。

勇惠

【题解】

本文针对惠者勇者的行为特点进行论说,对"惠者轻与,勇者轻死"的说法进行了批判,认为惠者勇者未动之前,慎重思考,必待义而后动,不是随随便便的。文章认为,待义而后动,所以孟子强调在可与可不与的情况下,与伤惠,在可死可不死的情况下,死伤勇,必于义无可疑的情况下才"动"。

就写法上说,文章的论题很为集中,绝无枝蔓,这就使对问题的阐发较为深入和透彻。文章的层次较为清晰,先概括提出中心论点,然后加以具体地论说,再以孔子对子路的批评为例说明自己的分析论断,最后做结。这种内容上的安排,使文章结构也较为紧凑,各部分之间衔接紧密而自然,显现了王安石文章的基本特点。

文章的写作时间不详,但从文笔上看,当是早期的作品。

【原文】

世之论者曰:"惠者轻与①,勇者轻死,临财而不訾②,临难而不避者,圣人之所取,而君子之行也。"吾曰不然。惠者重与③,勇者重死,临财而不訾,临难而不避者,圣人之所疾,而小人之行也。

故所谓君子之行者有二焉:其未发也,慎而已矣;其既发也,义而已矣。慎则待义而后决,义则待宜而后动,盖不苟而已也④。《易》曰:"吉凶悔吝生乎动",言动者,贤不肖之所以分,不可以苟尔。是以君子之动,苟得已⑤,则斯静矣。故于义有可以不与、不死之道而必与、必死者⑥,虽众人之所谓难能,而君子未必善也;于义有可与、可死之道而不与、不死者,虽众人之所谓易出⑦,而君子未必非也。是故尚难而贱易者,小人之行也;无难无易而惟义之是者,君子之行也。《传》曰:"义者,天下之制也⑧。"制行而不以义⑨,虽出乎圣人之所不能,亦归于小人而已矣。

季路之为人，可谓贤也，而孔子曰："由也好勇过我，无所取材⑩。"夫孔子之行，惟义之是，而子路过之，是过于义也。为行而过于义，宜乎孔子之无取于其材也。勇过于义，孔子不取，则惠之过于义，亦可知矣。

孟子曰："可以与，可以无与，与伤惠；可以死，可以无死，死伤勇⑪。"盖君子之动，必于义无所疑而后发，苟有疑焉，斯无动也。《语》曰"多见阙殆，慎行其余，则寡悔⑫"，言君子之行当慎处于义尔。而世有言孟子者曰："孟子之文，传之者有所误也，孟子之意当曰：'无与伤惠，无死伤勇⑬。'"呜呼，盖亦弗思而已矣。

【注释】

①轻与：轻易地就给与。轻谓看轻，不重视；与谓给与。下文的轻死同此。

②临财而不訾：訾，本意为足，此文中指贪足，贪得。临财而不訾，谓讲惠人的人面对财货不贪得。

③重与：慎重地看待给与。重谓慎重。

④不苟：不随便。

⑤苟：如果，假如。

⑥于义：在义的方面。

⑦易出：容易做到，做出来。

⑧制：准则、成法。

⑨制：节制、控制，制行谓控制行为。

⑩由也好勇过我，无所取材：语见《论语·公冶长》篇。是说子由好勇超过了我（孔子自谓），但无所可取。

⑪可以与，可以无与，与伤惠；可以死，可以无死，死伤勇：语出《孟子·离娄下》。此是说，可以给与，可以不给与，这时给与就损害了惠的本意；可以死，可以不死，这时死就损害了勇的本意要求。

⑫《语》曰云云：语见《论语·为政》。阙殆，即阙疑。慎行其余谓除了阙疑的地方，其余足以自信的部分，要慎重地去做。

⑬伤：损害。

【鉴赏】

这篇议论文，谈的是道德范畴中的两个命题："勇"与"惠"。勇，即勇敢，惠乃指仁惠,这是古人之所谓"君子"应当具备的两种高尚的品德。

何谓"勇",照一般人的理解,不怕死就是勇,即所谓"临难而不避"。何谓"惠",慷慨乐施就是"惠",即所谓"临财而不訾"也。訾,是计量、计较之意。这似乎成了"常识","常识"是无须再加以思考、验证的,世人常常是从"常识"出发,对事物和现象加以判断和评价的。

敢于对"常识"提出怀疑乃至予以否定,这是古往今来一切富有创新精神的思想家和改革者所共同具有的一种基本素质。他们

常常是冒天下之大不韪,进行"逆向思维",做"反面文章"。王安石就是这样一个人,他的学术见解,他的政治措施,往往是轶出了当时多数士大夫所信守的常规常理的,因此而被人讥为"背谬",给他起了个"拗相公"的外号。

就本文而言,作者一开始就提出了与世俗之见截然相反的观点;他认为真正的"勇"者,对于生与死的选择是十分慎重的;真正仁惠的人,是不轻易将恩德财物施舍于人的。而世人所谓的不怕死、轻施予,则是为圣人所厌憎的"小人之行"。

何以持论呢,作者紧接着提出一个统驭着"勇"与"惠"的更高的道德规范,这就是"义"。中国古代思想家经常是将"道义"并提的,其实二者是有区别的,用现代哲学术语来讲,"道"是本体论的命题,"义"则似应属于方法论的范畴。照儒家的解释,义者,宜也,"行而宜之之为义",所谓义,就是合理,就是适宜,"无过之无不及",这是一切社会行为的最高准则。儒家提倡忠孝,以君父为尊,但"道义"却是位于君父之上的,《荀子·子道》篇有云:"从道不从君,从义不从父。"故而"勇"

与"惠"这两种具体道德规范更是必须服从于"义"这个最高的准则。只要合于"义",完全可以"临难而避",趋生避死,而不必昏头昏脑地去当什么不怕死的英雄。只要合于义,就可以"临财而訾",斤斤计较,而不必傻里傻气地去充什么乐善好施的好汉。

为了支持自己的论点,最方便不过的是抬出祖师爷的牌位来。于是孔子先登场了。《论语·公冶长》篇里记载了孔老先生发的牢骚:"道不行,乘桴桴于海,从我者其由欤?"愣头愣脑的季路(仲由)难得受到老师这样的推重,大喜。孔老先生却偏偏又扫他的兴,接着说道:"仲由啊,你的勇敢超过我,但不善于裁度事理啊!"引经据典,往往曲解原意,借题发挥,以便为我所用,这里也不例外。作者的解释是,孔子的行为是以义为准则的,季路好勇超过了孔子,也就必然超出了"义"的要求,于是,即使像季路这样的贤者,也是"无所取材"了。稍稍加以点化,孔老先生就成了作者观点的完全的支持者了。

孟子的见解倒是真的和王安石相近的。文中所引的一段话见于《孟子·离娄篇下》。孟子认为可以施予恩惠,也可以不施予恩惠的时候,还是不施予的好,否则,就损害了仁惠的品德。可以死,也可以不死的时候,还是不死的好,否则就损害了勇敢的品德。不过也有人认为,这是后世的学者把孟子的话传述错了,应该是"无与伤惠","无死伤勇",对于这种以臆测为根据的纠缠,作者不屑于和他们争论了,干脆斥之曰:不动脑子而已。其实,只要认真读读《孟子》,就可以发现,这位"亚圣",不止在一处说了这个意思,请看:"孔子不为已甚者。""大人者,行不必信,言不必果,惟义所在。"(《离娄》下)等等。孟老先生是很通达的,完全不像宋儒那样死板顽固,不通人情。

文章引述《易经》"吉凶悔吝生乎动",说明君子采取的每一项行动,都是十分慎重的,都是充分考虑了它的必要性和可行性的,并且"多见阙殆",尽量地预见到可能出现的缺点和麻烦,总之是"必于义无所疑而发。"这些话虽然都扣在"勇惠"这个题目上,但言下也有为自己的"变法"措施申辩的意味。神宗熙宁二年(公元1069年),王安石行"青苗法",举朝汹汹,而安石卒不为之动,他在《答曾公立书》中曰:"政事所以理财,理财乃所谓义也,一部《周礼》,理财居其半,周公岂为利哉!"反对新法者认为以二分利息贷款于民,是"图利""聚敛",不如不收利息,将钱施与百姓。王安石斥之为"惠而不知为政"的空谈。由此可见,这篇文章虽然貌似抽象地论述道德规范,实则是有很强的现实性、针对性的。

　　梁启超说王安石"论事说理之文刻入峭厉似韩非子"(梁启超:《王安石评传》)这篇文章语气果决,行文精严,如老吏判狱,不容他人置喙,的确具有一种"刻入峭厉"的特点。

周秦本末论

国学经典文库

唐宋八大家散文鉴赏

王安石卷

【题解】

此文以政治体制为议题,论述周朝与秦朝所实行的不同体制的优劣,可说是对历史上集权体制与分封体制优劣的一个总结。这类总结,王安石以前,柳宗元就作过,王安石在前人的基础上将问题深化了。

周强末弱本,所谓本谓中央之集权,末谓分散之诸侯。王安石认为这作法本想以诸侯藩屏周,但权力分散,诸侯之间强吞弱,巨吞细,周王朝就没办法了,因为末大本小,末强本弱。这说的合乎实际。

秦强本弱末,一切权力归于中央,地方上实行郡县制,把天下的兵器都聚到咸阳销毁,亦以为是好主意。但由于地方郡县一点也无权,一切可以凭恃的东西也没有,所以陈胜这个一般的老百姓都可以领着天下的人将秦推翻,郡县无法自守,只好投降,孤立的咸阳是守不住的。因为本虽强但末太弱,末亡而本亦可待而亡也。

那么,后世如何呢?王安石认为,郡天下而不国,实行秦之制,就是圣人复起也不能改易,其言甚是。但不适合削城销兵,要给地方上留下一定的力量,否则如逢秦时之变,那就危险了。这说法也有道理。

王安石这样说,有点针对性。宋朝惩五代之乱,在太祖平定天下以后,将兵权收归皇帝,将不识兵,兵不识将,除了中央掌握的禁军和边防兵以外,州府基本上甚少兵力,这情况与秦削地方权力,销天下之兵极其相似,所以王安石在文章中特别强调。设郡县而不封国,万世不易,但若削城销兵,就不能不慎重考虑了。因为是在专制时代说本朝的先皇,王安石只能隐晦其言,不能放笔直书,但他提的问题却决不能忽视。

文章简而明,论点明确,论述集中,这是可以学习的。

【原文】

周强末弱本以亡,秦强本弱末以亡,本末惟其称也①。

周有天下,疆其地为千八百国,制方伯、连率之职②。诸侯有不享者③,举天下之众以临之④,有不道者,合天下之兵以诛之⑤,自以为善计也⑥。及其敝⑦,巨吞细,盛凭弱⑧,而莫之能禁也,以至于亡。无异焉⑨,强末弱本之势然也⑩。

秦戒周之亡⑪,郡而不国⑫,削诸侯之城,销天下之兵聚咸阳,使奸人虽有觊心⑬,无所乘而起,自以为善计也。及其敝,役夫穷匠操钼耰棘矜以鞭笞天下⑭。虽欲全节本朝⑮,无坚城以自婴也⑯,无利兵以自卫也,卒顿颡而臣之⑰。彼驱天下之众以取区区孤立之咸阳,不反掌而亡⑱,无异焉,强本弱末之势然也。

后之世变秦之制,郡天下而不国,得之矣,圣人复起不能易也⑲。销其兵,削其城,若犹一也⑳,万一逢秦之变,可胜讳哉㉑!

【注释】

①本末:本,本意为树的根,后指事物的根本,此则指政治体制中的中央。末,本意为树的末枝,后以喻事物的端、尾,此则指政治体制中的地方机构。

②方伯、连率:方伯,一方诸侯之长。《礼记·王制》:"千里之外设方伯。"《史记·周本纪》:"平王之时,周室衰微,诸侯疆并弱,齐楚秦晋始大,政由方伯。"连率,即连帅,古时十国诸侯之长。《礼记·王制》:"十国以为连,连有帅。"柳宗元《封建论》:"于是有方伯连帅之职。"

③享:谓供献。古时把祭品贡物献给祖先、神明以及天子、侯王,称为享。《诗经·小雅·天保》:"是用孝享。"《商颂·殷武》:"自彼氐羌,莫敢不来享,莫敢不来王。"

④临:到、及。句谓诸侯有不按规定供献的,就率领天下之众到他那里去问罪。

⑤不道:无道。《管子·中匡》:"吾欲诛大国之不道,可乎?"所谓不道,就是不按礼法规矩去做应该做的事。合,集中、聚合。诛,诛讨、诛伐。《史记·秦始皇本纪》:"故兴兵诛之,虏其王。"

⑥善计:好计。

⑦敝:同弊。败坏。《战国策·秦策一》:"黑貂之裘弊,黄金百斤尽。"

⑧凭:凭凌、侵逼之意。

⑨无异焉:没有什么特别的地方。异,特别。

⑩强末弱本之势然也:强末弱本的形势使之这样的。

⑪戒:鉴戒。《论语·季氏》:"人有三戒。少之时,血气未定,戒之在色。……"

⑫郡而不国:分天下为郡而不分封王子为诸侯。

⑬觊心:指非分之想。《左传·襄公十五年》:"能官人,则民无觊心。"

⑭役夫穷匠:服役的匹夫和穷困的匠人。指那些受压迫剥削的民众。钼耰棘矜:钼同锄,农具;钼耰,钼柄也;棘矜,戟柄也。句谓匹夫平民拿着锄柄戟柄鞭笞天下。

⑮节:谓忠节。

⑯婴:环绕。《后汉书·卓茂传》:"建武之初,雄豪方扰,虓呼者连响,婴城者相望。"注:"婴城,言以城自环绕。"

⑰顿颡:以头叩地曰顿颡。颡,额也。《孟子·滕文公上》:"其颡有泚,睨而不视。"顿颡,谓以额碰地,犹稽颡,是最隆重的礼节,多于请罪、投降时用之。

⑱反掌而亡:言灭亡的非常快而且容易。

⑲易:变易、改变。

⑳若犹一也:如果还是与秦一样。犹一谓与秦一样、相同。

㉑可胜讳哉:讳谓难言或不敢言的事情。此言万一逢上秦世之变,那事情还能说吗?此隐晦的说法也,意思是那宋朝就要灭了。王安石宋朝大臣,不能说宋亡,所以说是"讳"。

【鉴赏】

周王朝实行分封制,据载初年有诸侯国一千八百多个,并设置方伯、连率之职,分别统驭之。《礼记·王制》:"千里之外设方伯","十国以为连,连有率。"方伯、连率者,各地区诸侯之长也。这种体制,使周王朝朝廷势力弱小,而地方诸侯势力强大,故云其"强末弱本"也。终于导致诸侯兼并,朝廷无力制止,并因此而亡国。

秦并吞六国,统一天下,鉴于周朝灭亡的教训,不再分封诸侯,而且削平诸侯的城池,将天下的兵器铸成十二铜人运至秦都咸阳。使地方势力没有能力反抗朝廷。

这种体制增强了朝廷势力,削弱了地方势力,故云其"强本而弱末",但不久,陈胜、吴广揭竿而起。各地官员无城以守,无兵自卫,不得不向义军投降,孤立无援的秦王朝很快就灭亡了。

周、秦两种体制,各有利弊,后世争论不休。汉初郡、国并行,武帝之后,用晁错削藩之计,逐步削弱了诸侯国的力量,使郡、县制成为主要的统治体制。后世虽有变化,但基本上是沿袭了秦、汉的郡县制的。王安石认为实行"郡县制"是正确的,"圣人复起不能易也"。但"强本弱末"还是"强末弱本"的问题并没有完全解决。

唐代中叶以后,藩镇势力强大,朝廷无力辖制,柳宗元作《封建论》,力陈周朝封建诸侯之弊,论证秦之"郡县制"的历史必然性与合理性,主张加强中央集权。虽切中时弊,然也无法挽回已成之势,终于唐王朝亡于藩镇之祸。

宋有鉴于唐,建国之后,便采取一系列措施,加强中央集权:设参知政事为副相,枢密使掌军权,三司以理财,以分宰相之权;选各地精壮厢兵为中央禁兵,削弱地方兵力;并立更戍法(按期轮换调动军队),使兵将不相知,以防将领拥兵割据;派文臣任知县、知州,掌州县军政之权,再在各州置通判,以分知州之权;同时又设转运使掌地方财权,监察地方官员。这些措施起到了"强本弱末"的作用,宋代统治者也是自以为善计的。但行之日久,弊病越来越严重,首先是地方统治力量薄弱,平时寇盗劫略,尚且无力捕治,一旦有较大规模的起义造反,更是无力应付。其次,边塞将不习兵,兵不习将,将帅又无权调动军队,制定战略,故而外患越来越严重。

王安石这篇文章谈的虽是历史，但却是针对宋朝的现实的。

文章开始便用对偶的句式，并列提出周、秦亡国的教训，犹如当头棒喝、醍醐灌顶，使读者怵然而惊，怦然心动。紧接着作者便明确提出自己的见解："本末唯其称也！"就是说只有朝廷和地方权力相称，才能实现长治久安。

接下来，作者对周、秦制度的利弊及其亡国的原因分别做了精当简要的分析。最后指出后世实行郡县制而不采取分封制是正确的。然而如果不接受秦的教训，那么一旦逢到秦末的变乱，后果也就不好说了。

深刻犀利、言简意赅是这篇文章的一个突出特点。

作者针对宋朝现实发了这番议论，但行文却有意回避，无一字一句涉及本朝，这就好像把弓箭交到读者手里，让读者自己搭箭拉弓去射那个靶子。作者只起了一种诱导和启发的作用。

作为一位有远见的政治家，他不仅认识到北宋王朝所潜伏的这一危机，而且在变法的实践中，也努力缓解和消除这种危机。神宗熙宁三年（公元1070年）实行的"保甲法"，熙宁六年（公元1073年）实行的"将兵法"，都有调整"本强末弱"的意思。可惜的是，法行不久便被废除了。随后金人入侵，边兵不堪迎敌，郡县无力自卫，金兵长驱直入，北宋王朝也就灭亡了。当然北宋灭亡的原因很多，但王安石所说"强本弱末"之势，无疑也是其中一个重要因素。

风俗

国学经典文库

唐宋八大家散文鉴赏

王安石卷

【题解】

本文写作时间不详。然观其内容以及文章的写法、风格,大概是王安石早年的作品。

文章主旨,在于论述风俗的重要作用以及风俗以何者为重,同时论述了京师在形成社会风俗方面的重要意义,指出了风俗趋奢将造成的恶果,提出了现今制俗应采取的做法。

文章内容也无什么特别新鲜的,风俗对于社会民生的重要性以及京师在表率风俗方面的作用及制俗以俭的道理,自汉代以来,几乎无一朝没有人说过。但王安石的文章还是有自己的特点。

其一,问题集中,论点明确,观点鲜明。风俗所包含的内容十分广泛,几乎可以说包含了社会生活的所有方面。例如祭祀、修造、服饰、节庆、人际交往,直至吃饭、行走,都有个风俗问题。且百里不同风,十里不同俗,各地的风俗在内含和外在形式上可能有很大的差异。但有一点是共同的,无论什么内容和形式,都有个奢俭问题,王安石就抓住这一点立论,强调以俭为俗,突出了中心主旨。

其二,语言平易,论说清楚明白。全文无特别晦涩难懂之处,层次极为清楚,先总说,次展开论制俗以俭,再次强调京师之作用,再次言奢之为病,最后归结为如何使风俗趋俭而避奢。条理井然,论说全面。

但这里不能不提出个小问题,王安石还是农业自然经济的观点,视工商为逐末之业,在当时商业经济有所发展的情况下,这看法未免有些保守。其实是,工商是促进社会经济的重要手段和方式,在某种意义上可说是社会发展的标志。当然,工商发展了,人民生活改善了,生活方式就要与往昔不同,把这种改变看作是奢,进而要以行政力量抑制工商发展,这是不足取的。不过话说回来,生活改善了,还有个度的问题，还有个奢俭的问题，提倡俭不能说不对，只不过这个俭是新形势的俭，不是茅茨不剪的俭，标准还是很不同的。王安石生当北宋，虽工商有所发展，毕竟不是主流，他对工商的看法一仍旧贯，是时代使然，我们这里说这个问题，不过是要读者注意罢了。

【原文】

夫天之所爱育者民也，民之所系仰者君也。圣人上承天之意，下为民之主，其要在安利之。而能安利之之要不在于它，在乎正风俗而已。故风俗之变，迁染民志①，关之盛衰，不可不慎也。

君子制俗以俭，其弊为奢。奢而不制，弊将若之何？夫如是，则有殚极财力僭渎拟伦以追时好者矣②。且天地之生财也有时，人之为力也有限，而日夜之费无穷。以有时之财，有限之力，以给无穷之费，若不为制，所谓积之涓涓而泄之浩浩，如之何使斯民不贫且滥也！国家奄有诸夏③，四圣继统④，制度以定矣，纪纲以缉矣，赋敛不伤于民矣，徭役以均矣，升平之运未有盛于今矣，固当家给人足无一夫不获其所矣。然而婆人之子⑤，短褐未尽完，趋末之民⑥，巧伪未尽抑，其故何也？殆风俗有所未尽淳欤？

且圣人之化，自近及远，由内及外。是以京师者风俗之枢机也⑦，四方之所面内而依仿也⑧。加之士民富庶，财物毕会⑨，难以俭率⑩，易以奢变。至于发一端，作一事，衣冠车马之奇，器物服玩之具，且更奇制⑪，夕染诸夏。工者矜能于无用⑫，商者通货于难得⑬，岁加一岁，巧眩之性不可穷⑭，好尚之势多所易⑮，故物有未弊而见毁于人⑯，人有循旧而见嗤于俗⑰。富者竞以自胜⑱，贫者耻其不若⑲，且曰："彼，人也；我，人也；彼为奉养若此之丽，而我反不及！"由是转相慕效，务尽鲜明，使愚下之人有逞一时之嗜欲，破终身之赀产而不自知也⑳。

且山林不能给野火，江海不能实漏卮㉑，淳朴之风散，则贪饕之行成㉒，贪饕之行成，则上下之力匮。如此则人无完行，士无廉声，尚陵逼者为时宜㉓，守检柙者为鄙野㉔，节义之民少，兼并之家多，富者财产满布州域，贫者困穷不免于沟壑。夫人之为性，心充体逸则乐生，心郁体劳则思死，若是之俗，何法令之能避哉！故刑罚所以不措者此也。

且坏崖破岩之水，原自涓涓，干云蔽日之木，起于青葱，禁微则易，救末者难。

所宜略依古之王制,命市纳贾,以观好恶。有作奇技淫巧以疑众者,纠罚之;下至物器馔具,为之品制以节之㉕;工商逐末者,重租税以困辱之。民见末业之无用,而又为纠罚困辱,不得不趋田亩,田亩辟则民无饥矣。以此显示众庶,未有辇毂之内治而天下不治矣㉖。

【注释】

①迁染民志:迁染,改变浸染。句谓风俗改变浸染民之心志。

②殚:尽。《淮南子·说山训》:"宋君亡其珠,池中鱼为之殚。"僭渎:僭越冒渎。时好:时所好尚。

③奄有诸夏:奄,覆盖、占有。《诗经·周颂·执竞》:"自彼成康,奄有四方。"诸夏,中国也。诸夏本意指周代分封的诸侯国,《左传·闵公元年》:"诸夏亲暱,不可弃也。"注云:"诸夏,中国也。"后则以诸夏称中国。

④四圣继统:四圣,指宋太祖、宋太宗、宋真宗、宋仁宗。继统,谓继承皇统,亦即保有皇位。

⑤窭人:贫穷困苦之人。

⑥趋末之民:末谓工商。句指趋于工商的民。旧时民分四业,士农工商,农为本,工商为末。

⑦枢机:关键。《易·系辞上》:"言行,君子之枢机,枢机之发,荣辱之主也。"注云:"枢机,制动之主。"《国语·周语下》:"夫耳目,心之枢机也。"注:"枢机.发动也。。心有所欲.耳目为之发动。"

⑧依仿:依照仿效。

⑨会:会聚,聚集。

⑩率:楷模。难以俭率,难以用俭作天下的楷模。

⑪更:改变、变化。

⑫矜能:自负才能。矜能于无用,谓从事手工的人自负才能,做些无用的东西。

⑬商者通货于难得:谓经商的人通流货色,只流通那些难于得到的奇货。

⑭巧眩之性不可穷:奇巧眩人耳目的性行不可穷尽。此谓工者矜能于无用的结果。

⑮好尚之势多所易:喜好崇尚的形势多所变化改易。此指商者通货于难得而

言。

⑯物有未弊而见毁于人：物有的尚未弊坏就被人毁弃了。

⑰人有循旧而见嗤于俗：人有遵循旧章就被世俗所嗤笑。

⑱富者竞以自胜：富有的人竞相争占上风。

⑲不若：不如，不像人家那样。

⑳赀产：财货资产。《史记·仲尼弟子列传》："子贡好废举，与时转货赀。"

㉑漏卮：渗漏的酒器。《淮南子·氾论训》："今夫雷水足以溢壶榼，而江河不能实漏卮。"《盐铁论·本议》："故川源不能实漏卮。"

㉒贪饕：贪得无厌。《战国策·燕策三》："今秦有贪饕之心，而欲不可足也。"

㉓陵逼：欺压逼迫。

㉔检柙：法度、规矩。《后汉书·仲长统传》："又中世之选三公也，务于清悫谨慎，循常习故，是妇女之检

柙，乡曲之常人耳，恶足以居斯位耶？"检柙字亦有作"检押"者。

㉕品制：品级制度。节：限制、节制。

㉖辇毂：本意指天子所用之车舆，后以之指代天子或京师。司马迁《报任安书》："仆赖先人绪业，得待罪辇毂下，二十余年矣。"

【鉴赏】

据《宋史·王安石传》说："安石议论高奇，能以辨博济其说"。并说他"慨然有矫世变俗之志"。在其《上仁宗皇帝言事书》中也曾直言当时的形势是"天下之财力日以困穷，而风俗日以衰坏，四方有志之士，谔谔然（忧虑害怕的样子）常恐天下之久不安。"当皇帝问"卿所施设以何先"时，王安石当即回答："变风俗，立法度，最

方今之所急"。(宋史本传)不难看出"变风俗"是王安石久已虑之在心的主张,而《风俗》正是关于"变风俗"的一篇专论。

文章一开始先讲"风俗"的重要。作者认为人君的主要任务是使人民生活安定、富裕,而关键的问题不是别的,就在于端正风俗。他认为风俗的变化影响到民众的思想,因此"风俗"一事,"关之盛衰,不可不慎"。在这里,王安石把"风俗"提到了关乎国家盛衰的高度来认识,足见这个问题是何等的重要。

然而,正是在这个"关之盛衰"的"风俗"问题上,却令人忧虑。"君子制俗以俭,其弊为奢",而且"奢而不制",其流弊必将发展到不可收拾的地步。作者明确指出,风俗的不正在于"奢","奢"又源于"兼并"。当时的北宋王朝,大官僚大地主大量兼并土地,大肆聚敛财富,恣意挥霍,他们比奢侈,讲享受,败坏了一代社会风气,致使一些人竭尽财力,不守本分,效法阔人,追求时髦。文章对此做了详尽而令人信服的阐述和分析:"天地之生财有时,人之为力也有限,而日夜之费无穷",就像水一样一点一滴积起来,却大股大股地流出去,势必造成民众"贫且滥",国家衰而微。立国之后,本该使国泰民富,然而却使穷苦的人连一件完整的粗布衣服都没有。投机不法的商贾,"巧伪未尽抑",肆意盘剥受不到制裁,究其原因,就是因为风俗不淳朴。因此,风俗之日趋变坏,已经到了非"正"不可的地步。

紧接着作者针对时俗流弊,连用三个"且"字起段,就"流弊为奢"的社会问题递层加深地进行了论述和剖析:

一是,京城是"风俗之枢机","四方所依仿",然而"士民富庶,财物毕会,难以俭率,易以奢变","旦更奇制,夕染诸夏",致使"转相慕效,务尽鲜明",终至带坏了整个社会风气。

二是,由于"淳朴之风散","贪饕之行成","上下之力匮",致使"人无完行,士无廉声"。"节义之民少,兼并之家多",整个社会贫富更加悬殊,触犯法令就不可避免,社会也就难免动荡不宁。

三是,鉴于"禁微则易,救末者难",因此必先"立法度",而后才能"变风俗"。在这里作者提出了许多具体措施,目的在于使"民见末业之无用",而"不得不趋田亩",从而"田亩辟""民无饥",风俗正,天下治。

本篇关于"风俗"的论说,颇具形象性说理的特点,突出地表现为比喻的贴切运用。如"山林之大不能给野火,江海不能实漏卮",形象地说明,奢华的风俗如同野

火,犹如漏斗,山林之大,江海之广也难以承受。社会的奢靡之风,也必将使整个社会垮掉,问题的严重性已显见于其中。另如"坏崖破岸之水,原自涓涓,千云蔽日之木,起于青葱",生动地说明了"禁微则易,救末则难",纠正坏风气之艰巨性也尽在其中。这些比喻,所举浅近,所蕴深邃,给人联想,发人深省,作者所讲的道理也因之化高深为易懂,化抽象为具体,从而增强了文章的说服力。

这篇文章的语言也是很有特色的,一向重视内容,似轻于修饰的王安石,基于说理的需要,本于深沉的思考,赖于娴熟的文笔,却使难避沉闷的说理文写得如此生动有致,尤其对偶排比的交互运用更是自然畅达,不见做作之处。这样的例子,可以说通篇而见之,像开头"天之所爱者民也,民之所系仰者君也","上承天之意,下为民之主",两相对照,语意明晰。像"天地之生财有时,人之为力也有限,而日夜之费无穷",鲜明地道出了"奢"为风俗之"弊"的道理。再像后面的"衣冠车马之奇,器物服玩之具","旦更奇制,夕染诸夏","工者矜能于无用,商者通货于难得"等等,又是何等铿锵有力,错落有致。上面所举的几个比喻,同时也是工整而不见刀斧之痕的对仗句,同样能够收到相得益彰之效。另外递进推理中近乎顶针的连锁句式,如"淳朴之风散,则贪饕之行成。贪饕之行成,则上下之力匮",更增加了文章说理的气势,本篇语言的生动性还表现于拟引对话等方面,如"彼人也,我人也,彼为奉养若此之丽,而我反不及!"这就把人们的攀比心理形象而具体地表现了出来,有力地说明了"富者竞以自胜,贫者耻其不若"的风俗所酿成的尚奢弊病。

委任

【题解】

这篇文章写作时间不得而详,观其所述及文章结构、用语等,大约是早年的作品。

文章的中心是论说人君如何委任于人的问题。这个问题,应该说是个重要的而且,具有普遍意义的问题。自古以来,就存在一个人君如何委任的问题,人臣如何塞责的问题,这是中国封建政治的一个重要问题,是一个标志性的问题。为了解决好所谓的君臣关系,中国形成了很多政治伦理原则,其中最重要的就是"忠"的观念和原则,一般地说,战国秦汉以来,"忠"主要是对臣下的要求,臣下要无条件地忠于君主,无论这个君主是怎样的,他都干了些什么。这是一种单向的无条件的要求。能够从两方面谈论这个问题的,只有孔子和孟子。孔子说:"君使臣以礼,臣事君以忠。"孟子说:"君之视臣如手足,则臣视君如腹心;君之视臣如犬马,则臣视君如国人;君之视臣如土芥,则臣视君如寇仇。"王安石强调人主对臣下要委之诚,任之重,认为委之诚者人亦输其诚,任之重者人亦荷其重,这也是从两方面来立论,并将问题的主导方面放在了人主一方,在这点上,王安石是继承了孔孟的思想传统的。应该说,这种观点是超出流俗之上,有相当的价值,比起无条件地要求臣下单方面尽忠输诚,这种思想不知要高明多少倍。

文章在写法上也有得可说,为了说明自己的观点,王安石以充分而典型的事例来做证明,这就加强了文章的说服力。文章论述集中,观点明确而突出,例证也较为恰当。

但有一点应加以指出,王安石看到了人主只有委之诚,任之重,才能使事情有好的结果,也以例证说明了西汉元、成以后,不能用贤而受外戚宦官之祸;东汉冲、质、桓、灵之间,外戚宦官为祸更烈,却未能说明何以会有这种情况发生。从一定的意义上说，信任外戚宦官也是人主的委诚任重，为什么政治就混乱起来，社会饱受其害呢？这个问题的未获解决，使得基本观点的确立还有些不够牢固和全面。这就是说，委诚任重要有个前提，对什么样的人委诚任重要首先解决，否则单提委诚任重，就不免显得单薄了一些，甚而留下了漏洞。

【原文】

人主以委任为难，人臣以塞责为重，任之重而责之重可也，任之轻而责之重不可也。愚无他识，请以汉之事明之。高祖之任人也[①]，可以任则任，可以止则止。至于一人之身，才有长短，取其长则不问其短；情有忠伪，信其忠则不疑其伪。其意曰："我以其人长于某事而任之，在它事虽短何害焉？我以其人忠于我心而任之，在它人虽伪何害焉？"故萧何[②]，刀笔之吏也，委之关中，无复西顾之忧。陈平[③]，亡命之虏也，出捐四万余金，不问出入。韩信[④]，轻滑之徒也，与之百万之众而不疑。是三子者，岂素著忠名哉？盖高祖推己之心而置于其心，则它人不能离间而事以济矣。

后世循高祖则鲜有败事，不循则失。故孝文虽爱邓通，犹逞申屠之志[⑤]；孝武不疑金、霍，终定天下大策[⑥]。当是时，守文之盛者，二君而已。元、成之后则不然，虽有何武、王嘉、师丹之贤，而胁于外戚竖宦之宠，牵于帷癏近习之制，是以王道寝微，而不免负谤于天下也[⑦]。中兴之后，唯世祖能驭大臣，以寇、邓、耿、贾之徒为任职，所以威名不减于高祖[⑧]。至于为子孙虑则不然，反以元、成之后，三公之任多胁于外戚、竖宦、帷癏近习之人而致败，由是置三公之任，而事归台阁，以虚尊加之而已[⑨]。然而台阁之臣，位卑事冗，无所统一，而夺于众多之口，此其为胁外戚、竖宦、帷癏近习者愈矣。至于治有不进，水旱不时，灾异或起，则曰三公不能燮理阴阳而策免之，甚者至于诛死，岂不痛哉！冲、质之后，桓、灵之间，因循以为故事。虽有李固、陈蕃之贤，皆挫于阉寺之手[⑩]，其余则希世用事全躯而已，何政治之能立哉？此所谓任轻责重之弊也。

噫！常人之性，有能有不能，有忠有不忠，知其能则任之重，可也；谓其忠则委之诚，可也。委之诚者则人亦输其诚，任之重者人亦荷其重，使上下之诚相照，恩结于其心，是岂禽息鸟视而不知荷恩尽力哉？故曰："不疑于物，物亦诚焉。"且苏秦不信于天下，为燕尾生[⑪]，此一苏秦倾侧数国之间。于秦独以然者，诚燕君厚之之谓

也。故人主以狗彘畜人者，人亦狗彘其行；以国士待人者，人亦国士自奋^⑫。故曰：常人之性，有能有不能，有忠有不忠，顾人君待之之意何如耳。

【注释】

①高祖：刘邦。刘邦字季，秦时泗上亭长，秦末，起兵反秦，与项羽同受约于楚怀王。后入关中，与项羽争天下，在萧何、张良、韩信、陈平等的协助下，终于打败项羽，立汉朝。死后庙号高祖。

②萧何：秦时沛丰人，为沛主吏掾。刘邦起兵反秦，萧何从之。后镇关中，给刘邦军食，刘邦数败，得萧何关中卒与食，故屡复振。项羽败亡，刘邦论功行封，以萧何功第一，封酂侯，赐带剑履上殿，入朝不趋。孝惠帝时，萧何病，举曹参自代。卒，谥为文终侯。

③陈平：秦阳武户牖乡人，少时家贫，与兄居。里中社，平为宰，分肉食均，父老赞之，平欲宰天下。陈胜起事，陈平从魏咎，后亡去，从项羽。刘邦攻下殷地，陈平降汉，刘邦使为都尉，参乘，典护军。又

拜为护军中尉，尽护诸将。荥阳之战，刘邦予陈平金四万，恣所为，令行反间于楚，使范增见疑于项羽，又设计脱楚围。汉灭楚，封侯。孝惠六年，曹参卒，为左丞相。吕后专政时，欲以诸吕为王，王陵曰不可，平曰可，王陵免右丞相，陈平代之。吕后死，平乃与周勃谋，去诸吕，立孝文帝。以右丞相予周勃，为左丞相，位第二。居顷之，周勃谢病免，陈平专一为相。孝文二年卒，谥为献侯。

④韩信：秦淮阴人，始为布衣时，贫无行，不得为吏，常从人寄食，漂母曾饭之。项梁起兵渡淮，仗剑从之。项梁败，从项羽，羽以为郎中。数以策干项羽，羽不用。汉王刘邦入蜀，亡楚归汉，拜为治粟都尉，未之奇。与萧何语，何奇之，数言于刘邦，

未及用。至南郑，即逃亡。萧何闻之，不及告刘邦，自追之。刘邦受萧何语，以为大将。说刘邦出关中，破魏、代、赵，击齐，立为齐王，蒯通说之使自立，不从。垓下一役，刘邦胜项羽，袭夺其军，徙为楚王。后又徙为淮阴侯。不自得，常怏怏。与陈豨谋反，汉十年，陈反钜鹿，韩信欲与家臣诈诏赦官奴，发以袭吕后，被舍人弟上变，吕后用萧何计，诈召韩信，斩于长乐宫钟室，夷三族。

⑤孝文虽爱邓通，犹逞申屠之志：孝文，汉文帝。文帝喜爱邓通，赏赐钜万以十数，通官至上大夫，文帝后赐邓通以蜀严道铜山，令通得自铸钱，后通竟不得名一钱，贫困而死。文帝爱幸邓通，时常至通家游戏，通亦颇谨身以媚文帝。申屠，申屠嘉，文帝时为相，一次申屠嘉上朝，邓通在帝侧，有怠慢之礼，嘉奏事毕，对文帝说，陛下爱幸群臣，则可以富贵之，朝廷之礼，不可不肃。回府，檄召邓通，通恐，入言文帝，文帝使令往，然后再使人召。邓通至丞相府，免冠徒跣谢罪，嘉不为礼，要斩邓通，通叩头至流血，文帝适使人持节召通，通得免，对文帝说："丞相几杀臣。"文帝爱邓通，犹逞申屠之志，事具见《史记·佞幸列传》《汉书·申屠嘉传》。

⑥孝武不疑金、霍，终定天下大策：孝武，汉武帝。金，金日磾霍，霍光。金日磾字翁叔，匈奴休屠王太子，武帝元狩中，匈奴昆邪王、休屠王谋降汉，后休屠王悔，昆邪王杀之，并其众降汉，日磾以父不降没入官，输黄门养马，武帝迁拜马监，迁侍中驸马都尉光禄大夫，亲爱之，赏赐千金，出则参乘，入侍左右。莽何罗兄弟谋反，日磾与霍光，上官桀诛杀之，武帝卒，遗诏封为秺侯。武帝病革，嘱霍光、金日磾、上官桀等辅少主，辅政岁余卒。霍光字子孟，霍去病同父异母弟。以去病，任为郎，稍迁诸曹侍中，去病死后，为奉车都尉光禄大夫，出则奉车，入侍左右，甚见亲信。武帝晚年，欲以钩弋赵倢伃男为太子，察光可任大事，乃使画者画周公负成王朝诸侯图以赐光，让其行周公之事，霍光让金日磾，日磾推光，武帝以霍光为大司马大将军，日磾为车骑将军，上官桀为左将军，桑弘羊为御史大夫，受遗诏辅少主，时昭帝年八岁，政事一决于光。以捕杀莽何罗功，封博陆侯。上官桀及子上官安与霍光争权，勾结盖长公主、燕王旦、桑弘羊密谋，奏霍光图谋不轨，帝不肯下，乃谋杀光，废帝，迎燕王旦，事未行而觉，光尽诛桀、安、桑弘羊及盖主幸人丁外人宗族，燕王、盖主自杀，光威震海内。昭帝崩，无嗣，立昌邑哀王之子刘贺，贺为武帝孙，时嗣为昌邑王。刘贺立，行淫乱，光与丞相杨敞、车骑将军张安世、度辽将军范明友等三十六人上书皇太后，诏刘贺听诏，废刘贺为昌邑王，杀昌邑群臣二百余人。辅宣帝（武帝曾孙，

为卫太子之孙)即皇帝位。地节二年,卒。后光夫人显,子禹、侄山等,奢靡张狂,朝野侧目,宣帝内恶之,稍夺之权,山等乃谋作乱,事觉,霍山、范明友自杀,显、禹、邓广汉被捕,禹腰斩,显及诸女昆弟皆弃世,与霍氏相连坐诛灭数千家。所谓孝武不疑之语,乃谓汉武帝托孤霍光、金日磾,安定了刘姓天下。

⑦元、成之后则不然数语:汉元帝为宣帝子,成帝为元帝子。自元帝以后,西汉外戚有许史王丁傅诸家交相干政,尤以元帝后王氏之家最甚,以至元后之侄王莽最终篡汉自立新朝。同时,元帝成帝时,宦官弘恭、石显等亦参与朝政。同时,张放、董贤等佞幸也都占据高位,干预政治,尤以董贤最烈。这样,就把西汉的政治和社会搞得乌烟瘴气。在此情况下,一些士大夫就反对过分宠幸外家,反对宦官参政,反对皇帝宠幸佞幸小人,何武、王嘉、师丹诸人就是著名的代表人物。何武字君公,蜀郡郫县人,初为郎,久之,受王音举贤良方正,拜为谏大夫,迁扬州刺史,入为丞相司直,出为清河太守,被免,由王根荐,为谏大夫,迁兖州刺史,入为司隶校尉,京兆尹,左迁楚内史,迁沛郡太守,入为廷尉,成帝绥和元年,为御史大夫,更为大司空。为人仁厚,好进士,疾朋党。成帝卒,策免,后五岁以鲍宣称冤,复征为御史大夫。王太后欲王莽为大司马,何武与公孙禄以为不宜令异姓大臣持权,互举为大司马。元后任王莽。何武、公孙禄皆免。王莽阴诛不附己者,因吕宽事,被诬,槛车征武,武自杀。王嘉字公仲,平陵人。以明经为郎,光禄勋除为掾,察廉为南陵丞,复察廉为长陵尉。鸿嘉中,迁太中大夫,出为九江、河南太守,征为大鸿胪,徙为京兆尹,迁御史大夫,建平三年为丞相。哀帝爱幸董贤,欲侯之,上奏以为不可,数月,董贤终封侯,不久,又上书论贤,哀帝不悦,爱贤不能自胜。哀帝祖母傅太后卒,哀帝托太后遗诏,益封董贤二千户,嘉不奉诏,上书谏白,哀帝召责之。事下中朝,孔光、公孙禄、马官、王安等以为王嘉迷国罔上,请谒者召嘉诣廷尉。旧时故事,大臣不对质,诣廷尉即自杀,王嘉独不仰药,至廷尉。哀帝大怒,使将军以下与五二千石杂治,王嘉悲愤,二十余日不食呕血而死。癌:墙也。帷癌,帷帐与癌垣,用以隔断内外。文中以此指宫中女人。近习,君主亲近的人。文中以此指董贤一流人物。

⑧中兴之后数语:中兴,指刘秀在西汉末的社会动乱建立的东汉王朝。世祖,刘秀。汉高祖九世孙,王莽地皇三年,与兄缜起兵春陵,受命于更始帝刘玄,大破莽军于昆阳。更始疑刘缜有天命,得众心,杀之。秀以大司马定河北。更始三年,在鄗邑即皇帝位,后定都洛阳。在位三十三年,死后庙号世祖。寇、邓,耿、贾:寇,寇

恂,字子翼,汉上谷昌平人,世为著姓。先为郡功曹,刘秀战河北王郎,寇说太守耿况投刘秀,初拜偏将军,数与邓禹谋议,刘秀拜为河内太守、行大将军事,比以萧何,建武二年免,顷颍川人严终、赵敦作乱,拜颍川太守破贼,转汝南太守,建武七年,为执金吾,后颍川复乱,从光武南征,颍川百姓遮道借寇,后平陇西高峻之变。建武十二年卒,谥威侯。邓,邓禹,字仲华,南阳新野人,少与刘秀同学亲附,光武起河北,禹杖策北渡,光武悦,使左右号为邓将军,每任使诸将,多访禹。赤眉西入关,拜为前将军,令西入关,略定河东。光武即位,拜为大司徒,封为酇侯,食邑万户,时年二十四。建武二年,更封禹为梁侯,食四县。后与赤眉战,败散,独与二十四骑还宜阳,上大司徒、梁侯印绶,数月拜右将军。建武十三年,天下平定,定封为高密侯,食四县。中元元年,复行司徒事。明帝即位,拜为太傅,永平元年卒,年五十七,谥曰元侯。耿,耿弇,字伯昭,扶风茂陵人,父况,王莽时为上谷太守。光武起河北,弇乃与寇恂、景丹投之,为偏将军。后拜为大将军,与吴汉北发十郡兵,转战河北。光武即位,拜为建威大将军,二年,封好畤侯,食二县。平齐,拒隗嚣,徇安定,凡所平郡四十六。永平元年卒,谥曰愍侯。当光武在邯郸时,弇间人私语,说光武以自立,光武大悦,派弇至幽州而不疑,卒使立大功于天下。贾,贾复,字君文,南阳冠军人也,王莽末,为县掾,下江新市兵起,贾亦聚数百人,更始立,将众归汉中王,刘嘉以为校尉,见更始政乱,说嘉,嘉使往河北投刘秀,刘秀奇之,邓禹亦称其有将帅节,署破虏将军,又以为偏将军,又以为都护将军。光武即位,以为执金吾,封冠军侯,建武二年,益封二县,击破郾,三年,迁左将军,击赤眉,连破之,光武以复勇而轻敌,不令当方面之任,常自随之,诸将论功,复不言,光武云我自知之,建武十三年,定封胶东侯,食六县。后以列侯就第,加特进。建武三十一年卒,谥曰刚侯。

⑨至于为子孙虑则不然数语:指光武帝刘秀惩于西汉三公位尊权重,元成以后,任三公者多外戚近习,卒致汉祚迁移,因而虚设三公之位,而以诸曹尚书总揽事权事。《后汉书·仲长统传》云:"光武虽置三公,事归台阁。"台阁,谓尚书也。

⑩虽有李固、陈蕃之贤二句:李固,字子坚,汉中南郑人,司徒李郃之子。少好学,千里寻师。阳嘉二年对策,以为应不封顺帝乳母宋娥,使外戚梁冀去权,政归国家,不使中官子弟任职天下,慎尚书之选等,顺帝览对,以为议郎,宋娥、宦者造飞章陷害,事久乃明。出为广汉雒令,至白水关解印绶还汉中。皇后父梁商,请为从事中郎,奏记梁商,勉以整肃后宫,益加谦退,商不能用。永和中,为荆州刺史,劾南阳

太守高赐等，高赐重赂大将军梁冀，冀移檄求宽贷，不听，徙为太山太守。岁余，迁将作大匠。迁大司农，与廷尉吴雄上书，以为往岁所派八使纠举之宦者亲属，不宜特原，选举宜归有司，顺帝从之。冲帝即位，以固为太尉，与梁冀参谋尚书事。冲帝死，建言梁冀立长年有德者，冀不从，乃立质帝，仅八岁。梁太后以屡遭不造，事委宰辅，多从固议，黄门宦者一皆斥遣。梁冀猜忌，值被免诸人飞章诬固，书奏，冀白太后，使下其事，太后不听。质帝聪慧，梁冀鸩之。固引胡广、赵戒，欲立清河王蒜，冀欲立蠡吾侯志。中常侍曹腾等夜说冀以祸，冀意决。固与杜乔守本议，冀怒，说太后，免固，立蠡吾侯，是为桓帝。第二年，人有谋立清河王者，梁冀乃诬李固亦予其事，门生王调贯械上书，证固之枉，赵承等数十人亦要铁锧诣阙通诉，太后明之，赦出。出狱，京师市里皆称万岁，梁冀大惊，遂诛之，年五十四。陈，陈蕃，字仲举，汝南平舆人。少有清天下志。初仕郡，举孝廉，除郎中，母丧去官。服阕，刺史周景辟为别驾从事，以谏争不合而去。太尉李固表荐，征为议郎，迁乐安太守，为政清显。梁冀有所请托，不得通，使者诈求谒，笞杀之，左转修武令，稍迁尚书。出为豫章太守，征为尚书令，迁大鸿胪，上书救李云，免归田里。复征拜议

郎，迁光禄勋。选举不偏权富，为势家郎潜诉，免归。顷之，征为尚书仆射。转太中大夫.代杨秉为太尉。时中常寺苏康、管霸等复用，刘祐、冯绲、李膺等皆以忤旨得罪，蕃理之，不听。时中官猖狂，蕃独秉理力争。上疏理被宦官所陷之刘瓆、成瑨、翟超、黄浮，桓帝怒，宦官由此疾蕃。党锢事起，蕃又极谏，被策免。桓帝死，窦后临朝，以蕃为太傅录尚书事。灵帝即位，中常侍曹节、帝乳母赵娆旦夕在太后侧，太后信之。乃与太后父大将军窦武合谋诛宦官，事泄，曹节等矫诏诛杀武、蕃，蕃时年七十余。

⑪苏秦不信于天下，为燕尾生：苏秦，东周雒阳人也，与张仪同事鬼谷先生。出游数年，大困而归。后游燕，说燕文侯，资秦至赵，说赵肃侯，赵肃资之，约诸侯，于是六国合纵，苏秦为纵约长，相六国。其后，使犀首欺骗齐、魏，与共伐赵，欲败从约，赵王让苏秦，秦请使燕，说齐王，使齐归燕侵城十。复归燕，佯为得罪于燕而走于齐，此时齐宣王卒，湣王即位，说湣王厚葬以明孝，高宫室大苑囿以明得意，欲敝齐而为燕。后齐大夫与苏秦争宠，使人刺苏秦，齐王使人求贼不得，苏秦快死之时，谓齐王说，我就要死了，请车裂我，徇于市，并宣布说我为燕作乱于齐，那么，刺臣之贼就抓住了。果然，杀苏秦者出，齐王因而诛之。此言苏秦不被天下相信，常用阴谋，却对燕国非常讲信用，就像尾生守信至死一样。尾生，传说战国时鲁一个坚守信约的人。说尾生与女子相约会于桥下，结果女子未来，河水上涨，尾生不去，抱着桥柱被淹死了。后来尾生就用作为守信人的代称。

⑫国士：国中才能出众的人。《战国策·赵策一》："知伯以国士遇臣，臣故国士报之。"

【鉴赏】

发现人才，使用人才，历来是治国安邦的大问题，而用人之道尤其重要。王安石在《委任》一文中着重就"用人"一事阐发了自己的观点。他主张对人要信任，要看到其长处，要发挥其长处.使人尽其才，才尽其用。这样，整个国家的事情就好办了。

这篇文章的一个突出特点是先摆出论点，然后逐一加以论证。全文的总论点在第一段开头摆出，每段的小论点在开头几句点明。这样，论点突出，论证明晰，论者便于阐发，读者易于理解。

文章开头两句便挑明了总论点"人主以委任为难，人臣以塞责为重"，在上的皇帝最慎重的是对人臣的量才使用，在下的人臣最重要的是对人主的尽职尽责。在这个问题上，作者毫不含糊地从正反两个方面表明了自己的态度，"任之重责之重可也，任之轻而责之重不可也"，即"任"与"责"要一致，从而使人臣在得到足够信任的基础上，在其可以发挥其才能的岗位上，去尽职尽责，充分地施展自己的才能。对于这个问题，作者并没有去做抽象地说明，而是"以汉之事明之"，重点以"高祖（刘邦）之任人"为例，说明就整个指导思想来说是"可以任则任，可以止则止"，就具体某一个人而言，"取其长则不问其短"，"信其忠而不疑其伪"，做到"以其人之长于某事而任之"，"以其人忠于我心而任之"。紧接着便具体以萧何、陈平、韩信的被重用详加说明：萧何出身是管文书的小官，即所谓"刀笔之吏"，刘邦却在楚汉之战中把大后方关中的事全委托给了他，让其以丞相身份留守关中，以绝后顾之忧。陈平，这一位汉初重臣，本系从项羽那里逃亡投奔过来的人，即所谓"亡命之虏"，刘邦却听从其计，拨黄金四百斤任其使用，结果以此为费用在楚军行离间之计，涣散了项羽的军心。另一位汉初名将韩信，出身布衣，人微行點，即所谓"轻猾之徒"，刘邦却从萧何计拜韩信为大将军，让他统领百万大军。这三个人都不是完人，但"高祖推己之心置于其心"，以诚相待，委以重任，"则他人不能离间而事以济"。作者认为汉高祖的任人之道、用人之术是值得效法的，重点呼应了本文开头所说"任之重而责之重"的断语。

为了进一步以刘邦的用人说明用人之道，作者便引汉代的诸多事例再加佐证，指出"后世循高祖则鲜有败事，不循则失。"这句话既是总论点的论据，又是作者所要论证的小论题，而小论题的确立，又进一步证明了总论点的正确无疑。这一段先说"循高祖"则事成的例子，汉文帝既爱宠臣邓通，但也重用为人廉直的申屠嘉，并委以丞相的重责，汉武帝信用从匈奴投诚过来的金日磾和重握兵权的霍光，并留下遗诏让其辅佐幼主。作者认为这两位君主深通用人之道，遵守高祖成法，是文治天下的典范。而元帝、成帝则相反，对何武、王嘉、师丹这些贤臣，却因受外戚宦官近旁小人的牵制，对他们不能重用到底，以致"王道浸（浸，逐渐地）微"，"负谤天下"。作者还肯定了世祖光武帝刘秀的用人政策，他重用寇恂、邓禹、耿弇、贾复这班文武大臣，因此"威名不减于高祖"。到冲帝、质帝以至恒帝、灵帝，由于外戚宦官近侍之人干预朝政，肆意妄为，因此像李固（顺帝时大司农，为人刚毅正直，为外戚所害）、陈蕃（灵帝时太傅，为人方正疾恶，为宦官所害）这样的刚直贤臣，反而落得个忠良被害的下场。这样，其他一班官员便只求迎合世俗甚至只图苟全性命，对国家有何建树就谈不上了。作者以此呼应了本段开始所提出的"不循则失"的论点。而且以任轻责重之弊呼应了本文开头所说"任之轻而责之重不可"的论断。

就这样，在用人问题上作者所论及的得失是非便终于"以汉之事明之"。在文章的结束一段，作者又做了进一步的阐发，突出强调要"委之诚""任之重"，"委任"之道不可忽视，人君待人关系重大，所谓"不疑于物，物亦诚焉"。为了再申此理，作

者又引述了苏秦的事例,苏秦对燕之所以像鲁人尾生那样以死践约,正是因为燕君信任厚待苏秦。

　　由此也可以看出本文的第二个突出的特点就是引据历史事实,总结历史经验教训以阐述文章的论点,这在上面分析第一个特点时已多涉及,此不再赘。

取材

【题解】

这是一篇论说如何选取人才的文章。写作时间不详，从所论问题，为文的风格以及用语等方面看，当是早期作品。

文章的论题非常集中，论述极有层次。第一段，首先提出"取人之道，世之急务"的问题，指明自古及今，守文之君都留意于此，但不能没有问题，概括地提出了避免问题的办法。这是开宗明义，提出总纲。第二段，具体地说明了对文吏、诸生的要求，说明这种要求与经世治国的关系。第三段，则转入现时取进士、策经学存在的弊病，这种弊病作为一种导向，所产生的后果，指出这种情况的存在，将使进士和经学所取的人才无所适用，不能解决国家需要解决的问题。第四段，具体地说明了解决弊病的办法，那就是"少依汉之笺奏家法之义"。分两类举例说明了取进士、策经学都应该问些什么问题。这样的安排，使内容获得展开，充分地阐发了论点，从而使文章很为充实具体。

不过，这篇文章读起来不免给人以拘谨之感，不如王安石有些文章那么削刻生动，好像缺少了些灵动之气。其标举主旨，展开论说，都谨而不失矩步，缺少活泼。正是从这里，可以看出这是他早年的作品。

文章论述的问题确实重要，取人不当，引导不对，将导致废政败国，给社会和民众带来极大的损害。古今中外，这样的事例可谓数不胜数。不过，王安石文中所言，虽亦为病，却不算最甚，不管怎样，所取之人总算还能文辞，懂声病，能记诵传写圣人之语，这虽是小道，致远恐泥，却远愈于百无一能，唯知奉迎之辈，要从此说，我们读过这篇文章，不是可以得到更深一些的启发吗？

【原文】

夫工人之为业也，必先淬砺其器用①，抡度其材干②，然后致力寡而用功得矣。

圣人之于国也，必先遴柬其贤能③，练覈其名实④，然后任使逸而事以济矣。故取人之道，世之急务也。自古守文之君⑤，孰不有意于是哉？然其间得人者有之，失士者不能无焉；称职者有之，谬举者不能无焉。必欲得人称职，不失士，不谬举，宜如汉左雄所议诸生试家法，文吏课笺奏为得矣⑥。

所谓文吏者，不徒苟尚文辞而已，必也通古今，习礼法，天文人事，政教更张⑦，然后施之职事，则以详平政体，有大议论使以古今参之是也。所谓诸生者，不独取训习句读而已⑧，必也习典礼，明制度，臣主威仪，时政沿袭，然后施之职事，则以缘饰治道⑨，有大议论则以经术断之是也。

以今准古，今之进士，古之文吏也；今之经学，古之儒生也。然其策进士，则但以章句声病，苟尚文辞⑩，类皆小能者为之⑪；策经学者，徒以记问为能，不责大义，类皆蒙鄙者能之⑫。使通才之人或见赘于时，高世之士或见排于俗。故属文者至相戒曰："涉猎可为也，讹艳可尚也，于政事何为哉？"守经者曰："传写可为也，诵习可勤也，于义理何取哉？"故其父兄勖其子弟⑬，师长勖其门人，相为浮艳之作，以追时好而取世资也。何哉？其取舍好尚如此，所习不得不然也。若此之类，而当擢之职位，历之仕涂，一旦国家有大议论，立辟雍明堂⑭，损益礼制，更著律令，决谳疑狱⑮，彼恶能以详平政体，缘饰治道，以古今参之，以经术断之哉？是必唯唯而已。

文中子曰⑯："文乎文乎，苟作云乎哉？必也贯乎道。学乎学乎，博诵云乎哉？必也济乎义。"故才之不可苟取也久矣，必若差别类能，宜少依汉之笺奏家法之义。策进士者，若曰邦家之大计何先，治人之要务何急，政教之利害何大，安边之计策何出，使之以时务之所宜言之，不直以章句声病累其心。策经学者，宜曰礼乐之损益何宜，天地之变化何如，礼器之制度何尚，各傅经义以对，不独以记问传写为能。然后署之甲乙以升黜之⑰，庶其取舍之鉴灼于目前⑱，是岂恶有用而事无用，辞逸而就劳哉？故学者不习无用之言，则业专而修矣；一心治道，则习贯而入矣；若此之类，施之朝廷，用之牧民，何向而不利哉？其他限年之议，亦无取矣⑲。

【注释】

①淬砺：把铸件烧红，放入水中，使之坚硬，谓之淬。砺：磨治。

②抡度：选择，度量。

③遴柬：审慎选拔人才。《新唐书·魏玄同传》："故当衰弊之乏，则磨策朽钝

以驭之；太平多士，则遴柬髦俊而使之。"

④练覈其名实：练覈同练核，选择考核之义。唐陆贽《陆宣公集·请许台省长官举荐属吏状》："陛下诞膺宝历，思致理平，虽好贤之心，有踰前哲，而得人之盛，未逮往时，盖由赏鉴独任于圣聪，搜择颇难于公举，但速登延之路，罕施练核之方。"名实，谓名与实。练核名实，谓选择而考核贤能的名与实是否相符。

⑤守文之君：遵守已有法度之君。就是谓各朝始君以后之君。文，法度。《史记·外戚世家》："自古受命帝王及继体守文之君，非独内德茂也，盖亦有外戚之助焉。"

⑥汉左雄所议诸生试家法，文吏课笺奏：左雄，字伯豪，东汉南阳涅阳人。安帝时举孝廉，迁冀州刺史，征拜议郎。顺帝擢为尚书，又擢为尚书令，上疏言事，明达政体。阳嘉元年，太学新成，上言请自今年不满四十，郡不得察举为孝廉，皆谐公府，"诸生试家法，文吏课笺奏。"所谓家法，汉代儒家之学，一经有数家为说，不但章句训诂不同，讲论亦有差异，东汉初，经学立十四家，各有博士教授，诸生从师，要遵师说，谓之家法。文吏谓已从仕者。

⑦更张：更改张设。《汉书·礼乐志》："譬之琴瑟不调，甚者必解而更张之，乃可鼓也。"

⑧句读：句和逗。指文章休止和停顿之处。何休《公羊解诂序》："授引他经，失其句读。"

⑨缘饰治道：缘饰即文饰。《史记·平津侯主父列传》："习文法吏事，而又缘饰以儒术。"文中缘饰治道，谓以经学儒术文饰政治举措。

⑩苟尚：苟且崇尚。苟尚文辞谓苟且而崇尚文辞。

⑪小能：才能小的，只有小的才能。

⑫蒙鄙：愚蒙鄙陋。谓不达大旨，仅以记问为能。

⑬勖：勉励。《尚书·牧誓》："勖哉夫子。"《诗经·邶风·燕燕》："先君之思，以勖寡人。"字亦写作"勗"。

⑭辟雍明堂：辟雍，周天子为贵族子弟设立的大学，取四周有水，形如璧环而为名。《礼记·王制》："大学在郊，天子曰辟雍，诸侯曰頖宫。"汉班固《白虎通义·辟雍》："辟者，璧也。像璧圆又以法尺，于雍水侧，像教化流行也。"辟雍，字又作"辟廱""辟雝""璧雝"；頖，字又作"泮"。明堂，古代帝王举行大的典礼的地方，凡朝

⑮决谳疑狱：决谳，议罪、决狱。决谳疑狱谓决狱议罪。

⑯文中子：隋末王通的私谥。王通，隋绛州龙门人，字仲淹，初唐四杰之一王勃的祖父。曾任蜀郡司户书佐，蜀王侍读，弃官归，以著书讲学为业，仿《春秋》著《元经》，已佚。又仿《法言》《孔子家语》例著《中说》。卒后，门人薛收等谥为文中子。通生福畤，福畤生勃。

⑰署之甲乙：谓区别等第。

⑱庶：将近、差不多。《左传·昭公十六年》："宣子(韩起)喜曰：'郑其庶乎？'"灼，明白。

⑲限年之议：谓左雄郡举孝廉须年满四十的议论。王安石认为这个说法可以不加采取。

【鉴赏】

本篇的题目"取才"就是文章的主旨，其论述的中心是选取人才的问题。刘勰

国学经典文库

唐宋八大家散文鉴赏

王安石卷

262

在《文心雕龙·论说》中说"论者,伦也。伦理无爽,则圣意不坠。"又说,论这种文体,主要是用以把是非辨别清楚。本文讲的就是选取人才方面的道理,而且通过多方面的比照分析,把选取人才方面的是非得失逐一辨明,从而达到弃旧图新,革除当时科举选士中的弊端,选取真正有用之才的目的。

文章的开头以"工人为业","必先淬砺其器用";"圣人于国","必先遴柬其圣能",一喻一事,说明"取人之道,世之急务",足见"取才"是一个值得讨论的重要问题。然而,自古至今,在选才问题上,有得有失,有经验,有教训,"得人者有之","失士者"亦有之;"称职者有之","谬选者"亦有之。要想"得人称职,不失士,不谬举",作者主张实行东汉尚书令左雄对人才的考选办法,即"诸生试家法,文吏课笺奏",总之要考查其实际水平和实际能力。

接着文章分别就文吏和诸生的实际水平和实际能力提出了要求,确立了标准。在论述这个问题时,作者一抑一扬,以"不徒……必也","不独……必也"对举,说明不要只看文章辞藻、解释记诵等表面的死的东西,一定要考查其所掌握的知识面及其解决重大实际问题的能力,不管文吏还是诸生,都应要求在"大议论(对重大问题的讨论)"中有其自己的独立见解。

以上是正面论述"取才之道",即古之可取的取才之道。但"以今准古",用当今的情况和古代的情况对照来看,却显见其当今取人之道的种种弊端。考进士,只看"章句声病";考经学,只看死记书本,致使"小能者""蒙鄙者(见识肤浅幼稚之人)"中选,而造成的恶果是"通才之人,或见赘于时","高世之士,或见排于俗",总之,真正的人才不被选取,得不到重用,从而造成人才选拔上"谬举""失士"的反常状态,"欲得人称职"更是无由谈起。这样的"取才之道"无疑是一根导向歧途的指挥棍,必然造成极其恶劣的影响:写文章的人,只顾泛览书本,崇尚华而不实,对于"政事"不去考虑;搞经学的,只顾转抄书本,死背教条,对于"义理"不予深究。父兄对子弟、老师对学生所勉励的就是以"浮艳之作"去"追时好,取世资",凭华丽无用的文章讨得喜欢,取得好处。分析其原因,作者一针见血地指出"取舍好尚如此,所习不得不然",一句话,是取人的标准造成的。而以这样的标准选拔出来的这类人,临位做官,踏上仕途,在国家重大问题的讨论中,便不能"以古今参之,以经术断之",没有真才实学去解决国重民需的实际问题,只能随声附和,不加可否,"是必唯唯而已"。这样的人,于国于民何益?作者的这些分析可谓切中时弊,打中了当时选拔人才的弊病，从而自然得出此种弊端非革除不可的正确结论。

于是，文章自然转入如何评价考察人才的本题，从而正面阐述"取才"的标准和办法。

这段论述，先引用隋末文中子王通的话，为"文"与"学"正名：文，不仅仅是写文章，一定要贯串圣人的思想和主张；学，不仅仅是背字句，一定要掌握和运用经书的大旨和要义。并再一次强调取才要慎重，要看到其德行才能的差别和不同，要严格标准有针对性地加以考察而后使用。分开来讲，考问进士，要问其"邦家之大计何先""治人之要务何急""政教之利害何大""安边之计策何出"，使他们就这些现实的重大问题做出恰当的回答，而不只是在文章的字句技巧等问题上徒费心血；考问经学，应当在"礼乐之损益何宜""天地之变化何如""礼器之制度何尚"等重大问题上，让他们分别做出合乎经义的回答，而不单以死记书本衡量其能力的高下。这样经过考查之后排出优劣名次，该升该降，用谁不用谁，便明明白白地摆在了面前，就自然省却了不少麻烦。这样做了结果，就能引导学习的人不再学习那些无用的东西，也就能学得专学得好，专心学习治国之道，并在学习中贯通而加深。这样培养出来的人，从政做官，治理民众，都会称职，胜任愉快。照这样培养选拔人才，量才用人，论资排辈的问题自然也就解决了。

本篇短论，围绕"取才"这个中心，联系实际，抨击时弊，区分是非，有破有立，在批判不合理的"取才"制度的同时，提出了一套选取贤才的办法，为改革当时的科举制度做了充分的论证，富有较强的说服力。王安石的这些主张也终至为最高统治者所接受，宋神宗也终于在熙宁四年（公元1071年）下令改革科举制度。

《取材》一文，通篇运用了比附对照反复论证的方法。在章法上、语言上多用对举，语意彰明，句式整饬，给人鲜明的印象，像开头一段的"工人之为业……圣人之为国……""得人者……失士者……；称职者……谬举者……"。像第二段的"所谓文吏者，不徒……必也……然后……"；"所谓诸生者，不独……必也……然后……"。又像第三段的"今之……古之……；今之……古之……"，"通才之人或见赘于时；高世之士或见排于俗"，直至最后一段的"文乎文乎……学乎学乎……"，"策进士者……策经学者……"等等。语言上的另一个特点是插用对话，生动真切。如守经者曰："传写可为也，诵习可勤也，于义理何取哉？"读至此，可以说，如闻其声，如见其人，如窥其心，这种"真心话"正道出了旧的取人制度的弊端。另外，问句的使用等等，也都增强了语言的表现力，不再赘举。

王安石对于文章，明确提出"务为有补于世而已矣"（王安石《上人书》）、"以适用为本"（同上），这就是著名的王安石文论的"补世适用说"。因此，王安石很重视文章的内容和社会作用，反对"巧且华"（同上）而不适用，但也并非不讲表现形式，不管语言运用，他在《上人书》中也曾明确地表示"辞""犹器之有刻镂绘画"，"刻镂绘画为之容"，"容亦未可已"，"勿先之，其可也。"他的这些看法，无疑是正确的，若硬说"文字之衰""实出于王氏（王安石）"（苏轼《答张文潜书》）是不公允的，本篇短论就是一个明证。

原过

【题解】

这是一篇讨论人犯了过失,能不能改,应如何看待的文章。这是有为而作的文章。因为有朋友先前有过失,悔过而自新,但是有的人却对此不承认、不相信,王安石认为这说法不对,所以著文加以论述。他认为,人在天地间不能无过,过是失"性",改过是"复常",这是正常的,不应加以非议。就内容上说,文章的论点是站得住的。天地间谁能无过呢?圣人也不免有过失,关键是能不能改,人能改过,善莫大焉。如果人犯了过错,就认为他不能改,岂不是将人逼到自暴自弃的路上去了?改过而不被承认,那何必还要改呢?不准改过,天地间还有所谓好人吗?

文章在论述上有个特点,那就是充分说理,同时以明白易晓的事例对论述的问题给以说明,这似乎是从韩愈那里学来的。说理充分,例证易晓,对于增强文章的说服力是很为重要的。文章谈论的问题较为深刻,但语言明白流畅,易于理解,这是王安石文章的一贯特点,说他做到了深入浅出,不是过分的称赞。

【原文】

天有过乎?有之。陵历斗蚀是也①。地有过乎?有之。崩弛竭塞是也②。天地举有过③,卒不累覆且载者何④?善复常也⑤。人介乎天地之间,则固不能无过,卒不害圣且贤者何?亦善复常也。故太甲思庸⑥,孔子曰勿惮改过⑦,扬雄贵迁善⑧,皆是术也。

予之朋有过而能悔,悔而能改,人则曰:"是向之从事云尔,今之从事与向之从事弗类⑨,非其性也,饰表以疑世也⑩。"夫岂知言哉?

天播五行于万灵⑪,人固备而有之。有而不思则失,思而不行则废。一日咎前之非⑫,沛然思而行之⑬,是失而复得,废而复举也。顾曰非其性,是率天下而戕性也⑭。且如人有财,见篡于盗⑮,已而得之,曰:"非夫人之财,向篡于盗矣。"可欤?不可也。财之在己,固不若性之为己有也。财失复得,曰非其财,且不可,性失复得,曰非其性,可乎?

【注释】

①陵历斗蚀:陵历,超过、超越,谓星辰失次;斗蚀,突然之间又会有日蚀月蚀。斗,忽然、突然。陵历斗蚀,谓天上的变化,此种变化,古时的人不能完全认识,认为是违常的,所以看作天之过。

②崩弛竭塞:指地上的山川陵谷河湖的变化。崩,山崩;弛,地弛;竭,湖竭;塞,河塞。这些变化,古人亦不能完全认识,认为是违常的,看作是地之过。不论天过抑还是地过,王安石有个基本的出发点,他把天地都看作是有意志能行动的人格了。这是应该明确而加以注意的。

③举:全。举国即全国。

④覆且载:古人认为天覆地载,就是说天似帐幕,覆盖着人们和万物;地似巨舟,承载着人与万物。

⑤复常:恢复到经常的一定的状态。

⑥太甲思庸:太甲,成汤之孙。《史记·殷本纪》说他即位后,纵欲败度,违礼失常,被伊尹放之桐三年,三年,改过迁善,伊尹迎立,复位于亳,伊尹乃作《太甲》三篇以训。《竹书纪年》说太甲被放桐宫以后,蛰伏七年,后潜回亳,杀伊尹而复位。文中取《史记》之说。庸,功也。《国语·晋语七》:"无功庸者不敢居高位。"思庸,谓思汤之功,感到为国不易,因而改弦易辙。

⑦孔子曰勿惮改过:《论语·学而》记孔子讲君子云:"主忠信,无友不如己者,过则勿惮改。"此语在《论语·子罕》中亦有之。后来,孔子门人子贡对此做了具体的发挥,《论语·子张》记其言云:"君子之过也,如日月之食也;过也,人皆见之;更也,人皆仰之。"

⑧扬雄贵迁善:扬雄拟《论语》作《法言》,第三篇曰《修身》,其中就讲到了迁善问题。可参阅。

⑨类:相似、相像。

⑩饰表:修饰、文饰外表。疑世,使世人疑惑。

⑪五行：即五常，指仁、义、礼、智、信。《荀子·非十二子》："案往旧造说，谓之五行。"

⑫咎前之非：咎，追究。咎前之非谓追究反省以前的错误过失。

⑬沛然：迅疾貌。沛然思而行之，谓想迅疾地以行动改正过失。

⑭戕性：戕，残害。《尚书·盘庚》："汝共作我畜民，汝有戕，则在乃心。"《传》："戕，残也。"《春秋经·宣公十八年》："邾人戕鄫子于鄫。"戕性谓残害人的本性。

⑮见篡：被篡夺。见为助动词，表示被动，被之义也。《荀子·正论》："明见辱之不辱，使人不斗；人皆以见辱为辱，故斗也。"斗，争斗也。

【集评】

明茅坤《唐宋八大家文钞》卷九十：文不过三百，而转折变化不穷。

清谢立夫《古文赏音》卷十一：理极正，思极奇，语醇而肆。

清王应鲸《唐宋八大家公暇录》卷六：通篇只重"善复常"三字，末后以财喻性，真是奇创，盖改过便复性也。

同上，引储同人语：妙于说理。

【鉴赏】

这篇文章讲的是要正确对待那些犯过错误而已经改正了的人，批评了那种抓住别人过去错误不放，工作"诛心"之论的行为。

作者先从高处立论，指出天地皆会有过失。时令不正、灾害肆虐、日蚀星坠是天的过失；地震山崩、草木枯死、河川壅塞，是地的过失。然而天地的过失不会影响它们覆载万物，是因为它们都能自动地恢复常态。而介于天地之间的人，当然也不会避免错误和过失，即使是圣贤也不例外。商汤之孙太甲，即位后荒淫无度，被伊尹放逐于桐，立志悔改，一心要建功立业，三年后终于恢复了王位。先圣孔子则教导弟子"过则勿惮改"（《论语·学而》），汉朝的扬雄也提倡改恶向善（见《法言·修身》）。这些古人之所以成为圣贤，就在于他们能够及时改正错误。

这一番议论，犹如正正之旗、堂堂之阵，使下文的论辩有了所向披靡的气势和力量。

接着作者文笔一转，落到实处。提到他的一位朋友曾经有过错误，但已经悔改。而那些好做"诛心"之论的人却以他的朋友现在的表现和过去不一样为借口，攻击他的朋友是伪装欺世。

对于这种说法，作者义正词严地予以驳斥，愤激之情溢于言表。他指出，人本来具备"五行"的灵性（《荀子·非十二子》注："五行，五常，仁、义、礼、智、信是也"），但有时因不思不行而失掉了本性，一旦觉悟，"沛然思而行之"（《汉书·礼乐志·郊祀歌·练时日》："灵之来，神哉沛。"）（注："沛，疾貌。"），便是恢复了灵性。有人见了却说这不是他的本性，这分明是引导天下之人去压抑，去戕害人的灵性呵。

王安石论议之文长于用譬，行文所至，信手拈来，十分贴切自然，使深奥的道理变得浅易生动。本文中财物失而复得的比喻，就是一例。

当时，反对新法的守旧派，对王安石本人及其拥护者，极尽人身攻击之能事，因为他们是奸诈、谗佞、反复无常之人。王安石的这篇文章显然是对这些攻击的有力回击。

原教

【题解】

这是一篇讨论如何教化人民的文章。写作时间不详。观其用语之反复,申说之周全而谨饬,当为早年之作。

文章写法上,以善教与不善教两种不同的做法和不同的结果,作了具体的比较。这个比较相当细致,相当全面。

文章提出的问题极有价值。任何社会,任何国家,教育民众都是非常重要的,有教之民有责任感,有道德,能分清什么是是,什么是非;无教之民则反之。但教育有个价值取向的问题。保护落后,将使民无耻而放纵,因为越放纵越会受到帮助和保护,整个社会如此,这个社会是没有希望的,这个民族将自取灭亡。可惜,现今世界上往往把这种不激励而仅保证人如动物一样活着叫作人道主义,这是整个世界的悲哀。它不但使很多人不知所以为人,而且给投机分子和政治野心家提供了机会。对此,真应认真地加以对待了。所以王安石提出的不仅为法令告诫,而要有个潜移默化的价值的浸染,是很有价值的。教育是个长期的,对一个民族、社会来说是永久的问题,仅仅几句口号有什么意义?更何况口号归口号,价值取向被严重扭曲,那岂不将人们引向了邪路?读这篇文章,人们应更加深入地思索这个问题。

【原文】

善教者藏其用,民化上而不知所以教之之源①。不善教者反此,民知所以教之之源,而不诚化上之意。

善教者之为教也,致吾义忠②,而天下之君臣义且忠矣;致吾孝慈,而天下之父子孝且慈矣;致吾恩于兄弟,而天下之兄弟相为恩矣;致吾礼于夫妇,而天下之夫妇相为礼矣。天下之君君臣臣、父父子子、兄兄弟弟、夫夫妇妇,皆吾教也。民则曰:

"我何赖于彼哉?"此谓化上而不知所以教之之源也。

不善教者之为教也,不此之务③,而暴为之制④,烦为之防⑤,劬劬于法令诰戒之间⑥,藏于府,宪于市⑦,属民于鄙野⑧,必曰臣而臣,君而君,子而子,父而父,兄弟者无失其为兄弟也,夫妇者无失其为夫妇也,率是也有赏⑨,不然则罪。乡间之师,族鄷之长⑩,疏者时读,密者月告⑪,若是其悉矣。顾有不服教而附于刑者⑫,于是嘉石以惭之⑬,圜土以苦之⑭,甚者弃之于市朝,放之于裔末⑮,卒不可以已也。此谓民知所以教之之源,而不诚化上之意也。

善教者浃于民心⑯,而耳目无闻焉,以道扰民者也⑰。不善教者施于民之耳目,而求浃于心,以道强民者也。扰之为言,犹山薮之扰毛羽,川泽之扰鳞介也,岂有制哉?自然然耳⑱。强之为言,其犹囿毛羽,沼鳞介乎,一失其制,脱然逝矣⑲。噫!古之所以为古,无异焉,由前而已矣;今之所以不为古,无异焉,由后而已矣。

或曰:"法令诰戒不足以为教乎?"曰:"法令诰戒,文也⑳;吾云尔者,本也;失其本,求之文,吾不知其可也。"

【注释】

①化上:谓化于上,即被上所化。

②致:传达、表达。致敬之致即此义。

③不此之务:不致力于此。务,致力,以……为务。

④暴为之制:暴,突然、急疾。《诗经·邶风·终风》:"终风且暴,顾我则笑。"《史记·项羽本纪》:"今暴得大名,不祥。"暴为之制谓不善教者,急疾地为民制定了各种规章制度。

⑤烦为之防:谓给民设置的防范措施非常繁杂。

⑥劬劬:劳苦的样子。

⑦宪于市:宪,布告。《周礼·地官·乡大夫》:"正岁,令群吏考法于司徒以退,各宪于其所治之国。"宪于市,谓在市上布告清楚。

⑧属民于鄙野:属,聚集、聚会。《孟子·梁惠王下》:"乃属其耆老而告之。"鄙野,指乡野之地。《战国策·齐策四》:"今夫士之高者,乃称匹夫,徒步而处农亩,下则鄙野监门闾里,士之贱也亦甚矣。"注曰:"五鄷为鄙,郊外曰野,亦所处也。"属民于鄙野,谓将鄙野之民聚合起来。

⑨率：遵循、服从。《尚书·大禹谟》："惟时有苗弗率。"《诗经·大雅·假乐》："不愆不忘,率由旧章。"郑笺："率,循也。……循用旧典之文章。"

⑩乡间、族鄷：都是古时的地方组织名称。

⑪疏者时读,密者月告：疏同"疏"。此是说疏一些的按四季之时宣读法令告诫,密一些的每月都要向民布告一遍。

⑫顾：反而,副词。《战国策·燕策一》："子之南面行王事而哙老不听政,顾为臣。"按,子之原为燕王哙之臣,燕王哙爱之,将国君之位让给了子之。

⑬嘉石：有纹理的石头。古时于朝门外左立嘉石,命罪人坐在石头上示众,以羞惭之。《周礼·地官·司救》："凡民之有衺恶者,三让而罚,三罚而士加明刑,耻诸嘉石,役诸司空。"

⑭圜土：监狱。《释名·释宫室》："狱,确也。……又谓之圜土,土筑表墙,其形圜也。"《竹书纪年》上："帝芬作圜土。"

⑮裔末：裔,边远的地方。《左传·文公十八年》："流四凶族……,投诸四裔。"注云："裔,远也。"末,末端。裔末,谓极边远的地方。

⑯浃：通,达。浃于民心,谓善教者的施为直接深入人心。

⑰扰：安抚、驯服。《尚书·周官》："司徒掌邦教,敷五典,扰兆民。"

⑱自然然耳：自自然然就那样了。

⑲脱然：逃脱的样子。

⑳文：此文是指事物外在的形式表现。王安石认为法令告诫之类的东西,都是教化的外在形式表现,不是根本。

【集评】

明茅坤《唐宋八大家文钞》卷九十：大类韩文。

【鉴赏】

"原",推究本原、加以论述之意,明朝徐师曾在《文体明辩》中说,"自唐韩愈作'五原',而后人因之,虽非古体,然其溯源于本始,致用于当今,则诚有不可少者。"自韩愈《原道》《原毁》等"五原"始作俑后,后人多有仿此而作者,于是便成了论文的一种。"教",政教风化也。这篇文章是论述政教风化,即治理国家,统驭万民的政治原理的文章。

文章将治理国家的方法归纳为"善为教者"与"不善为教者"两种,"善为教者"并不以教育者、管理者自居,强聒于民。而是身体力行,以身作则,使人民在不知不觉中受到感化,激发起人民"自强、自立"的意识,这就叫"民化上而不知所以教之之源。"而"不善教者"则依靠训诫说教,严刑酷法,人民在强力威逼下,虽然会屈服于一时但绝不可能心悦诚服。这叫作"民知所以教之之源而不诚化上之意也。"

作者称"善教者"为"以道扰民","扰"这里是"驯顺、安抚"之意,《礼记·周官》云:"司徒掌邦教,敷五典,扰万民","扰万民"即安抚万民使之顺服。王符《潜夫论·志氏姓》有"扰驯鸟兽"之语,也是这个意思。"以道扰民"者不重"耳目"之教,不做表面文章,而是使政教风化自然而然地渗入人们的心灵。而"不善教者"则是"以道强民"。为了说明二者的区别,作者用了一个十分生动的比喻。前者犹如使鸟兽鱼虾生活在山林川泽之中,自由自在地繁育孳生。而后者则将鸟兽禁於樊笼,将鱼虾囿于池塘,管制虽然极严,但一旦松弛疏漏,鸟兽鱼虾便会脱身而逝。

文章所阐述的基本观点,实际上是儒家的一种传统的政治见解。《论语·颜渊》篇记载,季康子问政于孔子,孔子答复说:"子欲善而民善矣。君子之德风,小人之德草。草上之风必偃。"《论语·子路》篇又载孔子云:"其身正,不令而行。其身不正,虽令不从。"《论语·为政》篇则做了更具体明确的论述:"道之以政,齐之以刑,民免而无耻;道之以德,齐之以礼,有耻且格。"当代学界泰斗,现居台湾的钱穆先生将孔子这段名言做了如下的译述:

"用政治来领导人,用刑法来整齐人,人求免于刑罚便算了,将不感到不服领导是可耻。若把德来领导人,把礼来整人,人人心中将感到违背领导是耻辱,自能正确地到达在上者所要领导他们到达的方向去。"(《论语新解》)

儒家这种传统的政治主张,应当说是正确的,对古往今来的政治家都是颇有教益的,但也不能不看到它是有些理想化色彩。甚至是有点迂执的。王安石很明白这一点,那么,作为颇有创新精神的思想家和改革者又何以对这种人所共知的,或者说人们在口头上、书面上都赞成的原则泛泛而论呢?我以为关键在于文章的结尾处,发了一句感慨,做了一些补充,而正是在这两句话里透露了作者的本意。

作者写道:"噫!古之所以为古,无异焉,由前而已矣;今之所以为今,无异焉,由后而已矣。"这句感慨,突兀而起,戛然而止,作者没做进一步解释,但却有着深刻的含义:历史是一个统一的演进过程,古与今的差别只是由于时间有前有后而已。言下之意是:"善为教者""以道扰民"的道理,古人懂得,今人也懂得;古人能做,今人也能做。那些动辄推崇古人,非难时政的言论是毫无道理的。这些就使文章的议论有了现实的针对性。

接着,作者又假托他人的疑问,提出"法令诰戒"对于教化的作用问题。"以道扰人"是为政之"本","法令诰戒"是为政之"文"。"文"就是形式,是手段。它并非不重要,只是要在"以道扰人"的前提下,制定正确恰当的"法令诰戒"。实际上,作为改革家的王安石是十分重视"法令制诰"的。他在《上时政疏》中说:"盖夫天下至大器也,非大明法度,不足以维持。"他的新政,就是革除旧法,制定和推行"均输""青苗""免役""市役"等一系列法令制度。正因为如此,守旧派攻击他"生事"

"扰民"。故而我认为,结尾处的感慨,仿佛无端而发;结尾处的补充,好像是轻描淡写;实际上却是文章的紧要之处。甚至可以说通篇的高谈阔论,只不过是为结尾的两句作铺衬而已。

越州余姚县海塘记①

【题解】

这篇文章,是王安石在鄞县知县任上时所写的文章。文章记叙了谢景初为余姚知县,兴修海塘的经过,着重赞扬了他仁民爱物、知施政以何为先的思想和见识,批评了那些不做实事只求虚誉的人的想法和做法,表现了王安石求实的精神和致力于天下的抱负。

文章在写法上与其他的记叙类文章大体差不多,但有些新的构想。就内容上说,有两大块。一块记谢景初如何修海塘,记述文章都应有这样的内容,这是题中之义;在记述中对谢景初的身先士民,效验显著加以称扬,亦是正常之笔。第二大块,倒回去叙先前所闻谢景初对为政之看法,通过谢氏之口表达了自己对施政的意见,并在谢氏的议论中批评了那些只求虚声,以惊世骇俗的人。在内容上说,这一大块是议论部分,一般地说,记叙类文章都要有些议论,由所记之事引发,因此说这也是很正常的。

但值得注意的是,议论的内容并不是一般地写出,而是通过谢氏之口出之,这在表现上就很为别致了。它至少有两点可以体会:一是不由作者直接说出,而由记所记之人的言论来议论,可以更好地展示被记之人的胸襟怀抱,使议论隐然成为记的一部分;二是减少了直接由作者议论所带来的不便,使读者更容易接受。这种方法,王安石在《抚州通判厅见山阁记》中也使用了。

文章层次分明,结构紧凑,各部分紧紧相关,逐步展开,同时言辞平易,行文流畅,虽无后来文章的转折变化,笔力雄健,亦自有特点。

【原文】

自云柯而南,至于某,有堤若干尺,截然令海水之潮汐不得冒其旁田者②,知县事谢君为之也。始堤之成，谢君以书属予记其成之始，曰："使来者有考焉，得卒任完之以不隳③。"谢君者，阳夏人也④，字师厚，景初其名也。其先以文学称天下，而连世为贵人，至君遂以文学世其家。其为县，不以材自负而忽其民之急。方作堤时，岁丁亥十一月也，能亲以身当风霜氛雾之毒，以勉民作而除其灾，又能令其民翕然皆劝趋之⑤，而忘其役之劳，遂不逾时，以有成功。其仁民之心，效见于事如此。亦可以已，而犹自以为未也，又思有以告后之人，令嗣续而完之，以求其存。善夫！仁人长虑却顾图民之灾如此其至，甚不可以无传。而后之君子考其传，得其所以为，其亦不可以无思。

而异时予尝以事至余姚⑥，而君过予，与予从容言天下之事。君曰："道之闳大隐密，圣人之所独鼓万物以然而皆莫知其所以然者⑦，盖有所难知也。其治政教令施为之详，凡与人共，而尤丁宁以急者，其易知较然者也⑧。通涂川，治田桑，为之堤防沟浍渠川以御水旱之灾，而兴学校，属其民人相与习礼乐其中，以化服之，此其尤丁宁以急而较然易知者也。今世吏者，其愚也固不知所为，而其所谓能者，务出奇为声威，以惊世震俗。至或尽其力以事刀笔簿书之间而已⑨，而反以谓古所为尤丁宁以急者，吾不暇以为，吾曾为之，而曾不足以为之，万有一人为之，且不足以名于世而见其材⑩。嘻！其可叹也。夫为天下国家且百年，而胜残去杀之效⑪，则犹未也，其不出于此乎？"予良以其言为然。既而闻君之为其县，至则为桥于江，治学者以教养县人之子弟，既又有堤之役，于是又信其言之行而不予欺也已。为之书其堤事，因并书其言终始而存之，以告后之人。庆历八年七月日记。

【注释】

①越州余姚县：隋改会稽郡为越州。余姚为越州属县。在今浙江省。

②截然：界限分明之状。冒：冲击、侵犯。《史记·秦本纪》："于是歧下食善马者三百人驰冒晋军，晋军解围。"

③隳：毁坏。贾谊《过秦论》："一夫作难而七庙隳，身死人手为天下笑者，何也？"

④阳夏：地名。秦置阳夏乡，汉置县，隋改为太康县。秦末农民起义领袖吴广即阳夏人。地在今河南太康县。

⑤翕然：翕，聚合、聚集。翕然，聚合起来的样子。

⑥异时：从前的某个时候。异，谓与此时异也。

⑦圣人之所独鼓万物以然而皆莫知其所以然者：鼓，振也。鼓万物谓振起万物。然，这样。句谓圣人所振起万物是这个样子，而众人都不知为什么是这个样子。

⑧易知较然：较然，显明貌。《史记·主父偃列传》："轻财重义，较然著明，未有若故丞相平津侯公孙弘者也。"易知较然，谓容易明白很为显明。

⑨刀笔簿书之间：谓以文字为事。

⑩名于世而见其材：有名于世而显现其才能。见同现。材同才。

⑪胜残去杀：《论语·子路》："善人为邦百年，亦可以胜残去杀矣。"《集解》："王曰：'胜残，残暴之人，使不为恶也；去杀，不用刑杀也。'"

【集评】

明茅坤《唐宋八大家文钞》卷八十七：以谢景初所自言为领袖。

【鉴赏】

此篇作于初任鄞县令之时。通过余姚县筑堤截海为塘事，写余姚县令谢景初兴水利的政绩及其"仁民"之说，借此表达作者的"仁民"之道。

第一段记述谢令率民截海筑堤为塘，大兴水利之事。谢令率民筑堤截海是丁亥年（庆历七年，公元1047年），地点在云柯以南，"不得冒其旁田"，不让海水侵犯农田，是兴水利的目的。随后记述了谢县令的出身、人品、言语。他出身书香门第，而且世代为"贵人"，他人品高尚、谦虚，能与民同甘苦。他"不以材自负"而是急百姓之所急，筑堤时亲自冒"风霜氛雾之毒"，鼓励民众动手筑堤除灾，百姓在他鼓舞下乐于从事忘却疲劳，届时建成。谢令为使此事继续下去，请王安石写此文，"使来者有考焉，得卒任完之以不隳（毁坏）"。

这段文字虽简，但清楚地写明谢令为吏之道。第一，他有仁民之心，急"民之急"，为民除灾；第二，"亲以身当风霜氛雾之毒"，与民同甘苦；第三，他善于组织民众积极参加兴利之举，使民"翕然"（和顺、欣然）参加，届时完成。此几点写得简而明，正表达王安石对为官之责的理解。他为鄞县令时亦是如此做的，在此时写的《上杜学士言开河书》中亦道："今之邑民，最独畏旱……某为县于此……以为宜乘人之有余,及其暇时,大浚治川渠,使有所潴,可以无不足水之患,而无老壮稚少,亦皆惩旱之数,而幸今之有余力,闻之翕然,皆劝趋之,无敢爱力。"

谢君所为,就是作者所欲为。正符合他的"仁民"思想,故在第二段中赞道:"其仁民之心,效见于事如此","善夫!"他认为为官就是要为民除灾,对民众事业要有长远考虑,所以要为谢令立传,以使"后之君子"继承此事业。

第三段主要记谢令言天下之事。谢令认为"道""闳大隐密",圣人也常知其然而"莫知其所以然",原因在于它的"难知"。这里所说的"道"是儒家之道。正因为"难知",所以在"治政教令"方面常常"施为之详",尤其对于"急者"更是叮咛不已。什么是"易知较然"的呢?谢令指出:一、急民所急,治好农田水利,御水旱之灾。文中的"涂"同途,"浍"田间水沟。二、兴学校,教化民众,成为礼乐之邦。谢令又谈到今世之吏有两种,一种愚者,"不知所为";一种所谓能者,想"出奇为声威""惊世震俗",然而尽力从事的却是官署中的文书簿册、诉讼公牍,而且认为这是古人所反复叮咛的紧要事项。谢令又说这些是我曾经干的,但又是不值得干的。宋代建国虽有百年,然而仁政教化尚未奏效,原因就在此。"胜残去杀"出自《论语·子路》"善人为邦百年,亦可以胜残去杀矣。"此谓以"德"化民,可使残暴之人不再作恶,因而就可不用刑杀了。这是儒家仁政思想。

作者在此借谢令之口谈了自己的仁政理想,那就是不仅要富民,而且要化民,故文中写"予良以其言为然。"

第四段小结谢令政绩,再次强调写此文缘由——"存之以告后之人"。

此文特色是记叙、议论、抒情三者融为一体。第一段以记叙为主,写谢令政绩,在叙事中满含赞许之情。第二段以议论为主,并夹以抒情,时而赞其"仁民之心",时而赞曰"善夫"!第三段主要记述谢令仁民的言论。第四段以叙笔小结谢令政绩,最后以"信其言之行而不予欺也",以赞许的议论出之。

借他人而言已是此文的另一特色。以谢令言行来表达自己的仁民理想,谢令之言行处处皆有隐喻之效。谢令在余姚县筑堤为桥,作者同时在鄞县疏浚川渠,同样积极从事兴利之举;谢令在县内治学教民,作者在鄞县兴学校、重教化;谢令所言的仁民之道;作者此时所写的《上杜学士言开河书》《上运使孙司谏书》中均有论及。王安石多次赞孔子、孟子,文集中提到孔孟的有六七十处,可见儒家的仁政思想对其影响之大。故后人赞曰:"其为爱民恻怛之心,筹划利害之明,虽复老成谋国者弗如,宜乎欧阳修荐安石疏云'议论通明,兼有时才之用。'"

伍子胥庙记①

国学经典文库

唐宋八大家散文鉴赏

王安石卷

【题解】

这是王安石宋仁宗皇祐二年(公元1050年)所作,是早年的作品。因为当时杭州守乐安蒋公在,州人重新修整了子胥庙庭,王安石就作了这篇文章。

这篇庙记,分两段。首段说伍子胥之义天地间不可少呢?王安石是从两方面对此加以说明的。其一,子胥以客寄之身,终于说动了吴王,折辱了不测之楚,仇执耻雪,名震天下;其二,当危疑之际,慷慨不顾万死,做了自己该做的事,义之所在,万死不辞。子胥的意志和他的负责精神,天地间确不可少。读了这样的文章,对伍子胥的认识就加深了,不会把他仅仅当作一个看不清局势的愚忠的人物,而能看清他坚守节操的品格。

第二段,在前段分析的基础上,再进一层,感叹吴亡千年,而其间兴废之事不可胜数,独子胥之祠不徙不绝,指明这是子胥的节概感动人的结果。这就把问题提得更明确了,一个人立世,首先要有节操,有品格,有了节操品格,才能真正打动人心。大丈夫,有所为有所不为,该坚持的要坚持,否则不就成了混世的了吗?生死大矣,节品更大矣。而公道自在人心。我想,这篇文章不长,它所提示的东西却非常深刻。

【原文】

予观子胥出死亡逋窜之中,以客寄之一身,卒以说吴,折不测之楚②,仇执耻雪③,名震天下,岂不壮哉!及其危疑之际,能自慷慨不顾万死,毕谏于所事,此其志与夫自恕以偷一时之利者异也④。孔子论古之士大夫,若管夷吾、臧武仲之属,苟志于善而有补于当世者,皆不废也⑤。然则子胥之义又曷可少耶⑥?

康定二年,予过所谓胥山者⑦,周行庙庭,叹吴亡千有余年,事之兴坏废革者不可胜数，独子胥之祠不徙不绝，何其盛也！岂独神之事吴之所兴，盖亦子胥之节有以动后世，而爱尤在于吴也。后九年，乐安蒋公为杭使，其州人力而新之，余与为铭也。

烈烈子胥，发节穷遁⑧。遂为册臣⑨，奋不图躯⑩。谏合谋行，隆隆之吴。厥废不遂，邑都俄墟⑪。以智死昏，忠则有余⑫。胥山之巅，殿屋渠渠⑬。千载之祠，如祠之初。孰作新之，民劝而趋。维忠肆怀，维孝肆孚⑭。我铭祠庭，示后不诬⑮。

【注释】

①伍子胥：名员。春秋时楚人。其父伍奢、其兄伍尚都被楚平王无故杀害，子胥于是逃亡到吴。吴将他封在申，故又称申胥。与孙武共佐吴王阖闾伐楚，五战入郢，他掘楚平王墓，鞭平王尸三百。后佐夫差。夫差与越王勾践战，勾践败，请和，子胥谏不可和，夫差不从。后夫差纳越女，宠信伯嚭，子胥谏，夫差迫子胥自杀。夫差终于败于越，亦自杀。子胥事见《国语·吴语》《史记·伍子胥传》。

②不测：不可测度。

③仇执耻雪：仇人被捉住，耻辱得昭雪。

④偷：苟且。《老子》："建德若偷。"偷生即苟且活下去。

⑤管夷吾臧武仲：管夷吾，春秋前期齐国颖上人。名夷吾，字仲。当初，管夷吾事公子纠，公子纠与公子小白争为国君，管夷吾射小白中钩。后小白立，为齐桓公，因鲍叔牙之荐，管夷吾为大夫以相齐桓公，由于管夷吾的努力，齐桓公九合诸侯，一匡天下。齐桓公成为春秋五霸之首。《史记》有《管晏列传》。臧武仲，春秋后期鲁国的大夫，名臧孙纥。他是一个很富于智慧的人，后来因事逃亡到齐，预见到齐庄公将被杀而辞掉了庄公赐给他的田。孔子在《论语》中对管、臧二人都有所称赞。但这二人都有过失，管仲僭越，臧武仲贪得。所以王安石说"皆不废也"，意思是说只要有些好处，就不能把他们否定了。

⑥曷：何也。怎么。

⑦胥山：胥山有几处，此胥山指江苏吴县西南之胥山。《史记·伍子胥传》说子胥自刭而死，吴王夫差大怒，将其尸盛以鸱夷革，浮之江中。吴人怜之，为之立祠江上，命曰胥山。但《越绝书·吴地传》说吴王阖闾时已有胥山之名。子胥之祠庙在胥山上。

⑧烈烈:威武貌。《诗经·小雅·黍苗》:"烈烈征师,召伯成之。"晋袁宏《三国名臣序赞》:"烈烈王生,至死不挠。"遄,逃亡。此两句说子胥威武,被楚平王发出节符追捕,势穷逃亡。

⑨册臣:即策臣。子胥助阖闾杀了王僚,是立了大功的,又助阖闾伐楚大胜,阖闾死时,受顾命。所以谓之策臣,谓受策命的大臣。

⑩奋不图躯:奋其智能为吴出力而不图谋自己的好处安危。

⑪厥废不遂,邑都俄墟:此指吴王夫差不听子胥之谏,逼子胥自杀;不久,越王勾践就攻入吴国,夫差请和不成而死,吴的城邑国都都变成了废墟。

⑫以智死昏,忠则有余:凭智慧而死于昏昧之君的手中,忠则是有余的,但明则不足。这是对子胥的惋惜。

⑬渠渠:大貌。谓殿屋宽大壮丽。

⑭维忠肆怀,维孝肆孚:忠展示了他的胸怀,孝展示了他的诚实信义。肆,显明表现。孚,信义,诚实。《左传·庄公十年》:"小信未孚,神弗福也。"

⑮不诬:不错,不是虚枉。

【集评】

明茅坤《唐宋八大家文钞》卷九十一:只眼之论,足破千古之疑。

【鉴赏】

此篇写于宋仁宗皇祐二年(公元1050年),作者自鄞县归临川之时。

此文结构不同于一般的"记"文,先将庙主的生平事迹以简括之笔出之,行文夹叙夹议又有抒情之语;中间写为记的缘由;最后以韵笔写铭文。如此行文使读者对庙主生平事迹一目了然,并为其品格、精神所感动,后面的赞则成了有源之水,有本之木。

第一段写伍子胥生平事迹言简意赅,抓住一个"壮"字,一个"异"字,归结到一个"义"字。伍子胥一生,其见憎于楚,有功于吴之手迹可谓多矣,然本记仅以六十字为之,而且这少许字中还包括了评论文字,其文字之简约可谓惊人。开头写"予观子胥出死亡遄窜之中"几个字就概括了他如何机智勇敢地避开楚平王的诱杀,逃至宋、郑,又适晋,返郑,出昭关几不得脱,后乞食、患疾、流亡,终逃命于吴的惊险曲

折苦难的经历。他到了吴国后,如何佐吴王阖闾伐楚,取六、灊、居巢等地,攻占了楚都郢城,楚昭王出奔,史载:"当是时,吴以伍子胥、孙武之谋,西破强楚,北威齐晋,南服越人",吴国得子胥而成霸主,这一系列赫赫战功,文中仅以"折不测之楚,仇执耻雪,名震天下",十余字记之,其文字之简约亦可观矣。"岂不壮哉"这一句是对伍子胥助吴伐楚,复仇雪耻,完成霸业的赞词。伍子胥后半生的遭际是令人感慨的。他在吴王阖闾伤亡后,助太子夫差即位。然夫差信用奸佞之臣太宰嚭,太宰嚭助越国为缓兵之计请和,伍子胥进谏,夫差不听。后四年,夫差与越国联兵攻齐,伍子胥又进谏说:"释齐而先越",吴王亦不听,后夫差信谗言赐子胥死。伍子胥数次冒死进谏,作者亦简笔记之,并感慨道:"能自慷慨不顾万死,毕谏于所事",还进一步赞美说，他的志向与一些偷一时之利的人不同。由此可见作者行文之简约，正如刘熙载所说："只下一二语便可扫却他人数大段，是何等简贵。"（《艺概》）

为了正确评价伍子胥在历史上的地位，作者还引了孔子之说论之。孔子论及古代士大夫，称赞管夷吾（齐国贤相）、臧武仲（鲁国大夫臧孙氏），说他们有志于善而且"有补于当世"，应当使他们贤名永垂史册。文章至此以一个反问句说道："然则子胥之义又曷可少耶?"将伍子胥与管仲等人并列，认为子胥的"义"也是不可多得的。如此为子胥作记，抓住其几个特点：助吴王阖闾完成霸业，壮哉；为吴国强盛，冒死进谏，其"义"感人；以死来殉自己的理想，其"志"不凡，作者对这一切都以夹叙夹议及抒情语言做了充分肯定。

第二段写其为记的缘由。说他在宋仁宗康定二年（公元1041年）曾路过胥山，拜谒过胥庙，感叹在吴亡千年之后，在"事兴坏废革不可胜数"之时，"独子胥祠不徒不绝"，为什么呢？作者分析了几个原因：是神灵保佑，是伍子胥高尚节操感动后世，得到后世吴人的爱戴。文章又说过了九年，乐安的蒋公为杭使，州内民众又将子胥庙修葺一新，为此，他写了这篇记，并做了一篇铭文。文中的"所谓胥山者"，当指今浙江杭州市吴山，上有伍子胥祠，故名胥山。关于"胥山"有三处，皆因伍子胥而得名，除杭州市内一处外，尚有一处在江苏吴县西南，一处在浙江嘉兴县东。

最后一段是铭文，"铭"是古代文体之一，多刻于碑版、钟鼎之上，多称誉功德或申鉴戒之语。此篇铭文以四言韵文写成。"烈烈子胥"八句，称颂子胥高大威武，节操高尚，身为吴臣，奋不图躯。吴王听其谏言行事，吴国就强大；反之，吴都不久化为废墟。"以智死昏，忠则有余"，两句是对伍子胥死难的评价，认为为昏君而死，有些愚忠。这评价很有见地，讲贤臣与明君及昏君应有正确的关系，为明君而死，则是死得其所，为昏君而死，则是"忠则有余"不值得了。"胥山之巅"四句，写伍子胥祠在高山顶峰，高大巍峨，而且千年香火不断。"孰作新之"六句，继续写后人对伍子胥的纪念。

综上所述，此文特色是构思新颖，文字简贵，夹叙夹议，抒议并行，情感真挚，评论得当，感人肺腑，发人深省。

信州兴造记①

国学经典文库

唐宋八大家散文鉴赏

王安石卷

【题解】

这是一篇记述信州水灾之后，太守张公整治州城以防水患的文章。信州水灾在皇祐二年夏六月，张公修城自七月至九月，此文当作于皇祐二年十月至皇祐三年初。

这篇文章以记述为主，详细地记下了张公如何在水灾时从容处置，如何在水退以后重新对城进行修筑，用工多少，为屋若干，钱从何来，都有极为详赡的记载，这是很为翔实的材料。

在详细记述之后，王安石也发了一点议论，这个议论主要是说地方官吏为政应如何为，常见的毛病在哪里，并顺便谈及了地方上元奸宿豪的舞手乘民，可见他是深知社会弊病的。就在这样的论说基础上，王安石轻轻地带上了张公，说为张公之民是幸，可以无憾，表彰了张公为政之道。这一笔用得巧妙，且与前文相呼应，在结构上是很见功力的。

详读此文，知与《桂州新城记》等不同，以记为主而以议为辅，由此看出王安石是非常善于处理不同的题目的。《桂州新城记》涉及大事，故议论及于治国行政，且以议论为中心；《信州兴造记》只涉及地方官吏为政之方，故以记为主，示以规矩方圆。所谓因事而变，各得其宜，读者应于此细加体会。

【原文】

晋陵张公治信之明年②，皇祐二年也。奸强帖柔③，隐诎发舒④，既政大行，民以宁息。夏六月乙亥，大水。公徙囚于高岳，命百隶戒⑤，不共有常诛⑥。夜漏半⑦，水破城，灭府寺，包人民庐居。公趋谯门⑧，坐其下，敕吏士以桴收民⑨，鳏寡孤老癃与所徙之囚⑩，咸得不死。

丙子,水降⑪。公从宾佐桉行隐度⑫,符县调富民水之所不至者夫钱户七百八十⑬,收佛寺之积材一千一百三十二。不足,则前此公所命富民出粟从赒贫民者三十三人⑭,自言曰:"食新矣,赒可以已,愿输粟直以佐材费⑮。"于是募人城水之所入,垣郡府之缺,考监军之室,立司理之狱,营州之西北亢爽之墟⑯,以宅屯驻之师⑰,除其故营,以时教士刺伐坐作之法,故所无也。作驿曰饶阳,作宅曰回车。筑二亭于南门之外,左曰仁,右曰智,山水之所附也。梁四十有二,舟于两亭之间⑱,以通车徒之道。筑一亭于州门之左,日宴月吉,所以属宾也。凡为城垣九千尺,为屋八。以楹数之,得五百五十二。自七月甲午,卒九月丙戌。为日五十二,为夫一万一千四百二十五。中家以下,见城郭室屋之完,而不知材之所出;见徒之合散,而不见役使之及己。凡故之所有必具,其无也,乃今有之。公所以救灾补败之政如此,其贤于世吏则远矣。

今州县之灾相属⑲,民未病灾也,且有治灾之政出焉。施舍之不适,敛取之不中⑳,元奸宿豪舞手以乘民㉑,而民始病。病矣,吏乃始瞥然自德㉒,民相与诽且笑而不知也。吏而不知为政,其重困民多如此。此予所以哀民,而闵吏之不学也。由是而言,则为公之民,不幸而遇害灾,其亦庶乎无憾矣。某月某日临川王某记。

【注释】

①信州:地名。唐乾元元年置,宋因之,治在今江西上饶。

②晋陵:郡名。晋置毗陵郡,后改晋陵;隋开皇九年废郡置常州,唐又改为晋陵郡,宋又置常州。此乃称旧名。在今江苏。

③奸强帖柔:奸强,奸恶豪强。帖柔,服帖柔顺。谓奸恶豪强都折服而服帖柔顺。

④隐绌发舒:隐绌,隐没之人与屈下之人。绌同屈。发舒,像草木一样舒展开来,伸直了腰。

⑤命百隶戒:命令一百个隶役警戒守备。

⑥共:同恭。不共有常诛,谓不谨恪地遵守命令,就要按法给予处罚。

⑦夜漏半:半夜。

⑧谯门:建有望楼的城门。《汉书·陈胜传》:"攻陈,陈守令皆不在,独守丞与战谯门中。"注:"谯门,谓门上为高楼以望耳。楼一名谯,故谓美丽之楼为丽谯。谯

亦呼为巢。所谓巢车者,亦于兵车之上为楼以望敌也。谯、巢声亦近,本一物也。"

⑨敕:官长告诫属下,长辈告诫子孙,汉晋时称敕。南北朝以降,始专称君主之命。王安石这里是用的古义。桴:以竹木编成的可以浮水载人的东西,大曰筏,小曰桴。《论语·公冶长》:"道不行,乘桴浮于海,从我者,其由欤?"

⑩鳏寡孤老癃:老而无妻曰鳏,无夫曰寡,幼而无父曰孤,老谓高年斑白者。癃:疲劳衰弱者。《汉书·高帝纪》:"年老癃病,勿遣。"

⑪水降:水退下去了。降,下也。

⑫桉行隐度:桉行,巡行;隐度,暗中度量。桉同案、按。

⑬符县:符作动词。符县谓以信符号令属县。

⑭赒:救济。《周礼·地官·大司徒》:"五党为州,使之相赒。"《颜氏家训·勉学》:"赒穷恤匮,赧然悔耻。"

⑮直:同值,价钱。

⑯亢爽:亢,高。亢爽,高旷干爽。

⑰宅:用作动词,居住。

⑱舟:环绕。梁四十有二,梁乃桥也,有四十又二个梁柱的桥。舟于两亭之间,谓这个桥环绕在两亭之间,作为车和行人的通道。

⑲相属:相连续。《史记·魏公子列传》:"平原君使者冠盖相属于魏。"

⑳哀取:聚取。聚取指从百姓手中收取税赋。

㉑元奸宿豪:大奸素豪。奸谓奸恶之人,豪谓豪强。舞手,谓上下其手,玩弄手段。乘,利用、趁机会。乘民,趁机会算计百姓。

㉒謷然:謷通傲,謷然,骄傲的样子。

【集评】

明茅坤《唐宋八大家文钞》卷八十七:思周匝而亦峭画。

【鉴赏】

此篇写于宋仁宗皇祐二年(公元 1050 年)之后,时安石在鄞县任上。《东都事略》载安石在鄞时"好读书,三日一治县事,起堤堰,决堤塘为水陆之利,贷谷于民,立息以偿,俾新陈相易,兴学校,严保伍,吏人便之。"由此可见他为民兴利的志向和他的吏才。他以仁政爱民为己任，批评那种轻视州县工作的看法。在本文他以张公治信州（治所在今江西上饶市）之事迹为论述的基础，提出为吏者应"哀民"，为政应知"为政"之道，如此为吏者必须学习，否则就会使百姓困乏而不自知。

文章上半部围绕信州兴造的始末记述了晋陵张公在皇祐二年任职后的政绩。先概括介绍他施政时采取"既政大行，民以宁息"的养民之道。然后记载信州发大水以后他如何抢险、救灾的情况：皇祐二年夏天六月十二日信州发了大水，张公先迁徙囚徒到高地，命百名衙役警戒。半夜时水破城而入，淹没府寺，包围了人民居所，张公立即到城门楼上指挥士卒用小筏子救百姓，经过奋战，鳏寡孤独老弱病残及囚徒，都免于一死。

此处写水势汹涌为害百姓时，以"夜漏半，水破城，灭府寺，包人民庐居"等短句出之，使读者产生一种急迫危险之感。写张公指挥吏士救民成绩显著，仅以"鳏寡孤老癃（病）与所徙之囚，咸得不死"几个字写出，老弱病囚犹得不死，何况其他，如此行文既简略又有代表性，可谓"简贵"之极。文中"谯门"即城门楼。

第二段写淫水去后，张公补败之政。文中写了筹资情况：从未遭灾的富户及佛寺筹集钱、财。然后写修缮的时间、处所及用工数,时间从七月到九月用了五十二天,募工一万一千四百二十五,修建了城墙、房屋、兵营、狱所,还有亭子。后小结说:"凡故之所有必具,其无也,乃今有之",可见张公在信州不仅仅是补败,而且还兴建了一些建筑物。文中特别强调了"中家以下"不知钱财的来源,而且也没有参加徭役,此处与前面记述的使"富户""佛寺"出钱财相呼应,最后对张公的吏政赞许说:"公所以救灾补败之政如此,其贤于世吏则远也"。此处实借张公之政绩表达了作者"为政爱民"的思想。

第一二段不仅写出"信州兴造"的过程,而且为张公立了传,并为下面如何为吏的论述提供了事实根据。

第三段,在前面记述的基础上,指出当今州县之灾接连不断,常常是民众尚未受灾,而为吏者施舍或聚取不适当,使一些元恶豪门乘机欺凌百姓,以致使百姓遭了灾。百姓受灾后为吏者反而盲目自大以为施德政于民了。文章至此从反面提出论点:"吏不知为政,其重困民多如此"。也就是为吏者应当知道如何为政,才不致于害民而不自知,作者最后说:"此予所以哀民,而闵吏之不学也",道出了写此"记"的动因是"哀民",希望那些为吏者要学习"为政"之道。

本文突出的特点是对张公吏政以详笔出之,既有概括介绍,又有具体事例陈述,不仅以短语写发大水时的紧迫形势,又有信州兴造时的时间、用工及修建的城垣、房屋等情况叙述,如此之详乃是为其立论提供了充实的事实论据,然后再以当今之吏不知为政给民众带来灾难等作了鲜明对比,从而使立论在事实对比中具有强大的说服力量。

通州海门兴利记

国学经典文库

唐宋八大家散文鉴赏

王安石卷

【题解】

这又是一篇论地方官吏行政的文章,足见王安石是多么地关心庶政。天下之州县伙矣,州县之长吏,乃与君共治天下者,吏之良否,所关非细。吏良,则一地之民受其赐,一地亦以安,吏不良,则一地之民受其害,一地亦以乱。星火可以燎原,州县之吏治,可不慎欤?由此种文章,可见王安石义安天下之心,亦可知其深谙为政之所始。

文章在写法上颇见别出心裁。记述之文而有议,常规也,乃就事而生发,将个别之事演为普遍之理,以警世人也。此文却先把议论放在前头,而且不凭空而论,乃以古诗所载为由头,强调吏有欲善之心,相民而力行之,则政修民悦,归结到现时之吏有欲此者,就是"有志者"上来。

议论之后,将沈君之行对号放入,强调了沈兴宗爱民而思有以利之的做法具有很大意义,记中亦有议,议而不离记,以议为重点,以记为根据。这是将上文之议具体化、范例化。

最后,既论及沈兴宗,又强调了表彰如此行政的意义,作为全文的收束,收得紧,收得适当,照应开头的议论,结构上圆满自足。

这篇文章,内容安排非常新巧,立意高远而叙说平易,重心突出,特点鲜明。王安石的文章,力争出新,以所选记述类文章看,就篇篇内容安排不同,结构特点显著,可见他对此下过苦心苦功。文贵新变,不能新变,则难成大家。王安石求新之想与创新之作,实在值得我们认真揣摩。

【原文】

余读《豳诗》,"以其父子,馌彼南亩,田畯至喜[①]。"嗟乎!豳之人帅其家人戮力以听吏②，吏推其意以相民③，何其至也。夫喜者非自外至，乃其中心固有以然也。既叹其吏之能民，又思其君之所以待吏，则亦欲善之心出于至诚而已，盖不独法度有以驱之也。以赏罚用天下，而先王之俗废。有士于此，能以豳之吏自为，而不苟于其民，岂非所谓有志者邪？

以余所闻，吴兴沈君兴宗海门之政④，可谓有志矣。既堤北海七十里以除水患，遂大浚渠川⑤，酾取江南⑥，以灌义宁等数乡之田。方是时，民之垫于海⑦，呻吟者相属。君至，则宽禁缓求⑧，以集流亡⑨。少焉，诱起之以就功，莫不踽踽然奋其惫而来也⑩。由是观之，苟诚爱民而有以利之，虽创残穷敝之余⑪，可勉而用也，况于力足者乎？

兴宗好学知方，竟其学，又将有大者焉。此何足以尽吾沈君之才，抑可以观其志矣⑫。而论者或以一邑之善不足书文，今天下之邑多矣，其能有以遗其民而不愧于豳之吏者，果多乎？不多，则予不欲使其无传也。至和元年六月六日，临川王某记。

【注释】

①《豳诗》云云：《豳诗》指《诗经·国风·豳风》之类。"以其父子，馌彼南亩，田畯至喜"，是《豳风·七月》诗中语，原诗"以其父子"作"同我妇子"。

②戮力：并力、合力，《尚书·汤诰》："聿求元圣，与之戮力。"《左传·成公十三年》："昔逮我献公，与穆公相好，戮力同心，申之以盟誓，重之以昏姻。"

③相民：帮助民。相，辅佐，帮助。《论语·卫灵公》："固相师之道也。"疏："此固是相导乐师之礼也。"古时乐师多以瞽者为之，故其出入行走，需人"相"之。

④吴兴：即今浙江省湖州市地。海门：县名，在江苏省。宋时海门属通州，通州即在今江苏省南通县地。

⑤浚：疏通加深河道水道。

⑥酾：分流疏导。《汉书·沟洫志》："遒酾二渠以其引河。"

⑦垫于海：下陷于海，被海水淹没。《尚书·益稷》："洪水滔天，浩浩怀山襄陵，下民昏垫。"《汉书·王莽传》："武功中水乡民三舍垫为池。"注："垫，陷也。"

⑧宽禁缓求：宽去禁令，放松诛求。

⑨流亡：逃亡。《诗经·大雅·召旻》："瘨我饥馑，民卒流亡。"《楚辞·哀郢》：

"去故乡而就远矣,遵江夏以流亡。"

⑩蹶蹶然:急遽貌,引申为勤奋。《诗经·唐风·蟋蟀》:"好乐无荒,良士蹶蹶。"惫,疲累。

⑪创残穷敝:创伤残破穷困敝败。谓遭遇重大变故灾害而造成的窘困穷迫局面。

⑫抑:此处用作连词,"则""然"之意。

【集评】

明茅坤《唐宋八大家文钞》卷八十七:荆公之文,本经术处多。

【鉴赏】

此篇作于至和元年(公元1054年)在汴京任群牧司判官之时。群牧司(主持养育国马的各项事务)长官是包拯,判官为辅佐之职,同时任判官的还有司马光。

此时期他写了大量散文,他的"记"体散文熔叙述、描写、抒情、议论为一炉。"记"体散文多种多样,或记言,或记行,或记人,或记事。此篇"记"带有立传性质,是为有志有绩的海门(今江苏海门市)县令沈兴宗立传。然而此文又不同于一般的传记,传主的各种政绩又是作者为吏必须"爱民"之说的论据。故文章一开始先从《诗经·豳风·七月》的读后感写起。引诗只有"以其父子(应为'同我妇子'),馌(馈送食物)彼南亩(田垄南北向的叫南亩),田畯(农官名,又称农正或田大夫)至喜"三句,其意在生发,说:"豳之人帅其家人戮力(尽力)以听吏,吏推意以相民(助民),何其至也。夫喜者非自外至,乃其中心固有以然也。"这里强调了为吏者必须助民,如此才能使百姓内心喜悦,才能"戮力以听吏"。而要做到这一点,为吏者必须有至诚的"欲善之心",而不是专靠法度去驱使百姓为之,并且提出:单是以赏罚治天下,那是废先王之道。从这些议论中可看出王安石受儒家仁政思想影响之深。

文章的第二段,记写有志者海门县令沈兴宗的政绩。首括句中的"可谓有志矣",既与上文结尾相呼应,又概括了这一段的全部内容。其"志"表现在:一、筑堤北海七十里以防水患,二、大浚渠川,疏浚长江以南地区,灌溉义宁等数乡之田。这里不仅简记了兴利之举,而且还记写了沈令如何动员民众兴利。开始是"民之垫于海,呻吟者相属(相连)",民众以劳役为苦,颇有怨声。后来,他就"宽禁缓求,以集流亡",缓征、少征民伕,以召集流亡之人为主。再后,他又"诱起之以就功"劝导百姓使其认识兴水利的重要意义,于是百姓"莫不蹶蹶然(动作敏捷地)奋其惫(疲乏)而来也",连老弱病残都参加了,何况身强力壮的人呢?沈令为什么能做到这一点,是因他真正做到"爱民而有以利之"。"爱民而有以利之"是全文的主

旨,也是作者从政为吏的原则与主张,更是他后来从事改革,制"青苗""农田水利""市易"等法的重要出发点。这一思想在他的诗文中比比皆是。如"贱子(指自己)昔在野,心哀此黔首(百姓)。丰年不饱食,水旱尚何有。……特愁吏之为(胡作非为),十室灾(遭灾)八九。"(《感事》)

第三段写为沈令立传的缘由。文中说沈令"好学知方(准则)",将来能有大作为。并批驳了那种"一邑之善不足书文"的论调,指出天下像沈令那样的"爱民而有以利之"的官吏,不是多,而是少。作者以立传之法使天下为吏之人均能"爱民而有以利之",为百姓兴利除弊。故《王荆公年谱考证》评曰:"公他日告君与世之言

吏治者,无不以爱民为心。一邑治,使天下为吏一邑者皆治。故此等文必广而录之,亦欲为吏者知有所警也。"

由此可见他的"记"体散文亦是实现自己政治理想的工具,因此立意高远,思想深刻,不以浮辞妙喻为能事,而以简明取胜。这正如刘熙载所说"半山文瘦硬通神"(《艺概》)。

附注:"以其父子,馌彼南亩,田畯至喜"三句出自《小雅·大田》。作者误为《豳风·七月》。

游褒禅山记

【题解】

这是一篇很为有名的游记文章。自明及今,各种文选几乎都把这篇文章选入了,现今中学的语文课本上也选了这一篇。

此文突出特点是:叙议结合。记得很详,议的很深。文章实际上就是两大部分,前一部分记褒禅山之得名、原名、山上之洞、游山之人的碑文以及自己与其余四人入洞探幽揽胜而终于未能穷尽胜境的情况。可谓非常详尽而明白。这些内容较为琐杂,但作者记来有条不紊,衔接自然,不见痕迹,并且匠心独运,给后边的议论留下了伏笔:"入之愈深,其进愈难,其见愈奇"。先提出这个事实,给议论奠定了基础和出发点。然后一个转折,说有怠而欲出者,于是自己也跟着出来。这个转折,颇见笔力,亦颇见文章起伏转接之妙。如此写才有波澜,才有生发之余地。在前半部记叙的基础上,后半部就发了议论。这个议论虽不讲很深的大道理,但能就身所经历,于人生有悟,能从自己的切身体验中,说出带有普遍意义的话来。议论的层次分明。"夷以近,游者众,险以远,则至者少",此为一层;"世之奇伟瑰怪非常之观,常在险远,人所罕至",是为二层;要想达到险远之地的非常之观,得有志者,此为三层;有志者亦须有力,有物以相之,这才能达到,此为四层。这部分的议论不用说,不止讲山水之观,还有甚深而隐的寓意。简而言之,是隐喻要想成就非常之业,造就非常之才,探究高深学问,达成高卓思想,都得如探索非常之观一样,要有志、有力、有物以相之。这样的议论,由具体之事而发,言之有物,而且结合人生的体验,普遍性强,给人的启发是很深的。这样的议论,这样的笔力,足见王安石是勤于思索,平素就见识高卓,同时见出他工于为文,善于组织内容,把生活和人生体验能很好地表达出来。本部分对于仆碑的议论,及于古书之真伪,也颇发人深省。不过就文章来说,这不是主要着力之点。

文章结构完整,内容是有机结合在一起的,前后照应紧密。而语言平易,自然流畅,讲深奥之理不用生硬之语,不故作艰深以文浅易,实在难得。

【原文】

褒禅山亦谓之华山①,唐浮屠慧褒始舍于其址②,而卒葬之,以故其后名之曰褒禅。今所谓慧空禅院者,褒之庐冢也。距其院东五里,所谓华山洞者,以其乃华山之阳名之也。距洞百余步,有碑仆道,其文漫灭③,独其为文犹可识,曰花山。今言"华"如"华实"之"华"者,盖音谬也。其下平旷,有泉侧出,而记游者甚众,所谓前洞也。由山以上五六里,有穴窈然④,入之甚寒,问其深,则其好游者不能穷也,谓之后洞。余与四人拥火以入⑤,入之愈深,其进愈难,而其见愈奇。有怠而欲出者⑥,曰:"不出,火且尽。"遂与之俱出。盖予所至,比好游者尚不能十一,然视其左右,来而记之者已少。盖其又深,则其至又加少矣。方是时,予之力尚足以入,火尚足以明也。既其出,则或咎其欲出者,而予亦悔其随之,而不得极夫游之乐也。

于是予有叹焉。古之人观于天地、山川、草木、虫鱼、鸟兽,往往有得,以其求思之深而无不在也。夫夷以近⑦,则游者众;险以远,则至者少。而世之奇伟瑰怪非常之观⑧,常在于险远,而人之所罕至焉。故非有志者,不能至也。有志矣,不随以止也⑨,然力不足者,亦不能至也。有志与力而又不随以怠,至于幽暗昏惑,而无物以相之,亦不能至也。然力足以至焉而不至,于人为可讥,而在己为有悔。尽吾志也而不能至者,可以无悔矣,其孰能讥之乎?此予之所得也。余于仆碑,又以悲夫古书之不存,后世之谬其传而莫能名者,何可胜道也哉!此所以学者不可以不深思而慎取之也。

四人者:庐陵萧君圭君玉、长乐王回深父、余弟安国平父、安上纯父。至和元年七月某日临川王某记。

【注释】

①褒禅山:在江苏句容县北六十里。

②浮屠:梵语音译,亦作佛图、佛陀、浮图,意为佛,后指修行高深的和尚。

③仆:仆倒。漫灭:漫散消失。

④窈然:深幽之貌。

⑤拥火:谓举火。拥,持也。《庄子·知北游》:"神农隐几,拥杖而起。"

⑥怠:谓疲而懈怠。

⑦夷以近:夷,平坦、平易。《老子》:"大道甚夷,而民好径。"好径谓好走小路。以,连词,同"而"。

⑧非常之观:不是平常的景观。观,景观。

⑨不随以止:不跟着别人停止探索。止,停止。

【集评】

明茅坤《唐宋八大家文钞》卷八十八:逸兴满眼而余音不绝。

清林云铭《古文析义》卷十五:凡游记,必叙山川之胜与夫闻见之奇,且得尽其所游之乐,此常调也。兹但点出山名、洞名,便以不尽游为慨,若如此便止,有何意味。精彩处,全在古人观物有得上发出一段大议论,即把上文所以不得尽游重叙一番,惟尽吾志赴之,若果不能至,则与力可至而不至者异矣,譬之学者,六合之外,存而不论,即是有得处。末以山名误字推及古书,作无穷之感,俱在学问上立论,寓意最深。

清浦起龙《古文眉诠》卷七十:此游所至殊浅,偏留取无穷深至之思,真乃赠遗不尽,当时持此为劝学篇,而洞之窅渺,亦使人神远矣。

清吴调侯、吴楚材《古文观止》卷十一:借游华山洞,发挥学道。或叙事、或诠解、或摹写、或道故,意之所至,笔亦随之。逸兴满眼,余音不绝。可谓极文章之乐。

【鉴赏】

此文是王安石任舒州(今安徽潜山县)通判时所作。那时舒州很是荒僻,人民生活十分穷困。安石到任又逢旱灾,他怀着济世理想来任地方官。在此时所写的《与孟逸秘校手书》中请孟逸协助救灾,在《感事》一诗中,盼求降雨,缓解人民灾难,在《舒州七月十一日雨》中,表现了他兢兢业业为吏的责任心,在《杜甫画像》中表达了要继承杜甫的忧国忧民思想,以人道主义精神从政的决心。这时正是他以改革精神从事地方官的实践时期。所以此时所写的许多"记"文,常常表达了他的理想、探求,富有哲理的思辨色彩,《游褒禅山记》亦是如此。它绝不是一般的游记,而是通过记游来言志。说明在人生道路上要有远大理想,在治学问题上要有所创造,要"有得",就必须"求思之深",必须要有坚强不屈的意志,不随便盲从,又善于利用客观有利条件,才能达到"奇伟瑰怪非常之观"的境界。此文章主旨可说是深远的,为了完成这一主旨,作者独具匠心,构思巧妙,其突出特色是:

其一,选材精当。此文处处围绕议论中心选材,前面记游文字是其议论的依据,因此行文简约,如第一段简单地交代了褒禅山、华山洞名称的来历。作为"游",一路上奇花异草,幽泉怪石,当会不少,然而本文却一概摒而不记。只记了一块仆倒在地的石碑,并且详写了"其文漫灭,独其为文犹可识,曰'花山'。今言'华'如'华实'之'华'者,盖音谬也。"此石碑文字漫灭不清,其名称由"花山"误传为"华山",为什么要详写?皆因与后面所论的"悲夫古书之不存,后世之谬其传而莫能名

299

者,何可胜道也哉!"相联系,为其论述"深思而慎取"提供论据。

其二,结构严谨。本文以议论为中心,前面记游文字是议论的重要依据,故前面所写内容均为后面之议论埋下伏笔,使其议有所据,前呼后应,丝丝入扣。如第二段中写游华山前洞与后洞的情况,以对比手法先写二个洞深浅夷险之不同,后写不同的人游洞时的不同情况,前洞"平旷"而"记游者甚众",后洞"窈然","入之愈深,其进愈难,而其见愈奇""则其好游者不能穷也",以此来论述"夫夷以近,则游者众;险以远,则至者少"的道理。在记游中谈到一行五人仅游到"比好游者尚不能十一"就退回的情况时说:"然视其左右,来而记之者已少,盖其又深,则其至又加少矣",这又为下文"而世之奇伟瑰怪非常之观,常在于险远,而人之所罕见焉"的议论作了张本。关于自己"力尚足""火尚明"而随人退出以致后悔的记述,又为如何才能达到"世之奇伟瑰怪非常之观"的境界之议论提供了依据,并概括地提出:一、非有志者不能至也;二、虽有志,然力不足,亦不能至也;三、有志与力然无物以辅助,亦不能至也。这从反面提出无论是实现理想还是治学要达到最高境界,必须有志、有力、有客观条件。由此可见前面所记之物、之事,均为后面议论的依据,如此则将记叙上升到理论高度,带有哲理性,而议论也涂上了生动形象色彩,这样前呼后应,逻辑严谨,具有很强的论辩力量。这就是"半山文瘦硬通神"(刘熙载《艺概》)的妙处吧!

桂州新城记①

【题解】

这是记桂州新城为什么要修造,如何修造,并由此而论及该如何治国行政的文章。时当至和三年九月,王安石为群牧司判官。

文章的特点是,记述详明,议论透辟。所谓记述详明,是说文章关于桂州新城修造的缘由、用工、用材,以及经始之过程,都非常清楚地记了下来,背景亦交代得很为明确。这样,读者就可以知道桂州城所以要修造以及怎样修造的情况了。所谓议论透辟,是说在记述之上,在记述之后,王安石能从修城想到如何安邦定国,他并没有停留在一般的记述上,也没有发些极一般的不着痛痒的议论。他的议论从城要有开始,但强调更要有人,更要有法,并以历史作为例证,说明治国行政有本末先后。守要有其具,具要有其人,人要有其法。君臣以悄悄之心深虑,则能有赫赫之名显扬,有翼翼之勤,才能有明明之功。这就把文章从内容上加以深化了提高了。

文章是记桂州新城的,对主事者不能忘记,于是在议论和史例的基础上称扬了余公,这就较为得体。余靖在北宋,虽不算大名臣,也是颇有声名的。早年与范仲淹之新政,同时之欧阳修、尹师鲁、梅圣俞诸人都与之交好,是个不避权贵,刚直敢言,颇有见识的人物。王安石对他的称扬虽不免过誉,但大体还是有所依傍,不是随心所欲毫无根据的讨好。

文章层次分明,先讲背景,次叙修城,然后议论,最后归到主事者和为文之由,条理井然。文章例证恰当,以周文王、周宣王之时的情况来做例证,能很好地说明有防守之具,还要得人的道理,十分得宜。

【原文】

侬智高反南方②,出入十有二州,而十有二州之守吏,或死或不死,而无一人能守其州者,岂其才皆不足欤?盖夫城郭之不设,兵甲之不戒③,虽有智勇,犹不能胜一日之变也④。唯天子亦以为任其罪者非独吏⑤,故特推恩褒广死节,而一切贷其失职⑥。于是遂推选士大夫所论以为能者,付之经略,而今尚书工部郎中余公当广西焉⑦。

寇平之明年⑧,蛮越接和,乃大城桂州⑨。其木、甓⑩、瓦、石之材,以枚数之⑪,至四百万有奇。用人之力,以工数之⑫,至二十余万。凡所以守之具,无一求而不给者焉。以至和元年八月始作,而以二年之六月成。夫其为役亦大矣,盖公之信于民也久,而费之欲以卫其材,劳之欲以休其力,以故为是有大费与大劳,而人莫或以为勤也。

古者君臣、父子、夫妇、兄弟、朋友之礼失,则夷狄横而窥中国。方是时,中国非无城郭也,卒于陵夷、毁顿,陷灭而不救。然则城郭者,先王有之,而非所以恃为存也⑬。及至喟然觉寤,兴起旧政,则城郭之修也,又尝不敢以为后。盖有其患而图之无其具,有其具而守之非其人,有其人而治之非其法,能以久存而无败者,未之闻也。故文王之起也,有四夷之难,则城于朔方,而以南仲⑭;宣王之起也,有诸侯之患,则城于东方,而以仲山甫⑮。此二臣之德,协于其君,于其为国之本末与其所先后,可谓知之矣。虑之以悄悄之劳,而发之以赫赫之名,柔之以翼翼之勤,而续之以明明之功,卒所以攘夷狄⑯,而中国以全安者。盖其君臣如此,而守卫之有其具也。

今余公亦以文武之材,当明天子承平日久,欲补弊立废之时,镇抚一方,修扞其民⑰,其勤于今,与周之有南仲、仲山甫盖等矣⑱,是宜有纪也。故其将吏相与谋而来取文,将镂之城隅⑲,而以告后之人焉。

【注释】

①桂州:府名。唐置,宋因之,南宋绍兴三年改为静江府。治所在今广西桂林。

②侬智高:广源州蛮。其母名阿侬,本武勒族人,后嫁党犹州侬全福。侬全福被交阯所执,阿侬遂嫁商人,生智高,冒侬姓。后,侬智高复至党犹州,建国曰大历。交阯攻执之,释其罪,使知广源州,又以蛮人四洞及思浪州附益。内怨交阯,遂据安德州,僭称南天国,皇祐元年,寇邕州(今南宁)。邕州指挥使开赟说智高内附,乃遣赟还,奉表请岁贡方物,不听。后复因邕州陈珙上闻,不报。因谋入寇。皇祐四年四月,率众沿郁江东下,破邕州,又破沿江九州,围广州,僭号仁惠皇帝,改元启历。

皇祐五年正月,被平。

③不戒:不戒谓无准备。

④一日之变:对谋反、起义之类事情的隐讳说法。

⑤任:承担。

⑥贷:宽免。《汉书·张敞传》:"舜(人名)本臣敞素所厚吏,数蒙恩贷。"

⑦余公:余靖。皇祐四年被任为广西安抚使。

⑧寇平之明年:侬智高皇祐五年正月被平,明年即至和元年。

⑨城:作动词,谓修城。

⑩甓:砖也。

⑪枚:个。

⑫工:一人作一天谓之一个工。

⑬非所以恃为存也:不是把它(指城郭)作为存在的依恃。恃,依恃、依仗。

⑭故文王之起也四句:所以文王兴起的时候,有四方夷狄的危难,就在朔方修城,命南仲主其事。《诗经·小雅·出车》即载南仲受命周王而往城朔方事,中云:"天子命我,城彼朔方;赫赫南仲,狁狁于襄。""赫赫南仲,狁狁于夷。"据此则城朔方乃备狁狁。又诗中称"天子",似不指文王,文王在时,商尚未灭,文王尚称"西伯",不得云"天子"。王安石以南仲城朔方为文王时事,而且说"文王之起也",不知何故。

⑮宣王之起也:谓宣王兴起的时候,诸侯有不安之者,于是宣王就命仲山甫在齐地筑城,齐在宗周之东。《诗经·大雅·烝民》即记此事。诗中云:"王命仲山甫,式是百辟","王命仲山甫,城彼东方"。仲山甫,樊侯之字也。《国语·周语上》曾记他谏周宣王事。

⑯攘:排拒。春秋时齐桓公提"尊王攘夷"口号,攘夷即排拒四夷。《国语·鲁语下》:"彼无亦置其同类,以服东夷而大攘诸夏。"

⑰扞:卫护。《左传·文公六年》:"亲帅扞之,送致诸竟。"

⑱等:相同,同等。《史记·陈涉世家》:"陈胜、吴广乃谋曰:'今亡亦死,举大计亦死,等死,死国可乎?'"

⑲镂:雕刻。《左传·哀公元年》:"昔阖闾食不二味,居不重席,……室不崇坛,器不彤镂。"隅,城角。《诗经·邶风·静女》:"静女其姝,俟我于城隅。"此乃谓

303

城的墙上。

国学经典文库

唐宋八大家散文鉴赏

王安石卷

304

【集评】

明茅坤《唐宋八大家文钞》卷八十七引唐顺之语：但为筑城作记，而归之根本上说，此是大议论。

同上：荆公学本经术，故其记文多以经术为案。

【鉴赏】

此篇写于嘉祐元年（公元 1056 年）在京城为群牧判官之时。通过侬智高叛乱时桂州不守，至乱平后不到一年建好桂州新城，说明要守城全安，使狄夷不得窥扰中国必须要有善法、贤人和守卫之具的道理。

全文分四段，第一段写侬智高反叛，桂州等失守；第二段写新州守余靖建桂州城；第三段论述如何才能守城全安；第四段写为"记"的缘由。

文章开头写侬智高反叛，南方十二州失守的情况。侬智高是壮族首领，羁留广源州（属广南西路邕州管辖，今在越南高平省内），宋庆历元年（公元 1041 年）势力扩展到傥犹州（今广西靖西市东部），建立"大历国"政权。后以交趾进犯，徙安德州（今广西靖西市境），建立"南天国"政权。年号景瑞。皇祐四年（公元 1052 年）四月起兵反宋，五月攻陷邕州（今南宁），自立为"仁惠皇帝"，改年号为"启历"。又自邕州沿江而下，攻破横、贵、浔、龚、藤、梧、封、康、端诸州，所向皆捷，进而围攻广州，五十七日不下，北上欲攻荆湖，至全州受挫，返回邕州。皇祐五年（公元 1053 年）宋遣大将狄青征之，败侬军于昆仑关归仁铺，侬智高退走云南大理，不知所终。作者写此文时已是侬智高败亡之后。文中说："侬智高出入十二州"，其州吏"或死或不死，而无一人能守其州者"可见当时形势之险峻，为什么会如此呢？作者以设问句提挈之后，指出："城郭之不设，兵甲之不戒，虽有智勇，犹不能胜一日之变也"，此处指出城关之重要，暗中切题。正因城具不足所致，所以战败后天子广泛嘉奖死难者，对一切失职者亦宽免之，还让士大夫推选能者——余靖镇守广南西路。此段以侬智高夺取十二州之事说明建城郭、练兵甲之重要，为下面论述作了张本。

第二段写余靖在桂州（广南西路治所，今桂林市）建城郭情况。写了建设时间、用工、用料等。时间是从元和元年（公元 1054 年）八月至元和二年（公元 1056 年）

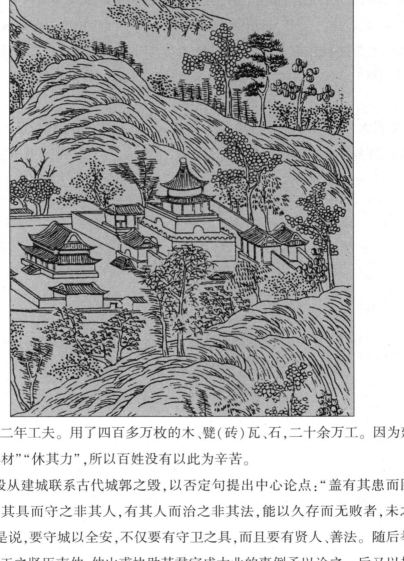

六月，不到二年工夫。用了四百多万枚的木、甓（砖）瓦、石，二十余万工。因为建城是为"卫其材""休其力"，所以百姓没有以此为辛苦。

第三段从建城联系古代城郭之毁，以否定句提出中心论点："盖有其患而图之无其具，有其具而守之非其人，有其人而治之非其法，能以久存而无败者，未之闻也。"也就是说，要守城以全安，不仅要有守卫之具，而且要有贤人、善法。随后举周文王、周宣王之贤臣南仲、仲山甫协助其君完成大业的事例予以论之。后又以排比句讲执政者应忧虑国事，克勤克俭，承继前人赫赫之举，如此才能攘狄夷，使国内全安。文中的"悄悄"，忧愁貌。"赫赫"，显耀盛大貌。"翼翼"，恭敬貌。"明明"，明智聪察。

　　最后一段赞余靖以文武之材镇抚一方之功，并将其与周之贤臣南仲、仲山甫相比。余靖，宋代名臣，韶州曲江（今属广东）人。仁宗景祐三年（公元1036年）政治革新家范仲淹被贬时，谏官御史均不敢言，他却上书反对，因此亦被贬。庆历年间（1041~1048）任右正言，多次上书，建议严赏罚、节开支，反对多贡西夏岁币。三次使辽，通晓契丹语。因作"蕃语诗"而被贬官。皇祐年间（1049~1054）被起用，知桂州，后加集贤院学士，官至工部尚书。作者与其同时，有志同道合之处，故文中赞其"文武之材"，正因为如此，当其吏"取文，将镂之城隅"时，则欣然命笔。至此回应文题。

　　安石为"记"，从不就事"记"事，而常常以一事而引发出治国爱民之道，如此立意高远，理辞详赡。在论证时，常广引博征，上至远古，下至当今，有事实，有理论，有数据，使所论充分有力，其文章虽不如韩愈、苏轼散文那样注重写物象酝酿气氛，造成文章气势，但其不容置疑的论辩性以及行文中的反问、设问、排比等句式的运用，亦使文章富有一种折服之力。

度支副使厅壁题名记

国学经典文库

唐宋八大家散文鉴赏

王安石卷

【题解】

此文为王安石任三司度支判官时所作。王安石为度支判官，《宋史·仁宗纪》以为在嘉祐五年五月己酉，清人蔡上翔《年谱考略》据以为言。但《续资治通鉴长编》一百九十一卷说"嘉祐五年四月己卯，度支判官祠部员外郎直集贤院王安石同修起居注。"则是嘉祐五年以前，王安石已在度支判官任上。高步瀛以为嘉祐三年十月，安石被任为度支判官。则此记当作于嘉祐四年。

此记先叙副使厅壁题名之缘由，此为记所当有，但非本文中心。本文中心在论说理天下之财的重要性以及如何理财的方法。文曰："合天下之众者财，理天下之财者法，守天下之法者吏也"。由此生发，逆推而上，吏不良则法不守，法不守则财不理，财不理则失民。据此得出结论，应善法而择吏，此为先急之务。

在论说了善法择吏以理财的基础上，王安石又回到本题上去，说明三司副使地位重要，并且由此推测了度支副使厅壁题名的意义。意义何在？就在由此题名以考其人在事之岁时及其施为，而观其贤不肖也。至此，文章结束。

本文流畅而有劲力，似山洪自上而下，一气贯注。中间转折之处，陡起波澜，增加了文章的力量。言辞平易而精神内敛，语语相衔，逻辑性很强，这增加了论述的力度。

【原文】

三司副使①，不书前人名姓。嘉祐五年，尚书户部员外郎吕君冲之②，始问之众吏，而自李纮已上至查道③，得其名，自杨偕以上④，得其官，自郭劝已下⑤，又得其在事之岁时，于是书石而镵之东壁⑥。

夫合天下之众者财⑦，理天下之财者法，守天下之法者吏也。吏不良，则有法而莫守；法不善，则有财而莫理。有财而莫理，则阡陌闾巷之贱人⑧，皆能私取予之势⑨，擅万物之利⑩，以与人主争黔首⑪，而放其无穷之欲⑫，非必贵强桀大而后能⑬。如是而天子犹为不失其民者，盖特号而已耳。虽欲食蔬衣弊，憔悴其身，愁思其心，以幸天下之给足⑭，而安吾政，吾知其犹不行也。然则善吾法，而择吏以守之，以理天下之财，虽上古尧、舜犹不能毋以此为先急⑮，而况于后世之纷纷乎？

三司副使，方今之大吏，朝廷所以尊宠之甚备。盖今理财之法，有不善者，其势皆得以议于上而改为之，非特当守成法，奇出入⑯，以从有司之事而已⑰。其职事如此，则其人之贤不肖，利害施于天下如何也！观其人，以其在事之岁时，以求其政事之见于今者，而考其所以佐上理财之方，则其人之贤不肖与世之治否，吾可以坐而得矣。此盖吕君之志也。

【注释】

①三司副使：《宋史·职官志》："三司之职，国初沿五代之制，置使以总国计，应四方贡赋之入，朝廷不预，一归三司，通管盐铁、度支、户部。号曰计省，位亚执政，目为计相。使一人，以两省五品以上及知制诰杂学士充，亦有辅臣罢政出外，召还充使者。掌邦国财用之大计，总盐铁度支户部之事，以经天下财赋，而均其出入焉。盐铁掌天下山泽之货，关市河渠军器之事，以资邦国之用。度支掌天下财赋之数，每岁均其有无，制其出入，以计邦国之用。户部掌天下户口税赋之籍，榷酒工作衣储之事，以供邦国之用。副使以员外郎以上，历三路转运及六路发运使充；判官以朝官以上，曾任诸转运提点刑狱充。三司副使各一人，通签逐部之事；三部判官各三人，分掌逐案之事。"

②吕冲之：吕景初，字冲之。宋开封酸枣人。以户部员外郎判都水监，改度支副使。

③李纮：字仲纲，曾任梓州、陕西、河北路转运使，后为度支副使。明道二年曾诏，度支副使兵部员外郎李纮为契丹国主生辰使，则他为度支副使在明道年间。查道：字湛然，宋歙州休宁人，咸平四年举贤良方正，拜右正言直史馆，出为西京转运使。咸平六年，令三司分部设置副使，召查道入，拜为工部员外郎充度支副使。《宋史》有传。

④杨偕：字次公，宋坊州中部人。景祐三年春以前，曾任度支副使。《宋史》有

308

传。

⑤郭劝:字仲褒,宋郓州须城人。曾为工部郎中,度支副使。《宋史》有传。

⑥锋:凿刻。

⑦合:聚合,聚集。

⑧阡陌闾巷:阡陌,田间小路,东西曰阡,南北曰陌。闾巷,闾里之巷,泛指民间。

⑨取予:获取或给予。《淮南子·本经训》:"四时者,春生夏长,秋收冬藏,取予有节,出入有时。"私取予之势:谓百姓私自有了获取或给予的势力。

⑩擅:占有。《庄子·秋水》:"且夫擅一壑之水,而跨跱埳井之乐,此亦至矣。"又《战国策·赵策四》:"赵攻中山,取扶柳,五年而擅呼沱。"擅万物之利谓独占万物之利。

⑪黔首:一般百姓黎民。秦始皇并六国一天下,更民名曰黔首。

⑫放:放纵。《孟子·滕文公下》:"葛伯放而不祀。"注:"放纵无道,不祀先祖。"

⑬桀:同傑。

⑭给足:给足谓供给充足,财用不匮。

⑮先急:首先的急务。《孟子·尽心上》:"尧舜之知,而不偏物,急先务也。"句本此意。

⑯吝:顾惜,舍不得。

⑰以从有司之事也:以从事一般部门按章应办的事。此乃言副使位尊责重,不应只按章办事,而应有所发现,不断改进理财之法。

【集评】

明茅坤《唐宋八大家文钞》卷八十七:何等识见,何等笔力。

清徐乾学等编《古文渊鉴》卷四十七批语:守法者吏,即有治人无治法之义。文亦笔笔入古。

同上书,引杜讷语:总挈数语,如高屋建瓴,喷薄而下,遂极腾掀激宕,有不可止遏之势。盖由笔性矫捷,故尺幅之中,文澜亦自迥阔。

清浦起龙《古文眉诠》卷七十:总绾利权,水屑不漏,一生把握见于此,而坚忍亦见于此。此其未得志时作也。说者谓谈及理财，便搔着痒处，信乎天地为气，运生此人。

近人高步瀛《唐宋文举要》甲编卷七本文下引吴先生汝纶语：笔力豪悍，有崩山决泽之观。

【鉴赏】

此是宋仁宗嘉祐五年(公元 1060 年)王安石在三司度支判官(主管中央财政机关办公厅的官员)任内写的一篇短文。

第一段讲度支副使厅壁题名的始末。说：担任三司副使的官员，过去都没有写下前任的名字。嘉祐五年，吕冲之(名景初)以尚书户部员外郎的官衔被任为度支副使,这才询问那些管案卷的官员,结果从李纮(字仲刚)(宋仁宗时曾任度支副使)以前直到查道(字湛然,是咸平年问设度支副使后任职的第一人),他们的名字都查出来了;从杨偕(字次公,宋仁宗宝元元年任度支副使)以前,查出了他们的官职;从郭劝(字仲褒,于庆历六年任节度副使)以后,查出了他们在职任事的时间。于是将这些名字刻上石碑,嵌在东边的墙壁上。"三司"是宋朝主管财经的中央机构,包括盐铁、度支、户部三部门。咸平六年(公元1006年)宋朝规定这三个部门各设副使一人,是各部门主管官员。度支副使,管理全国财政和赋税,其职务相当于财政部长。

　　这一段虽人手擒题,交代了度支副使厅壁题名的本事,但不是文章主旨,仅是借以引出正文。全文实由"度支副使"之职责生发开来展开议论,论述了自己初步的财政革新理想。

　　第二段是全文主要部分。强调提出当时大地主的兼并活动对国家财政经济的严重危害,主张坚决予以打击;办法是选用有革新思想的官吏来管理财政。这些思想,在九年以后他向宋神宗提出的《乞制置三司条例》的奏章中,又得到进一步的发挥。文中说:"夫合天下之众者财,理天下之财者法,守天下之法者吏也",指出维持国家的政治统治与全国财政的关系,管理天下财政与法令制度的关系,执行天下法令与官吏的关系,这四者关系密切,从而指明官吏、法令对财力的富足,国家政权的重要作用。这是从正面论述。下面又结合现状从反面来论述,言"吏不良,则有法而莫守;法不善,删有财而莫理。有财而莫理,则阡陌闾巷之贱人,皆能私取予之势,擅万物之利,以与人主争黔首,而放其无穷之欲。"这里不仅从反面强调了官吏、法令与全国财政的关系,而且指出当时"兼并"活动对国家的严重危害——私自操纵财富收入和支配的权力,独占一切货物、土地、租税的利益,并以此与皇上争夺老百姓。文中的"贱人"指当时猖狂进行兼并活动的大地主阶级。以下又进一步分析"兼并"势力发展下去,给国家带来的巨大灾难——即使皇上还没有失去老百姓,也不过徒有空名。皇上即使吃素菜,穿破衣,身体憔悴,忧心忡忡,希望这样来达到天下富足,以巩固政权,也是不可能的。最后又从正面提出在世道纷乱的今天,选用有革新思想的官吏,管好天下财政是当务之急。

　　这一段文字通过正反论述,层层深入地进行分析,作者的政治主张极其透辟地展示在读者面前,具有强大的论辩力量。

第三段回应文题，谈三司副使的地位、职责及如何考查。说它是"方今之大吏（重要官员）"应按职权向皇上建议改革，不应"守成法"。应通过"佐上（皇上）理财之方（方法）"与任职成效来考察官吏。并说这大概就是吕君要刻这篇题名记的愿望，实则以上主张是王安石的意见，不过借吕冲之的名义道出而已。

作者在本文以反对兼并为中心的治财政、兴王室的思想，在前一年的《上仁宗皇帝言事书》与《兼并》诗中均已道及，此篇更是明确提出善法、择吏、理财的重要，只有整顿财政，抑制兼并，使其不能与天子"争黔首"，才能把"众""合"在天子脚下。

此篇虽是"记"体散文，实是一篇为实现自己政治理想的议论文。他以此直陈政见，揭露时弊。全文立意高远，论辩说理正反出之，环环相扣，极富有逻辑力量。

太平州新学记

【题解】

这是同《虔州学记》一样的谈论学校问题的文章。不过这篇文章论题集中,不似《虔州学记》那样,从史实中引发论说,而仅就立学以养学者之目的说论,言简意明。

文章可分三段,言各有当。

第一段,讲太平州新学的兴造过程以及写此文的缘由。此段意思较多,而层次分明。先言州学谁造的,接下就讲太守是如何行政的,由此引出为何造州学,接着叙学堂的情况,最后讲作文之由。秩序井然,环环相扣,后边的段落均承上而来,有条有理,不枝不蔓,精练得当,实是妙语。

第二段承上而有发挥,一称太守之贤,知道兴学,又不费财伤民,二说士知学不知所以学,要在文中一说,此既为引起下文,又接上而来,十分自然,不见生硬。

第三段,讲所以学之故。此段意思亦深,分层剥离,归于学的目的。先讲道,认为学者当积善而充实之,上推至于天道,此为学者之务。但实际上圣人之后,道散而百家成,学者聚讼,莫知所以。此为一转。然后点明,学就在于一天下之学者,使无讼也。最后归结,到学里来学,不是为美食逸居的,太守建学的目的不在这里。论述得宜,安排恰当,承接自然,论点突出。

此文写法上与《虔州学记》不同,但同样体现了王安石文章简练透彻,层次分明,论述自然有力的特点。看得出,王文在内容的安排构造上确有独到之处。

【原文】

太平新学在子城东南①,治平三年,司农少卿建安李侯某仲卿所作。侯之为州也②,宽而有制③,静而有谋④,故不大罚戮,而州既治。于是大姓相劝出钱⑤,造侯之廷，愿兴学以称侯意。侯为相地迁之⑥，为屋若干间，为防环之⑦，以待水患。而为田若千顷，以食学者⑧。自门徂堂⑨，闳壮丽密，而所以祭养之器具⑩。盖往来之人，皆莫知其经始，而特见其成。既成矣，而侯罢去，州人善侯无穷也，乃来求文以识其功。

　　嗟乎！学之不可以已也久矣，世之为吏者或不足以知此，而侯知以为先，又能不费财伤民，而使其自劝以成之，岂不贤哉！然世之为士者知学矣，而或不知所以学，故余于其求文而因以告焉。

　　盖继道莫如善⑪，守善莫如仁，仁之施自父子始⑫。积善而充之，以至于圣而不可知之谓神，推仁而上之，以至于圣人之于天道，此学者之所当以为事也，昔之造书者实告之矣。有闻于上，无闻于下，有见于初，无见于终，此道之所以散⑬，百家之所以成，学者之所以讼也⑭。学乎学，将以一天下之学者⑮，至于无讼而止。游于斯，铺于斯⑯，而余说之不知，则是美食逸居而已者也。李侯之为是也，岂为士大夫之美食逸居而已哉？

【注释】

①子城：附属于大城的小城。

②为州：治理州事。为，动词。

③宽而有制：宽仁而有法制。

④静而有谋：宁静而有谋略。

⑤大姓：州中有钱有势又人数众多的家族。

⑥相地：相度地势之宜。

⑦防：堤防。

⑧食：同饲，喂养。《孟子·尽心上》："劳力者食人，劳心者食于人。"前"食"。

⑨徂：往、到。《诗经·豳风·东山》："我徂东山，滔滔不归。"

⑩具：完备。《史记·商君列传》："此一物不具，君固不出。"

⑪继道：谓继承圣人之道。

⑫仁之施自父子始：儒家认为，仁这种道德，是从父子之始开始的。《孟子·离娄上》："仁之实，事亲是也。"

⑬散：谓圣人之道离散不一。

⑭讼：聚讼，争辩不已。

⑮一：统一。《韩非子·五蠹》："法若如一而固。"杜牧《阿房宫赋》："六王毕，四海一。"

⑯餔：吃、食。《孟子·离娄上》："孟子谓乐正子曰：'子之从于子敖来，徒餔啜也。吾不意子学古之道，而以餔啜也。"《楚辞·渔父》："众人皆醉，何不餔其糟而啜其醨？"啜，饮也。

【鉴赏】

此篇写于宋英宗治平三年（公元 1066 年）之后，时值安石回江宁讲学，陆佃（陆游之祖父）、龚原、蔡卞、李定等都是他此时的学生。王安石大部分发挥儒家经典的论文亦写于此时。

此篇是"记"体,但不同于柳宗元、欧阳修以记叙为主的文章,作者王安石所记之事乃是其"论议"的基础和缘起。

第一段写太平州新学兴建情况及为"记"的缘由。开头记太平州(今安徽当涂县)新学的地点、兴建时间及兴建者。地点在太平州子城(即大城所属的小城,或称内城,或称瓮城)东南。在治平三年(公元1066年)由建安(今福建省内)的李仲卿兴建。下面集中笔墨记兴建新学的情况:大户人家自动出钱造房兴学,李侯亲自择地。建房若干间,从大门到厅堂,"闳壮明密",并且开辟田地供学者食用,周围又建了堤岸,以防水患。由于建房兴学是民众的自愿,所以建得很快,"往来之人,皆莫知其经始,而特见其成"几句形容了建造之迅速。"经始"即开始测量营造。"防",堤岸。"徂"到也。然而,新学刚刚建成,李君即罢官而去。太平州的民众很赞许他,于是"求文以识(记)其功。"

在这一段记新学兴建情况中间插进一段李君在太平州为政的情况,说他:"宽而有制,静而有谋,故不大罚戮,而州既治",作者为什么如此安排呢?一则,太平州新学之所以建成,就是因他政绩突出,民众拥护,自愿出资出力而成,其中有内在的因果联系。二则,李君的执政原则符合作者所提倡的"仁心仁闻"泽加百姓的"仁政"精神,由此可见王安石并不是法家严刑峻法的提倡者,这段介绍李君政绩的文字,为下文论述"仁"字作了张本。

第二段,谈兴学的重要性,从结构来讲是个过渡段。开头以"嗟乎!学之不可以已也久矣"的感叹句强调了学习的重要,然后以对比法说明兴学的重要。一般为吏者不重视兴学,而李君却把兴学放在首位,而且是"不费财伤民,其自劝而成之",动员民众自愿出钱出力办教育,这岂不是一项贤政。故作者赞曰:"岂不贤哉!"这段文字小结了上文,对李君之举加以评说、赞颂,就是给世之为吏者指明了方向。下面"然世之为士者知学矣,而或不知所以学,故余于其求文而因以告焉",将文意作了很大转折,提出了士子应如何学习的问题,从而引出本文论述的题旨:"盖继道莫如善,守善莫如仁,仁之施自父子始",谈到继承儒家之道必须施仁政的问题,如此才能达到圣人地步,这就是学者应当作为最重要的事情来作的。并且指出这些道理从古代开始造书时就"实告之矣",但后来常常有始无终,结果儒道涣散,学者中发生许多争议、分歧。最后提出要学习,就应使天下的学者,统一认识为止。并且说,游于此,食于此的士子,如对我说的这些不知道,就等于只知道在太平新学美

食逸居而已,并以反问句结束全文道:"李侯之为是也,岂为士大夫之美食逸居而已哉?"文章至此,照应开头,首尾圆合。"讼",争议。"铺",食也。

全文由新学之建,论到学不可以已,再论到学习内容应是儒家之道,应以"仁"为中心。如此先叙后议,层层深入,使所记在议论的基础上升华,揭示了"新学"兴办的重要意义;议论在记的基础上展开,避免了空泛无力。这样记议结合,相得益彰,使整篇"记"文富有哲理的论辩色彩。

明州慈溪县学记

【题解】

此文与《繁昌县学记》一文，都是对近世庙事孔子一事有为而发。其所以强调于此，是因为仅把孔子在庙中供奉起来，神化倒是神化了，但却失去了意义。孔子是先师先圣，奠他是因为要记住学所自来，仅庙事而无学，不讲学，就仅把他当成神灵了。这正是学废之证，所以王安石对此屡有言说，极力表彰不忘学的贤者，而不断提醒人们要懂得学的意义。

文章先从古时之学讲起，认为古时之政教一出于学，学为立国治天下所必不可无。然后，述近世以来学废之情状，其对孔子如浮屠道士之于神佛，指出了近世之变是学之陵夷。再次，述慈溪县学之修造缘由、经过，其中特别表彰林肇的无变今之法，不失古之实的做法，称其有道者。这一点值得特别提出。王安石所以要强调这一点，是因为如此才能上不违背朝廷功令，下不拂违众人之情。也就是因时因势而为变，既顺功令人情，又能加以引导，这才能美风俗，成教化。应该说，这里体现着王安石改革政治，改进社会的深长考虑，而这种策略方法的提出，是符合实际情况的。任何社会的改革与进步，都是在继承与革新的交互运动中完成的，一切变化，都在现实已经提供的基础上发生。因此，现实的存在，现实的风俗人情，要考虑到，在此基础上一点一滴地加进新的内容，这是所有社会演进哪怕是极微小的演进都必须如此的。因此，王安石所强调的无变今之法，不失古之实的方法，有它的意义。

这里还要说一点，王安石在本文以及《虔州学记》《太平州新学记》《繁昌县学记》这几篇文章中，都反复强调所谓二帝三王时的"学"，以为榜样。其实，那时的学如何，已较为难知，只有周代的乡校辟雍泮官，可略得大概。王安石所以如此，是出于一个实际政治改革者的考虑，就是托古改制。他后来的变法，也说法先王，法古,但他那个先王,那个古,是茫昧难以详知的。所以对此不能太过执着,要灵活加以认识。

这篇文章,论议详明,记述细致,论述上由古而今,采用对比之法,述中有议,议出于述,不尚空言而言则有归,所以文虽较长而层次分明,在记述类文章中较有特色。

【原文】

天下不可一日而无政教,故学不可一日而亡于天下。古者井天下之田①,而党庠、遂序、国学之法立乎其中②。乡射饮酒③、春秋合乐、养老劳农、尊贤使能、考艺选言之政,至于受成、献馘、讯囚之事④,无不出于学⑤。于此养天下智仁圣义忠和之士,以至一偏之技⑥,一曲之学⑦,无所不养。而又取士大夫之材行完洁,而其施设已尝试于位而去者,以为之师。释奠、释菜,以教不忘其学之所自⑧。迁徙逼逐,以勉其怠而除其恶⑨。则士朝夕所见所闻,无非所以治天下国家之道。其服习必于仁义,而所学必皆尽其材。一日取以备公卿大夫百执事之选,则其材行皆已素定⑩;而士之备选者,其施设亦皆素所见闻而已,不待阅习而后能者也。古之在上者,事不虑而尽,功不为而足,其要如此而已⑪。此二帝三王所以治天下国家而立学之本意也。

后世无井田之法,而学亦或存或废。大抵所以治天下国家者,不复皆出于学。而学之士,群居、族处,为师弟子之位者,讲章句、课文字而已⑫。至其陵夷之久⑬,则四方之学者,废而为庙,以祀孔子于天下,斫木抟土,如浮屠、道士法⑭,为王者像。州县吏春秋帅其属释奠于其堂,而学士者或不豫焉⑮。盖庙之作,出于学废,而近世之法然也。

今天子即位若干年,颇修法度,而革近世之不然者。当此之时,学稍稍立于天下矣。犹曰县之士满二百人,乃得立学。于是慈溪之士,不得有学,而为孔子庙如故,庙又坏不治。今刘君居中言州,使民出钱,将修而作之,未及为而去,时庆历某年也。

后林君肇至,则曰:“古之所以为学者,吾不得而见,而法者,吾不可以毋循也⑯。虽然,吾有人民于此,不可以无教。”即因民钱作孔子庙,如今之所云,而治其四旁为学舍,构堂其中,帅县之子弟,起先生杜君醇为之师,而兴于学。噫,林君其有道者耶！夫吏者，无变今之法，而不失古之实，此有道者之所能也。林君之为，其几于此矣。

林君固贤令，而慈溪小邑，无珍产、淫货以来四方游贩之民[17]；田桑之美，有以自足，无水旱之忧也。无游贩之民，故其俗一而不杂[18]；有以自足，故人慎刑而易治，而吾所见其邑之士，亦多美茂之材，易成也[19]。杜君者，越之隐君子，其学行宜为人师者也。夫以小邑得贤令，又得宜为人师者为之师，而以修醇一易治之俗，而进美茂易成之材，虽拘于法，限于势，不得尽如古之所为，吾固信其教化之将行，而风俗之成也。夫教化可以美风俗，虽然，必久而后至于善。而今之吏，其势不能以久也。吾虽喜且幸其将然，而又忧夫来者之不吾继也，于是本其意以告来者。

【注释】

①井天下之田：谓在天下实行井田制。井田制如何呢？《周礼·考工记》说，古时以方九百亩为一里，划为九区，其中百亩为公田，有八家均私田百亩，共养公田。《孟子·滕文公上》也说："方里而井，井九百亩，其中为公田，八家皆私百亩。"《春秋谷梁传·宣十五年》："古者三百步为里，名曰井。井田者，九百亩，公田居一。"看起来，古代确存在过井田制，这个制度到春秋中叶起日趋败坏，逐渐地为别种土地关系所取代。

②党庠遂序国学：庠、序、学，均是学校之名。党为古代地方组织之一，有五百家。遂，亦古代地方组织之一，《周礼·地官·遂人》："五鄙为县，五县为遂。"国，指诸侯占有的封地和人民，即诸侯国。或者指与县遂相对应的城邑、国都。《国语·周语中》："国有班事，县有序民。"《左传·隐公元年》："大都不过三国之一。"前指城邑，后指国都。国学，当为国中所立之学。

③乡射饮酒：乡饮酒者，古时乡人以时会聚饮酒之礼也。以饮酒而射，谓之乡射。《礼记·射义》云："古者诸侯之射也，必先行燕礼，卿大夫之射也，必先行乡饮酒之礼。故燕礼者，所以明君臣之义也，乡饮酒之礼者，所以明长幼之序也。"古时此类活动在学校中进行。

④受成献馘讯囚：受成，接受已定的谋略。献馘，古时作战，割取敌人左耳以计功受赏。讯囚，讯审囚犯，俘虏。古时此三项活动，都在学校进行。

⑤无不出于学：谓乡射饮酒、考艺选言、尊贤使能、养老劳农和受成、献馘、讯囚

等，都在学校中进行。《礼记·王制》："天子命之教，然后为学。小学在公宫南之左，大学在郊。天子曰辟雍，诸侯曰頖宫。天子将出征，类乎上帝，宜乎社，造乎祢，祃于所征之地。受命于祖，受成于学。出征执有罪反，释奠于学，以讯、馘告。"《礼记·乡饮酒义》："乡饮酒之义，主人拜迎宾于庠门之外。"《礼记·王制》："凡养老，五十养于乡，六十养于国，七十养于学。"陈澔注云："乡，乡学也；国，国中小学也；学，大学也。"

⑥一偏之技：谓一种技能。《礼记·王制》："凡执技以事上者，祝史射御医卜。"此皆为技能，无与治国平天下之道，因谓之一偏。

⑦一曲之学：谓学说思想较为狭隘，不足以明道之学。儒家以己道为无所不包，视其他学说均为曲学，王安石在此即言儒学以外之学。

⑧释奠释菜：已见前《繁昌县学记》注。释奠释菜均为祭奠先师先圣之礼。释奠用牲牢币帛，礼重；释菜用果蔬萍藻，礼轻。

⑨迁徙逼逐两句：古时为学，为勉励督促好好学道习艺，对不肖者有迁徙逼逐的处罚。《礼记·王制》："司徒修六礼以节民性，……上贤以崇德，简不肖以绌恶。命乡简不帅教者以告。……不变，命国之右乡简不帅教者移之左，命国左乡简不帅教者移之右，如初礼。不变，移之郊，如初礼。不变，移之遂，如初礼。不变，屏之远方，终身不齿。"移即迁徙；屏之远方即逼逐。

⑩素定：平素早就养成了。

⑪要：大要。

⑫讲章句课文字：讲解章节句读，此为烦琐之学，不识大道。《汉书·夏侯胜传》："胜从父子建，字长卿，自师事胜及欧阳高，左右采获，又从《五经诸儒问》与《尚书》相出入者，牵引以次章句，具文饰说。胜非之曰：'建所谓章句小儒，破碎大道。'"课，考核，考查。课文字谓考查对文字的掌握。

⑬陵夷：衰落。《史记·高祖功臣侯者年表序》："始未尝不欲固其根本，而枝叶稍陵夷衰微也。"《汉书·成帝纪》："帝王之道日以陵夷。"

⑭浮屠道士：浮屠，梵语音译，本意为佛。亦指僧人，韩愈有《送浮屠文畅师序》一文。此处亦指僧人。道士，道教的教徒。

⑮豫：参加、参与。

⑯循：遵行。

⑰珍产淫货:珍产,珍奇的物产;淫货,淫巧之货。游贩:游动贩卖之人。

⑱一而不杂:一致而不杂乱。

⑲易成:容易成就。

【集评】

明茅坤《唐宋八大家文钞》卷八十七:予览学记,曾王二公为最。非深于学,不能记其学如此。

清徐乾学等编《古文渊鉴》卷四十七批语:此与《虔州学记》,皆借一川一邑发挥大议,宏阔重厚之文。

【鉴赏】

王安石为文反对"巧而华",更反对有悖于"道"有害于世的文章,他认为作文的目的在于经世致用,因此他的散文很少有浮辞华藻,很少有无目的的妄作。本篇是早期作品,谈兴学、教化重要性的文章。

全文共五段,第一、二段讲古代对兴学、教化的重视及近世废学的情况,第三、四、五段讲今日慈溪县令林君兴学、教化之功绩。

第一段扣住文题中的"学"字展开论述,说"天下不可一日而无政教,故学不可一日而亡于天下",将学习与政教相提并论,认为是"不可一日"或缺的,开宗明义地指出学习的重要性。然后就从古代立学情况谈起,说从古代实行井田制,就将乡学之法立于其中。文中的"党庠、遂序、国学"系古代学校之称。《礼记·学记》:"古之校者,家有塾,党有庠,术(遂)有序,国有学","庠""序"即学校,"党""遂"是古代行政区划,周礼:五百家为党,一万二千五百家为乡,"遂"与"乡"同级,在远郊地区称"遂"。以下分头论述了学校的教学内容、教育对象、教学目的、教师选择、教学效果等各方面。教学内容十分广泛:"乡射饮酒、春秋合乐、养老劳农、尊贤使能、考艺选言之政",甚至"受成、献馘、讯囚之事"也都出于学校。"乡射"是古代一种射礼。乡村有二,一指州长在春秋两季,以礼会民,习射于州序(州的学校);一指乡老和乡大夫贡士后,行乡射之礼,以此射询众庶。"馘"古代战争时割下所杀敌人的左耳用以计功。由此可见,安石所提倡的学校教育应是内容广泛,包括多种技能技巧的学习。而且教育对象也十分广泛,文章说:"智仁圣义忠和之士,以至一偏之

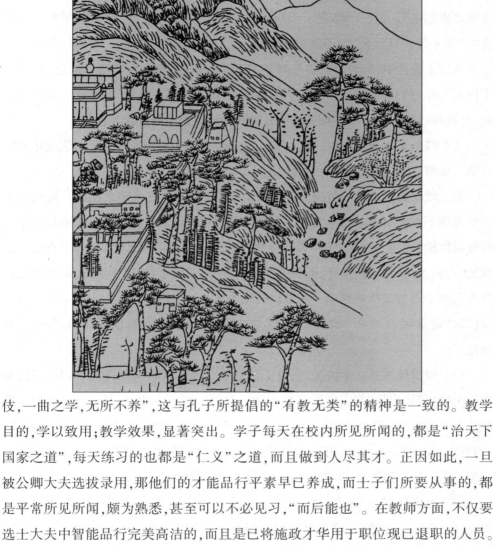

伎,一曲之学,无所不养",这与孔子所提倡的"有教无类"的精神是一致的。教学目的,学以致用;教学效果,显著突出。学子每天在校内所见所闻的,都是"治天下国家之道",每天练习的也都是"仁义"之道,而且做到人尽其才。正因如此,一旦被公卿大夫选拔录用,那他们的才能品行平素早已养成,而士子们所要从事的,都是平常所见所闻,颇为熟悉,甚至可以不必见习,"而后能也"。在教师方面,不仅要选士大夫中智能品行完美高洁的,而且是已将施政才华用于职位现已退职的人员。这一选师标准很重视理论知识与实践经验相结合的原则,这与"学以致用"的教学目的分不开。此外学生入学时要拜先圣先师,要学子们"不忘其学之所自"。"释奠"古代学校的一种典礼,陈设酒食以祭奠先圣先师。《礼记·文王世子》:"凡学,春官释奠于其先师,秋冬亦如之,凡始立学者,必释奠于先圣先师。""释菜":亦作"舍菜",古代读书人入学时以苹蘩之属祭祀先圣先师的一种典礼。《周礼·春官文章推论说,正因为学校培养了这些人材,所以古代帝王可以"事不虑而尽,功不为而足",依靠各种人才做出一番事业。故曰:"此二帝、三王所以治天下国家而立学之本意也"。这一小结进一步指出立学的根本目的在于"治天下国家",与开头故"学不可一日而无"的道理相呼应。

从以上论述中,可看出王安石兴学主张颇有新意,他认为学习目的是为"治天下国家",学习内容应当广泛,同时以"治天下国家之道"为主,学习方法是学以致用,要选择那些不仅有书本知识还要有实践经验的德才兼备者为教师。

这一段是全文的重点段,提出中心论点是为"治天下国家而立学",围绕中心论点谈了如何立学,怎样立学的一些问题。

第二段谈后世废学的情况。说井田制废除以后,学校也随之而废。而治天下国家者也不再都出于学校。为师的人仅仅"讲章句、课文字而已",此处所说教学内容与前所论"治天下国家之道"形成鲜明的对照,文中以"而已"二字作了否定。学校废除,成了孔庙,如同佛寺、道观一般。文中的"盖庙之作,出于学废,而近世之法然也",指出近世之法的弊端。这里以对比手法表达了作者立学的主张。既反对学校仅仅"讲章句"不学习"治天下国家"之大业,更反对将学校改成孔庙,专门崇拜偶像。

后三段讲慈溪县立学情况,先讲了背景是在宋仁宗时期,后讲了筹办经过,刘君居中曾"使民出钱"准备立学,但"未及为而去",没有办成;后县令林肇又继续募钱建学舍请教师而"兴于学"。文中对林令的兴学极为称颂,赞其为"有道者"的"贤令"。认为他通过学校可以"教化"民众,而且"教化可以美风俗",如此久之"而后至于善"。这几段文字紧扣文题,并谈为"记"的缘由。

本文逻辑性强,富有论辩性,如第一段从教学目的、方法、对象、教师、效果各方面论证了立学问题,第二段又从反面加以论证,后几段又以林君立学情况加以印证,如此层层推进,有令人信服的力量,行文时运用了排比、对偶、反诘等修辞法,使文章气势充沛,有一泻而下之感。

石门亭记

【题解】

此文不长，但在写法上较有特色。

文章本来就是要记一下石门亭修在哪，修这个亭子收集石刻贮于其中有什么意思。按照记述类文章的一般写法，叙述就可以了，或者在记叙中略加议论以收点睛之效，那就相当不错了。

但本文别出蹊径，另有发明。谁立亭，立了亭做什么，仅数语带过，而将作亭之意的发掘放在了文章的中心。在论说作亭之意时，王安石出奇制胜的本领得到了充分的发挥。他不是平铺直叙，而是突兀而起，连用五个问句。这五个问句，如空际惊雷，连珠而下，真让人有应接不暇之感。这样的发问以为文章转接，给下文的议论奠定了一个好的基础。更让人感到惊异的是，发连珠之问以后，王安石并不逐个回答所问，而是围绕一个中心观念，将五个问串联起来；或者说，王安石在下文的议论，都围绕着一个中心观念展开。这个中心观念就是"仁"。这样，前面貌似散漫无归的五问就都有了归宿，就像散珠一样被一根线串了起来，同时，立亭之意也就得到了最好的解说。由此可见，王安石在这个安排上是费了匠心的。

文章的论述方法，恰如剥笋一样。从好山开始，说好山是仁；登山眺望而心有慨然，是忧，身无可忧则忧天下，忧天下亦是仁；即深山长谷之民，问其疾忧，亦仁；为政而至优游，则是使民无讼，亦仁；古今刻石，其文善，存而传之，成仁之名，亦仁。这样逐层剥来，到底露出了中心，最后归结道："作亭之意，其然乎？其不然乎？"问题已明，这结尾更有警醒之意。

文章构思新奇，论述有方，逐层深入，中心突出，轻重得宜，言辞简明，实为不可多得之美文。

【原文】

石门亭在青田县若干里①,令朱君为之。石门者,名山也,古之人咸刻其观游之感慨留之山中,其石相望。君至而为亭,悉取古今之刻,立之亭中,而以书与其甥之婿王安石,使记其作亭之意。

夫所以作亭之意,其直好山乎②?其亦好观游眺望乎?其亦于此问民之疾忧乎?其亦燕闲以自休息于此乎③?其亦怜夫人之刻暴剥偃踣而无所庇障且泯灭乎④?夫人物之相好恶必以类⑤。广大茂美,万物附焉以生⑥,而不自以为功者,山也;好山,仁也⑦;去廓而适野⑧,升高以远望,其中必有慨然者⑨。《书》不云乎:"予耄逊于荒⑩。"《诗》不云乎:"驾言出游,以写我忧⑪。"夫环顾其身无可忧⑫,而忧者必在天下,忧天下亦仁也。人之否也敢自逸⑬?至即深山长谷之民⑭,与之相对接而交言语,以求其疾忧,其有壅而不闻者乎⑮?求民之疾忧,亦仁也。政不有小大,不以德则民不化服,民化服然后可以无讼,民不无讼,令其能休息无事,优游以嬉乎?古今之名者,其石幸在,其文信善⑯,则其人之名与石且传而不朽,成仁之名而不夺其志,亦仁也。作亭之意,其然乎?其不然乎⑰?

【注释】

①青田县:县属浙江省,以青田山而得名,青田山在县西北,为道教称为三十六洞天之一,名青田大鹤天。

②直:仅仅。《孟子·梁惠王上》:"直不百步耳,是亦走也。"

③燕闲:安然闲适。

④暴剥偃踣:暴露剥蚀躺倒僵仆。庇障,庇护。泯灭,谓字迹漫灭。

⑤人物之相好恶必以类:人与物互相好与恶一定以类相从,如仁者乐山,智者乐水之类。

⑥附焉:依附于它。焉,代词。

⑦好山仁也:《论语·雍也》:"知者乐水,仁者乐山。"

⑧廓:同郭,外城。《孟子·公孙丑下》:"三里之城,七里之郭。"适,到,去。野,廓外谓郊,郊外谓野。《诗经·邶风·燕燕于飞》:"之子于归,远送于野。"毛传:"郊外曰野。"去廓而适野,离开城郭去到郊外。

⑨慨然:慷慨感动的样子。

⑩《书》不云乎:"予耄逊于荒。":《尚书·微子》:"吾家耄逊于荒。"蔡沈注:"我家老成之人,皆逃遁于荒野。"耄,郑玄以为"昏乱"。观王安石后文,此引文殆同蔡沈之义。安石在前,蔡沈在后,盖蔡说实发自安石。以《微子》辞意观之,王安石以耄为老成高年为得。吾家老成高年所以逊于荒,殆由以纣之淫行乱德为忧也。

⑪《诗》不云乎:"驾言出游,以写我忧":《诗经·邶风·泉水》:"驾言出游,以写我忧。"《诗经·卫风·竹竿》亦有此语。写,同泄意。

⑫环顾其身无可忧三句:是说青田县令朱君升高远望,心中有慷慨之情,就像《尚书》《诗经》中说的那样,心中有忧,但这个忧不是关于自身之忧,而是对于天下的忧,忧天下就是仁了。

⑬人之否也敢自逸:承接上文,是说如果不是忧天下,那么人敢自己放纵自己升高远望吗?

⑭即:接近。

⑮壅:堵塞、壅塞。句承上文,说接近深山长谷的百姓,与他们接触交谈,求他们的疾忧,他们还能有堵塞自己心中想法而不使人闻知的吗?

⑯信善:确实好。

⑰其然乎? 其不然乎:是这样的呢? 还是不是这样的?

【集评】

明茅坤《唐宋八大家文钞》卷八十七:题虽小而议论却大。

【鉴赏】

此文是通过一系列排比设问句式,揣度建亭者的本意,阐明作者所主张的"仁"字。

第一段先交代了石门亭的地理位置、建亭者及写"记"缘起。石门亭在青田县(今浙江省青田县)石门山上,是县令朱君建造的。石门山是一座名山,上有石门洞,至今仍是风景优美的游览胜地。古代的人都将自己观游的感想刻在石上,留在山中,那些石刻相对而望,难以数计。朱君为令后就建了石门亭,把那古今石刻都拾取来立在亭中,成一胜景。并且写信让外甥婿王安石作篇"记",记其作亭之意。

此段文字简约明快，为下文的议论作了张本。

第二段文字是此"记"之主体，全段围绕朱君"作亭之意"展开笔墨。一开头以排比的设问式揣度作亭的本意。文中写道："其直好山乎？其亦好观游眺望乎？其亦于此问民之疾忧乎？其亦燕闲以自休息于此乎？其亦怜夫人之刻暴剥偃踣而无所庇障且泯灭乎？"一连串五个设问句，以排比出之，加强了揣度的语势，引起人们一连串的思考，急切地想得到答案。

下面就分别予以分析作答。其一说，人与物之相互好恶必然因其相类，那使万物附在上面而生长，不以此为功的"山"，是"广大茂美"，富有仁爱精神。那么爱好此山之人，当然有"仁"爱之意。如此就回答了前面提出的"其（难道）直（特意）好山乎？"这一问题，并且论述到"好山"含有深刻的"仁"意在。其二说，离开城郊到野外，登山而望远，其中必有感慨产生。为了阐明这一点，作者引用了"《书》不云乎：'予耄逊于荒'"及《诗经》中的"驾言出游，以写我忧"。这里的《书》指《尚书》，"予耄逊于荒"出自《书·微子》，原文是"吾家耄，逊于荒。"郑玄疏曰："耄，昏乱也。在家不堪耄乱，故欲遁出于荒野。"文中于此还分析了"忧"的内容，说"环顾其身无可忧，而忧者必在天下，忧天下亦仁也。"从而回答了前面设问中提出的"好观游眺望乎？"因而指出其亦有深刻的"仁"意在。其三，说人在穷而不达时怎能安闲逸乐？百姓在深山长谷中，县令与民相对为言，了解他们的疾苦忧虑，那有阻塞而听不到其疾苦呢？然后得出结论说"求民之疾忧，亦仁也。"至此回答了前面第三个设问句中的问题："其亦于此问民之疾忧乎？"其四，文章论到当政没有大小之分，不施"德"政，民就无法教化，百姓教化顺服了，就可以没有诉讼，民没有讼事，县令才能休息无事，悠闲自得地嬉戏。此处又回答了前面的"其亦燕闲以自休息于此乎？"这一问题，这里作者将"仁"政，以"德"出之，放在教化民众之中。"化服"指教化移俗。"化"，《管子·七法》曰："渐也，顺也，靡也，久也，服也，谓之化。"其五，文章说古今之名人石刻幸在，其文字确实很好，那么他们的名与石刻都能传而不朽，使其"成仁之名而不夺其志"，又是"仁"之意也。此处亦回答了前面第五个设问"其（难道）亦怜（爱惜）夫人之刻暴剥偃踣（仆倒）而无所庇障且泯灭（消灭净尽）乎？"通过一系列的推理分析，归纳出朱令"作亭之意"乃是一个"仁"字。然后文章又以设问句言道："其（大概）然（是）乎？其（还是）不然乎？"

从以上分析可见出此篇"记"，行文妙无伦比。全文围绕"作亭之意"展开，先以五个排比设问句提出问题，然后逐个回答，不枝不蔓，并逐层分析推理论述，每一点都归之为"仁"字，其推理之严谨，分析之透辟，行文之游刃有余，令人叹服。故南宋陈骙曰："文简而理周，斯得其简也。"（《文则》）

国学经典文库

唐宋八大家散文鉴赏

王安石卷

上时政书

【题解】

此文作于宋仁宗嘉祐六年(公元1061年)。其时王安石为知制诰。因为在朝中任职,所以对宋朝的国势和行政情况就更加了解,这使他讲求法度,改变朝廷因循苟且之风的要求更加强烈,因此他上了这道奏书,阐明了变法更新以振奋朝廷天下的迫切性和必要性。

文章首先提出一个鲜明的观点,那就是"人主享国日久,无至诚恻担忧天下之心,虽无暴政虐刑加于百姓,而天下未尝不乱"。这是一篇主旨。为了说明这个观点,文章以晋武帝、梁武帝、唐玄宗三位皇帝作为例证,说他们晏安苟且,终于招来了天下之乱。

引述古事以后,文章点明有天下者必大明法度,众建贤才不可,不如此,天下必乱。这是对基本观点的进一步申说,主要在阐明大明法度,众建贤才的重要性,将问题引向当今。

引古是为了论今,所以下面就讲到了现在的情况。这里讲的很尖锐、很直接。王安石敢讲,而宋仁宗竟也对王安石的过激言论未加责备,这是很了不起的。对现今情况讲的虽较概括,但却深中要害。宋朝自立国之初,似乎就有些先天不足,对外求一时苟安,以为久长之计,对内虽无大乱,但奸臣时有专权,而赋役颇重。对这个情况,早在仁宗初立不久,有些人已经看出来了。所以庆历年间,范仲淹、杜祁、欧阳修诸人就想改变一下因循守旧之习,实行新政,但未成功。现在王安石在二十多年以后又提出来,可见英雄所见确实略同。

文章的最后,王安石进一步以晋梁唐三帝的经验,强调今日应有所作为,要求仁宗对此高度重视,要询考而众建贤才,讲求以大明法度,语重心长,确实是对朝廷国家一片忠诚之心,一腔忠诚之情。

整篇文章主旨明确,论述简洁,层次分明而例证恰当,言辞有力而击中要害,语意诚恳而忠诚自见,是相当好的一篇奏书。不过要写出这样好的奏书,需要做书者有识见有胆量,同时还要君主有气度有求言之诚意,很多人也在不同的时代有过类似的奏书,但结果并不很好,就是在现代也有令人痛心的例子,所以我们除了佩服王安石,对那个仁弱而因循的宋仁宗以及存在很多问题的宋代政治,也不能完全给以否定的抹杀,这个事例有些东西还是能给我们文章以外的一些启发。

【原文】

年月日,具位臣某昧死再拜上疏尊号皇帝陛下:臣窃观自古人主享国日久,无至诚恻怛忧天下之心①,虽无暴政虐刑加于百姓,而天下未尝不乱。自秦已下,享国日久者,有晋之武帝②、梁之武帝③、唐之明皇④。此三帝者,皆聪明智略有功之主也。享国日久,内外无患,因循苟且,无至诚恻怛忧天下之心,趋过目前,而不为久远之计,自以祸灾可以无及其身,往往身遇祸灾,而悔无所及。虽或仅得身免,而宗庙固已毁辱,而妻子固以困穷,天下之民,固以膏血涂草野,而生者不能自脱于困饿劫束之患矣。夫为人子孙,使其宗庙毁辱,为人父母,使其比屋死亡,此岂仁孝之主所宜忍者乎?然而晋、梁、唐之三帝,以晏然致此者,自以为其祸灾可以不至于此,而不自知忽然已至也。

盖夫天下至大器也,非大明法度,不足以维持,非众建贤才,不足以保守。苟无至诚恻怛忧天下之心,则不能询考贤才⑤,讲求法度。贤才不用,法度不修,偷假岁月,则幸或可以无他,旷日持久,则未尝不终于大乱。

伏惟皇帝陛下,有恭俭之德,有聪明睿智之才,有仁民爱物之意,然享国日久矣,此诚当恻怛忧天下,而以晋、梁、唐三帝为戒之时。以臣所见,方今朝廷之位,未可谓能得贤才,政事所施,未可谓能合法度。官乱于上,民贫于下,风俗日以薄,才力日以困穷,而陛下高居深拱,未尝有询考讲求之意。此臣所以窃为陛下计而不能无慨然者也。

夫因循苟且,逸豫而无为⑥,可以侥幸一时,而不可以旷日持久。晋、梁、唐三帝者,不知虑此,故灾稔祸变,生于一时,则虽欲复询考讲求以自救,而已无所及矣!以古准今⑦,则天下安危治乱,尚可以有为。有为之时,莫急于今日。过今日,则臣恐亦有无所及之悔矣。然则以至诚询考而众建贤才,以至诚讲求而大明法度,陛下今日其可以不汲汲乎⑧？《书》曰："若药不瞑眩，厥疾弗瘳⑨。"臣愿陛下以终身之狼疾为忧⑩，而不以一日之瞑眩为苦。

臣既蒙陛下采擢，使备从官，朝廷治乱安危，臣实预其荣辱，此臣所以不敢避进越之罪，而忘进规之义。伏惟陛下深思臣言，以自警戒，则天下幸甚。

【注释】

①至诚恻怛：至诚谓非常的诚心诚意；恻怛，忧伤。

②晋武帝：司马炎（236～290），字安世，司马昭之子。司马昭死后，嗣为晋王，后废魏称帝，都洛阳。时蜀汉已被先灭，遂大举伐吴，统一了全国。他鉴于曹魏灭亡，遂大封宗室，使居要地，领兵权，而对自己的后嗣却没能仔细考虑，亦不去州郡之兵。在位二十六年，吴灭以后，以为可以高枕无忧，遂因循苟且，多享乐。他死后.其子司马衷即位，是为惠帝，愚暗无能，一任皇后贾南风专政。很快就引起了八王之乱，光熙元年为东海王司马越毒死。接着就五胡乱华，中原大乱，晋室播迁，建立了东晋。史书认为晋武帝在国日久，却不思后世之患。

③梁武帝：萧衍（464～549），原籍中原，西晋末大乱，家族南迁，居于南兰陵（今江苏武进区），字叔达。出身布衣素族，南朝齐时，曾被任为雍州刺史，镇守襄阳。兄懿为豫州刺史，被齐主东昏侯杀掉，早就准备夺取齐政权的萧衍便在镇起兵，攻入建康，废东昏侯，奉萧宝融称帝，自任大司马，专朝政，次年，废杀萧宝融，称帝，建国号为梁。在位四十八年，佞佛，三次舍身同泰寺，被臣下以钱赎回，借机敛财。他同样因循苟且，不思后世之患，接纳东魏叛将侯景，终因侯景之叛而幽死台城。梁武帝恢复士族特权，提高宗室诸王的权力，大兴佛教，造成了政治上的隐患。侯景叛乱时，他的侄子萧正德，儿子萧纲、萧纶、萧纪、萧绎，孙子萧詧之间的争取帝位地拼争就暴露了出来。萧正德引侯景入建康，约定杀萧衍、萧纲，却被侯景杀死。其他诸人不但不讨侯景，反据地想做皇帝，竟分别向北齐、西魏称臣。后萧绎在江陵称帝，萧纪在益州也称帝，不久攻萧绎，兵败被杀，而萧绎也不久就被萧詧与西魏打败，梁朝亡。萧詧被西魏封为梁王，仅有江陵附近三百里土地。以上种种，实际上都是梁武帝种下的祸根。

④唐明皇：唐玄宗，李隆基（685～762）。李旦之子。韦后毒死中宗，谋立温王，李隆基密谋起兵，诛杀韦氏，奉李旦为帝，是为睿宗。不久，李旦让位，隆基即位。

初期,任姚崇、宋璟为相,国内比较稳定,旧史称为开元之治。但后来,政治上信任李林甫、杨国忠,吏治腐败,同时宠信边将,对安禄山委以重任;生活上腐化,宠爱杨玉环,不理国事。天宝十四载,安禄山起兵造反,称兵南下,一路势如破竹,次年即攻占了长安。李隆基仓皇入蜀,途中杀了杨玉环。诸将拥立太子李亨在灵武即位,是为肃宗,尊李隆基为太上皇。李隆基在位四十余年,后期不思振作,一切苟且因循,放任自己,终于酿成大乱。文中称此三人,主要说他们享国日久,趋过目前,不思后世久长之计。

⑤询考:询,询问,谋问;考,考核、考求。询考贤才.谓向天下询问征求考核贤才。

⑥逸豫:安乐。《诗经·小雅·白驹》:"尔公尔侯,逸豫无期。"《尚书·君陈》:"周公之猷训,惟日孜孜,无敢逸豫。"

⑦以古准今:用古事来衡量当今。

⑧汲汲:急切貌,引申为追求。此处正用急切之意。

⑨《书》曰云云:《尚书·说命上》:"若药弗瞑眩,厥疾弗瘳。"瞑眩,头晕目眩。孔颖达疏此词曰:"瞑眩者,令人愤闷之意也。《方言》云,凡饮药而毒,东齐海岱间或谓之瞑,或谓之眩。郭璞云,瞑眩亦通语也。"瞑眩的引申意,喻以逆耳之言规劝人过。《说命》正用此意。瘳:病愈。

⑩狼疾:喻昏愦。《孟子·告子上》:"养其一指而失其肩背而不知也,则为狼疾人也。"

【集评】

明茅坤《唐宋八大家文钞》卷八十二:荆公劫主上之知处,往往入人主肘腋,细看自觉与他人不同。

【鉴赏】

上,是呈进的意思。在古代,下属给上级或皇帝写信,通常叫上书。本文是作者于嘉祐六年(公元1061年)写给仁宗皇帝的一封论析时政的信,实际上是一篇奏章,因此又被称为《上时政疏》。在这篇文章里,王安石从历史的经验教训出发,指

出了因循苟且的危险性,论述了变法革新的迫切性。

在唐宋八大家的散文中,王安石的政论文是以其直面现实,针砭时弊,思想深刻,立意超卓,鞭辟入里,径直峻切著称的。本篇也体现了这一特点。

一、高处立论、识见深刻

嘉祐三年,王安石曾有《上仁宗皇帝言事书》,洋洋万言,详细分析过当时的政治局势,系统地提出了一些具体的改革设想。而本文所讨论的只是一个思想原则问题,即是应"高居深拱","逸豫而无为"呢?还是应至诚忧天下,汲汲于建树?这是一个君主、一个时代能否有所作为,是否愿意有所作为的根本性问题。如果皇帝只想守成,不想创新的话,那无论你有多么宝贵精辟的见解,无论有多么切实可行的措施,也都是白搭了。作者抓住这个关键问题立论,从根本上着手,显得宏阔而高远。文中还进一步指出，君主享国日久，如果没有"忧"心，则一定会有身死国灭的危险。把问题提到生死存亡的高度来认识，使君主愀然警醒。文章讨论的本来就是国家大政，又能透过一层看问题，表现出王安石的卓越见识。作者拈出一个"忧"字来作为论述的出发点，显然是经过精心思考和周密分析的。从理论认识讲，王安石的思想源于孟子的"生于忧患，死于安乐"说（《孟子·告子下》），欧阳修"忧劳可以兴国，逸豫可以亡身"（《五代史·伶官传序》）的观点也可能使他得到过启发，但可贵的是他能把这个普遍的、富于哲学意味的道理，恰当地运用到对现实政治的具体分析之中，从而揭示出问题的实质。当时，宋仁宗在位已经三十八年，北宋经过太祖、太宗、真宗几朝数十年的建设，出现了所谓盛世气象。仁宗及一些庸俗浅陋的大臣沉浸在升平幻景之中，不图进展，自以为这便是垂手端拱无为而治的最高政治境界了。只有王安石深刻地洞察了这种安定繁荣的表象掩盖下的积贫积弱的实质，并认为北宋的贫弱局面正是因为仁宗等君主盲目陶醉、不思更革，缺少忧患之心所导致的。如此剖析，就挖掘出了北宋贫弱的病根，揭示了宋仁宗因循守旧的思想根源和心理基础，政治眼光是敏锐的，识见是深刻的。

二、借古鉴今，比照说理

这篇奏疏的中心内容是分析晋武帝司马炎、梁武帝萧衍、唐明皇李隆基等古代君主丧权乱国的历史事例，引出在位日久，逸豫因循必然招致危亡的结论，告诫仁宗必须立即大明法度、众建贤才，否则，将蹈三帝覆辙而自救莫及。在论说过程中，作者采用了借古鉴今，前后比照的说理方法。一、二自然段主要论述晋、梁、唐三帝因循无忧而致衰败的史实，分析其终于大乱的原因。文章开门见山，提出论点，给人以明快之感。而这个新颖的论断，以如此严正果决的口吻出之，叫人骤然心惊，诱使人追读下文，寻绎作者的思维逻辑。接着作者着重渲染三帝的可悲结局，从"宗庙毁辱""妻子困穷""人民死亡""自身劫束"四个方面，沉痛而充分地表现了因循苟且带来的严重危害性。以此唤起仁宗的自我觉醒。

第二自然段在内容上是前段的逻辑伸延。第一段说，"无至诚恻怛忧天下之心"，所以因循苟且；因循苟且不为久远计，所以遭灾祸。这是从一个方面论证君主要为天下忧虑的道理。第二段的意识是说，不忧天下，所以不为天下久远计；不为天下久远计，所以不明法度，不建贤才；贤才不用，法度不修，所以天下必乱。这又是从另一个角度论证必须为天下忧虑的道理。因此，一、二段是对同一论题进行多

335

角度，多层次的论证，在逻辑思维上，二者的出发点是共同的，但推理过程有别。因而一、二段的内容重点也就不同，第一段强调因循苟且带来的严重灾祸，从反面说明论题。第二段强调忧天下的关键作法，先用两个双重否定句，从正面说明论题，再用一假设句从反面推论。在文章结构上，第二段有明显的过渡作用，它既不是对三帝史实的直接评述，也不是对仁宗朝现实的直接描绘，而是由前引起的对历史现象的泛泛议论，在前述史、后论今的两大部分之间，它实际上起着承上启下的过渡作用。这样，文章更显得逻辑严密，结构紧凑。

　　文章的后部分比照前面行文，一针见血地指出了当朝的积弊和面临的危机，大声疾呼"有为之时，莫急于今日"，建议仁宗"大明法度，众建贤才"，使文章的说理落到实处。文章这种两段式的结构形式，前后对应，古今比照，环绕中心，逐层展开，形成开合回旋之局势，切当地体现了作者借古鉴今的意图。第一部分通过两层论述，已经论证了必须至诚忧天下的主题，第二部分则是以第一部分的论证为理论基础，论述现今的形势和对策，两部分间文意相属而又层递推进，反复开阖而又通篇一贯。

三、感情激扬，言辞峻切

清代叶燮论诗文有重"胆"之说，认为"无胆则笔墨畏缩"，"欲言而不能言，或能言而不敢言。"(《原诗》)敢于放胆直言，正是本文的一大特点。象"陛下高居深拱，未尝有询考讲求之意"，"陛下今日其可不汲汲乎?""为人子孙，使其宗庙毁辱，为人父母，使其比屋死亡，此岂仁孝之主所宜忍者乎"等语，尖锐切直，想当日仁宗读之，也未必不如芒在背，乍然色变的。"胆"来自"识"，披之于文则为"气"，识高故能胆大、理直故能气壮。王安石这篇文章横放肆恣，极富于气势，读来觉如高山飞瀑，直落千丈，绝无迂缓婉转可言。起首就直下断语，指出不真诚忧天下必致大乱的恶果，追溯历史，对照现实，作者再也抑制不住激昂的感情，一连用几组偶句，淋漓尽致地揭露了当朝的严重弊端，接下用"而"字一转，笔锋直指皇上，归结为陛下的"高居深拱，未尝询考讲求"，愤激批评之意溢于言表。下文再逼进一步，指出询考讲求的紧迫性，"以古准今，则天下安危治乱尚可以有为。有为之时，莫急于今日，过今日，则臣恐亦有无所及之悔矣。"这段话三层意思，层层相生，环环相扣，不仅因有着严密的内在逻辑而流畅有力，而且简短的句式和顶针手法的运用，更造成了一种情急语切的口吻和步步紧逼的态势。整个文章就是这样错综连绵、一气贯注，充溢着锐不可当的气势。正如作者文中引用《尚书·说(悦)命》篇所说，这些话对于最高统治者来讲是够刺耳的，是一剂足以使之瞑眩、难以下咽的苦药。作者当时之所以敢以知制诰的身份，冒进越之罪，进此峻切之言，实是出于他爱护封建统治的苦心，所谓"尽规之意"。所以言辞之峻直，也反映了作者品质之刚正。正如清人蔡上翔所言："直举晋、梁、唐三帝为戒而无所忌讳，非公不能为也。"(《王荆公年谱考略》)

上欧阳永叔书

【题解】

　　此是为了求外任而写给欧阳修的信。王安石前此通判舒州,任满,归京师等待新的派遣。按宋时之法,州县官任满,例授馆职,然后外放,王安石按例应接受考察,选授馆职。但他根据自己的实际情况,不愿接受馆职,愿意外任,所以就给负责考察他的欧阳修写了这封信,说明情况,请求予以谅解。欧阳修当时为翰林学士,文章风节,耸动朝野,是一个很著名的人物。

　　这封信,内容单纯,但写来却情动于中,流于笔端,令人读后不觉动心。文章开头就交代了不愿试馆职的缘故;然后说明自己坚决不就馆职的态度,请求欧阳修予以帮助;最后说明自己到京师不应让他人得知,所以只好自己向欧阳学士阐说明白,又分析了自己的作法对欧阳修无害,请求谅解。层次分明,语言恰当,情溢于辞,辞当于理,于信中可见王安石笃亲之心,亦可见其窘迫之状,可谓辞情得宜。

【原文】

　　今日造门①,幸得接余论②。以坐有客,不得毕所欲言。

　　某所以不愿试职者③,向时则有婚嫁葬送之故,势不能久处京师。所图甫毕,而二兄一嫂相继丧亡④,于今窘迫之势,比之向时为甚⑤。若万一幸被馆阁之选,则法当留一年,借令朝廷怜闵⑥,不及一年,则与之外任,则人之多言,亦甚可畏。

　　若朝廷必复召试,某亦必以私急固辞。切度宽政,必蒙矜允⑦。然召旨既下,比及辞而得请,则所求外补,又当迁延矣⑧。亲老口众,寄食于官舟而不得躬养,于今已数月矣。早得所欲,以纾家之急⑨,此亦仁人宜有以相之也。

　　翰林虽尝被旨与某试,然某之到京师,非诸公所当知。以今之体,须某自言。或有司以报,乃当施行前命耳。万一理当施行,遽为罢之⑩,于公义亦似未有害,某

338

私计为得,窃计明公当不惜此。区区之意,不可以尽,唯仁明怜察而听从之。

【注释】

①造门:到府上拜访。《汉书·何武传》:"武每奏事至京师,圣未尝不造门谢恩。"

②余论:对他人言论的崇敬之称。意谓自己有幸听到了高明议论之余。

③试职:宋时州县官例受试为馆职,为史馆、昭文馆、集贤馆之类的官,如集贤校理、史馆修撰之类,因称馆职。王安石至和元年(公元1054年)由舒州通判任满返京,按例当受馆职,但他因家贫口众,不愿呆在京师,所以中书差人持勑牒授他集贤校理,他力辞不就。这就是说的"不试职者"。

④二兄:据蔡上翔《王荆公年谱考略杂录》卷一《兄弟考》,王安石有异母兄安仁、安道,相继早丧,此信中"二兄"即此二人。

⑤窘迫:困窘穷迫。向时:往时。

⑥借令:假设之词;即使,假使。闵:同悯。

⑦矜允:怜悯而允许。

⑧迁延:拖延。《晋书·愍怀太子传》载孙秀对司马伦语:"不若迁延却期,贾后必害太子,然后废贾后,为太子报仇。"

⑨纾:解除。《左传·襄公二十九年》:"祸未歇也,必三年而后能纾。"

⑩遽:遂。《史记·越世家》:"由是观之,何遽不为福乎?"

【鉴赏】

《宋史·王安石传》载:"通判舒州,文彦博为相,荐安石恬退,乞不次进用,以激奔竞之风。寻召试馆职不就,修荐为谏官,以祖母年高辞。"王安石任舒州通判在皇祐三年至五年。秩满时,朝廷再次召试,准备授为集贤阁校理。王安石应召回京后,一面上书乞辞馆职,一面等待改任。但既不就校理,欧阳修于是荐为谏官。这样,王安石改任的事情变得更为复杂了。于是他在京师拜见过欧阳修之后,又写了这封信,阐明他不愿留京任职的原因,含蓄地表达了希望欧公理解,并为其求补外任通融周旋的愿望。文章虽只平平叙事,但感情真挚朴实,语言婉转明畅,堪称书中佳构。

340

　　开头四句,说明写信的缘由是因为面谈未能毕言,这就把信的语言和感情置入了面谈时的背景中,可以省去许多原为必要的交代而更为简捷。第二自然段转入正题,说明自己不愿留京入馆的理由。皇祐三年,王安石曾在《乞免就试札子》里说:"臣祖母年老,先臣未葬,弟妹当嫁,家贫口众,难住京师。"这就是所谓"婚嫁葬送之故"。长兄安仁、次兄安道相继在皇祐三年、四年早逝,王安石成了兄弟中的长者,担负着奉养亲老和照顾弟妹的家庭重任,所以说"窘迫之势,比之向时为甚。"在写法上,作者从过去的困难说到现今的困难,以衬托出今天情势的更加窘迫;从向前的不愿,说到现今的不能,用对馆职的一贯态度来暗示自己坚辞的决心。接着从正面设想任职馆阁将面临的两难处境:依法留任一年,经济上不能维持生活;接受朝廷的"特与推恩,不候一年即与在外差遣",(见《辞集贤校理状》)又怕遭来走后门、坏规矩,或以为不称职等各种猜测和议论。从而提醒欧公趁早替他谋求外任。第三自然段主要表达求补外任的紧迫感。要求外任的重要理由就是眼前供养亲老众口的实际困难。躬养亲老是尽孝的表现,这在"以仁孝治天下"的北宋时代,是一个很冠冕而极有力的理由。养老长幼,缓解家急,"此亦仁人宜有相之也",是仁义道德之人应该做的事。作者把辞试的理由归结到这一点上,就将营私之急与仁义道理结合起来了,把人情和礼义结合起来了。理义不过人情,人情即是理义,或许这就是作者敢于再三"以私急固辞"的理论根据和思想武器吧。书信的第四自然段进一步申足乞辞理由,指出拒任馆职于公义无害,解除欧公的思想顾虑。按照当时除任馆职的通行办法,必须先由本人申请求试,或有关部门代为申请,经过考试,才由审官院(主课考任免京朝官员的机构)根据其资历政绩、参考近臣的举荐正式任命。而王安石刚回京师,许多官员还不知道他的情况,如自己不申请求试,是不会立即除任馆职的。当然,王安石的这种分析只是一种可能,是他的一厢情愿,也还存在着另一种可能。下文就做退一步的设想,万一不经考试等就下达正式任命文件(后来朝廷命他为集贤校理正是这样做的),也还是决不去上任的话,对于国家大义并没有什么损害,而又能成全作者个人的愿望,欧公仁明,不会觉得这有什么不恰当吧!这一段是针对欧公的深层心理而发的,欧公最大的顾虑,就是怕辞试馆职有碍公义,既然作者如此说,似乎欧公也可以释然了。

这是一封求援乞辞的信,既要摆清乞辞内任的理由,又要说服欧公放弃自己的举荐,并为作者求补外任出面说情,内容较为复杂,意思也难于表达。但作者却能娓娓道来,曲折尽情。乞辞就得示之以理,求援必须动之以情,作者深明此道,所以信写得情理交织,情深理足。文章先叙自己婚嫁葬送之事未毕又二兄一嫂丧亡的遭遇、落笔酸楚,已从感情上打动了对方。再叙眼前生活之窘迫,奉养之艰难,进一步赢得了对方的同情与怜悯。最后又揣摩对方的心理,以退为进,解除对方可能有的顾虑。家事细故,困难苦楚,一一道来,完全是在对知己倾吐满腹衷肠。而这些家事困苦也就是乞辞的理由,二者其实一也。情既可谅,理便可通,欧公读之,感叹之余,必以安石辞请有理而愿为他谋求外任出力了。全文虽不用感叹词句,不着意抒发感情，却能寄浓郁的感慨之情于简洁的笔墨之中；虽不精心结撰，而过接转换却显得自然；语言虽不加修饰，不做渲染，却全从肺腑流出，诚挚感人。往往又能选择恰当的关联词，使语气流畅而婉转。如"若万一""则""借令""亦"等词的运用，就显得逻辑谨严，情韵丰富，语势紧凑，有一气不断之妙。

答司马谏议书①

【题解】

这篇文章是在熙宁变法初期,王安石给司马光写的一封信。熙宁二年二月,宋神宗以王安石为参知政事,三月,王安石同陈升之创置三司条例,议行新法。六月,守旧派的吕诲就开始了对王安石的攻击。此后,守旧派对王安石的攻击此起彼伏,接连不断。熙宁三年,谏议大夫司马光又致书王安石,洋洋三千三百余言,谓王安石行新法为侵官、生事、征利,同时谓王安石拒谏,王安石这封信就是回答司马光的指责的。

这封信,诚是言简而明,针对性很强。信中对司马光的指责逐项批驳,但不铺张,抓住主要之点,据理而言。所以如此,是因为这些问题是已经非常明显的问题,众所周知,不必多费笔墨,只要点明中心之点就可以了。文章开头就点明,自己同司马光议事每不合,是因为思想观点和治国之方有异,这就为下边的驳斥奠定了基础。然后,用极简练的文字对司马光所言四事进行反驳。由于有了上面讲二人所操异术的基础,所以不多辩解,只是旗帜鲜明地表明了自己的态度。这十分精当,也很为得体。

在简要而明确地驳斥了司马光的指责以后,又以极简洁的文字说明了为什么要变法的缘故,并指明正因为反了流俗,要改变士大夫苟且之风,所以众人汹汹然,这就从较为深刻的思想意识层面上把当时的斗争进行了归纳,指明了这场斗争是革新与守旧的斗争。在此之后,王安石以盘庚迁殷的事为例,一则说明任何一个改革变动都会有人反对的道理;二则以盘庚的不动摇说明自己坚持变法革新的立场和态度。引用得当,寓意甚深。

信的最后,点明了二人对变革的不同态度,照应上文"所操之术异也"的论断。自己是坚持要变,要改变旧的,创立新的;而司马光是要一切不事事。这个分别如泾渭一样分明，所以王安石态度明朗，说一切不事事"非某所敢知"，斩钉截铁，掷地有声，充分表现了一个改革家的操守。

这是一篇非常精练而又深可玩味的文章，它在千余年中被人们传诵，主要是思想深刻，见识高卓，同时文字简洁，章法井然，首尾照应极好。这篇短文值得再三讽诵体会。

【原文】

某启：昨日蒙教，窃以为与君实游处相好之日久，而议事每不合，所操之术多异故也②。虽欲强聒③，终必不蒙见察，故略上报，不复一一自辩。重念蒙君实视遇厚④，于反复不宜卤莽，故今具道所以⑤，冀君实或见恕也⑥。

盖儒者所重，尤在于名实⑦。名实已明，而天下之理得矣。今君实所以见教者，以为侵官⑧、生事、征利、拒谏，以致天下怨谤也。某则以谓受命于人主，议法度而修之于朝廷，以授之于有司，不为侵官；举先王之政，以兴利除弊，不为生事；为天下理财，不为征利；辟邪说⑨，难壬人⑩，不为拒谏。至于怨诽之多，则固前知其如此也。

人习于苟且非一日，士大夫多以不恤国事⑪，同俗自媚于众为善⑫。上乃欲变此，而某不量敌之众寡，欲出力助上以抗之，则众何为而不汹汹然⑬？盘庚之迁，胥怨者民也，非特朝廷士大夫而已。盘庚不为怨者故改其度。盖度义而后动，是而不见可悔故也⑭。如君实责我以在位久，未能助上大有为，以膏泽斯民⑮。则某知罪矣。如曰今日当一切不事事⑯，守前所为而已，则非某之所敢知。无由会晤，不任区区向往之至。

【注释】

①司马谏议：司马光。司马光字君实（1019~1086），宋陕州夏县涑水乡人。历仕仁英神哲四朝。神宗熙宁年间，王安石推行新法，司马光竭力反对，出外，与吕公著一起，成为守旧派的首领。哲宗即位，入朝为相，尽改新法，恢复旧制。王安石写这封信时，他正在谏议大夫任上，时当熙宁三年（公元1070年）。

②所操之术：谓所坚持的思想、观点以及治理国家的办法、措施等。

③强聒：聒，喧闹、喧争。强聒谓强力喧争，强力絮聒不已。

④视遇：看待。《汉书·宣帝纪》："（丙吉）怜曾孙（宣帝为武帝之曾孙，故称曾

孙。)之亡辜,使女徒复作淮阳赵征卿、渭城胡组更乳养,私给衣食,视遇甚有恩。"

⑤具道所以:具:都、全,具体全面之意。道:讲说、陈述。具道所以,谓详细地陈述所以这样做的原因。

⑥冀:希望,期待。屈原《离骚》:"冀枝叶之峻茂兮,愿竢时乎吾将刈。"见恕,得到他人对自己的宽恕。

⑦名实:名与实。概念、名称与实际的事物。

⑧侵官:侵夺官司的职权。

⑨辟邪说:辟,排除。《荀子·解蔽》:"是以辟耳目之欲而远蚊虻之声,闲居静思则通。"辟邪说谓以正论排除邪僻之说。

⑩难壬人:难,拒斥。壬:佞也。壬人,佞奸之人也。《尚书·舜典》:"惇德允元,而难壬人,蛮夷率服。"

⑪恤:忧虑、顾惜。《诗经·小雅·小弁》:"我躬不阅,遑恤我后。"不恤国事,谓不忧虑、不顾念国家的事情。

⑫同俗自媚于众:同俗,谓同于流俗;自媚于众,谓自己取悦于众人。众人,谓那些凡庸浅俗的人。

⑬汹汹然:形容人声喧闹不定。扬雄《校猎赋》:"汹汹旭旭,天动地岋。"此处谓众人喧嚣不已。

⑭盘庚之迁六句:盘庚,商代君主,商汤十世孙,祖丁之子。时商王室乱,盘庚率众自奄迁于殷,商复兴。盘庚迁都时,士大夫和民众都不愿意,盘庚坚持迁都,三次发表讲话,分别对各层次的人说明迁都的道理,并提出警告,后来终于迁到了殷。盘庚的讲话,今以《盘庚》为题,收在《尚书》中。度:考虑、思虑、谋虑。义,宜也。度义谓考虑适当,应该如此。

⑮膏泽:以喻恩惠。《孟子·离娄下》:"谏行言听,膏泽下于民。"

⑯不事事:事事:做事,办事。《史记·曹相国世家》:"日夜饮醇酒,卿大夫已下吏及宾客,见参不事事,来者皆欲有言。"不事事谓不办事,不做事。

【集评】

明茅坤《唐宋八大家文钞》卷八十五:荆公之愎而自用,所以自误。

谨按:茅氏此语误矣。

近人高步瀛《唐宋文举要》甲编卷七本文下引吴先生汝纶语:固由兀傲性成,亦理足气盛,故劲悍廉厉,无枝叶如此,不似上皇帝书时,尚有经生习气也。

同上,引吴北江(闿生)语:傲岸倔强,荆公天性,而其生平志量政略,亦具见于此。

【鉴赏】

这篇文章选自《临川先生文集》(据《四部丛刊》本),是王安石答复司马光的信。司马光,字君实,当时任谏议大夫,故称司马谏议。

宋神宗熙宁二年(公元1069年)春,王安石任参知政事(副宰相),实行新法,以"制置三司条例司"为总机关。其新法的总原则,可以归纳为理财、整军、富国、强兵四件事。如农田水利法、青苗法、免役法、方田均税法、市易法、均输法,都属于理财、富国。保甲法、保马法、置将法、设军器监,都属于整军、强兵。实行新法的目的,是想限制大官僚、大地主、大商人和高利贷者的利益,使他们多负担一些赋税,以增加朝廷的收入,加强国防的实力,抵御辽、夏的侵扰。新法如果实行得好,是可以解决当时一些亟须解决的问题,以达到富国强兵的目的的。但是因为新法限制和打击了大官僚、大地主、大商人,以致引起了他们的激烈反对,朝廷里也爆发了新旧两派的党争。保守派的领袖司马光更是竭力反对,他除多次力谏神宗废除新法外,还一再写信给王安石,要他改弦易辙,放弃新法。熙宁三年二月二十七日,司马光给王安石写了一封长达三千三百余字的信——《与王介甫书》(见《温国文正司马公文集》卷六十)。信中大致说:"介甫从政治期年(改革一周年),而士大夫在朝廷及自四方来者,莫不非议介甫,如出一口。下至闾阎细民,小吏走卒,亦窃窃怨叹,人人归咎于介甫。"又说:"自古圣贤所以治国者,不过使百官各称其职,委任而责成功也。介甫以为此皆腐儒之常谈,不足为,思得古人所未尝为者而为之,于是财利不以委三司而自治之。"又说:"夫侵官,乱政也,介甫更以为治术而先施之。贷息钱,鄙事也,介甫更以为王政而力行之。徭役自古皆从民出,介甫更欲敛民钱雇市佣而使之。"又说:"或所见小异,微言新令之不便者,介甫辄艴然加怒,或诟骂以辱之,或言于上而逐之,不待其辞之毕也。介甫拒谏乃尔,无乃不足于恕乎?"又说:"孟子曰:'仁义而已矣,何必曰利!'今介甫为政,首建制置条例司,大讲财利之事,又命薛向行均输法于江淮,欲尽夺商贾之利。又分遣使者散青苗钱于天下,而收其息,使人愁痛。此岂孟子之志乎?"又说:"老子曰:'我无为而民自化,我好静而民自止,我无事而民自富,我无欲而民自朴。'今介甫为政,尽变更祖宗旧法,使上自朝廷,下及田野,内起京师,外周四海,士吏兵农,工商僧道,无一人得袭故而守常者,纷纷扰扰,莫安其居,此岂老氏之志乎?"司马光所谓侵官、生事、征利、拒谏者,主要就是这些。司马光在信中除全面否定新法外,还警告王安石,说他如固执己见,"一旦失势,必有卖介甫以自售者"。

　　王安石针对司马光的指摘,用峻洁简劲的话作了斩钉截铁地答复。王安石思想敏锐,为人傲岸倔强,果于自用。他深信新法对国家绝对有利,且势在必行,所以对保守派的反对不仅毫不迁就,而且颇为鄙夷。但是,我们古老民族陈陈向因的心理积习则是推行新法的极大的阻力,加以保守势力又很大,宋神宗死后,新法就被废除了。

王安石此信，没有感情用事，或讽刺嘲笑，或出语不恭，或自我炫耀，也没有面面俱到，在一些细节上饶舌纠缠；而是就几个关键性问题，据理和对方辩论，说理鲜明，辞气盛满，又具有无懈可击的逻辑性。

信的首段，出于礼貌，先叙酬答的话——从初拟"不复一一自辨"，说到在书信往来中不应该草率粗疏，现在则要"具道所以"——详细说明一下原因。以下即转入正文。

第二段，是信的主体部分，也是辩论的关键环节。作者先拈出司马光来信中指摘他的几个要点——"侵官""生事""征利""拒谏"，然后有的放矢，逐一驳复。每下一语，都能说得对方理屈词穷，无言以对。笔锋犀利，语势劲健，寸步不让，自己绝不引咎，表现作者对实行新法抱着极大的信心。作者为什么会有这么大的信心？关键在于他自信实行新法的改革，不是以权谋私，自己借机捞一把，而是真心实意地为了兴利除弊、富国强兵。如此，即使偶有失误，总不会走入羊肠鸟道，而必有广衢展现在前。正如元人曹伯启所说："常怀济时策，进退皆康庄。"（《汉泉漫稿·澣衣图》）王安石心底无私，襟怀坦白，又自认为"度义而后动，是而不见可悔"，所以具有"卒然临之而不惊，无故加之而不怒"的大丈夫的勇毅，此信也才写得这样理直气壮。王安石面对气势逼人的指摘，而能泰然处之，挥笔复答理直气壮，还由于他对来自习惯势力的非难甚至攻击，早有思想准备。善于洞明世事的王安石，对凝聚在人们心灵深处的停滞保守的心理积习，或者说对民族的惰性和因循守旧的思想，早已看得清清楚楚，并有所警惕。因此，当保守势力猛然向他扑来，怨谤亦随之纷至沓来时，他毫不惊慌，更无怨府；而是清醒地认为这是不可避免的——"至于怨诽之多，则固前知其如此也"。他并且尖锐地指出：保守派长期来苟且偷安，"不恤国事"。他们非但不设法帮助人们清除陈旧的心理积淀，引导人们认识并接受新事物；反而迎合"人习于苟且"的惰性心理，"同俗自媚于众"，助长人们袭故守常的思想。王安石真不愧是"十一世纪时中国伟大的改革家"（列宁语）。对我们这古老民族心理积习之深固，对我们民族因袭包袱之沉重，他恐怕是最早洞见的一位政治家。《答司马谏议书》是古代散文的名篇，传统的语文教材。然而遗憾的是，所有的赏析文章和教材分析都只就其驳论阐发之，对于"至于怨诽之多，则固前知其如此也"二句，却不曾留意。其实，这正是文章的"意蕴"所在，文章驳辩深刻有力之处。

此外，文章还有一妙：先逐条辩驳，最后深入一层，指责司马光不应以"一切不事事"为善，"守前所为"为安。看似平常的两句话，却恰恰击中了保守派墨守成规、踏着祖宗的足迹亦步亦趋的思想的要害，尤见其犀利深刻。固然历史的发展是曲折的，王安石的新法终被阻滞以至废除。但是这绝不是王安石的过失，也不是新法"不合乎国情"，而是由于民族的智慧为民族心理积习的沉渣所滞塞，新法的推行为袭故守常的习惯势力的大山所阻遏的结果。司马光为什么视新法为祸患，不遗余力地加以反对？归根到底不就是因为王安石"思得古人所未尝为者而为之"，"尽变更祖宗旧法"吗？因此，新法的被废除，与其说是王安石的悲剧，毋宁说是我们这个惯于遵循祖宗之法的民族的悲剧。

此信针对性强，说理简要透彻，颇能洞见司马光的思想症结，击中其要害。简劲隽永，令人味之不尽。清末古文家吴汝纶评《答司马谏议书》说："固由傲兀性成，究以理足气盛。故劲悍廉厉无枝叶如此。"这是深得其妙的精当的评语。

答曾子固书

【题解】

这是王安石写给曾巩的一封信。曾巩是王安石的朋友,但二人趣舍有所不同。前此,王安石曾给曾写过信,说恐怕曾巩无暇读经,曾巩就接连写信给王安石,说自己不读佛经,佛经乱俗,这与王安石的意思不相关,所以王就写了这封信加以说明。

信首先就指明曾子固对自己的信有误会,所谓读经不是读佛经,而是读圣人之经。接着,王安石说现在士大夫读经不足以知经,因为现时与圣人之时已经不同了,不对已往的学问多所了解,经也读不好的,"不足以知经。"王安石这个意思是很对的。经书不仅是所谓的圣人之言,其实是一种文化积累所形成的东西,经书中表现的思想观念,是历史、文化的产物,所以王安石要求在对以往积累的文化全面了解基础上读经,是有道理的。如不这样,依现时所能理解的去读,不但不足以知经,恐怕根本就歪曲了经的意思。这涉及对文化传统的理解和继承问题,也涉及了文化转换的问题,是很有意义的。在这个问题上,王安石说明了自己的作法,强调了对传统的接受与对生活经验的把握,这也是有意义的。

重要的是,王安石说,只有广采博取,才能读懂经,才能不被异学所乱,才能树立坚定的信念。他以扬雄为例,说明异学不能乱,只足以明吾道,并说自己也由于在宽广的文化背景上读经,所以异学也不能乱。这说明了王安石在思想意识上有所守。最后,王安石指明了当今乱俗的根源,是士大夫沉没利欲,以言相尚,不知自治,忘记了圣人所教导的道德修养要求,求利而不求德,这也是很深刻的。

这封信虽然短小,但论题集中,阐述清楚,提出了很深刻的见解。语言犀利而深刻,不做作而尚真诚,笔下所写即心中所思,确是待友之道,也确是为人为文之道。

某启：久以疾病不为问，岂胜向往①。前书疑子固于读经有所不暇，故语及之。连得书，疑某所谓经者佛经也，而教之以佛经之乱俗。某但言读经，则何以别于中国圣人之经，子固读某书每如此，亦某所以疑子固于读经有所不暇也。然世之不见全经久矣，读经而已，则不足以知经。故某自百家诸子之书，至于《难经》《素问》《本草》、诸小说，无所不读，农夫女工，无所不问，然后于经为能知其大体而无疑②。盖后世学者，与先王之时异矣，不如是，不足以尽圣人故也。杨雄虽为不好非圣人之书，然于《墨》《晏》《邹》《庄》《申》《韩》，亦何所不读？致彼其知而后读，必有所去取，故异学不能乱也。唯其不能乱，故能有所去取者，所以明吾道而已。子固视吾所知，为尚可以异学乱之者乎？非知我也。方今乱俗，不在于佛，乃在于学士大夫沉没利欲，以言相尚③，不知自治而已④。子固以为如何？苦寒，比日侍奉万福，自爱。

【注释】

①胜：经得住，担得起。

②故某自百家诸子之书六句：百家诸子：先秦时期，中国学术发达，有各种学说，涉及各种学问，后人称之为百家诸子。百家谓各种学问，如儒家、道家、法家、兵家、农家之类；诸子谓各种学派，如孟子、荀子、庄子等。《难经》，旧题周秦越人撰，越人指扁鹊。二卷，八十一篇，发明《内经》之旨意，各设答问，解疑释难，故称《难经》，是一本关于医学方面的著作。《素问》亦古医书，今本二十四卷，八十一篇，当为秦汉间人总结旧说而作。《本草》，本名《神农本草经》，三卷，因书中所记各药以草类为主，故名《本草》。《本草》之名始见《汉书·平帝纪》，然《汉书·艺文志》无《本草》之目。至南朝梁时阮孝绪的《七录》始录《神农本草经》。书中载药三百六十五种，此书疑为汉人所作。陶弘景增三百六十五种药，为《名医别录》，唐显庆中，命苏恭修定，又增一百十四种，为《唐本草》。宋仁宗时，命掌禹锡等增八十二种为《嘉祐补注本草》，王安石所见当为此《本草》。诸小说，此小说殆为《汉书·艺文志》所说的"小说"，如《搜神记》《列仙传》《汉武故事》《世说新语》之类。此段乃王安石说自己广读博采，然后才能对圣人之经的大体有所体认而无疑惑，才能明了圣

人之大旨。

③以言相尚：尚，本意谓超过、超越。以言相尚谓以言辞相互攀比，力求超越他人。

④自治：谓自己注意磨砺自己，自己以圣人之道来约束自己。

【集评】

清林云铭《古文析义》卷十五：介甫所言读，连佛经亦在内，因得乱俗之说，故谓无不读为读经之法，未以乱不乱推勘，尤见卓识。

【鉴赏】

曾巩（1019~1083），字子固，建昌南丰（今江西南丰县）人。宋仁宗嘉祐二年（公元1057年）考取进士，历任馆阁校勘、集贤校理、济州福州等地知州、史馆修撰等职，官至中书舍人。任地方官有政声；在史馆任职，整理校勘《战国策》《说苑》《新序》《列女传》等古籍，对保存古代文化遗产有所贡献。与王安石交谊甚厚，王年轻时，曾巩曾三次致信欧阳修，推荐王，同王一道参加欧阳修领导的反对"西昆派"形式主义的宋代古文运动，但政治思想较为保守，对王安石变法有所非议，曾在神宗面前说王"吝于改过"。二人往来诗文，见于集中颇多。有《元丰类稿》。《答曾子固书》写作年代无可确考。清·蔡上翔《王荆公年谱考略》姑且附于元丰六年，当时王安石六十三岁。

王安石写有不少书信，这些书信实际上是写意或说理性散文，其中最著名者为《答司马谏议书》，是王安石驳斥司马光对新法的指责而写的。这篇《答曾子固书》是王安石同曾巩讨论治学的态度与方法的一封回信，信中阐述了自己正确的治学之道：一、博览群书。除读儒家的经书外，对于百家诸子之书，甚至于医书《难经》《素问》《本草》以及笔记小说等都"无所不读"。"无所不读"是王安石读书的一条经验。他所以能提出变法主张，与"无所不读"，吸收各家学说之所长不无关系。二、注重调查。"农夫女工，无所不问。"请教对象不仅是知识分子，而且扩大到劳动人民，这使王安石能够了解民间疾苦，体察下情，实行变法。"无所不问"，是"无所不读"的补充与延伸。这八个字，概括了王安石读书的主要途径。

回信不仅提出了"无所不读""无所不问"的治学方法，而且阐明了为什么要采用这两种方法。原因有二：一、只读经书，无法全面掌握知识。"世不见全经久矣，读经而已，则不足以知经"。全经，指全部的经典，完整的经典。世上见不到古代的全部经典已经很久，仅仅读几本儒家的经典就停止，那就不能真切了解经义了。只读儒家的书是不够的，要"无所不读"；光"读"还不够，还要不耻下问，"无所不问"。二、时代不同，不实行"无所不读""无所不问"的方法，无法掌握圣人的思想。王安石说，"盖后世学者与先王之时异矣，不如是，不足以尽圣人故也。"这里的"异"字表现了王安石善于审时度势，随时代变化而变化的态度与能力。既然后进学者所处的时代与先王的时代不同，那就不能囿于儒家著作，作茧自缚，而应博览群书，真正了解圣人的思想。

"无所不读""无所不问"是否意味着兼收并蓄，让自己的脑子成为各家学问的大杂烩呢？否。王安石在回信中明确指出应该怎样"无所不读""无所不问"。那就是要有所取舍，形成自己的思想体系。王安石所谓"圣人""道"，指的是儒家。以儒家思想为指导，"致其知"而后读《墨子》《晏子春秋》《邹子》《庄子》《申子》《韩非子》诸子百家著作，"有所去取"，有吸收，有扬弃，这样，"异学"（儒家之外的学说）就不会扰乱自己的思想体系。正因为不会扰乱自己的思想体系，所以能做到有所取舍，用以阐明自己的思想、观点。王安石在这里提倡以儒家学说为主，融汇百家，形成自己的思想体系。这是汉代儒家学者杨雄的治学原则，也是作者所首肯的治学原则。

《答曾子固书》既提出"无所不读""无所不问"的治学原则与方法,又阐述为什么要"无所不读""无所不问",怎样实行"无所不读""无所不问",对治学问题的阐发可谓相当深透,因此,《答曾子固书》并非一般随意而谈的信札,而是以书信体形式撰述的逻辑严密的说理、议论之文。此乃这封回信的第一个写作特点。

第二,此信,有所倡导,有所批判,破立结合,旗帜鲜明。作者的倡导已如上文,作者的批判包括两个方面,一是对曾巩,直率地批评他对自己的多次误解,以为读佛经会乱"俗"。由此猜测曾巩只读经,而没有时间去读其他书籍。曾巩的治学方法与王安石不同。王安石对之批评颇有分寸。二是对士大夫治学之时弊的批判。王安石认为,当今扰乱世俗的,不在于佛经,而在于那些学士、大夫们沉没在个人功名利禄的欲望中,用浮夸的言辞相互吹捧,又不知自我约束。对治学乃至处世方面的弊端,作者持严厉抨击的态度。围绕治学的原则与方法,批评或批判谬误。全信紧紧扣住治学这一中心，论点突出，以立论为主，涉笔于批驳。

第三，运用事例来论证，把讲道理与摆事实结合起来。阐述"无所不读""无所不问"的正确的治学原则与方法，以切身的广泛阅读与四处求教的经验为例，说明只有如此，才能对于治世的学问懂得一个大概而没有疑惑。阐述以儒家思想为指导，博采众家而有所舍弃，不受"异学"的干扰，以杨雄事例为佐证。杨雄为儒家学者，虽然他说过不欢喜非圣人著作的书，但对于墨家、阴阳家、道家、法家的著作都接触过，由于坚持正确的学习方法，有所取舍，所以能形成自己的观点。这两个事例，有力地论证了论点。此外，还长于析理。如说明儒学与"异学"如何影响一个人的学习与思想时，说："彼致其知而后读，以有所去取，故异学不能乱也。惟其不能乱，故能有所去取者，所以明吾道而已。"以原有之"知"为指导，而读诸子，"有所去取"，故"异学"不能乱。"致其知而后读""有所去取"是因，"不能乱"是结果。其因果关系阐释分明。反过来，"不能乱"又是因，"有所去取"，"以明吾道"又是果。这样反复阐述，把问题的两个方面都说透彻了。

此外，复信篇幅短小，而所言之理深刻，这很大程度上得力于语言的简洁明快。

上人书

【题解】

　　这是一篇谈论文章如何写作的书信,虽然不是一篇非常谨严的议论文,却突出而集中地表现了王安石对于文以至文学的看法。

　　文章开宗明义,直截了当地提出了文即礼教治政的观点,批评了以为"言之不文行之不远"仅止是说"辞之不可以已也"的观点,说明了这不是圣人作文的本意。

　　接着,王安石称赞了韩愈并及于柳宗元,他称韩愈是圣人之后一个卓异的人物,柳宗元是一个豪杰,认为他们教人作文所说的话,也仅是讲到了文辞,而未讲到作文的"本意"。然后一转,以孟子论君子修养之语,引申为作文之本意,强调指出文以及文学,"务为有补于世",提出了自己对文的根本观点。在文的作用与辞的关系上,王安石认为辞只不过像器物上的雕画刻镂,这些不论如何巧且华,不一定适用;要使器适用,不必巧且华。器是适用的,不适用,就失去了作器的目的;作器不为之修饰,于适不适用没关系。虽如此,修饰亦是必要的,但要放在适用之后就可以了。

　　由上可见,王安石在关于文的功用以及文与辞关系的问题上,继承并发展了儒家的学说,仅把文看作是礼教治政的工具;在文与辞的关系上,把辞看作是可有可无的东西,也就是说在内容与形式的关系上,把形式上的东西,艺术上的东西看作是无关轻重的。这当然是相当片面的观点。因为这种观点,取消了文及文学的独立性,仅把文与文学作为了政治的附庸;对形式上的轻视,实际上就从根本上把文学所以是文学的特征抹煞了。因此,就文学观点的意义上说,王安石的这个观点并不足取。

　　尤其要特别强调的是,王安石在宋代提出这种思想,实际是一种文学观念的倒退。经过魏晋六朝,经过唐代,中国文学各种形式都有很大的发展,艺术上取得了相当高的成就,随之而来的是在文艺思想理论上有了极大的发展,文学已获得自觉的独立地位,理论上对文学特征的认识和阐发也相当深刻。在这样的历史背景下,王安石却仍死守实用主义的文学观,这是令人遗憾的。阅读此文,对此应加以注意。

这篇文章条理清楚,要言不烦,写作上倒是有可以体会的地方。

【原文】

尝谓文者,礼教治政云尔。其书诸策而传之人①,大体归然而已。而曰"言之不文行之不远"云者②,徒谓"辞之不可以已也",非圣人作文之本意也。

自孔子之死久,韩子作③,望圣人于百千年中,卓然也④。独子厚名与韩并,子厚非韩比也,然其文卒配韩以传,亦豪杰可畏者也⑤。韩子尝语人文矣,曰云云,子厚亦曰云云。疑二子者,徒语人以其辞耳⑤,作文之本意,不如是其已也。孟子曰:"君子欲其自得之也。自得之,则居之安;居之安,则资之深;资之深,则取诸左右逢其源⑦。"独谓孟子之云尔,非直施于文而已,然亦可托以为作文之本意。且自谓文者,务为有补于世而已矣⑧。所谓辞者,犹器之有刻镂绘画也。诚使巧且华,不必适用;诚使适用,亦不必巧且华。要之以适用为本,以刻镂绘画为之容而已。不适用,非所以为器也。不为之容,其亦若是乎?否也。然容亦未可已也,勿先之,其可也。

某学文久,数挟此说以自治。始欲书之策而传之人,其试于事者,则有待矣。其为是非邪⑨,未能自定也。执事正人也,不阿其所好者⑩,书杂文十篇献左右,愿赐之教,使之是非有定焉。

【注释】

①书诸策:诸,之于也。策,亦作"册""笧",将简连编在一起谓之策。古时书写用竹木之简,需将众多简连编在一起。书诸策,谓将文书写在简上,将简编在一起。

②言之不文行之不远:文谓文饰,是指对言辞的修饰,使有文采。句意是说如果对言辞不加以修饰使之华丽,恐怕就不能使之传播到较远的地方去。行,流行,传布之谓也。

③韩子作:韩子,韩愈也。王安石称韩愈为韩子,表现了对韩愈的崇敬。作,兴

起。《易·乾·文言》：“圣人作而万物覩。”

④卓然也：卓，高超。卓然，卓异的样子。陶潜《饮酒诗》八：“凝霜殄异类，卓然见高枝。”

⑤独子厚名与韩并四句：子厚，柳宗元字子厚，唐人，请参阅本选对柳宗元的介绍。柳宗元在中唐亦倡古文，强调文当有旨，为古文运动倡导者之一，因此与韩愈并称韩柳。但声气较韩略逊。故王安石有此说。

⑥徒语人以其辞耳：徒：仅，只。辞：文辞。句谓韩柳语人作文，只是教人怎样作文辞罢了。

⑦孟子曰云云：此王安石撮录《孟子·离娄下》之语。原文云：“君子深造之于道，欲其自得之也。自得之，则居之安；居之安，则资之深；资之深，则取之左右逢其源。”孟子此语，言君子如何修养自己的德性，不是讲作文的，但可以引申来说明对作文的要求。所以王安石后面说，“然亦可以托以为作文之本意。”

⑧务：务必，务使。

⑨其为是非邪：谓自己所说的是对的还是错的呢？“为是非”，为是抑为非之意。

⑩阿其所好：偏袒自己喜欢的。《孟子·公孙丑上》：“宰吾、子贡、有若，智足以知圣人，汙不至阿其所好。”宰吾即宰予，又称宰我。

【鉴赏】

这是王安石阐述自己文论观点的信。信虽主要针对书、序、原、说一类理论文的作意而言，但从中也可窥见王安石基本的文学观点。在对文章本质的认识上，王安石是个“政教论”者。他开门见山，提出要义：“文者，礼教治政云尔”，即认为文章的实质应是反映礼教政治，并为它们服务的。在《与祖择之书》中，他也重复过这个意思：“治教政令，圣人之所谓文也。”“圣人之于道也、盖心得之，作而为治教政令也”，“书诸策而传之人。”王安石认为，当初文章产生，就是因为古代圣贤对于治理世事有了个人的见解，于是写下来，传示当代及后人，这就是文章了。所以文章实际上就是礼教政治。以此为前提，本文集中阐释了“作文之本意”，即写文章到底为了什么。作者指出，作文的根本目的就是要“有补于世”（有益于社会），“适于实用”。从这个根本点出发，王安石重点讨论了文和辞的关系，即思想内容与表现形式之间的关系。他认为文章的内容和形式应该是统一的，但二者又有主次之分。韩愈、柳宗元是做文章的行家里手，成就很高，可惜他们没有重视作文的目的，只告诉人们一些作文的形式技巧。孟子在《离娄下》中所说的一段话却不只是告诉人们如何做文章，还可借以比喻写文章的终极目的。孟子的本义是说，君子探求学问，目的在于自己要有真正的心得，有了自己的心得，就能专心研究下去；专心研究，就会掌握住深厚的道理；掌握的道理多了，运用起来就能左右逢源、头头是道了。写文章也是如此，首先要有明确的实用目的，目的明确，你就会认真思考，获得自己的见解，见解深刻，内容充实，写起来就能得心应手，驱遣自然。所以写文章，目的、内容是根本。他拿器物作比，说明文章"以适用为本"的道理。以为言辞形式之美有如器物的外饰，虽不可完全废止，但总不能摆在首位。一件器物只要适用，不一定非要华丽巧妙不可，而不适于实用者，装饰再华巧，也失去了它作为器物的本来意义。

我们知道，在北宋，对于"道"与"文"的关系，争论非常激烈，不少人执论偏颇，王安石认为"彼陋者"，"非流焉则泥，非过焉则不至。甚者置其本，求之末，当后者反先之，无一焉不悖于极。"（《与祖择之书》）有的人虽夸谈"文以明道"，而其真心却只重文不重道。所以他特别指出在强调"作文之本意"方面，韩、柳也还做得不够。同时,他也看到了道学家矫枉过正,重道轻文的弊病,因此也不完全否认"巧且华"的修饰作用。于是,他明确提出自己的主张:"容亦未可少也,勿先之",即要求把文章的思想内容放在首位,而表现形式放在其次。如果我们对此不做机械的理解,二者位置的摆法无疑是正确的。然而,王安石所讲的思想内容,仅仅指礼教政治,这种认识就未免过于拘狭。但是,在那个历史时期,王安石能从文章的社会功用出发探讨其内容和形式的相互关系,提出这样独到而较为深刻的见解,是非常可贵的。

从王安石的写作实践看,他确是"挟此说以自治"的,即如本文,所论虽关宏旨,说理却透辟而简洁,毫无巧饰刻画之痕。起手即明确道出自己对"文"的基本看法,语气斩钉截铁,显得理足气盛。紧接着一言论定孔子"言之不文行之不远"的本意并非倚重修辞,这就否定了某些人片面强调文饰的一个重要理论根据。那么圣人作文的本意究竟是什么呢?作者引用孟子之言做了回答,指出作文必须"以适用为本",以思想内容为主,并用比喻对此展开了充分而生动的论说。信从作文之本意提起,而最后落脚在如何处理"文""辞"关系上,几经推演,但却中心突出,观点鲜明,作者的思路表达得很清楚。文笔既简练劲峭,又不失华彩生动,语言极富表现力。

由于王安石从礼教政治出发,过于强调实用精神,使得他的文学观念带上了浓厚的功利主义色彩。人们又往往把仅适用于理论文章的"适用为本"的观点赋予普遍的意义,推广于一切文学,等而下之,其末流就将文学和政治宣传等同了起来,轻视乃至否定了文学的审美价值和愉悦作用。这也许是王安石始料所不及的。

张刑部诗序

国学经典文库

唐宋八大家散文鉴赏

王安石卷

【题解】

这是为人诗所做的序文,是王安石青年时期的作品。

此篇文字虽为人之诗作序,却极鲜明地表现了王安石对于诗的看法。王安石是赞成"诗言志"的,所以他引了子夏的话。也就是说,王安石主张诗要有关社会人生,不要去弄风月,拈花草。所以他指责了宋初杨亿刘筠所提倡的"崑体",认为是诗坛浊流。也因为此,所以他称赞张君的诗,认为在诗坛风气弥漫崑体意味的时候,能自守不污,并由诗而及人,认为张君其行亦自守不污。

文章简而有序,简而有意,中心突出,言之有物。其在写法上,善于营造气氛,为突出张君其诗其人的操守,先对宋初诗坛多加叙说,然后以点睛之笔,突出了张君。这是很巧妙的。另外,文章开头直接入题,对张君诗给予简明的评价,归结为"唐人善诗者之徒",亦见出王安石简洁明快的文风和对唐诗的倾倒。层层清楚,对比鲜明,中心自然就突出了。文不在长,在要言之有无。要言不烦,诚哉斯言也。

【原文】

刑部张君诗若干篇,明而不华①,喜讽道而不刻切,其唐人善诗者之徒欤?君并杨、刘生,杨、刘以其文词染当世②,学者迷其端原,靡靡然穷日力以摹之③,粉墨青朱,颠错丛庞,无文章黼黻之序,其属情藉事,不可考据也。方此时,自守不污者少矣。君诗独不然,其自守不污者邪。子夏曰:"诗者,志之所之也。"观君之志,然则其行亦自守不污者邪,岂惟其言而已!界予诗而请序者④,君之子彦博也。彦博字文叔,为抚州司法,还自扬州识之,日与之接云⑤。庆历三年八月序。

【注释】

①明而不华:明丽、明快而不奢华、浮华。

②杨刘：指宋初的杨亿和刘筠。杨亿，字大年，宋建州浦城人。淳化三年进士，真宗时为翰林学士兼史馆修撰判馆事，主撰《册府元龟》《太宗实录》。在翰林中，杨与刘筠、钱惟演唱和，编为《西崑酬唱集》，多用典故，文辞华丽，一时风靡，号为崑体。《宋史》有传。刘筠，字子仪，真宗时为秘阁校理，同杨亿诸人唱和。当时天下号为杨、刘。染当世谓改变诗坛风气。

③靡靡然：相随顺的样子。《史记·张释之传》："臣恐天下随风靡靡，争为口辩而无其实。"摹之，模仿之。

④畀：投给，给。

⑤接：接触、交往。

【鉴赏】

为他人诗、文作序，鉴别评论其作品的优劣得失，往往体现出作序者的文学观念。阅读此序，亦可见出王安石诗歌创作的审美主张。

序的开头，称道张君诗集中的作品"明而不华，喜讽道而不刻切"；显然介甫赞誉艺术上的适度，鲜明而不尚华丽，有讽于世事而不过于尖刻迫切，其核心还是艺术创作要有所为而发。这与他一贯的主张，"文者，务为有补于世用而已矣"（《上人书》）是相通的。接下一句反问：这样的作品，不正是对盛唐优秀诗人、诗风的继承吗？称赞其诗而追溯源流，也正显出介甫对盛唐现实主义诗风及其空前的艺术成就的崇尚。

张君在当世的文学成就与名望又究竟如何呢？"君并杨、刘"。"杨"即编集《西崑酬唱集》的杨亿，"刘"即刘筠。作为宋初"西崑诗派"的首领，"杨、刘以其文辞染当世"。此处，可认为是指张君与杨、刘并为同时代的诗人，也可以理解为张君的诗名与杨、刘相并，是作者暗中作比。然而，杨、刘之诗究竟又怎样呢？此处，作者偏将杨、刘之诗放在一旁，不加评说，却转而渲染风靡一时的效仿杨、刘之徒所构成的诗歌创作风尚：

学者迷其端源，靡靡然穷日力以摹之，粉墨青朱，颠错丛庞……

芸芸众多学诗者，沉迷于"西崑体"诗，终日竭尽摹仿之能事，庞杂错乱的辞彩，粉饰雕琢的形式，一时充溢宋初诗坛。然而，去掉令人目眩的形式，这类诗"无文章黼黻之序，其属情藉事，不可考据也"。

"黼黻"本是古代礼服或装饰丝织品上所绣的花纹,后指文采。《文心雕龙》中有"五色杂而成黼黻"之说。宋初"西崑体"诗,铺排文采却杂而无序,更缺少"属情藉事"的真情实感作为依据。效法"西崑"杨、刘诸人的结果,无非造成了当时诗坛的空泛颓靡的风气。王安石一语击中了宋初形式主义诗风的要害。

身处此时,张君的诗作又究竟如何呢?作者举出杨、刘及其"学者",举出风行一时的颓靡诗风,正与张君"明而不华,喜讽道而不刻切"的诗风形成鲜明的对比。作者随后指出,"方此时,自守不污者少矣。君诗独不然,其自守不污者邪。""自守"现实主义诗风,而不随波逐流,正是介甫对《张刑部诗》的评价。

文章随后引用古代经典诗论,对张君之诗做理论上的概括。"诗者,志之所之也。"诗歌,是诗人心志的寄托和表现。由张君的诗歌,观看他的志向,再由他的诗歌和心志,观看他的品行,均可称为"自守不污"。这是对张君其诗、其人的高度评价。

　　结尾，点明作序的原因，是由于张君之子张彦博"畀（赠给）予诗而请序"。再补充交代自己与张彦博的交往。这是应人之约，为他人作序时常用的收尾方式。

　　宋代另一位诗文革新家欧阳修在《六一诗话》中也说过："杨、刘风采，耸动天下，风靡宋初。"而这篇小序，能够逆一时风气，称誉张君"明而不华，喜讽道而不刻切"的诗歌；指斥摹仿杨、刘而泛滥于一时的萎靡浮泛的"西崑"余风；张扬"诗言志"的创作主张；且能从特定时代创作实践和创作理论的结合上品评诗人诗作，确实体现出王安石的文学主张，及其在宋代诗、文革新运动中的重要作用。

老杜诗后集序

国学经典文库

唐宋八大家散文鉴赏

王安石卷

【题解】

这是一篇极短小的序文，是为他所得到的杜甫的二百余篇诗作的。

此文相当简练，但表达的意思相当深刻。对于杜甫的诗的评价，王安石说"其辞所从出，一莫知穷极"，可说简洁至极，但"莫知穷极"四字，就把杜诗的思想特征和艺术特征，概括得很深刻。莫知穷极就思想意识上说，是说杜诗所蕴含的东西是无涯岸的，是非常阔大深博的；就艺术上说，是说杜甫涵浑万状，融汇百家，篇终浑茫，篇中顿挫。文中说自己对杜甫诗的特征有深刻体会认识，所以能从诗的内在和外在等方面一下子就辨认清楚，这表明了杜诗特征鲜明，入人至深。

文中交代了世所不传的杜诗被得之经过，重对杜诗加以充分肯定，并说明了编集的用意。

此文结构单纯，但很紧凑，议论深刻，又极精练，中心突出，叙述明白。感情虽隐而不显，不做正面表达，但实际上却相当地感人，这种将情融入议论之中，融入叙述之中的写法，有示范意义。

【原文】

予考古之诗，尤爱杜甫氏作者①。其辞所从出，一莫知穷极，而病未能学也。世所传已多，计尚有遗落，思得其完而观之。然每一篇出，自然人知非人之所能为，而为之者，惟其甫也，辄能辨之。

予之令鄞②，客有授予古之诗世所不传者二百余篇。观之，予知非人之所能为，而为之实甫者，其文与意之著也③。然甫之诗其完见于今者，自予得之。世之学者至乎甫，而后为诗不能至，要之不知诗焉尔。呜呼！诗其难惟有甫哉？自《洗兵马》以下序而次之④，以示知甫者，且用自发焉⑤。皇祐壬辰五月日，临川王某序。

①杜甫:唐代中期伟大的诗人。河南巩县人,字子美,号杜陵布衣。曾应制举,不中,后献三大礼赋。曾为胄曹参军。天宝乱中,奔凤翔行在,被授右拾遗。弃官入蜀,为节度使严武参谋,检校工部员外郎。再后,流落四川、湖北、湖南,最后在耒阳去世。他一生坎坷,饱经战乱,颠沛流离,但心存社稷,不忘国家,心系黎民,感激忠义。他一生写下了数千首诗,留下一千八百余首,编为《杜工部集》。后世很多人为他的诗作注。他的诗,慨叹时世,针砭现实,现实性很高很强;艺术上他不薄今人爱古人,广泛吸取,多方取材,风格多样,特色鲜明,为古今所称道。他对后世产生了非常深远而重大的影响。

②令鄞:作鄞县县令。王安石庆历七年至皇祐元年,作鄞县令。鄞县宋时属越州,今属浙江。

③著:显明,显著。

④序而次之:序谓为之序说,次谓为之编排。

⑤自发:自己启发自己。

【集评】

明茅坤《唐宋八大家文钞》卷八十六:深沉之思,简劲之言。

【鉴赏】

北宋庆历七年至皇祐元年(公元1047~1049年),王安石做鄞县县令期间,搜集整理杜甫的轶散诗作。皇祐四年,将所得杜诗考订编纂为《老杜诗后集》,并作此序。

古人为诗、文集作序,大致要拟定集中作品的序次,论述结集的目的、原因,记叙编纂的过程,评价集子的价值与特色等。王安石的这篇序文,基本沿此体例。

文章的起始部分,记述搜集整理《老杜诗后集》的缘由。"予考古之诗,尤爱杜甫氏作者"。开宗明义,表现作者对杜甫诗歌的仰慕与喜爱。接着指明,自己所崇尚的,是杜甫诗中的文辞意蕴所达到的"莫知穷极"的极高境界。而自己深为"未能学"其真谛而抱憾。

成就极高的杜诗,在世间流传的过程中,恐怕"尚有遗落"。基于对杜诗的深爱,也为使之得以完备地保存、传播,作者"思得其完而观之"。出于上述目的,作者开始搜集审阅鉴别杜诗的工作。每发现一篇杜甫的诗作,细细品味,"知非人之所能为,而为之者惟其甫也,辄能辨之"。鉴审的过程,并非言过其实,这一方面显示出杜甫诗歌空前的成就与鲜明的艺术特色;另一方面也体现出王安石深爱且谙熟杜诗,颇具领悟与鉴赏的工力;是对杜甫诗歌的成就与自己鉴赏的心得的综合概括。

文章的第二部分,叙述得到杜诗传本的情况,进而点明整理编集《老杜诗后集》的价值。"予之令鄞",即指王安石知鄞县期间,得他人所赠"世所不传"的古诗二百余篇。细细审读,知其"非人之所能为,而为之实甫也"。之所以下此判断,是鉴于"文与意之著也"。这里,作者再次申明了鉴别与编订的标准——诗作的"文与意"。其后,点出该传本是"见于今者"中最为完备的一种,实际也就道出了自己所编的《杜甫诗后集》的珍贵价值。

文章的最后部分,重申编定杜甫诗集的现实意义。晚唐以来,诗风日渐颓靡;至宋代,学诗、作诗的人,更未能继承杜甫诗歌的现实主义创作主张和艺术表现手法。作者为此感叹:世上学诗者,未能继承杜甫诗风,学不到杜诗的实质,根本原因是"不知诗焉尔"!作者重集杜诗,显然不仅是出于自己的喜爱,更是要匡正文学创作中的时弊,重振一代诗风,"以示知甫者,且用自发焉"。

对集中诗、文篇目"序而次之",是书序写作的组成部分,通常放在序文开始的位置。作者将"序次"放在全文收尾处,而将编纂杜诗的目的、过程、用意等置于前面显著的部位,从中可以见出作者采用"变体"布局谋篇的用心。

本篇书序行文清晰朴实,作者"尤爱"杜诗,却没用任何华丽辞藻去夸饰溢美,而是着意揭示诗中"文与意"所表现出的"莫知穷极"的境界。文中体现出作者对杜诗的精深的领悟,以及鉴审编定杜诗的准则等,都充分表明,王安石不仅是一位杰出的诗人、散文家,也是一位收集、鉴赏、校集、品评文学史籍的大家。

杨乐道文集序

【题解】

这是一篇序文。

此序文亦文简而洁,意深而明。序文中先叙杨畋乐道的为人和一般经历,以略见其生平大节,然后归结到文章和诗歌创作上,最后结以一个总结性的概述。在这里,王安石突出了一个观点:文类其人。

文章的写作上,详略安排颇见匠心。叙生平用笔较多,以此作为论文的基础。文由人做,人之大节不明,则言文之美善丑恶就失了根基,所以王安石这种写法,是先把根基打牢实的做法。在叙生平大节的基础上,简略地点明了杨乐道为文的特点,这是非常简洁的点睛添毫笔法,虽不多加评述,但因有了生平大节的根基,足矣。而且在由人而文的过渡中,王安石以"类其为人"四字,强调了文如其人的思想。最后,王安石以一句话对杨乐道作了精警的概括:所谓善人之好学而能言者也。这话有三层意思。第一,杨乐道是善人。善人不是世俗理解的那种"好人",孔子说"善人为邦百年,可以胜残去杀",王安石说的善人,是与孔子说的善人相同的。一个人能被称为这样的善人,那是相当了不起的。第二,杨乐道是善人中的好学者。善人有仁心,但如不好学,则不知道,不知道则难以持身,不知道难持身则无以治国,学,是非常重要的,孔子说自己好学不倦,不知死之将至,又说朝闻道夕死可矣,可见学是多么重要。一个人被称为好学,那是一种高度的评价。只有无赖和流氓,才会轻视学习,才会蔑视知识道德,而这恰证明了他的卑下和愚昧野蛮。第三,杨乐道不但是善人中的好学者,而且学而能言。古人强调人当有三立,太上立德,其次立功,其次立言。立言是人之不朽的一个表现。人能立言,就说明他学过了,就说明他对世事对万物有所得。当然,正如孔子说过的,有德者必有言,有言者未必有德,好些恶人也是有言的,有言未必就值得称道。但王安石对杨乐道是先加限定了,他是善人中之有言者。总之,这一句概括,虽文字极简,但含义甚深,人得此评,足矣。由之可见,王安石之文,字无虚设,简而深,简而明。

如此之文,岂可不再三讽咏之。

【原文】

《新秦集》者,故龙图阁直学士①、尚书礼部郎中、知谏院虢略杨公之文②。公以嘉祐七年四月某日甲子卒官,而外姻开封府推官、度支员外郎中山李寿朋廷老,治其藁为二十卷③。

公讳畋,字乐道,世家新秦④。其先人以忠力智谋为将帅,名闻天下,至公,始折节读书,用进士起家⑤。尝提点荆湖北路刑狱,数自击叛蛮有功,得士卒心,故侬智高反时,自丧服中特起之往击。其后,为三司副使⑥、天章阁待制、侍读、知制诰,数以言事有直名,故迁龙图阁直学士、知谏院。又数言事,于大臣无所顾望⑦,其所言有人所不能言者。故其卒,天子录其忠,赙赐之加等。而士大夫知公者,为朝廷惜也。公所为文,庄厉谨挈,类其为人。而尤好为诗,其词平易不迫,而能自道其意。读其书,咏其诗,视其平生之大节如此。嗟乎!盖所谓善人之好学而能言者也。

【注释】

①龙图阁直学士:龙图阁是真宗大中祥符年间所建,置宋太宗御制文书及典籍图画宝瑞之物、宗正寺所进属籍世谱,景德四年置直学士,班在枢密直学士下,结衔在本官之上,为从三品。

②虢略:古虢国封地。周代封国,文王之弟虢叔、虢仲分封为西虢、东虢,后于春秋时西虢东迁于上阳,称南虢;又有北虢,与虞交界,为晋所灭。虢略之地,唐宋以来指今山西平陆以西,陕西潼关以东一带。

③藁:同稿。指文稿。

④新秦:地在今内蒙古自治区河套平原一带。秦始皇时遣蒙恬率三十万众,得黄河以南地,筑城实民,名曰新秦。

⑤用:以,凭。

⑥三司副使:宋朝置三司以总国计,盐铁、度支、户部之事总归之,使一人,副使三人,每部一员。三司副使,以员外郎以上,任过三路转运使及六路发运使充当。

⑦顾望：观望，此有看眼色的意思。

【鉴赏】

孟子云："颂其诗，读其书，不知其人可乎？"（《孟子·万章下》）至于读其诗文，并为之作序，又怎能少得了将作文与做人综合起来加以考察呢？王安石为《杨乐道集》作序，也恰是通过综合考察，对其文章与人品做出"知人论世"的分析。

本文收在《临川先生诗文集》卷八十四，亦题为《〈新秦集〉序》。文章的第一段，简要交代了诗文集的作者及成书的情况。该集作者杨畋，字乐道，官至"龙图阁直学士、尚书礼部郎中、知谏院貔略"。杨公卒后，其诗、文由其联姻李寿朋整理，集为二十卷。

接下来，序文追述杨乐道的生平事迹，却将诗文著述诸事暂置一边。杨公为新秦人，故诗文集又以作者籍贯命名为《新秦集》。论世系，他出生于为国竭尽"忠力智谋"而"名闻天下"的"将帅"世家；论学问，他"折节读书"而"用进士起家"。为官在外，他"数自击叛蛮"，又于"丧服"居家期间奋起"往击"突发的内部叛乱；尽职朝中，他"数以言事有直名"，尤能不念私利，"无所顾望"，直言"人所不能言"。这样，杨公生平事历、品行人格，统统概述于读者面前。接着，又以他人——上至"天子"，下至"士大夫知公者"——对杨畋的信任与钦慕，从旁衬托他为国尽忠、品格刚正的一生。

结尾一段，作者才以精要之笔，点明杨乐道的文章与诗歌的特色与成就。而精要的概括，又是统观其作文与做人、文风与人品之后得出的。杨公所写文章，"庄厉谨洁"，正与他那端庄、严谨、廉洁的为人相类似；杨公又"尤好诗"，文辞朴实平易而不迫切，且能以诗歌"自道其意"，所抒发的仍是内心的真情实感与抱负志向。为人的心胸坦诚、怀抱大志；行文的"庄厉谨洁"；作诗的自抒心志；正好相互映照。最后，作者以饱含感情的笔触，总结全文："读其书，咏其诗，观其平生之大节"，将作诗作文与做人统而观之，杨公不愧为"善人之好学而能言（善于文辞又敢于直言）者也。"

为前人的诗文作序，往往失之于堆砌其人功名，夸饰其人作品，或为显耀作序者的才学而对所序的内容作不着边际的空论。然而，尽管杨畋生前功显名赫，尽管王安石才华横溢，但此篇序文的写作，剔除了古来书序中易见的毛病。作者能以"知人论世"的严谨态度，将杨公的生平人品与诗文成就，做恰切的综合考察，行文谨严务实，记述与评析皆精当而切中要领。本文无疑也可称为是一篇"庄厉谨洁"之作。当然，序其诗文与论人论事，绝非死板板地考据，或冷冰冰地评介。本文以"读其书，咏其诗，视其平生之大节"，发出感慨万千的议论作结，正饱含着作序者褒誉颂赞的真切感情。

《周礼义》序

【题解】

据《宋史·神宗纪》，熙宁六年三月，置经局，以王安石为提举，主持其事。至熙宁八年六月，神宗制诏颁《诗》《书》《周礼》三新义于学官。然则此《周礼义序》当作于熙宁八年。此序中言《周礼义》二十二卷，《宋史·艺文志》有王安石《新经周礼义》二十二卷，而《郡斋读书志》《直斋书录解题》等书，均作《周礼新义》，然著录卷数则同。据蔡絛《铁围山丛谈》，三经义中唯此《周礼义》为王安石所手著。

此序所叙，秩序井然，交代十分清楚，而时发议论，虽说不能指为毫无瑕疵，但是总可以说言之成理，且文辞简洁，文势峻急，自有一股劲挺逼人之气。

此序文内容，要而归之，第一段总括《周礼》，着重说明此书之重要性。这是用层层推进之法转折而上，最后说明《周礼》的不可或缺。第二段，先言周代以下，学士不能见全经，再言神宗有志训而发之，但训而发之很难，并由之说明立政造事复周道之旧很难。第三段则承上而转，说神宗取成于心，训迪在位，有冯有翼，那么观今而考古，大概可以上追周代之盛了，并因而说明了自己自竭的原因。内容上转接自然，言辞得体。

总之，就文章说，这是好文章；就内容说，也不是毫无可取，读者可仔细体会。

【原文】

士弊于俗学久矣①，圣上闵焉②，以经术造之。乃集儒臣，训释厥旨，将播之校学③。而臣某实董《周官》④。

惟道之在政事⑤，其贵贱有位，其先后有序，其多寡有数，其迟数有时⑥。制而用之存乎法⑦，推而行之存乎人。其人足以任官，其官足以行法，莫盛乎成周之时；其法可施于后世，其文有见于载籍，莫具乎《周官》之书⑧。盖其因习以崇之⑨，庚续以终之⑩,至于后世,无以复加。则岂特文、武、周公之力哉⑪?犹四时之运⑫,阴阳积而成寒暑,非一日也。

自周之衰,以至于今,历岁千数百矣。太平之遗迹,扫荡几尽,学者所见,无复全经⑬。于是时也,乃欲训而发之⑭,臣诚不自揆⑮,然知其难也。以训而发之之为难,则又以知夫立政造事追而复之之为难。然窃观圣上致法就功,取成于心,训迪在位⑯,有冯有翼⑰,亹亹乎向六服承德之世矣⑱。以所观乎今,考所学乎古,所谓见而知之者⑲。臣诚不自揆,妄以为庶几矣。故遂昧冒自竭⑳,而忘其材之弗及也。

谨列其书为二十有二卷,凡十余万言。上之御府,副在有司,以待制诏颁焉。谨序。

【注释】

①俗学:指流俗所传的那些学问,王安石以为有乖圣道,故谓之俗学。

②闵:哀怜。

③校学:即学校。此可见王安石遣辞造句力求新异不同于俗。

④《周官》:即《周礼》。因此书大讲官制,故称为《周官》。董,董理,主持。《续资治通鉴长编》二百四十三:"熙宁六年三月庚戌,命知制诰吕惠卿兼修撰国子监经义,太子中允崇政殿说书王雱兼同修撰。先是,上谕执政曰:举人对策,多欲朝廷早修经义,使义理归一。乃命惠卿及雱,而安石以判国子监沈季常亲嫌,固辞雱命,上弗许。已而又命安石提举,安石又辞,亦弗许。"所以王安石说自己"董《周官》"。

⑤道:乃指礼教之道。

⑥数:同速。《礼记·乐记》郑注:"数读为速。"

⑦制:制定规程。

⑧具:完备。

⑨因习:因袭讲习。

⑩庚续:庚亦续也。《诗经·小雅·大东》:"西有长庚",《毛传》:"庚,续也。"《尔雅·释诂》:"赓,续也。"庚、赓字通。茅坤《唐宋八大家文钞》此庚字即作赓。

⑪特:仅。

⑫运:运行。

⑬学者所见,无复全经:言周代以后的学者所见的《周礼》,不是完全的。《经

典释文叙录》:"或曰,河间献王开献书之路,时有李氏上《周官》五篇,失事官一篇,乃购千金不得,取《考工记》以补之。"《周礼正义》叙其废兴曰:"《周官》,孝武之世始出,秘而不传。至孝成皇帝,刘向子歆校理秘书,始得列序,著于录略,然其冬官一篇,以《考工记》足之。"韩愈《与孟尚书书》:"故学士多老死,新者不见全经。"安石所言据此。

⑭训而发之:谓对《周礼》训释和阐发。训,训释;发,阐发。

⑮揆:测度、估量。不自揆谓自己对自己缺乏估计。

⑯训迪:教诲开导。《尚书·周官》:"仰惟前代时若,训迪厥官。"

⑰有冯有翼:《诗经·大雅·卷阿》:"有冯有翼"。《毛传》:"道可冯依以为辅翼也。"冯,同凭,谓可为依者。

⑱亹亹:勤勉。见《尔雅·释诂》。六服承德,伪古文《尚书·周官》曰:"六服群辟,罔不承德。"伪《孔传》:"六服诸侯,奉承周德。"孔颖达疏曰:"《周礼》九服,此惟言六服者,夷、镇、蕃三服在九州之外,夷狄之地。王者之于夷狄,羁縻之而已,不可同于华夏,故惟举六服。"

⑲见而知之:《孟子·尽心下》:"由尧舜至于汤,五百有余岁,若禹、皋陶,则见而知之,若汤,则闻而知之。由汤至于文王,五百有余岁,若伊尹、莱朱,则见而知之,若文王,则闻而知之。由文王至于孔子,五百有余岁,若太公望、散宜生,则见而知之,若孔子,则闻而知之。"此言,禹、皋陶见尧舜之圣道而知之,汤则闻尧舜之圣道而知之;伊尹、莱朱,见汤之圣道而知之,文王则闻汤之圣道而知之;太公望、散宜生见文王之圣道而知之,孔子则闻文王之圣道而知之。王安石言此,是说自己能见圣道于今,隐颂宋神宗能发明圣道,所以下云"臣诚不自揆,妄以为庶几矣"。庶几者,差不多之谓也。在颂宋神宗为圣道明君的同时,亦将自己比作禹、皋陶、伊尹、太公望、散宜生之类人物。

⑳昧冒自竭:昧冒即冒昧。自竭谓自己竭尽全力辅佐神宗,如禹辅舜,伊尹辅汤,太公望辅周文王。

【集评】

明茅坤《唐宋八大家文钞》卷八十六:荆公所自喜,在读《周礼》,而其相业所足自误处,亦在《周礼》。

近人高步瀛《唐宋文举要》甲编卷七本文下引方苞(望溪)语:三经义序,指意虽未能尽应于义理,而辞气芳洁,风味邈然,於欧、曾、苏氏诸家外,别开户牖。

同上,引汪中语:庄重谨言,一字不可增损。又曰:顺逆反复,笔法圆紧之极。

【鉴赏】

公元1067年,宋神宗继位,改年号"熙宁",召王安石为翰林,后又相继授之以参知政事、宰相,始实行变法革新。革新的内容之一,是改革教育,培养富国强兵的人才。这样,更新教育内容即摆到迫切而重要的位置。为此,王安石亲自领导了《诗》《书》《周礼义》的重新诠释,其中《周礼义》为他亲自校订。经历数年时间,训释完毕。熙宁八年(一○七五年)六月,合三部典籍为《三经新义》,正式颁布,用于学官。王安石为此分别撰写了《诗义序》《书义序》《周礼义序》三篇序文。

由于《周礼新义》等的刊定颁布,是为"行新法,教学官",政治上具有特定的现实意义,《王荆公年谱考略》(清·蔡上翔)载:"公行新法多本于《周官》。"又由于《周礼新义》为王安石亲自校订,据载:"《周礼新义》笔记犹斜风细雨,诚介甫亲书",(同上引)严肃认真颇付心血的校读,无疑使他深有心得。因此,这篇《周礼义序》有着相当丰富的内容。

文章开始，便从封建社会的最高政治层次，阐明修订颁布《周礼新义》的背景和意义。陈腐庸俗的教育，使士大夫日趋弊陋，已是长久以来的弊端。"圣上"为此悲悯，并决策要以实用的经典艺术，造就人才，来改变这种状况。因此，重新阐释古代治世经典的主旨，并传播于学校，是秉承"圣上"的旨意，而作者"实董(专管)《周官》(即《周礼义》)"，担任此书的训释校订工作。

接着，再从历史演变与政治实践的结合上，从"道""法""人"的辩证关系上，阐述《周官》的主旨。依儒家观念，"道"凌驾于万物之上，是永恒的道义规范。而"道"在具体的社会"政事"中实施，则有着"贵贱""先后""多寡""迟速"的差别；种种区别又具有内在的规律和次序；顺应这些规律和次序来治理复杂的"政事"，就需要制定具体的"法"；而推行"法"来体现"道"，最终又需要具体的"人"。在阐述治世中"道""法""人"的关系时，作者没有僵化地因袭古时圣贤的"道"，而是强调了客观存在的种种社会差别，坚持依据客观规律制定具体的"法"来实现"道"，最终又将侧重点归结于执"法"的"人"。这体现了王安石从事革新的基本思想，《王荆公年谱考略》称此段文字意在申明"不得其人以治之，即周礼亦足以误国"，是有一定道理的。至于人能够称其职、法足以治其世，这样的社会，要上溯到周朝堪为鼎盛；而可以作为治世之法施行于后世、又有文字记载的经典，也推《周礼义》最为完备。这样，《周礼义》的价值，及重新刊布它的意义，也就赫然昭告于天下了。

"周礼"为何能够达到如此境界呢？这是由于习习相因，不断地崇尚它、光大它；绵绵延续，不断地继承它、完善它，从而使这部典籍达到"无以复加"的程度。作者认为，这并非仅象后世儒生们所称颂的，是周文王、周武王和周公几位圣贤的个人力量所完成的，而是经历了不断的继承沿革修正完善，使其"法"合于"道"又顺应社会规律与次序。这里，作者摈弃了"法先王"的成见，而强调要像四季运行依循着自然规律那样，适应着"政事"治理的内在规律。

修订传布古代经典，是为当朝政事的革新与治理服务，校订者的意图，在"序"中得到了明确的理论阐述。

由古代典籍的重订，作者进而抚今迫昔，统观历史与现实，诉说自己甘为修纂《周官》尽心竭力的原因和实际用意。作者写到，自周朝衰亡，历史发展至今，依循"周礼"治世而达到"太平"盛世的遗迹，已荡然无存，而文人学者所见到所掌握的周朝的礼法，也与完整的经典相差甚远。为补救于当世，将《周礼义》重新训释、发

扬传布,确是相当困难的事情。而与训解、传播《周礼义》相比,要追寻经典而"立政造事"、复兴"周礼"所要求的太平治世,就更为艰难了。但是,作者"知其难",又能审视现实全局,看到当朝"圣上"革新治世决心坚定,能在统领的位置训导、启迪百姓,又有经典的依凭与左右的辅佐,勤勤勉勉地努力下去,所谓"六服承德之世"一定能够实现。这里,作者引用了西周的礼法,西周把王室周围的土地按远近距离分为六种,称为"六服",即侯服、甸服、男服、采服、卫服、蛮服。《书·周官》有"六服群辟,罔不承德"之说。作者以此暗示依循《周礼义》"立政造事"而达到的遍承恩泽的太平治世。

　　观今,看到身处兴邦治世之时;考古,总结自己平日研习经典的心得;作者自信而又谦逊地说：我确实不是自己揣度，而与所谓有些见解、懂些治世道理的人相比，妄自认为与他们怕相差不多吧。坦率地剖露心志后，作者说自己于是冒昧地竭尽全力，从事《周礼义》的训释，而没有顾念自身材学的不足。对困难的冷静分析，对革新图治的前途的信念，以及谦逊恳切的自述，都表露出作者的拳拳之心。

结尾，作者简介全书体例，言及书已完成备案，等待制诏颁布。"谨序"如此，简练实在地收束全文。

从整体上看，这篇"书序"容量大，立意深，政治性与哲理性又很强。要介绍重布《周礼义》的背景，叙述训释的经过，还要阐述此书的经典要义及在治国兴邦中的作用。作者妥当地安排轻重略详，侧重点始终放在论述典籍的"新义"、阐发革新治世的主张上。尤其是表面张起复兴"周礼"、大"道"的旗帜，却重申遵循变化的客观规律，强调"执法"之"人"的重要性，表达革新朝政、治世兴邦的实际意旨。曲折论析，具有缜密的逻辑性。因政治需要，行文几多转承却又深抵要义。这些，都体现了荆公"务求有补于当世"的写作主张，和长于政论雄辩锐利的文风。

灵谷诗序

【题解】

此文是王安石为其舅父吴处士的诗 32 篇所做的序文。

文章的内容并不复杂,简直可以说颇为单纯,仅说灵谷为万物所托,孕育清和淑灵之气,此气钟于吴君。吴君是一个遵守礼教准则的人物,以文学知名于时,藏其神奇而不出为天下用,浩然有以自养,为诗数百,传于闾里,特出灵谷诗 32 篇,吴君浩然有以自养,有伏而不现者,诗是不能尽的,但诗刻画万物,以华美辞藻出之,证明吴君是诗人之巧者。这样的内容,应说并不好写,因为以世俗的眼光来看,吴君不过是一个隐而不仕,无权无钱的老人而已,有什么值得说的呢? 正因为不好写,又要写出吴君的气质、志向、抱负,所以就见出了作者的功力来了。

王安石在这里,首先以一种全新的脱离世俗的视角来看待吴君,这视角就是孟子所说的大丈夫,就是孔子所说的不义而富且贵于我如浮云的高洁,就是《周易》加以称颂的"遁"。从这个视角,文章歌颂了吴君之品格,歌颂了吴君所蕴含的山川灵秀之气,并且连带地称颂了吴君之诗,颂诗过程中,又颂吴君之所蓄,可谓层层相叠,照应绵密。

文章写法也较独特,全篇用映衬之法。先言灵谷这个名山之所有,归结到天地山川之灵气,以灵气引出吴君。然后才正面加以简单叙说吴君之行与所操,再一转,入其隐,入其自养,归之于诗,于诗又言出不得尽发其所得,层层转折,层层递进,则吴君蓄积之厚,灵秀之杰,不待言而明矣。

文章不长,内容亦单纯,但写好也是很耐读的。

【原文】

吾州之东南有灵谷者,江南之名山也。龙蛇之神,虎豹羃翟之文章①,楩柟豫章竹箭之材②，皆自山出。而神林鬼冢魑魅之穴，与夫仙人、释子恢诡之观③，咸付托焉。至其淑灵和清之气，盘礴委积于天地之间④，万物之所不能得者，乃属之于人，而处士君实生其阯⑤。

君姓吴氏，家于山阯，豪杰之望，临吾一州者，盖五六世，而后处士君出焉。其行，孝悌忠信；其能，以文学知名于时。惜乎其老矣，不得与夫虎豹羍翟之文章，梗柟豫章竹箭之材，俱出而为用于天下，顾藏其神奇⑥，而与龙蛇杂此土以处也。然君浩然有以自养。遨游于山川之间，啸歌讴吟，以寓其所好，终身乐之不厌。而有诗数百篇，传诵于闾里。他日，出其灵谷三十二篇，以属其甥曰："为我读而序之。"惟君之所得，盖有伏而不见者⑦，岂特尽于此诗而已⑧？虽然，观其镵刻万物⑨，而接之以藻缋⑩，非夫诗人之巧者，亦孰能至于此。

【注释】

①虎豹羍翟之文章：羍，五彩山雉。翟，长尾的山雉。文章即纹章，指虎豹山雉的花纹。

②梗柟豫章：梗，木名，即今黄梗木。柟：即楠木。豫章，木名，樟类。

③恢诡：离奇神异。

④盘礴：即磐礴。广大貌。

⑤阯：山之根部曰阯。

⑥顾：仅。

⑦伏而不见：伏谓隐伏，见同现。说吴君得之于天地和心灵的那些东西，有些是隐伏而未表现出来的。

⑧特：仅、止。

⑨镵刻：本意指雕刻岩石金属，此指刻画描状。

⑩藻缋：华丽的辞藻和文采。

【集评】

明茅坤《唐宋八大家文钞》卷八十六：览之如游峭壁邃谷。

清唐介轩编《古文翼》卷八：先写灵谷，次写处士，次写处士能诗，总不用一直笔。前人谓览之如游峭壁邃谷，信然。

【鉴赏】

《灵谷诗》是作者吴君以籍贯地命名自己的诗集。"灵谷者,江南之名山也。"其山钟造化神秀,集天下奇才;人杰地灵,美不胜收。王安石巧妙地选取"灵谷山"作为视角和契机,深入品析"灵谷"之诗而"序之"。十九世纪法兰西文艺理论家泰纳在《艺术哲学》一书中,曾提出"种族、环境、时代"等影响文学的三要素说。而仅以王安石为诗集、文集撰写的"序"来看,其中既有考察作者生平而"知人论事"的《杨乐道集序》;又有着眼于时代背景,透过"染当世"于一时的宋初诗风,而分析作者"独守"现实主义创作主张的《张刑部诗序》;还有此篇纵论自然地理环境与诗歌创作之间千丝万缕联系的《灵谷诗序》;方法多样,灵活变通,又每每契合于不同作品的实际,而把握它们各自不同的风格神蕴,确实显示出王安石作为诗人、散文家,兼为文论家、鉴赏家的眼光和工力。

《灵谷诗序》开篇,便极言灵谷山的秀美、空灵、奇幻。造化神工的灵谷山,"龙蛇之神,虎豹、翚翟(一种长尾野鸡,喻华丽的文采)之文章,椵柟、豫章(均为良木名)、竹箭之材",现实乃至超现实之间的种种精华,"皆自山出"。而神奇的林峰,诡异的冢塈,阴霾的岩穴("魑魅"原指山林间妖怪,此形容阴森),和仙人天使般神奇有趣("恢谲"同"诙谐")的景观,都附丽于、呈现于灵谷山中。除去可见可感的物产和景致外,更有那难以把捉的山的"灵气"。这"淑灵和清之气","盘礴(同"磅礴")委积于天地之间",美好空灵和谐清澄,是"万物之所不能得",唯有万物的灵长——人,方能感悟它,并受到它的陶冶。而"灵谷诗人"吴君,正是生长于奇美的灵谷山中、陶冶于那"淑灵和清之气"的一位"处士君"。

不言吴君之诗,不述吴君之人,"序"文起始,就刻意呈现灵谷山自然景观中的画意诗情与灵气,给人清新幻美的感觉。

灵谷的盛产杰出,灵谷的奇观异景,灵谷的"淑灵和清之气",这一切与吴君其人、其诗,似无关实有关,其间包容着大自然对一颗诗心的陶冶、洗涤,与诗人心灵对大自然的感悟、师法。王安石确是独具慧眼,捕捉住大自然与人、与诗之间深邃微妙的关联。

文章接下转而简述吴君身世。诗人"家于山阯"("阯"同"址"),生于豪杰望门,行能"孝悌忠信",文能"知名于时"。然而,吴君终为灵谷山间一"处士",他的才华未能与"虎豹、犀翟之文章,梗柟、豫章、竹箭之材俱出,而为用于天下"。但这着实不足以惋惜,身在灵谷山中,"与龙蛇杂此土以处之",诗人正可凭借灵谷山的秀美与灵气,进入那神奇的诗化的境界。

作者随即点染吴君"遨游于山川之间"、驰骋于诗的境界的情景。他留连山间,"啸歌讴吟",寄寓自己的心志爱好,以山水为乐而毫无厌倦,终生"自养"其"浩然"之气。歌咏所得,寄寓所得、颐养所得,"有诗数百篇",在乡邑间里传诵。日后,又选出诗稿三十二篇,结集为《灵谷诗》。仅是观看集中的诗作,作品再现自然美景,"锓刻(绘绣刻划)万物",精心"藻缋('缋'同'绘')",已达到诗人娴熟精美的境界。

　　吴君是生于灵谷、隐于灵谷的山间"处士"；又是"遨游于山川""啸歌讴吟"的诗人，领略大自然美景与灵气、"浩然自养"的奇才。人，与诗、与自然的息息相通，又被活脱脱显现出来。

　　灵谷诗人吴君何许人也？临川介甫之舅父也。序中一笔点出诗集作者与作序者的关系，从中亦可见出灵谷诗人吴君不拘礼仪的个性，与临川介甫活泼洒脱的文风。

　　这篇"序"文，体现了王安石关于自然、人与诗歌艺术之间相互联系的见解。文中写自然，抓住"盘礴于天地之间"、飘忽于奇观异景之上的"淑灵和清之气"着力渲染；写人，又抓住"遨游于山川""自养"浩然之气来刻画；写诗歌创作，则将自然的灵气与诗人的性灵交融一起，揭示"镌刻万物，接之以藻缋"的工力与底蕴。小"序"由造化自然契入诗人、诗作，堪称一篇"艺术创作论"的精妙美文。

　　"序"的行文飘逸洒脱，精美凝练。例如虚实相间、如真似幻地描绘了灵谷山的景致与灵气，几乎可以看作是相对独立的精致的山水速写。其中充注着的性灵与神蕴，怕又是通常的素描所难以写好的吧。但作者却写得活灵活现。

送孙正之序

国学经典文库

唐宋八大家散文鉴赏

王安石卷

【题解】

这是一篇送人的序。

此文在写法上，与《送陈升之序》相同。

第一段，议论。主要就"时然而然""己然而然"加以阐发。说明"己然而然"坚持圣道，就是君子，君子如此非为私己，而是不以时胜道，具体的事例就是孟轲和韩愈。在这一段的最后，文章对当时一些人虽表面上尧言舜趋，但不以孟、韩之心为心的现象给予了尖锐的批评，指出他们与流俗之众人无异的实质。

这一段文字，就全篇来说，不过是一个铺垫而已。文字较长，是为了说理透彻，为了更好地为后面的文字打基础，从而突出所要突出的重点。

第二段，文章转入实质性的文字中去了，着重在说明和称赞孙正之。首先肯定孙正之能行古之道，以孟、韩之心为心；然后以一个比喻说明世上无难事，有志者就能达到你要达到的目标；接着指出孙正之如能得君，就会有真儒之效表现出来。文字简洁而有层次，既是称赞又有鼓励。

这篇文章，短小精悍，内容安排合理而颇有匠心，含意深刻而语言简洁。在笔法上，层次分明，开合自如，古今之事自由驱遣，而围绕中心，确实是不可多得。

【原文】

时然而然①，众人也②；己然而然③，君子也。己然而然，非私己也，圣人之道在焉尔。夫君子有穷苦颠跌，不肯一失诎己以从时者④，不以时胜道也。故其得志于君，则变时而之道若反手然⑤，彼其术素修而志素定也⑥。时乎杨、墨⑦，己不然者，孟轲氏而已。时乎释老⑧，己不然者，韩愈氏而已。如孟、韩者，可谓术素修而志素定也，不以时胜道也，惜也不得志于君，使真儒之效不白于当世，然其于众人也卓矣。呜呼！予观今之世，圆冠岌如⑨，大裙襜如⑩，坐而尧言⑪，起而舜趋⑫，不以孟、韩之心为心者，果异众人乎？

予官于杨，得友曰孙正之。正之行古之道，又善为古文，予知其能以孟、韩之心为心而不已者也。夫越人之望燕，为绝域也⑬。北辕而首之⑭，苟不已，无不至。孟、韩之道去吾党⑮，岂若越人之望燕哉？以正之之不已，而不至焉，予未之信也。一日得志于吾君，而真儒之效不白于当世，予亦未之信也。正之之兄官于温，奉其亲以行，将从之，先为言以处予。予欲默，安得而默也？庆历二年闰九月十一日送之云尔。

【注释】

①时然而然：时势、潮流怎样就怎样。

②众人：流俗的普通人，一般的人。

③己然而然：自己认为应该怎样就怎样。

④诎：同屈。从时：跟随时势潮流。

⑤变时而之道：改变时势潮流而遵从圣道。

⑥术素修而志素定：治国之术平素就修习好了，志向平素就确定了。素：平素。

⑦杨墨：杨朱和墨翟。他们的学说在战国初期产生了极其重大的影响，当时学者，几乎是不从杨则从墨，只有孟轲排杨斥墨，说他们无父无君。

⑧释老：佛教和老子的学说。这两种思想在唐朝中期，都有很大的影响，当时的士大夫大部分不信佛则从老，只有韩愈排佛斥老，写了文章，以继承和维护儒家圣道自任。

⑨圆冠岌如：圆冠为官员所戴之冠；岌如是说高高耸起的样子。

⑩大裙襜如：大裙是官员所穿之下裳；襜如谓大裙摇摆的样子。

⑪坐而尧言：坐着说着与尧一样的话。

⑫起而舜趋：站起像舜一样走路。

⑬绝域：绝远的地方。

⑭北辕而首之：北辕，车辕向着北方；首，向着。

⑮吾党：我们这些志同道合的人。

明茅坤《唐宋八大家文钞》卷八十六：两相箴规，两相知己之情可掬。

【鉴赏】

这篇"赠序"，写于庆历二年（公元1042年），作者年仅二十二岁。全文既留给友人赠言，又寄托自身志向，"处处用繁复之笔，骨力坚凝，自是临川本色。"（林纾《选评（古文辞类纂）》）

文章起笔，自赠别之境跳出，以恢宏的气度，立论"圣人之道"，显出不同凡俗的笔力。作者开门见山地指出："众人"与"君子"的分野，就在于是趋炎附势，还是执着追求"己然而然"而不随波逐流。所谓"己然而然"，绝非出于"私己"，而是先贤圣哲"己然"身体力行又传为楷模的"道"。所谓"道"，永恒存在于世间，感召着有

387

志"君子"的孜孜追求,规范着"君子"的行动。具体在这篇"赠序"中,"道"又统领全文,深化了文章的立意。古文家林纾评点说:"文字最易觇人肺腑,此文拈一'道'字,何等阔大?"(同上引)无疑把握住了贯穿全文的精髓。

作者接着展开对于文章命题的阐述,下笔仍是博大而峭拔,显出卓然超俗的气度。"君子"追求"圣人之道",即便"穷苦颠跌",却"不肯一失诎(同"屈")己以从时"。这也正是文章开头称道的决不"时然而然"、坚持"己然而然"的精神。同时,"君子"又快非穷守一己之行操,而是立有高远志向———一旦"得志于君,则变时而之道"。这是"己然而然"的升发,也是"君子"更为可贵的地方。再进一步,由于长期坚持意志和素质的修养,"术素修"而"志素定",届时,"君子"改变世风而遵从大"道",将"若反手然"。《王荆公年谱考略》(清·蔡上翔)称:"介甫年十八、九,已以天下为己任。今'序'曰'得志于君则变时之道',亦犹是耳。"联系王安石变法革新的一生实践,考察他年轻时写下的这篇小"序",可以看到,作者不仅深化了"穷则独善其身、达则兼济天下"的人生观,而且强调了"志""术"的修养在"变时之道"中的作用,显示出独到的眼光和抱负。

随后,文章援引先秦杨、墨学说盛行时的孟子,唐代佛、道盛行时的韩愈,作为卓绝于"时人"、坚持"己然而然"之"道"的君子的典范。再举出"今世"头加峨冠、身披锦袍的显贵,进行对比。对比中可以明显地看到,尽管孟、韩未能"得志于君",使"真儒之效"显现于世,但他们确是与众不同的卓越君子。而当世那些言必尧舜、心志与行动却远远背离孟、韩的口头"君子",与"时然而然"的逐时趋众之徒,又有什么区别呢?

随后,文章具体述及孙正之(孙侔,字正之,参见《同学一首别子固》)的为人,并赠以留言。在扬州为官时,作者与"行古之道""善为古文"的孙正之相知为友,深知他能以古代君子之心砥砺自己的心志而不停止。因此,作者巧下比喻,古时的越国与燕国隔绝万里,然而方向正确,跋涉不已,目的地则一定能够抵达。由空间距离的跨越,推及人生追求的实现,作者深信孙正之不断努力,必将达到君子的境界,进而实现"真儒之效""于当世"。这是信任和勉励友人,同时也是作者与志同道合者的共勉之词。

结尾,点明此"序"写作的缘由:因正之将别"先为言以处予",更因正之的志向品行感动了作者,在临别时刻"安得而默也",故而写了这篇赠序。

这篇写给友人的赠序,显然也是抒发自己志向、体现作者早期思想的一篇重要文章。它初步显示了王安石雄阔峭拔的文风。文中赠人之言与抒己之志交织一起,个人的品行志向与世风的庸俗鄙陋形成比照,古时圣贤与今世显贵相互对比,直至由追求坚守大"道"到敢于"变时而之道"的拓展与深化,确是"繁复运笔",雄辩论述。而在反复论说中,又坚持以"道"字贯穿始终,从而使全文具有坚凝的骨力与犀利的锋芒。加上作者运用对比、设问、比喻、引用典故等多种手法,使文章博大高远而不空疏,立论超绝而不生硬,具有很强的艺术感染力。

送陈升之序

国学经典文库

唐宋八大家散文鉴赏

王安石卷

【题解】

此为送人之序。这类文章不大好写，称颂有奉迎之嫌，直叙又不免粗朴之嗟，真能写好的不多。唐人韩愈有《送李愿归盘谷序》《送董昭南序》，称为名篇，以其情见乎辞，又切于事情。王安石也做过几篇送人的序文，这篇是不错的。

这篇文章写法上颇见特色。送陈升之，但文章却不直接从陈升之切入，而是绕开陈升之，先提如何看待良士大夫可堪任大事的问题。文章首先就说，现在有一种情况，一个良士大夫，大家都说可堪大任，但是一作大臣，就上下一起失望，这是为什么呢？王安石从人的才能大小、志向远近说起，指出很多人任小责轻的时候，可以煦煦然仁而有余仁，孑孑然义而有余义；这时候，人见其仁义有余，就以为可以任大事；但任大事需比煦煦然、孑孑然更大的才和志，仅止煦煦然、孑孑然，上下一起失望是正常的。王安石这里讲的情况是非常准确的。人的才与志确有大小高下之分，有非常之人，才有非常之事，反过来说，非常之事，需非常之人，好多事，不是什么人都能作的，那种以为任小责轻时做得尚可就委以重任的做法，是很不恰当的。古时如此，今时亦如此，往后也如此。可惜很多人并不明乎此。

但文章至此，才不过说了极小的一部分，就良士大夫任大事的问题，王安石又往下深入地揭示了才小任大而带来的消极影响。这消极影响就是，由于对先前的失望，导致了对后来的怀疑和不信任，而这是非常不利的。道理很简单，个别人的不胜任，并不是所有良士大夫的不行，如此怀疑，岂不是把天才的人都埋没了吗？这个问题有深度，实际上这种情况也是古时有今时亦不断，以后也难保就能明白。

由上述情况，王安石发出了知人难和名实不易相符的感叹。那末，怎样解决呢？王安石提纲挈领提出两条：知人难，就要精之，也就是说要精心精细地考察，务求认清其才与志；人的名实不符，名溢于实，就要充之，也就是说人要自己充实自

己,提高自己,使名而符实,不仅要知名度,关键还得充实。这个问题说得也很好。确实有这种人,务名而不求实,只顾养名声,实际上并不能达到那么高的程度,这种情况古时有,而于今为烈,好些人只求知名度,而实际如何,就不大顾了,有的甚至玩弄些花样搞名,这就更等而下之了。这情况很可怕,这是一个社会不健全的标志,这种人多了,要把社会搅浑的。

　　在详细地论说了以上问题以后,文章才讲到陈升之。先说在扬州时认识陈升之,认定他是可堪大臣之事,又说如今他去宿州,知道他将来一定有机会做大事,要他充实自己,不仅做些煦煦然、孑孑然的行小惠的事。这部分虽字数不多,却见出了王安石对朋友的情意很真挚。他的推测是对的,陈升之后来真的作了大臣,而且颇有作为。

　　以序文而论议透辟,针对性强,惟王安石能做到,这并不是内容分量的不均衡,乃是有为而发。前边的大多数文字由陈升之引发的,也给他的出场作铺垫。不过,如没有王安石的笔力心胸,作文还是不要如此,如果弄不好,就跑了题了。

【原文】

　　今世所谓良大夫者有之矣,皆曰是宜任大臣之事者。作而任大臣之事,则上下一失望①,何哉?人之材有小大,而志有远近也。彼其任者小而责之近,则煦煦然仁而有余于仁矣②,孑孑然义而有余于义矣③。人见其仁义有余也,则曰是其任者小而责之近,大任将有大此者。然上下竦之云尔④,然后作而任大臣之事。作而任大臣之事,宜有大此者焉,然则煦煦然而已矣,孑孑然而已矣,故上下一失望。岂惟失望哉!后日诚有堪大臣之事,其名烝烝然于上⑤,上必惩前日之所竦而逆疑焉⑥。暴于下,下必惩前日之所竦而逆疑焉。上下交疑,诚有堪大臣之事者而莫之或任。幸欲任,则左右小人得引前日之所竦惩之矣。噫!圣人谓知人难,君子恶名之溢于实为此。难则奈何?亦精之而已矣。恶之则奈何?亦充之而已矣。知难而不能精之,恶之而不能充之,其亦殆哉!

　　予在扬州,朝之人过焉者⑦,多堪大臣之事,可信而望者,陈升之而已矣。今去官于宿州⑧,予不知复几何时乃一见之也。予知升之作而任大臣之事,固有时矣。煦煦然仁而已矣,孑孑然义而已矣,非予所以望于升之也。

【注释】

①一失望：一起失望。一，谓大家相一致。

②煦煦然：和乐的样子。

③孑孑然：小的样子。此句谓谨小慎微做事，好像行义而且有余似的。

④竢：同"俟"，等待。《国语·晋语四》："质将善，而贤良赞之，则济可竢矣。"

⑤烝烝然：兴盛的样子。

⑥惩：警戒。逆疑：预先就怀疑了。此句意谓皇帝以日前的情况为戒，对于声名兴盛的人还没任大臣之事就有怀疑了。

⑦朝之人：朝廷上的人。指在朝任官的人。

⑧宿州：在今安徽。

【鉴赏】

人才的任用，干系于历朝历代的安危兴衰。怀有"材疏命贱不自揣，欲与稷契遐相希"（《忆昨诗》）的抱负、献身于革新变法的王安石，一生对人才问题给予深切关注。"夫材之用，国之栋梁也。得之则安以荣，失之则亡以辱。"这是他在《材论》中提出的命题。而在《送朱升之序》一文中，他又透辟地阐发了进步的人才观念，深刻揭露了朝政中人事任用的弊端，和朝廷上下种种浅薄之见与卑微之心，对友人任大臣之事则寄予厚望。文章显示出王安石高出同时代人的见识与胆略，和他缜严犀利峭拔的文风。

同为"赠序"，《送胡叔才序》寓题旨于叙述之中；本文则以议论见长，直接阐述自己的论点。

作者起笔，便以政治家敏锐的眼光，抓住朝政中非常矛盾的现象，提出警心的发问：被举世交誉为"良大夫"的人，一旦"作而任大臣之事"，却因毫无实绩而令上下"失望"，原因何在呢？随即，循着读者思而未解的悬念，从不同角度分析了其中的缘由。从"任事"者自身看，任职小而责任有限，仅凭"煦煦然""孑孑然"，谦和拘谨，即可显露自己的"仁'"义"而有余。果真担任了大臣的职务，却又难以胜任大臣的职责，只是谨小慎微而已，无仁义、功绩可言。从旁人看，只见有限职守中的表面现象，便"上下"趋附，做出臆断，主观地"予之大任"；其后，见其不能称职，却又不知分析内在原因，结果只能是"上下一失望"。从实质上看，"材有大小"，"志有远近"，"材""志"有别；人事任用则需知人善任，任事大小，应该按"材""志"加以区别。否则，以庸识浅见任免人事，只能落得"失望"的结局。

浅薄僵化的人才观念，带来的危害仅仅是"一失望"吗？继多角度的分析论述后，文章进一步蕴蓄气势，以"岂唯失望哉"的有力发问，引出更深一层的议论。

是的，虚名与实绩不符，造成上下"失望"；而在只见现象不问缘由的人们心中，留下的则是"逆疑"的阴影。"疑"心漫衍，形成一种压抑人才的畸形社会心理。在这种"上下交疑"的"集体无意识"（借用现代心理学概念，指称这种封建愚昧的社会心态）的无形之网中，即使真有"名实"显现、"堪任大臣之事"的人才，又怎能脱颖而出？即使从"逆疑"的潜网中挣脱出来，在任守上又怎能摆脱"左右小人"之"惩"，而有所作为呢？

这里,作者对压抑人才的种种陈腐愚昧的意识与社会弊端,给以无情的揭露和犀利的剖析;对其中潜伏的危机,表示了深切的忧愤。字里行间,闪烁着精辟雄辩的锋芒,和超越历史时代的魄力。

接着,用一饱含忧患的语气词,引出更深一层的议论。"哎"——"知人难",却不能精细地考查人才;厌恶"名溢于实",却不能信任人才,使他们得以用才干与实绩充实自己的名声;长此以往,结果只能由"失望"演变为危机与失败吧!基于前文所阐述的符合社会发展规律的人才观,作者的愤慨与警告,有着震动人心的力量。

文章最后一段,语气渐趋舒缓,由对压抑人才的种种世象的愤疾,转为对人才的深知与厚望。作者先言,在扬州任上精心观察,知陈升之确为"多堪大臣之事可信而望者"。后述因转任宿州,将与陈分别而"不知复几时乃见之也。"流露出爱惜人才的感情。相知深，则相期重，作者笔锋一转，直接倾诉由衷的期望："煦煦然仁而已矣，孑孑然义而已矣，非予所以望于升之也。"希望他莫做谦谦君子，徒有虚名却无所作为。语重心长的赠别之嘱，一反世俗成见，同样是基于作者进步的人才观。

这样一种人才观念，在封建社会中，确有惊世骇俗、振聋发聩的力量。而坚持有助于社会进步的人才观，在王安石的一系列文章中多有表现。如他的散文名篇《读柳宗元传》，就对柳宗元因改革有违积习而遭人非议，表示了不平。他写到，柳宗元等"八司马""皆天下之奇材也……至今士大夫欲为君子者，皆羞道而喜攻之。然此八人者，即困矣，无所用于世，往往能自强以求列于后世，而其名卒不废焉。而所谓欲为君子者，吾多见其初而已。要其终，能毋与世俯仰以自别于小人者少耳，复何议于彼哉！"显然，"自强以求列于后世"，"毋与世俯仰以自别于小人"，正与本序对陈升之的砥砺相映衬；而毁议柳宗元的"欲为君子者"，其心态与序中揭示的"左右小人""上下交疑"的心理，怕相差无几吧。

能于短小的"赠序"中，揭露社会的积弊，剖析卑微愚昧的心态，忧患浅见陋习酿成的人才危机，阐述进步的人才观念，张扬有所作为的风气，显示出王安石卓绝的胆识与驾驭文字的工力。至于联系古往今来历史与现实的意义，本文更是给人以警策、启悟与砥砺的优秀之作。

同学一首别子固

国学经典文库

唐宋八大家散文鉴赏

王安石卷

【题解】

这篇文章,是由曾巩的《怀友》一文引起而作的。这篇文章,据清人蔡上翔《王荆公年谱考略》,作于宋仁宗庆历三年。

文章前半论贤人言行相似,因为贤人是学圣人的,圣人言行无二,则贤人相似是非常适宜的。此其一。其二,由子固不疑正之,正之不疑子固,说贤人互相之间相信不疑,因为他们既为贤人,必有异于常人者。文章后半,论及中庸,谓是二贤人所常言,二贤人是能造中庸之堂的人。王安石于此表示愿意对二人辅而进之,从事左右,见出了对二人的仰慕之情。

王安石以道术立身,在学术思想上服膺孔孟,于近世钦仰韩愈,所以凡是行孔孟之言,诵孔孟之说的人,他都是很推重的。他的文章,不及孔孟圣人者很少。人或以为王安石行新法不是从孔孟,那是皮相之见,实则孔孟言论中颇多进取之言,颇多与时俱进之意,王安石乃真能行孔孟之说者。不明此意,仅拘于后儒之说孔孟,那才是腐儒之言,离孔孟真精神远矣。

文章层次井然,意蕴深厚,其行文中钦仰之情毕见,而又能有以自立,言虽质而意则广矣。

【原文】

江之南有贤人焉,字子固①,非今所谓贤人者,予慕而友之。淮之南有贤人焉,字正之②,非今所谓贤人者,予慕而友之。二贤人者,足未尝相过也③,口未尝相语也,辞币未尝相接也④。其师若友,岂尽同哉?予考其言行,其不相似者,何其少也!曰,学圣人而已矣。学圣人,则其师若友,必学圣人者。圣人之言行岂有二哉?其相似也适然⑤。

予在淮南，为正之道子固，正之不予疑也。还江南，为子固道正之，子固亦以为然。予又知所谓贤人者，既相似，又相信不疑也。

子固作《怀友》一首遗予，其大略欲相扳以至乎中庸而后已⑥。正之盖亦常云尔。夫安驱徐行，辅中庸之廷⑦，而造于其堂⑧，舍二贤人者而谁哉？予昔非敢自必其有至也，亦愿从事于左右焉耳。辅而进之，其可也。

噫！官有守⑨，私系合不可以常也⑩。作《同学一首别子固》，以相警且相慰云。

【注释】

①子固：曾巩，字子固。生于1019年，卒于1083年。宋建昌南丰（今江西南丰）人。宋仁宗嘉祐二年进士，尝编校史馆典籍，后官至中书舍人。他藏书至二万卷，皆亲自手定。工为文章，不尚时文，以为文简洁称。他年轻时，与王安石神交甚厚，其为人刚直，动言皆以圣人之言行为准则，因颇受流俗之诟，王安石曾为之辩解。著作甚丰，殁后，人集其遗文为《元丰类稿》五十卷，续集四十卷，外集十卷。巩又尝集古今篆刻为《金石录》五卷。《宋史》有传。

②正之：孙侔，字少述，又字正之。吴兴人，性行孤峻，少许可，非所善，不与通。庆历皇祐中，与王安石、曾巩游。屡举进士不中，自誓终身不仕。刘敞曾荐，韩维、王陶荐，朝廷除官，并不从。晚年性卞急。其与王安石交往时，安石兄事之，以为其可至孟轲、韩愈之道，如得志于君，可以真儒之效显于天下。庆历二年九月，孙正之从兄至温，王安石作序送之，本选录入。

③过：过从。足未尝相过，谓未尝相过从。

④接：交接。未尝接，谓未尝相交接。

⑤适然：当然。《汉书·贾谊传》："至于俗流失，世坏败，因恬而不知怪，虑不动于耳目，以为是适然耳。"

⑥扳：挽、引。《公羊传·隐元年》："隐长而贤，诸大夫扳隐而立之。"隐谓鲁隐公。中庸，不偏为中，不变为庸，孔子以中庸为道德的最高标准。《论语·雍也》："中庸之为德也，其至矣乎？"《礼记》中有《中庸》一篇，相传为孔子之孙子思所作，以阐明中庸之道为主旨。后来南宋理学家朱熹将《中庸》这一篇从《礼记》中抽出来，与《大学》《孟子》《论语》合编为《四书》，并做了注疏讲解。

⑦辅：践。潘岳《西征赋》："索驭娑而款驺荡，辅枌诣而轹承光。"

⑧造：到、至。

⑨守：职守。

⑩私系合：私谓私下，系合谓联系。私系合，私下的联系。常，经常。

【集评】

清谢立夫《古文赏音》卷十一引茅坤语：文严而格古。

同上书，谢立夫语：三人会合，不可以常。故子固有怀友之作，而介甫以《同学一首别子固》答。然交友所重，在道德学问之际，形迹之聚散，怀想之私情，其小者也。故前面只说学问相勖处，而系恋之私，只以"官有守，私有系，会合不以常"三语作一掉。体格高绝。

清唐介轩《古文翼》卷八引高介石语：学以圣人为归，固不在形迹求合，借自己穿插两贤，于不同处见其学之不侔而相似。错综变化，趣极生动。

清吴调侯、吴楚材《古文观止》卷十一：别子固而以正之陪说，交互映发，错落参差。至其笔情高寄，淡而弥远，自令人寻味无穷。

【鉴赏】

此篇乃王安石青年之作。据《王荆公年谱考略》（清蔡上翔著）载：《怀友》《同学》二文，作于庆历三年。时年二十三岁，任淮南判官居扬州。作者从小注重学习儒家经典，其父王益常常"为陈孝悌仁义之本，古今存亡治乱之所以然"（《先大夫述》），使他早年树立了"欲与稷契相遐希"（《忆昨诗》）的辅弼天下的理想。他与子固（曾巩）和正之（孙侔）是志同道合的朋友，此文通过对两友素不相识而言行酷似来阐述只要"学圣人"，达到"至乎中庸而后已"的境界，必能实现济世之志。

开头介绍两位友人，一在江南，一在淮南，两人皆是"贤人"，然而又"非今所谓贤人"。这两者区别何在？作者于庆历二年所写的《送孙正之序》一文作了诠解："时然而然，众人也。己然而然，君子也。己然而然，非私己也，圣人之道在焉尔"。又说："故其得志于君，则变时而之道，若反手然。"也就是说，"今所谓贤人"常常是"时然而然"，随波逐流之人，作者所称道的贤人则是敢于"变时"行"圣人之道"者，故在《送孙正之序》中赞曰"予官于扬，得友曰孙正之，正之行古之道"，曾巩在庆历元年上欧阳修书中亦大谈圣人之道，在庆历六年曾巩《再与欧阳舍人书》中赞王安石为"文甚古,行称其文""古今不常有"之人。所以,此文开篇既以"贤人"称曾、孙二人,而且以两句"慕而友之"表达甚为敬慕之情。而"非今所谓贤人"以反复的修辞出之,深刻地揭示了作者不拘时俗的思想。

第二、三段以平行对照的手法,多层次地表达了文章主旨。先说两贤人素不相识而言行相似,其原因是"学圣人而已矣",后说两贤人之间相信不疑。这里以"足未尝相过也,口未尝相语也,辞(文词、书信)币(礼物)未尝相接也"的排比句式,强调了曾、孙二人的素不相识,同时又三处写到"学圣人",强调两人言行相似的缘由,从而突出题旨。

第四段进一步说明"学圣人之道"的具体内容——"至乎中庸而后已",并进一步表达对两友的仰慕之情。"中庸"是儒家道德的最高标准,出自《论语·雍也》:

"中庸之为德也,其至矣乎?"儒家经典《中庸》篇又进一步阐述道:"诚者不勉而中,不思而得,从容中道,圣人也。"作者对两友的博学德深极为仰慕,文中以形象的比喻赞他们可以安步徐行越过中庭,登堂入室,达到中庸的最高境界。"驱"行进,"辙"辗过,越过。"廷"通"庭"。安石对自己却谦虚地说:"亦愿从事于左右""辅而进之",从而再一次表达"学圣人之道"以济世的理想。故蔡上翔曰:"公立志之早,望道之卓。"(《王荆公年谱考略》)

最后一段表明写此文的原因及目的,因官职在身,会合不常,故写此文以相慰相勉。

此篇题旨是"学圣人"要达到"至乎中庸而后已"的境界。行文中以平行对照的手法,将二友处处对照,层层深入地展示主题。子固是江之南贤人;正之,是淮之南贤人;子固,"非今所谓贤人",正之,亦是"非今所谓贤人";对子固,"予慕而友之",对正之,亦"予慕而友之",这样两两对照,突出了两位友人之贤,不与时俗合流。在"慕而友之"的同类对照中,不仅赞颂了友人,同时也含蓄地表达了作者的思想性格。在"贤人"与"今所谓贤人"对照中,又暗示,作者对时弊流俗的否定。在二友人不相疑的对照中,揭示了二人情操之高,于平行对照之后,然后层层深入地揭示其君子之风乃是"学圣人""至于中庸而后已",从而有力地揭示了主题。行文中以排比、反复、比喻等修辞法,使文字活泼,增强了气势,加强了"学圣人之道"的论辩性。

读《江南录》

【题解】

《江南录》为徐铉所著,杂记十国时南唐旧事。徐铉为南唐旧臣,颇受后主李煜之赏识,宋兵入江南,后主被俘,铉亦随降,为宋太子率更令、散骑常侍。《江南录》记南唐亡国,不以实录,仅以天命历数之言掩过,对此,王安石深为不满,所以写了这篇文章,详细地阐发了自己对南唐亡国的看法,对徐铉掩过的做法进行了揭发。

文章开头,从一般的角度说徐铉在奉宋太宗命撰《江南录》时,不言其君之过错,而归因于天命历数,虽然有愧实录,但还是可以的。这种承认显然是欲抑先扬之法。

接着,文章就进入了实质性的论说了。王安石首先提出个命题:"国之将亡必有大恶,恶者无大于杀忠臣。"然后以周武王伐纣,季梁在随、虞人宫之奇之事做例证,说明忠臣是"国之与也"的道理。这个命题的确定,给后边的论说打下了坚实的基础。

在论述忠臣为国之与以后,直接进入南唐事。以自己的亲闻及宋师问罪之由,特别由潘佑的奏章,说明潘佑是个忠臣,然后得出结论,李氏之亡,"不徒然也"!为什么不是无缘无故的呢?因为李氏杀忠臣。忠臣是国家的顶梁柱,忠臣在,国亦存;忠臣不在,国即亡,此是历史昭示的真理。忠臣以社稷为重,不避困厄,不避显诛;相反,奸佞之臣,济君之恶,纵君之欲。如此,忠臣亡,国不亡何待?就由李后主杀潘佑事,王安石看到了李氏之恶,看到了李氏灭亡之由。

作了以上的论证之后,王安石就具体地指出了《江南录》的妖妄之处。《江南录》记潘佑之死,与他少时所闻根本不同,不止潘佑,其他被杀的人也都有罪名,好像他们都是罪有应得似的。对此王安石表示了怀疑。他以商纣和春秋时随、虞二君之事推论,认为李氏作为亡国之君,也是滥杀忠良的,这就证明潘佑之死无罪,徐铉是故意隐瞒真相的。应该说,这个怀疑是很对的。

那徐铉为何要如此呢？王安石在文章的最后一部分对此进行了分析。他先从心理学的角度,说人与人之间,诽毁生于嫉妒,嫉妒由于不能压倒对方。然后,他就以潘佑、徐铉二人的情况和二人在关键时刻的表现为据,具体说明了徐铉诽谤潘佑的原因。一者,二人同在李氏之朝,俱有文学,早就争名,徐对潘有宿怨。二者,当国危之际,潘佑能直言极谏,铉却独无一说,佑被杀,铉又不能争,这就使君有杀忠臣之名,践亡国之祸。徐铉为了掩饰自己,又怕后世赞扬潘佑,就故意隐瞒了潘的忠贞而以它罪对之进行污蔑。由此一事,可知《江南录》记其他人的事也是同样的。这样,就完全否定了《江南录》的史料价值,并对徐铉的品格作了深切著名的揭示。

王安石这篇文章,词锋犀利,层次清楚,论述有力。文章中所揭示的问题,不但可以帮助人们认识一本《江南录》,而且具有普遍的意义。孟子说,尽信书则不如无书,信然。读书得自己放开眼光,不能人云亦云。王安石这篇文章充分地显示了他求实求真的精神,给我们读书指明了方法。知人论世,以意逆志,不可轻信某些人的文字。

【原文】

故散骑常侍徐公铉奉太宗命撰《江南录》[①],至李氏亡国之际,不言其君之过,但以历数存亡论之[②]。虽有愧于实录,其于《春秋》之义,(《春秋》,臣子为君亲讳,礼也。)箕子之说,(周武王克商,问箕子商所以亡,箕子不悉言商恶,以存亡国祚告之。)徐氏录为得焉。

然吾闻,国之将亡必有大恶,恶者无大于杀忠臣。国君无道,不杀忠臣,虽不至于治,亦不致于亡。纣为君,至暴矣,武王观兵于孟津,诸侯请伐纣,武王曰："未可[③]"及闻其杀王子比干,然后知其将亡也,一举而胜焉。季梁在随,随人虽乱,楚人不敢加兵[④]。虞以不用宫之奇之言,晋人始有纳璧假道之谋[⑤]。然则忠臣,国之与也[⑥],存与之存,亡与之亡。

予自为儿童时,已闻金陵臣潘佑以直言见杀,当时京师因举兵来伐,数以杀忠臣之罪。及得佑所上谏李氏表观之,词意质直,忠臣之言。予诸父中旧多为江南官者,其言金陵事颇详,闻佑所以死则信。然则李氏之亡,不徒然也。

今观徐氏录言佑死,颇以妖妄,与予旧所闻者甚不类。不止于佑,其他所诛者,皆以罪戾，何也？予甚怪焉。若以商纣及随、虞二君论之，则李氏亡国之君，必有滥诛，吾知佑之死信为无罪，是乃徐氏匿之耳⑦。

何以知其然？吾以情得之。大凡毁生于嫉，嫉生于不胜，此人之情也。吾闻铉与佑皆李氏臣，而俱称有文学，十余年争名于朝廷间。当李氏之危也，佑能切谏⑧，铉独无一说，以佑见诛，铉又不能力诤⑨，卒使其君有杀忠臣之名，践亡国之祸，皆铉之由也。铉惧此过，而又耻其善及于佑，故匿其忠而污以它罪。此人情之常也。以佑观之，其他所诛者又可知矣。噫！若果有此，吾谓铉不惟厚诬忠臣⑩，其欺吾君不亦甚乎？

【注释】

①徐铉：字鼎臣，广陵人。初仕于十国的吴，又仕于南唐李氏，官至吏部尚书。当南唐危亡之际，徐铉还与后主晏安玩乐。宋破金陵，与李煜同被俘。入宋以后，以文才为太子率更令，阶散骑常侍，曾参与编《文苑英华》。与弟锴齐名，号大徐、小徐。有集。《江南录》是徐铉受宋太宗之命所撰，记南唐杂事。但语多不实，未可轻信。后郑文宝别撰《江表志》，补《江南录》未载之事甚多，且对其所言有所驳议，但文宝为南唐旧臣，所述亦有不实。陈彭年《江南别录》于二家之外，所记江南事最为详尽，以之对读徐、郑二家之书，优劣自见。《资治通鉴》采陈著材料甚多，可见人们对三书的评价，亦可知徐著《江南录》的缺失。

②历数：指朝代更替的次序。《尚书·大禹谟》："天之历数在汝躬，汝终陟元后。"疏云"历数谓天历运之数，帝王易姓而兴，故言历数谓天道。"

③武王观兵于孟津三句：《史记·周本纪》载，武王九年，东观兵，至于孟津，天下诸侯会者八百，诸侯皆曰："纣可伐矣。"武王曰："女未知天命，未可也。"乃还师归。十一年，闻纣杀王子比干，囚箕子，武王偏告诸侯伐纣，在牧野一战而胜。

④季梁在随三句：季梁，春秋时随贤臣。鲁桓公六年，楚侵随，毁军以纳随少师，少师归请追楚师，随侯将许，季梁谏以"忠于民而信于神"，随侯惧而修政，楚不敢伐。桓公八年，楚又伐随，季梁又谏，随侯不听，结果随师败绩。事见《左传·桓公六年》及《左传·桓公八年》。

⑤虞以不用宫之奇之言二句：宫之奇为春秋时虞臣，鲁僖公五年，晋侯向虞借路以伐虢，宫之奇看出了晋的阴谋，劝谏虞公不要借道，虞公不听。十二月，晋灭

虢,师还,遂灭虞。

⑥与:跟从。国之与也,谓忠臣是国家兴亡所重任的人。

⑦匿:隐瞒。句谓潘佑之死以直言,而徐铉在《江南录》中加以隐瞒。

⑧切谏:直言极谏。《史记·主父偃传》:"臣闻明主不恶切谏以博观,忠臣不避重诛以直谏。"

⑨诤:犹谏也。

⑩厚诬:严重地诬谤,深加欺骗。

【集评】

明茅坤《唐宋八大家文钞》卷九十:行文宛曲,其所议铉厚诬潘佑处,可谓刺骨之论。

【鉴赏】

本文是一篇富有批判精神的读后感。《江南录》一书是南唐降臣徐铉奉宋太宗之命撰写的。作者读后认为《江南录》对李后主的亡国，不言其君之过，仅仅"历数存亡论之"，是有愧于"实录"的，但其又符合《春秋》的臣子为君亲讳之礼，也符合箕子不言商纣之恶的精神，所以徐氏所录也是可以的。"箕子之说"指周武王克商时，问箕子商所以亡，箕子不言商恶，仅以存亡国祚之事告周武王。"箕子"，是纣王之诸父，官商殷太师，名胥馀，封于箕（今山西太谷东北），曾数谏纣王，纣王不听并将其囚禁，周武王灭商后被释。

文章开头点题，指出《江南录》的作者与著述情况，由此引发出全文中心论点："吾闻国之将亡必有大恶，恶者无大于杀忠臣"，然后以古代商纣杀比干而后亡，季梁在随国，楚人不敢加兵，虞国不用宫之奇之谏言而亡的历史事实证明忠臣与国家兴亡的关系。"比干"商代贵族，纣王叔父，官少师，因屡次谏纣王，纣王怒剖其心而死。"随"古国名，西周初分封的诸侯国，姬姓在今湖北省随县，春秋后期为楚之附庸。"虞"古国名，周文王时所建诸侯国，姬姓在今山西平陆北。"宫之奇"春秋时虞国大夫。公元前六五八年，晋以良马和玉璧向虞借道攻虢国，虞君应允，宫之奇劝谏不听，后三年，晋又向虞借道攻虢，他以"辅车相依，唇亡齿寒"劝谏，虞君又不听，他于是率亲族奔曹，三月后，晋灭虢国，虞亦被袭灭。

以下各段以南唐臣潘佑"直言见杀"之事论证"国之将亡必有大恶，恶者无大于杀忠臣"这一论点。为此，首先论证潘佑乃质直之忠臣。此点分三层来说，一则，自己从小就闻说潘佑"直言见杀"，二则，自己阅过潘佑所上之表亦是"忠臣之言"，三则，听自己曾在江南为官的父辈谈过南唐的详细情况均可证明潘佑是忠臣，由此得出结论说"李氏之亡，不徒然也。"继之，论述徐铉《江南录》所述潘佑之死因却其甚为妖妄。这里不直接论述"何以知其然"，而是引历史上的商纣、随、虞二君之事，推论出南唐李氏亡国之因在于"滥诛"，然后证明潘佑之死是无辜的。这种引史实加以反证，不仅与前文呼应紧密，使结构严谨，而且以引证法论之，显得颇为有力。再继之，论证徐铉何以隐瞒真情，则以人之情推论道："大凡毁生于嫉"，又继而推论为什么"嫉"？是因两人"十余年争名于朝廷间"，而且始终"不胜"于他。以下又以潘佑的"能切谏"与徐铉的"独无一说"做了对比,不仅表现了潘佑的忠鲠之态,而且有力地揭示了徐铉为臣不忠的情状。于是进一步推论说徐铉不谏不诤的罪过是"使其君有杀忠臣之名,践亡国之祸",那么徐铉为了掩盖这天大的过失,故诬潘之死及其他被诛者"皆以罪戾",文章最后推论道,如此徐铉不仅诬忠臣,而且欺骗了本朝国君。行文至此对《江南录》及其作者作了尖锐的批判。

此篇抓住《江南录》中的"不言其君之过"引发出中心论点,然后以历史上的商纣、随、虞二君之事进行引证论证,后又以潘佑被杀的具体事例进行论证。在论证潘佑为忠臣时,采用层层深入之法,多侧面地反复论述,以设问提挈笔势,开阖有法,严谨有力。

读《孟尝君传》^①

【题解】

这是一篇短小精悍的杂论文,主要是针对《史记·孟尝君列传》而发。

孟尝君姓田名文,田婴之子,为战国后期海内四大公子之一,封地在薛,招致诸侯宾客及天下亡人有罪者,宾客数千人。后秦昭王召孟尝君入秦,使他为相,人有谗之于昭王,昭王囚孟尝君,欲杀之。孟尝君使人求助于昭王所幸之姬,姬欲孟尝君的狐白裘,而裘已先献于昭王,于是客中一人夜晚似狗,盗出狐白裘,献于昭王幸姬,孟尝君被放了出来。出来以后,孟尝君立刻东驰,变姓名要出函谷关。时昭王后悔,派人乘传车急追。到函谷关,当时令急,鸡鸣开关出客,孟尝君怕追者至,急迫,客中一人又学鸡鸣,周围鸡齐鸣,遂得出关。这两个人,《史记》中加以了较详细的叙说。可见太史公对孟尝君养客是大加称赞的。正是针对这一点,王安石写了这篇短文。

文章非常短小,但言辞锐利、切中要害,言之成理。开头将世人所说的话和自己的意见对立地摆出来,观点鲜明。"世"的所指很明显,是对太史公以及赞同太史公看法的人说的。下面的论说,不从客的人数上着手,而是从孟尝君的地位入手,说他那样的人,在齐专权,如果得一个"士",就可以使秦臣服,何必需依赖狗盗鸡鸣之人的力量呢? 结论是,正因为鸡鸣狗盗之徒出其门,所以士不到他的门了。

太史公的表彰狗盗鸡鸣之徒,不过是想说孟尝君得人之众之广,但王安石恰恰由此而说孟尝君不能得士,只能作狗盗鸡鸣一类人的头,不能领导士,可谓善于发现问题,思维的指向很不一般。就这点上说,此文确为不可多得的好文章。更何况这样大的问题,只攻一点就把问题讲清楚了,足见王安石深刻之处。

【原文】

世皆称孟尝君能得士,士以故归之,而卒赖其力以脱于虎豹之秦^②。嗟乎! 孟尝君特鸡鸣狗盗之雄耳③，尚足以言得士？不然，擅齐之强④，得一士焉，宜可以南面而制秦⑤，尚何取鸡鸣狗盗之力哉？夫鸡鸣狗盗之出其门，此士之所以不至也。

【注释】

①孟尝君：战国时齐人，靖郭君田婴之子，封在薛。为齐相数十年，招致宾客数千人，客与他衣食都一样。《史记》有传，叙其事甚详。

②卒：终于，到底。《孟子·尽心》："卒为善士。"《史记·邹阳传》："左右不明，卒从吏讯。"

③特：不过、仅止。雄，特出者，杰出的人。《汉书·东方朔传·赞》："然朔名过其实者，以其诙达多端，不名一行，……其滑稽之雄乎？"

④擅：专擅、专行。擅齐，谓孟尝君专有齐国，专行齐国之政。

⑤宜：应该。《史记·郦生列传》："不宜倨见长者。"

【集评】

宋李耆卿《文章精义》：文章有短而转折多气长者，韩退之《送董邵南序》、王介甫《读孟尝君传》是也。

宋谢枋得《文章轨范》卷五：笔力简而健，然一篇得意处，只是擅齐之强，得一士焉，宜可以南面而制秦，尚何取鸡鸣狗盗之力哉！先得此数句，做此一篇文字，然亦是祖述前言。韩文公《祭田横墓文》云："当嬴氏之失鹿，得一士而可王，何五百人之扰扰，不能脱夫子于剑芒，岂所宝之非贤，抑天命之有常？"

明茅坤《唐宋八大家文钞》卷八十九：荆公之文，其长在简古而多深沉之思，《读孟尝君传》与此等记尤可见。（记谓《庐山文殊像现瑞记》）

清余诚《重订古文释义》卷八：通篇八十八字，而有四层段落，起承转合无不毕具，洵简劲之至。然非此等生龙活虎之笔，寥寥数语中，何能得此转折，何能得此波澜。文与可画竹，尺幅而具寻丈之观，此其似之。至议论之正大，尤堪千载不磨。

清王应鲸《唐宋八大家公暇录》卷六引茅坤语：好吞吐。

同上书，引储同人语：荆公短书，并驾河东（指柳宗元），希风史赞，奇美特绝。

同上书，引吕石门语：陡绝处全在一结，然欲取陡势，须向前迤逦处先安顿得地步好。

同上书，王应鲸语：分明以鸡狗换他士字，总言所得之人，无可正用之处，而实塞真士之门。突起实断，突翻实收，笔势矫变不测。

清林云铭《古文析义》卷十五：《史记》极称孟尝君招致任侠奸人入薛，其所得本不是士，即第一等市义之冯驩，亦不过代凿三窟，效鸡鸣狗盗脱离之力，何尝有谋国制敌之虑。龙门（司马迁）好客自喜一语，早已断煞，而世人不知，动称为能得士，故荆公做此以破其说。篇首喝起，"世皆称"三字，是与龙门赞语相表里，非翻案也。百余字中，有起承转合在内，警策奇笔，不可多得。

清谢立夫《古文赏音》卷十一：荆公此文，命意亦与昌黎祭田横文相似，而短峭宕折，突过太史公矣。

清唐介轩《古文翼》卷八：意凡四折，一气盘旋，其笔力眼界，俱到绝顶。

中华书局《宋元明清文评注读本》卷一：篇幅不及百字，意思却层出不穷，是谓善于用短。

清吴调侯、吴楚材《古文观止》卷十一：文不足百字，而抑扬吞吐，曲尽其妙。

近人高步瀛《唐宋文举要》甲编卷七本文下引楼迂斋语：转折有力，首尾无百余字，严劲紧束，而宛转凡四五处，此笔力之绝。

同上，引沈德潜语：语语转，笔笔紧，千秋绝调。

同上，引刘大櫆语：寥寥数言，而文势如悬崖断壁，于此见介甫笔力。

同上，引李刚己语：此文笔势峭拔，辞气横厉，寥寥短章之中，凡具四层转变，真可谓尺幅千里者矣。

同上，引吴闿生语：此文乃短篇中之极则，雄迈英爽，跌宕变化，故能尺幅中具有万里波涛之势。后人多喜摹之，莫能拟似万一，前人亦无似者。虽荆公他长篇文字，亦未能有似此者也。使其篇篇至此，岂不与昌黎并驾争雄哉？

【鉴赏】

此为安石对《史记·孟尝君列传》的读后感。他写文章常常为其政治服务，在此短文中，作者从政治改革出发，提高"士"的标准，认为鸡鸣狗盗之徒不是士，从而否定了"孟尝君能得士"的传统说法。

何为"士"？他在《上仁宗皇帝言事书》中曾指出：士应是大则"足以用天下国家"，小则"足以为天下国家之用"，因此"士之所学者，文武之道也"，那么士之才干

"居则为六官之卿，出则为六军之将"，不应仅仅读书本，从政时"则茫然不知其方者"。总而言之，士应是辅佐人主成为"法先王之意"进行"改易更革"的人才，否则就成了"扰百姓"的奸佞。

为了树立自己的为改革而谋求人才的主张，故在此篇则以驳论之法，先树出论敌的靶子：孟尝君善于得到士，士因此而投奔他；最后终于依靠士的力量从虎豹之秦的控制下逃脱了。《史记·孟尝君列传》有这样一段记载：孟尝君入秦后被秦昭王囚禁，并要被杀。孟尝君派人请昭王宠姬帮忙。那宠姬说希望得到珍贵的狐白裘。孟尝君本有一只价值千金，天下无双的狐白裘，但入秦时已献给秦昭王了，此时孟尝君很着急，问计于门客，大家都想不出好办法。这时在下座中有个"能为狗盗者"，就说能拿到狐白裘。到了夜里，他潜入秦宫，窃回狐白裘。将狐白裘献给宠姬，宠姬替孟尝君说了好话，昭王放了孟尝君。孟尝君立即变了姓名逃走。后来秦昭王后悔放了孟尝君，于是又派追兵。一天孟尝君半夜逃到函谷关，城门紧闭，情况紧急。按城关法必须鸡鸣开关，正在危急之时，孟尝君有一善学鸡鸣的门客，装了鸡叫，引得左近的鸡都鸣叫起来，于是城门大开，孟尝君逃回齐国。此事一直传为"得士"之美谈。

而王安石却一反传统之说，将此说作为论敌，加以驳难。一个"嗟乎"使文气一转，提出"孟尝君特鸡鸣狗盗之雄耳，岂足以言得士"的新论点。以自己的立论与敌论的论点针锋相对。然后又以反问句提出论据进行论证说：如果不是这样，孟尝君依靠齐国那样强大的力量，得到一个士，便可制服秦国，何需依靠鸡鸣狗盗之力呢？文中的"一士而制秦"之说似乎有些偏颇，但要联系他当时的奏疏所谈人才与治国的关系，联系宋代官府的种种弊政，就可理解，他所言"一士"的重要性。他在《上时政书》中说，"贤才不用，法度不修，""旷日持久，则未尝不终于大乱。"他所说的"士"，不仅不是鸡鸣狗盗之徒，而且也不是"白首于庠序（学府）""穷日之力"（《上仁宗皇帝言事书》）的学子。而应像齐相管仲那样，辅佐君主使国家富强。"南面而制秦"是作者对"士"的作用，所提的要求，它作为充分有力的论据来反驳论敌的"士"仅仅帮助主公"脱于虎豹之秦"。文章最后道："夫鸡鸣狗盗之出其门，此士之所以不至也。"此处运用了逻辑推理，阐明自己的"岂足以言得士"的论点，从而驳斥了敌论"士以故归之"的提法。

　　此文以改革家的气魄驳难了关于"士"的传统说法，提出了"士"的高标准。全文仅一百余字，围绕"得士"与否进行论证，抓住中心，不枝不蔓，开阖有法，虽转折三次但一以贯之，使读者有大长志气。

泰州海陵县主簿许君墓志铭

【题解】

这一篇墓志,是为许平写的。许平与其兄许元在仁宗时声名腾踊,为朝廷贵人所器重。许元后历知扬、越、泰州,在江淮十三年,急于进取,以刻薄为能,交纳朝中权贵,为人诟病。许平在仁宗宝元年间,以范仲淹、郑戬之荐,为太庙斋郎,后选泰州海陵县主簿,虽急于进取,己亦常慨然自许,欲有所为,但不得用其智能而卒。许元《宋史》有传。

这篇墓志文写法特出,其主要特点是议论成分很大,而且有明确的针对性。这在志文的内容结构上看得非常清楚。志文的第一段,叙其志向和入仕以及经历,略加点缀。重心不在这里。志文的中心在第二段。第二段凭空而起,论士的不同处世态度,指出"固有离世异俗,独行其意"以待"后世"的一类,同时指出了"窥时俯仰,以赴势物之会,而辄不遇"的另一类,并具体地说明了像许平之类的人物,就是"辨足以移万物,而穷于用说之时;谋足以夺三军,而辱于右武之国"。对这种情况,王安石的态度是颇可注意的。在铭文中说许平"有拔而起之,莫挤而止之",是说有人提拔他,他就起来了,但没有人排挤他,他却不能再升进了;最后说许君"而已于斯"。十分清楚,王安石认为人的富贵显达有天命在,个人不要急于进取,遇也好,不遇也好,个人是不应过分追求的。因此,从志文中看,王安石对许平的急于进取是颇有微词的。但对这个微词,我们不必要加以称赞。古往今来,智谋之士、才能之人,被社会压制的非常之多,难道都是他们的命运不济?难道人不要努力,就等天命的安排?如果我们称赞王安石对许平的微词,那我们将如何看待历史上那些命运多舛而终身坎坷的人们呢?因此,我们对此似乎不必称赞。

我们对此文,重要的是看它笔力转折有致之处,看它如何用意遣词,以表达他那微妙的思想。本文所以值得涵咏,就在这里。

【原文】

　　君讳平，字秉之，姓许氏。余尝谱其世家，所谓今泰州海陵县主簿者也①。君既与兄元相友爱称天下，而自少卓荦不羁②，善辨说，与其兄俱以智略为当世大人所器③。宝元时，朝廷开方略之选，以招天下异能之士。而陕西大帅范文正公、郑文肃公争以君所为书以荐，于是得召试为太庙斋郎④。已而选为泰州海陵县主簿。贵人多荐君有大才，可试以事，不宜弃之州县。君亦常慨然自许，欲有所为，然终不得一用其智能以卒。噫！其可哀也已。

　　士固有离世异俗，独行其意，骂讥笑侮，困辱而不悔，彼皆无众人之求⑤，而有所待于后世者也⑥。其龃龉固宜⑦。若夫智谋功名之士，窥时俯仰，以赴势物之会⑧，而辄不遇者，乃亦不可胜数。辨足以移万物，而穷于用说之时；谋足以夺三军，而辱于右武之国⑨，此又何说哉？嗟乎！彼有所待而不悔者，其知之矣。

　　君年五十九，以嘉祐某年某月某甲子，葬真州之扬子县甘露乡某所之原⑩。夫人李氏。子男瓖，不仕；璋，真州司空参军；琦，太庙斋郎；琳，进士。女子五人，已嫁者二人，进士周奉先、泰州泰兴县令陶舜元。铭曰：

　　有拔而起之，莫挤而上之⑪。呜呼许君，而已于斯。谁或使之？

【注释】

　　①泰州海陵县：宋淮南东路泰州，今江苏泰州市地。海陵县，泰州属县，今江苏姜堰区。

　　②卓荦不羁：才能特出卓异而又不受世俗的羁绊。

　　③器：器重。

　　④宝元时数语：宋仁宗宝元二年始，朝廷开方略才武之选，诏近臣各举二人；其后康定元年（四月、七月、十月），庆历元年二月，庆历三年五月、十一月，都曾试过方略举人，许平以范仲淹、郑戬之荐，于庆历三年五月经试为太庙斋郎。此数次试方略举人事，具《通鉴长编》，可参阅。

　　⑤众人之求：像普通人一样的追求。

　　⑥有所待于后世：等待后世的评说。按此言误矣，当世无以知名，后世从何评说？自宽自慰之辞而已。

⑦龃龉：与世有冲突而不合。

⑧势物之会：谓时势人物正逢其时之际。

⑨右武：上武，即尚武。《史记·平津侯传》："天子报曰，守成尚文，遭遇右武。"《汉书·公孙弘传》亦如此说，颜师古注曰："右亦上也，祸乱时则上武耳。"

⑩真州扬子县：宋淮南路真州治扬子县，即今江苏省仪征市。

⑪挤：排挤。

【集评】

明茅坤《唐宋八大家文钞》卷九十三：许君多奇气，而荆公之志亦如之。

清徐乾学等编《古文渊鉴》卷四十七批语：情辞相称。

同上书，引臣英语：以许君之不遇，明进退得失皆非智力所能强，人当以义命自处。从志铭发议论,亦一变格也。

清林云铭《古文析义》卷十五:主簿一散员耳,且无政绩可记,即以负才应荐不能大用为哀,数语已毕,中忽插入无心用世一流人,与对勘一番,见得古今来多少英雄豪杰,奋而不成,皆无处去讨消息,随以无心用世者能知此理,掉转一语,咄然便止,隐隐曰:用不用,非人所能与,彼无心用世者,反占许多便宜。感慨悲怆之极也。铭语四句,亦含蓄不尽,如嚼橄榄,回味甚长。

清唐介轩《古文翼》卷八引卢文子语:开口便怆,入后一段怆,一段却自凌厉,故妙。

同上,引孙执升语:起手叙许君行谊,只数语可了,以下都作若疑若信、可骇可异之言,以寄其欷歔欲绝之情,自成一篇绝妙墓志,手笔特异。

近人高步瀛《唐宋文举要》甲编卷七本文下引刘大櫆语:以议论行序事,而感叹深挚,跌宕昭明。荆公此等志文最可爱。

同上,引姚鼐语:按《宋史·许元传》,元固趋时之士,平盖亦非君子,故介甫语含讥刺。

同上,引吴先生汝纶语:张廉卿初见曾公,公为引声读此文,抑扬抗坠,声之敛侈,无不中节,使文字精神意志尽出。廉卿言下顿悟,不待讲说而明。自此研讨王文,笔端日益精进。此臣见廉卿识解过人,亦见文字高能助学人神智,全在乎精读也。

同上,引吴北江闿生语:纵横开阖,用笔有龙跳虎卧之势,学韩之文,此为极则。

清吴调侯、吴楚材《古文观止》卷十一:起手叙事,以后痛写淋漓,无限悲凉。总是说许君才当大用,不宜以泰州海陵县主簿终,此作铭之旨也。文情若疑若信,若近若远,令人莫测。

【鉴赏】

墓志铭的写作,无疑要涉及已故者一生的功过是非、荣辱毁誉。而在慎审精微、极具分寸感的字里行间,把捉墓志铭撰写者的主观意向与行文时所运的匠心,在阅读这类文章时,既重要又很有意思。王安石的《许君墓志铭》,就是这样一篇深有寓意、耐人寻味的文章。

文章开头,交代许君姓氏、身份,也就是点明墓志铭所要写的已故者。然而,明明是"君……者也"这样一句完整的判断句,作者偏偏将"余尝谱其世家"一层短语夹入其间。"我曾经编过他的家谱"——是说明作者为许平撰写墓文的缘由,还是有意点破作者与许平淡而有距的相互关系?联系全文来看,对这样一句看似平淡的"插入语",是不应该掉以轻心的。

接着,作者简介许君的生平。叙述的文字确是极"简",只寥寥几笔交代他少年出众、放旷而善辩,以"方略之选"入仕,做过"太庙斋郎""县主簿"之类的小官,"终不得一用其智能以卒"。然而,简叙中又不无繁复之笔:一是两次提及许平与其兄许元的关系——"君既与兄元相友爱称天下";"与其兄俱以智略为当世大人所器"。二是三次指明许平得到当时显要人物的赏识——"为当世大人所器";"陕西大帅范文正公、郑文肃公(范仲淹,曾任陕西四路经略副使,谥'文正';郑戬,曾任陕西四路都总管兼经略、安抚、招讨使,谥'文肃'。)""争以君(指许平)所为书以荐";"贵人多荐君有大才……不宜弃之州县"。那么,得大人器重,又"常慨然自许,欲有所为"的许平,终未得施展自己的"智能",原因何在呢?作者为此慨叹道:"噫!其可哀也已。""可哀"的究竟是什么呢?

作者不去直接回答上述问题,却转而发表了一痛"激昂慷慨"又颇有些"空远"的议论,令人寻思捉摸。作者先举出读书人中的有志之士,说他们超脱时俗、离异世事,独自遵行自己的旨意,不因众人的讥笑侮骂或人生境遇的穷困愁苦而懊悔。他们本来就没有像世上众人那样追求私利,而是期望着后世的理想志向。因此,"其龃龉(本谓上下牙齿不合,喻受挫折、不融洽。)固宜",他们失意受挫是固然如此的。随后,作者又举出多有智谋、热衷功名的另一类读书人,说他们窥测时机,趋炎附势,钻营投机,然而却往往碰不上机会;这样的人也是多得"不可胜数"。读至此,在两相比较中,人们自会发问:许君属于哪一类读书人呢?作者对此仍是按而不断,接着议论到,能言善辩能够改变一切事物,这样的人却在重用游说的时代受到窘困;智谋韬略能够夺取三军元帅,这样的人却在崇尚武力的国度遭遇屈辱;这一切又怎么解释呢?感慨之余,作者干脆转而直面有志之士倾诉道:哎!那些对后世抱有信念、即使穷困也不悔恨的人,可能懂得这个道理吧。

《许君墓志铭》中这段议论性文字,与许平其人到底是怎样的一种关系呢?一种观点认为,作者写许平一生失意,大材小用,慨叹当时科举制度的不合理,埋没人才,表现强烈的愤激之情。另一种观点认为,此段文字是"以议论行序事",而考证

国学经典文库

唐宋八大家散文鉴赏

王安石卷

历史，"元（许平兄）固趋之士，平盖非君子，故介甫语含讥刺"。（姚鼐《古文辞类纂·批注》）对后一种理解，林纾做过具体补充。他先引《宋史·许元传》（宋史许平无传）记载的许元以"聚敛刻剥为能"，攀附"势家贵族"，"又急于进取"等史实，认为王安石为许平写墓志铭，却笔涉其兄许元，是不无用意的。其次，他认为文中"终不能一用其智能以卒"为全篇一大关键，可见出"介甫语含讥讽"。再次，他分析文中相对独立的议论性文字："忽破空说出'无众人之求，而有所待于后世'，所谓众人之求者，媚权贵也；有待于后世，则以道自信也。此语与平无涉"。"所谓'窥时俯仰'，则由许元身上射到许平，完竟斥其无济。……归到'有待不悔'，明明点醒许平生平之不满人意义，讥其不足与语道也。"（《林纾<选评古文辞类纂>》）

两种理解姑且置于一边，我们先将全文读完。

接下一段，作者实录许平去世、丧葬等事，及其夫人、儿子、女儿乃至女婿的情况，这是依循"墓志铭"的通常体式。结尾，是简古的铭辞：

有人提拔他起用他；没有人排挤他阻碍他。唉，许君却终止于这样的职位上，是谁使他这样的呢！联系许平的一生，自幼聪颖善辩，多得贵人赏识，"然终不得一用其智能以卒"，究竟是什么使他落得如此结局呢？文章妙就妙在以这样一句含蓄隐曲的疑问（反问）句作结，引发人们的思考。其中，确含有对于需用人才却压抑有志之士的社会状况的愤懑，但也不无对那些"窥时俯仰以赴势物之会，而辄不遇者"的揶谕与蔑视，而后者恐怕与墓文所写已故者的升沉荣辱联系得更多些吧。

人们常说："人贵直，文贵曲。"那么，为曲折复杂的人物撰写墓志铭，怕要"曲"上加"曲"了。然而，驾驭繁复委曲的行文，同时保持犀利的锋芒，正是王安石散文写作的特色所在。无论政论散文、抒情游记，还是书柬序跋，作者都能在丰繁恣肆的文字中，表现自己鲜明的主体性锋芒。在这篇墓志铭中，我们仍能体味到这一特点——用含蓄曲折的文字，照实直书他人，直言己意；不虚饰客观实际，不隐瞒主观见解，又不平直浅露。这种特色，其实也更合于艺术的辩证法吧。

王深父墓志铭 ①

国学经典文库

唐宋八大家散文鉴赏

王安石卷

【题解】

这是一篇辞情并茂的文字。

王回，是王安石的挚友，学问人品令王安石为之倾倒。所以如此，是因为他以宏扬圣人之道为己任，取舍进退必度于仁义。也正因为此，所以王回不能趋时合变，而正因不趋时合变，所以见其执圣道之志也。

为了畅达此旨，王安石在文中以孟轲之不遇，不被人理解；以扬雄为世所贱简，并且进而以他们没后千余岁，而人读其书知其意者少，发为感慨。王回深父的不幸，不如孟轲、扬雄之处，在于他虽能知轲，于扬雄可以庶几，但志未就与轲、雄同，并且其书未具，就短命早死了，不但不遇于今，亦不传于后，其可哀视轲、雄为尤甚。对此，王安石寄予了深深的同情。无可奈何，王安石只好又将王回的不幸归之于命，这实在是他难以看清士人不遇的深刻原因所致。或许，王安石看清了王回以及众多士人不遇的原因，但他不愿意说出来，因为他不想触动那致此的结构。

本文在写作上几无事实，而只以议论兼及王回的行为，所谓虚领而实行，这是墓志中较为特殊的一种格调。这种写法，便于作者感慨议论，但无事实因而略见空泛，不过这是因为王回命短早死，没什么经历所致，若由此说，王安石确是作文高手，他能根据不同的情况做出不同的处理，因人适变，自成一格。此文在用意行文中追求曲折变化，用笔转折处甚多，在议论那一段中表现十分充分。这就使以议为主的墓志，亦有波澜，从而饶有深意和情致。本文情感充沛，感慨深沉，使得这篇文章虽无多少实事，却让人对王回不能不表同情。在这样的文章中，王安石在议论之中回环照应王回，时出点睛之笔，把自己对王回的深沉悼惜和无尽感慨都表达了出来。辞情并茂者以此。

【原文】

吾友深父,书足以致其言,言足以遂其志,志欲以圣人之道为己任,盖非至于命弗止也。故不为小廉曲谨以投众人耳目,而取舍进退去就必度于仁义②。世皆称其学问文章行治,故真知其人者不多,而多见谓迂阔③,不足趣时合变④。嗟乎!是乃所以为深父也。令深父而有以合乎彼⑤,则必无以同乎此矣。

尝独以谓天之生夫人也,殆将以寿考成其才,使有待而后显,以施泽于天下,或者诱其言,以明先王之道,觉后世之民。呜呼!孰以为道不任于天⑥,德不酬于人,而今死矣。甚哉,圣人君子之难知也。以孟轲之圣,而弟子所愿,止于管仲、晏婴⑦,况余人乎?至于扬雄,尤当世之所贱简⑧,其为门人者,一侯芭而已⑨。芭称雄书以为胜《周易》⑩,《易》不可胜也,芭尚不为知雄者。而人皆曰:古之人生无所遇合,至其没久,而后世莫不知。若轲、雄者,其没皆过千岁,读其书,知其意者甚少,则后世所谓知者,未必真也。夫此两人以老而终,幸能著书,书具在,然尚如此。嗟乎深父,其智虽能知轲,其于为雄⑪,虽几可以无悔,然其志未就,其书未具,而既早死,岂特无所遇于今,又将无所传于后。天之生夫人也,而命之如此,盖非余所能知也。

深父讳回,本河南王氏,其后自光州之固始迁福州之侯官⑫,为侯官人者三世。曾祖讳某,某官;祖讳某,某官;考讳某,尚书兵部员外郎。兵部葬颍州之汝阴⑬,故今为汝阴人。深父尝以进士补亳州卫真县主簿⑭,岁余自免去。有劝之仕者,辄辞以养母。其卒也以治平二年七月二十八日,年四十三。于是朝廷用荐者,以为某军节度推官,知陈州南顿县事⑮。书下而深父死矣。夫人曾氏,先若干日卒。子男一人某,女二人皆尚幼。诸弟以某年某月某日葬深父某县某乡某里,以曾氏袝。铭曰:

呜呼深父,维德之仔肩⑯,以迪祖武⑰。厥艰荒遐,力必践取。莫吾知庸⑱,亦莫吾悔。神则尚反,归形此土⑲。

【注释】

①王深父:名回,字深父,字亦作深甫,甫、父同。汝阴人。《宋史》入《儒林传》。

②吾友深父至必度于仁义:概言节操行治。对于此点,曾巩《王深甫文集序》亦有说明,其言云:"深甫,吾友也,姓王氏,讳回。当先王之迹熄,六艺残缺,道术衰

微,天下学者无所折衷,深甫于是奋然独起,因先王之遗文,以求其意,得之于心,行之于己,其动止语默,必考于法度,而穷达得丧,不易其志也。"

③迂阔:迂远疏阔,略于事情。《史记·孟荀列传》:"孟轲适梁,梁惠王不果所言,则见,以为迂远而阔于事情。"此句言,人谓王回迂远而阔略于事情。

④趣时合变:趣同趋。谓趋附时势,合于世变,即所谓的赶潮流。

⑤令:假令、假设。

⑥孰以为:谁知道,谁曾想。

⑦以孟轲之圣三语:谓凭孟子之圣,但他的弟子所希望的,只不过希望他成为管仲、晏婴一样的人物。《孟子·公孙丑上》:"公孙丑问曰:夫子当路于齐,管仲、晏婴之功,可复许乎?孟子曰:子诚齐人也,知管仲、晏婴而已矣。曰:管仲以其君霸,晏子以其君显,管仲、晏婴犹不足为与?"

⑧贱简:贱视简慢。

⑨侯芭:《汉书·扬雄传》:"钜鹿侯芭,常从雄居,受其《太玄》《法言》焉。"

⑩芭称雄书以为胜《周易》:《论衡·书案》:"扬子云作《太玄》,侯铺子随而宣之。"侯铺子即侯芭。沈钦韩《韩集补注》谓铺子为侯芭之字。韩愈《与冯宿论文书》云:"昔扬子云著《太玄》,人皆笑之。子云之言曰:'世不我知,无害也,后世复有扬子云,必好之矣。'其弟子侯芭颇知之,以为其师之书胜《周易》。"

⑪其于为雄:谓王回像扬雄那样的人。

⑫光州之固始:唐河南道光州治固始县,今河南固始县。福州之侯官:唐江南道福州侯官县,今福建闽侯县。

⑬颍州之汝阴:宋京西北路颍州,治汝阴县,今安徽阜阳。

⑭亳州卫真县:宋淮南路亳州卫真县,在今河南鹿邑县东。

⑮陈州南顿县:陈州南顿县,在今河南项城市北。

⑯仔肩:《诗经·周颂·敬之》:"佛时仔肩。"《毛传》:"仔肩,克也。"惟德仔肩,谓担负道德。

⑰以迪祖武:迪,蹈袭。武,足迹。《广雅·释言》:"迪,蹈也。"《诗经·大雅·下武》:"绳其祖武。"《毛传》:"武,迹也。"迪祖武,谓蹈袭祖先的足迹。

⑱庸:用也;善也。《诗经·小雅·南山》《毛传》:"庸,用也。"《小尔雅·广言》:"庸,善也。"此处以释善为当。

⑲归形此土：谓人死而身体归于土中。《礼记·檀弓》记延陵季子适齐，其子死，反而葬之，既封，曰"骨肉归复于土，命也"；《礼记·祭义》："众生必死，死必归土，此之谓鬼。"

【集评】

明茅坤《唐宋八大家文钞》卷九十三：通篇以虚景相感慨，而多沉郁之思。

清徐乾学等编《古文渊鉴》卷四十七批语：通篇纯发议论，格调有异而文思倍加沉郁。

同上，引臣士奇语：志未就，书未具，本无可传，低回太息，说得有可传而人不知，是空中结撰法。

近人高步瀛《唐宋文举要》甲编卷七本文下引吴先生汝纶语：穷极笔势，跌宕自喜。

【鉴赏】

北宋治平二年（公元1065年），王安石的挚友王回（字深父）故去。自幼，"深甫（父）为介甫深交，见于书牍甚多"，相互"砥砺廉隅"。（《王荆公年谱考略》）此年，四十五岁的王安石因母亲亡故，正居江宁家中服丧。中年丧母，又痛失同辈好友（王深父卒年四十三岁），因而悲痛不已，先后为友人撰写了祭文和墓志铭。在《祭王回深父文》中写道："呜呼天乎！既丧吾母，又夺吾友……搏胸一恸，心摧志朽。"可见介甫当时的心情。

墓志铭起始，便显扬王深父一生的志向与品行，凸现他鲜明的性格。作为多年相互"砥砺廉隅"的"深交"，作者深知王深父其书、其言、其志均能"以圣人之道为己任"，志向高远而自强不息，"非至于命弗止也"。他的行为，"取舍、进退、去就"，"必度于义"。他的禀性，刚正坦白，从不谨小慎微隐曲恭谨地投合"众人耳目"。人们也大都称赞他的"学问文章行治"。显扬至此，作者笔锋一转："然真知其人者不多。"世人更多的是认为他迂直耿介，不能奉迎时世顺合变化。志向高远、品行廉正，却不为当世所知、所容；这是深父本人的性格悲剧，还是世俗偏见造成的社会悲剧呢？作者难以抑制不平之情，直抒感慨作为回答："嗟乎！是乃所以为深父也。"强迫其合于世俗，也就无真志向、真性灵的深父可言了！

就在这种悲剧的氛围中，作者接下概述王深父一生的不幸，并为之鸣不平。天既然使人得以降生，总要赋之以一定的生命，使其才干得以成就，令其功德显于天下，或让其阐明大道的言辞文章得以传布而启迪后世的人们吧。然而，"以圣人之道为己任"的深父，竟于中年逝去。那么有谁还认为"道""德"的实现无须凭借于"天"意或"人"命呢？由于有志之士的不幸早逝，作者以相信大"道"与天意相合不违，转而怀疑、责怨无情的天命，进而把深父一人与卑陋世俗的对立，拓展为有志之士与无情天命之间的悲剧。作者的感情也由惋惜哀悯，强化为忧愤悲怆。而上天未能"以寿考（寿命）成其才"，又与开头一段写深父志向高远"非至于命弗止"暗相对衬，加重了悲剧的气氛。

由志士遭遇的厄运，再回到志士与世人的隔膜，作者进一步感叹，理解圣人君子，实在是太难了！接着引述古代的事例：先圣孟轲，竟不为当时的人们所理解，连他的弟子也不知道向他学习，只知盲目追崇春秋时齐国的卿相管仲、晏婴。汉代文豪扬雄，更是为当世所轻视，跟随他的门弟子竟只有侯芭一人。即使是侯生，对扬雄文章的推崇，也尽是虚夸之辞。他不知深浅地认定扬雄的文章超过了《周易》，显然"尚不为知雄者"。由此看来，确是"甚哉，圣人君子之难知也。"

接着作者又回转一笔：古时圣贤"若轲、雄者，其没皆过千岁"，然而后世却没有人不知晓他们，原因何在呢？这都是因为他们生前著书立说，后人能够"读其书"的缘故。当然，即便如此，能"读其书知其意者甚少"，况且其中还杂有"后世所谓知者未必真也"、如侯芭之类的人吧。行文至此，时空与语气上与前面文字相比，均有较大的跳脱。然而，引用典故，是以古讽今。作者感喟"古之人生无所遇合"，意在烘托深父的人生悲剧。

古时圣贤，死后境况如此可悲；那么，生前既已寂寞，且未能"以老而终"的深父，又将如何呢？纵横跨越的笔致，一下将古时圣贤与今世志士拈合一起，类比隐喻的意图终于呈现在读者面前：孟轲、扬雄"以老而终，幸能著书，书具在，然尚如此"；至于深父，心智能够真正领悟孟子，才华"几可以无悔"于扬雄，但他"志未就""书未具""既早死"，"无所遇合于今"，又"无所传于后"。与古人相比，他的命运不是尤为悲惨吗？繁复行文，悲剧气氛已蕴蓄到顶点，令人们在细读、比照与反思中，不禁潸然泪下。

对此段文字,近代古文家林纾有过颇具见地的评点:"从深父身上生出天厄通人之故,举孟子、扬雄为喻,初读之疑其不伦,乃一归到深父身上,立时跌落,言志未遂,书未具,又复早死,并无传于后,轻轻将以上二子抹过,辨明非过情之喻,妙绝。"(林纾《选评<古文辞类纂>》)至情与至理,援古与喻今,浑然合一,确是于"文章之外,据事以类义,援古以证今","道古语以剀今"(《文心雕龙·事类》)的大手笔。

感慨悲叹至此,着实无以复加。作者转而追记王深父的具体身世。文字朴实无华,与深父"志未就""书未具"、不为世人所知又决不"趣时合变"的寂寞生平恰相应和。文中有意点出他曾任县主簿,"岁余自免去";"有劝之仕者,辄辞以养母";夫人早逝,遗孤尚幼;朝廷终能委之以县令,但"书下而深父死矣"等等。平平的记述,却时时与文章开头所言深父"取舍、进退、去就,必度于义",而世人谓之"迂阔"遥相照应。观照他的身世,也更令人回味"是乃所以为深父也"一语的沉郁凝重。

结尾是"铭文","其体本于《诗》,其用施于金石"。(姚鼐《古文辞类纂·总序》)作者效仿《诗经》中"颂"的古朴肃穆的体式,抒发对死者的缅怀之情。"仔肩"见于《诗·周颂·敬之》,郑笺云"仔肩,任也"。"祖武"见于《诗·大雅·下武》,"武,足也"。"祖武"意为"祖先的足迹""先人业绩"。铭文的大意是:

"悲恸啊!深父!以大道为己任,继承先贤的业绩。任艰辛而道荒远,尽力求索进取。从不自卑自贱,自强而不自辱。神灵将返回人间,躯体掩埋于泥土。"

全篇墓志铭到此收束,而思念、悲痛、哀闵之情绵邈无尽。确如林纾所说:"此文呜咽欲绝,真巧于叙悲者也"。"文吞吐含蓄,力追昌黎,是临川魄力过人处。"(同前引)

祭范颍州文①

【题解】

这是以四言句式写成的祭范仲淹的文章。

这篇祭文，首先在形式上就给人以一种高古之感。整篇祭文，情感充沛，哀思无限，使人读后不能不产生情感上的波动，所谓感人至深者，就在真情挚意上。这篇祭文，于范仲淹之才具见识和出处大节，都深加赞扬，而且都是选取了最能表现范氏的典型事例加以叙说，在叙说中，又秉笔直书，不加隐讳，所以读后感到真实可信。

祭文以叙历官经过为线索，每叙一事，都加评议，这种评论由于建立在事例的基础上，所以言而有中，不是徒托空言。这样的写法，就将范仲淹写活了。

王安石也写过祭韩琦的文章，在这两篇祭文中，前人以此篇为第一，确是不可移易之论。

【原文】

呜呼我公，一世之师；由初迄终，名节无疵②。明肃之盛，身危志殖③；瑶华失位，又随以斥④。治功亟闻，尹帝之都；闭奸兴良，稚子歌呼⑤。赫赫之家，万首俯趋；独绳其私，以走江湖⑥。士争留公，蹈祸不慄；有危其辞，谒与俱出⑦。风俗之衰，骇正怡邪；謇謇我初，人以疑嗟；力行不回，慕者兴起；儒先酋酋，以节相侈⑧。

公之在贬，愈勇为忠；稽前引古，谊不营躬⑨。外更三州，施有余泽；如酾河江⑩，以灌寻尺⑪。宿赃自解，不以刑加；猾盗涵仁，终老无邪。讲艺弦歌，慕来千里；沟川障泽，田桑有喜⑫。

戎孽狘狂，敢龁我疆⑬；铸印刻符，公屏一方⑭。取将于伍，后常名显⑮；收士至佐，维邦之彦⑯。声之所加，虏不敢濒⑰；以其余威，走敌完邻⑱。昔也始至，疮痍满道^⑲；药之养之^⑳，内外完好。既其无为，饮酒笑歌；百城晏眠，吏士委蛇^㉑。

上嘉曰材，以副枢密；稽首辞让，至于六七^㉒。遂参宰相，釐我典常^㉓；扶贤赞杰，乱冗除荒^㉔。官更于朝，士变于乡；百治具修，偷堕勉强。彼阙不遂，归侍帝侧；卒屏于外，身屯道塞^㉕。谓宜耆老，尚有以为；神乎孰忍，使至于斯。盖公之才，犹不尽试；肆其经纶^㉖，功孰与计？

自公之贵，厩库逾空^㉗；夷其色辞，傲讦以容^㉘。化于妇妾，不靡珠玉^㉙；翼翼公子，弊绨恶粟^㉚。闵死怜穷，惟是之奢^㉛；孤女以嫁，男成厥家^㉜。孰埋于深，孰锲乎厚^㉝？其传甚详，以法永久。

硕人今亡^㉞，邦国之忧；刿鄙不肖^㉟，辱公知尤。承凶万里，不往而留^㊱；涕洟驰辞^㊲，以赞醪羞^㊳。

【注释】

①范颍州：范仲淹。范仲淹皇祐四年，求知颍州，故称曰范颍州。

②疵：病。

③明肃之盛，身危志殖：言范仲淹因请章献明肃太后归政事，被贬。身危志殖，谓其身虽危，但其志则长育了。对此，《涑水纪闻》《通鉴长编》都有记述。《涑水纪闻》云："仲淹《上宰相书》言朝政得失，民间利病，凡万余言，王曾见而伟之。时晏殊亦在京师，荐一人为馆职。曾谓殊曰：'公知范仲淹，舍不荐而荐斯人乎？已为公置不行，宜更荐仲淹也。'殊从之，遂除馆职。顷之，冬至立仗，礼官定仪，欲媚章献太后，请天子率百官献寿于庭。仲淹奏以为不可。晏殊大惧，以为狂。仲淹正色抗言曰：'仲淹受明公误知，常惧不称，为知己羞，不意今日更以正论得罪于门下也。'殊惭无以应。"《通鉴长编》一百八云："天圣七年十一月癸亥，冬至，上率百官上皇太后寿于会庆殿，及御天安殿受朝。秘阁校理范仲淹奏疏言：'天子有事亲之道，无为臣之礼，有南面之位，无北面之仪。若奉亲于内，行家人礼可也。今顾与百官同列，亏君体，损主威，不可为后世法。'疏入不报。又奏疏请皇太后还政，亦不报。遂乞补外，寻出为河中府通判。"宋陕西河中府，治今山西永济市。

④瑶华失位，又随以斥：明道二年十二月，仁宗郭皇后废，范仲淹率谏官伏阙谏，诏出知睦州。此二句指此事。

⑤治功亟闻，尹帝之都；闭奸兴良，稚子歌呼：范仲淹先知睦州，景祐元年六月，

徒苏州。苏州多水患,他募游手疏浚五河,导积水入海。景祐二年十月,还朝。亟言事,宰相言侍从官非口舌之任,但范仲淹不为所诱,乃被命以吏部员外郎知开封府,欲挠以烦剧,而不暇他议,亦想幸有失,可以将他罢去。范处之,威断如神,吏缩手不敢侮其奸,京邑肃然称治。张唐英《名臣传》称:"执政命知开封府,欲处以烦剧,而不暇他议。仲淹明敏通照,决事如神,京师谣曰:'朝廷无忧有范君,京师无事有希文。'"四句指此。

⑥赫赫之家,万首俯趋;独绳其私,以走江湖:此言触怒宰相吕夷简,落职知饶州事。《通鉴长编》百十八:"景祐三年五月丙戌,天章阁待制权知开封府范仲淹落职知饶州。仲淹言事无所避,大臣权倖多恶之。时吕夷简执政,进者往往出其门,仲淹言官人之法,人主当知其迟速升降之序,其进退近臣,不宜全委宰相。又上百官图,……夷简滋不悦。帝尝以迁都事访诸夷简,夷简曰仲淹迂阔,务名无实。仲淹闻之,为四论以献。……大抵讥刺时政。又言汉成帝信张禹,不疑舅家,故终有王莽之乱,臣恐今日朝廷亦有张禹,坏陛下家法。夷简大怒,以仲淹语辨于帝前,且诉仲淹越职言事,荐引朋党,离间君臣。仲淹亦交章对诉,辞愈切,由是降黜。"王闢之《渑水燕谈录》卷二:"景祐中,范文正公以言事触宰相,黜守饶州。"

⑦士争留公,蹈祸不慄;有危其辞,谒与俱出:此指余靖、尹洙、欧阳修救范仲淹事。范仲淹落职知饶州,谏官御史不肯救,余靖上疏论救,言辞切直,坐以朋党,贬监筠州酒税。尹洙见状,慨然上书,谓己与仲淹义兼师友,和余靖相比,应该从坐,于是被贬为崇信军节度掌书记,监郢州商税。对此,欧阳修移书御史中丞高若讷,责以不谏,被贬为夷陵令,当时,天下称范余尹欧阳为四贤。

⑧风俗之衰八句:总谓范仲淹能变风俗之衰,而使之以节操相多也。欧阳修《与尹师鲁书》:"五六十年来,天生此辈,沉默畏慎,布在世间,相师成风。忽见吾辈做此事(谓以节操相激励),下至灶间老婢,亦相惊怪,交口议之,不知此事古人日日有也。"此所谓"风俗之衰,骇正怡邪"。蹇蹇,《周易·蹇卦·六二爻辞》:"王臣蹇蹇,匪躬之故。"蹇蹇,刚毅谅直之状。儒先,《史记·匈奴传》:"其儒先。"《集解》:"先,先生也。"《汉书》作"儒生"。酋酋,《太玄·中次七》:"酋酋火魁。"范注:"酋,就也。"陆注:"秋物成就,故曰酋酋。"此乃言成就之意。侈,《尔雅·释训》:"侈,多也。"相侈,即相激励。

⑨谊不营躬:谊,义也、宜也。躬,自身之谓。句谓范仲淹在贬所,仍然不为自

己着想。

⑩酾：分也。

⑪寻：古者八尺或七尺为寻。

⑫宿赃自解八句：讲范仲淹在饶州、润州、越州三处的行政业绩。

⑬戎孽猘狂，敢龁我疆：戎孽，指赵元昊。宝元元年即皇帝位。猘同狾，狂犬也。龁，啮。此言赵元昊侵宋之疆。

⑭公屏一方：指以范仲淹为陕西经略安抚副使事。屏，障也。

⑮取将于伍，后常名显：伍，行伍。此指范仲淹从行伍中培养几个名将。《宋史·狄青传》："仲淹以《左氏春秋》授之曰：'将不知古今，匹夫勇尔。'青折节读书，悉通秦、汉以来将帅兵法，由是益知名。"又《宋史·郭逵传》："为三班奉职，隶陕西范仲淹麾下，仲淹勉以问学。"《宋史·种世衡传》："世衡受知于范仲淹，因立青涧功。"

⑯收士至佐，维邦之彦：彦，士之美称。范仲淹在陕西，曾荐欧阳修、张方平、许渤数人为僚佐，后皆为贤士大夫。《宋史·本传》称范仲淹："泛爱乐善，士多出其门下。"

⑰虏不敢濒：言虏不敢近边也。欧阳修《范公神道碑铭》："公之所在，贼不敢犯。"张唐英《名臣传》："贼闻知，第戒曰：'无以延州为意，今小范老子腹中有数万甲兵，不比大范老子可欺'。戎人呼知州为老子。大范谓范雍也。"

⑱走敌完邻：富弼《范文正公墓志铭》："泾原师再丧定川，关辅复震，公知，亲率兵连夜赴援，且将邀贼归路击之。会已出塞，遂班师。因移其兵耀于关辅，人心由是大定。"

⑲疮痍：疮痍皆伤也。

⑳药之养之：谓像给病人吃药一样治理陕西地方，而且像养育小孩子一样养育这里。

㉑委蛇：《诗经·召南·羔羊》："自公退食，委蛇委蛇。"郑笺："委蛇，委曲自得之貌。"

㉒上嘉曰材四句：《通鉴长编》记曰，庆历三年，以韩琦、范仲淹并为枢密副使，五辞让，不许，乃就道。

㉓遂参宰相，鳌我典常：范仲淹为枢密副使数月，遂拜参知政事。

㉔扶贤赞杰,乱冗除荒:谓举荐人才,奏陈十事。十事中,除滥官、减任子之数,以农桑考课守宰等,此为乱冗除荒也。

㉕彼阏不遂四句:谓所行诸事为群权倖所排,未能完全施行,被放为陕西四路安抚使,归京师未几,又出知邓州。阏,《说文》:"遮壅也。"屯,屯邅不畅。塞,道不行而被阻。屏,《礼记·王制》郑玄注:"屏犹放去也。"《通鉴长编》百五十:"庆历四年六月壬子,参知政事范仲淹为陕西河东宣抚使。始仲淹以忤吕夷简,放逐者数年,及陕西用兵,天子以仲淹士望所属,拔用护边,及夷简罢。召还,倚以为治。中外想望其功业,而仲淹亦感激眷遇,以天下为己任,遂与富弼日夜谋虑,兴致太平。然规摹阔大,论者以为难行。及按察使多所举劾,人心不自安,任子恩薄,磨勘法密,侥倖者不便。于是谤议浸盛,而朋党之论滋不可解。然仲淹、弼守所议弗变。先是石介奏记于弼,责以行伊、周之事,夏竦怨介斥己(石介曾作《庆历圣德诗》,斥竦为大奸),又欲因是倾弼等,乃使女奴阴习介书,久之习成,遂改伊周曰伊霍,而伪作介为弼撰废立诏草,飞语上闻。帝虽不信,而仲淹、弼始恐惧,不敢自安于朝,皆请出按西北边,未许。适有边奏,仲淹固请行,乃使宣抚陕西河东。"《通鉴长编》百五十四:"庆历五年春正月乙酉,右谏议大夫参加政事范仲淹为资政殿学士,知邠州,兼陕西四路缘边安抚使。枢密副使富弼为资政殿学士京东西路安抚使,知郓州。仲淹、弼既出使(谓庆历四年二人出使),谗者益甚,两人在朝所施为,亦稍沮止,独杜衍左右之,上颇惑焉。"云云,章得象设辞谗害二人,使右正言钱明逸疏奏二人,二人被罢去。

㉖肆其经纶:肆谓大力推行。经纶,《周易·屯卦·象传》:"君子以经纶。"喻指治国之方略。

㉗厩库逾空:谓马厩和仓库更加空虚。形容范仲淹之廉之俭。

㉘傲讦以容:谓傲讦之人皆能容之。

㉙不靡珠玉:靡,侈也。谓妇妾不奢侈,不以珠玉为贵。《神道碑》:"妻子仅给衣食。"

㉚翼翼公子,弊绨恶粟:谓范仲淹的子弟恭谨有礼,穿弊破绨衣,食恶粗的粮食。《尔雅·释训》:"翼翼,恭也。"《说文》:"绨,厚缯也。"

㉛闵死怜穷,惟是之奢:谓范仲淹哀闵死亡,怜恤穷困,只对此才大手大脚,不计俭。《神道碑》:"临财好施,意豁如也。"

㉜孤女以嫁，男成厥家：钱公辅《义田记》记范仲淹在苏州置义田千亩，以赡族人，嫁女娶妇都给钱。此两句谓此。

㉝埋：谓埋墓志。埋，没也。锲：谓刻碑铭。锲，刻也。

㉞硕人：大人。《诗经·郑风·考槃》："硕人之宽。"《毛传》："硕，大也。"

㉟矧：况也。

㊱承凶万里，不往而留：谓听凶信时身在万里之外，不能前往奔丧致祭而留在原地方。范仲淹卒时，王安石正在舒州通判任上。

㊲驰辞：飞快地送去哀辞。驰，马快跑。

㊳醪羞：醪，《说文》："汁滓酒也。"《方言》十二郭注："熟食为羞。"此乃言以此祭文，赞助对范仲淹的祭祀。醪羞都是祭祀时必备的。

【集评】

明茅坤《唐宋八大家文钞》卷九十六：荆公为人多气岸，不妄交，所交皆天下名贤，故于其殁而祭也，其文多奇崛之气，悲怆之思，令人读之不能不掩卷而涕洟。

范公为一代殊绝人物，而荆公祭文亦极力摹写，涕演呜咽，可为两绝矣。

清谢立夫《古文赏音》卷十二：摘辞古劲，足以该公之功德。

近人高步瀛《唐宋文举要》甲编卷七本文下引明方苞语：祭韩、范诸公文，此为第一。

【鉴赏】

一篇祭文，或韵或散，或骚或骈，总要符合祭奠已故人的内容与情感，又要适应祭祀时诵读以慰藉死者灵魂的需要。因此，"其叙事也该而要，其缀采也雅而泽"（《文心雕龙·诔碑》），还须形成"诔缠绵而凄怆"的艺术效果（《文赋》）。王安石的《祭范颍州文》，通篇四字一句，长达一百一十二句，一气呵成，确从内容与形式的结合上，做到了"该而要""雅而泽""缠绵而凄怆"，具有很强的艺术感染力。

文章起始，便以发自肺腑的心声，悲恸地呼唤先人的亡灵："呜呼我公，一世之师。由初迄终，名节无疵。"仅仅四句，确是涵括了范文正公的一生。随后，以气蕴沉雄苍凉的简古、顿挫而齐谐的韵文，追怀范公一生的功德业绩。

"明肃""瑶华"两处用事，涉及北宋宫廷史实。宋仁宗初年，明肃太后垂帘听政。范仲淹不顾自身危险，立志坚定，"谏劝明肃进母道"。此后，仁宗废郭皇后，使之"废居长乐宫"，又"出居瑶华宫"。"瑶华"即指仁宗后郭氏。为这，"仲淹率谏官御史，伏阙事，不能得，贬知陆州"。（上引参见《宋史·后妃传》及清人沈德谦《唐宋八大家古文》注）不顾安危，忠贞进谏，表现出范公刚正的品行。"尹帝之都"，则指开封，是记述范仲淹贬知开封府时，闭除奸佞，举任贤良，使当地出现"稚子歌呼"的太平盛世的治理之功。然而，"治功亟闻"的贤臣，又一次遭到"赫赫之家，万首俯趋"的权臣的打击。近人高步瀛《唐宋文举要》注此："'赫赫'四句，谓忤吕夷简落职饶州事"。吕夷简，字坦夫，明肃刘太后临朝十年，充任宰相；仁宗亲政后，又一度任宰相。范仲淹提出兴革图治的建议，被吕排斥，贬谪饶州。权贵迫害范公，忠诚志士却争相"留公"，"蹈祸不慄"。如欧阳修就曾移书谴责此事，因而也坐贬夷陵令。王安石此处是秉笔实录，有凭有据。随后，作者痛切地感叹道：世事风俗如此衰败，致使奸邪得意，而正直的人无不为之震惊。但是，就是在忠贞的初衷反遭世人怀疑的此时此刻，范公仍立志力挽颓败的世风，身体力行决不退返。这样，使得仰慕他、追随大"道"的人们增多起来，团结起来，强大起来（清人沈德谦注："儒先，儒者之谓。""酋酋，聚也、雄也。"）。进而发扬光大正直的品行气节，来改变衰败的世风。

范公一生几遭贬斥，然而他以先贤为榜样，身处逆境，"愈勇为忠"。"外更三州"，指他先后迁徙饶州、润州、越州，但能犹如分开滔滔江河来浇灌寻尺的土壤那样，在任守之地布施恩泽。在他的治理下，无须加以行刑，"宿赃""猾盗"都受仁义的感召，终能改邪归正。在他的引领下，设学讲艺，招募天下人才；治河筑堤，使桑田丰庶。与贬谪的遭遇、奸佞的排挤、风俗的衰败形成鲜明的对照，范公在一处处贬地勤勉效力，取得了政通人和的治世功绩。

和平时期多有善政，而当"戎孽猘（犬也）狂，敢齮（齧也）我疆"，干系民族安危存亡的时刻，范公同样是"愈勇为忠"。一〇三八年（宝元元年），西夏元昊称帝，侵扰边塞，宋廷仓促讨伐，却每战辄败。一〇四〇年，范公"受任于危难之际"，出任陕西经略安抚招讨副使，"戍守边塞，铸印刻符"，成为国家西北边疆一方坚不可摧的屏障。在他的率领下，将士英勇杀敌，为保国家容颜建立功名。而范公的声威大振，使敌寇闻风而逃，使国土疆域完好无损。他在戍边时，制定了"屯田久守"的政策，"药之养之"，使昔日"疮痍满道"的荒野，变为百城民众安居乐业、官员仆吏从

容自得的"内外完好"的边城。范公身为将军，且能于闲暇中，"饮酒笑歌"，以诗词文赋，吟咏边塞的风情。

　　卓著的功勋，受到朝廷内外的赞扬，"上嘉日材，以副枢密"，但范公"稽首辞让，至于六七"，表现出谦逊的品德。"遂参宰相"，指一〇四三年，范仲淹出任参知政事。他修治法制典规，扶助贤良。经他治理杂乱诿散的政事（"乱冗"高步瀛引《说文》训为，"乱，治也"；"冗，散也。"），终使朝廷、地方的官吏改变风貌；苟且颓堕的人也能"勉强"进取；一时出现了"百治俱修"的局面。但是，励精图治的志愿，终又受到阻碍，范公提出的兴革的十项建议，遭到他人攻击，他本人也因此罢政谪出。《唐宋文举要》注："彼阙不遂'四句，谓入为群小所排，出为陕西四路安抚使，归又出知杭州也"。就在归颍州的途中，范公病故。文章在追述了范仲淹一生的业绩和令人深感不平的结局后，悲愤地感叹道："神乎孰忍，使至于斯？"范公的才华，终未能全部发挥出来；如果他真能施展自己的满腹经纶，一生才干的话，他将取得的赫赫功勋，有谁能够为之计量呢！

历数范文正公治世功绩之后，转而叙及他生活细节方面所表现出的优秀品德。范公功高名显之后，家中的资财反而是日渐空竭。他还能以大度宽容的态度，对待那些狂傲攻击他的人。据载，在外任或戍边时，他常舍弃钱财，抚恤死难将士，资助穷窘的亲友百姓生产耕作，确是"闵死怜穷，惟是之奢"。而他的行为，影响到他的家属，也是"不靡珠玉"；他的孩子也很有教养，穿的是"弊绨"（弊旧的粗厚织物），吃的是"恶粟"（低劣的杂粮）。儿女纷纷自成家业，不念私己的范公，死后有谁来深深地掩埋他，重重地为他锲刻碑铭呢？痛惜之余，作者直抒议论："其传甚详，以法永久。"范公的一生品行有口皆碑，并将成为后世永久师法的楷模。这是对范文正公一生的最高评价。

结尾，由追念感怀范公的功绩，转入抒发作者自己的慨叹与感伤。伟人亡去，正是国家的忧患。况且当世鄙夷不肖之辈，更是辱没范公的风节。面对内忧外患，荆公忧思无尽，洒泪挥写此篇祭辞，作为祭奠的酒肴，赞颂一代英灵。

"先天下之忧而忧，后天下之乐而乐，"这是范仲淹一生坚持的人生追求，也是他为后世敬仰与追怀的高尚品德。王安石的这篇祭文，正可视为这一品行风范的"该而要"的缅怀与追述。文中，既有高风亮节的概括，又有功勋实绩的记述；既有生动形象的写照，又有真实细节的刻画；再辅以反面的对比映衬，和正面的赞颂，全文"用字造语，皆奇创动人"，"所举多非细事，音节亦高亢异常"，确是一篇"能揭范文正之大节"的感人祭文。

国学经典文库

唐宋八大家散文鉴赏

王安石卷

祭欧阳文忠公文

【题解】

宋神宗熙宁五年(公元1072年)闰七月,北宋名臣、古文运动领袖欧阳修与世长辞了。王安石早年受知于欧阳修,书牍往还,多蒙成就,故其对欧阳修别有一段情在。欧阳修去世,王安石作为此祭文。

祭文中,领起之言突兀如削,由人事、天理之不可期、不可推,及于欧阳修"生有闻于当时,死有传于后世",称颂之极矣,归结为人生苟能如此足矣,而亦又何悲。想来王安石于人的生死已基本上看透了,故能出此豁达之语。

"有闻于当时,有传于后世",乃概言之,因此下文就分而述之,使有闻有传具体化。

首先,从欧阳修的器质、智识、学问,论及其文章和议论。在这里,王安石的称颂是非常具体的,也是非常恰切的,而形容之际,倾注了王安石钦敬与向往之情。

其次,则论及欧阳修的经历和他为人的品格,行事的大节,着重强调欧阳修在四十年的上下往复之中,果敢之气,刚正之节,至晚不衰。而且,拈出仁宗晚年之事,突出欧阳修的行政才能,指明他立了千载一时之功。最后,归结到其英魄灵气,长存不散。

再次,文章字里行间充分流露了王安石对欧阳修的仰慕钦敬,抒发了自己临风渴想之情。

这篇文章内容丰富,感情充沛,文字精练,其在写法上非常出色。第一是层次分明,论文论行事,绝不混淆,同时又联结紧凑,并不脱节。有其人才有其文,有其人才行其事,无论文与事,都是人做出来的。就在这个根本上,两者紧密联系在了一起。第二,正因有了第一点,所以全篇结构紧密,又流畅通达,内容安排颇见匠心和功力。第三,凡所形容,具体生动,以可见可触之事物,形容抽象之感受,其入人极深,令人领会起来,形象地感受到了欧阳修其文其人的独特之处,显得非常动人。

总之,此文是不可多得的好文章,在唐宋人的祭文中甚为特出,值得再三讽咏体会。

【原文】

夫事有人力之可致,犹不可期①,况乎天理之溟漠②,又安可得而推③?惟公生有闻于当时,死有传于后世,苟能如此足矣,而亦又何悲?

如公器质之深厚④,智识之高远⑤,而辅学术之精微⑥,故充于文章,见于议论,豪健俊伟,怪巧瑰琦。其积于中者,浩如江河之停蓄;其发于外者,烂如日星之光辉。其清音幽韵,凄如飘风急雨之骤至;其雄辞闳辩,快如轻车骏马之奔驰。世之学者,无问乎识与不识,而读其文,则其人可知。

呜呼!自公仕宦四十年,上下往复⑦,感世路之崎岖;虽屯邅困踬⑧,窜斥流离⑨,而终不可掩者,以其公议之是非,既压复起,遂显于世,果敢之气,刚正之节,至晚而不衰。方仁宗皇帝临朝之末年,顾念后事,谓如公者,可寄以社稷之安危。及夫发谋决策,从容指顾,立定大计,谓千载一时。功名成就,不居而去⑩。其出处进退,又庶乎英魄灵气,不随异物腐败,而长在乎箕山之侧与颍水之湄⑪。然天下之无贤不肖,且犹为涕泣而歔欷⑫,而况朝士大夫,平昔游从⑬,又予心之所向慕而瞻依?

呜呼!盛衰兴废之理,自古如此。而临风想望,不能忘情者,念公之不可复见,而其谁与归?

【注释】

①期:希望、期待。《尚书·大禹谟》:"刑期于无刑。"《韩非子·五蠹》:"是以圣人期修古,不法常可。"

②溟漠:广大无际之貌。

③安:怎。推:推测、推量。

④器质:谓器度资质。《宋书·柳元景传》:"元景少便弓马,……寡言,有器质。"器度指才能风度。韦庄《题安定张使君》诗:"器度风标合出尘,桂宫何负一枝新。"资质犹资性,天赋的才性。《史记·魏其武安侯列传》:"籍福贺魏其侯,因吊曰:'君侯资性喜善疾恶,方今善人誉君侯,故至丞相。'"《汉书·董仲舒传》:"臣闻

良玉不瑑,资质润美,不待刻瑑。此亡异达巷党人不学而自知也。"

⑤智识:智慧和识见。《韩非子·解老》:"故视强则目不明,听甚则耳不聪,思虑过则智识乱,……智识乱则不能审得失之地。"

⑥学术:学问和道术。南朝梁何逊《赠秣陵兄弟》诗:"小子无学术,丁宁困负薪。"

⑦上下往复:谓在仕宦场中上下沉浮,有时上去了,有时被贬下去了,循环反复。

⑧屯邅困踬:屯邅,难行不进貌。喻处境不利,进退两难。左思《咏史》诗:"英雄有屯邅,由来自古昔。"困踬,窘迫、受挫折。钟会《檄蜀文》:"益州先主,以命世英才,兴兵朔野,困踬冀徐之郊,制命绍布之手。"益州先生谓刘备;绍,袁绍;布,吕布。

⑨窜斥流离:谓欧阳修一生多次被贬斥而流离道路。欧阳修景祐中因范仲淹事,移书高若讷,责以不能秉正,贬夷陵县令;庆历五年,又被钱明逸诬奏,出知滁州;治平三年,以濮议事,被彭思永、吕诲攻击,四年,又被彭思永、蒋之奇攻击,自是知亳州、青州、蔡州,未得还朝。窜斥流离指此。

⑩方仁宗皇帝临朝之末年至不居而去:此指仁宗晚年,立嗣及仁宗去世,英宗即位时情事。韩琦、富弼、欧阳修当时都是任宰相和参知政事的人,所谓"寄以社稷安危"指此。仁宗去世,英宗即位,数人处置军国重事,所谓"发谋决策,从容指顾,立定大计"指此。

⑪箕山之侧与颍水之湄:湄,水岸。箕山,传说为尧时巢父、许由隐居之地。据说,尧要许由为九州长,许由跑到颍水边去洗耳朵。文中言此,是说欧阳修的英魄灵气,同许由一样。

⑫歔欷:哀叹抽泣。屈原《离骚》:"曾歔欷余郁邑兮,哀朕时之不当。"

⑬游从:指交游相处的人。犹游处。

【集评】

明茅坤《唐宋八大家文钞》卷九十六:欧阳公祭文,当以此为第一。

清王应鲸《唐宋八大家公暇录》卷六:以生闻死传为主脑,以悲不悲为关键。

同上,引储同人语:一气浑脱,短长高下皆宜,祭文入圣之笔。

同上，引吕石门语：欧公知介甫特深，又有荐引之力，祭文只举公义，不及私恩。有古人之风。盖亦所以尊公而不敢亵也。

清林云铭《古文析义》卷十五：欧公文章在当时后世，鲜有不知者，然其气节功业，与出处进退之大节，皆无有诡于正，诚一代之完人也。是篇段段叙来，可与本传相表里，而一气浑成，渐近自然，又驾大苏而上之矣。

清谢立夫《古文赏音》卷十二：欧公文章事业，本足推重，而于介甫有荐援之力，故此作尤觉情余于文矣。

清唐介轩《古文翼》卷八：首尾开合，致景仰之思，此祭文正意，余俱为欧公立传，要言不烦，而一生文章事业，包举无遗，笔力最为矫健。

同上，引孙执升语：生有闻，死有传，欧公当代重望，祭公之文亦当从其重处言之。此篇虚笼后，即从公文章说入，盖转移文体，公生平所自任，故以此为先；下以立朝气节为一段，功成不居为一段，而后自言其私，以见情之不能忘。堂堂正正，自首讫尾，绝不着寒俭色相，鹿门先生以此为欧公祭文第一，诚非虚语。

【鉴赏】

欧阳修是北宋文学革新运动的领袖人物，"自宋天圣、明道以来，欧阳公以文章风节负天下重望"。早年王安石就对友人曾巩诉说过"非欧公无足以知我"的感慨。"至和二年（公元1055年），欧公始见安石，自是书牍往来与见之章奏者，爱叹称誉，无有伦比"。那年，欧阳修四十九岁，王安石三十五岁。自此，二人结下"知己之交"。（上引均见《王荆公年谱考略》）后来，在革新变法中，因政治见解不同，两人之间又确有过抵牾。鉴于这样的背景，王安石为欧阳公所写的这篇祭文，没有象苏轼的《颍州祭欧阳文忠公文》那样，更多着墨于自己与故者相遇相知的私人情意，而是正面赞颂欧阳公的文章、学问、道德、品行，直接表达自己对他的仰慕与缅怀。全文以议论张本，辅以简洁的叙述，却能将"欧公之为人，为文、其立朝大节、其坎坷困顿，与夫平生知己之感、死后临风想望之情，无不具见于其中"。（同上引）读来仍是感人至深。

作为一位标领一世风骚的文豪，一位品行为人们仰慕的名臣，一位与自己有过"知己"之情的长者和挚交，欧阳修溘然长逝，王安石内心是十分悲痛的。然而，祭文却偏偏迂回起笔，似有意慰藉故者的亡灵，似开导劝解众人的痛心，又似消释自己的哀情,凭空谈了一番"何须悲痛"的"道理"。浩瀚的宇宙间,"天理"渺茫莫测;万般事物,尽人力以达到尚不可预想,何况还要顺应"天理",又怎能推测揣度呢?在这样一种难以把握的人生过程中,只有欧阳公这样的杰出者,才能以一生的功绩,达到"生有闻于当时,死有传于后世"的人生的最高境界。果能如此,又何须悲痛呢!

避开"悲"字来写祭文,确是不拘礼俗又不落窠臼,而实质上作者却从人生的宏观角度,对欧阳修的一生给予了很高评价。比较《王深父墓志铭》一文,王安石对友人王深父"志未具","书未就","无所遇于今,又将无所传于后"的一生,表现了极度悲闷,从中可以印证王安石那别于常情又深合人生哲理的曲折突兀的构思方式。当然,为王深父而悲是实,为欧阳公解说"何悲"是虚。作者随即脱开"悲"字,转而缅怀欧阳修"有闻于当时"又"有传于后世"的具体功德。

首先,作者颂扬欧公的文学成就,称其文章"豪健俊伟,怪巧瑰琦",指出这是因为欧公"器质之深厚","智识之高远","学术之精微",并能将这一切统统充实于文学创作之中。这样,将欧阳修的创作成就,同他丰厚的人生体悟与精深的学识修养结合起来,给予高度评价。从中可以见出作者对于欧公文章、学问和人品气质的深切理解,也包含着作者自己在诗文革新运动中的实践体会。随后,作者用骈偶的句式、优美的比喻,从内容与形式的结合上,论述欧公的文章:

"其积于中者,浩如江河之停蓄;其发于外者,烂如日星之光辉。其清音幽韵,凄如飘风急雨之骤至;其雄辞闳辩,快如轻车骏马之奔驰。"

这是一位文学大师对同时代的另一位文学大师的艺术论赞;是继承我国自古以来以艺术形象阐发艺术理论的一段精彩的文论;确实集作家论、艺术创作论和艺术风格论于音韵谐和、意象优美的文字之中。学习欧阳公的艺术风范,领悟那浩瀚的江河、驰骋的骏马、绚烂的日月星辰、凄清的飘风急雨般的境界,那么,"无问乎识与不识",对他的"文章风节"也就可以有所领悟了。

其后,作者由极高的文学成就转到"崎岖""困踬"的人生经历,在强烈的反差中,突出欧阳修一生的气节。作者感叹:以欧公的学问文章,又"仕宦四十年",却是"上下往复","屯邅(处境艰难)困踬(困厄仆倒),窜斥流离",倍尝"世路之崎岖"。据《王荆公年谱考略》证,"安石谓公仕宦四十年,感世路之崎岖,屯邅困踬,窜逐流离,则实有可指数者。"欧阳修二十四岁中进士为官,后因修书替范仲淹被黜鸣不平,被贬为夷陵令。回朝后又几度谪出,先后知滁州、亳州、青州、蔡州"以至于薨"。但是,王安石直接赞颂道:欧公"果敢之气,刚正之节,至晚不衰"。而他一生功德"终不可掩","既压复起,遂显于世",正是因为"是非"自有"公议!"

由困顿坎坷中显现气节的对比性概述,接着过渡到追记欧阳修拯救"社稷之安危"的具体功绩,并刻画他不居功名的品德。宋仁宗无子,晚年忧念后事,深知欧阳修可以托付国家安危的大事。而欧阳公亦能制定谋略,果敢决策,与宰相韩琦等扶立仁宗之侄宋英宗继位。当时,欧阳公从容不迫,于"指顾"之间立定事关"千载"的"大计",是稳定朝政的功臣。难能可贵的是,在建立功名以后,他上表辞官;不准而出为地方官后,他又多次上表乞归。作者综合其品行概括到:无论为官还是隐退,欧阳公的品德决不会随着死者尸体的腐烂而消散,而将转化为"英魄灵气",永恒存在于大自然的山水之间。"箕山""颍水",位于河南登封、颍谷一带。相传上古著名的隐士巢父、许由就隐居于颍水之南的箕山。欧阳修死后，葬于河南新郑市内，墓地邻近箕山、颍水。乍者借地理位置的巧合，暗用典故，隐喻此公功成不居的品德将永为后世缅怀。

欧阳公的文章学问，世上"无问乎识与不识"均钦佩学习；欧公的功绩品德，则"天下之无贤不肖"，都敬仰怀念，并为之"涕泣而歔欷"。前后两个层面作结的句式相近，也同是以举世上下的反响，间接烘托欧阳修的文品与人格。而后一层的结句，又进一步由众人推及当朝与欧阳公相识的士大夫；由士大夫中与欧阳修有过交游往来的人，最终转入作者自己：我作为衷心向往、仰慕又尊崇、亲近欧阳公的人，又怎不更为悲痛呢！通过层层追怀欧阳修的功绩，通过种种人物对欧阳修的崇仰怀念，"何须悲"的开端，在事实与情感的层层蕴蓄与推动下，终于汇成了"不能不悲"的无可抑制的感情激流。

结尾，作者禁不住直抒发自肺腑的哀痛之情，将文章开头强作"豁达超脱"的"事理"全盘推翻——"呜呼！盛衰兴废之理自古如此，而临风想望、不能忘情者，念公之不要复见，而其谁与归！"是啊，怀念的情思不正像那无形无迹、无法割断、无法阻隔的"风"一般，每逢迎风感怀欧阳公的高风亮节，又怎能不牵动内心那无尽的思念之情。然而，欧阳公终将难以复见，有谁又能象此公那样，成为我仰慕效法的楷模呢！感情超越了所谓'自古如此'的事理；而哀痛与缅怀的感情又是基于人生向往与追求的道理。这样，对欧阳公的祭奠与怀思，也就达到了至情至理的极境。

这篇祭文在语言上，也有很多值得品味的地方。如骈散错落的句式，起伏抑扬又自然不露痕迹的用韵方法，从音韵的效果上，将哀婉缠绵的情思，与顿挫悲凉的气势结合起来，使故去者的"英魄灵气"，与追祭者的哀痛缅怀，得到统一的表现。又如，有些文论家认为王安石的《祭欧阳文忠公文》，笔法上刻意模仿欧阳修的《祭石曼卿文》，是以欧公笔法为欧公撰写祭文。

特别提示：

　　本书在编写过程中，借鉴和参考了大量文献和作品，谨向诸位专家、学者致以崇高的敬意。但由于部分作者的地址或姓名不详等原因，截至发稿之前，仍有部分作者没有联系上，但出版时间在即，只好贸然使用，不到之处，敬祈谅解，在此也敬启作者，见书后，将您的信息反馈与我，我们将按国家规定，第一时间对相关事宜做出妥善处理。

联系电话：010-80776121　　　　联系人：马老师